Dream waLkeRZ

# DreAM waLkeRZ

| | |
|---|---|
| 발행일 | 2019년 1월 31일 |

| | | | |
|---|---|---|---|
| 지은이 | 장주하 | | |
| 펴낸이 | 손형국 | | |
| 펴낸곳 | (주)북랩 | | |
| 편집인 | 선일영 | 편집 | 오경진, 권혁신, 최승헌, 최예은, 김경무 |
| 디자인 | 이현수, 김민하, 한수희, 김윤주, 허지혜 | 제작 | 박기성, 황동현, 구성우, 정성배 |
| 마케팅 | 김회란, 박진관, 조하라 | | |
| 출판등록 | 2004. 12. 1(제2012-000051호) | | |
| 주소 | 서울시 금천구 가산디지털 1로 168, 우림라이온스밸리 B동 B113, 114호 | | |
| 홈페이지 | www.book.co.kr | | |
| 전화번호 | (02)2026-5777 | 팩스 | (02)2026-5747 |

| | | | |
|---|---|---|---|
| ISBN | 979-11-6299-522-8 03810 (종이책) | | 979-11-6299-523-5 05810 (전자책) |

이 도서의 국립중앙도서관 출판예정도서목록(CIP)은 서지정보유통지원시스템 홈페이지(http://seoji.nl.go.kr)와
국가자료공동목록시스템(http://www.nl.go.kr/kolisnet)에서 이용하실 수 있습니다.
(CIP제어번호: CIP2019002482)

**(주)북랩** 성공출판의 파트너

북랩 홈페이지와 패밀리 사이트에서 다양한 출판 솔루션을 만나 보세요!

**홈페이지** book.co.kr  •  **블로그** blog.naver.com/essaybook  •  **원고모집** book@book.co.kr

장주하 장편소설

# DREAM waLkeRZ

드림워커즈

북랩 book Lab

# Prologue

검은색의 차 한 대가 미끄러지듯이 한 건물 앞에 멈추어 섰다. 운전대를 잡고 있는 사람은 젊은 남자였는데, 어째서인지 근심이 가득한 표정을 짓고 있다. 남자는 창문을 슬쩍 열고 틈을 통해 건물을 올려다보더니 한숨을 한 번 쉬며 중얼거렸다.

"완전히 박살이 났네."

남자는 고개를 절레절레 흔들고는 뒤를 돌아보며 누군가를 불렀다.

"우리야! 도착했는데. ……우리야?"

뒷좌석에서는 머리를 포니테일로 묶은 한 소녀가 깁스를 두른 팔을 매만지며 창문 밖의 건물을 응시하고 있었다. 약간 붉은빛마저 띠는 밝은 갈색의 눈동자로 미동도 않고 어딘가를 계속 응시하고 있던 소녀는, 남자가 몇 번이나 더 부르고 나서야 겨우 눈치챈 건지 남자 쪽을 돌아보며 살짝 웃었다.

"고마워요."

건물의 가장 높은 곳의 '창명고'라는 세 글자가 어렴풋이 보였다. 뒤의 글자들은 떨어져 나가고 없었지만, 이곳은 분명 그 이전에는 학교의 기능을 하던 건물이었을 터였다. 잠시 정적이 흐르는 듯하더니 차의 문이 열리고 소녀는 슬며시 지면에 발을 디뎠다. 바깥에서는 비가 추적추적 내리고 있었지만, 소녀는 아랑곳하지 않고 우산을 집을 생각도 않은 채 그대로 발걸음을 옮겼다. 이 모습을 가만히 지켜보고 있던 남자는, 소녀의 두 발이 모두 지면에 닿자마자 창문을 열고 소녀를 크게 부른다.

"우리야! 정말로 괜찮겠어?"

우리라 불린 소녀가 뒤를 돌아보았다. 남자와 눈이 마주치자마자, 소녀는 슬쩍 웃음을 지으며 입을 열었다.

"네, 괜찮아요."

이어 그는 다시 고개를 돌려 학교 쪽을 응시한다. 웃음을 짓고 있던 소녀의 얼굴이 다시금 진지해졌다. 뒤에서 남자가 계속 걱정스러운 눈으로 자신을 쳐다보고 있는 것을 의식했는지, 소녀는 다시 입을 열어 말을 이었다.

"제가 저지른 일이에요. 그러니까, 제가 끝내야 해요. 동시에 이 꿈도……."

소녀는 말을 이으려다 갑자기 멈추고 다시 떨떠름한 웃음을 지었다. 남자가 의문에 찬 듯한 목소리로 재차 물어왔다.

"꿈을, 끝낸다는 거야? 무슨 수로?"

소녀는 대답이 없었다. 한두 방울씩 내리던 비는 점점 거세지고 있었다. 점점 더 많은 비가 옷을 적시던 찰나, 비에 푹 젖은 소녀가 천천히 입을 열었다.

"괜찮을 거예요, 아마도."

무엇이 괜찮다는 것일까, 남자는 소녀의 말을 이해하지 못하고 다시 고개를 기울였다. 그와는 별개로, 소녀는 가볍게 한숨을 한 번 쉬고는 남은 한쪽 팔로 품 안에 숨겨둔 권총을 만지작거렸다.

"조심해, 사람들은 전부 미쳐가고 있어! 너도 직접 겪어봐서 누구보다 잘 알잖아."

남자는 아직까지도 근심을 버리지 못하고 있는 모양이었다. 소녀는 잠시 침묵하더니, 고개를 돌려 남자를 바라보며 대답했다.

"당연한 거예요, 저도 그랬으니까. 양심의 가책을 느낄 이유도, 필요도 없잖아요? 왜냐하면……."

소녀의 다음 말은 빗소리에 묻혀 잘 들리지 않았다. 그러나 남자는 곧 소녀가 무슨 말을 했는지를 알아차리고 가만히 고개를 숙였다. 소녀의 뒷모습이 빗속으로 사라져가고 있었다.

*

창틀에 양팔을 걸치고 있던 여자가 깊은 한숨을 쉬었다. 잠시 주위를 둘러보니 처참하게 파괴된 교실의 모습이 보였다. 깨진 창문의 틈에서 소름 돋도록 서늘한 바람과 함께 눈부실 정도로 밝은 달빛이 함께 공존하고 있는 것을 보고 있자니 기분이 묘했다. 여자는 교실을 한 번 빙 둘러보고는 다시 한숨을 쉬었다. 괜스레 자신을 한 번 내려다보고 머리가 아픈 듯 가만히 이마에 손도 짚어 보았다. 여자는 지금 달빛에 비치는 이 모습이 자신의 진짜 모습이 아니라는 것을 알고 있었다. 그토록 지워버리려고 애를 썼지만, 아직도 그 안에는 지독히도 싫어했던 과거의 소녀가 살고 있었던 것이다. 그리고 이마저도 곧 있으면 원래대로 돌아갈지도 모른다고 여자는 생각했다. 그는 이어 바닥에 떨어진 무전기에 눈길을 한 번 주었다. 곧 있으면 그들이 이곳으로 몰려올 것이다. 여자는 다시 창밖으로 고개를 돌렸다. 일부러 힘주어 생각해낸 것도 아닌데 어렴풋이 과거의 한 수업 장면이 머릿속을 스쳐 지나가고 있었다.

"오늘의 토론 주제는, 이것입니다."

도덕 선생이 이렇게 말하고는 칠판에 커다랗게 한 글자를 정성 들여 썼다.

꿈

"꿈?"

학생들이 웅성거리기 시작했다. 도덕 시간에 꿈이라니, 갑자기 진로 찾기라도 하려나. 웅성거리는 학생들의 시선이 일제히 도덕 선생에게 집중되었다.

"오늘 토론하고자 하는 것은 여러분의 진로, 장래를 뜻하는 그 꿈이 아닙니다. 말 그대로의 꿈이죠. 여러분이 매일 밤 꾸는 꿈. 그럼, 시작하기 전에 일단 예전에 배웠던 성선설과 성악설에 대해 떠올려봅시다. 혹시 성선설이 무엇이었는지 기억나는 학생 있나요?"

한 학생이 당당하게 손을 들었다.

"그, 뭐였냐…… 인간은 원래 선한 본성을 갖고 있지만, 주변 환경에 의해 악한 영향을 받는다. 그렇기 때문에……."

"그만, 좋아요."

학생들이 궁금하다는 시선을 도덕 선생에게 보냈다. 도덕 선생은 잠시 학생들을 돌아보더니, 본론을 꺼냈다.

"성선설은 아까 저 학생이 이야기한 대로 저런 개념입니다. 그럼, 반대로 성악설에 대해서는 '인간은 원래 악한 본성을 갖고 있지만 주변의 선한 환경에 의해 그 본성을 억제한다.'라는 정의를 내릴 수 있지 않을까요? 여기서 '주변의 선한 환경'이란 뭘까요? 틀려도 좋으니 아무나 이야기해 보세요."

학생들이 저마다의 의견을 이야기했다. 주변 사람들의 선행, 법, 규범, 교육, 어른들의 말씀까지. 고개를 끄덕이던 도덕 선생은 학생들의 말이 잦아들자 계속해서 말을 이었다.

"다 정답이 될 수 있겠군요. 특히 법과 도덕, 이것들이 대표적이라 할 수 있습니다. 그렇다면, 이 '주변의 선한 환경'이 사라진다면? 어떻게 되겠습니까? 아마, 인간의 악한 본성이 튀어나올지도 모릅니다. 그 환경이 바로 오늘 말한 꿈속입니다."

몇몇 학생들이 아직도 이해가 되지 않는다는 표정을 지었고, 대부분의 학생들은 그 다음에 무슨 말이 나오려나 하는 표정으로 도덕 선생을 응시하고 있었다.

"하지만 말이죠, 아무리 꿈이라도 맞으면 아프죠. 상처 입으면 아프죠. 특히 루시드 드림과 같은 현실보다 더 현실 같은 꿈들이라면. 그렇다면, 이 꿈 속에서 자신의 이익을 위해 다른 사람에게 피해를 주는 것, 어차피 꿈속이고 깨어나면 아무 피해도 없으니 상관없을까요? 아니면 아무리 꿈속이라도 다른 사람이 고통을 느끼니 지양해야 할까요?

이것이 오늘의 토론 주제입니다. 자, 그럼 반대하는 사람들 먼저 손을 들어보세요."

반대한다는 의견이 과반수를 넘었다. 손을 든 학생들은 당연한 걸 묻는다는 듯한 표정을 짓고 있었고, 손을 들지 않은 일부는

"그래도 어차피 꿈이니 상관없지 않을까……?"

라고 중얼거리며 조용히 자신의 의견을 피력하고 있었다.

"이런 개념이 있습니다. 지극히 평범한 사람이라도 매우 강압적이고 설득력 있는, 그러나 반인륜적인 명령이 내려지면 누구나 잔혹한 연쇄

살인마로 변할 수도 있다는 것. 이것이 '악의 평범성'입니다. 그럼 이 개념에 '명령' 대신 '상황'을 넣어봅시다. 무엇을 해도 아무도 책임을 묻지 않고 죄책감이 돌아오지 않는 환경. 여기 있는 여러분 중 다행히도 많은 수가 반대에 손을 들었지만, 실제로 여러분들이 저러한 상황에 처한다면 그때도 도덕성을 지킬 수 있겠습니까? 아무리 평범한 사람이라도 이러한 환경에 처하면 누구나 범죄자가 될 위험이 있다는 것이 제 생각입니다. 그렇다고 해서 여러분들을 모두 잠재적 범죄자로 보는 건 아닙니다. 다만, 자신을 더 수양하라는 겁니다. 여러분들만큼은, 이 '악의 평범성'에 휘둘리지 않도록요."

*

"다 맞는 말이었네."

여자가 고개를 한 번 흔들어 과거의 기억을 떨쳐버리고는 원망하듯이 중얼거렸다. 예전에는 아무렇지도 않게 흘려들었던 그 말들이, 지금에 와서는 한 마디 한 마디가 하나같이 자신을 질책하는 말처럼 들려오는 것이었다. 더불어 누군가가 조용히 교실 문을 여는 소리가 났지만, 생각에 잠긴 여자는 그 소리를 듣지 못했다.

"이연희!"

빈 교실에 울리는 소년의 목소리에 여자는 천천히 뒤를 돌아보았다. 소년과 소녀가 숨을 몰아쉬며 자신을 응시하고 있었다. 여자는 그 짧은 찰나 교복을 입은 소녀의 가슴에 달린 이름표를 보았다. 정은채. 잠시 여자의 표정이 미묘하게 변하는가 싶더니 이내 의미심장한 표정을 유지하며 두 사람을 향해 가식적인 웃음을 지어주었다. 머릿속에서 누군가가 어렴풋이 했던 말들이 울리고 있었다.

사람들이 이렇게 잔인해져 가는 이유가 뭔지 아십니까? 당연한 거지요. '주변의 선한 환경'이 전부 사라졌으니까요. 이 이상 양심의 가책을 느낄 이유도, 필요도 없어졌단 말입니다. 그러니, 원하는 대로 하십시오. 어떤 일이든 상관없습니다.

어차피, 꿈이니까요.

# contents

# # part 03    The resistance

# # part 01

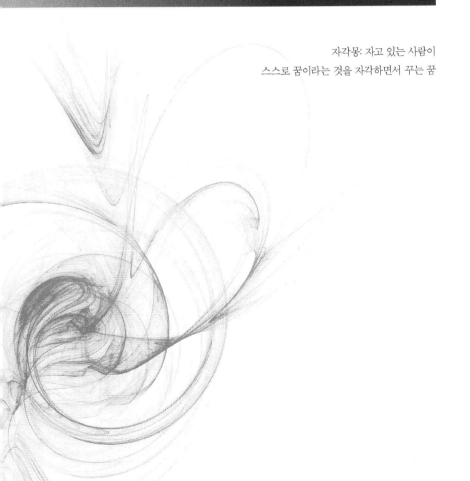

## Lucid Dream

자각몽: 자고 있는 사람이
스스로 꿈이라는 것을 자각하면서 꾸는 꿈

# 의문의 소녀

시계 소리만 말없이 흐르고 있다. 모두가 잠든 새벽 3시이니 당연하다. 그러나 그 와중에도, 도저히 잠을 이루지 못하겠다는 듯이 한 소녀가 잠자리에서 일어나 앉아 영 좋지 않은 표정으로 머리를 긁적이고 있었다.

'또 꿈……이었나.'

소녀는 막 괴상망측한 꿈을 꾸고 잠에서 깨어난 참이었다. 그것은 지극히 단순한 꿈이었다. 그저 등굣길에, 평범하게 갈 길을 가고 있는데 갑자기 칼을 든 괴한이 뒤에서 덮쳤을 뿐이다. 괴한의 칼에 찔리려는 찰나 꿈에서 깬 터라 소녀는 기분이 그다지 유쾌하지 못했다.

소녀는 방문을 열고 거실로 나왔다. 역시나 모두가 잠든 거실은 어두컴컴한 가운데 침묵만을 고수하고 있다. 소녀는 재빨리 냉수 한 컵을 냅다 들이켰다. 아마도 조금 전의 별로 유쾌하지 않았던 꿈과, 그로 인해 생겨난 찝찝한 기분을 던져버리기 위해서였으리라. 소녀가 컵을 내려놓는 순간, 누군가의 성적표가 바닥으로 떨어졌다. 소녀는 얼굴을 찡그렸다. 그것은 소녀의 성적표였다.

20216 정은채

소녀는 성적표에 적힌 자신의 이름을 보고 한숨을 쉬었다. 모두가 잠든 새벽 홀로 부엌에 서 있는 이 소녀, 정은채는 마치 자신의 성적처럼 바닥에 몸을 깔고 있는 성적표를 보고 다시 얼굴을 찡그렸다. 그러고 보니 어제 발표하다 말실수를 해서 창피당하기도 했었지. 절로 떠오르는 창피한 기억에 정은채는 괜히 고개를 도리도리 젓고는 물컵을 소리 나지 않게 싱크대에 집어넣었다. 그러고는 다시 자신의 방으로 돌아와 다시 잠을 청하기 위해 이불 위에 가만히 누워 보았다. 그러나 한 번 깬 잠을 다시 청하기는 쉽지 않을 것만 같았다.

*

아침의 거리는 제법 시끄럽다. 그리고 그 소음들 속에서 이미 학교에 늦어버린 정은채는 자신이 마치 흔한 로맨스 소설의 고독한 여주인공이라도 된 것처럼 홀로 이어폰을 꽂고 학교 따위는 더 이상 자신이 알 바가 아니라는 듯 반쯤 포기한 상태로 여유롭게 등굣길을 따라가고 있었다.

"꺄아아아아!"

갑자기 등 뒤에서 비명소리가 울렸다. 이어폰의 노랫소리를 비집고 들어올 정도로 큰 비명에 정은채가 뒤를 돌아보니 웬 남자가 칼을 들고 이쪽으로 달려오고 있다. 순간 느껴지는 이상한 느낌에 정은채는 얼굴을 찌푸렸다. 가만히 살펴보니 저 남자는 전날 밤 꿈에서 보았던 그 괴한이 아닌가. 그럼 이것도 꿈이란 말인가. 반신반의하는 마음으로 스마트폰 화면을 들여다보던 정은채는 놀랄 수밖에 없었다.

[72:11]

72시 11분이라는 괴이한 시각. 그리고 정은채는 다음 순간 곧바로 깨달았다. 그래, 꿈이구나. 정은채는 안도하는 마음으로 자신을 향해 달려오는 괴한을 보았다. 이제 꿈인 걸 알았으니 서둘러 날아서 학교로 가야 할 터였다. 아니, 굳이 안 가도 상관은 없을 것 같았다. 덤으로 저 괴한도 피하고 말이다. 그런데.

"어라?"

몸이 마음대로 움직이지 않았다. 아니, 정확하게 말하자면 나는 것이 불가능했다. 그럼 현실이라는 건가? 그럼 아까 그 화면은? 오만 가지 생각이 다 드는 찰나의 순간 정은채는 당황한 채로 자신을 향해 달려오는 괴한을 보았다. 피하려 해봐도 이미 늦었고, 혹시나 하는 기적을 바라는 기도 따위를 신에게 빌어 봐도 전혀 소용없을 것만 같아 정은채는 그저 눈을 질끈 감고 최대한 고통이 덜하기만을 바랄 뿐이었다. 그리고 맙소사, 드디어 찔리겠구나 하는 생각이 들던 찰나, 당황해서 허둥지둥하던 통에 이어폰이 떨어져 나간 귀에 상황과 맞지 않는 소리가 들려왔다.

챙—

정신이 오락가락해 확실하지는 않지만, 분명히 칼과 칼이 맞부딪히는, 무협 액션 영화에나 나올 법한 소리였다. 뒤이어 칼이 땅에 떨어지는 소리와 함께 사람들이 놀란 목소리로 웅성거리는 소리도 들려왔다. 정은채가 살짝 눈을 떠보니 어느새 괴한이란 남자는 벌써 등을 보이며 도망가고 있고, 자신의 앞에는 또래로 보이는 여자아이가 전혀 나이에 어울리지 않는 단검을 쥐고 자신의 앞을 가로막아 서고 있었다. 정은채는 멍하니 그 소녀의 뒷모습을 보다가 소녀가 고개를 돌리자 재빨리 다시 눈을 질끈 감았다. 소녀는 단검을 거두어 들이고는 안도인지 비웃음인지 모를 한숨을 쉬더니, 정은채가 겁먹었다고 생각했는지 최대한 다정한 목소리로 정은채를 불렀다.

"괜찮아?"

"아, 음…… 어."

정은채는 얼떨떨하게 소녀가 내민 손을 잡고 천천히 일어났다. 모든 것이 혼란스러웠다. 갑자기 괴한에게 습격당할 뻔했으며, 안 그래도 아침이라 잠이 덜 깨어 비몽사몽하던 차에 너무 비현실적인 일이 눈앞에서 일어나버린 탓인지 이게 꿈인지 현실인지 헷갈려오는 데다, 어버버하는 사이에 어느새 또래 친구에게 구해졌다. 이 모든 것이 그저 평범한 등굣길에서 일어난 일이었다.

"어…… 저기, 고마워, 구해줘서."

소녀가 정은채를 빤히 바라본다. 정은채는 자신이 무슨 잘못이라도 했나 싶어 이러지도 저러지도 못하고 그대로 얼어 있었다.

"뭐, 그래. 그건 됐고."

소녀가 아무래도 됐다는 듯이 자리를 털고 일어섰다.

"그런데, 달리 더 궁금한 건 없는 거야?"

"어?"

정은채는 얼떨떨한 표정으로 주변을 더듬었다. 그러다 우연히 자신의 휴대전화가 손에 툭 치이는 것이 느껴졌다. 그 검은 화면을 보자마자 아까 보았던 괴이한 시각이 떠올라 정은채는 재빨리 바닥에 널브러진 휴대 전화를 집어 들었다.

"아, 맞다. 이거 좀 봐줘."

라며 정은채는 소녀에게 자신의 휴대 전화를 들이밀었다. 바탕화면에 떠올라 있는 72시 11분이라는 정신 나간 시간과 정은채의 당황한 듯한 얼굴을 번갈아 보던 소녀는, 문득 피식 웃었다.

"비현실적이네."

"어……?"

"뭐야, 그 표정은. 설마 '이게 꿈인가?' 같은 생각이나 하고 있는 거야?"

"어, 어떻게 그걸……!"

DreAM waLkeRZ

정은채가 놀란 듯이 일어서더니 소녀의 어깨를 잡았다. 혼란과 놀람이 뒤섞인 듯한 정은채의 얼굴을 보면서 소녀는 능청스럽게 말을 이었다.

"어머, 놀래라. 말을 해야지 이렇게 갑자기 어깨를 잡으면 어떡해? 너도 지금 헷갈리는 모양이지?"

정은채는 조용히 고개를 끄덕였다. 사실은 더 묻고 싶은 게 산더미인데, 왜인지는 모르겠지만 말들이 입 밖으로 나오지 않았다.

"흠, 그래. 그렇다면 확실하게 못 박아 주지. 잘 들어, 여기는 꿈속이야. 꿈이라고."

"뭐?"

정은채는 자신도 모르게 허, 김빠지는 소리를 냈다. 그래, 어쩐지 수상하긴 했어. 그래도 뭔가 겸연쩍었다. 정은채는 조심스럽게 다시 물었다.

"……그럼, 여기가 내 꿈속이란 거야?"

"아까 말했잖아."

정은채는 점점 더 혼란스러웠다. 온갖 생각들이 머리를 맴돌고 있었다. 지금 눈앞의 소녀의 말대로 이곳이 자신의 꿈이라고 가정한다 해도, 이상한 점이 너무 많았다. 이 소녀는 어떻게 이 꿈속에 들어와 있고, 또 꿈이라는 것을 알고 있으며, 또 길거리를 지나다니는 주위의 수많은 사람들은 또 어떻게 된 건지 등등. 정은채는 소녀의 얼굴을 쳐다보았다. 무언가 목표를 달성한 듯한 만족감과 안도함이 뒤섞여 있는 것과 더불어 약간의 장난기가 서린 얼굴이었다.

정은채는 휴대폰의 화면을 다시 보았다.

[72:11]

여전히 그 시각에 멈춰 있는 시계는 이곳이 꿈속이라는 사실을 다시 한 번 상기시켜 주는 것만 같았지만, 그래도 정은채는 일단 학교에 가야만 했다. 그럴 가능성은 거의 없겠지만, 그저 시계가 고장 난 것뿐일 수도 있다. 꿈이라고 냅다 믿어버리기엔 주변에 느껴지는 모든 것들이 너무나도 생생해서, 정은채는 쉽사리 이 현실을 부정하는 결론을 내릴 수가 없었다.

"아무튼, 고마웠어. 그럼 나중에 봐!"

"어? 뭐야, 가려고?"

당황한 듯한 소녀의 말을 뒤로 하고 정은채는 냅다 달리기 시작했다. 단순히 학교에 늦어서인지, 아니면 다른 이유에서인지는 모르겠지만 말이다. 그리고 그 뒷모습을, 소녀는 물끄러미 서서 묘한 표정과 함께 정은채가 사라질 때까지 지켜보고 있었다.

그날의 거리는 평소와는 다르게 어딘가 이상했다. 묘하게 일렁거리는 듯한 하늘, 뭔가 부자연스러운 사람들, 더불어 귀에서는 이상한 소리마저 들려오는 것 같아 정은채는 점점 속이 메스꺼워지기 시작해 잠시 멈추어 섰다. 그리고 지금 자신이 처한 상황에 대해 잠시 생각해 보았다. 소녀는 분명 이곳이 자신의 꿈이라 했다. 그렇다면 학교 따위는 더 이상 아무런 의미가 없을 터였다. 그런데도 정은채의 머릿속은 어째선지 학교에 꼭 가야겠다는 생각뿐이었다. 거기에, 여기가 정녕 꿈이라 한다면 분명히 모든 것이 자신의 마음대로 되어야 할 터였으나 아무리 발을 굴러 보아도 몸은 공중에 뜨지 않았다. 망설이던 정은채는, 다시 학교를 향해 달리기 시작했다.

"은채야! 마침 잘 왔다. 이것 좀 봐!"

교실에 들어서자마자 같은 반 친구인 이도연이 부르는 소리가 들린다. 정은채는 얼떨결에 이도연이 내민 스마트폰을 받아 들었다. 그리고 그 화면에 떠올라 있는 것은,

꿈과 현실을 구분하는 법/현실보다 생생한 꿈, 루시드 드림(자각몽)

이라는 제목의 블로그 글이었다. 그리고 놀랍게도 그 밑에는 정은채가 등굣길에 겪었던 모든 증상들이 고스란히 나열되어 있었다.

"건물이 일렁거린다던가, 귀에서 뭔 이상한 소리가 난다던가 하면 꿈이라고?"

"어때? 어때? 꽤 재미있을 것 같지 않아? 아, 나도 루시드 드림 한 번만 꿔봤으면……"

루시드 드림 속에서 뭘 하려는지 헤벌쭉해져 있는 이도연을 보며 정은채는 피식 웃었다.

"그럼, 넌 뭐할 건데?"

"물론, 일단 얼굴부터 성형시켜야지! 아주 예쁘게…… 킥킥."

벌써부터 신나 있는 이도연을 뒤로 하고 정은채는 다시 조용히 웃어주고는 뒤돌아섰다.

'여기가 정말로 꿈속이라는 건가.'

그렇다면 뒤에서 떠들고 있는 친구들도, 교실도, 밖에서 재잘거리는 새들과 사람들도, 모두가, 가짜라는 것. 정은채는 이제부터 무얼 하면 좋을지 알 수가 없었다.


"오늘이 며칠이지? 어디 보자, 5월 16일, 16번! 16번 누구야?"

아이들이 일제히 정은채를 쳐다보았다. 그러나 정작 당사자인 16번 학생은 아침에 자신이 알아낸 사실에 대해 심도 있게 고찰하느라 그 소리를 듣지 못한 모양이었다.

"16번…… 정은채? 정은채 어딨어? 왜 대답을 안 해?"

"아, 넵!"

아이들이 킥킥 웃어대는 소리가 들렸다. 정은채는 저도 모르게 얼굴을 살짝 붉혔다.

"일어나서 117쪽 크게 읽어 봐."

"네…… What do you feel when you……."

영어 본문을 읽으면서도 정은채의 머릿속은 온통 꿈에 관한 생각으로 가득했다. 꿈이라면, 이 꿈은 어디서부터 시작된 걸까? 어차피 꿈이라면 뭐든지 내 마음대로 해도 상관없지 않을까, 따위의 쓸모없는 생각들. 머릿속이 점점 복잡해지는 것을 느끼며 정은채는 가만히 이마를 짚었다.


"야, 너 오늘 상태가 영 아니다? 뭔 일 있냐?"

겨우 발표를 끝내고 쓰러지듯이 자리에 앉자마자, 왼편에서 속삭이는 소리가 들려왔다. 정은채는 고개를 돌려 소리가 나는 쪽을 바라보았다. 동시에 자신을 돌아보는 남학생의 조끼 가슴에 매달려 흔들리는 '송지후'라 적힌 이름표를 보고 정은채는 살짝 미소를 지었다.

"뭔 일 있긴. 괜찮아."

정은채는 희미한 미소를 지으며 남학생을 안심시키려 애썼다. 송지후라는 이름의 남학생은 그래도 의심스러운 눈초리를 거두지 않더니 쉬는 시간 종이 울리자마자 의미심장하게 웃으며 왁자하게 몰려온 친구들과 함께 순식간에 어디론가 사라졌다. 남학생이 사라지자, 정은채는 그대로 책상 위에 풀썩 엎어졌다. 아까부터 이어온 그 쓸데없는 고민을 홀로 계속하면서.


야자까지 끝내고 나니 벌써 바깥은 어두컴컴해져 있었다. 어두운 밤길을 홀로 걸어가고 있자니 살짝 무섭기도 하고, 또 무료하기도 해서 이런저런 생각들을 정리하다 보니 자연스레 아침에 만났던 그 소녀가 떠올랐다.

'그러고 보니, 제일 먼저 꿈이란 걸 알려 준 게 개였지. 이름도 못 물어봤네. 다시 만날 수 있으려나?'

그 소녀에 대해서는 이래저래 의문점이 많았다. 어떻게 여기가 내 꿈이란 걸 알았으며, 어떻게 내 꿈에 들어왔는지, 그리고, 도대체 누구인지.

"말투로 봐서는 예전부터 나를 알고 있었던 애 같았는데……."

머리를 이리저리 굴려 보았지만 그런 아이는 기억 속에 없었다. 그렇게 정은채가 생각을 정리하며 공사 중인 건물 앞을 지나가는 순간이었다.

투둑—

어렴풋이 들리는 불길한 소리에 정은채는 위를 올려다보았다.

"잘못 들었나."

정은채가 아무 일 없다는 듯이 다시 제 갈 길을 가려는 순간, 뒤에서 누군가의 다급한 목소리가 들렸다.

"야, 위쪽!"

"어어……?"

정은채는 깜짝 놀라 다시 위를 올려다보았다. 그리고 다음 순간 정은채의 눈앞에 보인 것은 자신을 향해 빠른 속도로 떨어지고 있는 철기둥이었다.

"꺄아아아아!"

정은채는 간신히 떨어지는 철기둥을 피한 후 길바닥에 주저앉은 채로 하마터면 자신을 꿈에서 깨울 뻔한 소름 돋는 물체를 멍하니 바라보았다.

"어휴, 큰일 날 뻔했네. 도대체 이 건물은 어떻게 되어먹은 건지 원."

익숙한 목소리. 그리고 정은채의 시선은 그 익숙한 목소리를 따라 자신의 앞에 서서 투덜대고 있는 소녀에게로 옮겨갔다. 그리고 마침내 그 소녀의 얼굴을 확인하는 순간, 정은채는 깜짝 놀랄 수밖에 없었다.

틀림없었다. 뒤로 묶은 머리에, 눈에 가장 먼저 띄었던 밝은 색깔의 청재킷, 덤으로 다른 옷차림들이라던가 말투, 얼굴까지. 아침에 자신을 구해주었던 바로 그 소녀였다.

"너, 너……."

"여기서 다시 보네?"

소녀가 씩 웃었다. 정은채는 얼떨결에 두 번씩이나 목숨을 구해준 이 소녀 앞에서 어찌 할 줄을 모르고 있었다.

"무슨 일 있었어? 왜 그렇게 벌레 씹은 표정이야?"

분명 묻고 싶은 말은 많은데 이상하리만치 목구멍에 걸려서 잘 나오질 않았다. 자신의 소심한 성격을 홀로 자책하며 망설이던 정은채는 이번 같은 기회는 다시없을 거란 생각에 이내 마음을 다잡았다.

"참, 이럴 때가 아냐. 나, 너한테 궁금한 게 꽤 많거든?"

소녀가 알 수 없는 표정을 짓더니 아무 말 없이 뒤돌아섰다.

"그럼……."

정은채는 숨을 죽인 채로 소녀의 다음 말을 기다린다. 혹시 화를 내는 건 아닐까, 따위의 쓸데없는 생각을 하며 불안해하는 건 덤이었다.

그러나, 소녀의 입에서 나온 말은 예상 밖이었다.

"말하자면 긴데, 뭐라도 좀 마시면서 이야기할까?"

정은채는 멍하니 소녀를 바라보았다. 소녀는 그렇게 말하고는 또 웃는다. 그 표정을 보고 있자니, 이곳이 꿈속인 걸 이미 알고 있는데도 마치 꿈 같았다.


자판기에서 음료수가 덜컹거리는 소리가 들린다. 정은채는 냉기가 분명하게 느껴지는 음료수를 손에 가만히 들었으나 마실 생각은 않고 만지작거리고만 있었다.

"그래서, 궁금한 게 뭔데? 꽤 많다며?"

소녀가 사이다를 입에 대며 정은채를 돌아보았다.

"아, 응."

정은채는 또 다시 음료수만 만지작거리며 우물쭈물한다.

"아, 먼저……. 그러고 보니 아직 이름도 안 물어봤네. 이름이 뭐야?"

우물쭈물하는 정은채를 소녀가 보더니 피식하곤 나지막이 이야기했다.

"……고우리."

예쁜 이름이네, 하고 속으로 생각하며 정은채는 입을 다물었다. 정은채가 한동안 말이 없자, 고우리가 답답하다는 듯이 먼저 말을 꺼냈다.

"궁금한 거 많다며? 왜 그렇게 우물쭈물하고 그래. 내가 무서워?"

"어? 아, 아냐 절대!"

분명히 하고 싶은 말은 많은데 목구멍에 딱 걸려서 그 이상 나오지를 않는다, 라는 느낌이었다. 음료수 캔을 부여잡은 두 손이 살짝살짝 떨린다.

"아, 그러고 보니, 내 이름도 알려 줘야지. 나는……."

"네 이름은 이미 알고 있어. 정은채…… 맞지?"

정은채는 깜짝 놀랐다. 당황해서 어쩔 줄 몰라 하는 정은채를 보고 고우리는 피식하고는 사이다를 입에 갖다 대었다.

"자, 잠깐! 뭐야, 너…… 내 이름 어떻게 알았어?"

"음? 아, 뭐라고 설명해야 하나, 글쎄."

고우리가 능청스럽게 말을 돌렸다.

"아, 그리고 아까 드림 컨트롤이 안 되던데……. 내 맘대로 안 돼도 이거 내 꿈 맞지?"

"웅? 당연한 거 아냐?"

고우리가 실실 웃었다. 정은채는 그러한 고우리의 표정을 보고 약이 바싹 올라 이번에야말로 물어보고 싶은 걸 전부 물어봐야겠다고 다짐하며 입을 열었다.

"아, 그래. 궁금한 건 이것뿐만이 아니었어. 넌 여기가 내 꿈인 걸 어떻게 알았고, 왜, 어떻게 내 꿈속에 있고, 아니, 애초에, 넌 도대체 정체가 뭐야?"

질문이 마치 속사포처럼 쏟아져 나왔다. 고우리가 살짝 놀란 표정으로 어느새 얼굴이 빨개진 정은채를 바라보았다. 하지만 이내 다시 피식하고는,

"에고, 질문이 너무 많잖아. 하나씩 물어보라구."

라며 능청스러운 얼굴로 웃었다.

"어떻게, 왜 들어왔는지는 나도 몰라. 나도 너처럼 평범하게 생활하다가 이상한 걸 눈치채고 꿈이란 걸 알았으니까. 그리고 정체는, 너랑 같은 고등학교 2학년, 풋풋한 여고생이랄까."

고우리가 능청을 떠는 것을 보고 정은채는 말문이 막혔다. 뭐 이런 애가 다 있어?

"아, 맞아. 뜬금없지만, 나도 너에게 물어봐야 할 게 있어. 처음에 꿈이란 걸 알았을 때, 넌 기분이 어땠어?"

갑작스럽게, 고우리가 역으로 물어왔다.

"어… 어? 어땠냐니……. 그냥, 당황스러웠다고 해야 하나."

"빨리 꿈에서 깨서 현실로 돌아가야겠다는 생각은?"

"……딱히."

"그렇구나."

고우리가 다시 음료수를 입에 대며 고개를 돌린다. 정은채는 이 상

황을 도저히 이해할 수가 없었다. 사람이 전혀 요지를 알 수 없는 질문을 해놓고 '그렇구나' 따위의 김빠지는 반응이라니.

"너도 봤겠지. 분명히 꿈속인데도, 수많은 사람들이 돌아다니는 거. 그 사람들 중 대부분이, 전부 네 꿈속에 갇혀 있는 사람들이야."

"가, 갇혔다고? 그것도, 내 꿈속에?"

"음, 놀랄 만도 한가. 그 말대로야. 갇혀 있어. 나도 그렇고. 어째서인지는 모르겠지만……. 그래서 내가 이렇게 너를 찾아다닌 거야."

"날 찾아 다녔다니, 어째서?"

"너 말이야. 네가 언제부터 이 꿈을 꾸고 있었는지, 기억나?"

"……"

정은채는 머리를 굴려 보았다. 평소처럼 학교 갔다 오고, 학원에 가고, 집에 와서 숙제하다가 자고, 또 일어나고, 준비하고, 학교 가고, 학원 가고, 밥 먹고 숙제하면서 빈둥대다가 자고. 아무리 애써 봐도 떠오르는 건 평범한 일상의 반복뿐, 꿈을 꾼 기억 따윈 없었다.

"미안, 모르겠는데."

"그게 문제란 거지. 생각해 봐. 너는 언제부터 꿨는지도 모르는 꿈을 계속 꾸고 있었고, 사람들은 네가 꿈을 꾸기 시작한 시점부터 갇혀 있었어. 우리조차도 이 꿈속에서 얼마나 시간이 흘렀는지 몰라. 그렇다면, 현실에서는 시간이 도대체 얼마나 흘렀을까?"

"아……"

"어쩌면 며칠, 몇 달이 지났을지도 모르지. 이 꿈속에 갇혀 있는 동안! 진짜 그렇다면 현실의 사람들의 몸은 대부분 의식불명 상태일 거고. 끔찍하지 않아? 그래서 내가 널 찾아다닌 거야. 꿈의 주인을 찾아내서, 빨리 정신 차리고 꿈에서 깨게 하려고 말이지."

정은채는 아무런 대답이 없다. 그러거나 말거나, 고우리는 잠깐 숨을 고르고는 계속해서 말을 이어나갔다.

"어쩌면 기우일지도 모르겠어. 꿈속에서의 시간은 현실에서의 시간보다 훨씬 더 빠르게 가니까. 현실에서는 겨우 몇 시간밖에 안 지났을 수도 있을 테고. 그래도, 우리는 알 수가 없잖아? 현실에서 얼마나 시간이 흘렀는지. 몇 시간밖에 안 지났다면 다행이지만 그보다 훨씬 많은 시간이 지났다면? 전혀 알 수 없으니까, 우리는 최선을 다해봐야지."

고우리가 다시 웃었다. 정은채는 떨떠름하게 있다가, 문득 또 다른 질문이 생각난 듯이 말을 꺼냈다.

"그럼, 내가 꿈에서 깨려면 어떻게 해야 하는데? 음, 자살이라도 하면 되려나?"

자신이 말해놓고도 정은채는 고우리의 눈치를 슬슬 살피고 있었다. 고우리가 대답이 없자 정은채는 저 혼자 당황해서는 작아진 목소리로 묻는다.

"뭐야, 아니……야?"

"아, 아니. 그래. 정상적인 꿈이었다면 그랬을 수도 있겠지. 하지만, 지금 너는 너의 의지만으로는 절대로 못 깨어나."

"어, 어째서?"

고우리가 살짝 한숨을 내쉬며 정은채를 빤히 바라보았다.

"아까를 잘 떠올려봐. 네가 여기가 꿈이란 걸 자각했다면, 이 꿈은 단순한 꿈이 아니라 자각몽이야. 그 이름도 유명한 루시드 드림! 그런데도, 왜 네 마음대로 되지 않았을까? 왜 날고 싶어도 날 수 없고, 아무것도 못하는 걸까? 자각몽인데?"

"글쎄, 드림 컨트롤이 안 돼서 그런 것 아냐?"

"흠, 그래. 그럼 지금 당장 건물 옥상에 가서 떨어져보던가. 단순히 드림 컨트롤이 안 되는 거라면 옥상에서 떨어지자마자 꿈이 깨야 정상이겠지. 한 번 해봐."

고우리가 너무 확신에 찬 목소리로 말하고 있었기에 정은채는 저 말이 진짜인가 싶어 얼떨떨해졌다.

"야, 너⋯⋯ 말이 좀 심한데⋯⋯."

정은채가 당혹스런 표정을 짓자 고우리가 재미있다는 듯이 웃어댔다.

"농담이야, 농담. 실제로 네가 옥상에서 떨어진다면, 아마도 기억이 사라진 채로 다른 곳에서 다시 깨어나게 되겠지. 이곳은 똑같은 날만 계속 반복되고 있으니까."

"똑같은 날⋯⋯?"

홀로 중얼거리던 정은채는, 깜짝 놀라 고우리에게 다시 물었다.

"같은 날만 반복된다니? 그게 무슨 소리야?"

"말 그대로야. 자, 오늘이 며칠이지?"

"5월 16일."

"그럼, 어제는?"

"어제라면, 당연히 5월 15⋯⋯!"

문득, 어제 발표하다가 말실수를 해서 창피를 당했던 기억이 떠올랐다. 하지만 지금 중요한 건 말실수니 창피니 하는 것이 아니었다. 중요한 것은 발표를 했다는 사실 그 자체였다. 왜? 16번이었으니까.

"5월, 16일⋯⋯."

정은채가 하얘진 얼굴로 아무런 말도 하지 못하자 고우리가 다시 말을 이었다.

"오늘은 5월 16일이지. 그리고 어제도, 그저께도⋯⋯ 모두 5월 16일이었어. 그리고, 내일도 아마 5월 16일이겠지. 이게 꿈이라는 확실한 증거가 되겠네."

정은채의 머릿속에 하나 이상한 점이 떠올랐다. 그러나 말이 제대로 나오지 않아서 입 밖으로 나오는 말은 더듬더듬이었다.

"기다려 봐. 그럼, 사람들도, 모두 이상하다는 걸 알아차렸을 거 아니야? 매일 같은 날이 반복된다면. 그런데, 어째서 사람들은 눈치채지 못하고 살고 있는 거야?"

고우리가 살짝 한숨을 쉬었다.

"너, 평소에 꿈을 꿀 때 뭔가 이상하다고 느낀 적이 얼마나 돼?"

"……."

"사람은 꿈을 꿀 때에는 둔감해져서 이상하다는 걸 잘 느끼지 못해. 신기하지. 뜬금없이 길거리의 가게 간판들이 전부 아랍어로 되어 있다거나, 어이없게도 자동차가 하늘을 날아다닌다던가, 자주 다니던 건물들이 현실과 전혀 다르게 뒤바뀌어 있어도 사람들이 그게 이상하다고 눈치채는 건 대부분 꿈을 깨고 나서야. 마찬가지. 여기에 갇힌 사람들의 대부분은 여기가 꿈이라는 걸 알지 못하니까 5월 16일이 반복되는 걸 눈치채지 못해도 이상할 건 없지. 너도 그 전까진 몰랐다가 이곳이 꿈이라는 걸 알고 나서야 알아챘잖아?"

"그런데, 왜 하필 5월 16일인 거지?"

"그야 나도 모르지. 네 꿈인데. 혹시 5월 16일에 무슨 일이 있었던 거 아냐?"

고우리의 질문에 정은채는 다시 머리를 굴려 보았지만 딱히 떠오르는 것은 없었다. 고우리는 그런 정은채를 가만히 보고 있더니, 갑자기 무언가가 생각난 듯이 고개를 돌렸다.

"말이 딴 데로 샜네. 아까 네가 말했지? 드림 컨트롤이 안 됐다고. 이게 의미하는 건, 네가 드림 컨트롤을 하는 걸 방해하는, 아니 못 하게 하는 누군가가 네 꿈속에 있다는 거야."

"뭐야, 그런 게 어딨어."

"있어."

갑자기 고우리의 표정이 진지해졌다. 정은채는 또 자신이 뭔가 잘못했나 하는 생각에 움츠러들었고, 고우리는 낮아진 목소리로 말을 이었다.

"드림워커, 라고 들어봤어?"

"드림……워커?"

드림워커(dream walker). 남의 꿈에 자유자재로 들락거릴 수 있는 사람이라 한다. 정은채는 이 말을 예전에 들어본 적은 있었지만 실제로 이것이 가능하리라고는 생각하지 않고 있었다.

"드림워킹은, 루시드 드림의 상위 버전이라고 생각하면 돼. 그러니까, 같은 꿈에 루시드 드리머랑 드림워커가 같이 있을 때, 원래 루시드 드리머가 할 수 있었던 것들이 드림워커에게 넘어가는 거라고 생각하면 쉽겠지."

이제야 모든 것이 이해되는 기분이었다.

"그럼, 그 드림워커란 사람이 있다는 거구나. 여기에……"

"잘 이해했네? 설명한 보람이 있어."

"으…… 왠지 묘하게 기분 나쁘다?"

정은채가 투덜거리는 걸 보고 고우리가 능청스럽게 웃었다.

"자, 그럼 이제부터 뭘 해야 하는지도 알겠네."

정은채가 어리둥절한 표정을 짓자, 고우리는 답답하다는 얼굴로 정은채를 잠시 보더니 또 그런 정은채의 표정이 웃기다는 듯 살짝 웃으며 말했다.

"찾으러 가야지, 드림워커."

　정은채는 5분 째 자신의 집 현관문 문고리를 잡고 고민하고 있었다.

　"괜찮……으려나?"

　사람들이 자신의 꿈속에 갇혔다면 혹시 자신의 부모님도 갇힌 것 아니냐며 안절부절못하던 정은채에게 고우리가 제안한 것이 있었다.

　「정 그렇게 걱정되면, 확인해볼 방법이 있긴 해. 집에 들어가기 전에, '부모님이 집에 안 계신다'고 계속 상상해봐. 만약 부모님께서 정말로 네 꿈속에 갇히신 거라면 아무 일도 안 일어나겠지. 그러나 꿈속의 부모님이 너의 의식에 의해 만들어진 거라면, 네가 상상하기에 따라 눈앞에서 사라지게 만들 수도 있고, 다시 나타나게 만들 수도 있어. 그리고, '너의 의식과 기억'만으로 만들어진 거니까 행동도 네가 알고 있는 지식에 한해서 움직이겠지. 뭐, 루시드 드리머로서의 능력은 드림워커에게 뺏겨버렸지만, 기본적으로 너의 의식을 바탕으로 만들어진 너의 꿈이니까. 네 의식에 따라 원하는 사람을 불러내거나 사라지게 하는 건 가능할 거야.」

　정은채는 마음을 다잡고 한숨을 크게 한 번 내쉬었다.

　'부모님이 지금 안 계신다, 고 생각하라니…….'

　계속 이 생각을 반복하다 보니 패륜이라는 느낌이 들고 양심의 가책이 느껴지기도 했다. 마치 막장 자식이 되어버린 것만 같은 기분이었다. 정은채는 가만히 현관문에 귀를 갖다 대었다. 두런두런 말소리가 들리는 것 같다. 역시 계신 걸까, 하는 생각에 정은채는 저도 모르게 한숨을 쉬었다.

　"들어가 볼까."

　정은채는 심호흡을 한 번 크게 하고는 문을 열었다. 꿈이라도 도어락 소리는 여전히 경쾌하기만 하다.

"다녀왔습니다…… 어?"

정은채는 순간 당황했다. 불이 전부 꺼져 있고, 집 안에는 아무도 없었다. 고우리가 말한 그대로였다.

"말도 안 돼……"

정은채는 저도 모르게 한 발짝 물러서며 주춤거렸다. 고우리가 말한 일들이, 그리고 현실에서는 일어나기 어려운 일들이 눈앞에서 연이어 일어나자 그만 정신이 아찔해지는 듯한 기분이었다. 엄마를 다시 생기게 해볼까라는 어감이 좀 이상한 생각도 잠시 해봤지만, 정은채는 이내 고개를 저었다.

'다시 생겨나게 해봤자 뭐 해, 어차피 꿈인데.'

그래도 다행이었다. 적어도 엄마와 아빠가 자신의 꿈에 갇힌다거나 하는 어이없는 상황은 일어나지 않았으니까. 정은채는 넋을 놓고 앉아 있다가 정신을 차리고는 시계를 보았다.

[82:11]

눈을 비비고 다시 봐도 시계는 그대로였다. 정은채는 비슬비슬 일어나 답답해 죽을 것만 같던 교복부터 갈아입고는, 대충 씻을 생각도 못하고 그대로 침대에 쓰러졌다. 시계는 여전히 괴상한 시각을 가리키고 있다. 잠을 잔다고 해도, 이곳이 꿈이라는 걸 안 이상 결코 쉽게 잠들 수는 없을 것 같았다. 잠도 안 오고 하니, 정은채는 반듯하게 누워 지금 자신이 처한 상황에 대해 고찰해 보았다. 언제부터 시작되었는지도 모르는 꿈. 이상한 여자아이. 그리고 방금 일어났던 도무지 믿기지 않는 기이한 상황.

어찌되었든, 정은채로서는 고우리의 정체가 가장 궁금했다.

'걔도 꿈에 갇힌 사람들 중 한 명이랬지? 그런데도 어떻게 그렇게 많

은 걸 알고 있는 걸까. 평범한 애는 아닌 것 같아.'

그러고 보니 답을 듣지 못한 게 하나 있었다.

'어떻게 여기가 내 꿈속인 걸 알았지?'

그 뒤의 고우리의 태도로 봐서는 의도적으로 대답을 피한 게 분명했다. 그땐 너무 정신이 없어서 다시 물어보는 것도 잊었지만. 의도적으로 피하는 질문을 굳이 캐물을 필요는 없다고 정은채는 생각했다. 사실 이 질문이 아니더라도, 아직 고우리의 많은 부분이 베일에 싸여 있었다.

\*

安娜, 你好! 今天天气很好啊! 我们( )去动物园吧。好吗?

1. 已经

2. 以及

3. 一起

4. 昨天

중국어 선생이 칠판에 휘갈긴 글씨로 한자들을 적어 내려간 후 멋들어진 발음으로 예문을 읽더니 학생들을 둘러보았다.

"그럼 빈칸은 누가 채워 볼까요? 오늘이 며칠이지? 5월 16일이니까 ……. 16번! 은채지?"

정은채는 흠칫하면서도 말없이 일어났다. 이미 예상했던 일이었다. 왜 하필 5월 16일이 계속 반복되는 걸까, 매일 발표해야 하잖아, 라는 작은 투덜거림과 함께 살짝 한숨을 쉬며, 정은채는 짧게 대답했다.

"3번이요."

중국어 선생의 흐뭇한 시선을 느끼며, 정은채는 자리에 털썩 주저앉왔다. 앉자마자 책상에 엎어진 그는 눈알만 이리저리 굴리다 우연히 복도 창문으로 시선을 옮겼다.

"꺄아아!"

정은채의 갑작스런 비명 소리에 학생들과 선생이 정은채를 바라보았다.

"왜 그러나요?"

"저, 복도에……."

정은채의 손가락 끝을 따라 모두의 시선이 복도 쪽 창가로 향했다. 그리고 그곳에서는, 놀랍게도 고우리가 얼굴을 빠끔 내밀고 정은채를 응시하고 있다. 정은채는 속으로 생각했다.

'이제 어떻게 되는 거지?'

그러나 선생은 곧바로 시선을 거두더니,

"자! 다음 문장은 누가 해 볼까요?"

라며 아무 일 없었다는 듯이 수업으로 돌아가 버렸고, 학생들도 아무런 내색 않고 다시 수업에 임하는 것이었다. 정은채는 문득, 자신이 어떤 일을 하든 이 사람들은 전혀 신경을 쓰지 않을 것이라는 생각이 들었다. 여전히 복도에서 고개 빠끔 내밀고 자신에게 손짓하고 있는 고우리를 보고, 정은채는 조용히 자리에서 일어나 교실을 빠져나왔다. 물론 아무도 신경 쓰는 사람은 없었다.

"뭐야, 이거 어떻게 된 거야?"

교실을 빠져 나오자마자 정은채가 고우리에게 물었다. 고우리는 실실 웃으며 키득거리고 있었다.

"역시, 꿈속이라 그런지 편하네. 아무도 눈치를 못 챘다니까."

"아니, 내가 묻고 싶은 건 그게 아니고…… 너 어떻게 내가 다니는 학교를 안 거야?"

한심하다는 표정으로 변해가는 고우리의 얼굴을 보고, 정은채는 순간 자신의 실수를 깨달았다.

"너 교복."

얼굴이 화끈거렸다. 고우리는 또 웃어댔고, 복도에 웃음소리가 울려댔지만 문을 열고 나오는 사람은 아무도 없었다. 고우리는 간신히 웃음을 멈추고 헛기침을 한 뒤 말을 꺼냈다.

"흠흠, 아무튼 내가 여기까지 온 건, 너한테 몇 가지 부탁이 있어서야."

"부탁이라니?"

"너도 빨리 꿈에서 깨고 싶겠지? 그런데 지금은 마음대로 못 깨어날 거야. 네가 꿈에서 깨려면, 드림워커를 죽여야 하거든."

"주, 죽인다고?"

고우리의 입에서 나온 말은 상당히 놀랄 만했다. 아직 곤충도 자의로 죽여본 적이 없던 정은채였다. 그런데, 갑자기 사람을 죽이라니.

"제, 제정신이야? 사람을 죽이라니!"

정은채의 목소리가 커졌다. 그러나 고우리는 아랑곳하지 않고 유들유들한 얼굴로 말을 이었다.

"괜찮아. 드림워커가 꿈에서 죽으면 그저 꿈에서 깰 뿐이고 그 이상도 이하도 아니야. 애초에 네가 꿈을 깨려면 드림워커로부터 꿈을 조종하는 권한을 빼앗아 와야 하잖아."

정은채의 얼굴에 당황한 듯한 빛이 떠올랐다.

"꼬, 꼭 내가 해야 해?"

고우리가 말없이 웃고는 대답해주었다.

"드림워커는 같은 드림워커나 꿈의 주인만이 죽일 수 있어. 평범한 사람들도 상처를 입힐 수는 있겠지만, 죽이려는 노력은 백날을 해봐도 소용없다 이거지. 결국 네가 직접 죽여야 해.”

이야기를 듣던 정은채는 입술을 살짝 깨물었다.

“그러려면 드림워커를 찾아야겠지? 그런데, 드림워커가 뭘 목적으로 네 꿈에 들어왔는지를 모르겠어. 그걸 알아야 어디에 있는지 대충 알 수 있을 텐데……. 그래서 내가 세운 가설이 있어.”

가설이라고 하니 마치 형사 같았다. 정은채는 숨을 죽이고 고우리의 다음 말을 기다렸다.

“아는지는 모르겠지만, 드림워킹을 하려면 그 사람의 이름과 얼굴, 성격 등을 어느 정도 알아야 해. 즉, 드림워커는 너를 알고 있는 인물이다, 이거지. 네가 아는 사람일 수도 있고. 그래서, 좀 생각해 봐. 언제부터 꿈을 꾸고 있었는지. 아마 그걸 노리고 들어온 걸지도 모르겠네.”

“아, 응.”

나를 알고 있는 인물. 정은채는 자신의 주변 인물들을 하나씩 떠올려 보았다. 반 친구들? 선생님? 학원 원장님? 집 앞 슈퍼 아저씨? 그리고 꿈이 시작된 시점이라. 생각하면 할수록 머릿속은 더 복잡해지기만 했다.

“아, 그리고 또 하나. 뜬금없지만.”

고우리의 목소리가 갑자기 심각한 분위기를 깨고 들어왔다.

“어제 집에 갔을 때, 부모님…… 계시든?”

“안 계셨어, 다행히.”

“그래?”

고우리가 알 수 없는 표정을 지었다.

“그러면 말이야, 나 너희 집에서 신세 좀 져도 될까? 왜, 집에 아무도 안 계시고…… 어차피 이제는 동료인데. 상관없잖아?”

사실, 그 전에도 고우리는 어떻게 알아냈는지 종종 정은채가 학교에서 돌아올 때까지 집 현관문 앞에서 쭈그리고 앉아 있다가 정은채가 돌아온 것을 확인한 후에야 어디론가 사라지곤 했다. 그런데 이제는 대놓고 들어오겠다고 하는 것이다.

　"뭐, 상관없으려나……."

　"좋아, 결정 난 거다?"

　그러면서 고우리는 뻔뻔스러운 얼굴로 씩 웃으며 정은채의 등을 툭툭 쳤다.

　"그럼, 이거 줄게."

　"어?"

　정은채가 내민 것은 전자 열쇠였다. 아직 불안함이 가시지 않은 정은채의 얼굴을 보며, 고우리는 다시 살짝 웃었다.

　"그럼, 공부 열심히 해. 꿈속에서까지 공부를 하겠다고 하다니, 대단하네. 나는 가봐야 할 곳이 있어서 이만."

　고우리가 정은채의 어깨를 다시 한 번 툭툭 치곤 도망치듯이 사라졌다. 사실, 정은채는 아직 실감이 나지 않았다. 수많은 사람이 자신의 꿈속에 갇혀 있다는 사실도 와 닿지 않기는 매한가지. 오히려 '굳이 꿈에서 깨야 하나?'라는 생각도 들었다. 그런 정은채로서는, 어째서 고우리가 저렇게 매달리는지 알 수 없었다.

「D」

"이게 아닌데."

학교에서 나온 고우리는 침울한 표정으로 중얼거렸다.

'애초에 그 사람처럼은 되지 말자고 결심하고 여기까지 온 건데……. 나도 모르게 똑같이 행동하고 있잖아. 후, 꿈속이라도 그렇지. 어쩔 수 없나.'

풀이 죽은 채 걷던 고우리의 눈에 건물 위에 세워진 대형스크린에서 흘러나오는 뉴스가 비쳤다.

「다음 소식입니다. 최근 들어 큰 화제가 되고 있는 연쇄실종사건의 6번째 피해자가 발생했습니다. 피해자의 이름은 송지현, 16세의 중학생입니다. 송 양은 어젯밤 11시경 학원이 끝나고 귀가하던 도중에……」

화면을 응시하던 고우리의 표정이 조금씩 어두워졌다.

'저 사람도, 마찬가지구나.'

「경찰은 지난 5번의 사건을 바탕으로 용의자를 물색해 몽타주와 신원을 작성했습니다. 용의자의 이름은 김광진, 31세로 현재……」

용의자라는 소리에 고우리가 다시 고개를 들었다. 그리고 용의자의 몽타주가 화면을 채우는 순간, 조금 전까지만 해도 침울했던 고우리의 얼굴은 어느새 놀라움으로 채워지고 있었다.

"드림워커……?"

저도 모르게 「드림워커」라는 단어가 입 밖으로 튀어나오는 건 아랑곳하지 않고, 고우리는 한동안 시선을 그 커다란 화면에 집중시키고 있었다.

'어떻게 된 거지? 드림워커가 왜……'

거리 한복판에서 커진 눈으로 멍하니 서 있다가 간신히 정신을 차리고 기억을 더듬어가며 얹혀살기로 한 정은채의 집에 들어온 뒤에도 고우리는 계속 고민에 빠져 있었다.

'저 사람이 정말 드림워커라면 저런 짓을 대놓고 하지는 않을 텐데. 저건 마치 '날 죽여주십쇼' 하고 홍보하는 것 같잖아. 게다가……'

고우리는 잠시 얼굴을 찡그린다. 침대에 엎드려 머리를 싸맨 결과 얻은 결론은 하나.

"직접 얼굴을 봐야지, 별 수 있나."


#연쇄실종사건

인터넷에서 수많은 정보들이 쏟아져 나왔다. 고우리는 관련된 글 하나하나를 눈이 빠져라 꼼꼼하게 읽고 있었다. 메모장을 꺼내 대충 기록한 인터넷에서 얻은 정보들은 이러했다.

— 이틀간 6명이 실종

— 일정 구역에서 반복되는 사건

— 사건 현장마다 적지 않은 양의 피가 발견

— 두 번 정도 얼굴을 들켰으나 전부 생포 실패

— 나타나는 주기와 장소에 일정한 패턴은 없음

"이렇게 되면, 좀 힘들겠는데."

고우리는 연필을 빙글빙글 돌리며 가만히 생각에 빠졌다.

"6건의 사건이 전부 아무 관련이 없다면 예상한 대로 묻지 마 살인이네, 역시나."

고우리는 다시 한숨을 쉬었다. 모니터를 뚫어져라 쳐다보는 얼굴이 점점 어두워지기만 하고 있었다.

「아무리 평범한 사람이라도 이러한 환경에 처하면 누구나 범죄자가 될 위험이 있다는 것이 제 생각입니다.」

"그 선생, 좀 재수 없었는데 말이지."

고우리는 떨떠름한 표정으로 웃었다. 설마, 그 재수 없던 선생의 말이 이렇게 눈앞에서 다시 한 번 이루어질 줄은 상상도 하지 못했던 일이었다.

고우리는 잠시 아무 말 없이 앉아 있다가 기지개를 펴며 중얼거렸다.

"역시, 걔한텐 비밀로 하는 게 나으려나."

*

"5월 16일, 5월 16일……."

정은채는 교과서를 앞에 펴놓고 이 한마디만을 중얼거리고 있었다. 책을 간간이 채운 어지러운 한자들은 생각을 깊게 하면 깊게 할수록 더 신명나게 눈앞에서 춤을 춘다.

그러나 되뇌고 되뇌어도 머릿속에서 맴도는 건 '5월 16일'이라는 날짜 하나뿐. 도대체 현실에서의 그 날엔 무슨 일이 있었던 걸까?

"뭐 하냐?"

옆 자리의 송지후가 조용한 목소리로 말을 걸어왔다. 정은채가 고개를 돌리려던 찰나, 갑작스레 이상한 기분이 느껴졌다.

'뭐지, 갑자기 얼굴이 낯설어. 아니, 쟤뿐만 아니라 반 전체가, 뭔가 이상해.'

그뿐만 아니라, 왜인지 모르게 갑자기 밀려오는 슬픈 느낌은 정은채를 더욱 당황시켰다. 송지후의 얼굴을 직접 마주 대하고 있으면서도, 내일이면 다시 못 볼 것만 같은, 그런 느낌이었다.

아, 사춘기가 늦게 온 건가. 그렇지 않고서야 이런 비정상적인 감성은 쉽사리 허락될 리 없었다.

"뭘 그리 뚫어지게 처다봐, 사람 부끄럽게."

송지후가 키득대는 소리에 정은채는 겨우 정신을 차렸다. 그러나 조금 전 느꼈던 이상한 기분에서 비롯된 찝찝함은 도무지 사라지지를 않았다.

'얼굴을 보자마자 갑자기 이상한 기분이 들다니, 어쩌면 지후가 관련이 있을지도 몰라. 이건 나중에 우리한테 말해볼까.'

정은채는 이제는 아예 대놓고 창밖을 바라보며 딴생각에 잠겨 있었다. 송지후 역시 멀뚱히 그를 처다보다가 본인의 자리로 돌아간다. 그러나 여전히 신경 쓰는 사람은 없었다. 마치 반에 정은채라는 학생이 존재하지 않기라도 하는 것처럼.

"끄응……. 사건기록을 열람해보겠다고 할 수도 없고."

고우리는 머리를 싸맸다. 벌써 바깥은 어둑어둑해지고 있었다. 은채는 이제 야자가 거의 끝났겠구나. 그러나 자료조사는 끝날 기미가 안 보였다. 사건과 관계가 없는 일반인인 이상 얻을 수 있는 기록은 이것이 전부였다.

매복하고 있다가 기습해볼까라는 생각도 해보았지만 범인이 언제 어디에 나타날지 알 수 없었다. 책상에 턱을 괴고 멍하니 있던 고우리는 아무 생각 없이 TV를 켰다. TV에서 하는 예능은 전부 봐왔던 것들뿐, 정은채의 기억에 의존하여 만들어진 꿈이니 당연할지도 모른다.

30분 쯤 보고 앉아있으니 슬슬 지루해지기 시작했다. 고우리는 TV에서 눈을 떼고 기지개를 켰다. 그때,

「긴급속보입니다.」

"어…?"

축 처져 있던 고우리는 깜짝 놀라 자세를 바로잡고 TV 화면을 뚫어져라 쳐다보았다.

「연쇄실종사건의 7번째 사건이 조금 전, 그것도 동료가 함께 있었음에도 불구하고 일어나 충격을 주고 있습니다. 피해자의 이름은 박정수, 16세로 친구와 하교하다가 친구가 잠시 화장실을 다녀온 1분 사이에 흔적도 없이 사라졌습니다. 놀랍게도 목격자는 단 한 사람도 없다고 하며, 사건 장소는……」

"가까워!"

고우리는 자리에서 벌떡 일어났다. 그리고 3분도 안 되어, 그 모습은 문 밖으로 사라지고 없었다.

*

「여기! 이쪽이요! 아직도 사람들이 남아있다구요!」

「씨이바, 해경 새끼들아! 눈깔 삐었냐!」

「아~ 새끼들, X나게 무겁네.」

소란스러운 소리에 정은채는 살짝 눈을 떴다.

차갑고 축축한 감촉, 수면 위로 사람들이 소리 지르는 모습이 일렁거렸다. 정은채는 주변을 둘러보았다. 문득, 눈에 채이는 한 아이가 있었다.

"!"

이상하다. 말문이 막히기라도 한 듯 전혀 목소리가 나오지 않는다.

그런 건 아무래도 좋아. 좋으니, 제발, 손끝에만 닿아달라고, 속으로 간절히 빌며 정은채는 지금 자신의 눈앞에서 죽어가는 친구를 향해 악착같이 손을 뻗고 있었다.

"킥킥킥……."

뒤에서 누군가 비웃는 소리. 무시하려 애쓰지만 그 소리는 점점 커지고, 많아지고 있었다. 이따위 노력은 전부 필요 없다는 듯이, 계속해서, 커졌다.

"정은채……."

「야, 이 개새끼들아! 늬들이 그러고도 해경이냐! 망할 개자식들아아!」

누군가가 자신을 부르는 소리. 그러나 곧바로 다른 사람들의 고함에 묻혀 버린다.

"정은채!"

순간 정은채는 깜짝 놀라 고개를 들었다. 눈을 떠보니 자신은 아무 일도 없었다는 듯 교실의 구석 책상에서 엎드려 있고, 그 앞에서는 송지후가 자신을 쿡쿡 찌르고 있었다.

'꿈……?'

꿈속에서 꿈을 꾸다니. 정은채가 멍한 표정으로 부스스 일어나 주변을 둘러보자 송지후가 웃기다는 듯이 킥킥거렸다.

"넌 무슨 애가 중간에 자는 것도 모자라서 야자 시간 끝날 때까지 줄창 자고 앉아있냐?"

"아……."

계속 킥킥대던 송지후는 문득, 정은채의 얼굴을 보고 무언가 심상치 않음을 눈치챘다. 그는 웃음을 멈추고 얼굴을 바짝 가져다 댄다.

"야, 무슨 일 있었냐? 표정이 왜 그래?"

정은채가 잠시 씁쓸한 표정을 지었다. 어리둥절해하는 송지후를 내버려두고, 정은채는 잠시 고민하다가 이내 진지한 얼굴로 속삭였다.

"평택호……라는 배 이름, 들어봤어?"

고우리는 드림워커를 추격하고 있었다. 흔들리는 시야의 바로 앞에는 역시 숨을 헐떡이며 도망가는 한 남자가 있다. 추격하는 사람은 18살 소녀에 도망치는 사람은 성인 남성. 현실이었다면 이미 격차가 벌어져 놓치고도 남았겠지만, 이곳에서는 따라잡히지는 않을지라도 결코 격차가 벌어지는 일은 없었다.

한참을 도망치던 남자가 뒤를 힐끗 보더니 이내 좁은 골목길로 빠졌다. 건물과 건물 사이, 고우리가 그 어두컴컴하고 협소한 공간을 따라 조심스럽게 따라가 보니 남자는 더 도망치지 않고 뒷모습을 보이며 마치 무언가를 하고 있는 듯이 가만히 서 있었다.

이런 상황이라면 누구라도 이상함을 느끼는 것이 당연한 일. 고우리는 일단 벽에 몸을 숨기고 입을 열었다.

"왜 더 이상 안 도망가는 거죠?"

"글쎄, 쫓아오는 사람이 별 위협도 안 되는 꼬마라는 걸 알았는데 굳이 도망칠 필요가 있을까?"

벽 너머로 자신감에 찬 듯한 남자의 목소리가 들렸다.

'자신 있다는 건가?'

잠시 생각하던 고우리는 몸을 숨겼던 모퉁이를 돌아 그 남자와 정면으로 마주했다. 그러나 그것은 실수였다. 바로 다음 순간 고우리의 눈에 비친 것은,

권총이었다.

'아차!'

피하려 해도 이미 늦었고, 남자는 차갑게 웃으며 방아쇠를 당겼다.

탕—

총소리가 좁은 골목길을 타고 울리고, 흘린 피는 떨어져 콘크리트 바닥을 적셨다.

"윽."

잠시 축축한 느낌이 드나 싶더니 이내 왼쪽 어깨에 통증이 밀려왔다. 고우리는 통증이 느껴지는 왼쪽 어깨를 감싼 채로 남자를 향해 물었다.

"그럼, 역시 그 6명을 죽인 건 아저씨였군요?"

"무슨 소리야, 다들 실종 사건이라고 하더만. 그렇지만 범인은 내가 맞아. 그 망할 매스컴이 떠들어대는 대로 말이지. 뭐, 진짜도 아니지만."

'매스컴이 떠들어대던' 그 남자. 연쇄실종사건의 진범. 김광진이 이 남자의 정체였다.

죽을지도 모른다. 눈앞에 서 있는 건 무기를 소지한 성인 남자다. 몸싸움으로 이겨보겠다고? 어림없는 소리다. 그러나 고우리는 오히려 얼굴에 비웃는 듯한 미소를 지으며 입을 열었다.

"아저씨, 드림워커죠?"

김광진의 얼굴에 당황한 빛이 드러났다. 한참을 말을 잃은 채로 총을 겨누고 있던 김광진은 더듬거리며 입을 열었다.

"무, 무슨 소리냐. 소설을 너무 많이 읽은 모양이구나."

"글쎄, TV에선 연쇄실종사건이라고 보도하지만 실은 살인사건이었죠. 아저씨도 알고 있죠? 여기가 꿈속이라는 거……."

"뭐, 뭐?"

"그 누구라도, 꿈에서 죽으면 사라져버리니까. 다른 사람의 눈에는 실종사건으로밖에 안 보였겠죠. 그러나 사실은 6명이 살해당해 사라진 거고…… 드림워커인 이상 당당히 얼굴을 까고 다니면서 살해하는 것도 거리낌 없겠죠. 어차피 꿈속이니까."

김광진의 손은 점점 더 심하게 떨리고 있었고, 고우리의 상처에서는 계속해서 피가 흘러나와 오른손을 적시고 있었다. 그러나 고우리는 아랑곳하지 않고 계속 말을 이었다.

"이렇게 되고 보니, 더 궁금하네요. 아저씨, 왜 그 6명을 죽인 거죠? 아니, 그 전에 어떻게 여기에 있는 거죠? 이 꿈의 주인과 아는 사이인 건가요?"

"닥쳐!"

흥분한 목소리와 함께 평정심을 잃은 총알이 날아들었다. 이번엔 옆구리 쪽, 주저앉는 고우리 위로 김광진의 비웃는 듯한 말들이 이어졌다.

"전부 다 맞는 말이야. 아주 훌륭해. 그런데 말이야, 그런 걸 알고 있으면 오히려 더 죽은 듯이 지내야지, 이렇게 범인을 굳이 쫓아와서 대놓고 떠벌리면 어쩌자는 거냐? 죽여 달라는 것도 아니고."

"그럼, 빨리 죽여요."

고우리가 비틀거리며 일어났다. 목소리는 미묘하게 떨리고 있었지만 그 말에는 알 수 없는 여유가 있었다.

"빨리 죽여보라니까? 나 같은 위협 안 되는 꼬마 하나 죽이는 건 쉽잖아요?"

"이……."

김광진의 얼굴이 일그러졌다. 당장이라도 자신이 방아쇠를 당기면 그대로 죽을 터인데, 어째서 그런 상황에 처한 사람이 저렇게 여유를 가질 수 있는지 도무지 이해가 되지 않는 그였다.

"뭐야, 그게. 내가 그런 걸 어떻게 알아."

"역시…… 그러려나?"

정은채는 안도의 한숨을 쉬었다. 그러나 동시에 마음 한구석에서 느껴지는 것은 불안함. 자꾸 아까 꾼 그 꿈이 떠올랐다. 동시에 어쩌면, 그 꿈이 단순한 꿈이 아닐지도 모른다는 생각이 머릿속을 조금씩 잠식해가고 있었다.

'사실은, 이미 알고 있는지도 몰라.'

이 꿈이 어디서 시작되었는지, 자신은 이미 알고 있는지도 모른다. 그러나 일부러 모른 척하고 있는 걸지도 모른다. 지금의 이 현실을 잃어버리지 않기 위해서.

"야, 너 괜찮냐? 너 오늘 상태 진짜 이상하다."

어느새 이도연이 송지후 옆에 와 있었다. 그러나 그 둘의 말은 귀에 들어오지 않았다.

"나 먼저 가볼게."

"뭐야, 야자 째게?"

도통 감을 못 잡는 송지후와 어리둥절해 하는 이도연을 뒤로 하고 정은채는 도망치듯이 교실을 빠져나왔다. 야자를 째는 것 따윈 아무래도 좋았다. 그게 중요한 게 아니었으니까.


10분쯤 지났을까, 학교에서 도망치듯이 빠져 나온 정은채는 자신의 집 현관에서 머뭇거리고 있었다.

'무슨 일 있나? 이런 적은 한 번도 없었는데.'

정은채는 요 며칠간 자신의 집 앞에 쭈그리고 앉아 자신을 기다리던 고우리를 떠올렸다. 그러나 돌아온 집에는 아무도 없었다. 신세 좀 지겠다고 하더니, 그새 마음이라도 변한 건가. 아까부터 느꼈던 불안한 느낌이 더 커지고, 별의별 이상한 생각이 다 드는 것을 간신히 물리친 정은채는 중문을 열어젖히고 가방을 집어 던진 뒤 아직도 그대로 멈춰 있는 엘리베이터에 다시 올라탔다. 친구를 찾아야겠다는 생각이었을까? 머릿속 한 구석엔 그런 감정이 있었을지도 모른다. 그러나 지금의 정은채는, 복잡해질 대로 복잡해진 머릿속을 정리하고 싶다는 생각이 더 컸다.

"젠장, 도대체 뭐야."

김광진은 손을 덜덜 떨며 초점을 잃어버린 눈동자를 굴렸다. 우중충해진 날씨에 좁은 골목에서는 피비린내가 흩어져가고, 김광진은 자신의 눈앞에서 피투성이가 된 채 지긋지긋하게도 비틀거리며 또다시 일어서는 자신의 추격자를 보고 겁에 질려 있던 참이었다.

고우리는 긴 숨을 한번 내쉬었다. 몸 여기저기의 상처들에서 피가 흘러내려 옷을 다 적시고 있었지만 범인의 손이 떨린 덕분인지, 좀 어두워서 그랬는지 대부분은 다행히도 스친 상처들뿐이었다.

'저 사람이 들고 있는 권총은 리볼버, 최대 7발이 한계야. 그 중 1~2발은 박정수란 아이를 살해하는 데 썼을 테고, 1발은 처음에 내 어깨에 쐈으니, 남은 건 기껏해야 3~4발. 지금 다시 나한테 3발을 쏘고 더 이상 안 쏘는 걸 보면…… 지금쯤이면 총알이 다 떨어졌겠네. 지금 이 날씨, 이 밝기면, 살해는 고사하고 눈앞에 있는 사람을 제대로 맞히기도 힘들어. 결국 쏘더라도 빗나가거나 스치고 끝이겠지. 아프긴 아프겠지만. 이걸 노렸는데, 다행인 것 같네.'

김광진은 여전히 손을 떨며 권총을 겨누고 있었다. 비틀거리며 간신히 중심을 잡은 고우리는 그런 김광진의 모습을 보고 살짝 미소를 지었다.

"왜요, 총알이 다 떨어지기라도 했나 보죠?"

고우리가 조용히 단검을 꺼내 들었다. 김광진은 아무렇지 않다는 것을 보여주기라도 하려는 듯 애써 큰 목소리로 말했지만, 그 목소리는 미묘하게 떨리고 있었다.

"하, 하하…… 네년이 어떻게 되어먹은 건지는 모르겠지만, 네가 날 죽일 수 있을 거라 생각하나? 네 녀석이 아까 네 입으로 나불거렸지. 내가 드림워커라고. 그래. 잘 맞췄어. 그런데, 내가 드림워커라는 걸 알고 있을 정도면 이 사실을 모를 리가 없을 텐데. '드림워커는 같은 드림워커만이 죽일 수 있다'라는 걸 말이야."

"글쎄요."

고우리가 미묘하게 웃으며 단검을 겨눴다. 김광진은 당황하며 몸을 움찔하고, 잠시 후 곧바로 그에게 칼날이 날아들었다.

"뭐야, 그래 봤자 넌 날 못 죽인……"

푹.

찰나의 정적. 그리고 그 사이에 김광진은 자신의 몸에 꽂힌 피투성이의 단검을 보았다.

"으아아아아아악!"

비명이 온 골목에 울려 퍼지고, 고우리가 천천히 얼굴을 들었다. 김광진을 말없이 응시하는 그의 얼굴은 피로 얼룩져 묘한 분위기까지 자아낸다.

"너, 이 새끼… 설마……"

그러나 말은 거기까지였다. 치명상을 입은 드림워커는 이내 꿈속에서 서서히 사라졌고, 그의 몸을 찌른 단검에 겨우 몸을 지탱하고 있던 고우리는 드림워커가 사라지자마자 곧바로 바닥으로 쓰러졌다.

피 냄새가 코를 자극한다. 옷은 축축하게 젖어가고 있었고, 총에 맞은 상처들은 갈수록 통증을 배가시키고 있던 참이었다.

"걸을 수는 있겠지."

잠시 그렇게 쓰러져 있던 고우리는 낮은 신음 소리를 내며 자신의 무거워진 몸을 일으켰다.


모퉁이를 돌아 사람들이 지나다니는 거리에 모습을 드러냈어도, 몇몇 사람들만이 오며가며 고우리를 놀라움과 두려움에 찬 눈으로 흘기고 사라질 뿐이었다.

무슨 일에 휘말렸기에 저런 꼴이 되었을까. 혹시 나도 휘말리지 않을까 하는 불안한 마음. 고우리는 자신을 도와주지 않는 사람들을 원망할 생각은 없었다.

"우선, 병원으로……."

그러나 다음 순간, 고우리는 더 이상 발을 떼지 못하고 주저앉았다. 아무리 꿈속이라 해도 총상은 총상. 자유롭게 움직이는 것은 역시 무리인 모양이었다.

"투둑―"

"어……?"

고우리는 갑작스레 느껴진 차가운 감촉에 하늘을 바라보았다. 올려다본 하늘에는 구름이 잔뜩 끼어 있고, 이어 한 두 방울씩 비가 내리고 있었다.

"고우리!"

자신을 부르는 소리에 고우리는 깜짝 놀라 뒤를 돌아보았다. 그리고 그곳에는 꿈의 주인이 여기까지 달려온 듯이 숨을 헐떡이며 자신을 쳐다보고 있었다.

"너 뭐야. 왜 집에 안 가고……."

"뭐야…… 너 왜 이래! 어디서 이렇게 다쳐가지고선……."

정은채는 당장에라도 울 듯한 얼굴을 하고 있었다. 아까부터 우중충하던 날씨는 점점 많은 비를 퍼붓기 시작했고, 이 비의 의미를 아는 고우리는 애써 웃으며 정은채에게 농담을 던졌다.

"에구, 비 온다. 우산 안 가져왔어?"

"……."

정은채는 아무 말 없이 아무렇지도 않은 척 농담을 던지는 고우리를 업어 들었다. 업힌 이의 상처에서 새어 나오는 피와 하늘에서 떨어지는 비가 온몸을 적셨지만 정은채는 아랑곳하지 않았다. 등에 업힌 고우리는 전후 사정을 설명한 뒤에는 아무 말도 없고, 사정을 들은 정은채는 괜히 투덜거렸다.

"왜 그런 위험한 짓을 했어. 살아남았으니까 망정이지, 너도 살해당했으면 어쩔 뻔했어?"

고우리는 여전히 입을 닫고 있었다. 그리고 그를 따라 정은채도 침묵하고 말았다. 주위는 여전히 어두웠지만, 그렇게나 내리던 비는 점차 잦아들고 있었다.

*

"출혈은 좀 있었습니다만, 대부분이 스친 상처들이니 목숨에는 지장이 없고요, 조금 아프긴 하겠지만 너무 걱정 안 하셔도 됩니다."

"네……. 감사합니다."

정은채는 고개를 꾸벅 숙이고 병원을 나왔다. 아까 조용히 찾아가 본 고우리는 다행히 심각한 상태는 아닌 듯해 정은채는 방해하지 않고 당분간 조용히 빠져주려던 참이었다.

DreAM waLkeRZ

'그래도, 다행이지. 이 정도면.'

어느새 비가 말끔하게 그친 거리는 햇빛이 환하게 비추고 있고, 사람들은, 어젯밤 한 생명이 사라질 뻔했어도, 혹은 이미 사라졌어도 아무 일 없었다는 듯이 각자의 길을 가고 있었다.

"어어어!"

갑자기 들려오는 고함소리에 정은채는 무슨 일인가 싶어 뒤를 돌아보았다. 그리고 뒤이어 정은채의 눈에 들어온 것은, 황당하게도 자신을 행해 돌진하고 있는 자전거였다.

"꺄아아아!"

서로 충돌하는 소리와 함께 정은채는 어느새 길 한복판에 나자빠져 있었다. 정은채가 간신히 정신을 차리고 앞을 보니, 자신의 동갑으로 보이는 자전거 주인 역시 울상을 지은 채 머리를 문지르고 있었다.

"어휴, 이거. 죄송합니다. 괜찮아요?"

"아, 네."

자전거의 주인인, 정은채의 또래로 보이는 소년이 머쓱하게 사과를 건넸다. 정은채는 얼떨떨한 표정을 짓고 있다가, 일어날 생각도 하지 못하고 소년의 얼굴을 쳐다보고만 있었다.

"아유, 이거. 정신줄 놓고 멍 때리면서 달리다가 앞에 사람이 있는 걸 못 봐가지고……"

소년은 아직도 나자빠져 있는 정은채 앞에서 변명이라도 하는 듯 한참이나 주절주절하고 있었다. 몇 번이나 정은채의 상태를 묻던 소년은 그로부터 얼마의 시간이 더 흐르고 난 뒤에야 자리에서 일어났다.

"그런데, 어디를 그렇게 급하게 가고 계셨어요?"

옷의 먼지를 툭툭 털며 일어난 정은채가 물었다. 소년은 머쓱하게 웃더니, 자전거를 일으켜 세우며 대답했다.

"사람을 찾고 있어요."

"사람……?"

"네. 걔 말로는 꿈의 주인을 찾고 있다고 하던데……."

정은채는 재빨리 머리를 굴려 보았다. 이 꿈 속에서, 꿈의 주인이라 불릴 만한 다른 인물은 없었다. 그러나 섣불리 자신의 정체를 밝힐 수도 없는 노릇, 정은채는 마른침을 삼키며 조심스럽게 물었다.

"꿈의 주인은 왜요?"

"꿈에서 깨려면 꿈의 주인을 찾아야 한다고 했어요. 이름이 뭐였더라 …… 그래, 정은채. 정은채였던 것 같아요."

정은채는 다시 마른침을 삼킨다. 소년의 얼굴을 조심스럽게 올려다보며, 정은채는 다시 물었다.

"혹시 그 분, 이름 좀 알 수 있을까요?"

"이름이요? 음……."

정은채는 긴장하며 소년의 대답을 기다리고 있었다. 소년은 뒷머리를 한 번 벅벅 긁더니, 짧게 대답했다.

"고우리요."

정은채가 동요하는 것을 본 소년이 어리둥절한 표정으로 물었다.

"왜요, 아는 사이에요?"

"아, 네, 잠시만요."

고개를 갸우뚱하는 소년을 뒤로 하고 정은채는 몰래 고우리에게 전화를 걸었다.

「여보세요.」

"아, 깨어있었네. 그, 내가 어떤 남자애를 만났는데……."

「어? 뜬금없이 뭔 소리야.」

"그게, 걔가 널 찾고 있는 것 같아서."

「뭐?」

수화기 너머에서 고우리의 목소리가 가늘게 떨리고 있었다.

「걔, 이름은 뭔지 알아?」

"어…… 안 물어봤다."

수화기 너머에서 고우리가 한숨을 쉬는 소리가 들려왔다.

「우선, 이름부터 물어봐. 아마 맞는 것 같지만…….」

"어어, 알았어."

정은채는 전화를 잠시 내려놓고는 소년을 힐긋 쳐다본다. 여전히 상황 파악을 하지 못하고 멀뚱멀뚱 서 있는 소년을 향해, 정은채는 소년의 얼굴을 살펴보고는 천천히 묻는다.

"실례지만, 혹시 이름이……?"

갑작스런 질문에 소년이 다시 어리둥절한 표정을 지었다. 그러나 그것도 잠시, 소년은 곧 머쓱한 웃음을 지으며 대답했다.

"저요? 이찬이요."

정은채는 소년의 이름을 그대로 다시 수화기 너머의 고우리에게 전했다. 잠시 후, 피식 웃는 소리와 함께 고우리의 목소리가 뒤이어 들려왔다.

「걔, 지금 여기로 데려와.」


"우리야!"

"꺄아아아! 징그러워! 저리 안 떨어져?"

속으로 안 해도 될 걱정까지 해가며 데려왔건만, 막상 정은채가 직접 본 눈앞의 광경은 그가 걱정해오던 것과는 사뭇 다른 것이었다. 누가 봐도 반가워 죽으려고 하는 것처럼 보이지만, 그래도 공공예절은 지키는 건지 조용한 목소리로 소리를 지르며 고우리에게 달라붙는 이찬을 향해, 고우리는 역시 조용한 목소리로 윽박지르며 안간힘을 써가며 이찬을 떼어놓고 있었다. 그러나 병실 환자들의 시선이 이쪽으로 쏠리는 것은 어쩔 수 없었다. 더러는 혀를 차기도 하고, 더러는 흐뭇한 미소로 두 사람의 옥신각신을 바라본다. 아마 학생 커플, 더러는 그렇고 그런 사이로 오해 받고 있는 거겠지.

"너 말이야. 내 말은 어디로 듣고 여기서 돌아다니고 있는 거야?"

"와, 지금 그게 오랜만에 본 친구한테 할 소리냐?"

둘은 여전히 으르렁거리고 있다. 이 분위기를 진정시키기 위해 보다 못한 정은채가 나섰다.

"그런데 말이야, 너희 둘은 어떻게 만나게 된 거야?"

"응?"

투닥거리던 둘이 동시에 정은채를 쳐다보았다.

"어떻게 만났냐, 라. 아마 처음 만났을 때 질질 짜고 있었지, 너. 어린 애도 아니고."

"내가 언제? 오랜만에 보니 헛소리도 늘었구나."

"왜, 사실을 말해주니까 창피해서 그래?"

"저기, 우리야……."

"농담이야."

재밌다는 듯이 숨죽여 웃던 고우리가 잠시 숨을 가다듬고 이야기를 시작했다.

"일단, 얘도 꿈속에 갇힌 사람들 중 한 명이야. 넌 기억할지 모르겠지만, 예전에 이 꿈속에서 좀 큰 지진이 난 적 있어. 그때 얘가 무너진 건물 안에 갇혀서 우왕좌왕하고 있던 걸 내가 구해줬지. 그리고 그냥 가려고 했는데, 이 녀석이 자꾸 따라와서, 그때부터 같이 다니게 된 거야. 자. 설명 끝!"

"어? 그게 다야?"

"어. 왜? 그럼 달달한 로맨스라도 기대했어?"

"아, 아냐! 그건 아닌데……."

"그럼 뭐가 문제야?"

고우리가 어리둥절한 표정으로 정은채를 빤히 쳐다보고 있었다. 정은채는 저 혼자 당황해서는, 머릿속을 정신없이 헤집으며 눈알만 굴리고 있다.

'큰 지진? 갇혀? 내 꿈속에서……?'

"그런 일이 있었다고?"

"응. 아, 맞다. 얘기 안 해줬나? 이곳의 자연환경은 모두 네 영향을 받는다고. 어제 눈치챘을 줄 알았는데……. 왜, 어제 네가 나 병원으로 데려올 때 비 왔던 거, 기억 안 나? 네가 기분 좋을 땐 해가 쨍쨍하고, 우울하거나 불안할 땐 구름이 끼고, 화났을 땐 천둥 번개가 치고, 슬플 땐 비가 오고, 이런 식이지. 뻔하지만 말이야."

고우리가 잠시 생각하다가 다시 입을 열었다.

"지진이라…… 지진이 날 정도면, 그 정도로 정신이 혼란스러웠거나, 화났다거나, 그 정도겠네. 뭐 기억나는 거 없어?"

"미안……. 없는데."

"어? 아냐, 미안해할 것까진 없고, 그냥 천천히 생각해봐."

정신이 혼란스러웠다, 라. 혹시 이 꿈의 시작과 연관이 있지 않을까라는 흐릿한 생각을 정은채는 했다.

"자, 그럼."

고우리가 유쾌한 목소리로 주제를 돌렸다.

"이왕 이렇게 된 거, 찬이까지 모였으니까 여기서 말해놓을게. 일단, 우리 목표가 뭔지는 다들 알지?"

"이 꿈에서 나가는 거. 그런데 네가 꿈의 주인 찾겠다고 사라져버렸잖아. 그리고 두 달 만에 다시 만나니까 찾기는커녕 병원에나 처박혀 있고 말이야."

이찬이 투덜거리자 고우리가 어이없다는 듯이 대꾸했다.

"어머, 다친 건 미안하지만 꿈의 주인이라는 애는 찾았거든?"

"뭐? 정말? 어디?"

"눈은 장식으로 달고 다녀? 네 바로 앞에 있잖아."

이찬의 커진 눈이 정은채에게로 향했다. 정은채는 어떻게 반응해야 할지 몰라 그저 멍하니 있을 뿐이었다.

"뭐야, 근데 왜 말 안 했어?"

"아, 그게……."

정은채는 대답 없이 머쓱하게 웃을 뿐이었다. 계속 의심하고 있었다는 걸 알면 누구라도 상처받을 것이 분명했다.

"뭐, 아무튼. 우리는 이 꿈에서 나가야 하고, 나랑 찬이도 예전에 그것 때문에 같이 다녔어. 뭐, 중간에 실패해버리긴 했지만. 그리고…… 지금 상황도 별로 좋지 않아."

"왜?"

"우리처럼 꿈에서 깨려는 사람들이 있다면, 그 반대로 꿈에서 깨기 싫어하는 사람들도 있겠지? 그러면 그런 사람들을 누군가가 선동해서 모을 가능성도 있을 거 아냐."

"그걸 어떻게 알아?"

고우리가 흠칫했다. 그는 잠시 대답할 말을 찾는 듯하더니, 얼굴을 붉적이며 배시시 웃는다.

"아하하……. 가능성이랬잖아. 뭐랄까, 감이라고 해야 하나."

이찬이 고우리를 수상하다는 눈빛으로 바라보았다. 그러거나 말거나, 고우리는 그의 시선을 깔끔하게 무시하고 계속해서 이야기를 이어나갔다.

"그리고, 우리는 숫자가 부족하지. 생각해 봐. 겨우 고등학생 3명이서 어른들하고 싸울 수 있겠어? 것도 맨손으로 싸우는 것도 아니고. 현실이라면 말도 안 되겠지만, 여기선 다들 총은 기본으로 가지고 다닌다고."

"아마 벌집이 되겠지."

이찬이 킥킥댔지만 고우리는 또 깔끔하게 무시하고 말을 이어갔다.

"결론은, 사람들을 모으자는 거야. 우리도."

"모은다고?"

"물론. 아니면 뭐, 우리 셋이서 싸우게?"

정은채가 아무 대답이 없자 고우리가 장난스럽게 이찬에게 이야기했다.

"만약 그렇게 되면 찬아, 네가 유일한 남자로서 우리를 잘 이끌어야 한다. 어휴, 뭐 너는 우리보다도 비실비실해서 믿지도 못하겠지만."

"와, 얘 나 대놓고 무시하네. 이거 여자라 때릴 수도 없고……."

혼자 씩씩대는 이찬을 보고 고우리는 재미있다는 듯이 웃다가 다시 본론으로 돌아왔다.

"아, 대신 사람들을 모을 땐 좀 조심해야 해."

"왜?"

고우리는 한숨을 쉬며 말을 이었다.

"자, 생각해 보자. 여기에는 네 꿈속에 갇힌 사람들이 아주 많지. 그리고 그 사람들은 꿈속인 것도 모른 채 열심히들 살고 있고. 그런데, 갑자기 이 모든 게 꿈이었습니다, 라고 하면 어떻게 되겠어?"

"폭동이 일어나겠지."

이찬이 대신 대답했다.

"그러니까, 사람도 잘 봐가면서 모아야 한다는 소리야."

잠자코 듣고만 있던 정은채가 불쑥 한마디를 던졌다.

"그럼, 그 사람들을 모을 장소는?"

"뭐?"

거기까지는 생각 못했다는 듯 고우리가 얼굴을 찡그렸다. 그러나 그 것도 잠시, 곧 씩 웃더니,

"너희 집은 안 될까?"

라는 농담 섞인 질문을 했다.

"왜, 안될 것도 없잖아? 어차피 집에는 아무도 없는데."

"어……."

"오케이! 그럼 결정! 그럼 난 사람들 좀 모아올게!"

"야! 기다려!"

정은채가 허락하기도 전에, 이찬은 제멋대로 결정을 내린 뒤 고우리 가 부르는 것도 무시하고 사라져 버렸다.

"에휴, 쟨 항상 저런 식이지."

고우리가 고개를 절레절레 흔들다 정은채를 불렀다.

"은채야."

"응?"

"진짜 괜찮은 거 맞지?"

"아, 난 별로 상관없어."

"그래……. 미안해. 계속 폐만 끼치네."

고우리가 우울한 표정을 지었다. 정은채는 그런 친구를 달래주려는 듯 옆에 조용히 쭈그려 앉았다.

"폐는 무슨, 난 상관없다니까."

"그럼 다행이지만……."

고우리가 창밖을 바라보며 잠시 생각에 잠겼다. 창밖으로 보이는 병원 앞 거리를 이찬이 신나서 뛰어가는 것이 보인다. 그에 비해 고우리의 모습이 너무 우울해 보여 정은채는 친구에게 혼자만의 시간을 주기로 마음먹었다.

"저, 그럼 난 이만 가볼게. 사람들도 모아야 하고……."

"아, 그래."

정은채가 어정쩡하게 손을 흔들고는 문 밖으로 사라졌다. 고우리는 그런 정은채의 뒷모습을 보며 또 조용히 한숨을 쉰다. 나가는 정은채의 뒷모습을 바라보는 고우리의 얼굴이 왠지 모르게 불안해 보였다.

「D」- Dreamers(꿈을 꾸는 사람들)

# 드림워커

"야, 고우리."

"응?"

고우리가 퇴원을 하루 앞둔 날이었다. 슬슬 병원을 나갈 채비를 하고 있는 고우리에게 이찬이 물어왔다.

"내가 예전에 판타지 소설에서 읽었던 게 막 기억나서 그런데 말이야. 우리가 꿈에서 깨려면 그냥 정은채를…… 그, 죽이면 되지 않아? 지금 정은채가 꿈에서 못 깨어나고 있기는 하지만, 죽으면 결국 깨어날 거 아냐. 그럼 끝 아냐?"

고우리가 어이없다는 표정을 짓더니 곧바로 대답했다.

"절대로, 큰일 날 소리 하고 있네. 내가 애초에 왜 사람을 모으자고 했겠어? 그거, 다 은채를 지키려고 그런 거라고."

"정은채를…… 지켜?"

"몰랐어? 너, 은채가 죽으면 어떻게 되는지는 알아?"

"아까 말했잖아."

이찬은 여전히 어리버리한 얼굴을 하고 있고, 고우리가 한 번 한숨을 쉬고는 입을 열었다.

"틀렸어. 은채가 죽으면 은채만 깨고, 우리는 여기에 계속 갇혀 있어야 해. 나갈 방법도 없이."

처음 듣는 소리에 이찬이 당황스러움을 감추지 못하는 것이 보였다.

"그, 그럼 우리는 어떻게 해야 하는 건데?"

고우리는 이찬 쪽을 돌아보고는, 당연하다는 듯이 피식 웃으며 대답했다.

"은채를 지키고, 드림워커를 죽인다. 간단하잖아."

*

"어이."

"왜 그러시나요?"

"왜 그러긴, 요즘 돌아가는 상황도 모르고 그렇게 한가롭게 있는 거냐?"

20대로 보이는 한 여자가 책상 앞에 앉아 무언가를 골똘히 생각하고 있는 남자에게 말을 건다. 여자의 목소리는 싸늘했지만 정작 남자는 신경 쓰이지도 않는 건지 고개를 들지도 않고 침착하게 대답했다.

"아아, 드림워커들을 말씀하시는 거라면, 문제없습니다. 가장 위협적이었던 송우혁도 어찌어찌 손을 써놨으니 당분간 신경 쓸 필요는 없을 겁니다. 애초에 우리 쪽에도 드림워커는 있고요."

남자가 그렇게 말하고는 여자를 쳐다보며 씩 웃는다. 내내 표정이 굳어 있던 여자도 따라 웃을 수밖에 없었다.

"뭐, 그렇지. 하지만 중요한 건 그게 아냐."

여자의 얼굴이 진지해졌다.

"김광진이, 죽었다는군."

남자의 안경이 예리하게 빛났다. 얼굴에 속을 알 수 없는 미묘한 표정이 스쳤지만, 그는 곧 평정심을 되찾고 되물었다.

"잘만 하면 끌어들일 수 있었는데, 아쉽군요. 누가 죽었답니까?"

"누구긴 누구겠어. 설마 정은채나 송우혁이 죽였으리라고 생각하는 거야?"

"그것도, 그렇군요."

남자가 무안한 듯 웃었다. 여자도 그를 따라 조용히 웃고 있다가, 남자를 돌아보며 말을 이었다.

"뭐, 예전보단. 결국 목표는 정은채인데…… 쉽게 풀리면 좋으련만."

남자가 자리에서 천천히 일어났다. 그는 벽에 걸린 화이트보드를 훑어보며 대답했다.

"그렇게만 되면 좋겠습니다만, 지금은 상황이 좋지가 않습니다."

"아, 하긴 그렇지. 몰랐던 사이에 어느새 달라붙어 있더라고. 예전에 죽이려다 실패한 적이 있는데, 잠깐 사이에 어느새 빌붙은 모양이야."

남자가 조용히 웃음을 지었다.

"그래서 말인데, 다시 부탁드리고 싶은 게 있습니다."

남자는 천천히 자리에서 일어났다. 그는 잠시 무언가를 생각하는 듯하더니, 다시 작게 웃으며 입을 열었다.

"고우리를 죽이세요. 아니, 데려오는 편이 더 좋겠군요. 멀쩡하게 끌고 오든 반쯤 죽여서 끌고 오든 상관은 없습니다."

*

땡동—

"뭐야, 누구야?"

"어, 찬이 같은데. 근데, 누군가를 업고 있는데?"

"뭐?"

정은채의 말을 들은 고우리가 정은채를 밀치고 인터폰의 수화기를 들었다.

"야! 너, 등에 업고 있는 사람, 누구야?"

"아, 애? 은채네 아파트 앞에 쓰러져 있는 걸 발견했는데, 그냥 놔두고 가긴 뭐해서 일단 데려왔지."

"그걸 왜 데려와?"

겉으로는 어이없어 한숨을 내쉬면서도, 고우리 역시 속으로는 내심 긴장하고 있었던 모양이다.

'쓰러져 있었다고?'

어딘가 겸연쩍었다. 고우리는 긴장을 거두지 않은 채로 의심스럽다는 표정을 유지하며 다시 물었다.

"걔, 얼굴 좀 보여줘 봐."

"어? 갑자기 얼굴은 왜?"

이찬이 힘겹게 보여준 얼굴은 동갑으로 보이는 소년의 얼굴이었다. 고우리는 가볍게 한숨을 쉬고는 인터폰 화면을 정면으로 응시했다.

"일단 알겠어. 지금 문 열어줄게."

문을 열자 이찬이 큰 숨을 내쉬며 비틀거린다.

"으아, 힘들어 죽겠네. 아니 무슨 사람을 몇 분씩이나 밖에 세워두고 그래?"

"불평은 그만하고, 일단 그 애 여기에다 눕혀봐."

이찬이 소년을 조심스럽게 방바닥에 내려놓았고, 세 사람은 호기심과 의심이 반씩 섞인 눈으로 소년을 바라보았다. 그런데 소년의 얼굴을 본 정은채가 별안간 흠칫 놀라는 것이 아닌가.

"왜 그래? 설마 아는 사람이야?"

"이 애…… 나랑 같은 반 애야."

"뭐?"

고우리가 당황한 나머지 짧은 탄식을 내뱉은 뒤 멍하니 있다가 이내 소리를 질렀다.

"아니, 너랑 같은 반이라고 해도, 갑자기 왜 얘가 너희 집 앞에?"

"모, 몰라! 아마 이름이……."

정은채가 머리를 굴리는 사이, 고우리는 소년의 얼굴을 자세히 훑어보았다. 분명 상처투성이이지만 출혈은 없다.

'은채의 반응으로 봐서, 은채는 얘를 잘 모르는 것 같아. 아니, 알더라도 오다가다 스쳐지나가는 사이겠지. 그런데, 이 애는 어떻게……? 게다가, 이 상처라면 생각할 수 있는 건 딱 둘뿐인데, 그 중 하나는 이미 죽어버렸고……'

"우혁이."

"응?"

"맞다, 기억났어. 얘 이름, 송우혁일 거야."

"송우혁……."

고우리가 소년의 이름을 중얼거리며 다시 한 번 소년을 쳐다보았다. 아직 궁금한 게 많았지만, 그런 건 나중에 물어봐도 되겠지.

5분쯤 지나도 그 아이가 깨어나지 않자 이찬은 이 애 이미 죽은 것 아니냐며 열심히 주절거렸고 정은채는 그런 건 아무래도 상관없다는 듯이 어디선가 구급상자를 갖고 와서는 제 나름대로의 응급처치를 하고 있었다. 그리고 또다시 5분쯤 지났을까, 정은채의 응급처치가 나름 효과가 있었는지 소년, 아니 송우혁이 드디어 눈을 떴다. 이찬은 시체가 살아났다며 호들갑을 떨었고, 정은채는 안도의 한숨을 쉬었으며, 송우혁은 누운 채로 천천히 주위를 둘러보았다.

"……!"

DreAM waLkeRZ

별안간, 자신의 시야에 고우리가 들어오자 송우혁의 표정이 굳어졌다. 그리고 다음 순간.

"뭐, 뭐하는 거야!"

"꺄아아아아!"

순식간에 벌어진 일이었다. 송우혁이 갑자기 상체를 벌떡 일으키더니 고우리에게 달려들었고, 어느새 송우혁은 고우리의 위에서 목을 조르고 있었다.

"야! 너 갑자기 왜 이래! 말로 하자!"

"안 돼⋯⋯. 드림워커는, 살려두면⋯⋯!"

"그게 무슨 소리야!"

"나, 난 봤다고⋯⋯. 이 녀석이, 사람을 죽이는 걸!"

이찬과 정은채가 달려들어 소년을 떼어냈고, 갑작스레 목을 졸린 고우리는 콜록거리며 자리에서 일어났다.

"학교에서 정신 차리자마자 뜬금없이 도와준 사람 목을 조르라고 가르치디?"

이찬이 송우혁을 떼어내며 씩씩댔다. 그와는 별개로, 송우혁은 계속 화를 가라앉히지 못하고 흥분하고 있을 뿐이었다.

"저, 뭔가 오해가 생긴 것 같은데. 우선, 무슨 일이 있었는지 이야기해줘."

아직도 숨이 막히는 건지 고우리가 목을 매만지며 입을 열었다. 겨우 이성을 되찾은 송우혁은 고우리를 노려보면서도 고우리의 말에 고개를 끄덕였다.

"그런데, 사람을 죽였다는 게 무슨 소리야?"

"말 그대로야."

그러면서 송우혁은 다시 한 번 고우리를 노려보았다.

"예전에, 너희를 만나기 전에, 저 녀석이 어떤 사람이랑 대치하고 있었어. 멀어서 무슨 이야기를 하는지는 안 들렸지만. 한동안 그렇게 이야기하고 있다가, 그, 그러다가…… 저 녀석이, 아무렇지도 않은 얼굴로, 총을 꺼내서, 쐈어! 그리고 그 사람은 더 이상 움직이질 않았어. 바닥엔 피가 흥건하고…… 아무렇지도 않게 죽인 거라고! 사람을……!"

정은채가 놀란 눈으로 고우리를 돌아보았고, 이찬도 살짝 당황한 표정을 지었으나 고우리는 무덤덤한 얼굴로 아무런 반응도 없었다.

"그리고 나중에 알게 됐지. 쟤가 드림워커라는 걸."

이해할 틈도 없이 연속으로 쏟아지는 충격적인 이야기에 정은채가 놀란 눈으로 고우리를 쳐다보았다. 이찬은 예전부터 알고 있었다는 듯, 아무 반응도 없다.

"너, 네가, 드림워커……?"

고우리는 무표정하게 있다가, 덤덤하게 대답했다.

"쟤 말 그대로야. 정확하게는, 4명의 드림워커 중 하나. 그동안 말 안 한 건, 미안하게 됐어."

정은채는 점점 더 혼란스러웠다. 고우리를 처음 만난 그때처럼, 모든 것이 처음으로 돌아간 기분이었다.

"자, 잠깐! 그럼 그때 왜 거짓말한 거야?"

"흠, 뭐랄까. 장소가 영 좋지 않았거든. 함부로 말했다간 목숨이 날아갈 것만 같아서……."

고우리가 배시시 웃었다. 그래도 정은채는 여전히 이해할 수 없었다. 마치 자신이 알고 있는 것은 극히 일부이고, 그 뒤에 자신이 알지 못하는 무언가가 상상할 수도 없을 정도로 많이 숨겨져 있을 것 같은, 그런 느낌이었다.

그와는 상관없이 송우혁이 계속 말을 이었다.

"그때 이후로 알았어. 여기 드림워커들은, 전부 아무런 양심의 가책도 없이 사람을 죽이는구나, 하고. 다 똑같아. 김광진도, 저 녀석도. 아무리 사람을 죽여도 '어차피 꿈이니까.' 한마디로 어영부영 넘어가버리고 양심의 가책 따윈 못 느끼는 거야. 물론 꿈이라 진짜로 죽지는 않겠지만, 여기 사람들은 죽을 때와 똑같은 고통을 느끼고, 똑같이 죽어가. 거기에 꿈에서 이렇게 사람들을 밥 먹듯이 죽이던 사람이라면 현실에서도 그러지 못하리란 보장이 없잖아. 그러니까…… 빨리 죽여야 해. 죽이는 것이 손에 익기 전에. 드림워커들은, 살려두면 또 얼마나 많은 사람을 죽일지 몰라."

"자, 잠깐. 뭔가 오해가 있는 것 같아."

고우리가 당황한 표정으로 손을 내저었다. 그는 가슴에 손을 가만히 얹더니, 옅은 숨을 들이마시고는 입을 열었다.

"난 그때 그 사람을 죽인 게 아냐. 너도 알잖아? 여기선 사람이 죽으면 곧바로 사라진다고. 근데 너는 그 사람이 사라지는 걸 못 봤잖아."

"그렇지. 그리고 쟤는 겁이 많아서 사람 죽이는 거 같은 건 못해. 거기다 나중에 제멋대로 병원에 실려 가서 별 고생도 다해봤었지."

이찬은 뒤늦게야 생각난 듯 맞장구를 치다가 고우리가 노려보는 통에 얌전히 입을 다문다. 그러나 송우혁은 여전히 의심하는 듯한 눈으로 고우리를 노려보고 있었다.

"그리고 말이야, 드림워커는 다 죽어야 한다니. 그러는 너도 드림워커 아냐?"

"뭐?"

정은채와 이찬이 동시에 당황한 눈으로 고우리를 쳐다보았다. 송우혁은 고우리를 노려보다가, 천천히 입을 열었다.

"어떻게 알았지?"

잔뜩 경계가 들어간 송우혁의 질문에 고우리는 살짝 웃으며 가볍게 대답했다.

"뭐, 드림워커니까."

송우혁은 아직도 경계가 풀리지 않았는지 고우리를 경계하는 눈으로 노려보고 있었다. 그런 경계를 풀기라도 하려는 건지, 고우리는 오히려 웃으며 말을 꺼냈다.

"너도 고생이 참 많았겠구나. 그런 생각을 가지는 것도 당연한 것 같아. 너도 만난 거지? 첫 번째 드림워커 말이야."

송우혁이 동요하는 것이 보이자, 고우리는 조용히 웃으며 더 가까이 가서는 마치 비밀이라도 이야기하는 양 더 작은 소리로 읊조렸다.

"사실, 나도야. 이 상처도, 전부 다……."

송우혁의 눈이 놀란 눈이 되었다.

"그럼, 너도……?"

"물론. 나도 드림워커인데 안 노려졌을 리가 있겠어? 같은 피해자라고."

고우리가 그렇게 말하며 씩 웃었다. 송우혁의 경계심은 어느 정도 풀어진 듯 팔에선 힘이 빠져 있고, 그 와중에 무슨 소리인지 전혀 알 리 없는 정은채와 이찬은 그저 두 사람의 대화를 지켜보기만 할 뿐이었다.

"저, 우리야."

"응?"

"무슨 소리인지 하나도 모르겠는데……. 설명 좀 해줄래?"

"아, 맞다. 그래, 그래야지. 설명해 줄게."

고우리가 너스레를 떨었다. 그러나 어느 순간 고우리는 한숨을 한 번 쉬더니 얼굴에서 웃음기를 거두고 진지한 얼굴이 되어서는 주위를 한 번 둘러보고 입을 열었다.

"드림워커가 4명이 있다고 했지? 그 중 2명은 나랑 이 애고, 한 명은 얼마 전에 있었던 연쇄살인사건의 범인이었던 김광진. 그리고 나머지 한 명……."

고우리가 잠시 말을 멈추더니 나름 처절했던 과거를 생각하기라도 하는 듯 아랫입술을 가볍게 깨물었다.

"이런 식으로 이야기하면 좀 이상하게 들릴지 몰라도…… 가장 첫 번째 드림워커. 그리고 우리가 이 꿈에서 깨기 위해 죽여야 하는 마지막 사람이, 얘가 말했던 그 사람이야. 이연희. 아마, 송우혁이란 애를 저렇게 만든 것도 그 사람이겠지."

"첫 번째라고?"

"그래. 그러니까, 원래 루시드 드리머가 쓸 수 있던 능력들은 다 그 사람이 가져간 거지. 드림 컨트롤이라던가, 외모를 바꾼다던가, 기타 등등."

정은채의 집에 모인 학생들은 저마다 고개를 숙였다. 벌써부터 미래에 일어날 일을 지레 걱정이라도 하는 듯, 각자의 얼굴은 어둡기만 하다.

"그럼."

자신의 말로 인해 무거워진 분위기를 되살리려는 듯 고우리가 일부러 밝은 목소리로 말을 꺼냈다.

"이 송우혁이란 애가 다 나을 때까지 돌봐줘야 할 것 같은데 말이야. 드림워커니까 집도 없을 테고. 음, 어쩔까?"

별 생각 없이 앉아 있던 이찬은 고우리의 눈이 어느새 자신을 향해 있는 걸 보고 깜짝 놀랐다.

"뭐, 뭐야. 왜 나를 봐?"

"……헤헤, 어떻게 좀 안 될까?"

고우리가 멋쩍은 웃음을 짓자 난감한 표정으로 '끄응' 소리만 내고 있던 이찬은 결국 어쩔 수 없다는 듯이 말했다.

"좋아. 난 착하니깐."

"음, 그건 아닌 것 같아."

"또 시비냐? 적어도 너보단 나은 것 같은데?"

고우리와 이찬이 또다시 옥신각신하는 걸 보고 정은채는 마음의 부담이 줄어든 듯 옅은 웃음을 지었다. 그와는 반대로, 송우혁은 뭔가 불안한 듯 안절부절못하고 있다.

"아, 그리고. 송우혁이라고 했나."

"어?"

자신의 이름을 불리자 흠칫 놀라는 송우혁이었다.

"둘이서 잠깐 얘기 좀 하자. 물어볼 게 있어서……."

그러면서 고우리는 거의 반강제로 송우혁의 손목을 잡아끌고 나가버렸다. 남겨진, 드림워커가 아닌 학생들은 그저 어리둥절해하며 서로의 얼굴을 쳐다보고만 있을 뿐이었다.


자판기에서 음료수가 덜컹거렸다. 송우혁은 음료수를 비비적거리며 불안한 듯 앉아 있고, 고우리는 사이다를 뽑더니 한 입 마시고는 송우혁의 옆에 앉았다.

"저, 아깐 미안했다. 괜한 오해를 해가지고……."

"어? 아냐 괜찮아! 오해할 만 했던데, 뭐."

송우혁이 무안한 듯 음료수만 들이키다가, 고우리 역시 아무 말도 없이 음료수만 홀짝대고 있자 초조해졌는지 먼저 입을 열었다.

"물어볼 거 있다며. 뭐야."

"아, 기다려. 생각 좀 정리하고."

그러기를 3분 째. 이리저리 생각을 정리하던 고우리가 드디어 입을 열었다.

"은채가 말이야. 걘 너 잘 모르는 것 같던데, 넌 은채를 어떻게 이렇게 잘 알고 있는 거야?"

"뭔 소리야, 잘 알다니?"

"왜, 드림워킹을 시도할 정도면."

"으음……."

송우혁이 잠시 입을 다물었다 대답했다.

"다른 애들 사이에서 가끔 대화주제가 되거든. 그렇게 예쁜 편은 아니지만, 애가 순둥순둥하고 소심하고 그래서 그런지 여자애들이 귀엽다고 많이 그러더라. 내 친구들 중 몇몇 애들도 그렇고. 그때 옆에 껴서 같이 들었어."

"아, 그러세요."

고우리는 허탈하게 웃으며 비어가는 캔을 들이켰다. 비웃고 있다고 생각했는지, 송우혁이 변명하듯 덧붙였다.

"그리고, 걔도 나 어느 정도는 알 걸? 아무리 말을 안 했다 해도 같은 반인데."

"뭐야, 아는 친구 이름도 기억 못하는 애가 어딨어?"

"걔, 은근히 사람 이름 기억하는 거 잘 못하더라고. 거기다 아직 5월이니까……."

만족스러울 정도로 속 시원한 대답은 아니었다. 그러나 별로 중요한 일도 아니었기에, 고우리는 여기서 이 이야기는 끝내기로 했다.

"그건 그렇다 치고. 더 중요한 게 있어. 너, 드림워커잖아."

"어. 네가 아까 자기 입으로 말해놓고선……."

"그럼, 왜 들어온 거야?"

송우혁이 갑자기 입을 다물었다. 그리고 뒤이어 어두워지는 표정을 보고 고우리는 아픈 부분을 건드렸나 싶어 눈치를 살피면서도, 내색하지 않고 송우혁을 바라보고 있었다.

"이 꿈 말이야. 조금 이상하다고 생각하지 않았어?"

"이상하다니?"

"눈치 못 챈 거야? 정은채 학교, 안 가봤어?"

"그야, 가보긴 했지만. 뭐가 문젠데?"

송우혁이 어이없다는 듯 웃었다.

"너 정말 눈치 없구나. 생각해 보라고. 정은채가, 우리가 다니는 학교 이름이 뭔지."

"학교 이름…… 아."

매사 여유롭던 고우리의 표정이 차츰 굳어졌다.

"그런 일이 있었다고 했지……. 그런데, 넌 어떻게?"

"나야 운이 좋았지. 그 녀석도. 그런데, 대부분의 학생들은…… 말 안 해도 알지?"

"그건……."

"뭐, 나야 괜찮지만, 정은채 걔는 원래도 소심한데다가 쉽게쉽게 정신이 무너지는 경우가 있다고 해서 말이지. 그래서, 확인하고 싶었던 거야. 저 녀석은 괜찮나 하고."

고우리가 아무런 대답 없이 고개를 돌렸다. 역시 속 시원한 대답은 아니었다. 어딘가, 다른 중요한 사실은 묻어두고 둘러대기 식으로 이야기하는 듯한 말투. 그러나 고우리는 더 캐묻지 않고 입을 다물었다.

"그럼, 너도 말해줘야지?"

"말해주다니, 뭘?"

"세상에 공짜가 어디 있냐? 너도 드림워커 아냐? 그럼 너도 왜 들어 왔는지 정도는 알려줘야 하는 거 아니냐?"

고우리가 아무 말 없이 고개를 숙이더니 갑자기 자리에서 일어났다. 텅 빈 캔을 쓰레기통에 집어던지는 그 모습은 화난 것처럼 보이기까지 한다.

고우리가 천천히 다가와 송우혁 앞에 섰다. 그 모습에 송우혁은 혹시 화내는 건 아닐까 움츠러들었지만, 고우리는 얼굴을 풀고 살짝 웃음을 짓더니 송우혁의 머리를 쓰다듬었다. 그리고, 뻔뻔하게 웃으며 덧붙이는 한마디.

"숙녀의 사정은 함부로 캐는 거 아냐."

멍하니 자신을 바라보는 송우혁을 다시 쓰다듬고는, 고우리는 곧 뒤돌아 먼저 가버렸다. 송우혁은 어느새 뒤에서 치사하다고 외치고 있다. 그러나, 뒤돌아선 고우리의 얼굴은 아까와는 달리 잔뜩 어두워져 있었다.

*

"우리야."

바깥에서 내 이름을 부르는 소리가 들린다. 그렇지만 내가 나갈 의무는 없지. 그저 모든 것이 싫었다. 차라리 지금 당장 죽어버리는 게 나을지도 모른다.

"한번만, 밖에 나가보자. 벌써 8일이나 됐잖니?"

바깥에서 간곡하게 부탁하는 목소리, 엄마다. 엄마 말이 맞긴 하다. 8일째, 난 내 방에서 틀어박혀 나올 생각을 않고 있었다. 앞으로도 나갈 생각은 없었지만, 저렇게 간곡하게 부탁하는 걸 봐서라도 한 번쯤은 나가봐야 하는 걸까.

얼마나 시간이 흘렀을까, 나는 부모님의 성화에 못 이겨 8일 만에 방문을 열고 밖으로 나왔다. 우울증에 빠진 딸을 걱정하는 부모님의 마음이겠지. 하지만, 지금의 내겐, 그런 마음 같은 건 아무래도 좋았다.

"그렇게 가려고? 아직은 날씨 쌀쌀해."

아빠가 걱정하는 목소리로 말하며 내게 야구잠바를 걸쳐주었다. 이 야구잠바는, 지금은 군대에 간 오빠가 내 나이 때 입던 것이었다. 평소라면 별로라며 볼멘소리를 했겠지만, 역시 지금의 내게 자신을 꾸밀 여유와 기분 따윈 없었다.

그리고 그날로부터 다시 며칠이 지났을까. 나는 우연히 그들의 소식을 듣게 되었다.

「다음 뉴스입니다.」

거실에서 흘러나오는 소리에 나는 무심코 거실을 돌아보았다. 적적했던 모양인지 아빠가 거실에 켜놓은 TV가 사람들의 소식을 전하고 있다.

「오늘 아침 9시경, 인천항을 출발해 부산항으로 향하던 여객선 평택호가 통영 근처에서 침몰했습니다. 배 안에는 창명고등학교 학생들을 포함한 약 500명의 승객이 탑승하고 있었으며, 현재 경찰은 최선을 다해 수색 중…….」

그러나 그때의 나는 곧 고개를 돌리고 말았다. 안타깝긴 했지만, 지금으로선 나와는 상관없는 일이라고, 그렇게 생각했기 때문에.


그리고, 꿈을 꾸었다. 학교가, 누군가에 의해 철저히 파괴되는 꿈. 그리고, 그 안에서 수많은 학생들이 죽어가고 있었다. 정은채 역시, 그 안에 있었다.

"헉……!"

소녀는 깜짝 놀라 상체를 벌떡 일으킨다. 눈을 뜨자 당장 눈앞에 보이는 것은, 낯선 집의 천장이었다.

고우리는 천천히 일어나 주변을 둘러보았다. 시계는 새벽 3시를 가리키고 있고, 꿈속에서 죽어가던 친구는 자신의 옆에서 잘만 자고 있었다.

'꿈속에서 꿈이라니, 별일인데.'

고우리는 불길함을 느끼며 곤히 자고 있는 친구의 얼굴을 보았다.

확실히, 꿈속에서 꿈을 꾼다는 건 거의 일어나지 않는 일이었다. 그렇기 때문에 오히려 더 불안해진 고우리는 그 시점으로부터 더 이상 잠들지 못하고 깬 채로 남은 밤을 보냈다.


"은채야."

"응?"

다음 날 아침, 어김없이 등교 준비를 하는 정은채를 고우리가 불안한 듯한 목소리로 불렀다.

"오늘, 학교 안 가면 안 돼?"

정은채는 갑작스러운 부탁에 어안이 벙벙했다. 어제까지만 해도 생생하던 친구가, 갑자기 다 죽어가는 목소리로 학교에 가지 말라니.

"갑자기 왜 그래. 악몽이라도 꾼 거야?"

고우리가 살며시 고개를 끄덕였다. 갑자기 하루아침에 어린아이가 되어버린 듯한 친구에게 정은채는 안심하라는 듯이 말했다.

"에이, 뭐 꿈 가지고 그래. 걱정 마."

아무 일 아니라는 듯이 웃던 정은채는 고우리의 얼굴을 보고 멈칫했다. 고우리는 고개를 숙이며 작은 목소리로 중얼거린다.

"왜…… 그렇게 학교에 집착하는 거야?"

"……."

"어차피 꿈이잖아! 학교 같은 건, 안 가도 되는 것 아냐?"

정은채는 잠시 제자리에 서서 망설이고 있었다. 그로서도 마땅한 대답을 찾기 어려워서였으리라. 그러나 곧, 정은채는 저도 모르겠다는 듯이 살며시 웃었다.

"글쎄, 왜 그럴까?"

이후로도 고우리가 몇 번을 더 붙잡았지만, 정은채는 걱정 말라는 말만 남기고 결국 손을 흔들며 사라져 버렸다.

친구는 가버렸지만, 고우리는 마냥 가만히 앉아 있지 않고 곧 자리에서 일어났다.

"그냥 손 놓고 있을 수는 없지."

*

시끄럽게 문을 두드리는 소리가 집 안을 울렸다. 곤히 자고 있던 이찬은 한참이나 문 두드리는 소리가 계속되자 비틀거리며 일어났다.

"으……. 아침부터 누구야."

이찬이 세수도 채 하지 않은 비몽사몽한 얼굴로 문을 열었다.

"누구세요?"

"누구긴 누구야."

"고……."

자신의 눈앞에 서 있는 인물의 얼굴을 확인한 이찬의 얼굴이 점점 난처해지고 있었다.

"너, 네가 왜 여기 있는 건데! 아침부터 뭔 일이야!"

"내 알 바 아니고! 송우혁 데려와! 빨리!"

바깥에서 벌어지는 시끄러운 소란에 송우혁이 어기적어기적 기어나왔다.

"뭐야, 누군데 그래……."

그리고 송우혁 역시 현관문 앞에 서 있는 인물을 확인하고는 미처 숨을 틈도 없이 제자리에 얼어붙었다. 이 난리통에 문 앞에 서 있던 고우리는 머리가 아프다는 듯 가만히 이마를 짚는다.

"거 참…… 우혁아. 가야 할 곳이 있으니까 빨리 교복으로 갈아입고 따라와."

"어……?"

얼떨떨한 표정으로 고우리를 바라보던 송우혁은 고우리의 표정에서 무언가 심상치 않음을 눈치채고는 조용히 묻는다.

"뭐야, 무슨 일 있어?"

"가면서 설명해 줄 테니까, 빨리 갈아입고 오기나 해."

송우혁이 옷을 갈아입고 나오자마자 고우리는 곧바로 손목을 잡아 끌고 달리기 시작했다. 분명히, 학교로 향하는 고우리의 표정은 초조해 보였다.

"그러니까, 언제 설명해 줄 건데?"

송우혁이 투덜거렸지만 고우리는 아무 대답 없이 계속 뛰기만 하고 있었다.

이윽고 정은채의 학교가 시야에 들어오자, 고우리가 잠시 멈춰선 채로 숨을 고르더니 겨우 입을 열었다.

"오늘 말이야, 아무래도 느낌이 안 좋아. 그러니까 네가 들어가서 감시 좀 해줘."

"감시를 하다니, 누구를?"

"그냥, 혹시 은채한테 이상한 사람이 들러붙지는 않는지, 뭔 일 생기지는 않는지. 너 같은 반이라며?"

"음, 감시하라고 해도⋯⋯. 지금 들어가면 늦었다고 벌 서지 않을까?"

송우혁의 말에 고우리가 살짝 긴장이 풀린 듯 웃음을 터뜨리더니 송우혁의 머리를 쓰다듬었다.

"괜찮아, 그럴 일 절대 없어. 내가 알아."

"정말이지? 믿는다!"

그래도 못내 불안한 듯이 고우리를 얼핏 뒤돌아보며 송우혁이 건물 안으로 사라졌다. 그리고 운동장에 홀로 남은 고우리는, 정은채의 교실을 올려다보며 불길한 느낌에 싸여 있었다.

'제발, 아무 일 없어라.'

*

'와, 정말이네? 아무도 잡는 사람이 없어.'

송우혁은 교실의 자기 자리에 앉아 아무도 지각생에게 뭐라 하지 않는 꿈같은 환경에 감탄하고 있었다. 중간중간에 자신의 한참 앞에 앉아 있는 정은채의 자리를 충실하게 감시하는 건 덤이었다.

"네? 잠깐만요."

별안간 한 사람이 교실 문 밖으로 찾아오더니, 뒤이어 담임과 몇 마디 대화를 나눴다. 담임은 이내 뒤를 돌아보더니,

"은채야, 잠깐 나와 보라는데?"

라며 정은채를 부른다. 정은채는 얼떨떨한 표정으로 일어서고, 그 뒤에 앉아있던 송우혁은 돌아가는 상황을 보며 당황하기 시작했다.

'어, 어쩌지? 가봐야 할 것 같긴 한데. 젠장, 수업 시간에 나갈 수도

없고…….'

짧은 순간에 빠르게 머리를 회전시키던 송우혁은 곧 이곳이 꿈속이라는 것과, 아까 전에 지각해도 아무도 뭐라 하지 않았던 기묘한 풍경을 떠올렸다.

"에라, 모르겠다!"

눈을 질끈 감고 자리를 박차고 나온다. 그리고 눈을 뜨자 그는 어느새 교실 바깥에 서 있었다. 물론, 뭐라 하는 사람은 아무도 없었다.

"아차, 빨리……."

송우혁은 정은채가 있는 쪽으로 고개를 돌렸다. 그러나, 정은채는 이미 낯선 인물을 따라 계단으로 올라가고 있다.

"잠깐! 당신, 누구야!"

정은채를 데려가던 여자가 송우혁을 돌아보더니 얼굴에 미묘한 웃음을 지었다.

'잠깐, 저 얼굴은……!'

"어머나, 여기서 또 만나네. 송우혁."

호기롭게 달려왔지만, 막상 이렇게 눈앞에서 직접 대치하니 아무 말도 나오지 않았다. 정은채는 이 사람이 누군지조차 전혀 모르고 따라온 모양이었다. 사이에 끼어 상황파악이 되지 않는지, 정은채는 그저 양쪽을 번갈아 쳐다보며 불안에 떨 뿐이었다. 송우혁은 입술을 살짝 깨물며 중얼거렸다.

"이연희."

"잘 알고 있네, 기특해라. 하지만."

이연희가 조용히 웃었다. 그리고 다음 순간, 그는 방향을 틀어 송우혁에게 달려들었다.

퍽—

"커헉……!"

송우혁이 제대로 방어를 할 새도 없이, 그의 복부에 이연희의 무릎이 날아들었다. 급소를 제대로 가격당한 송우혁은 저항도 하지 못하고 쓰러졌고, 정은채는 이 모든 과정을 공포에 질린 눈으로 보고 있었다.

"자, 그럼."

이연희의 눈이 정은채를 향했다.

"너, 너…… 이 망할 새끼……."

"거 참, 꼬맹이가 주절주절 말이 많네."

"커헉!"

이연희가 송우혁을 다시 한 번 걷어찼고, 송우혁은 역시 아무런 저항도 못하고 바닥에 쓰러진 채 짧은 신음만 내뱉고 있었다.

"애초에, 목적은 그쪽이었으니까."

이연희는 권총을 꺼내 정은채에게 겨눈다. 정은채가 공포에 질려 뒷걸음질 치려는 찰나, 정은채의 귀에 작지만 또렷한 소리가 들려왔다.

'발소리?'

"왜 그러냐, 혹시 뭔가를 숨기고 있는 건……."

푹—

"윽……!"

갑자기 느껴지는 통증에 이연희가 천천히 뒤를 돌아보았다. 뒤이어 자신을 찌른 인물의 얼굴을 확인한 뒤, 이연희는 굳어진 얼굴로 입을 열었다.

"네, 네 녀석……."

"고우리……?"

고우리가, 이연희의 등을 찌르고 가쁜 숨을 몰아쉬고 있었다. 이연희는 한동안 얼굴을 찡그리고 있다가, 한순간 정신을 차린 듯 고우리를 냅다 뿌리치고 몸을 돌린다.

"이제야 나와 주셨군. 친구가 이렇게 맞을 때까지 어디서 뭘 하고 계셨을까나?"

이연희가 도발하며 바닥에 쓰러진 송우혁을 툭툭 쳤다. 고우리는 상관 안 한다는 듯이 피가 묻은 단검을 움켜쥐었지만, 그 손은 미묘하게 떨리고 있었다.

'위험해, 이대로 저 사람이 은채를 노리기라도 한다면……'

"아, 잠시 잊을 뻔했네. 지금은 그게 중요한 게 아니지."

"잠깐, 멈춰!"

탕—

더 이상 망설일 시간은 없었다. 이연희는 재빨리 몸을 돌리더니 정은채를 향해 방아쇠를 잡아당긴다.

"꺄아아아아!"

정은채는 놀라 비명을 지르며 귀를 틀어막았다. 그러나, 시간이 지나도 몸에서는 아무런 통증도 느껴지지 않았다. 정은채는 고개를 힐금 든다. 그리고 그 앞의 풍경은, 바닥에 넘어진 이연희와 그 위에 엎어진 고우리였다.

"이……!"

이연희가 당황한 채 칼을 휘두르기 시작하자 고우리는 그것을 간신히 피하고는 쓰러져 있는 송우혁을 흔들며 속삭였다.

"빨리 정은채 데리고 가."

송우혁이 비틀거리며 일어나는 사이 고우리는 시선을 돌리기 위해 이연희를 공격했다. 그러나 그 공격은 형식적인 것에 불과했기에 이연희는 간단히 피하고는 곧 반격했다.

"이 망할 새끼가!"

화날 대로 화난 이연희가 고우리를 걷어찼다. 그래도 분이 풀리지 않았는지 고우리가 쓰러졌음에도 한동안 마구 짓밟고 나서야 이연희는 겨우 한숨을 돌렸다.

"너 말이야."

이연희가 한숨을 쉬며 고우리의 단검을 들어 내던졌다.

"아무리 드림워커라도 그렇게 무작정 덤벼서야 될 거라고 생각해? 적어도 상황 파악은 해야……!"

이연희의 말이 끝나기도 전에 고우리가 천천히 몸을 일으켰다. 분명, 두들겨 맞아서 그런지 옷은 더러워졌지만, 얼굴은 오히려 여유로운 미소를 띠고 있다.

"웃어?"

"휴, 눈치 못 챈 모양이네."

그제야 이연희는 깜짝 놀라 주위를 둘러본다. 송우혁과 정은채가 어느새 사라져 있었다.

"정은채를 노리고 온 것 아니었어? 이렇게 그냥 보내도 되는 거야?"

잠시 당황하는 듯하던 이연희는 그러나, 오히려 살짝 미소를 지으며 입을 열었다.

"머리 좀 쓰네. 그런데 말이야, 사실 정은채는 지금 놓쳐도 상관없거든."

"뭐……?"

고우리가 흠칫하자마자 이연희가 재빠르게 꺼낸 물건으로 그대로 고우리를 찔렀다.

"스, 스턴건……."

고우리가 쓰러지자마자, 이연희는 고우리의 단검을 주워 들고는 주위를 둘러보았다. 밖에서 이런 소란이 났음에도, 교실 문을 열고 밖으로 나오는 사람은 한 사람도 없었다. 안도의 의미인지 한숨을 한 번 쉬고, 쓰러진 고우리를 안아들며 이연희는 혼자 중얼거렸다.

"꿈의 주인은 다음에도 잡을 수 있지만, 드림워커는 지금 당장의 위험요소니까 말이야."

*

"야! 이찬, 문 열어! 빨리!"

친구들이 다 떠나고 외롭게 늘어져 있던 이찬이 화들짝 놀라 문을 열었다.

"어, 그런데 고우리는?"

"음, 지금 혼자서 이연희랑 있어."

"뭐?"

이찬이 무슨 의미인지 몰라 머리를 긁적이다 곧 소스라치게 놀랐다.

"어어? 그 뭐냐, 첫 번째 드림워커라는 그 사람 아니야?"

"어……"

"뭐야! 그럼 걔 혼자 놔두면 안 되는 거 아니야?"

이찬이 발을 동동 구르더니, 정은채와 송우혁 사이를 밀치고 뛰쳐나갔다.

"야! 어디가!"

"고우리 데리러!"

송우혁의 목소리를 뒤로 하고 일단 무턱대고 달려 나왔으나, 달리 갈 곳을 정하지 못해 이찬은 방황했다.

'그러고 보니, 아까 고우리가 송우혁한테 교복 입고 나오라고 했었지? 그럼……'

순간 이찬의 머릿속에 한 가지 생각이 스쳤다. 아무리 생각해봐도 답은 그 한 곳밖에 없었다.

"학교다!"

이찬은 서둘러 학교 쪽으로 발걸음을 옮긴다. 학교를 향해 내달리며 이찬은 자신의 추리력에 홀로 감탄하고 있었다.

아직 수업 중인 학교는 조용하기만 하다. 이찬은 또다시 자신의 추리력을 믿고 1층부터 친구의 흔적을 샅샅이 뒤지기 시작했다.

"어?"

이찬이 3층에 도달했을 때, 그의 눈에 이상한 것이 보였다.

"피?"

이찬은 바닥에 흩뿌려진 그 붉고 끈적끈적하며 불길한 액체를 자신이 형사라도 된 양 손으로 가만히 만져보았다. 분명 틀림없이, 사람의 피였다.

"여기서 싸웠나 보군."

이찬은 일어나 주위를 수색하기 시작했다. 그러나 그 피의 주인은 도통 보이질 않았다. 이연희도, 고우리도.

'싸운 흔적은 보이는데, 둘 다 보이지 않는다…… 설마?'

무언가 불길함을 직감한 이찬은 떨리는 손으로 휴대폰을 꺼내 정은채의 번호를 눌렀다.

「어? 전화가 되네? 여보세요?」

"당연히 전화 되지. 정은채냐? 송우혁 좀 바꿔줘 봐."

수화기가 넘어가는 그 잠깐의 순간에도 이찬은 안절부절못하고 있었다.

「어, 무슨 일인데?」

불길함을 느꼈는지 휴대폰 너머로 들리는 송우혁의 목소리도 미묘하게 떨리고 있었다.

"지금 빨리 꿈밖으로 나가봐."

「뭐?」

황당한 듯 한동안 수화기 너머에서는 아무 말도 없더니 조금 뒤 송우혁의 어이없다는 목소리가 들려왔다.

「야, 이연희랑 고우리가 죽지 않는 이상 나는 못…….」

"그러니까 나가보라는 거잖아."

이찬의 목소리는 처음으로 진지했다. 송우혁의 "어……"라는 대답과 함께 이어 끙끙대는 듯한 소리가 들려오더니 1분도 안되어 송우혁의 푸념 섞인 목소리가 날아왔다.

「안 돼. 무슨 일인지는 모르겠는데, 일단 돌아와. 만나서 직접 얘기하자.」


"그러니까…… 네 말은 찾으러 갔는데 사람은 없고 피만 있어서 혹시 이연희나 고우리가 죽은 거 아닌가, 하고 나한테 전화를 했다는 거지?"

"어. 김광진은 이미 죽었다고 했으니까."

셋은 고민에 빠졌다. 둘 다 살아있는 걸까, 아니면 설마 이연희나 고우리 중 하나가 이미 죽은 걸까.

"그럼, 당연하겠지만 가능성은 셋 중 하나네. 둘 다 살아있던가, 고우리만 살아있던가, 이연희만 살아있던가."

"아마…… 이연희는 무조건 살아있을 거야."

내내 조용하던 정은채가 오랜만에 입을 열었지만, 그 결론이 내려진 근거를 전혀 알지 못하는 소년들은 멍하니 있을 뿐이었다.

"만약 이연희가 죽고 우리만 살았다면, 바로 여기로 돌아왔겠지. 이연희가 죽으면 그 능력이 우리한테 넘어가니까. 그런데 이렇게 돌아오지 않는 걸 보면, 사정이 생겼거나, 혹시 정말로……."

"불길한 소리 마."

송우혁이 정은채의 말을 끊었다. 그는 잠시 생각하더니, 나름 자신만의 결론을 도출해냈다.

"내 생각엔 말이지. 아마 고우리도 살아있을 것 같아."

"뭐? 왜?"

혼자 아무런 결론도 내지 못한 이찬이 놀란 얼굴로 송우혁을 쳐다보았다.

"아는지는 모르겠는데, 이연희의 목적은 정은채를 없애고 이 꿈에 남는 거라고 했어. 현실이 시궁창이거나 해서 현실도피라도 하고 싶었던 거겠지. 그런데도 아직까지 정은채를 죽이지 못했던 이유가 뭔지 알아?"

"그야, 어디 있는지 몰라서였겠지."

"그것도 있지만. 정은채의 위치를 알고 있는 지금으로썬 고우리 때문일 거야. 같은 드림워커가 옆에 딱 붙어 다니면서 감시하고 있으니 함부로 덤비기가 어려웠던 거겠지."

"근데 이연희는 성인이고, 고우리는 이제 겨우 고등학생인데? 그냥 무시하고 돌진하면 되지 않아?"

송우혁이 한심하다는 눈으로 이찬을 째려보았다.

"그건 현실일 때고. 드림워커를 만만히 보면 안 돼. 평범한 20대 어른을 드림워커인 우리 또래 여자애가 간단히 죽일 수도 있다고. 같은 드림워커라도 좀 힘들 거야."

"드림워커라는 게 그렇게 센 거였어……?"

이찬이 놀라거나 말거나 송우혁은 그를 깔끔하게 무시한 채로 말을 이었다.

"자, 그럼 고우리가 죽었다고 가정해 보자. 그럼 막힐 게 뭐가 있어? 그냥 달려와서 쓱싹하면 되지. 우리는 거기서 그렇게 빨리 빠져 나오지 못했어. 진짜로 고우리가 죽었다면 바로 우리를 쫓아왔겠지. 뭐, 나도 드림워커긴 하지만 예전에 한 번 제대로 진 적이 있거든."

"오호, 그럴 듯해."

이찬이 감탄했다. 그는 송우혁이 했던 말들을 찬찬히 짚어보다가, 의문점이 떠오른 듯 송우혁에게 물었다.

"근데 말이야, 네가 아까 이연희가 고우리를 만만하게 못 본다고 했잖아. 근데 너는 정작 이연희한테 두들겨 맞았다며? 그게 뭐야. 고우리가 너보다 더 세기라도 하다는 거야?"

"음, 말 안 해줬나? 드림워커들이 말이지, 다 같은 드림워커가 아냐. 이 꿈에 들어온 순서에 따라 조금씩 능력치가 달라. 그 결과 첫 번째가 이연희. 세 번째가 김광진. 고우리가 두 번째인 거고…… 나는 마지막이야."

"음, 뭐 어디 게임이나 만화 같은 데서 많이 들어본 시스템 같은데."

"그런고로 정은채."

갑자기 송우혁의 시선이 정은채를 향했다.

"이연희가 제일 먼저 들어왔다는 건, 당연히 너를 잘 알고 있다는 거야. 그래서 말인데, 이연희 몰라?"

"……"

정은채는 그전까지 만났던 사람들을 하나하나 떠올려보았다. 그러고 보니, 이연희란 이름을 가진 사람이 있는 것 같기도 했다. 그러나 그 얼굴은 태어나서 처음 보는 얼굴이었다.

"여기 계셨군요."

이연희는 천천히 고개를 든다. 한 남자가 방문 손잡이를 잡고 의미심장한 미소를 짓고 있었다.

"무슨 일이지?"

"잠시 같이 봐주셔야 할 일이 생겨서 말이죠."

"……고우리 건이냐?"

그 날, 고우리를 데려오라고 한 것은 이 남자였다. 아마, 이쪽으로 끌어들이려는 거겠지, 라는 생각으로 이연희는 순순히 고우리를 데려왔으나, 고우리를 데려오자마자 무슨 심정인지 이 남자는 갑작스레 저 혼자 고우리를 맡겠다고 나섰고, 덕분에 이연희는 그 날 이후 단 한 번도 고우리의 얼굴을 보지 못했다. 남자의 표정에서 불안함을 느끼며, 이연희는 자리에서 일어섰다.

"……."

벌써부터 역한 냄새가 느껴지는 듯했다. 이연희는 저도 모르게 얼굴을 찌푸리며 남자의 어깨 너머로 쓰러져 있는 한 소녀를 힐긋 보았다.

"역시, 드림워커는 대단하군요. 이 정도로 당하고도 아직도 살아 계시다니 말입니다."

"……서진우."

고우리는 간신히 고개를 들고 서진우라 불린 남자를 노려본다. 이연희는 가까이에서 고우리의 모습을 보고는 다시 얼굴을 살짝 찡그렸다.

"무슨 짓을 한 거야?"

서진우가 어깨를 한번 으쓱했다.

"글쎄요."

이연희는 고우리를 힐긋 보았다. 계속해서 코를 찌르는 피 냄새도 역했지만, 가장 참기 힘들었던 것은 눈앞에 쓰러진 소녀의 온 몸이 검붉은 색으로 물들어가는 것을 계속 보고 있어야 한다는 것이었다. 자신의 제안이 거절당하자 요구가 관철될 때까지 마구 고문해댄 것이 분명했다. 죄책감을 느낄 필요가 없다는 이유로, 꿈이라는 이유로.

"아, 첫째 날 이후로는 전 손을 대지 않았습니다만."

마치 이연희의 마음을 읽기라도 한 듯 서진우가 입을 열었다. 이연희는 서진우의 말을 듣고는 다시 고개를 돌린다. 자세히 보니, 몸 여기저기에 칼로 찔린 듯한 상처가 눈에 띄었다.

"그래도 그렇지, 이 정도로 반쯤 죽여 버리면 뭘 물어볼 수가 없잖아."

"제가 한 게 아닙니다. 다른 분들이 한 일이죠."

"다른 사람들이라면……?"

"꿈에 갇힌 사람들 말입니다."

이연희는 다시 고우리를 보았다. 늘어져 있는 팔을 잡고 천천히 들어올리자, 고우리는 흠칫 놀라 잠시 반응하는 듯하다가, 이내 다시 늘어져 버렸다.

"꿈에 갇힌 사람들이라, 넌 아마도 그 사람들에게 이 애가 드림워커라고 말해줬겠지?"

"……"

이연희는 대답이 없는 서진우를 바라보며 말을 이었다.

"그 사람들의 목적은 빨리 꿈에서 깨어나려는 거잖아? 물론 우리는 정반대로 꿈에 남는 것이 목표지만, 이 꿈에서 깨는 조건이 흔히들 알고 있는 상식과는 좀 다르다는 걸 생각하면 사람들을 속이는 건 쉽지. 그리고 드림워커들이 꿈에 남으려고 하고 있다고 속인다면? 그 사람들이 이 녀석에 대해 원망을 가지는 건 당연한 결과 아니겠어? 거기에 꿈의 주인이 깨어나지 못하고 있는 것도 드림워커들 때문이니……. 서진우, 생각보다 머리가 좋은데?"

그러면서 이연희는 얼굴을 비틀어 웃어 보였다. 서진우는 아무런 대답도 없이 역시 말없이 의미심장한 웃음만 짓고 있다가, 천천히 입을 열었다.

"뭐, 어차피 다 꿈 아닙니까?"

이연희는 소녀의 손목에 감긴 손목 보호대를 말없이 들여다보고 있다가, 일어서며 서진우에게 한마디만을 하고는 몸을 돌려 나갔다.

"죽이지만 마. 물어봐야 할 게 있으니까."

*

"내가 아는 한, 없어. 똑같은 이름의 사람은 있긴 한데……."

"어쩔 수 없나. 그럼 그 똑같은 이름이라는 사람에 대해서 좀 말해 봐."

정은채가 기억을 더듬어 말한 이연희에 대한 내용은 이랬다.

나이는 24세, 미혼이고 봉사활동을 하던 곳에서 만나 친해졌다고 했다. 얼굴이 그다지 예쁜 편은 아니어서 스스로 푸념을 늘어놓곤 했다고 한다.

"음, 이상하네. 역시 동일인물은 아닌가 보네."

"으잉? 왜?"

"아, 넌 이연희를 못 봤겠구나. 사실 인정하긴 싫은데, 이 꿈속의 이연희는 예쁘거든, 엄청."

"오호라……."

이찬이 솔깃한 표정을 지었다. 그와는 별개로, 송우혁은 아쉬워하며 입맛을 다셨다.

"결국 전혀 다른 사람이란 얘기네. 그렇지?"

이찬이 송우혁의 속마음을 떠보듯 물어왔다. 대답도 하지 않고 한참을 고민하던 송우혁은, 갑자기 무언가 떠오른 듯 소리를 내더니 전혀 엉뚱한 이야기를 꺼냈다.

"아냐, 어쩌면…… 동일인물일 수도 있겠어."

송우혁이 미묘한 웃음을 지었다.

"갑자기 그게 뭔 소리야, 설명 좀 해봐."

어이없어하는 이찬을 위해 송우혁이 친절하게 설명을 시작했다.

"이연희가 이 꿈에 제일 먼저 들어왔다고 했잖아. 그럼 기존의 루시드 드리머가 할 수 있던 걸 이연희가 전부 할 수 있게 된 거라고. 자각몽 꿔본 사람?"

"여기 있는 사람들은 다 꿔보지 않았을까."

"그럼 다들 알겠지만, 자각몽 안에선 뭐든지 다 할 수 있잖아. 하늘을 난다던가, 사람을 소환한다던가, 모습을 바꾼다던가."

"아."

이찬이 뭔가 깨달은 듯한 표정을 짓더니 이내 환호했다.

"야, 천잰데? 그럼 그 사람이 지금 저 이연희로 모습을 바꾼 거라는 거야?"

"아마. 그럼 정은채, 아까 그 사람이 본인 외모가 맘에 안 든다고 했댔지? 답 나왔네. 지금 이연희 얼굴을 봐봐. 어떠냐?"

"어떠기는, 네가 엄청 예쁘다며."

이찬이 헤벌쭉해져서는 실실 웃었다. 아직도 정신을 못 차리고 있는 이찬을 한 대 쥐어박고는, 송우혁은 추리를 계속했다.

"그런 거지. 현실에서 외모 콤플렉스가 있다고 했으니까, 꿈에서는 외모를 엄청 예쁘게 바꾸고……."

송우혁이 자신의 추리에 만족한 듯 뿌듯한 표정을 지었다. 그러나 다음 순간, 정은채의 조용한 한마디가 그의 뿌듯함을 박살내버렸다.

"그럼, 우리는 지금 어디 있는 거야?"

"아."

자신감 넘치던 송우혁이 갑자기 혼란에 빠졌다.

"음, 지금의 가능성으론, 납치된 게 아닐까? 이연희한테."

"납치? 왜?"

"그, 그건……."

기껏 세운 '납치'라는 가설도 이찬의 질문 한마디에 무너졌다. 송우혁이 머리를 싸매고 있을 즈음, 정은채가 다시 조용히 말을 꺼냈다.

"납치된 게 맞는 것 같아. 이연희한테……."

"엥? 어째서?"

"아까, 우리가 여기서 두 번째 드림워커랬나? 그럼 틀림없이 그쪽한텐 위협일 거야. 우리가 안 죽었다면, 자기편으로 넘어오게 하려고 납치해 간 거 아닐까. 나 대신에 말이지. 생각할 수 있는 게 그쪽밖에 없잖아."

"천잰데?"

이찬이 말없이 박수를 쳤다. 그러나 또다시 송우혁이 그 분위기를 깼다.

"그런데, 우리 너무 깊게 생각한 거 아니냐? 정말 납치된 거 맞아?"

"으응, 아직까지도 안 보이는 걸 보면."

"그럼……."

달리 생각할 수도 없어 그들은 일단 납치의 가능성에 초점을 맞추기로 했다. 그러나, 어떻게 그 위치를 찾아내고 또 어떻게 구해내야 할지 난감한 그들이었다.

"야, 우혁아. 너 드림워커라며. 막 사람 탐지 기능 같은 거 없냐?"

"있겠냐?"

그들은 다시 고민에 빠졌다. 그리고 어느 누구도 입을 열지 않고, 한참 동안이나 자리를 지키고 앉아 있었다.

이야기하는 사이 창밖은 벌써 어둑어둑해지고 있었다. 일단 경찰에 신고를 해두긴 했지만, 역시 고우리 없이 정은채를 홀로 두는 것은 위험했다. 그렇다고 송우혁과 단 둘이 붙여놓을 수는 없는 노릇이었기에 이찬은 할 수 없이 정은채를 며칠 동안 자신의 집에 들이기로 했다. 각자가 각자의 방에 누웠지만 불안감에 잠이 오지 않는 것은 홀로 누운 정은채도 방을 내주고 낑겨 누운 이찬과 송우혁도 마찬가지였다.

"야. 자냐?"

"어."

"자는데 어떻게 대답을 하냐."

송우혁이 말을 걸었지만 이찬은 귀찮다는 듯이 건성으로 대답하고 돌아누워 버렸다. 그러거나 말거나, 송우혁은 이찬의 등에 대고 상대가 듣든 말든 자신의 이야기를 시작했다.

"아까 낮에 말이야, 좀 이상한 점이 있었어. 창밖으로 보다 보니까 이연희가 정은채를 끌고 나가더라고. 죽일 거라면 바로 죽이면 되지 않았을까? 뭐 하러 거기까지 데리고 가면서 시간을 끈 거지?"

"듣고 보니 그러네."

이찬이 관심을 가지며 다시 똑바로 누웠다. 그리고 놀랍게도 생각하기 시작했다.

"그리고, 아무리 관심을 끌었다 해도 그렇게 쉽게 넘어간 것도 이상했어. 그 뭐냐, 목표가 애초부터 정은채가 아니었던 것 같았단 말이지."

"애초부터……?"

송우혁의 말을 듣고 이찬이 벌떡 일어났다.

"은근 머리 쓰는데? 네 말이 맞는 거 같아."

"응? 뭔 소리야?"

"그렇다면, 시간이 별로 없어."

어둠 속에서 이찬의 진지해진 목소리만이 간간히 들려왔다.

"자, 네 말대로 원래 고우리를 납치하는 게 목적이었다고 해보자. 그럼 그 이유는 뭘까?"

갑작스런 이찬의 질문에 송우혁은 잠시 어리둥절해진 듯 했지만, 그역시 혼자 고민하다가 나름대로의 답을 찾아냈다.

"아까 말했잖아. 현재로선, 그 사람들한테 있어선 고우리가 제일 큰 위협이겠지. 뭐, 나야 이전에 신명나게 얻어터져봤으니까 상관없겠지만, 고우리는…… 역시 저쪽한텐 위험할 거 아냐. 그러니까, 죽이던가, 아니면 자기편으로 끌어들이려고 했겠지."

송우혁의 추리력이 이번에도 빛났다. 그러나 말이 끝나기 무섭게 곧이찬의 반론이 이어진다.

"그런데, 고우리가 그렇게 쉽게 배신할 만한 애는 아니야. 그랬으면 진작에 저쪽으로 넘어갔지. 뭐 하러 이쪽에 남아서 저 고생을 하나?"

"네가 그런 걸 어떻게 알아."

"알지."

이찬이 생각 외로 진지하게 나오자 송우혁은 잠시 입을 다물었다.

"그런데 그럼 어떻게 되는 거야? 걔는."

"어떻게 되긴 뭘 어떻게 돼?"

"저쪽으로 안 넘어간다며? 자기네 편으로 끌어들이려고 납치해간 거아니었어?"

생각이 복잡해졌는지 이찬이 잠시 뒤척였다. 그리고 뒤이어 대답하는 그의 목소리에는 약간의 불안감이 묻어나고 있었다.

"글쎄, 진짜로 절박한 게 아니라면 그냥, 죽여 버리지 않을까."

두 사람은 갑자기 동시에 입을 다물었다. 송우혁은 어이없어하는 듯한 웃음소리를 내더니, 떨리는 목소리로 중얼거렸다.

"에이 설마, 그렇게 빨리 죽이려고."

"그랬으면 좋겠지만……."

이찬의 목소리는 불길한 마음을 숨기지 못하고 있었다. 송우혁도 애써 말도 안 되는 소리라며 비웃었지만, 그 역시 전혀 불안하지 않다면 거짓말이었다.

"일단, 확정된 건 아니니까 내일 아침에 더 생각하자. 지금 고민하고 있어봤자 좋은 건 없어."

잠자코 듣고 있던 송우혁은 더 말하지 않고 다시 돌아누웠다.

# 본성

"에라이, 이 질긴 년!"

어두운 방 안에 둔탁한 소리가 몇 번 울린 뒤 가라앉았다. 여자는 분이 풀리지 않는 듯 씩씩대다가 야구배트를 집어던지고 피투성이가 되어 쓰러져 있는 눈앞의 인물에게 얼굴을 들이밀었다.

"이기적인 새끼. 아무리 그렇게 버텨봤자 현실도피밖에 더 되겠냐고, 응? 그냥 빨리 인정할 건 인정하고 우리 깔끔하게 끝내자. 18살이라고 했나? 그 정도면 사리분별은 할 만큼 충분히 나이 먹지 않았어?"

소녀는 아무 말 없이 고개만을 힘겹게 들어 여자의 얼굴을 보았다. 요 며칠도 안 되는 사이 인간이 겪을 수 있는 모든 고통은 다 겪은 듯했다. 이미 부러지고도 남은 듯한 팔과 다리는 제 기능을 하지 못한 채로 축 늘어져 있을 뿐이었고, 이들이 어디서 도구를 구해온 건지 지독하게 지져댄 부분들은 끔찍하게도 욱신거리며 고통을 배가시키고 있었다. 혹시라도 부러진 갈비뼈가 폐를 찌르지는 않을까 노심초사하던 차에, 숨을 쉴 때마저도 목 안에 고인 피가 마구 끓는 듯해 소녀는 계속해서 움직이지 않는 몸을 비틀어가며 끊기는 숨만을 내뱉고 있었다. 이여회가 다녀간 뒤에도 이들의 괴롭힘은 그치지 않고 오히려 더 가혹해진 탓이었다. 덧붙여, 사람이 이렇게 잔인해질 수 있을 줄은 드림워커였던 소녀도 미처 몰랐던 것이다. 아마도 서진우가 살살 부추긴 드림워커에 대한 증오심이 이들의 본성을 더욱 자극했던 탓이리라. 여자가 이마를 바싹 가져다 댄 채로 소녀를 향해 협박하듯이 물었다.

"자, 말해봐. 꿈의 주인은 어디 있어?"

"반대……라고요."

"뭐?"

소녀가 얼굴을 찡그린 채 천천히 고개를 들었다.

"꿈의 주인을…… 죽이면, 오히려…… 꿈에, 갇히게 된다고요."

"이게 끝까지……."

"아아, 잠깐 진정해!"

뒤에서 지켜보고 있던 남자가 달려들어 분노한 이를 뒤로 밀어냈다. 그는 자신이 지을 수 있는 최대한의 친절한 웃음을 지으며 소녀에게 다가갔다.

"내가 계속 지켜봤는데, 너무 안타깝더구나. 나도 현실에 딱 너만한 아들이 있어서 그런지, 계속 너를 보면서 가슴이 아팠어. 아무리 꿈속이라도 이건 좀 심했지? 처음부터 솔직하게 말해줬으면 이렇게까진 안 됐을지도 모르는데. 응? 그러니까 이제 말해줄 수 있겠니? 꿈의 주인이 어디 있는지 말야. 현실에 가족을 두고 와서 빨리 돌아가야 하거든."

소녀는 대답 없이 숨만 내쉬고 있었다. 아무런 대답이 없자 남자의 얼굴 근육이 조금씩 씰룩이기 시작한다.

"그렇게 입 다물고 있어도 소용없으니까, 어서……."

"그런 식으로 해서 언제 대답을 듣겠습니까?"

방문이 열리고 익숙한 그림자가 모습을 드러냈다. 서진우였다.

"그런 식이라니……."

"이거 오랜만이군요, 고우리 양. 이런, 아직도 살아계셨습니까?"

"……."

소녀는 대답 없이 서진우를 노려보고 있었다. 그런 소녀를 아무 말 없이 바라보고 있던 서진우에게 아까의 그 여자가 다가와 물었다.

"이 년 말이야, 자꾸 꿈의 주인을 죽이면 오히려 꿈에 갇힌다는 둥 헛소리를 하는데, 어떻게 해야 할까? 그럴 일은 없겠지만, 만약 정말로 진짜라면……"

서진우는 피식 웃고는 목소리가 살짝 떨리고 있는 여자를 돌아보며 대답했다.

"너무 심하게 고문했나 봅니다. 제정신이 아닌 상태에서 하는 소리는 무시하시는 게 좋지요."

"하, 하하……. 그렇지? 역시 거짓말이겠지?"

쓰러져 있던 소녀가 몇 마디 중얼거리는 듯 했지만, 그 말을 들은 사람은 아무도 없었다. 여자는 고뇌하는 듯한 표정을 짓고 있다가 서진우의 말을 듣고서는 다시 억지웃음을 지으며 소녀를 향해 돌아섰다.

"들었냐? 어른한테 벌써부터 거짓말을 하면 안돼요."

소녀는 여전히 대답이 없이 여자를 노려보고 있었다. 그리고 다음 순간, 여자의 눈이 번득이는가 싶더니 어느새 그의 손은 소녀의 목을 강하게 붙들고 있었다.

"아니면 뭐, 그냥 여기서 죽여도 큰 상관은 없는데? 왜? 어차피 꿈이 잖아? 죽으면 깨어날 거 아니야?"

"으, 으윽……"

잠시 반항하는 듯했던 소녀는 얼마 못 가 축 늘어졌다. 뒤에서 이를 지켜보던 남자가 당황해 소리를 지른다.

"이봐! 죽이면 안 된다고 그 여자가 그랬잖아!"

"죽이긴? 드림워커가 이 정도로 죽을 것 같……"

그러나 다음 순간, 여자가 목을 붙들고 있던 팔을 거두자마자 소녀는 그대로 바닥으로 쓰러져 버렸다. 소녀가 쓰러지는 것을 보고 놀란 남자가 달려와 상태를 살피다가 한순간 표정이 변해서는 더듬더리며 입을 열었다.

"이, 이 녀석, 숨을 안 쉬는 것 같은데……?"

"뭐?"

그전까지 무슨 대수라는 듯한 표정을 짓고 있던 여자의 표정도 당혹스러운 표정으로 바뀌었다. 서진우는 이 일련의 과정을 아무런 표정의 변화도 없이 지켜보고 있을 뿐이었다.

"이, 일단, 이연희 씨 모셔올게!"

남자가 달려 나가자, 멍하니 앉아 있던 여자는 그제야 제정신을 차린 듯 얼굴을 구기고 중얼거렸다.

"지 혼자 착한 척하긴……. 자기도 뒤에서 아무것도 안 하고 방관하고 있었던 주제에."

"이 꿈속에, 완전한 선인이 어디 있겠습니까?"

"……."

서진우의 말에 여자는 곧 입을 다물었다. 얼마간의 시간이 흐른 뒤, 생각에 잠겨 있던 그는 헛웃음을 지으며 대답했다.

"뭐, 그렇지. 나도 현실에선 정말 평범한 직장인이었는데 말이지. 뉴스에서 보던 살인 사건이나 별 해괴한 범죄 같은 건 나랑은 전혀 상관이 없다고 생각했어. 그런데……."

여자는 말을 멈추고 괴로운 듯 입을 다물었다. 뒤에서 그를 지켜보던 서진우는 한 발짝 다가와 짐짓 위로하듯 입을 열었다.

"그래서 빨리 꿈에서 깨야 하는 것 아니겠습니까. 이런 특수한 환경에서는 그 누구라도 추악한 본성이 고개를 들기 마련이니까요."

"……믿을 수가 없네. 내가 이렇게 잔인해질 줄은……."

혼자 중얼거리던 여자는 다시 입을 다물었다. 서진우는 또다시 알 수 없는 표정을 지으며 여자를 주시하고 있었다.

이연희는 초조하게 앉아 생각에 잠겨 있었다. 그는 고우리의 상태가 조금이나마 나아지기를 기다려 본인이 말했던 '물어볼 것'을 물어볼 생각으로 조용히 기다리고 있었다. 그날로부터 별 다른 소리가 들리지 않는 것으로 보아, 이연희는 자신이 말한 대로 그들이 고우리를 가만히 내버려두고 있다고 생각했다. 애초에 거의 죽어가고 있는 사람을 더 건드릴 필요도 없으니 말이다. 그러나 그것은 혼자만의 그릇된 생각이었다. 그의 예상은 이미 빗나가 있었던 것이다.

"저⋯⋯."

"응?"

한 남자가 쭈뼛거리며 문을 열고 들어왔다. 순간 불길함을 느낀 이연희는, 무의식적으로 앉아 있던 자리에서 벌떡 일어나며 목소리를 높였다.

"무슨 일이야?"

"그게, 드림워커가⋯⋯ 숨을 안 쉬는 것 같습니다."

"뭐⋯⋯?"

이연희는 남자를 밀치고 달려 나간다. 남자가 뒤늦게 따라 나와 이연희를 제치고 앞장섰다. 남자가 기존에 고우리가 갇혀 있던 방을 지나쳐 가는 것을 보고, 이연희는 무언가 이상함을 느꼈다. 그리고 그들이 도착한 곳은, 당연하게도 소리가 거의 들리지 않을 법한 어느 지하실이었다. 언제 이런 수를 쓴 거지, 하고 중얼거리며 이연희는 서둘러 방으로 들어섰다.

"어떻게 된 일이야!"

"아, 이연희 씨군요."

이연희는 서진우를 밀치고 쓰러져 있는 고우리의 상태를 살폈다. 힘겹게 내쉬는 호흡이 미약하게 떨리고 있었다. 이연희는 저도 모르게 언성을 높여 서진우에게 따져 묻는다.

"죽이지 말라고 했잖아!"

"이런, 죽지는 않았습니다. 애초에 이 꿈 속에서는 죽으면 사라지니 말이죠. 잊으셨습니까?"

"……."

이연희는 잠시 생각에 잠겨 있다가, 갑자기 고우리를 조심스럽게 안아 들었다. 이연희의 손이 닿자마자 고우리는 고통으로 얼굴을 찡그린다.

"내가 좀 손을 봐야겠어. 이 상태로는 물어보려는 것도 못 물어보고 죽어버릴 것 같거든."

사람들은 저마다 다른 표정으로 이연희를 가만히 바라보고 있었다. 역시 아무 말 없이 이연희를 바라보고 있던 서진우는, 이연희의 뒷모습을 향해 입을 열었다.

"무슨 생각을 하고 계신지는 모르겠지만, 감정에 치우친 행동은 자제해주셨으면 좋겠군요."

이연희의 어깨가 흠칫한다. 그러나, 이연희는 곧 피식 웃으며 짧게 대답했다.

"그러지."

\*

"……으."

얼마나 시간이 흘렀을까, 소녀가 다시 눈을 뜬 것은 어느 조용한 방

안이었다. 몸을 움직여보려 했으나 손가락 하나를 움직이는 데에도 엄청난 고통이 몰려오는 듯해 고우리는 잠자코 몸에서 힘을 뺐다. 고우리가 자신을 말없이 쳐다보고 있는 이연희를 나중에야 발견한 것 역시 아마도 이 통증 때문이었으리라.

"……왜 여기 있어?"

"살려준 사람한테 하는 말치고는 영 말투가 시원찮네."

대답이 없자 이연희는 고개를 내리고는 피식 웃는다. 잠시간의 정적이 흐르고, 방 안의 고요함을 다시 깬 것은 고우리였다.

"살려줬다라……. 왜 그런 짓을 한 거지? 어차피 죽일 거 아니었나?"

그러면서 고우리는 찡그리듯 한쪽 눈을 감고 희미하게 웃었다. 이연희는 자리에서 천천히 일어나며 대답했다.

"물어볼 게 있었거든. 그런데 저 인간들 하는 짓으로 봐서는 물어보기도 전에 죽여 버릴 것 같더라고."

고우리는 어느새 그 희미하던 웃음기마저 지우고 있었다. 역시 대답이 없자, 이연희는 다시 한 발짝 다가서며 말을 이었다.

"살아난 게 용해. 현실이었다면, 아니 꿈속이더라도 다른 사람들이었다면 죽고도 남았을 거야. 드림워커라 살아남은 줄 알라고. 다른 사람들까지 불러서 몇 명이나 달라붙은 끝에 겨우 살려낸 거야."

"……병 주고 약 주기냐?"

고우리가 피식 웃었다. 그러나 이연희는 웃지 않고 고우리를 응시하며 물었다.

"도대체 그동안 무슨 짓을 당한 거냐."

"너도 어차피 같은 편이잖아? 그걸 알아서 뭐 하려고. 양심의 가책이라도 느끼나 보지?"

고우리는 다시 빈정대듯이 웃는다. 그러나 그것도 잠시, 고우리는 곧 한숨을 쉬고는 천장을 응시하며 느릿느릿한 목소리로 입을 열었다.

"별 거 아냐. 그냥…… 죽도록 맞았지, 3일 내내. 너도 알겠지만, 저 사람들은 드림워커에 대한 원한이 큰 것 같아. 그래서 더 심하게 두들겨 팬 건지도 모르지."

말을 잠시 멈추고 고우리가 다시 희미한 웃음을 지었지만, 이연희는 웃지 않고 고우리의 이야기를 듣고 있었다.

"상처를 봤다면 알 텐데. 여러 번 칼로 찔러대기도 했고, 아예 살을 지지기도 했어. 어느 날은 상처에 소금물을 붓던가 해서 밤새 잠도 못 자도록 괴롭히기도 했고. 이 정도면 궁금증은 풀렸으려나?"

말을 끝낸 고우리는 자세를 고쳐 누우며 짧은 한숨을 뱉어냈다. 이연희는 잠시 생각에 잠겨 있다, 고우리를 내려다보고는 한마디 했다.

"잔인하게도 팼군."

"……뭐, 어차피 다 꿈이니까 그랬겠지."

스스로 한 말의 의미를 되새기기라도 하는 건지 떨떠름하게 웃던 고우리가 다시 말을 꺼냈다.

"그래서, 물어보고 싶다는 게 대체 뭐야?"

이연희는 말없이 서 있었다. 고우리가 이를 이상하게 여길 즈음, 이연희가 문득 몸을 돌리고 미묘한 표정으로 입을 열었다.

"저 사람들이 왜 너를 데려왔는지 알아?"

"별 거 있겠어? 끌어들이거나, 죽이거나. 둘 중 하나겠지."

고우리는 대수롭지 않다는 투로 말했지만, 이연희는 어딘가 씁쓸한 표정이었다. 그가 다시 물었다.

"그런데, 넌 왜 계속 이렇게 버티려 하는 거지?"

"……무슨 소리야."

별안간, 이연희가 고우리의 손목을 잡았다. 고우리가 깜짝 놀라며 팔을 빼내려 애썼지만, 몸을 움직일수록 심해지는 고통 때문에 끝내 반항하지 못하고 늘어질 뿐이었다.

"이거 봐봐."

이연희가 벗겨낸 것은 고우리의 왼 손목에 감겨 있던 보호대였다. 그리고 그곳에 새겨져 있는 것은, 다름 아닌 자해에 의한 흉터였다. 그는 공중에서 보호대를 들이밀며, 고우리에게 다시 물었다.

"너도 현실은 시궁창이잖아? 꿈에서 깨 봤자 좋을 거 하나 없다는 소리야. 그런데도 이렇게 죽도록 얻어맞아가면서까지 돌아가고 싶은 거야?"

"……"

고우리는 대답이 없었다. 이연희는 한숨을 쉬며 보호대를 살짝 내려놓고는 다시 말을 이었다.

"지금이라도 넘어오는 게 좋지 않아? 그럼 이 이상의 잔혹행위도 멈출 수 있어."

"……거절할게."

"응?"

고우리는 가만히 이연희를 쳐다본다. 그는 한 번 숨을 고르고는 천천히 입을 열었다.

"너희가 무슨 짓을 하든, 현실이 어떻든 같이 어울려줄 생각은 추호도 없어. 그러니까 죽이려면 빨리 죽이라고."

말을 끝낸 고우리는 옆에 놓여 있던 보호대를 재빨리 낚아챘다. 이연희는 한숨을 쉬며 짧게 덧붙인다.

"고집하고는,"

"이야기는 다 끝나셨습니까?"

이연희가 깜짝 놀라 뒤를 돌아보았다. 방문이 천천히 열리는 소리와 함께 사람의 실루엣이 나타나고 있었다.

"……서진우."

"보아하니, 역시 저희 편에 서실 생각은 없는 것 같군요."

서진우는 천천히 걸어 들어와 고우리 쪽을 응시한다. 이연희가 서진우의 뒷모습을 보고 있다 물었다.

"이제 어쩔 생각이야?"

"생각을 확인한 이상…… 원래 하려던 대로 해야겠지요."

말을 마친 서진우가 권총을 꺼내들며 고우리의 앞으로 다가섰다. 무의식중에 일어난 동정심이었을까. 이연희는 저도 모르게 당혹스러운 표정을 감추지 못하고 고우리 쪽으로 고개를 돌리고 있었다.

"잠깐."

고우리의 목소리였다. 서진우가 의아해하는 것도 잠시, 그는 몸을 천천히 일으키며 말을 꺼낸다.

"만약 내가 지금, 너희 쪽으로 넘어간다고 하면 어쩔래?"

"뭐라?"

서진우를 대신해 이연희가 김빠지는 소리를 냈다. 서진우는 말없이 고우리를 응시하고 있다가, 권총을 천천히 내리며 느린 목소리로 입을 열었다.

"그걸 어떻게 증명하실 거죠?"

"정은채."

"음?"

"죽여주면 되겠어?"

가만히 듣고 있던 이연희가 깜짝 놀라 고우리를 쳐다보았다. 놀란 것은 서진우도 마찬가지였으나, 그는 끝까지 원래의 표정을 유지하며 되물었다.

"중간에 배신을 하지 않으리란 보장이 없지 않습니까?"

"그걸 위해서 지금까지 저 모양을 만들어놓은 것 아니었어?"

대화에 이연희가 끼어들었다. 의아한 표정으로 자신을 바라보는 서진우를 향해, 이연희는 피식 웃으며 말을 이었다.

"그렇잖아? 사람이 저 지경이 됐는데, 누가 감히 배신할 생각을 할 것 같아? 아마 제 몸 가누기도 힘들 걸."

"……."

서진우가 의미심장한 표정으로 이연희를 쳐다보고 있었다. 세 사람이 서로의 눈치만 살피던 그때, 서진우가 먼저 입을 열었다.

"뭐, 그렇다고 하시면 우선은 당분간 지켜봐야 하겠군요."

서진우는 천천히 일어나 몸을 돌린다. 고우리는 긴장한 표정으로 서진우를 응시하고 있다가, 마침내 그가 시야에서 사라지자마자 긴장이 풀린 듯 한숨을 내쉬며 뒤로 쓰러졌다.

"너, 뭐야?"

정작 이 상황에서 가장 당혹스러워하고 있는 것은 이연희인 듯 보였다. 그러나 고우리는 전혀 동요하는 기색 없이 오히려 살짝 웃으며 대답했다.

"글쎄, 살아남는 게 우선이니까."

\*

"기다려."

멀어지는 서진우를 이연희가 불러 세웠다. 서진우가 뒤를 돌아보자, 이연희는 한 발짝 다가서며 말을 꺼낸다.

"잠깐 할 이야기가 있는데, 괜찮을까."

"무슨 일이십니까?"

이연희의 목소리는 떨리고 있었다. 그는 숨을 한 번 고르고는 천천히 입을 연다.

"너, 정말로 그 애를 믿을 생각이야?"

"……그럴 리가요."

서진우는 피식 웃었다. 역시나 당황한 것은 이연희 쪽이었다. 서진우는 표정을 유지한 채로 말을 잇는다.

"반강제로 얻어낸 정보는 별로 믿을 만한 것이 못 됩니다. 비록 지금은 심한 부상으로 상태가 말이 아니라지만, 결국 상대는 드림워커니까요. 드림워커는 항상 조심해야 할 존재입니다."

"그럼, 왜……?"

"일종의 도박이라고나 할까요."

그러면서 서진우는 다시 의미심장하게 웃었다. 이연희는 아직도 말의 의미를 이해하지 못하고 재차 묻는다.

"그게 무슨 소리야."

"물론 정은채에게 보내야겠죠. 하지만, 제가 같이 갈 겁니다."

"뭐라고?"

이연희의 목소리가 높아졌다. 그는 서진우를 멈춰 세우고는 거의 따지듯이 목소리를 높여 묻고 있었다.

"그러다 말마따나 배신하기라도 하면 어쩌려고 그래? 거기다 정은채에게 간다면 상대는 4명이라고!"

"그럴까요?"

서진우는 여전히 여유로웠다. 이연희는 당연하게도 그 여유를 이해하지 못한 채였다. 서진우는 몸을 돌려 이연희를 바라보며 말을 이었다.

"4명이라 해도, 저를 죽이기는 쉽지 않을 겁니다."

"뭐……?"

"그리고 말입니다."

서진우는 다시 천천히 걷기 시작했다. 계속해서 여유로운 표정을 지으며, 그는 입을 열었다.

"여차하면, 그 자리에서 드림워커를 죽여 버리면 되니까요."

"……어차피 중상이다, 이거군."

피식 웃으며 중얼거리는 이연희를 뒤로 하고, 서진우는 돌아서고 있었다.

*

"……으."

고우리는 찬찬히 왼팔을 움직여 보았다. 시간이 어느 정도 지났지만, 여전히 움직이는 데에는 어느 정도 고통이 따르는 듯했다.

"여기 계셨군요."

한 남자가 천천히 방문을 열고 들어왔다. 얼굴을 찡그리며 팔을 내리던 고우리는, 남자의 얼굴을 보고는 미묘한 표정을 지었다.

"서진우."

"해주셔야 할 일이 생겨서 말이죠."

"해야 할 일이라면, 설마……."

서진우는 대답 대신 말없이 일어나 방문을 나갔다. 눈치를 살피던 고우리는 잠시 내려놓았던 손목 보호대를 다시 챙겨 들고 그 뒤를 따라 나섰다.

"단도직입적으로 말하죠. 꿈의 주인이 나타났습니다."

고우리는 깜짝 놀라 저도 모르게 창가에 손을 짚고 바깥으로 고개를 내민다.

"여기선 보일 리가 없지요."

고우리는 머쓱한 듯 '끄응' 소리를 내며 짚었던 한쪽 팔을 내렸다. 그러면서도 시선은 서진우에게로 돌려 똑바로 바라보며 그는 입을 열었다.

"꿈의 주인이 여기에 있는 줄, 어떻게 알았지?"

"뭐, 봤으니까요."

"……."

서진우를 말없이 응시하던 고우리가 다시 입을 열었다.

"그런데, 정작 난 꿈의 주인의 위치를 모르잖아."

"그건 걱정 마십시오. 제가 동행할 테니까요."

"음."

고우리는 옆에 있던 권총을 집어 들어 이리저리 살핀다. 장전까지 마친 권총을 슬그머니 자켓 속에 숨기고 고우리는 곧 몸을 돌렸다.

"아, 꿈의 주인뿐만 아니라 나머지 학생들도 전부 있습니다."

"당연하겠지. 아마, 나를 찾아 나섰을 테니까."

여전히 고우리는 미묘한 표정을 짓고 있었다. 이를 지켜보고 있던 서진우는 피식 웃더니, 먼저 뒤돌아섰다.

"그럼 먼저 앞장서겠습니다."

"……."

고우리는 여전히 대답이 없었다. 그리고 서진우가 몸을 돌리고 한 발짝 내딛는 순간이었다.

탕—

고우리는 총을 꺼내 들어 서진우를 겨누고는, 그대로 방아쇠를 당긴다. 그러나, 두 발의 총성이 연이어 울린 후 도리어 피를 흘리며 비틀거리고 있는 것은 자신이었다.

"다시 생각해도, 제가 너무 허술했다는 생각은 안 하셨던 모양이군요."

"서진우……"

도리어 당한 모양이었다. 고우리는 피를 닦고는 희미하게 웃었다.

"방심한 건, 오히려 나였던 것 같네."

"그래요. 이젠 구태여 꿈의 주인을 죽이려 나서주실 필요도 없겠군요."

탕—

다시 총성이 울렸다. 고우리는 깜짝 놀라 총을 뽑아들었지만, 제대로 쏴볼 기회도 없이 총알은 다시 팔을 꿰뚫었다.

'이대로 가면, 여기서 죽을 텐데……. 무슨 방법이……!'

서진우는 다시 방아쇠를 당겼다. 그러나, 이번에는 총알이 드림워커를 맞추는 일은 없었다. 대신 들려온 것은 서진우의 당황한 듯한 목소리뿐이었다.

"창문으로……?"

죽어가는 듯했던 드림워커는, 서진우의 눈앞에서 창문으로 뛰어내리고 있었다. 서진우는 짐짓 놀라며 창문 쪽으로 달려가 아래를 내려다보았다.

"뭐야, 무슨 일이야?"

총소리에 놀란 이연희가 뛰쳐나와 서진우를 바라보고 있었다. 서진우는 잠시 창문 아래를 내려다보고는, 이연희에게 한마디만을 남긴 뒤 뛰쳐나갔다.

"잠시 좀 기다려주셔야겠습니다."

"……으, 젠장."

고우리는 비틀거리며 신음을 내뱉었다. 아마 뛰어내리며 팔 한 군데쯤은 부러졌으리라, 하고 생각하고 있던 참이었다. 그러나 그 전에 몸은 이미 만신창이였고, 상황은 팔 하나 부러진 것쯤은 생각할 여유도 없을 정도로 급박하게 돌아가고 있었기 때문에 고우리는 곧 고개를 젓고는 다른 생각을 하기로 했다.

'이제 방법은 하나야. '꿈에서 죽으면 곧 사라진다'라고 했지. 그렇다면……'

머릿속에 죽어가던 세 번째 드림워커의 광경이 그려지고 있었다. 고우리는 한숨을 쉬고는 건물과 건물 사이의 틈새를 힐끔 보았다. 고통은 점점 심해지고 있었다. 이제 망설일 여유는 없었다.

"금방 찾았군요."

서진우의 목소리가 들렸다. 고우리는 마른침을 삼키고는 두 손으로 권총을 쥔다. 뒤이어, 서진우의 모습이 천천히 드러나고 있었다.

"더 이상은 소용없을 텐데요."

고우리는 천천히 고개를 든다. 서진우와 시선이 마주치는 순간, 그는 얼굴을 찡그리며 피식 웃었다.

"글쎄, 죽일 거면 빨리 죽이라고 했잖아."

다시금 드림워커의 그 예의 웃음이 드러나고 있었다. 서진우가 다시 자신을 겨누고 있었지만, 고우리는 주춤하거나 물러서는 기색도 없이 오히려 한쪽 눈을 감고 의미를 알 수 없는 웃음만 흘리고 있었다.

"알고 있을 텐데? 드림워커는 같은 드림워커만이 죽일 수 있다는 거."

"……"

고우리는 비틀거리며 천천히 몸을 일으켰다. 서진우가 드림워커가 아닌 일반인인 이상, 조금은 동요시킬 수 있을 거라 생각했다. 그러나, 서진우는 오히려 웃고 있었다. 오히려, 동요하게 된 것은 이번에도 자신 쪽이었다.

탕—

시야가 가물가물해지는 듯하더니, 드림워커는 곧 앞으로 고꾸라졌다. 서진우가 다시 총을 드는 순간, 고우리는 몸을 굴려 재빨리 권총의 방아쇠를 당긴다.

"아악……!"

고우리가 쏜 총알은 서진우의 손목을 때리고 날아갔지만, 그와 동시에 또 다른 총알도 고우리의 어깨를 꿰뚫었다. 드림워커가 다시 고꾸라지는 순간, 쓰러지는 줄 알았던 서진우가 다시 고개를 들었다.

탕—

그러나 그것도 잠시, 뒤이어 이어지는 고우리의 행동에 서진우가 의아한 듯이 말을 멈추었다.

"총을…… 어디다 쏘는 거죠?"

고우리는 가쁜 숨을 몰아쉬며 벽에 몸을 기대고 있었다. 그리고 의아하게도, 그의 총구는 하늘을 향한 채였다.

'가능성은 희박하지만, 그래도 듣기만 한다면…….'

"소용없을 겁니다."

탕—

단 한 번의 총소리에 고우리가 다시 쓰러졌다. 서진우는 쓰러진 드림워커를 한 번 힐긋 보더니 다시 권총을 들어올렸다.

"이럴 시간은 이제 없는데 말이죠."

"잠깐, 멈춰어어!"

갑작스레 큰 소리가 나더니 뒤이어 한 소년이 뛰어들었다. 서진우가 당황하여 머뭇거리고 있을 때, 소년의 뒤로 또 다른 인영이 나타나더니 서진우를 향해 총구를 겨누었다.

탕—

총알은 전혀 엉뚱한 벽에 날아가 박혔지만, 서진우를 당황시키고 그의 행동을 저지하기엔 충분한 시간을 벌어주었다. 고우리가 상황을 파악하려 비틀비틀 일어나고 있을 때, 아까의 그 소년은 고우리의 앞을 막아서며 피식 웃는다.

"꼴이 그게 뭐냐, 명색이 드림워커라는 양반이."

"이찬……."

고우리는 저도 모르게 안도하며 살짝 웃을 수밖에 없었다. 정은채가 안절부절못하며 계속해서 고우리 쪽을 힐끔거렸지만, 살벌해진 양쪽의 분위기만 살피며 섣불리 다가서지 못하고 있었다.

"거기까지."

송우혁이 권총을 들고 경계하며 천천히 걸음을 옮겼다.

"당신, 누구인지는 모르겠지만……. 지금은 그냥 물러나는 게 좋을 걸. 이쪽엔 드림워커가 둘이라고."

송우혁의 입은 미묘하게 웃고 있었지만, 떨리고 있는 눈으로는 계속해서 쓰러진 고우리 쪽을 향해 곁눈질을 하고 있었다. 그의 상태로 보아 싸우는 것은 더 이상 불가능해 보여 송우혁은 짧은 한숨을 내쉬었다.

"글쎄요."

서진우는 어느새 다시 비슬비슬 일어나며 웃고 있었다.

"두 명이라고 해도, 이미 하나는 더 이상 싸우지 못하게 되지 않았습니까?"

서진우가 고우리를 힐끔 보고는 잠시 말을 멈추었다. 이미 고우리는 쓰러진 채로 옅은 호흡만을 이어가고 있었다. 송우혁이 말없이 입술을 깨무는 것을 보고, 그는 다시 말을 잇는다.

"그리고 말입니다, 지금의 싸움은 저에게는 쓸모없는 싸움이란 말입니다."

"쓸모없다니?"

"드림워커만 없애면 끝이니까요."

말을 이으면서도 그는 손을 떨며 다시 권총을 들어 올리고 있었다.

"저 미친 놈이⋯⋯!"

총구의 끝이 고우리 쪽을 향하는 것을 본 송우혁이 당황하며 총을 겨누었다. 그러나 총알은 발사되지 못하고, 그는 땀으로 젖은 손만 벌벌 떨며 얼굴 근육만 이리저리 움직일 뿐이었다.

"혹시, 쏘지 못하는 것 아닙니까?"

서진우가 마치 항복이라도 하는 양, 두 팔을 들며 피식 웃었다.

"법과 죄책감이 사라진 세계⋯⋯. 점점 이 세계의 존재를 알아차린 사람이 늘어나고 있음에도 곧바로 혼란이 일어나지 않는 이유를 아십니까? 학교에서는 흔히, '양심'이라고 가르치죠."

"양심이라니⋯⋯."

뒤에서 머뭇거리고 있던 정은채가 홀로 선 채 중얼거린다. 그 사이 서진우가 아무도 눈치채지 못하게 천천히 몸을 움직이고 있었지만, 송우혁은 알아차리지 못하고 여전히 당황한 듯한 땀만 흘리며 서진우에게 시선을 고정시키고 있을 뿐이었다.

"양심이란 그런 존재입니다. 물론, 이곳에선 곧 사라지고 말겠죠. ⋯⋯쓸모없는 존재니까요."

"야, 뒤에!"

탕—

이찬의 다급한 목소리가 들려온 것은 이미 늦은 뒤였다. 서진우가 순식간에 손을 움직여 방아쇠를 당기는 것을 본 송우혁은, 저도 모르게 어떻게든 막아볼 생각도 하지 못하고 눈을 질끈 감아버린 것이었다.

"젠장……."

"야, 송우혁, 저기 좀 봐!"

이찬의 목소리에 송우혁이 천천히 고개를 들었다. 그리고, 주위의 인물들도 이찬을 따라 서서히 총소리가 난 곳으로 시선을 돌리더니, 하나둘씩 놀라 반응하기 시작했다.

"저 녀석……!"

고우리가, 쓰러진 채로 총을 들어 서진우를 겨누고 있었다. 서진우가 쏜 총알은 고우리를 맞추지 못하고 엉뚱한 벽에 박혀 있었고, 고우리는 손을 떨다 끝내 들고 있던 총을 떨어뜨리고는 냅다 소리를 지른다.

"뭐하고 있는 거야, 멍청이들아!"

"!"

비틀거리던 송우혁이 정신을 차렸다. 이찬도 어느새 고우리의 총을 주워들고 서 있었다.

"이런……!"

서진우가 다급해진 듯 재빨리 떨어진 권총을 주워들었다. 그러나 이찬 역시 고우리가 떨어뜨린 권총을 주워들고 고우리의 앞을 막아서고 있었다.

"쓸모없는 싸움이라, 쓸모없어 보이는 것도 그냥 방치하거나 내버려두면 나중에는 골치 아프게 되어버린다고. 고우리를 죽이려면, 우선 쓸모없는 것들부터 치워야 할 걸?"

"그걸 어떻게 단언하시죠?"

"내가 이렇게 생각하고 방 안 치우다가 엄마한테 혼났거든!"

그렇게 말하며 이찬은 슬쩍 웃고 있었다. 서진우가 흠칫하며 한 발짝 물러서려던 찰나, 송우혁이 권총을 들어 올렸다.

탕—

"윽……."

서진우가 짧은 신음을 내뱉기가 무섭게 송우혁이 다시 총구를 겨누었지만, 서진우는 재빨리 권총을 집어던지고는 어느새 시야 밖으로 사라져가고 있었다.

"뭐야, 도망갔어?"

"총알이 다 떨어진 거겠지, 아마도. 그것보다……."

송우혁이 말끝을 흐리며 뒤를 돌아보았다. 조금 전까지는 느끼지 못했던 비릿한 냄새가 한꺼번에 훅 풍겨오는 듯 했다. 이제는 익숙해질 법도 하건만, 아직도 맡을 때마다 느껴지는 불쾌한 감정은 지울 도리가 없어 송우혁은 얼굴을 찡그렸다.

"우리야!"

정은채는 재빨리 달려가 고우리를 안아 든다. 닿는 부분마다 정은채의 흰 교복이 붉게 물들고 있었지만, 정은채는 그런 것에는 신경 쓸 겨를이 없다는 듯이 친구의 상태만 살피고 있었다.

"괜찮아?"

정은채의 울음 섞인 물음에 고우리가 말없이 고개를 끄덕였다.

"도대체 그동안 무슨 일이 있었던 거냐."

"……나중에, 말해 줄게."

가라앉은 목소리로 묻는 송우혁의 질문에 고우리는 짧게 대답하고는 곧 눈을 살짝 감는다. 이찬이 재빨리 달려와 고우리를 업어 들었다. 그 와중에 분위기가 무거워지는 것이 싫었던 모양인지 이찬이 "무거워 죽겠네."라며 불평했지만, 아무도 대답하는 이 없이 등에 업힌 고우리만 희미한 미소를 지을 뿐이었다. 그리고는 아무도 더 이상 말하지 않았다. 각자가 궁금한 것은 많았겠지만, 지금은 그저 미뤄둬야 할 것만 같았다.

*

병실은 마치 아무도 없는 것처럼 조용하기만 했다. 그 한가운데에 자리를 잡고 앉아 있던 정은채 역시, 침묵을 고수하고 있는 주변의 분위기에 편승하기라도 한 듯 입을 다물고 있었다. 다른 환자들을 배려하려는 마음도 있었겠지만, 자신의 바로 앞에서 중환자처럼 쓰러져 잠들어 있는 친구를 보고 있노라면 마치 추라도 매단 것처럼 그 무언가가 어깨를 무겁게 짓누르는 듯한 느낌이 들어 쉽사리 입을 열기 어려웠으리라.

"정은채."

"……아, 찬아. 왔어?"

병실의 정적을 깨며 문을 열고 들어온 것은 이찬이었다. 그는 고우리의 침대 앞에 조용히 앉아 있는 정은채를 보고는, 주위를 한 번 살피고 조금 떨어진 옆에 앉았다.

"우혁이는?"

"지금 잠시 자고 있어. 피곤했겠지."

그리고는 잠시 둘 다 아무 말도 없었다. 이찬도, 정은채도 나란히 앉은 상대를 힐끔거리기만 할 뿐 할 말을 찾지 못하고 입을 다물고 있던 그때, 정은채가 먼저 조심스럽게 입을 열었다.

"우리…… 깨어나질 않네."

"많이 다쳤으니까. 그래도 의사선생님은 괜찮을 거라고 하셨어."

정은채를 안심시키려는 듯 이찬이 씩 웃었다. 그러나 그의 얼굴도 곧 걱정하는 얼굴로 바뀌어 입을 닫고 침대에 누운 친구를 바라보고만 있었다.

"우리, 도대체 무슨 짓을 당했던 걸까?'"

정은채가 고우리의 얼굴을 내려다보며 중얼거린다. 그 시선을 따라, 이찬 역시 천천히 시선을 옮기고 있었다.

"뭐, 드림워커니까 상처도 빨리 낫겠지! 너무 걱정하지 말자."

평소 활발하던 그답게 어떻게든 분위기를 밝게 만들려는 노력의 일환으로서 나온 대답이었다. 그러나 정은채는 웃지 못하고 여전히 걱정스러운 표정만 짓고 있을 뿐이었다.

"친구분들이신가요?"

병실 문이 열리더니 뒤이어 젊은 남자의 목소리가 났다. 정은채와 이찬이 뒤를 돌아보니, 간호사로 보이는 남자가 옅은 하늘색의 복장을 걸치고 이쪽을 응시하며 서 있었다.

"아……. 네."

간호사는 고우리의 침대로 다가와 상태를 살핀다. 우물쭈물하던 정은채가, 간호사의 눈치를 보며 물었다.

"저, 어떤가요? 우리."

"그게…… 상처가 너무 심해서, 회복하려면 한참 걸릴 것 같아요."

"그런……가요."

정은채의 목소리가 시무룩하게 기어들어가고 있었다. 간호사는 잠시 입을 다물고 있다가, 고개를 돌려 이찬과 정은채를 번갈아 보며 조심스럽게 물었다.

"그런데, 어쩌다 이렇게 심하게 다친 거예요? 이건 자연적으로 나기 힘든 상처인데. 마치 어디서 고……."

간호사가 제가 한 말에 깜짝 놀라 입을 다물었다. 이찬과 정은채는 난감한 표정으로 서로를 쳐다본다. 얼마간의 어색한 침묵 끝에 이찬이 무언가를 말하려는 듯 입술을 움찔거렸으나, 옆에서 계속 고개를 수그리고 있는 정은채의 눈치를 몇 번 보고는 입을 다물어버리고 말았다. 이 일련의 과정을 지켜보던 간호사는 뒷머리를 긁적이며 멋쩍게 웃었다.

"아, 말하기 곤란하면 안 말해줘도 돼요. 제가 괜한 걸 물어봤나 보네요."

정은채가 말없이 살짝 웃음으로 대답하는 것을 확인하고는, 간호사는 곧 다른 환자들의 상태를 살피기 위해 뒤돌아섰다. 그리고 문을 여는 순간, 멀리서부터 뛰어오던 한 소년이 깜짝 놀라며 간호사와 부딪히기 직전 코앞에서 겨우 멈추어 선다.

"아이쿠, 실례할게요."

정중하게 사과하고는 간호사는 곧 몸을 비틀어 문 밖으로 빠져나왔다. 그러나 문이 닫힌 뒤에도 그는 떠나지 않고 잠시, 벽에 몸을 기대고 서 있었다. 방 안에서는 이찬과 정은채, 그리고 아까의 그 소년의 목소리가 어렴풋이 섞여 흘러나오고 있다. 간호사는 그들의 대화를 조용히 들으며, 자신만의 생각에 그 깊이를 더하고 있었다.

'분명, 저 상처는 자연적으로 나는 게 거의 불가능해. 무슨 일이 있었던 거야. 그래, 어쩌면…… 저 아이들이 풀어줄지도 모르겠어. 전부터 갖고 있던 내 의문점 하나를.'

*

"솔직히 말해봐. 왜 그랬어?"

"무엇을 말입니까?"

서진우의 말투는 평소와 같았다. 서진우를 등지고 답답한 듯이 서 있던 이연희는 고개를 홱 돌리며 서진우를 향해 윽박지른다.

"왜 그렇게 그 애를 쉽게 놔주었냐는 거야."

"놔준 게 아닙니다. 유감이지만, 놓친 것이죠."

이연희는 대답 대신 한숨을 깊게 쉬었다. 정처 없이 서진우의 앞을 왔다갔다 하던 그는 문득 한 곳에 자리를 잡고 앉더니 천천히 말을 꺼냈다.

"놓쳤다니, 상식적으로 말이 안 되잖아. 아무리 드림워커라고 해도, 그 정도로 심하게 다쳐서 제대로 움직이지도 못하는 애를 잡지 못하는 게 말이나 되냐고."

서진우는 잠시 입을 닫고 있었다. 긴 침묵 끝에, 그가 서서히 입을 연다.

"글쎄요, 쓸데없는 양심 때문일까요."

"양심이라니?"

이연희가 어이없다는 듯이 허탈하게 웃더니, 빙글 고개를 돌려 말을 이었다.

"애초에, 이 꿈 속에서 양심이란 게 그렇게나 필요한 존재야?"

"아니라고…… 생각합니다만."

"그런데 왜……."

이연희는 말하다 말고 스스로의 입을 막는다. 그는 잠시 생각하는 듯하더니 곧 다른 질문을 꺼냈다.

"그것보다 다른 걸 먼저 물어보자. 고우리를 그토록 잔인하게 대한 이유 말이야."

서진우는 고개를 들어 허공을 응시하고 있었다. 어딘가의 기억을 불러오려는 행동인 듯, 그는 고개를 천천히 끄덕이며 입을 열었다.

"현실에서의 경험 때문이려나요."

"경험이라고……?"

"분노할 일이 있어도 제대로 분노하지 못하고, 저항할 일이 있어도 저항하지 못한 결과이죠. 억눌린 감정의 분출이라고나 할까요."

서진우는 조용히 웃었다. 대답할 말을 찾지 못하고 눈알만 굴리고 있는 이연희를 보고, 그는 다시 입을 열었다.

"옛날이야기를 좀 해볼까요."

\* \* \*

어려서부터 저는 독실한 종교 집안에서 자랐습니다. 좀 더 정확히 말하자면, 독실한 종교인이었던 어머니와 무신론자인 아버지 밑에서였죠. 그러나 아버지 역시 당신만의 확고한 철학을 가지고 계셨기 때문에, 어머니의 신학적인 규율과 아버지의 엄격함 사이에 끼어 다소 엄한 교육방침 속에서 어린 시절을 보냈습니다.

"진우야, 나는 너한테 바라는 건 거의 없어. 그저 나처럼 신앙만 굳게 지켰으면 좋겠구나."

어머니가 이렇게 말씀하시면,

"요즘엔 대학이 아니면 아무것도 할 수 없어! 나도 이렇게 강요해야 하는 것이 안타깝지만, 나도 겪었던 일이고, 이게 현실이니 어쩔 수 없는 거라고 생각해라."

라고 아버지께서 이야기하시는 식이었다고나 할까요.

한번은 부모님이 싸우시는 것을 보기도 했습니다. 중요한 시험 전날 어머니가 저를 교회에 보내려고 하신 것이 화근이었던 것 같군요. 물론 어머니는 자신의 가장 중요한 가치를 따르신 것이겠지만, 아버지께는 그렇지 않았던 모양이었습니다.

결론은 신앙과 성적 두 마리 토끼를 잡아라. 그리고 어려서부터 받았던 교육 탓인지 저는 묵묵히 순종하며 인내했습니다. 자랑하려는 것은 아니지만, 교회에서는 내내 개근상을 놓치지 않았고, 초등학교, 중학교 내내 학교 성적은 언제나 상위권이었습니다.

그러나, 마음에는 여유가 없었습니다. 물론 즐거움도요. 친구들이 노는 것처럼 이것저것 할 수도 없었고, '남들이 다 하는' 흔한 것마저 내게는 허용되지 않았기 때문이죠.

"그런 악한 것에 매혹되면 안 돼!"

"그런 것들에 빠져버리면 공부는 언제 하려고?"

어머니와 아버지, 신념은 서로 달랐지만 이 부분에서는 항상 의견이 일치하셨습니다.

그리고 고등학교에 들어가면서 성적이 조금씩 떨어졌죠. 상위권에서 중상위권으로, 다시 중위권으로. 더불어 매년 꾸준히 나가던 교회도 조금씩 핑계를 대며 빠지는 일도 잦아졌고요.

그렇게 흔히들 말하는 '슬럼프'는 여름 더위와 함께 갑작스레 찾아왔었습니다. 물론 여름방학 역시 함께 찾아왔지만, 억눌려 있던 저의 무언가를 시원하게 쏟아낼 기회 같은 건 오지 않았습니다.

"진우야, 이것 봐라!"

"어이, 깜짝이야. 매미잖아?"

"요 앞에 매달려 있던 걸 단숨에 확 잡아왔다 이거야."

그때가 어느 더운 여름방학의 많은 날들 중 하루였던 것 같군요. 어느새 매미는 친구의 손에서 제 손으로 넘어와 있었습니다. 매미는 잡힌 손 안에서 시끄럽게 울어대고 있었는데, 뭔가 이상함을 느낀 건 아마 그때부터였을 겁니다.

"진우야?"

잠시 동안 눈앞이 캄캄해지고, 아무것도 보이지 않았습니다. 느껴지는 것은 그저, 글쎄요, 순간 정말로 아무것도 느낄 수가 없었습니다.

"진우야!"

화들짝 놀라 정신을 차렸을 때에는 손에 있던 매미가 어느새, 발밑에서 참혹하게 죽어버린 후였죠.

"그걸 그렇게 죽여 버리면 어떡하냐? 또 잡아야 하잖아."

친구는 그냥 툴툴대며 더 이상 이 일에 대해 언급하지 않았지만, 지금 생각해보면 아마도 그 날의 일은 앞으로 일어날 일들의 징조였을지도 모른다는 생각이 드는군요. 억눌린 사람의 본성이 사소한 일로 터질 수 있다는 걸 배운 것은, 그로부터 한참이 지난 후였습니다.

"이번에 새로 오신 서진우 씨입니다. 이제 같은 가족이니 잘 대해주세요!"

고등학교를 졸업한 후, 저는 승무원이 되었습니다. 끝끝내 명문대 진학에 실패해 갈 곳을 잃고 방황하던 참에, 받아주는 곳이 이곳밖에 없다는 이유에서였죠. 그래서 그런지 선박직이 아닌 비선박직으로 분류되어 가장 낮은 곳에서 봉사하게 되었습니다.

사람들은 저를 힐끔힐끔 보며 박수를 쳐주었지만, 그것이 진심이 아님을 저는 어렴풋이 깨닫고 있었습니다. 학벌, 비선박직. 그리고 깔보는 눈빛. 속으로 튀어나오려는 말들을 눌러 담으며 그때의 저는 다시 자신을 세뇌시키고 있었습니다.

「알고 있지? 아무리 사람들이 부당하게 대하더라도, 너는 끝까지 참아야 한다. 악을 악으로 갚으면 안 되는 법이야.」

어머니께서는 늘 이렇게 말씀하셨죠. 이 말씀이 틀린 말씀은 아니었습니다. 악을 악으로 갚아서는 안 된다. 그러나 어머니는 왠지 도가 지나치신 느낌이었습니다. 그렇기에 전 지금까지 화 한 번 못 내고 살아왔던 거고요. 그리고 그 즈음 알게 되었습니다.

어머니가 다니시던 교회가 사이비 종교의 교회였다는 사실을요.

그래도 전 어머니의 뜻을 거스를 수는 없었습니다. 틀린 말이 하나 없다고 생각했었으니까요. 무언가 화를 조금이라도 내면 그 즉시 부모님께 죄를 짓는 것 같아 두려웠습니다.

자세한 이야기는 되도록이면 생략하고 싶군요. 아무튼, 그렇게 꿈속에 들어와 그 소녀를 만났습니다. 굳이 그렇게 심하게 대할 필요가 없다는 것은 알고 있었습니다만, 주변에서 그 소녀에게 가혹하게 대할 것을 원하고 있었고, 순간 어차피 꿈이니 뭘 해도 상관없다는 생각이 작용해 버려서 말이죠.

그런 건 변명이야.

알고 있습니다. 그렇지만 뭐 어쩌겠습니까? 이미 돌이킬 수 없는 일입니다. 그리고 전 앞으로도 똑같은 짓을 자행하겠죠.

어째서 그렇게 생각하는 건데?

전, 자신이 없습니다. 현실이었다면 타인이 피해를 입을 것이 두려워서라도 저의 본성을 제어하겠지만, 이곳에서는 다릅니다. 현실에서는 아무런 피해도 없을 테니까요. 어쩌면 남의 고통에 무뎌진 것일지도 모릅니다.

그럼, 그 아이는……?

어쩌면 이미 죽었을지도 모르겠습니다. 현실이었다면 이미 한참 전에 죽고도 남았을 정도의 중상이었으니 말입니다.

대답이 없으시군요. 어찌되었건 제 과거 이야기는 여기까지입니다. 이 이상으로 남의 이야기에 대해 깊이 듣는 것도 별로 좋지 못할 것 같군요.

언제부터 이렇게 잔혹했던 거지?

……어쩌면 과거부터 지금까지. 그리고 앞으로도요.

# 「L」



익숙한 약품 냄새가 코를 찔러왔다. 눈을 뜨자마자 바로 보이는 것은 병원의 흰 천장이어서 정신이 아찔해지는 듯해 고우리는 곧바로 고개를 휙 돌리고는 천천히 자리에서 일어났다. 아직도 온몸이 욱신거리고 쑤셨지만, 일단 숨을 내뱉을 수 있게 된 것으로 보아 조금이나마 회복은 된 모양이었다.

고우리는 조심스레 고개를 돌려 보았다. 주변엔 어찌 된 일인지 아무도 없고, 이찬이 홀로 남아 휴대폰 화면으로 무언가를 열심히 보고 있었다.

"뭐하냐?"

"뭐야, 일어났어?"

이찬이 놀란 듯한 눈으로 고우리를 보았다. 귀에서 흘러내린 이어폰에서는 어딘가의 익숙한 노래가 흘러나오고 있다. 애써 고개를 돌리며 고우리는 천천히 입을 열었다.

"다른 애들은?"

"경찰 조사. 뭐 꿈속이긴 하지만 일단 우리나라는 총기 소지 금지 국가니까."

"경찰이라니, 참 실감나는 꿈이네."

"이제 좀 살만한가 봐?"

"무슨 소리야."

이찬이 한숨을 쉬며 고우리를 쳐다보았다.

"너 중환자실에 있었어. 알아? 진짜로 죽을 뻔했다고. 그래도 뭐, 이렇게 살아났으니 다행이네."

이찬이 짐짓 불평하듯 말을 끝냈다. 얼굴을 찡그리며 이찬을 보던 고우리는, 이어폰에서 다시 소리가 새어나오기 시작하자 반쯤 뜬 눈으로 볼멘소리를 내뱉는다.

"오타쿠."

이찬이 고개를 들고 자신을 한심하게 쳐다보는 고우리의 시선을 눈치챘다. 그러나 그는 전혀 동요하는 기색 없이 오히려 숭고한 표정을 지으며 입을 열었다.

"오타쿠라, 어떤 하나에 빠져 그것에 열심을 다하는 사람을 오타쿠라 부르지. 알겠냐? 오타쿠라는 건 숭고하고 위대한 거라고!"

"다친 친구 앞에 두고 그런 거나 보면서 잘도 그런 소리를 하네. 다시 지껄여봐."

목소리로는 틱틱 대면서도 고우리는 살짝 미소를 짓고 있었다. 이찬은 늘 그래왔듯이 장난스럽게 실실 웃고 있다.

"어, 깨어나셨네요?"

문을 열고 들어오던 간호사가 고우리에게 다가왔다. 그는 고우리에게 간단한 몸 상태 등을 묻더니, 상처들을 살피며 입을 열었다.

"일단 당분간은 계속 누워계셔야 할 거에요. 상처가 심해서 회복하는 데 오래 걸리실 것 같네요."

고우리는 곧바로 고개를 끄덕였지만, 간호사는 바로 나가지 않고 잠시 멈춰 고우리를 힐금거리다 사라졌다. 간호사가 시야에서 보이지 않게 되자 고우리가 조심스럽게 입을 열었다.

"어때? 저 간호사 분."

"어떠냐니, 관심 있냐?"

"그런 게 아니고! 윽……."

저도 모르게 목소리가 커지자 병실 환자들의 시선이 쏠렸다. 고우리는 상처부위를 쓰다듬으며 헛기침을 하고는 말을 이었다.

"차라리, 말해버릴까? 여기가 꿈인 거."

"뭐야? 이거 너무 맞아서 정신까지 이상해진 모양이구만. 생판 남인데, 어떻게 될 줄 알고?"

"예전에도 사람들 모으려고 말하고 다녔잖아. 뭐 어때?"

"그때도 한 명도 못 모았어. 별로 얘기도 안 했고……. 일단 이 얘기는 다른 애들하고도 이야기해봐야 할 것 같은데. 당분간은 그냥 가만히 있어. 환자면 일단 회복할 생각을 해야지."

이찬이 투덜거렸다. 고우리는 할 수 없이 다시 자세를 잡고는 천천히 누웠다. 아직도 상처는 욱신거리고, 다시금 떠오르는 그 날의 풍경은 저절로 소름이 끼친다.

'내가 당한 건 겨우 일부겠지. 빨리 꿈에서 깨어나지 않으면, 더 많은 사람들이…….'

자신에게 그리 잔인하게 대했던 것처럼, 다른 사람들에게 그렇게 하지 않았으리란 보장이 없었다. 어쩌면 이미 이전에 여러 사람들이 그렇게 고통스럽게 죽어갔을지도 모르는 일이다.

'그렇기 때문에, 더 많은 사람들이 고통 받기 전에, 빨리 꿈에서 깨는 것이 우리의 목표.'

고우리는 잠잠히 눈을 감고 마음속으로 다시 목표를 되새겼다. 머릿속에서는 자꾸만 잔인한 그 사람들의 얼굴이 떠오른다. 우리는 필시 꿈이라 해도 그들과는 다른 방향으로 가야 한다. 너무 당연하게도 그렇게 계속 생각해왔고 또 생각하고 있었다. 그러나 가끔가다 무언지 모를 불길함이 슬쩍슬쩍 드는 것은 어쩔 수 없었다.

'혹시……. 혹시, 우리도 그들과 다를 게 없다면.'

그리고 가장 먼저 머릿속에 떠오른 것은 드림워커였다. 자신의 손에 죽었던 세 번째 드림워커. 그러나 고우리는 이내 가만히 고개를 저었다.

'그건 어쩔 수 없었잖아. 가만히 있었으면 더 많은 사람들이 또 꿈속에서 죽을 수도 있었을 텐데.'

말하자면 자신의 행동을 정당하게 만드는 생각이다. 그렇게 고우리는 홀로 죄책감을 덜어내려 애쓰고 있었다. 그러나 마음속의 무게는 가벼워지지 않았다.

'……서진우.'

그 순간을 떠올려보다 순간 너무나도 아찔하여 고우리는 잠시 눈을 감았다. 옆구리의 상처는 아직도 선명하다. 조금 전의 노력이 다 부질없다는 것을 증명하기라도 하려는 듯이 고우리는 이불 속에서 홀로 아랫입술을 지그시 깨물었다.

'자칫 잘못하다간, 내가 거기서 또 사람을 죽였을 수도 있었던 거잖아.'

결과론적으로 보면 오히려 당한 것은 자신이지만, 분명히 떠올려 봐도 서진우에게 총을 겨누던 그때의 자신에게 죄책감 따위는 조금도 없었던 것이었다. 그대로 총알이 서진우를 꿰뚫었다면 또다시 한 명을 죽일 수도 있었음에도 불구하고.

"젠장……."

고우리는 다시 고개를 돌린다. 머릿속이 복잡했지만, 지금은 그저 아무것도 생각하고 싶지 않았다.

꿈속에서의 시간은 생각보다 빨리 흘렀다. 고우리는 가끔 병실에서 나와 병원을 돌아다니고 있었다. 처음에는 침대에서 움직일 엄두도 내지 못하던 그였지만, 드림워커의 이점을 적극적으로 이용한 것인지 회복 속도는 빨랐다. 그동안 간호사와도 제법 친해져 어느새 서로 말을 놓고 이야기할 정도가 되었다. 그러는 사이 시간은 흘렀으나, 어찌된 일인지 서진우는 잠잠했다.

"대단한데, 상태가 이리 빨리 호전될 줄은 몰랐어. 이제 조금만 더 있으면 퇴원해도 될 정도인데?"

"아, 뭐……."

고우리는 멋쩍게 웃으며 고개를 돌렸다. 간호사는 고우리를 빤히 바라보고 있다가, 별안간 깜짝 놀라 튀어 오르듯이 몸을 일으켰다.

"앗, 항상 연락 받을 수 있게 대기하고 있으라고 했는데……! 깜빡했다!"

"어? 오빠 핸드폰 없어요?"

"아니. 있긴 한데, 지금은 없어."

고우리는 서둘러 뒤돌아선 간호사의 뒷모습을 보았다. 간호사의 등 뒤로는 TV에서 흘러나오는 뉴스가 보인다.

「5월 16일 오늘의 뉴스를 전해드리겠습니다.」

고우리는 저도 모르게 피식 웃었다. 어제도, 그저께도 뉴스에서는 항상 같은 멘트가 흘러나왔을 것이다. 내일도, 모레도 마찬가지겠지.

"어?"

순간 고우리는 눈을 크게 떴다. TV와 선반 사이 작은 구석에 쪽지 하나가 구겨져 있는 것이 보인다.

'숫자?'

자세히 들여다보니 그것은 한 장이 아니었다. 주변에 구겨진 종이 몇 장이 더 떨어져 있는 것이, 어떤 사람이 의도적으로 그곳에 종이들을 놔뒀던 모양이었다.

"웅? 무슨 문제 있어?"

이찬의 목소리에 고우리는 정신을 차렸다. 어느새 간호사는 자리를 옮겨 다른 환자들을 살피고 있다. 고우리는 다시 TV 쪽을 보다가 자신을 빤히 바라보고 있는 이찬을 향해 말을 꺼냈다.

"저기, 저거 말이야."

"웅? 뭐?"

"TV 주변에 있는 종잇조각들. 전부 가져와줄 수 있어?"

옆에 있던 정은채가 어리둥절한 표정을 지었다. 이찬 역시 이유를 알 수 없다는 표정이다. 그러나 고우리가 몇 번 더 손으로 재촉하자, 이찬은 할 수 없다는 듯이 흐느적흐느적 일어나 종잇조각들을 하나도 남김없이 주워 들고 와서는 고우리의 앞에 내려놓았다.

"이런 쓰레기들로 뭐 어쩌려고? 버려줘?"

"아니…… 그런 게 아니고, 잠깐만."

고우리는 천천히 종잇조각을 펼쳐 들었다. 이찬은 바로 옆에서 궁금해 죽겠다는 듯이 몸을 비틀고 있다.

"아, 뭔데 그래?"

"이것 좀 봐봐."

고우리는 그들에게 종잇조각들을 건넨다. 옆에 있던 송우혁과 이찬이 나란히 종잇조각들을 펼쳐 보았다. 종이의 내용을 읽고 난 두 사람은 어딘가 놀란 듯한 모습이었다.

12일

6일

8일

몇몇 숫자들은 보이지 않았다. 그러나 모두는 곧 그 숫자들의 의미를 쉽게 알아차렸다.

"이거, 카운트인가?"

"그런 것 같은데……. 야, 그럼 12일 동안이나 이 짓거리를 한 거야?"

송우혁과 이찬은 서로를 쳐다보며 쑥덕대고 있었다. 그러나 왜 이런 일을 벌였는지까지는 생각이 닿지 않아 고우리는 입술만 잘근잘근 씹고 있었다.

"어?"

순간, 저도 모르게 고우리는 짧은 숨을 내뱉었다. 나머지 학생들 역시 모두 고우리를 따라 고개를 돌린다. 그리고, 그들 역시 눈이 커지며 동시에 서로를 바라보았다.

"저거……."

삼각대 하나가 우두커니 병실 한복판에 서 있었다.

"저게 왜 저기 있어?"

"TV 쪽으로 되어 있는 것 같은데. 여기에 핸드폰을 올려놓으면 되는 건가?"

이찬과 송우혁은 어느새 또 가까이 다가가 이런저런 이야기들을 주고받고 있었고, 고우리는 그들을 먼발치에서 바라보며 다시 생각에 잠겼다.

'삼각대는 촬영에 썼겠지. 그런데 왜 굳이 TV를…….'

이때 고우리의 손에 무언가가 닿았다. 고개를 돌리지 않아도 느껴지는 종이의 감촉에 고우리는 이미 봤던 종잇조각이라는 것을 알면서도 무의식적으로 종이를 집어 들었다.

12일

'……잠깐.'

고우리는 다시 TV 쪽으로 고개를 돌렸다. 급하게 움직이는 통에 무릎 위에 놓았던 조각들이 우수수 떨어진다. TV는 여전히 5월 16일의 소식을 전하고 있었다.

「이곳은 같은 날만 반복되고 있으니까…….」

자신이 했던 말이 떠오른다. 어느새 심장이 빠르게 뛰고 있었다. 고우리는 잠시 숨을 고른 뒤, 낮은 목소리로 이찬을 불렀다.

"찬아."

"왜?"

"그거 혹시, 스마트폰 삼각대야?"

이찬이 다시 어리둥절한 표정을 지으며 삼각대를 살폈다.

"그런 것 같은데."

머릿속에서 모여든 정보들이 조금씩 정리되고 있었다. 드림워커가 되더니 지능도 올라간 건가라고 홀로 생각하며 고우리는 머리를 굴리고 있었다.

"……설마, 그런 건가."

마치 탐정 만화의 주인공처럼 말하며, 고우리는 작게 미소 지었다. 그 옆에서는 정은채가 아직도 이해하지 못한 표정으로 드림워커를 쳐다보고 있었다.


"어라?"

간호사는 주변을 두리번거렸다. 빈 침대에는 소녀의 이름표만이 덩그러니 남겨진 채였다. 아직 상처도 다 안 나았을 텐데, 라고 홀로 중얼거리며 간호사는 병실을 한 번 둘러보았다. 어디에도 소녀의 모습은 보이지 않았다.

"저기, 실례합니다."

"아, 무슨 일이시죠?"

"혹시 이 옆에 있던 여자아이……. 어디로 갔는지 아십니까?"

궁여지책으로 간호사는 고우리의 바로 옆자리에 있던 환자를 붙들고 그의 행방을 물었다. 남자는 고개를 갸웃하더니 뒷머리를 긁적이며 대답했다.

"글쎄요, 지 친구들이랑 같이 몰래 나가는 듯하더구먼요. 난 간호사 허락이라도 받은 줄 알고……."

"네?"

간호사는 깜짝 놀라 복도로 고개를 내밀었다. 여느 때와는 달리 병원의 불빛 속으로 달빛이 스며든 복도는 유난히 밝기만 하다.

"간호사 형. 우리 찾으시는 거예요?"

등 뒤쪽에서 누군가의 목소리가 들려왔다. 약간 갈색을 띠는 머리에 안경을 낀 소년이다. 간호사는 곧바로 이 소년이 사라진 소녀의 옆에 있었던 친구라는 것을 알아차렸다.

"그래. 혹시 네 친구 지금 어디 있는지 아니?"

소년은 미묘한 미소를 지으며 조용히 답했다.

"7층 쉼터에 있을 거예요. 형한테 할 이야기가 있다는 모양이던데, 빨리 가보세요."

간호사가 의심스럽다는 표정을 짓자 소년은 피식 웃으며 손짓으로 재촉한다. 간호사는 할 수 없이 소년의 의미심장한 미소를 뒤로 하고 엘리베이터에 올라탔다.

「5월 16일 오늘의 뉴스를 전해드리겠습니다.」

복도를 가로질러 가는 동안 중간중간에 놓인 병실들의 문 틈 사이로 희미하게 소식을 알리는 뉴스의 소리가 새어나오고 있었다. 간호사는 잠시 멈춰 서더니 주머니에 구겨 넣었던 종잇조각을 문득 꺼내 바라보았다.

13일

머릿속이 점점 혼란스러워지는 기분이었다. 간호사는 한숨을 한 번 쉬고는 쉼터의 문을 열었다. 문을 열자 들어오는 5월의 밤공기는 약간 시린 듯하면서도 선명하게 양 볼을 간질이고 있었다. 눈앞에서는 여느 때와 다름없어 보이는 밤하늘이 느릿느릿 그려지고 있다. 그리고 그 시야의 끝에, 소녀의 뒷모습이 있었다.

"우리야?"

간호사는 더듬더듬 소녀의 이름을 부른다. 그러나 소녀는 뒤돌아서지 않고 여전히 등을 보인 채로 서 있었다.

"오셨네요. 일부러 불러내서 미안해요. 그렇지만, 다른 사람들이 들으면 곤란해질 것 같아서……."

"무슨 이야기인데?"

소녀는 잠시 멈추었다. 간호사가 긴장하여 마른 침을 삼키려던 찰나, 소녀 역시 긴장한 듯 미묘하게 몸을 떨며 뒤쪽을 힐긋 보았다.

"……오빠, 알고 있었죠?"

간호사는 당황하여 입만 벌리고 서 있다. 그러나 뒤이어, 소녀가 살짝 웃으며 뒤돌아서는 그 순간 간호사는 문득 눈을 들어 소녀의 뒤로 푸르게 색칠된 밤하늘을 보고는 깜짝 놀랐다. 소녀의 얼굴에는 밝은 달빛으로 인한 푸른 그림자가 드리워져 미묘한 음영을 이루고 있었다. 그것은,

"이곳이, 꿈속이라는 걸."

하늘에 밝게 떠오른 두 개의 만월이었다.

소녀는 말을 마치고는 조용히 웃는다. 손에 쥐고 있던 종잇조각이 툭, 하며 바닥으로 떨어져 내렸다. 눈앞에서 웃고 있는 소녀의 모습은 달빛을 받아 더욱 더 꿈같은 풍경이었다.

"그, 그럼 넌……?"

간호사는 간신히 한 마디만을 내뱉었다 다시 입을 닫아 버렸다. 소녀는 다시 웃었다.

"이 꿈에 스스로의 의지로 들어온 사람……. 드림워커예요."

"드, 드림워커……?"

아무 말도 하지 못하고 인형처럼 소녀의 말을 듣기만 하던 간호사가 정신을 차렸다. 그는 한 발짝 앞으로 다가서더니 물었다.

"그, 그럼, 여기는 도대체 누구의 꿈이란 거야?"

소녀의 표정이 잠시 어두워졌다. 그리고 이는 곧 씁쓸한 미소로 바뀌어서, 소녀는 간호사를 천천히 올려다보며 작게 중얼거렸다.

"은채."

"은채?"

간호사는 재빨리 머리를 굴려 떠올려 보았다. 늘 고우리의 옆을 지키고 있던 갈색 머리의 소녀. 그 교복에 매달려 있던 명찰의 이름을. 정은채였구나.

"전, 그 애한테 무슨 일이 일어났는지도 모른 채 그저 제 고민 때문에 이 꿈에 들어왔어요. 그것만으로도 미안한데, 그런 일이 있었다는 걸 알게 된지도 얼마 되지 않아서……."

"그 일이라는 건?"

소녀가 침울한 얼굴로 간호사를 올려다보았다.

"평택호…… 알고 계시죠?"

간호사가 주춤하는 것을 보고 소녀는 잠시 아무 말도 하지 않은 채로 서 있었다. 그렇게 잠시 침묵이 흐른 뒤, 소녀가 다시 입을 열었다.

"그러니까, 저희를 도와주셨으면 해요. 이 꿈에서 깰 수 있도록."

간호사는 잠시 침묵한다. 눈앞에서는 소녀가 미소를 거두고 이쪽을 바라보고 있었다. 생각하던 간호사가 이내 고개를 들었다.

"그럴게."

조금이었지만, 순간 소녀의 얼굴이 밝아진 듯했다. 소녀는 안도한 듯이 가벼운 한숨을 쉬고는 이야기한다.

"솔직히, 걱정했어요. 오히려 꿈에 남고 싶어 하는 사람들도 많아서 ……. 그런데 이렇게 흔쾌히 도와주겠다고 하셔서, 정말 다행이에요."

간호사의 눈앞에서 말하던 소녀가 싱긋 웃었다. 그는 무언가 말을 조금이라도 해야 할 것 같아 망설이다가, 문득 무언가 생각난 듯 재빨리 말을 꺼냈다.

"어……. 우리였지? 네 이름."

"네. 고우리예요."

소녀는 여전히 웃음을 짓고 있었다. 간호사는 다시 망설이다가, 천천히 입을 연다.

"내 이름은, 수민이야. 신수민."

"수민이라……. 이름 좋네요."

어리둥절해하는 간호사에게 어느새 소녀가 손을 내밀고 있었다. 작지만 붕대로 여기저기 감겨 상처투성이인 그 손을, 간호사는 조심스럽게 잡았다.

"잘 부탁해요, 수민 오빠."

간호사는 다시 대답도 못하고 입만 살짝 벌리고 만다. 소녀는 그렇게 말하고는 살짝 웃었다. 떠오른 두 개의 달은 여전히 휘영청 밝았다.

"다리 상처는 대충 나았으니 걸을 수는 있을 거고, 일단 전체적으로
는 많이 좋아졌어. 그래도……."

붕대를 감아주던 신수민은 말끝을 흐린다. 고우리는 우물쭈물하는
신수민의 얼굴을 보고는 살짝 웃었다.

"괜찮아요."

고우리는 양 발을 조심스럽게 내디뎠다. 부상이 완전히 회복된 것은
아니었지만, 서진우의 침묵이 길어지고 있어 고우리 스스로도 불안해
지고 있던 참이었다.

"이제 어떻게 할 거야?"

신수민이 옆에 서서 물었다.

"글쎄요……. 일단은 계획을 짜봐야겠죠, 애들이랑 같이."

소녀의 웃음은 어째 장난스러운 웃음이었다. 걱정스러운 표정만을
짓고 있던 신수민 역시 슬쩍 웃음을 짓고 있었다.

"꺄아아아아!"

한순간, 깜짝 놀랄 정도로 다급하게 들려온 익숙한 소녀의 비명이
두 사람을 멈추게 만들었다. 고우리는 신수민과 함께 서로를 잠시 쳐다
보다 서둘러 복도로 뛰쳐나간다.

"왜 그래?"

신수민이 당황스러운 듯 물어왔다. 그러나 고우리는 대답하지 못하
고 굳은 다리만을 땅에 박은 채로 눈앞의 인물을 노려보며 서 있었다.
그리고 그 앞에서는, 정은채가 벌벌 떨며 땅에 쓰러져 있다.

"그쪽! 은채라고 했던가? 괜찮아?"

정은채의 얼굴은 새하얗게 질려 있었다. 차마 말도 제대로 잇지 못하

고 고개만 도리도리 흔드는 그의 손가락을 따라 신수민 역시 눈앞의 인물을 올려다보았다.

'처음 보는 얼굴인데……'

"김광진."

뒤쪽에서 고우리의 가라앉은 목소리가 들려왔다. 그 역시 떨리는 몸을 간신히 붙잡고 있는 듯, 땀으로 젖어가는 손으로 단검을 꼭 붙든 채 섣불리 움직이지 못하고 있었다.

"뭐야, 무슨 일이야!"

이찬과 송우혁이 뒤늦게 허겁지겁 달려왔다. 우왕좌왕하던 고우리는 난감한 듯한 얼굴로 그들을 뒤돌아보았다.

"어떻게 된 거야?"

미처 대답할 새도 없이, 눈앞에서 김광진이 팔을 천천히 들어 올리고 있었다. 어두워서 전체는 잘 보이지 않았지만, 그 끝에선 은빛 물체가 반짝이고 있다.

"피하세요!"

탕—

소년의 다급한 목소리. 그리고 한 발의 총성이 울렸다. 총알이 관통한 것인지 박힌 것인지, 김광진은 움직임을 멈추고 잠시 비틀거린다. 송우혁은 천천히 총구를 내리고는 여전히 굳어 있는 고우리의 양 어깨를 붙잡고 흔들어대기 시작했다.

"정신 차려! 갑자기 왜 그러는 거야? 이게 대체 무슨 일이냐고!"

고우리의 머리 역시 힘을 잃고 이리저리 흔들리고 있었다. 송우혁이 제풀에 지쳐 멈추고 난 뒤에야, 고우리가 가라앉은 목소리로 천천히 입을 연다.

"그러게, 나도 무슨 일인지 알고 싶네."

어느새 김광진이 다시 팔을 들어 올리고 있었다. 고우리는 스스로 정신을 차리려 고개를 한번 흔들고 비틀거리며 김광진에게 총구를 겨누었다. 그러나, 그 손은 지나치게 떨리고 있어 차마 쏴볼 생각은 하지 못한 채 자세만을 유지하고 있었다.

'분명히, 김광진은 내가 죽였어. 그런데도 또다시 이렇게 나타났다는 건, 저 김광진이 가짜거나, 혹은……'

끔찍한 상상이었다. 고우리는 다시 혼자 고개를 흔들며 이어지는 불길한 생각을 무마하려 애쓴다. 그러나, 곧 고개를 들어 김광진의 얼굴을 보자마자 자신의 눈앞에서 피투성이로 죽어가던 과거의 그가 떠오르질 않는가. 어느새, 고우리는 머리가 점점 지끈거리기 시작한 것을 느끼며 얼굴을 찡그리고 있었다.

"자, 잠깐, 저기……!"

촹.

소년의 다급한 말소리가 미처 끝을 맺기도 전에, 날카로운 칼소리가 허공을 갈랐다. 모두가 당황하는 사이, 김광진은 쓰러지고, 그 뒤로 한 여자의 그림자가 나타나고 있었다.

"환상 하나도 제대로 처리하지 못해 쩔쩔매는 꼴이라니."

아직 모습은 잘 보이지 않았지만, 모두는 곧 그 여자의 정체를 알아차렸다.

"……이연희."

"오랜만이네, 드림워커 씨. 용케 살아있구나."

이연희가 피식 웃었다. 그 사이 이찬이 재빨리 튀어나가 정은채를 일으켜 세우고는 이연희를 경계하며 조심스레 뒤로 물러난다. 그러나 이연희는 이러한 움직임 따위에는 관심 없다는 듯 자신의 할 이야기만을 계속하고 있었다.

"오늘은 다른 애들한텐 관심 없어. 정은채, 네 이야기를 하려고 온 거야."

"어……?"

정은채가 당황했다. 고우리를 위시한 남은 사람들은 경계를 풀지 않은 채 이연희의 말을 듣고 있었다.

"그동안 너도 계속 궁금했지? 이 꿈이 어디서 시작되었는지를. 내가, 그걸 오늘 알려주려고 하거든."

불길함을 인지한 듯 송우혁이 마른 침을 삼켰다.

"너, '평택호'란 이름 들어봤지? 하긴 네가 모를 리가 없겠지."

"뭐? 잠깐, 그걸 네가 왜……!"

송우혁이 대신 당황했다. 정은채는 아무 말도 하지 못하고 입을 다물어버린다.

"네 꿈이 시작된 것이, 바로 그것 때문이니까. 너, 학교에서 송지후란 애랑 친하게 지내지? 그렇지만 가끔 그 애가 낯설게 느껴질 때도 있었고, 묘하게 불길한 느낌도 받았고 말이야."

정은채는 깜짝 놀라며 뒤로 물러섰다. 이연희는 다시 웃고는, 정은채를 정면으로 바라보며 말을 잇는다.

"사실은, 너도 이미 알고 있었던 거지? 알고 있으면서도 모른 척한 거야. 그 애가 이미 죽었다는 걸."


"뭐……."

"뭐라고!"

정은채를 대신해 옆에 있던 송우혁이 놀라 큰 소리로 반문했다. 이찬 역시 뒤에서 크게 놀란 표정으로 입을 벌리고 있고, 고우리는 계속해서 떨리는 팔에 강제로 힘을 주며 총구를 이연희에게 겨누고 서 있었다. 정은채의 표정은 점점 더 어두워져 가고 있었지만, 이연희는 아랑곳 않고 말을 이었다.

"꿈속에선 죽은 사람도 다시 불러낼 수가 있으니까. 그래서 너는 꿈속에서 네 기억에 의지해 송지후를 만들어내고는, 그 아이랑 희희낙락하면서, 사라져 버리기라도 할까봐 일부러 모른 척한 거겠지. 아냐?"

잠시 정적이 흘렀다. 얼굴을 찡그린 고우리와 여유롭게 웃고 있던 이연희의 표정이 점점 더 대비되어가던 그때, 고개를 숙이고 서 있던 정은채가 작게 중얼거렸다.

"지후를, 찾아야 해."

"어……? 야, 잠깐 기다려!"

그러고선 한번 고개를 흔들고는 곧장 달려 이연희를 스쳐 지나간다. 사라지는 정은채의 뒷모습에 대고 당황한 고우리가 총구를 내리며 소리를 질렀지만, 그 모습은 어느새 사라지고 없었다. 멍하니 이 모습을 지켜보고 있는 송우혁과 이찬에게, 고우리가 답답하다는 듯이 재촉하려는 순간이었다.

"뭐하고들 있어? 빨리 쫓아……"

뚜—

한순간, 주머니에 있던 휴대전화가 뚜우 소리를 내며 시끄럽게 울었다. 고우리가 깜짝 놀라 휴대 전화를 꺼내드는 순간, 이번엔 뒤에 있던 이찬의 휴대전화에서 요란한 사이렌이 울린다. 하나둘씩, 모두의 휴대전화에서 사이렌이 울리기 시작하는가 싶더니 어느새 주변은 소름 돋을 정도의 날카로운 사이렌 소리로 가득 채워지고 있었다. 고우리는 한쪽 손으로 귀를 틀어막으며, 서둘러 화면에 떠오른 문자의 내용을 보았다.

「[??곩廳] 5—16 #@:●[ ?? 匍뻹; 맷뙰 8dy% 驪맵캡 규¤8• 지진

發生/곰떻ь 夢낡 쎼롦??º옗다.」

고우리는 순간 흠칫 놀라며 저도 모르게 한걸음 물러섰다. 문자 속 글자들은 점점 괴이하게 변해가고 있어 내용을 다 이해할 수는 없었지만, 그 속 가장 중요한 한 단어만은 확실히 알아볼 수 있었다.

'지진'.

그리고 다음 순간, '쾅' 소리와 함께 건물이 흔들리기 시작했다. 건물을 따라 이리저리 흔들리다 정신을 차려보니 여기저기서 비명소리가 들려오고, 주변에 보이는 것들은 조금씩 무너지고 있었다. 다급히 주위를 둘러보던 고우리는 조용히 송우혁을 부른다.

"……우혁아."

"어?"

"지금 빨리, 은채 찾아줄 수 있어?"

송우혁은 잠시 망설이다가 이내 고개를 끄덕였다. 뒤쪽에 있던 이찬이 달려와 송우혁을 건드리자, 두 사람은 이내 서둘러 달려 나갔다. 이러지도 저러지도 못하고 가만히 있던 신수민은 어느새 다시 대치하기 시작한 이연희와 고우리를 불안한 눈으로 보고 있었다. 고우리는 이연희를 싸늘하게 노려보다가, 낮은 목소리로 입을 열었다.

"너……. 도대체 정체가 뭐야?"

아까부터 여유롭던 이연희는, 유들유들한 얼굴로 대답했다.

"글쎄? 다음에 만나면, 그때 알려주도록 할게, 친구."

이연희의 얼굴은 여유로워 보였지만 한편으로는 이해할 수 없는 떨림과 불안도 느껴지는 듯해 고우리는 아랫입술을 지그시 깨물었다.

"……오빠, 잠시만 여기 있어줄 수 있어요?"

"어?"

탕―

신수민이 미처 말을 끝내기도 전에 고우리가 재빨리 방아쇠를 당겼다. 그러나 총알은 이연희를 맞추지 못하고 엉뚱한 곳으로 날아간다.

"무리인 것 같은데. 지금 네 상태로는 말이야. 무슨 이유에서인지는 모르겠지만⋯⋯."

고우리는 얼굴만 찡그리고 있다. 이연희가 여유롭게 웃으며 덧붙였다.

"어차피 나도 지금 여기서 누굴 해칠 생각은 없어."

주위에서는 환자들이 겁에 질린 채로 방문 밖으로 고개를 내밀어 두 사람의 대치를 바라보고 있다. 고우리는 한숨을 쉬고는 천천히 발걸음을 떼었다. 그가 이연희 쪽으로 점점 다가오고 있을 때에도, 이연희는 조금도 움직이지 않고 의미심장한 미소만 짓고 있다. 이연희를 스쳐 지나가며 고우리는 한마디만을 던지고는 어느새 시야에서 천천히 사라져 가고 있었다.

"⋯⋯다음에, 진짜로 보자."

이연희는 미묘한 표정을 지으며 고우리를 뒤돌아보았다. 그러는 동안에도, 주변의 풍경은 점점 더 무너져 가고 있었다.

*

"그래서, 무슨 일로?"

"초면에 이런 말을 꺼내도 되는지는 모르겠습니다만⋯⋯. 당신에게 협조하려고 왔습니다."

"협조?"

"당신의 목표, 이 꿈에 남는 것 말입니다."

여자가 흠칫 놀랐다. 남자는 더 말하지 않고 빙긋이 미소를 지어 보인다.

"그걸 어떻게 알았는지 궁금하지만…… 지금은 그게 중요한 게 아니니. 그래서, 뭘 어떻게 도와준다는 거죠?"

"당연하겠지만, 당신에게 반대하는 사람들은 많을 겁니다. 그리고 그 중에서도 특히 위험한 인물, 누구인지는 말 안 해도 아실 것이라 생각됩니다만."

여자가 살짝 얼굴을 찡그렸다. 돌아오는 대답이 없자, 남자는 계속해서 말을 이었다.

"역시 직접 마주하는 건 껄끄러우시겠죠? 제가 대신 해드리겠습니다. 우선, 우리 쪽으로 끌어들일 수 있는지 살펴보고 나서요."

"그래서, 안되면 대신 없애 주시겠다?"

남자가 피식 웃으며 대답했다.


"……네. 어차피, 꿈이니까요."

「ㄴ」 - Landlady(꿈의 주인)

# # part 02

同床異夢

동상이몽 : 같이 행동하면서도
속으로는 서로 다른 생각을 함.

「저는, 살해당한 거예요.」

시끌벅적하고 뒤숭숭하던, 모두가 혼란에 빠진 채로 입을 닫고 전전 긍긍하고 있던 그 겨울의 끝자락이자, 어린 꽃봉오리들이 간간히 고개를 내밀기 시작하던 4월이라는 아직은 쌀쌀한 어느 봄날의 아침. 가장 소중한 것을 잃고 나락으로 떨어져 정신없이 헤매던 내가 처음이자 마지막으로 발견한 친구의 흔적에서, 가장 먼저 눈에 띈 한마디였다.

살해.

우리와는 전혀 상관없는 사람들로 이루어진 사회에서는 결코 이것을 '살해'라고 부르지 않고, 그렇게 보지도 않는다. 그들이 바라보는, 최대한 객관적이랍시고 붙여준 이름은,

「자살」.

「서울의 명문 여자고등학교에 재학 중이던 한 여학생이 투신자살한 것으로 알려져 충격을 주고 있습니다. 어제 오후 9시, 근무 후 귀가하던 신 모 씨가 쓰러져 있는 홍 모 양을 발견하고 경찰에 신고했습니다. 홍 모 양은 발견 당시 이미 숨진 상태로, 경찰은 홍 모 양의 사망 원인을 투신자살로 단정 짓고 평소 홍 모 양의 행적에 대해 조사 중입니다. 현재 유서는 발견되지 않았으며……」

유서라, 그렇게 부르고 싶다면 그렇게 부를 수도 있겠다. 한 달 만이구나. A4 용지 크기의 하얀 종이에 눈이 아플 정도로 빼곡하게 적어 놓은 검은 글씨. 설령 전부 읽어 내려가다가 눈알이 빠질지언정, 결코 중간에 그만둔다든가 포기하고 고이 접어 넣어두는 멍청한 짓은 하고 싶지 않았다.

그렇게 한참을 움직이지 않고 앉아 읽고 있었다. 울지 않으려 했다,

정말로. 그런데도, 정말로, 친구의 말은 도저히 버틸 수가 없게 했다.
바보 같게도.

「그러고 보니, 그 와중에도 정말 도움이 되어준 사람들이 있어요. 하나는 역시 부모님. 죄송해요. 명문이라는 여고 들어가서 꼭 열심히 공부해서 부모님 만족시켜드리겠다고……. 아니, 그냥 원하는 걸 하면서 살라고 그렇게나 아껴주셨던 부모님인데, 죄송해요. 여기까지 와서, 전 그냥 불효녀가 되어 버렸어요.

그리고 또 한 명…… 우리야. 고마웠어. 정말로……. 계속 남들이 나를 괴롭히고 그럴 때도 혼자서 내 편 들어주고 같이 집에도 가주고 온갖 노력을 다 해줬는데, 노력이 모두 물거품이 된 것 같아서 너무 미안해. 나 때문에 너까지 피해 보는 일이 없었으면 좋겠어. 2학년 때도 같은 반 돼서 너무 좋았는데…… 기말고사 끝나고 같이 놀러 가기로 했는데. 결국 못 가게 됐네. 그래도 네 덕분에 그나마 버틸 수 있었어. 정말 고맙고, 또 미안했어, 우리야.

전 아직 죽기 싫었어요. 아직 절 생각해주는 친구도 있고, 사랑하는 부모님도 계신데……. 부탁이에요. 얼마가 걸려도 좋으니까, 김혜빈, 이미연, 이 둘은 꼭 붙잡아서 죄를 물어주세요.

이런 일이, 저 같은 사람이, 또 다시 생기는 건 싫으니까요.

이걸 단순한 학교폭력 사건로만 치부하지 말아주세요. 이건 살인사건이나 다름없습니다. 저는 피해자, 그리고 그 아이들은……

살인자라구요.」


내 이름이 보였다. 두 번, 그리고 마지막의 한 번은 더 이상 볼 수가 없었다. 그렇게 나는 두 번을 울었다. 정말로, 이렇게나 잔혹한 일을 벌였던 그 학생들에 대한 원망과, 또 마지막까지 나를 잊지 않고 간 친구 때문에.

할 수 있다면, 당장이라도 가해자들을 눈앞에 끌고 와 앉힐 수 있다면, 어떻게, 무엇이, 같은 인간을 이렇게나 잔인하게 만들었는지 따지고 싶었다.

*

「도와주세요⋯⋯. 아무도 없어요?」

글쎄, 암만 소리 질러도 소용없다고 누군가가 유혹하듯 내 귀를 간질이는 것만 같다. 주변은 아무것도 없다. 아무도 보이지 않는다. 손에 닿는 것도 있을 리 만무, 느껴지는 것이라곤 보이지는 않지만 그래도 내가 발을 딛고 서 있기에 있을 거라 추측되는 땅의 감촉과 어둠, 그리고 마치 온 몸의 모든 감각을 누군가에 의해 틀어 막힌 것만 같은 갑갑함.

— 아아, 그러고 보니 헬렌 켈러가 이런 느낌이었겠구나.

— 그런가? 하지만 나는 지금 귀에 소리는 들리는데.

그곳에서 내가 할 수 있는 일은 정신이 나간 사람처럼 멀뚱히 서서 나 자신과 대화를 나누는 일뿐. 그러나 그마저도 갇혀 있는 시간이 길어지자 점점 정신이 피폐해져 할 수 없게 되고, 나중에는 살려달라며 소리를 지르고 무릎을 꿇거나 눈물을 짜내며 보이지 않는 그 누군가에게 손이 발이 닳도록 싹싹 비는 정도밖에 할 수 없었다. 거기에 시간이 지날수록 복부에 느껴지는 원인 모를 통증은 총이라도 맞은 듯 점점 그 강도를 더해갔고, 피폐해진 정신과 겹쳐 나는 지독하게 소리를 지르며 미친 사람처럼 바닥을 마구 굴렀었던 것 같다.

　내가 그 공간에서 벗어나는 데에는 대충 어림잡아도 300일이 넘게
걸린 것 같다. 그랬다. 미친 듯이 울부짖다가 문득 정신을 차려보니 보
이는 것은 여느 때의 내 침대요, 깨어난 내 앞에 다른 것도 아닌 지극
히 평범한 고등학생의 일상이 펼쳐졌다. 단순한 꿈이었을까? 아니면
무슨 심오한 의미라도? 해몽을 해볼까? 아니, 그런 사람들은 다 거짓
말쟁이야. 부모님 역시 빨리 잊어버리라고 충고를 준 바 있고, 나에게
도 지독한 기억이었기에 의문이 남긴 했지만 나는 그 기억을 빨리 지워
버리려 애썼다. 한참 나중에야, 묻어두었던 기억을 다시 끄집어내고 그
끔찍했던 꿈의 모든 정체를 알게 된 것은, 내가 후에 의도치 않게 맞이
한 또 다른 꿈에서 한 여자아이를 만나면서부터였다.

# 또다른 꿈

소리 지르는 사람들, 무너진 건물, 그리고 우중충한 날씨. 상황이 이렇게 될 줄 누가 알았으랴.

불과 10분 전만 해도, 나는 평소처럼 학원에서 수업을 빙자한 수면 보충을 하고 있었다. 그런데 어느 순간, 갑자기 시끄러운 소리가 울리더니 건물들이 하나 둘씩 붕괴하기 시작한 것이다. 못 믿겠다고? 진짜다. 비몽사몽한 꿈속에서나 일어날 법한 일들이 눈앞에서 펼쳐지자 나는 재빨리 뺨을 몇 번 툭툭 쳐 보았다. 그리고 잠시 후 느껴지는 뺨의 따가움을 통해 나는 이 말도 안 되는 상황이 꿈이 아니라고 잠정적으로 결론 내렸다.

"얘들아! 태윤아? 민수야?"

홀로 어두운 건물 안을 헤매길 10분 째. 몇 번씩이나 같은 반 친구들의 이름을 불러 보았지만 돌아오는 것은 없다.

"이게 갑자기 무슨 일이야……."

한참을 헤매던 나는 체력도 다 떨어지고, 생각할 시간도 좀 필요하다고 판단해 어느 한 구석에 자리를 잡고 앉았다.

그래, 상황을 정리해 보자.

10분 전까지만 해도 나는 학원에서 수업을 듣고 있었고, 갑자기 날씨가 우중충해졌고, 뒤이어 큰 소리가 들리더니 뜬금없이 건물이 무너지기 시작했고, 나는 굴러 떨어지다가 정신을 잃었고, 그래서 지금 어디인지도 모르는 건물에 혼자 갇혀 있고, 결론은 여기서 빠져나가야 해. 결론이 너무 당연한 것 같지만. 음, 그러려면 일단은…….

"저……."

"으아아악!"

갑자기 어깨에 느껴지는 손가락의 감촉. 나는 화들짝 놀라 뒤를 돌아보았다. 그러나 그 손가락의 주인은 의외로 평범하게 생긴 내 또래의 남학생이었다.

"아아, 안녕."

"너도 여기 갇힌 거냐?"

"뭐, 그렇지."

잠시 어색한 침묵. 나를 찌른 그 학생은 잠시 고민하더니 내게 말했다.

"나도 한참 사람 찾아 다녔는데, 여기서 또래를 만나네. 이왕 이렇게 된 거 같이 다니는 게 나을 것 같은데?"

"음, 좋지. 그런데 여기가 어디냐?"

"글쎄다."

모처럼 보는 사람이었기에 나는 이 제안을 곧 승낙했다. 이름은 강현성, 나보다 한 살 많단다. 혹시나 통수를 치지 않을까 하는 생각도 들었지만 이 상황에 누굴 믿고 못 믿고 따위의 배부른 판단을 할 수는 없는 노릇이었다.

그렇게 둘이 되었지만 머릿수가 늘었다고 해서 출구가 빨리 나타나지는 않는다. 결국 한계에 다다른 내가 먼저 드러누웠다.

"아이고, 나는 한계다! 좀만 쉬었다 가면 안 돼?"

"뭐? 참 나, 걸은 지 얼마나 됐다고 벌써 드러눕는 약골이 어디 있냐? 안 일어나?"

"아이고 형님, 이게 꾀병이 아닌데……."

콰과과광!

내가 낮은 신음 소리를 내며 엄살을 피우던 그때, 위쪽에서 들려온 큰 소리가 우리를 놀라게 했다.

"뭐지?"

"잠깐만, 잠깐…. 어어, 또 무너지려나 본데? 일단 피하고 보자!"

강현성의 말이 끝나기 무섭게, 천장이 어마어마한 소음을 내며 무너져 내렸다.

"으아아아아악!"

"젠장, 이게 뭐냐고!"

그렇게 우리 둘은 엎드린 채로 한동안 고래고래 소리만 질러대고 있었다. 목이 다 쉬어갈 무렵, 고개를 들어보니 무너진 천장 위로 우중충한 하늘이 보였다.

"형, 저기 위!"

내 고함 소리에 강현성이 고개를 들었다. 금방이라도 죽을 것 같던 그의 얼굴엔 다시금 생기가 돌기 시작했고, 우리 둘은 우중충한 하늘을 향해 소리를 질러댔다.

"살려주세요! 아무도 없어요?"

"으아아아! 사람이 있다고!"

사람의 발소리가 들리자, 우리는 더 크게 소리를 지르기 시작했다. 그 비명을 용케 들은 건지, 발소리는 우리가 빠진 구멍 앞에서 멈춰 서더니, 잠시 뒤에 우리를 구원할 은혜의 생명줄을 내려 주었다.

"밧줄사다리? 이런 건 어디서 났대?"

"그게 중요하냐? 형 먼저 올라가시죠!"

우리는 올라가며 우리를 구원해준 구원자의 얼굴을 상상했다. 소방관 아저씨? 아니면 엄청나게 예쁜 누님이라던가. 어쩌면 힘센 마초남 형님일지도.

그러나 지상에서 우리를 무표정으로 맞이한 얼굴은 우리의 상상과는 전혀 다른 것이었다.

"여자애?"

그렇다, 여자애였다. 그것도 우리보다도 훨씬 작아서 툭 치면 쓰러질 듯한, 그런 조그마한 체구의 소유자였다. 그러나 그 얼굴은 우리 또래의 학생이라고는 도무지 믿을 수 없을 정도로 무표정했고, 그 차가운 표정의 소유자는 회색의 살짝 커 보이는 야구잠바를 꾸역꾸역 껴입고 바닥에 나자빠진 우리를 내려다보고 있었다.

그 소녀는 우리를 잠시 보더니 이내 아무 말 없이 뒤돌아서 가버렸다. 나는 멍하니 서 있다가 감사 인사는 해야겠다 싶어 벌써 제 갈 길을 가고 있는 그 아이를 쫓아가 뒤통수에 대고 말을 건넸다.

"저기, 고마워, 구해줘서."

소녀가 걸음을 멈추고 뒤돌아 내 얼굴을 보았다. 별로 잘생기지도 않은 것 같은 내 얼굴을 평가하기라도 하는 건지 잠시 나를 빤히 보고 있던 소녀는 "어, 그래."라는 짧은 대답과 함께 다시 제 갈 길을 가기 시작했다.

문득, 이 좋은 기회를 놓칠 수는 없다는 생각이 들었다. 나는 재빨리 그 아이의 앞쪽까지 달려가서는, 무슨 용기인지 그 앞을 막고 서서 말을 걸었다.

"저. 이왕 이렇게 된 거 같이 다니자! 저기에 친구 한 명도 더 있고."

앞서 가던 발걸음이 다시 멈췄다.

"너 말이야."

그러곤 고개를 홱 돌려 나를 노려본다.

"왜 자꾸 따라오는데? 구해줬으니까 그걸로 끝 아냐?"

"아니, 어…….."

그 분위기에라도 눌린 건지 나는 말문이 막혔다. 소녀는 이런 내가 불쌍해 보였는지 피식 웃더니 이야기한다.

"그리고, 나 같은 약해빠진 여자애가 껴봤자 너한텐 별로 이득이 없을 텐데."

"그, 그래도!"

나는 간곡하게 그 소녀를 붙잡았다. 이유는 없었다. 그저 남중 - 남고를 나와서 이제 여자 따윈 걸어 다니는 생명체로밖에 안 보이던, 희망 따윈 없는 상황에서 건 마지막 희망이었을지도 모른다.

소녀가 나를 매우 의심스러운 눈으로 바라보았다. 혼자 불길함을 느끼고 머릿속으로 몇 번씩이나 비명을 질러대던 찰나, 이내 소녀의 대답이 돌아왔다.

"뭐……. 상관없으려나."

나는 속으로 주먹을 불끈 쥐었다. 5년 동안 여자라곤 엄마와 몇 안 되는 교회 누나들만 조우해왔던 내가, 이런 곳에서 또래 여자애랑 같이 다니게 될 줄이야.

"아, 내 이름은 이찬이야. 너도 알려줘야지?"

소녀가 잠시 입을 다물었다. 그는 말하기 싫은 표정으로 우물쭈물하더니, 조용히 중얼거렸다.

"……고우리."

그리고 둘 다 더 이상 아무 말도 없었다. 덕분에 분위기는 어색해졌고, 나는 어떻게든 이 분위기를 타파할 대책을 찾아야 했다. 그때 마침, 저 멀리서 멀뚱멀뚱 서 있는 강현성이 눈에 들어왔고, 나는 재빨리 서로를 소개시켜 주기로 했다.

"그, 그러고 보니. 저쪽에 있는 형은 소개 안 시켜줬지?"

내 손가락을 따라 강현성을 멍하니 바라보고 있는 고우리를, 나는 무턱대고 손목을 잡아끌고 강현성과 대면시켰다. 강현성이 고우리의 얼굴을 보자마자 흠칫하는 걸 보고, 나는 놀리듯이 속삭여주었다.

"어때, 꽤 예쁘지?"

"아, 응."

얼떨떨하게 서 있는 강현성을 나는 재빨리 고우리에게 소개시켰다.

"이쪽은 현성이 형이야. 우리보다 한 살 많대."

"아…… 안녕하세요, 오빠."

"어…… 그래."

두 사람 사이의 어색함이 나는 견딜 수 없었다. 도대체 이게 뭐 하는 짓이람.

"그리고 얘는 고우리라고 하는데…… 나랑 동갑."

"음."

대충 첫 대면이 힘겹게 끝났다. 그리고 아니나 다를까 곧 분위기는 어색해졌고, 고우리가 속으로 '괜히 왔나'라는 생각을 하는 것처럼 보이고, 또다시 불길한 느낌이 들 때 즈음, 내가 재빨리 화제를 돌렸다.

"그런데, 우리 이제 어디로 가냐? 건물들도 다 무너졌고."

"허."

고우리의 비웃음 소리가 들렸다. 나는 곧바로 뭐가 웃기냐고 반문하려 했으나, 그 다음에 나온 고우리의 말은 내 입을 틀어막아 버렸다.

"여기서 어디로 가냐는 사람은 처음 보겠네. 그냥 아무데로나 가, 어차피 꿈인데."

"어……?"

나는 처음엔 이게 무슨 소리인지를 곧바로 이해하지 못해 멍하니 있다가, 뒤늦게 그 심각한 의미를 알아차리고 깜짝 놀라 펄쩍 뛰었다.

"꿈이라고? 이렇게 생생한데! 볼도 아프고! 소리도 시끄럽고!"

"못 믿겠으면 말고."

내가 이 놀라 자빠질만한 소식을 알고 펄쩍 뛰는 동안, 놀랍게도 강현성은 아무렇지도 않게 잠자코 있었다.

"뭐야, 형은 알고 있었어?"

"당연한 거 아냐? 이렇게 비현실적으로 건물들이 막 무너져 내리는데, 상식적으로 꿈이라고 생각하는 게 자연스럽지."

나는 또다시 입을 다물 수밖에 없었다. 어쩌, 나만 바보가 된 것 같은 기분이 들어 나는 얼굴을 찡그렸다.

"잠깐만, 이게 꿈이라고? 그럼, 지금 내가 꿈인 걸 알고 있으니까. 루시드 드림 아냐?"

루시드 드림, 자각몽. 예전에도 숱하게 들어왔고 실제로도 몇 번 경험해봤다. 그리고 지금 이것이 자각몽이라면, 그것은 곧 내 마음대로 모든 걸 할 수 있다는 걸 의미한다.

"글쎄다, 너그렇게 봐주자면 루시드 드림은 맞지만, 네 마음대로 될 수 있을지는 잘 모르겠어."

고우리가 빈정거렸지만 나는 개의치 않았다. 이곳이 진짜 꿈이라면, 어차피 저 사람들도 다 내가 만들어낸 가짜일 것이기 때문이었다.

"어……?"

나는 애써 발을 굴러 보았다. 그러나, 야속한 내 뒤꿈치는 아무리 애를 써보아도 땅에서 떨어질 생각을 하지 않았다.

"왜, 마음대로 안 돼?"

고우리가 차갑게 비웃는다. 나는 슬슬 화가 올라오기 시작했지만 딱히 반론할 말이 떠오르지 않아 잠자코 있을 수밖에 없었다.

"루시드 드림은 맞지. 네가 꿈인 걸 아니까. 그렇지만, 네 꿈이라고 누가 그랬어?"

고우리의 얼굴은 여전히 무표정이었다. 나는 그 분위기에 눌려 있다가, 간신히 반박했다.

"그, 그렇지만. 그럼 대체 누구 꿈이라는 거야?"

"누구, 라고 딱 특정해서 말해주고 싶지만, 너는 그 애를 모르겠구나."

순간 머릿속이 하얘지는 느낌이었다. 정신을 차리고 보니 나는 고우리를 멍청히 바라보며 서 있었다. 고우리는 피식 웃으며 역시 나를 응시한다.

"너……. 대체 정체가 뭐야?"

드라마에서나 나올 법한 대사가 내 입에서 흘러나왔다. 고우리는 의미를 알 수 없는 웃음을 짓더니, 곧 대답했다.

"너랑 똑같아. 이 꿈에 갇혀 있는 많은 사람들 중 하나."

나는 고우리의 말을 전혀 이해할 수 없었다. 맘 같아선 당장에라도 멱살을 붙잡고 따지고 싶었지만 아무것도 모르는 나는 결국 백기를 들고 얌전히 따를 수밖에 없었다.

"좋아, 그럼 이제 어떡해야 하는데?"

"어떻게 하긴, 꿈의 주인 찾으러 가야지."

고우리가 당연하다는 투로 말했다. 그 말투에 나는 다시금 약이 올라 일부러 반항하듯이 말을 내뱉고 말았다.

"아니, 걔를 왜 찾아야 하는데?"

"왜 찾긴, 너도 빨리 꿈에서 깨야 하지 않아?"

"깨어나는 건 그냥 깨어나면 되잖아, 뭐 예를 들면 뛰어 내린다던가……."

"흥."

고우리가 비웃는 소리가 들렸다. 고우리는 나를 상당히 한심하다는 눈으로 쳐다보더니, 말을 이었다.

"뛰어내린다고? 너 진짜 아무것도 모르는구나. 꿈에서 죽으면 어떻게 되는지 알기나 해?"

이 느낌을 어떻게 표현할 수 있을까. 단지, '어이없다'라는 느낌 하나만으로 머리가 채워져 갈 때 즈음, 나는 정말로 어이없다는 듯이 다시 반문했다.

"꿈에서 죽어봤자, 뭐 별거라고? 꿈에서 죽으면 깨는 거 아냐?"

"무슨 소리, 절대로. 너, 지금 네 입장을 잊어버린 모양인데, 여긴 네 꿈이 아냐. 너는 지금, 다른 사람의 꿈에 '갇혀' 있는 거라고. 그런데 네 마음대로 될 리가 있겠어? 여기서 죽으면 곧바로……."

"젠장, 내 알 바야!?"

나는 저도 모르게 소리를 친 뒤 어느새 전부 무너지고 콘크리트 뼈대만 남아 있는 건물 쪽으로 달리기 시작했다. 뒤에 서 있던 고우리는 한순간 표정이 싹 바뀌더니 강현성을 끌고 황급히 내 뒤를 쫓아온다.

"야, 기다려!"

나는 숨이 차는 것도 잊은 채 재빠르게 계단을 올라 옥상에 다다랐다. 얼굴에 스치는 바람은 지극히 현실적이다. 나는 눈을 질끈 감고 옥상의 아슬아슬한 끝에서 허공을 향해 발을 한 발짝 내디뎠다. 이제 내 몸이 중심을 잃고 떨어지는 순간, 이 개 같은 꿈도 끝나겠지.

"멈춰!"

바로 뒤에서 고우리의 목소리가 들린다. 나는 신경 쓰지 않고 재빨리 허공으로 뛰어들었다. 그러나, 바로 다음 순간 강현성의 팔이 곧 떨어지려는 나를 붙잡고 끌어올렸다.

"끄으으응……. 이게 뭐 하는 짓이야!"

고우리가 강현성과 힘을 합쳐 나를 간신히 끌어올리곤 화를 낸다. 나는 그런 고우리를 멍하니 바라보았다. 그러다 문득, 눈에 스치는 풍경이 있었다.

「개새끼들아! 난 말이야, 이 지긋지긋한 생활이 벌써 열 달째라고!」

「아무라도 좋으니까, 누가 여기서 좀 꺼내달라고!」

「부탁이야……. 아무도 없어?」

갑자기, 다리의 힘이 한꺼번에 턱, 풀리는 기분이었다. 바로 눈앞의 시야는 일렁거리며 이곳이 꿈이라고 외치고 있다. 그래, 왜 이걸 지금까지 잊고 있었을까.

"이런 경험, 예전에도 한번 있었던 것 같아."

"무슨 경험, 닥치고 건물에서 뛰어내리는 거?"

"아니, 꿈에 갇히는 거……."

"뭐?"

빈정거리던 고우리가 벌떡 일어나더니 내 어깨를 잡았다. 그리고 그의 얼굴, 이전까지는 볼 수 없었던 매우 당황한 얼굴이었다.

"좀 더…… 자세히 이야기해봐."

내 어깨에 느껴지는 미묘한 떨림을 감지하며, 나는 더듬더듬 그날의 기억을 끄집어냈다.

"세세하게는 기억 안 나. 기억나는 게…… 아, 아무도 없는 곳에서, 아주 오랫동안 혼자 갇혀 있었던 기억밖에는……."

"음."

고우리가 살짝 얼굴을 찡그렸다. 그 표정이 진지하게 고민하고 있을 때 나오는 표정이라는 것을 안 것은 나중의 일이었지만.

"좋아. 혼자 갇혀 있었다고 했지? 그리고, 네가 아까 꿈에서 죽으면 어떻게 되냐고 물었지. 지금 답이 나왔네."

"뭐?"

"너 아까 혼자 갇혀 있었다며. 꿈에서 죽으면, 그렇게 된다고."

나는 당장 그 말뜻을 이해하지 못해 입만 벌리고 있다가, 뒤늦게야 이해하고 깜짝 놀라 반문했다.

"설마, 그럼 여기서 죽으면 그렇게 갇혀 있어야 한다는 거라고?"

"물론, 몇 년이고 수십 년이고 꿈의 주인이 깰 때까지."

"그, 그런……."

고우리는 당황한 내 쪽을 힐금 보고는 말을 이었다.

"그러니까, 이제 빨리 꿈에서 깨야 할 명분이 생겼지?"

이건 또 무슨 소리인가, 싶어 나는 가만히 고우리의 다음 말을 기다렸다.

"이미 여기에서, 벌써 수십 명의 사람들이 죽었어. 이게 뭘 의미하는 것 같아? 네가 예전에 경험했던 그 상황을, 수십 명의 사람들이 지금 그대로 다시 겪고 있는 거라고."

"내가 예전에 경험했던 거라면……."

나는 다시 그날의 기억을 떠올려보았다. 수백 일째, 거의 1년이 넘어가는 동안 아무것도 보이지 않는 어둠 속에서 아무도 없이 아무것도 하지 못하고 느리게만 가는 시간을 야속하게 재촉해야 했던 그 기억, 떠올리는 것만으로도 벌써 머리가 아파오고 미칠 것만 같았다.

"알았어. 도와줄게. 누굴 찾는댔지?"

그렇게 말하며 나는 고우리를 힐금 보았다. 고우리의 표정은 한결 풀어진 듯했다.

"그럼, 형도 같이 가는 거지? 당연히."

"어어……? 물론이지."

강현성의 멍한 대답을 끝으로, 우린 더 이상 왈가왈부하지 않았다.

나는 그저, 과거의 경험을 떠올리며 묵묵히 고우리를 따를 뿐. 강현성은 그냥 아무 생각이 없는 것 같고, 궁금한 건 역시 고우리 쪽이었다. 나야 그렇다 쳐도, 쟤는 왜 저렇게 꿈에서 깨고 싶어 하는 걸까. 예전에 나와 같은 경험이라도 했던 걸까. 당장에라도 묻고 싶었지만, 아직은 그럴 용기가 없어 나는 잠자코 입을 다문 채 고우리의 뒷모습만 멍하니 보고 있었다.

　그렇게 2주 정도가 지났다. 현실에서는 몇 시간밖에 안 지났을지도 모르지만. 그동안 우리는 정말 '발바닥에 땀이 나도록' 여기저기를 돌아다니며 꿈의 주인을 찾아다녔다. 잠을 설친 적도 여러 번, 걷기는 정말 엄청 걸었고 영화에서나 보던 것처럼 말 그대로 다리 밑, 지하철역 입구에서 밤을 보내는 일도 허다했다. 아마 현실이었다면 당장 나가떨어지고도 남았을지 모른다. 그럼에도 내가 악착같이 매달린 이유는, 고우리의 말대로, 아직도 혼자 갇혀 있을 사람들을 생각하면 가만히 있을 수 없었기 때문이었다. 끔찍했던 기억, 그리고 그 기억을 다른 사람이 반복하게 해서는 안 된다는 어디선가 굴러들어온 영웅 심리. 강현성은 살짝 불만스러운 표정이긴 했지만 그래도 묵묵히 따랐고, 고우리는 그 약해빠졌다는 몸에 땀을 무수히 흘리면서도 결코 먼저 힘들다는 말을 하는 법이 없었다. 그러나, 이런 상태로 시간이 계속 지나다 보면 불만은 나오기 마련.

　"야."

　강현성의 볼멘소리에 고우리가 고개를 돌렸다.

　"이제 좀 말해주지 그래? 꿈의 주인을 찾는다고 해서, 우리가 이렇게 따라오긴 했지만 정작 너는 그 사람 이름조차 안 가르쳐줬잖아. 그 이유가 대체 뭐야? 뭐 중요한 이유가 있는 거냐?"

고우리는 노코멘트. 그리고 보니 정말로 그랬다. 우리는 고우리를 두 달 넘게 따라 다니면서도 이러이러하라는 말만 들었을 뿐, 정작 그 '꿈의 주인'이라는 사람에 대해서는 일말의 정보조차 듣지 못했다. 정말로 무슨 이유가 있는 걸까, 내가 몇 번을 물어보았지만 그때마다 고우리는 어두운 얼굴로 대답을 피할 뿐이었다. 뭐 나야 둥글게 넘어갔지만 강현성은 그냥 넘어갈 마음은 없어 보였다.

"네가 조금이라도 이야기를 해줘야 우리도 더 협력할 수 있어. 솔직히 나는 깨고 싶은 마음이 별로 없거든. 뭐 언젠간 깨어날 거 아냐."

"그, 그건…… 어?"

"자, 잠깐!"

"뭐야, 이건!"

고우리가 막 대답하려는 순간, 우리는 동시에 당황할 수밖에 없었다. 갑자기 덮쳐온, 칠흑 같은 어둠. 주변의 휑한 풍경은 전부 사라지고, 이제는 아무것도 보이지 않는 어둠 속엔 우리 셋만 남았다. 그러나 신기하게도, 그렇게나 어두우면서도 서로의 얼굴은 너무나도 잘 보였다. 나는 보나마나, 혼란에 빠져서 어버버 하는 표정이겠지. 강현성은 무표정했다. 아니, 살짝 웃고 있는 것 같기도. 그리고 고우리는, 표정이 어느 때보다도 얼어붙어 있었다.

"이, 이건, 대체 뭐야?"

내가 당황하며 말했지만, 대답하는 사람은 아무도 없었다. 그저 각자 고개를 숙이고 저마다의 생각에 여념이 없을 뿐. 내가 고우리의 표정이 점점 어두워지는 것을 관찰하고 있을 때쯤, 고우리가 갑자기 얼굴을 풀고 드디어 입을 열었다.

"우선, 이렇게 된 이상 섣불리 움직이지 않는 게 좋아. 이 상태가 언제 풀릴지는 몰라. 하루? 이틀? 어쩌면, 일주일이 넘어가도록 그대로일지도……."

고우리가 말끝을 흐렸다. 그의 표정으로 보아 분명 좋은 상황은 아님을 직감할 수 있었다. 그러나 나로서는 도대체 지금 어떤 일이 일어난 건지, 무슨 상황인지 전혀 알 수가 없었다.

"아니, 그러니까 이게 무슨 상황인 거냐고!"

나는 되는대로 고우리를 붙잡았다. 고우리는 얼굴을 떨어뜨리더니, 작은 목소리로 대답했다.

"죽은 것 같아."

"뭐? 아니, 죽었다니, 대체 누가?"

나는 당혹감에 다시 고우리의 어깨를 잡고 흔들었다. 그러나 고우리는 더 이상 대답하지 않았다. 아니, 중얼거리긴 했던 것 같다. 작게. 그러나 그것이 뭘 의미하는지, 그때의 내가 알 턱이 없었다.


우리가 이 상태에서 벗어나는 데에 걸린 시간은, 정확히 얼마나 지났는지는 알 수 없지만 대충 하루 정도라고 생각한다. 그럼 그동안 우리는 무엇을 했냐 하면, 나는 할 것도 없어서 그 상황에서도 태평하게 잠을 청했고, 강현성은 무엇을 했는지 모르겠으나 잠들기 전 마지막으로 본 고우리의 모습은 가만히 앉아 무언가를 심각하게 고민하는 모습이었다.

그렇게, 우리는 다시 우리가 있던 꿈으로 돌아왔다. 그러나 우리는 다시 한 번 크게 놀랄 수밖에 없었다.

분명, 우리가 마지막으로 본 것은 지진으로 처참하게 파괴된 도시의 모습이었다. 그러나, 지금 눈앞에 보이는 것은 지진의 흔적이라고는 눈 씻고 찾아봐도 없는 너무나 멀쩡한, 그리고 활기찬 도시의 밤거리였다. 거기에, 눈앞의 건물은 내가 고우리를 처음 만났던 그 학원 앞이 아닌가.

강현성과 고우리, 두 사람의 얼굴에 또다시 만감이 교차했다. 강현성은 여전히 무표정, 그리고 고우리는 어딘가 안심한 듯한 표정이었다. 물론 무슨 상황인지 알 턱이 없는 나는, 그저 두 사람의 얼굴을 보고 별로 좋지도 못한 머리를 열심히 굴려가며 이런저런 추측만 할 뿐이었다.

"이렇게 된 거, 하루쯤은 푹 쉬는 게 어때? 마침 우리 집도 근처에 있고."

내가 서둘러 제안했다. 두 달 만에 보는 집인데, 한 번쯤은 안락한 집에서 푹 쉬고 싶다는 개인적인 희망에서 비롯된 말이었다.

"좋지. 그동안 잠도 제대로 못 잤잖아."

강현성은 흔쾌히 동의했고, 그렇게 우리 둘은 안락한 집 생각에 부풀어 있다가 어느 순간 고우리의 존재를 깨닫고 우리의 실수를 알아차렸다. 순간 머릿속에 '아차'하는 생각이 스쳐 지나갔다.

"그래, 좋겠네. 그럼…… 내일 봐. 나는 찜질방이나 알아볼까."

고우리가 짧게 중얼거리고 등을 돌렸다. 순간 내 머릿속에서는 온갖 오만 가지 생각들이 복잡하게 뒤엉켜 싸우기 시작하고, '여자애를 집에 들여? 미쳤냐?'라는 윤리적이며 이성적인 생각과, '그래도 불쌍한데 어쩔 수 없잖아.'라는 감성적인 생각이 한 치의 의견도 굽히지 않고 대치하고 있었다. 그러나 고우리의 축 처진 어깨를 보는 순간, 나는 머릿속에서 '윤리적인 행동과 올바른 마음가짐'을 부르짖는 놈을 간단히 없애버리고 고우리를 붙잡았다. 어찌됐건, 우리와 똑같이 고생했고 똑같이 힘들 텐데, 여자애라는 이유 하나만으로 내치기엔 내가 너무 매정해 보였기 때문이었다.

"저……. 괜찮은데. 너도 우리 집에서 자고 가. 방은 세 개 있으니까, 하나 독방으로 주면 괜찮을 거야."

고우리가 고개를 돌리고는 피식 웃었다. 어떻게든 힘든 감정을 숨기려는 듯한 그 웃음은, 내 양심을 더 아프게 콕콕 찔렀다. 그러나 돌아온 대답은 뜻밖이었다.

"됐어. 너희들끼리 가. 난 괜찮아."

"응?"

어리둥절해하는 나를 뒤로 하고 고우리는 우리 쪽을 물끄러미 바라보더니 손을 흔들고는 곧 멀어져 갔다. 한순간 창피함이 확 몰려오고, 나는 고우리를 더 이상 붙잡을 생각도 못한 채 얼굴을 감쌌다.

"우리도 돌아가자."

강현성이 내 어깨를 잡은 뒤에야, 나는 겨우 고개를 끄덕이고는 뒤돌아섰다.


"다녀왔습니다."

"아들, 이제 오나?"

집에 오니 역시나 부모님이 나를 반긴다. 맞벌이로 일하시는 우리 부모님은 밤이 되어서나 볼 수 있는 귀한 존재이시다. 꿈속이라고 해도 그 예외는 없는 듯했다.

"그런데, 바깥에 누구 있니?"

"아아, 들어오라니까 왜 거기서 서 있어."

내 말에 강현성이 쭈뼛거리며 들어와 고개를 숙인다. 이게 대체 누구냐 하는 부모님을 향해 내가 재빨리 설명을 위해 입을 열었다.

"아는 형인데, 사정이 생겨서 오늘 하루만 재워 달래. 너무 급작스러워서 미안하긴 한데, 어떻게 좀 안될까?"

"아유, 무슨 소릴. 얼른 들어와. 그나저나, 이름이 뭐냐?"

"강현성이요."

"거 참, 똑똑하게도 생겼네. 우리 찬이 잘 좀 챙겨줘라."

"아, 엄마는……."

엄마가 깔깔대며 한창 수다를 늘어놓고는 아빠를 부르러 간다. 강현성을 본 아빠도, 역시 호쾌하게 웃으며 농담을 던졌다.

"그래그래, 찬이 친구니? 오늘 하루는 푹 쉬고 가라. 우리 찬이가 여자친구를 데려왔으면 더 좋았을 텐데."

"어휴, 당신도! 못하는 말이 없어."

"걱정 마, 내가 여친 사귈 일은 근 5년간은 없을 테니까."

사실 여자애가 있긴 있지. 이런 생각을 하며 나는 고우리를 떠올렸다. 고우리까지 우리 집에 데려왔다면 어떤 반응이 나왔을까? 아마 여친이니 결혼이니 어쩌니 온갖 설레발이 다 나왔겠지. 혼자 떠올려낸 망상이었지만 나는 피식 웃을 수밖에 없었다.


밤은 깊어가고, 그렇게나 요란스럽던 부모님도 전부 잠에 드셨는데, 나는 이상하리만치 잠이 오질 않았다. 그렇게 한참을 뒤척거리고 있는데, 강현성이 등을 쿡쿡 찌르며 말을 걸어왔다.

"야, 찬아."

"왜."

"너 뭐 이상한 거 못 느꼈냐?"

"이상한 거라니, 뭐가?"

"그 왜, 여기 있는 사람들은 다 꿈에 갇히거나 꿈의 주인이 만들어낸 사람들 아니었어? 그런데 너희 부모님이 있다는 건, 너희 부모님께서도 갇히셨단 뜻 아니야?"

"그, 그러고 보니……. 그렇네."

미처 거기까진 생각하지 못했다. 그리고 이 말을 들으니, 마냥 여유롭던 내 머릿속이 혼란스러워지기 시작했다. 강현성에게 물어봐도 시원한 대답은 나오지 않고, 결국 나는 내일 고우리에게 물어보기로 했다. 이 상황에서 이런 걸 가장 잘 알고 있는 건 그 녀석일 테니까. 그러고 보니, 혼자 잘 지내고 있을까? 원래도 잠이 안 왔지만, 혼자 외롭게 지내고 있을 친구를 생각하니 나는 또 쉽사리 잠을 청할 수 없었다.

# 싸움

조용히 고개를 돌린다. 거기에서는, 한 여자가 싸늘하게 웃으며 총구를 겨누고 있다. 주변은 온통 어둠으로 휩싸여 있을 뿐. 당황하여 피하려는 그 순간, 여자의 손가락이 방아쇠에 걸리고, 뒤이어,

탕—

"헉……!"

귓가에서 이상한 소리가 계속 웅웅 울리고 있었다. 아직 바깥은 어둡고, 흔들리는 시야엔 당장이라도 손만 뻗으면 닿을 것만 같은 낮은 천장이 들어온다. 고우리는 어질어질한 머리를 짚으며 몸을 일으켰다.

'꿈……?'

이상한 일이었다. 꿈속에서 꿈을 꾸다니. 분명, 그런 일은 존재할 수 없다고 배웠다. 고우리는 불안한 느낌에 얼굴을 살짝 찡그렸다.

주변을 둘러보니 흔하디흔한 찜질방의 풍경이 보인다. 현실이었다면 공중위생관리법이나 청소년보호법 등을 들어 내쫓겼을 테지만, 꿈속에 그런 게 존재할 리 없었다.

이전까지 현실에서 봐왔던 수많은 꿈들과는 달리 이 꿈은 너무나도 생생하고 또렷했다. 꿈속에서 꾼 꿈이라 그런가, 라고 혼자 중얼거리며 고우리는 천천히 몸을 일으켰다.

불안한 기분을 떨치지 못한 고우리는 잠자리에서 기어 나와 한동안

서성거리고 있었다. 계속 기억을 더듬어 보니 어딘가 익숙한 얼굴이 보이는 듯 했다.

"누구였더라……."

머릿속에 한 얼굴이 떠오르려고 하는데, 그 얼굴은 조금 전 꿈속의 그 여자의 얼굴과 겹쳐져 점차 일그러졌다. 고우리는 복잡한 머리를 흔들고는 잠시 주위를 둘러본다. 한숨을 푹 쉬고는 다시 잠자리로 기어들어갔다. 달라진 건 없었다.

*

「엄마 아빠는 먼저 나간다. 정말 미안하지만, 오늘 아침만 너희가 직접 해먹을 수 있겠니? 오늘은 급한 일이 있어서 아침도 못 해주고 가네. 시리얼 꺼내서 우유에 말아먹어도 괜찮고, 아니면 둘이서 냉장고에서 롤케이크 꺼내서 잘라먹어.」

아침에 일어나 내가 식탁에서 가장 먼저 발견한 쪽지였다. 강현성은 이걸 보더니 자신이 요리는 좀 한다며 앞치마를 두르고는 부엌으로 나섰으나, 나는 그의 뒷모습에서 불길한 예감을 느꼈다.

딩동―

"누구지? 이 시간에."

"누구겠냐, 당연히."

그렇게 핀잔을 주며 나는 문을 열었다. 강현성은 몰랐겠지만, 나는 어제 헤어지기 전에 고우리에게 우리 집주소를 슬쩍 알려주었던 것이다. 그리고 그 뒤에는 예상대로 고우리가 피곤한 듯한 표정으로 서 있었다.

"여어. 어제 잠자리는 괜찮았냐?"

"나름."

나는 아침이 되자마자 우리 집으로 찾아온 고우리를 반갑게 맞이했다. 부엌에선 여전히 강현성이 실력을 발휘해보겠다며 열심히 무언가를 하고 있었고, 고우리는 더는 말하지 않고 자연스럽게 발을 들이더니 소파에 살짝 걸터앉았다. 늘 그랬던 것 같기도 하지만, 고우리의 표정은 또 어두웠고, 그것이 신경 쓰였던 나는 고우리에게 괜히 말을 걸어 보았다.

"표정이 왜 그래? 졸리냐?"

"아니, 그건 아니고."

고우리의 표정으로 보아 무엇인가를 말하고 싶으나 그러지 못하고 우물쭈물하는 듯 보였다.

"꿈을 꿨어, 어젯밤에."

"엥? 여기가 꿈속인데, 또 꿈을 꿨다니?"

"그러게……."

고우리가 내 말에 동조하며 몸을 뒤로 뉘였다. 아무래도 졸린 게로구나, 하고 속으로 중얼거리며 나는 다시 말을 걸었다.

"아, 맞다. 그러고 보니 물어볼 게 있는데."

고우리는 반응도 없다. 나는 '아니, 사람이 말을 하면 좀 들어.'라고 핀잔을 주고는 다시 말을 이었다.

"어젯밤에, 우리 엄마 아빠가 집에 있었거든? 그럼 우리 엄마 아빠도 이 꿈에 갇힌 거야?"

"부모님이?"

반응도 없던 고우리가 갑자기 눈을 동그랗게 뜨며 내 쪽을 쳐다본다.

"어어. 이거 생판 모르는 남의 꿈이라며. 근데 그런 게……."

"안 될 것도 없지."

고우리가 딱 잘라 말했다. 이어 고우리는 내 쪽을 향하더니 신신당부하듯이 이야기한다.

"여기가 꿈이라는 건, 되도록이면 안 말하는 게 좋아. 함부로 말하고 다녔다가 뭔 일 일어나기라도 하면 나도 어쩔 수 없거든."

"네, 넵……."

또다시 움츠러드는 내가 불쌍했던 건지 고우리는 피식 웃었다. 그러나 그것도 잠시, 고우리는 다시 피곤한 표정으로 소파에 늘어지고, 부엌 쪽을 보니 강현성이 마무리 단계로 그릇들을 달그락거리며 한창 준비에 바쁘다.

"좋아, 다 됐다!"

이윽고 강현성의 목소리가 들렸다. 강현성이 차려놓은 불길한 아침을 나는 고우리 쪽을 흘기며 한입 물었다. 지나치게 질은 밥과 역시 지나치게 신 김치, 더불어 지나치게 짠 계란말이가 내 입안을 자극해온다. 나는 얼굴을 애써 펴며 고우리 쪽을 바라보았다. 그 역시 아무 말 없이 무표정으로 밥만 입 안에 넣고 우물거리고 있다. 나는 이 어색한 분위기를 도저히 견딜 수 없어, 뭐라도 해보자 하고 고우리에게 말을 걸었다.

"야, 어젯밤에 꾼 꿈 얘기 좀 해봐."

"뭐? 꿈을 꿨다고?"

강현성이 황당하다는 말투로 대신 나에게 물어왔다. 아 맞다, 이 형은 아직 모르고 있었지.

"나도 아직 못 믿겠기는 한데, 진짜로 꿈을 꿨다나봐. 꿈속에서. 이런 걸 몽중몽이라고 하나?"

이젠 나도 내가 무슨 말을 하는지 모르겠다, 싶을 정도로 떠벌려대는 나를 고우리가 말없이 노려본다. 나는 순간 아차 싶어 재빨리 입을 다물었지만, 고우리는 불쾌한 표정을 펴지 않고 나에게 딱 한마디를 던졌다.

"여기서 꼭 그런 이야기를 해야 해?"

"아……. 미안."

그 한마디는, 짧았지만 나불대던 내 입을 틀어막는 데에는 충분했다.

꿈을 꿨다, 라는 사실이 그렇게나 중요한 건가. 속으로 투덜대던 나는 우연히, 다시 젓가락을 집으려다 먼저 앞서 부지런히 젓가락을 놀리고 있는 고우리의 손목을 보았다.

"어?"

저절로 내 입에서 탄성이 튀어나오는 통에, 고우리가 이상하다는 표정으로 나를 쳐다보았다. 나는 어색한 손짓으로 고우리의 시선을 다시 밥그릇 위로 떨어뜨린 뒤, 수상한 기운이 느껴지는 친구의 손목을 다시 보았다.

'상처?'

잘못 봤나, 라는 생각이 들기도 했지만, 그런 생각은 금방 지워 버릴 정도로 너무 선명한 상처였다. 손목에 저런 상처가 나긴 어려울 테고, 그럼 남은 건……

생각이 여기까지 닿은 순간, 나는 고우리의 눈치를 슬슬 보며 재빨리 쉬고 있던 젓가락을 집어 들었다. 그 상처에 대해서는 당장이라도 캐묻고 싶었지만, 그건 나중에, 기회를 봐서 고우리의 화가 풀린 다음으로 미루기로 했다.


고우리는 여전히 소파에 죽은 듯이 늘어져 있다. 부엌에선 강현성이 '가정적인 남자'라는 느낌으로 흥얼거리며 설거지를 도맡아 하고 있고, 나는 덤으로 고우리의 옆에서 또다시 슬슬 눈치를 보며 언제나 오늘 아침 내가 본 것에 대해 물을 기회만 살피고 있었다.

"야."

고우리가 슬슬 몸을 일으키더니 대답 없이 나를 빤히 쳐다본다. 부엌에선 여전히 '가정적인 남자'의 알앤비가 울리고, 이때가 기회다 싶어 나는 얼굴에 철판을 딱 깔고 고우리에게 물었다.

"아까 아침 먹을 때 슬쩍 본 건데, 너 손목 다쳤더라? 어쩌다 그렇게 된……"

나는 중간에 말을 멈출 수밖에 없었다. 그리고 나는 고우리의 눈이 순식간에 커지는 것을 내 눈앞에서 직접 보았다. 그는 크게 당황한 표정으로 한동안 눈동자를 떨더니, 입술을 살짝 깨물며 나에게 곧장 물어왔다.

"어떻게 봤어?"

"어, 어떻게 보긴. 아까 우연히……"

고우리의 반응은 내가 예상한 것보다 훨씬, 더 놀라웠다. 그는 잠시 무언가를 고민하다가 먼저 질문해놓고도 겁먹어서 움츠러들어있는 내게 딱 한마디를 던졌다.

"……잠깐, 나와 봐."

나는 말없이 고우리의 뒤를 따라 걷고 있었다. 고우리는 한두 번 정도 뒤를 돌아보더니, 아파트 단지 내 공원 벤치에 나를 앉혔다. 무슨 상처 이야기 하는데 이렇게 멀리까지 끌고 오나 하는 생각도 들었지만, 고우리가 꺼낸 이야기는 전혀 다른 이야기였다.

"뜬금없긴 한데, 조만간 너희를 놔두고 나 혼자서 가야 할 것 같아."

"가야 하긴, 어딜?"

"정은채 찾으러."

"정은채……? 그게 누군데?"

"아, 말 안 해줬나?"

고우리가 이상하다는 듯이 얼굴을 살짝 찡그리더니 뭐 그런 건 상관없다, 라는 표정으로 다시 나를 돌아보았다.

"한마디로 말하자면, 지금 이 꿈을 꾸고 있는 애지."

"그러니까, 꿈의 주인?"

"응."

정은채. 예쁜 이름이구나, 하고 나는 속으로 생각했다. 그러나 왜 지금까지 저 이름을 고우리가 숨겨 왔는지까지는 생각이 닿지 않아 다시 머리를 긁적일 수밖에 없었다.

"그런데, 왜……."

"시간이 별로 없어, 이제."

내 마음을 읽기라도 한 듯, 고우리가 내 말을 딱 끊어버렸다.

"무슨 시간이 없다는……."

"얘들아!"

이번엔 멀리서 울리는 목소리가 내 말을 끊어버린다. 돌아보니, 강현성이 저 멀리서 숨이 차도록 뛰어오고 있었다.

"둘이 여기서 뭐해? 갑자기 사라져버려서 찾아다녔잖아."

"아, 그게. 둘이서 긴밀히 할 이야기가 있어서 말이야."

"무슨 얘기길래 나만 빼고?"

"으음, 그게."

고우리가 내 팔을 툭툭 치며 무언의 제스처를 했다. 나는 고우리의 눈치를 힐끔 보고는, 재빨리 아무 말이나 찾아 둘러댔다.

"아, 이건 진짜 말 안 하려고 했는데……. 실은 말이야, 연애 상담 좀 했어. 둘이서. 여자 마음은 여자가 가장 잘 안다잖아."

"에이, 난 또⋯⋯."

강현성이 재미없다는 듯 뒤돌아섰고, 나는 고우리를 향해 엄지손가락을 들어올린다. 물론 고우리는 대답 없이 가볍게 한숨만 쉴 뿐이었다.

"그럼, 이제 상담 끝난 거지? 슬슬 돌아가자."

"네, 형. 야, 뭐해? 가자."

"어⋯⋯."

걸으면서도 나는 자꾸 아까 고우리의 말이 머릿속에서 떠나질 않았다. 갑자기 떠난다니, 시간이 별로 없다니. 생각해보면 이 꿈 속에서 꽤나 긴 시간을 같이 지냈지만 아직 내가 고우리에 대해 아는 것은 거의 없는 것 같았다.

"이찬."

누군가 내 어깨를 잡았다. 뒤돌아보니, 고우리가 얼어붙은 표정으로 어딘가를 응시하고 있다. 앞서가던 강현성 역시 멈춰서더니 우리 쪽을 돌아보았고, 아까부터 떨리고 있는 고우리의 눈동자를 따라 우리는 시선을 돌렸다. 그리고, 그 끝에는, 한 여자가 우리를 향해 총구를 겨누고 있었다.

"!"

"뭐, 뭐야 저건⋯⋯!"

여자는 차갑게 웃더니 곧바로 방아쇠를 당겼다. 더 망설일 것도 없었다. 여자의 손가락이 방아쇠에 걸리는 것을 보자마자, 나는 앞뒤 가릴 것 없이 고우리에게 달려들었다.

"꺄아아아아!"

탕—

"아악⋯⋯!"

내가 정신을 차리고 보니 나는 고우리 위에 엎어져 있었고, 어깨에

선 피가 흐르고 있었다. 총알이 명중한 듯, 타는 것 같은 통증은 덤이었다. 깔려 있던 고우리가 벌떡 일어나 내 상처를 당황스러운 눈으로 쳐다보았다. 물론 처음 느껴보는 고통에, 나는 무어라 한마디 할 생각도 못하고 눈만 질끈 감고 있을 뿐이었다. 강현성은 이 모든 과정을 한마디도 하지 못한 채 지켜보기만 하다가, 내가 총에 맞고 쓰러지자 당장 그 여자를 향해 달려들 듯이 몸을 돌렸다.

"안 돼! 멈춰! 가까이 가지 마!"

고우리의 다급한 목소리가 강현성을 멈춰 세웠다. 고우리는 나를 조용히 바닥에 내려놓고는, 당돌하게도 방금 자신을 죽이려 한 그 여자에게 성큼성큼 다가섰다.

"어라, 얘 좀 봐. 너, 내가 지금 쏴버리기라도 하면 바로 죽는다고."

고우리가 아랫입술을 살짝 깨물었다. 강현성과 나는 그 다음에 무슨 말이 나올지를 나름대로 추리하고 있었지만, 고우리는 우리의 추리를 전부 빗나가게 만드는 매우 깜짝 놀랄 만한 말을 내뱉었다.

"그런 건 중요한 게 아냐…… 드림워커가, 여긴 어쩐 일이지?"

"드, 드림워커?"

"호오."

강현성이 여자들의 눈치를 보다가 내게로 다가왔다. 어안이 벙벙하던 나는, 강현성에게 물었다.

"형, 드림워커란 게 뭐야?"

"음, 좀 쉽게 말하면, 남의 꿈에 들어갈 수 있는 사람이지."

"남의 꿈이라고?"

나는 그렇게 반문하며 고우리와 그 '드림워커'라는 여자의 대치를 보았다. 무언가 이야기를 하는 것은 같으나, 잘 들리지는 않는다. 한참 나중에야, 모든 일이 끝난 후, 여러 사람의 입을 통해 내가 전해들은 이야기는 이렇다.

"어떻게 안 거지? 아, 그렇겠군."

고우리는 가만히 숨죽인 채로 여자의 다음 말을 기다렸다. 그러나 여자는 다음 말 대신 다시 총을 꺼내들더니, 눈 깜짝할 새에 방아쇠를 당겨버렸다.

"윽⋯⋯."

총알은 고우리의 바로 옆을 지나갔고, 놀란 고우리가 늘 갖고 다니던 단검을 꺼내 겨눴다.

"너도, 드림워커지?"

고우리가 흠칫 놀라 반응하는 것을 보고, 여자는 혼자 조용히 웃는다.

"왜 그래, 그렇게 놀랄 것 없잖아. 드림워커가 너 혼자 있는 줄 알았어?"

한시도 긴장을 풀 수 없었다. 고우리는 얼굴을 찡그린 채로 되물었다.

"원하는 게 뭐야?"

"지금 이 상황을 보면 모르겠어? 당연하잖아, 너를 죽이는 거."

"뭐⋯⋯?"

고우리의 표정에 약간이지만 동요가 일어나는 것을 본 여자가 미묘한 미소를 지었다.

"너, 드림워커잖아? 위험하다고, 우리한테는."

"뭐가 위험하다는 건데?"

"그것까진, 알 것 없어."

말이 끝나기 무섭게 여자가 총을 치켜들었다. 놀란 고우리는 재빨리 단검을 들어 총을 든 손을 냅다 찍어버린다.

DreAM waLkeRZ

"윽."

그와 상관없이 총알은 발사됐지만, 습격 때문인지 총알은 고우리를 정확히 맞추지 못하고 빗나가버렸다. 여자가 총을 떨구더니 강현성 쪽을 바라본다. 고우리가 영문을 몰라 가만히 있던 찰나, 여자가 무언가를 찾아낸 듯 조용히 웃었다.

"웃어?"

"음, 지금은 별로 타이밍이 좋지 않은 것 같네."

"무슨 소리야."

고우리가 다시 단검을 꺼내 여자를 향해 겨누려던 순간, 뒤에서 총소리와 함께 익숙한 이의 비명이 들려왔다.

탕—

"으아아악!"

"뭐야!"

고우리가 깜짝 놀라 뒤를 돌아보았다.

"이젠 이런 것도 지겹다. 그냥 빨리 끝냅시다."

고우리의 눈동자가 더 심하게 흔들리기 시작했다. 그 시야의 중심엔, 쓰러진 이찬, 그리고 그의 피가 묻은 총을 들고 비슬비슬 일어나는 강현성이 있다.

"너……!"

무언가 잔뜩 올라와 목구멍에서 걸렸지만, 이상하게도 그것들은 좀처럼 말이 되어 나오지 않았다. 고우리는 입술을 깨물며 고개를 숙였다. 도대체 이런 상황에서는, 어떻게 해야 좋을지, 전혀 알 수가 없었다.

"어라, 왜 그렇게 놀라?"

탕—

뒤쪽에서 날아온 총알이 고우리의 어깨를 스쳤다. 고우리가 단검을 빼들고 뒤를 돌아보려는 찰나, 이번엔 앞쪽에서 총알이 날아온다.

"미안, 미안. 원래부터 내 목표는 이거였거든. 저쪽에 있는 여자 분이랑, 약속……을 하나 했어. 너희한테, 아니, 정확하게는 너한테 빌붙어서, 만일 하나 우리 쪽으로 붙을 가능성이 있는지 살펴본 다음에 죽이는 것. 저 분이 무슨 연유인지 너를 죽이는 걸 꺼려 하셔서, 내가 대신 해주겠다고 나섰지. 어차피 목표는 같으니까."

"목, 표?"

고우리가 비틀거리며 묻는다. 강현성은 조용히 웃으며 입을 열었다.

"네 목표와는 전혀 정반대, 정은채를 '한 번 더' 죽이는 것. 그런고로, 드림워커인 너는 가장 큰 위험요소다 이거지."

탕—

또 한 발. 고우리는 점점 정신이 희미해지는 것을 느끼며 통증이 느껴지는 부분을 가만히 감쌌다. 상처에 닿은 오른손은 닿기가 무섭게 축축하게 물드는데, 눈앞의 시야는 갈라졌다 합쳐졌다 하며 이리저리 흔들리고 있다.

"드림워커는 드림워커네. 저렇게 피를 많이 흘리고도 멀쩡하게 서 있는 거 봐."

강현성이 감탄 아닌 감탄을 보냈다. 그리고 그를 가만히 바라보는 고우리의 머릿속에는, 찰나의 순간에 수많은 생각이 스쳐 지나가고 있었다.

왜 정은채를 노릴까?

왜 이찬을 쏜 거지? 아니, 그보다도. 내 뒤의 이 여자는, 왜 지금 당장 나를 죽이지 않는 거지?

고우리가 조용히 단검을 들었다. 등 쪽의 여자는 가만히 서서 총을 겨누고 있을 뿐, 그 틈을 노려 고우리는 안간힘을 다해 몸을 돌려 여자에게 달려들었다.

"꺄아아악!"

단 한 번. 무게가 실린 탓이었는지 여자가 그대로 뒤로 고꾸라졌다. 고우리가 여자의 위로 엎어지는 동시에, 강현성의 총알이 다시 뒤쪽에서 날아들어 고우리의 어깨를 스쳤다.

"뭐하는 거야!"

고개를 드니 강현성이 당황하여 달려드는 것이 보인다. 고우리는 간신히 몸을 일으키고는, 어깨를 붙잡고 강현성이 달려드는 반대쪽을 향해 뛰어들었다.

"이 새끼가……."

강현성이 놓칠세라 방아쇠를 당겼다. 그러나 총알은 나오지 않고, 들리는 것은 철컥철컥 소리뿐이다.

"젠장, 총알이 다 떨어졌군."

"따라오지 마!"

고우리는 어느새 쓰러진 이찬의 앞을 가로막고 서서 강현성을 향해 단검을 겨누고 있었다. 강현성은 그 모습을 보며 피식 웃고는 입을 열었다.

"뭐냐? 겨우 단검 하나 들고 싸우기라도 하겠다고?"

"……."

고우리는 대답하지 않았다. 강현성은 천천히 고우리를 노려보며 쓰러진 여자의 권총을 주워 든다. 고우리가 움찔하며 고개를 숙이는 순간, 강현성이 방아쇠를 당겼다.

탕—

흘러내린 피가 다시 바닥을 적셨다. 강현성은 다시 방아쇠에 손가락을 걸며 말했다.

"아까도 말했잖아. 넌 위험요소라고."

고우리는 무릎을 꿇고 있다가, 강현성의 말이 끝나기 무섭게 벌떡 일어나 달려들었다. 놀란 강현성이 재빨리 총구를 겨누었다.

탕—

고우리는 그대로 반대쪽으로 쓰러진다. 그러나 손에 들었던 그 단검만은 아직 손에 쥔 채였다. 강현성은 한숨을 한 번 쉰 뒤, 몸을 기울여 고우리에게 총을 겨누며 입을 열었다.

"미안하다."

고우리가 움찔한다. 그리고 다음 순간, 쓰러져 있던 소녀는 재빨리 일어나 자신을 향해 총구를 겨누고 있는 이의 팔을 찔렀다. 강현성이 신음을 내뱉으며 총을 떨어뜨리고 팔을 부여잡고 있는 사이, 고우리는 재빨리 일어나 달리기 시작했다.

"이…… 젠장, 어디로 간 거야?"

강현성이 겨우 고개를 들었을 때는 이미 고우리는 사라진 뒤였다. 그러나 바로 앞 건물 쪽으로 핏자국이 이어져 있는 것을 보고, 강현성은 비슬비슬 일어나 총을 단단히 쥐었다.

"2발 남았군."

강현성은 숨을 깊이 들이마셨다. 총알이 떨어지면 지금 점한 우위도 다 소용없어질 터였다. 그는 권총을 옷 속에 숨기고는 조심스럽게 핏자국을 따라갔다.


아파트 건물에 들어서자마자 옅은 피 냄새가 끼친다. 핏자국은 계단을 따라 위층으로 이어져 있었다.

"뭐지?"

강현성은 얼굴을 살짝 찌푸린다. 2층의 한쪽 방화문이 닫혀 있는 것이 보였다. 얄팍한 수를 쓰는군, 하고 중얼거리며 강현성은 천천히 계단을 걸어 올라갔다.

"어?"

어두운 통로에는 그야말로 아무것도 없었다. 더불어 아까부터 느껴지던 옅은 피 냄새도 더 이상 느껴지지 않았다. 순간 뒤쪽에서 인기척이 느껴진다. 강현성은 마른침을 삼키며 조심스럽게 몸을 움직인다. 그러나 강현성이 불길함을 느끼고 뒤를 돌아보는 순간, 이미 고우리가 칼을 세우고 덤벼들고 있었다.

"으아아아아!"

탕―

강현성이 놀라 발사한 총알은 벽에 가 박히고, 그 위로 피 냄새가 진동하도록 붉은 피가 흩뿌려졌다. 갑자기 울려 퍼진 총소리에 현관문을 열고 뛰쳐나오던 중년 여성은 자신의 집 앞에 피를 흘리며 쓰러진 고우리를 보고 소스라치게 놀라서는 소리를 지르며 고우리를 부른다.

"학생! 괜찮아요? 피가……!"

"움직이지 마세요!"

고우리가 소리를 지르자 여성은 깜짝 놀라 순간 움직임을 멈추고 눈앞의 인물을 보았다. 강현성의 총구는 어느새 여성 쪽으로 향하고 있었다. 여성의 뒤에서는 어린 남자아이가 겁에 질린 눈으로 강현성을 응시하고 있다. 고우리는 비틀거리며 겨우 일어나서는 두 사람의 앞을 가로막고 강현성을 향해 입을 열었다.

"어린아이도 있어. 아무런 상관없는 사람들이잖아."

"……."

강현성은 아랫입술을 깨문다. 고우리는 중년 여성에게 작은 목소리로 속삭였다.

"아주머니. 지금 집안으로 들어가세요. 빨리요!"

중년 여성은 겁 먹은 눈으로 고우리를 보다가 천천히 문을 닫았다. 도어락 소리가 나자마자, 고우리는 눈을 한 번 감았다 뜨고는 다시 강현성을 향해 달려들었다. 강현성은 다시 총구를 겨누고 방아쇠에 손가락을 걸려 했지만, 이번에는 고우리의 칼이 먼저 닿았다.

팅—

금속과 금속이 맞부딪히는 소리가 기분 나쁘게 울렸다. 강현성이 단단히 쥐었던 총은 울리는 소리를 내며 바닥에 떨어지고, 고우리는 단검을 강현성에게 향한 채 그를 방화문 쪽으로 밀쳤다.

"으아아아악!"

잠깐의 몸싸움 뒤, 강현성이 자신의 뒤에 아무것도 느껴지지 않고 있다는 것을 깨달았을 때는 이미 늦은 뒤였다. 중심을 잡으려 발버둥치던 강현성은 결국 그 노력도 부질없이 이내 2층 계단에서 굴러 떨어졌다. 그를 계단 쪽으로 밀치며 함께 중심을 잃었던 고우리는, 마지막 순간 간신히 계단 난간을 붙잡고 쓰러졌다. 고우리가 쓰러진 강현성을 내려다보며 가쁜 숨을 내쉬고 있을 때, 아까의 그 중년 여성이 조심스럽게 문을 다시 열었다가 쓰러진 고우리를 보고 화들짝 놀라 달려온다.

"학생, 괜찮아요? 피가 너무 많이 나와요!"

"전…… 괜찮아요."

간신히 대답하고는 고우리는 또다시 몸을 일으켰다. 뒤쪽을 흘끔 본다. 바닥에 흩뿌려진 피, 떨어진 권총이 이곳에서 있었던 싸움의 흔적으로 남아 있었다. 중년 여성은 여전히 떨리는 목소리로 고우리에게 물어왔다.

"이게 대체……."

고우리는 잠시 입을 다물었다. 잠시 주위를 둘러보던 고우리는, 우연히 현관문 사이로 고개를 내밀고 있는 어린아이와 눈이 마주치고는 깜짝 놀랐다. 문득 그는 자신의 얼굴이 피로 범벅이 되어 있다는 사실을 알아차렸다. 고우리는 대충 피를 닦아내고는, 아직도 자신을 빤히 쳐다보고 있는 어린아이를 향해 살짝 웃어주었다. 겁먹은 눈을 하고 있던 어린아이가 배시시 따라 웃는 것을 보고는, 고우리는 곧 고개를 돌렸다.

"……아주머니."

여성이 고개를 돌려 고우리를 쳐다보았다. 바닥에 떨어져 있던 단검을 주워들고 난 뒤 고우리는 천천히 말을 이었다.

"지금 일어난 일들은, 모두 꿈이에요. 잊어주세요."

여성이 당혹스러운 표정으로 고개를 갸우뚱하고 있었다. 고우리는 살짝 웃으며, 말을 잇는다.

"그러니까, 너무 걱정 안 하셔도 되요. 그냥, 최대한 빨리 잊어주시기만 하면……."

고우리는 애써 말끝을 흐리고는 천천히 계단을 걸어 내려가기 시작했다. 그러나 상처가 심했던 건지, 얼마 가지 않아 휘청이며 주저앉는다. 여성이 황급히 달려와 얼굴을 찡그리고 있는 고우리를 부축해 일으키며 물었다.

"그 몸으로 어디를 가려고 그래요?"

"정말로 괜찮아요."

짧게 얼버무리며 고우리는 다시 몸을 일으킨다. 그 모습을 지켜보던 여성이 별안간 고우리를 불렀다.

"잠깐만, 학생!"

뒤쪽에서 들리는 여자의 목소리에 고우리가 잠깐 멈추었다.

"학생, 난 아직도 물어보고 싶은 게 너무 많아요. 아까 그 남학생은

누구기에 학생을 그렇게 공격한 거예요? 총은 어떻게 가지고 있는 거고
……. 대체 무슨 일이 일어난 거죠?"

"아까 말하지 않았나요."

고우리가 소리없이 웃었다. 다시 당혹스러운 표정을 짓는 여성을 향
해, 고우리는 고개를 돌려 뒤를 바라보며 대답했다.

"이곳에서 일어나는 일들은 모두 꿈이에요. 우리는, 누군가의 꿈에
갇혀 있어요."

"꿈……?"

여성은 고우리의 말을 몇 마디 중얼거리고는 의외로 침착하게 생각
을 정리하고 있었다. 여성이 다시 입을 열었다.

"그럼, 아까 그 싸움은……?"

"말하자면 길 것 같아요."

고우리의 대답을 끝으로 여성은 잠시 입을 다물었다. 고우리는 다시
고개를 돌리며 말을 이었다.

"이 이상은 묻지 말아주세요. 시간이 지나면 자연스럽게 꿈에서 깨
게 될 테고, 그때에는 전부 다 알게 될 테니까요."

아직도 이해가 안 간다는 표정이었지만, 여성은 더 이상 고우리를 붙
잡지 않았다. 고우리는 마지막으로 옅은 미소를 짓고는 곧 시야에서
사라져갔다. 문 뒤에 숨어있던 어린아이는 어느새 밖으로 나와 엄마의
옷자락을 붙들고 고우리의 뒷모습을 바라보고 있었다.


아파트 밖으로 걸어 나오자마자 고우리는 얼굴을 찡그리며 비틀거렸
다. 눈앞에는 이찬이 쓰러져 있다. 짧지 않은 시간 동안 방치된 탓인지
상처에서 흘러나온 피의 양은 적지 않았다. 고우리는 재빨리 달려가
이찬을 부축해 일으킨다. 고우리 역시 본인의 상처 때문에 얼굴을 찡

그렸지만, 숨을 한 번 들이쉬고는 곧 걷기 시작했다. 고우리는 이찬의 얼굴을 흘끗 보고는 불평하듯이 중얼거린다.

"……무거워 죽겠네."

이찬이 평소에 마치 장난을 치듯이 홀로 불평하던 것이 떠올라 고우리는 피식 웃었다. 고통이 조금이나마 덜어지는 기분이었다.

*

내가 눈을 다시 뜬 건 그때로부터 얼마나 지났는지도 모를 한참 뒤였다. 확실한 건, 막 일어났을 때 가슴 쪽과 어깨 쪽이 그야말로 펄쩍 뛰도록 아팠다는 것과, 내가 생전 처음 보는 병원 같은 곳에 있었다는 것뿐이었다. 그리고, 놀랍게도 옆에는 바로 우리 부모님이 계셨다.

"아이고, 찬아……!"

엄마는 내가 깨어난 걸 확인하고는 그야말로 대성통곡을 하신다. 아빠는 옆에서 말없이 눈물짓다가, 가만히 엄마의 등을 토닥여 주었다. 뭉클하기도 했지만, 이렇게 엄마에게 손을 잡힌 채 주변 사람들의 시선을 한 몸에 받는 건 역시 부담스러웠다. 다행히 근처에서 돌아다니던 간호사가 내가 깨어난 것을 보고는 내게로 다가왔다.

"아, 드디어 일어났네. 몸은 좀 어때?"

앞머리를 넘기고 이마를 짚어 보았다. 총에 맞은 부분이 욱신거리는 것을 제외하고는 별다른 이상은 없어 보였다.

"여기가…… 어디죠?"

간호사가 내 말을 듣더니 피식하고는 내 바로 옆의 침대를 가리키며 대답했다.

"저 여자애가, 너를 업고 왔었어. 정말, 둘 다 피투성이가 되가지고 데스크 코앞에서 쓰러지는 바람에 병원이 난리가 났었지. 저 여자애 상처가 네 상처보다 훨씬 심한데, 그 와중에 널 업고 여기까지 온 게 엄청 신기하고 놀랍더라."

간호사의 말을 듣고 나는 옆을 돌아보았다. 내 바로 옆의 어두운 침대에는, 한 소녀가 미동도 않고 조용히 잠들어 있다. 나는 그 모습을 보자 왜인지 모르게 갑자기 불안해져서, 다시 한 번 간호사에게 물었다.

"쟤, 죽은 건 아니죠?"

"물론, 안 죽었어. 아까까지만 해도 멀쩡히 일어나 있었는걸. 지금은 다시 잠든 것뿐이야."

살아있다는 이야기를 듣고 나니 아까는 들리지 않던 숨소리가 미미하게 들려오기 시작했다. 간호사는 걱정하지 않아도 된다며 웃고는 곧 병실을 나갔다. 발걸음 소리가 사라지자마자, 엄마는 어느새 눈물을 닦고 곧바로 호들갑을 떨며 나에게 물었다.

"어머, 세상에, 그럼 저 애가 우리 아들을 구해줬다는 거 아니야?"

"뭐…… 그런가 보지."

"어머머, 세상에, 세상에……."

엄마는 턱이 빠지기라도 한 듯 다물어질 줄 모르는 입을 손으로 살짝 가리고는 놀란 표정으로 옆 침대로 넘어가 잠든 고우리의 얼굴을 살짝살짝 쓰다듬으며 또 감탄사를 유발했다. 그러다 그것도 질렸는지 나에게 다시 고개를 돌리고 물었다.

"얘, 이름이 뭐니?"

"우리요, 고우리."

"어머, 세상에……. 이름도 참 예쁘네."

고우리가 부스럭거리는 소리가 들린다. 하긴, 그 난리통에 안 깨는 게 이상한 거겠지. 환자는 계속해서 뒤척거리는가 싶더니, 정말로 아푼 듯 '끄응' 소리를 내며 이마에 손을 짚고 자리에서 천천히 일어났다. 그 순간을 놓칠세라, 엄마는 재빨리 고우리의 손을 잡고 흔들기 시작했다.

"네가 고우리 맞지?"

"아, 네……. 맞는데요."

"나는 찬이 엄마야. 처음 보지?"

"아…… 네."

잠에서 깨자마자 얼떨떨한 표정으로 더듬더듬 대답하는 고우리의 모습은 혼자 보기 아까웠다. 그에 반해 엄마는 처음 보는 얼굴임에도 거리낌 없이 대화를 주도하며 고우리를 더 당황하게 만들고 있었다.

"아이고, 뉘 집 딸인지 참 예쁘게도 생겼네. 나중에 우리 찬이 좀 잘 부탁할게."

이제는 아빠까지 가세했다. 고우리는 가끔가다 살짝살짝 웃으며 묻는 말에 전부 착실히 대답을 하고 있다.

부모님은 마치 이미 며느리라도 된 양 고우리와 이야기하며 한참을 웃으시다가 누나를 챙겨줘야 한다며 집으로 돌아가셨다. 그제야, 고우리가 반쯤 감은 눈을 뜨고 내 쪽을 쳐다보며 말을 건다.

"아, 너도 깼구나. 상처는 어때?"

"상처라……. 더럽게 아픈 것 빼곤 괜찮지. 그보다도…… 이게 도대체 무슨 일이냐?"

고우리의 표정이 살짝 어두워졌다.

"강현성이, 배신했어."

"뭐?"

나는 깜짝 놀라 그 뒤에 소리를 지른 것 같다. 그 뒤로도 내 질문은 끝없이 이어졌고, 고우리는 하나하나 대답해주면서도 골치 아프다는 표정을 유지하고 있었다. 어찌되었든, 이로써 나는 그 전에 일어난 말도 안 되는 상황에 대해 간신히 이해할 수 있었다.

"그러니까, 방금 나타난 여자랑, 강현성이 원래 한패였다, 이거냐?"

"못 믿겠지만 말이지."

"나 참, 이게 무슨 막장 드라마 같은 전개냐……."

나는 푸념하다 다시 드러누웠다. 고우리는 옆에 다시 눕기는 뻘쭘한 건지 그냥 멀뚱히 기대 앉아 있고, 나는 아까의 상황을 생각하다 문득 궁금증이 일어 고우리에게 물었다.

"그리고 보니, 아까 그 여자가, 너한테 드림워커라고 하지 않았어? 그 여자 본인도 그렇고……. 현성이 형 말로는 '남의 꿈에 들어갈 수 있는 사람'이라는데, 남의 꿈에 들어온 건 나도 마찬가지잖아. 드림워커란 게, 대체 뭐야? 그리고 너도, 정말로 드림워커야?"

고우리가 흠칫했다. 그는 얼굴을 살짝 찡그리더니, 곧 이야기를 시작했다.

"정확히는, 남의 꿈에 '스스로의 의지로' 들어온 사람. 꿈을 꾸는 단계에는 총 5단계가 있다고 했어. 그 중 3단계가 루시드 드림. 그리고 4단계가, 드림워킹. 더 어려운 만큼, 더 높은 단계지. 그리고 꿈속에서 그 꿈의 원래 주인의 능력을 빼앗아서 가질 수 있어. 쉽게 말하자면, 너도 루시드 드림 꿔 본 적 있지? 거기선 뭐든지 다 된다고들 하잖아. 마음대로 날기도 하고, 벽을 뚫고 지나다닐 수도 있고, 혹은 꿈의 내용 전개 등을 꿈속에서 실시간으로 생각하는 대로 바꿀 수 있다고. 만약 드림워커가 누군가의 꿈에 들어왔다면, 그 꿈의 주인은 더 이상 드림 컨트롤을 하지 못하고, 드림워커가 대신 할 수 있다는 거야."

"그냥 한마디로, 엄청 세다 이거네?"

"……뭐, 그렇지."

고우리가 대답과 동시에 한숨을 쉬었다.

"그럼 말이야, 그 두 사람은 왜 너를 죽이려고 한 건데?"

"뭐, 방해되니까 그런 거겠지."

"무, 무슨 방해?"

고우리가 한숨을 쉬며 나를 잠시 빤히 쳐다보았다. 뭐, 어떤 사람이 던지 이런 식으로 계속 캐물으면 귀찮아할 것이 분명하다. 고우리는 한 번 주위를 둘러보고는 천천히 입을 열었다.

"우리 목표가 기본적으로, 결국은 꿈에서 깨는 거잖아. 그런데, 모든 사람들이 다 깨고 싶어 할까? 루시드 드리머나 드림워커가 아니더라도, 꿈에서 깨기 싫어하는 사람들은 꽤 많아. 당장 이래저래 먹고 살 걱정 따윈 안 해도 되고, 무엇보다⋯⋯ 여기서는 자신의 인생에 대해서 책임을 질 필요가 없으니까."

고우리가 잠시 숨을 고르고는 계속 말을 이었다.

"그 사람들도 마찬가지야. 모종의 이유로, 최대한 이 꿈속에 남아 있고 싶어 하는 거겠지. 그런데 내가 반대를 하고 있으니, 그 사람들 입장에서는 거슬리는 게 당연하잖아?"

"그런데, 왜 나까지?"

고우리가 말을 멈추었다. 아까까지와는 달리 그는 진지한 표정으로 나를 똑바로 쳐다보더니, 딱 한마디를 내뱉었다.

"*어차피, 꿈이니까.*"

"뭐?"

"말 그대로. 그 사람들은, 여기에서 사람들을 죽이거나 하는 데 전혀 죄책감이나 거리낌 등이 없어. 왜냐, 어차피 꿈이니까. 실제로는 죽지 않으니까. 그리고, 그런 상황은 한두 번이 아냐. 지금도, 예전에도, 이곳이 꿈이라는 걸 알아차린 사람들 사이에서의 싸움은 계속 일어났어. 현실로 돌아가기 위해서, 혹은 남기 위해서. 서로를 죽이고, 없애고. 그렇기 때문에 더욱 거리낌이 없는 거지. 다른 사람들도 다 하니까. 그리고 어차피 꿈이니까. 안 죽잖아?"

"잠깐, 사람이 꿈에서 죽으면 그…… 갇힌다며? 거기에. 그럼 그 사람들도 다……."

"갇혀있겠지, 지금도."

나는 입을 다물고 말았다. 고우리가 허공을 바라보며 말을 이어나간다.

"꿈에서 뭘 하든, 그건 네 자유야. 어차피 꿈이니까. 그렇지만, 남에게 피해를 주는 행동을 하게 된다면, 그건 꿈속이라도 언젠가 네가 책임을 지게 될 거야."

마지막 마디를 내뱉으며 고우리가 내 쪽을 쳐다보았다. 무어라 대답해야 할 말이 떠오르지 않아, 나는 무의식적으로 고개만 몇 번 끄덕였다. 사실 그 말은 마치, 내가 아닌 고우리 자기 자신에게 하는 말처럼 느껴졌던 것이다.

*

한 달쯤 된 것 같다. 꿈속이라 그런지 단 한 달이라는 짧은 기간이었음에도 치유 속도는 꽤나 빨라 내 상처는 거의 회복이 되어 있었다. 그동안 병원 침대가 답답했던 나는 몸이 나아지자 병실을 탈출해 병원 안을 유유자적 거닐기도 했고, 그 놀라운 친화력으로 같은 병실 사람들과도 친해져 말도 주고받았다. 아마 이 정도라면 충분히 중학교 시절 얻은 '인사차'이라는 별명에 어울리는 활약이었다고 자부할 수 있을 것이다.

그러나 고우리는 글쎄, 제 딴에는 꽤나 중상이었던 모양인지 좀처럼 제정신을 차릴 기미가 없었다. 내가 죽은 듯이 잠만 자는 고우리를 가끔 쿡쿡 찔러봐도 그는 무응답으로 일관했고, 또 어느 날은 슬슬 말을 걸어보는 같은 병실의 몇몇 사람들의 질문에 간단하게 답할 뿐, 영 나서는 일이 없다. 사실 고우리에게 이야기를 들어보니 상처가 꽤나 깊은 모양이었기에, 결국 나는 고우리가 완전히 회복될 때까지 기다리기로 했다. 그런데,

"문자? 이 시간에 누가 보낸 거야."

지루한 병원 생활이 지속되던 어느 날이었다. 여느 때처럼 아침에 눈을 뜬 나는 가장 먼저 문자가 와 있는 스마트폰부터 확인했다. 그리고 그 문자를 열어보니, 거기에는 이 한 문장만이 적혀 있었다.

「이따 밤 11시에, 1층 로비로 내려와.

— 고우리」

"뭐야? 참 나. 말로 하면 될 것을."

나는 투덜거리며 옆 침대를 보았다. 문자의 주인은 어딜 간 건지 웬일로 자리에 없다. 시계를 보니 9시 45분. 이 이른 아침부터 어딜 그리 급하게 가셨나, 하고 잠시 멍을 때리던 나는 '뭐 어떻게든 되겠지.'라는 태도로 다시 자리에 드러누웠다.


밤 11시가 가까워지자 나는 사람들의 눈에 띄지 않게 살금살금 병실을 기어 나왔다. 왜 그랬냐 하면, 그냥 그러고 싶어서였다. 마치 첩보 영화의 등장인물이 된 기분이었다. 고우리는 하루 종일 보이질 않고, 현실이었다면 환자가 탈출 했니 어쩌니 난리가 났어야 할 병원은 꿈속이라 그런지 환자 한 명이 사라졌다는 사실도 자각하지 못하고 잠잠하다. 그리고 내가 1층 로비로 내려가 보니, 입구 근처에 정말로 고우리가 서서 나를 기다리고 있었다. 그런데, 약간 달라진 모습으로.

"뭐야, 너…… 그 옷은 어디서 났냐?"

"너네 집."

고우리가 간단히 대답하며 장난스럽게 웃는다. 예전에 입고 다니던 칙칙한 회색 야구잠바는 온데간데없고, 우리 집 거실에 걸려 있던 산뜻한 봄 느낌이라는 청자켓이 그 자리를 꿰차고 있다. 가만 보니, 그 안에 입고 있는 스트라이프 티셔츠하며, 검은색 반바지도 다 누나 옷이다. 밖을 쏘다니더니 왜 이리 뻔뻔해져서 돌아왔나, 하고 질색하며 고개를 돌리려던 나는, 고우리가 왼손목에 웬 검은색 손목 보호대를 달랑달랑 들고 있는 것을 보았다.

"뭐냐, 그건. 어디 손목이라도 다쳤냐?"

"아니. 앞으로의 불상사를 방지하기 위해서."

그러면서 고우리는 나를 보며 '알고 있지?'라는 표정으로 살짝 웃었다. 물론, 이 내가 그런 것 따위 기억해낼 리가 없다.

"그래서, 왜 부른 건데?"

다시 고우리의 표정이 갑자기 진지해진다. 다른 사람들이라면 흠칫했을지도 모르지만, 나는 그의 이러한 갑작스러운 표정 변화를 많이 봐왔던 관계로 그다지 놀라지는 않았다.

"너, 내 이야기 들으면서도 어딘가 이상하지 않았어?"

"이상하다니, 어디가?"

"루시드 드리머는 기본적으로 꿈속에서 여러 능력을 가지고 있어. 가장 기본적으로 하늘을 난다던가, 벽을 통과한다던가. 그리고 드림워커는 그 능력을 빼앗은 사람들. 나도 그 중 하나고. 그런데, 만약 진짜 그렇다면, 내가 강혀성이 배신했을 때 바로 그런 능력들을 쓰지 않았겠어? 그 여자도 그렇고. 그런데 왜 안 썼는지, 그 이유 말이야."

"……아."

내가 겨우 이해했다는 듯이 눈을 동그랗게 뜨자 고우리는 다시 한숨을 살짝 쉬어주고는 말을 이었다.

"솔직히, 나도 이상해서 말이야. 사실, 내가 이 꿈에 들어올 때부터 그런 능력 따윈 없었어. 즉, 이 꿈의 원래 주인이 '드림 컨트롤'을 전혀 못 하고 있었다는 거야. 반자각이지."

"그래서?"

고우리가 내 성의 없는 대답에 고개를 홱 돌리곤 지그시 노려보았다. 나는 얼른 시선을 피하고는, 손짓으로 고우리가 다시 말을 잇도록 시켰다.

"드림 컨트롤이 안 되는 경우는 두 가지. 첫 번째는 아직 그 사람이 자각몽을 꾸는 능력이 부족하거나, 두 번째는…… 심리 상태가 불안해서, 꿈의 상태가 좋지 않을 때."

"꿈의 상태가 좋지 않다…… 라."

"지금 꿈의 주인이란 애는, 무슨 이유인지 심리적으로 불안한 것 같아. 그리고 이 불안이 점점 커지고 심해지면 어떻게 되는지 알아?"

"몰라. 어떻게 되는데?"

천진난만하게 묻는 내 모습이 난감했던지 고우리는 잠시 뜸을 들이다 들릴 듯 말 듯한 목소리로 대답했다.

"'꿈'의 소멸. 즉 이 세계란 것이 사라져."

평상시대로라면 즐겨 사용하던 다양한 감탄사가 튀어나와줘야 하겠으나, 지금의 나는 순간적으로 머릿속이 너무나 혼란스러워져 아무런 대답도 할 수 없었다.

"그, 그럼 어떻게 되는데?"

"꿈에서 죽었을 때, 어떻게 됐는지, 기억하지?"

"어어……. 근데 그건 왜?"

"문자 그대로, 똑같이 돼. 너도, 다른 사람들도, 죽은 사람이든 산 사람이든, 똑같이."

다시금 예전의 기억이 떠올랐다. 말 그대로, 아무것도 보이지 않는 어둠 속에서 홀로 언제일지 모를 깨어날 날을 고대하며 숨죽였던 날들. 그런 경험을 또다시 해야 한다고 생각하니 숨이 턱 막혀 왔다. 고우리가 계속해서 이야기했다.

"그래서 서두르려는 거야. 뭔가, 느낌이 좋지 않아. 이미 완전히 정신은 붕괴됐는데, 무언가에 의지해서 간간히 버티고 있는 느낌이야. 결국은 그 애를 하루빨리 찾아서, 꿈에서 깨게 만들어야 한다는 거지."

"뭐야, 그런 걸 어떻게 알아?"

황당하다는 듯한 내 반문에 고우리가 싱긋 웃으며 대답했다.

"여자의 감이야."

"뭐?"

나는 황당한 표정으로 입을 벌렸다. 그러거나 말거나, 고우리는 다시 웃음기를 빼고는 말을 잇는다.

"그래서, 너는 여기에 좀 남아 줘야겠어. 또 얼마나 걸릴지 몰라. 하루? 일주일? 어쩌면 한 달이 넘게 걸릴 수도 있어. 거기에 넌 여기에 부모님도 계시잖아? 괜히 걱정 끼쳐드리지 말고, 남아 있는 편이 더 좋을 거야."

"아니, 왜 네 맘대로 정해? 당연히 나도……"

"가벼운 상황이 아니야."

고우리의 표정이 어두워졌다. 나는 무턱대고 고우리의 어깨를 잡으려다가, 움츠러들며 말없이 고우리의 다음 말만 기다리는 신세가 되었다. 그런 내 모습이 오죽 처량해 보였는지, 고우리가 얼굴을 살짝 풀고 말을 잇는다.

"예전에, 기억나지? 자세히 묘사하긴 뭣하지만 갑자기 주변 풍경이 모두 사라지고 어두워지고."

"아, 그래. 그랬지. 그때 내가 무슨 일이냐고 어깨 흔들면서 물어봤는데 누가 죽었다는 소리만 해대고 그 다음 말을 안 해줬잖아. 답답해 죽는 줄 알았다고."

고우리가 살짝 씁쓸한 미소를 지었다. 그리고 그 뒤를 이어 나오는 말은, 또 한 번 나를 심히 놀라게 했다.

"사실은, 그때 한번 죽은 것 같아……. 꿈의 주인이."

"뭐? 야, 잠깐!"

그 말을 듣자마자 나는 깜짝 놀라 펄쩍 뛰었다. 주변의 시선이 이리로 쏠리는데, 더러는 부부싸움으로 오해하는 건지 킥킥대는 소리도 들린다. 그와는 별개로, 나는 벌렁대는 심장을 주체하지 못하고 다시 고우리에게 물었다.

"아니, 도대체 어떻게? 언제, 누구한테? 그럼 지금은?"

"진정하고, 하나씩 물어봐."

고우리가 손을 휘휘 내젓더니 잠시 숨을 고르고는 해명을 시작했다.

"전에 우리를 습격했던 그 사람. 현재로썬 생각해볼 수 있는 상황이 그 사람밖에 없어. 그리고 그때, 강현성, 묘하게 웃는 표정이었어. 정말 희미해서, 나도 처음엔 잘못 본 건가 했지만, 나중에 우릴 배신하고 그 여자한테 붙은 걸 보니 알겠더라. 처음부터 그 사람이랑 같은 목표를 공유했고, 그 목표가 달성이 되니 속으론 기뻤던 거지. 그리고 지금. 지금은 다행히도 꿈의 주인은 어딘가에 살아 있어. 그거 알아? 꿈을 꾸다 깨어났을 때, 10분 내로 다시 잠들게 되면 꾸던 꿈을 이어서 꿀 수도 있다는 거. 지금이 그런 상황인 것 같아."

고우리가 긴 말을 끝내고는 나를 물끄러미 쳐다보았다.

"더 할 말 없지? 그럼 간다."

"잠깐, 역시 같이 가는 편이……."

고우리가 뒤를 돌아본다. 나는 그를 불러 세워 놓고도 무슨 말을 해야 할지 몰라 한동안 망설이다가, 더듬더듬하며 말을 꺼냈다.

"왜 굳이 혼자여야 해? 둘이면 더 좋지 않아? 내가 도와줄 수 있어. 나도 빨리 꿈에서 깨고 싶다고."

고우리는 대답이 없다. 그렇지만 움직이던 그 발걸음은 분명히 멈춰 선 채다. 내가 대답을 기다리지 못해 한걸음 더 다가서려던 찰나, 고우리가 고개를 살짝 돌리며 대답했다.

"그 날을 생각해. 꿈이라고 해도 다쳤을 때의 고통은 현실과 거의 똑같아. 네가 나랑 같이 가서 빨리 그 여자를 죽이고 꿈에서 깨고 싶어 하는 건 이해해. 하지만, 아까 말했듯이 꿈이라고 해도 아픈 건 현실과 똑같고…… 앞으로 얼마나 더 다칠지 몰라. 심하면 죽을 수도 있어. 그럼 너는 그때의 끔찍했다고 했던 기억을 다시 반복하는 거야. 그런 건, 한 사람이면 충분하지 않아?"

마지막 한마디를 하면서, 고우리가 내 쪽을 바라보았다. 그리고 나는 멈칫했다. 확실히, 그날 맞은 총알은 정말 너무나도 아팠다. 그리고, 꿈에서 죽었을 때. 그 기억이 아직도 끔찍하도록 생생해서 나는 순간적으로 몸을 부르르 떨었다.

수긍하고 돌아서려던 찰나, 고우리의 마지막 말이 마음에 걸렸다. '한 사람이면 충분하다'니. 그 말은 결국 자기만 희생하겠다는 뜻 아닌가. 그렇게 하면서까지 꿈에서 깨야 하는 것일까. 애초에 그렇다면, 뭐 하러 굳이 꿈에 들어온 건지 전혀 이해가 가지 않았다.

"자, 잠깐!"

고우리는 말없이 내 얼굴만 빤히 쳐다보고 있다. 아직 모르는 것투성이다. 아니, 거의 아는 게 없다고 봐도 될 것 같다. 꿈에서 깨려는 이유는 무엇인지. 무엇 때문에 저렇게 비정상적으로 희생하려고 하는지. 그리고, 과거에 무슨 일이 있었는지. 왜 한 번도 물어볼 생각을 못 했던 걸까. 그러나, 지금 알아야 할 건 한 가지.

나는 다시 한 번 앞을 바라본다. 그 앞에서는 고우리가 나를 정면으로 빤히 쳐다보고 있다. 나는 더 이상 망설이지 않고, 곧바로 물었다.

"너는, 왜 이 꿈에 들어온 거야?"

말이 끝나는 순간, 고우리의 표정이 미묘하게 변했다. 이어 그 표정은 우울하게 변하더니, 잠시 옛날을 떠올리기라도 하듯이 보일 듯 말 듯 웃는 듯하다가, 이내 씁쓸한 미소로 끝을 맺었다. 그는 그 미소를 유지한 채 다시 등을 돌리더니, 전혀 엉뚱하게 들리는 대답을 한다.

"네가 아까 물어봤지? 이 손목 보호대, 왜 가져온 거냐고. 그건, 손목의 상처를 가리기 위해서야. 너도 봤잖아. 그리고 그 상처는…… 알겠지만, 자살에 실패해서 생긴 흉터고."

고우리는 대답을 끝내고는 고개를 푹 숙인다. 나는 머리를 최대한 굴려 보았다. 그러니까 유추하자면, 고우리는 현실에서 어떠한 일이 있었고, 손목을 그었지만 실패하고 여기로 도망쳐 온 것이다. 어찌 보면 당연한 것 같기도 하고, 그 일이 도대체 무엇이었는지는 알 수 없지만. 과거에 대체 무슨 일이 있었기에 저렇게 손목까지 그은 걸까. 그런 생각을 하면서, 저 고우리란 애도 생각보다 상당히 여릴지도 모른다고, 혼자 멍청하게 그런 생각을 했다.

"왜 들어왔냐, 라……. 더 이상 내 꿈에 있을 수가 없었거든. 이 정도면 대답으로 충분하겠지?"

그러면서 고우리는 다시 한 번 희미하게 웃었다. 이제야 대충 이해가 가는 것 같았다. 그러나 여기서 다시 한 가지 궁금증이 생겼다. 그렇다면 반대로, 왜 다시 꿈에서 깨려고 하는 건지, 말이다. 꿈으로 도망쳐 왔다면, 구태여 자기를 희생하면서까지 다시 돌아갈 필요가 없었다.

"그리고."

혼자 속으로 고민하고 있을 때, 고우리가 다시 나를 돌아보았다. 어리둥절해하던 나에게, 다시 생긴 의문을 물어볼 틈도 없이, 그는 딱 한 마디만을 내뱉고는 다시 돌아섰다.

"……고마워."

"어?"

정말로 갑작스럽게 튀어나온 말이었다. 뒤돌아서는 고우리의 얼굴에 희미한 미소가 스쳤다. 고우리는 그 말의 의미를 이해하지 못한 채 멍하니 서 있는 나를 뒤로 하고는 점점 시야에서 사라져간다. 고우리의 뒷모습이 달빛 아래에서 묘한 그림자를 드리우고 있었다.

# 「A」

휘명여자고등학교

창명고등학교 등이 위치한 창명구 내 최고의 명문으로 꼽히는 고등학교. 학교명은 빛날 휘(揮) 자에 밝을 명(明) 자를 쓰며, 미래를 빛낼 학생들의 밝고 깨끗한 모습을 의미한다고 한다.

경쾌한 종소리가 기나긴 수업의 끝을 알렸다. 아이들은 저마다 기지개를 키며 재잘거리고, 벌써부터 가방을 싸며 집에 갈 채비를 하는 학생도 있다.

"우리야!"

누군가 갑자기 뒤에서 나를 쿡 찌른다. 나는 화들짝 놀라 가벼운 소리를 지르며 뒤돌아보았다.

"아…… 서윤아."

"오늘 학원 없지? 집 같이 가자!"

그러면서 순수한 얼굴로 나를 바라보는 여자아이의 이름표에는 '홍서윤'이라는 이름이 선명하다. 나는 고개를 끄덕이고, 아무 말 없이 가볍게 웃어주었다.

홍서윤, 고등학교에 올라온 뒤 가장 먼저 사귄 친구. 은근히 소심한 성격 탓에 친구 사귀기에 살짝 어려움을 겪던 나에게 가장 먼저 말을 걸어준 친구가 이 아이였다.

무언가 이상한 것을 눈치챈 것은 1학년 때의 겨울이었다. 언제부터였을까, 학교 내에서 이상한 소문이 뜬구름처럼, 조금씩 퍼져 나가고 있었다. 사실은 이 학교가 주변 학교들 중 가장 학생 자살사건이 많다던가, 알게 모르게 학교폭력이 어딘가에서 일어나고 있다던가, 하는 부정적인 소문들뿐이었다.

내가 다니는 학교는 이 지역 최고의 명문으로 꼽히는 여고로, 당연히 선생들은 이런 소문들이 귀에 흘러 들어올 때마다 학생들을 만류하며 사실인지 거짓인지 모를 소문들을 무마하려 애쓰곤 했다.

그때, 그 소문을 정말 단순한 뜬구름으로 넘기지 말고 조금만 더 자세히 귀를 기울였더라면, 조금만 더 현명한 방법으로 대처했더라면. 어쩌면 나는, 일어나지 않았어야 할 사건의 방아쇠를 당기는 멍청한 짓거리를 행동에 옮기지 않았을지도 모른다.


서윤은 같이 돌아가는 내내 아무 말이 없었다. 먼저 같이 가자 해놓고 이게 무슨 상황이람. 답답해진 나는 먼저 서윤에게 말을 걸어보았다.

"왜 그래, 요즘 힘든 일 있어? 표정이 왜 그렇게 찌그러져 있어."

"어어……? 아냐. 별로……."

"뭘 그리 얼굴을 찡그리고 있어. 얼굴 안 펴?"

"아하하……."

윽박지르는 내 말에 못 이기겠는지 서윤은 애써 어색한 웃음을 지었다. 그러나 그것도 잠시 곧 표정은 다시 원래대로 돌아간다.

"그럼 잘 가! 내일 보자!"

서윤은 아무 말 없이 또 어색하게 웃으며 손만 흔들고는 먼저 뒤돌아섰다. 나는 최대한 밝게 인사하고 집 가는 길을 향해 돌아섰지만 고민 많아 보이는 친구에게 위로 한마디 던져 주지 못하고 뒤돌아서는 마음은 그리 편치 못했다.

"다녀왔습니다."
"딸~ 아빠 얼굴 좀 보자!"
"꺄아아아아!"
"아니, 여보. 애 놀라게 무슨 짓이에요!"
아니나 다를까, 현관에 들어서자마자 아빠가 얼굴을 들이민다. 이미 아빠는 지독한 딸 바보로 소문이 나셨다. 덕분에 아빠의 페이스북 사진첩엔 나에게 잔뜩 달라붙은 아빠와 얼굴을 찡그린 내 사진뿐이다.

겨우 아빠를 떼어놓고 내 방에 들어오자마자, 곧바로 나를 부르는 엄마의 목소리가 들렸다.

"맞다, 우리야, 잠깐 나와 봐!"
"어?"
엄마는 사뭇 진지한 표정으로 나를 세우더니, 잔뜩 겁먹고 있는 나를 향해 말씀하셨다.

"요즘에, 너희 학교에서 좀 흉흉한 소문이 많이 돌아. 왜, 최근에도 어떤 애가 계속 괴롭힘 당하고 있다던가, 아무튼 학교폭력이 좀 많이 일어난대. 너는 혹시, 그런 일 없지?"

그러면서 불안해하는 눈동자는 나를 돌아본다. 나는 황당하다는 제스처를 취하며 최대한 밝은 목소리로 말했다.

"에이, 설마! 난 전혀 그런 일 없어."
"그래……? 그럼 다행이지만."
엄마는 한숨을 쉬더니 손짓으로 나를 돌려보냈다. 잠시 멀뚱히 서 있던 나는, 곧 고개를 갸우뚱거리며 내 방으로 돌아올 수밖에 없었다.

무슨 일이 있는 걸까, 혼자 추리를 하려 해봐도 나아지는 것은 없이 혼란만 커질 뿐이었다. 그리고 내 혼란을 더 가중시킨 것은 그날 밤 우연히 듣게 된 엄마의 통화 내용이었다.

"세상에, 그렇게나 심해요?"

밤 12시쯤 됐을까, 모처럼 일찍 잠에 들려던 나는 안방에서 조곤조곤 들리는 엄마의 목소리에 방으로 돌아가지 않고 방문에 가만히 귀를 대었다.

방에선 한동안 "아이고…….", "저런," 같은 표현만 들려오다 곧바로 엄마의 한숨이 이어졌다.

"그래서, 지금은 어떻대요?"

엄마는 한동안 더 '저런', '세상에', '이를 어째' 같은 감탄사를 섞어 이야기하시더니 긴 한숨과 함께 전화를 끊었고, 그 이후 목소리는 더는 들려오지 않았다. 그리고 그와 거의 동시에 나도 내 방으로 돌아왔지만, 아까 낮에 들은 이야기와 맞물려 지금 엄마에게 무슨 일이 일어나고 있는지, 혼란스러움만 더해질 뿐이었다.

*

다음 날의 학교는 조금 이상했다.

내가 교실에 들어서자마자, 반 전체의 분위기는 순식간에 뭔가를 숨기기라도 하는 듯 어색해졌고, 수업 중간중간 몇몇 학생들이 나를 보며 수군대기도 했다. 그리고 그런 시간들이 조금씩 쌓여갈수록, 내 불안감은 커지기만 했다.

설마, 그 '괴롭힘'이라는 게 나한테 돌아온 건가? 내가 무슨 실수라도 했었나? 찍힐 만한 행동이라도 했던 건가? 라는, 불안한 생각들이 꼬리에 꼬리를 물면서 나는 도저히 수업에 집중할 수가 없었다. 어제 엄마에게 들었던 말이 영향을 끼친 걸지도 모른다. 그리고 점심시간, 수군대던 아이들 중 2명이 나에게 다가왔다. 드디어 폭력의 시작인가? 어쩌면 남은 학교생활이 모조리 엉망이 되어버릴지도 모른다는 불길한 심정으로 나는 그들을 쳐다보았다.

그러나, 다행히도 그들이 꺼낸 이야기는 나와 관련된 이야기는 아니었다. 아니, 다행이라고 해야 할까? 그 이야기는, 분명히 나와는 관련이 없었지만, 나와 관련된 이야기였다. 말도 안 되는 소리 같겠지만, 정말로 그랬다.

"야, 너 저런 애랑 왜 다니는 거야?"

"어? 저런 애라니?"

"어라? 몰라? 홍서윤 말이야, 홍서윤."

나는 깜짝 놀라 서윤의 자리 쪽을 돌아보았다. 그러나, 서윤은 어딜 간 건지 자리에 없다. 당황해서 두리번거리는 나를 보고, 그들은 재미있다는 듯이 킥킥거렸다.

"어머, 진짜 몰랐어? 쟤, 1학년 때부터 유명한 애였잖아."

나는 눈을 동그랗게 뜨고 그들을 쳐다보았다. 그들은 또 저들끼리 낄낄거리다 나를 의아한 표정으로 돌아본다.

"뭐야, 애 진짜로 모르는 표정이네?"

내가 아무런 대답도 하지 못하자 질린 모양인지 김혜빈이라는 아이가 내 등을 툭툭 치곤 웃으며 사라졌다. 그리고 나는 그 자리에서 움직일 수 없었다. 삽시간에 흘러 들어온 저 많은 정보들을 나는 단 하나도 믿을 수 없었던 것이다. 홧김에 당장이라도 서윤을 불러와 저 김혜빈이라는 아이와 대면시켜 두고 진상을 밝히고 싶은 마음도 들었지만, 나는 곧 마음을 진정시키고 나중에 서윤을 따로 만나 사실을 알아보기로 했다. 설마, 그 찡그린 얼굴이 이것 때문이었을지도 모른단 생각에 자신도 모르게 나는 혼자 우울해지고 있었다.

"서윤아."

"……."

"서윤아?"

"어, 어? 왜?"

역시, 무언가 심상치 않다. 나는 단도직입적으로 서윤에게 물었다.

"너, 무슨 일 있지? 표정에서 딱 드러난다, 야."

서윤이 흠칫하며 내게 물었다.

"그럼, 고민 들어줄 거야?"

"물론!"

오늘은 어딘가 조금씩 이상한 날이었다. 아침부터, 나를 쳐다보던 그 심상치 않은 눈빛들과, 만만치 않게 이상하던 분위기, 그리고…… '유명한 아이'. 혼란스럽지 않은 것이 하나도 없었지만 그래도 나는 이제부터 친구의 입을 통해서 간접적으로나마 이 사태의 실마리를 잡을 수 있을 것이라 생각했다. 그러나, 망설이던 서윤의 입에서 나온 말은 또 전혀 다른 이야기였다.

"사실은, 나……. 아직도 진로를 못 정해서 말이야."

"응?"

"왜, 중학교 때 했던 거 있잖아. 그때 친했던 애들은 다 각자 꿈이 있었는데……. 뭐, 현지는 파티쉐, 도연이는 배우……. 민정이는 글쎄, PD 랬나?"

나는 서윤이가 지금 무슨 말을 하고 있는지 제대로 이해하지 못한 채 멍하니 그의 이야기를 듣고만 있었다.

"아무튼, 이런 고민이야. 별 거 아니지?"

"어…… 어."

예상치 못한 대답이었고, 예상치 못한 상황이었다. 그렇게 내가 또다시 우왕좌왕하는 사이에 친구는 손을 흔들며 가버렸고, 뒤의 찝찝함과 의혹을 남긴 채 나 역시 그 길로 집으로 돌아올 수밖에 없었다.


"우리야."

"어?"

"잠깐 이리 와봐."

확실히, 나를 부르는 엄마의 목소리는 근엄하고 낮고 무거웠다. 나는 잔뜩 겁을 먹은 채로 엄마에게 다가가 앞에 섰다. 혹시 나도 모르는 사이에 잘못이라도 했나 싶어 나는 속으로 조용히 떨고 있었다. 그러나, 엄마의 입에서 나온 말은, 그것들보다도 훨씬 더 충격적이었다.

"너희 반에, 혹시……. 왕따 있니?"

"뭐?"

한순간, 심장이 철렁했다. 잘못한 게 없는데도 마치 큰 죄를 지은 죄인처럼 다리가 조금씩 떨리기 시작했다. 다리를 따라 후들거리려는 입을 간신히 돌려놓고 난 뒤에야, 나는 더듬더듬 대답할 수 있었다.

"그, 글쎄. 내가 볼 때는 없어 보였어."

"정말로?"

그러면서 대답을 요구하는 엄마의 눈초리는 싸늘하기만 했다. 정면으로 쳐다보았다간 내가 정말로 죄인이 되어버릴 것만 같아서, 나는 고개를 푹 숙였다. 그런 내 귀를, 이번엔 익숙한 이름이 후려쳤다.

"홍서윤이라고, 알아?"

"아, 알지. 걔가 왜…?"

불길한 예감이 스쳤다. 내가 둔감한 사람이었다고 해도 이 다음에 나올 말은 이미 눈치채고 말 것이었다. 마지막으로 봤던 친구의 그 얼굴은, 보이지 않는 어느 한구석에서 죄책감을 쌓아가고 있었다.

"어디까지나 확실한 건 아니지만. 너희 반에서, '이러이러한 애가 왕따당하고 있다'고. 그 애 엄마가 직접 다른 엄마들한테 말했어, 직접. 자기 딸이 매일 몇 군데씩 상처가 나서 온다고……. 그래서 혹시 학교에서 맞고 오는 건 아닌가, 라고. 널 못 믿는 건 아니지만, 그래도 혹시 불안해서 물어보는 건데……. 너도, 가해자니?"

가해자. 이 세 글자가, 계속해서 죄책감을 쌓아가던 마음을 제대로 후려쳤다. 엄마의 말이 사실이라면, 그래서 지금까지 그 아이가 내가 모르는 곳에서 계속 당하고 있었다면, 가장 가까이에 있었으면서도, 그런 것 따위 하나도 모르고 있었던 나도, 어쩌면 방관자이자 가해자일지 모른다.

생각이 여기까지 미치자, '아니다'라고 섣불리 대답하기가 어려웠다. 우물쭈물하다가 다시 엄마를 보니, 엄마가 '정말로?'라고 말하듯이 간곡한 표정으로 나를 쳐다보고 있다. 계속해서 마음 한구석이 쿡쿡 찔리는 것을 느끼면서도, 나는 겨우 입을 열어 띄엄띄엄 대답했다.

"아니, 관계없어."

거의 반강제로 누군가에게 강요당하듯 말을 끝맺는 나를 엄마는 불안한 시선으로 바라보다가, 잠시 후 말없이 손짓으로 돌아가라는 신호를 했다. 엄마의 저런 반응도 당연한 것일지도 모른다. 최근 학교에서 흉흉한 소문이 돌고 있었던 것은 사실이고, 분위기도 이상했다. 특히 오늘 낮에 느꼈던 그 이상한 분위기. 마치 나에게 절대로 보여선 안 되는 감춰진 무언가가 있는 듯, 우리 반은 나를 철저히 배제한 채로 돌아가고 있는 듯했다. 그러나, 홀로 고민하던 나는 그날 결심했다. 이제부터라도, 내가 지켜주겠다고. 농담조로 들릴 수도 있겠지만, 나는 그전까지의 무지함을 씻기 위해서, 그리고 친구에게 조금이라도 도움이 되기 위해서 무엇이든지 할 작정이었다.

\*

"서윤아!"

"……아."

서윤이 최대한 반가운 표정을 하며 다가오는 나를 보고 떨떠름한 표정을 지었다. 평소 같으면 나보다도 더 환하게 웃으면서 맞아줬을 텐데, 서윤은 이번에도 희미하게 웃어보려다 결국 다시 고개를 돌린다. 내가 아무리 치근덕대도, 반응이 없다. 그래도 내가 계속 달라붙자, 서윤이 그전까지와는 전혀 다른, 착 가라앉은 목소리로 한마디를 쏘아붙인다.

"우리야, 좀 떨어져 줄래."

그리고 어느새 들려오기 시작한 주위의 킥킥대는 소리를 듣고 나는 벌떡 일어났다. 예상대로다. 김혜빈이라고 했나? 그리고 그 패거리들이 우리 쪽을 보고 킥킥대고 있다. 나는 그들을 노려보다가 이내 자리로 돌아왔다. 그리고 주변에서 각자 삼삼오오 모여 떠들고 있는 아이들을 둘러본다. 저 아이들도 지금 일어나고 있는 일을 알고 있을까? 전부 방관자인 걸까? 아니면, 정말 아무것도 모르는 무관한 구성원들 중 하나일까. 그리고 홍서윤. 평소의 태도와는 전혀 다르다. 혹시나 해서 다시 서윤을 돌아보니, 그는 시선을 내리깔고 입 속으로 양치질을 하고 있다. 묘하게 초점을 잃은 그의 표정은 아니꼽다는 듯 턱을 쳐들고 비웃

는 듯한 시선을 보내는 김혜빈 패거리와 비교되어 나의 불안감을 한층
더 증폭시키고 있었다.

　수업은 아무 일도 없다는 듯이 여느 때처럼 진행되었다. 그러나, 그
전과 다른 점이라면, 교실의 맨 뒷자리에서 아주 작은 소리로, 수군대
는 소리가 들려오기 시작했다는 것. 웬만한 아이들은 눈치채지 못했지
만, 어릴 적부터 유난히 귀가 밝았던 나는 그 불쾌한 소리를 수업 내내
듣고 앉아 있어야 했다.

　그리고 맞이한 점심시간. 지난번에 그 충격적인 이야기를 들었던 때
도 바로 점심시간이었다. 무슨 일이 일어날지 모른다. 그렇다고 해서
지정된 자리에서 밥을 먹도록 되어 있는 우리 학교의 규칙상 내가 서
윤의 옆에 밀착해서 점심시간이 끝날 때까지 감시할 수도 없는 노릇이
다. 내가 할 수 있는 건, 가끔가다 서윤이 앉은 자리 쪽을 돌아보면서,
제발 아무 일이 없기를, 이라며 속으로 기도라도 하는 일뿐. 그런데,

　"야, 우리야. 쌤이 너 잠깐 와보라는데? 심부름 시킬 게 있다나 봐."

　"어어……. 그래."

　나는 망설이며 교실 쪽을 살짝 둘러보았다. 늘 그랬듯이 떠드는 아
이들의 소리가 귓속을 울리는, 여느 때의 풍경이다.

　"뭐해? 왜 그래? 어디 아파?"

　"아, 아냐……."

　움직이지 않는 다리를 질질 끌고 교실 문을 나서던 나는 마지막으로
서윤의 자리 쪽을 한번 힐끔 돌아보았다. 그는 무표정으로 창밖의 한
점을 응시할 뿐이고, 반응이 없어 누가 보면 길거리에 우두커니 서 있
는 마네킹을 붙들어다 앉혀 놓은 것만 같다. 나는 곧 고개를 돌리고
교실을 빠져나왔다.

"별 건 아니고, 외출증 끊어줄 테니 요 앞 가게에서 A4용지 한 묶음만 사다 줄 수 있겠니? 용지가 다 떨어져서……"

그러면서 선생님은 재빨리 지폐 몇 장을 내 손에 쥐어 주었다. 나는 떨떠름한 표정으로 지폐를 받아든 뒤, 고개를 꾸벅 숙이고 뒤돌아섰다.

"그런데 우리야."

선생님이 별안간 나를 멈춰 세웠다. 내 표정을 찬찬히 살펴보더니, 낮은 목소리로 내게 물어온다.

"얼굴색이 좀 안 좋아 보이네. 요즘 무슨 일 있는 건 아니지?"

이어서 보이는 걱정스러운 듯한 표정은 흡사 우리 엄마의 표정을 보는 듯하다. 묘한 기분이 들어서, 나는 살짝 웃고는 대답했다.

"……네, 아무 일 없어요."

*

나는 걸음을 재촉했다. 손에는 선생님이 심부름 값으로 주신 사탕 3개를 꼭 쥔 채였다. 이윽고 교실이 눈에 들어올 때 즈음, 나는 반대쪽에서 교실을 향해 시시덕거리며 들어오는 한 무리를 보았다. 김혜빈 패거리였다.

"어머, 우리 아냐?"

가슴에 이미연이라는 명찰을 단 아이가 손을 들며 아는 체를 한다. 역겹다, 라는 생각이 들 때 즈음, 이미연이 나에게 조용히 다가와 빈정대는 투로 말을 걸었다.

"어딜 그리 급하게 갔다 오실까? 혹시 친구 걱정하니? 어머, 의리 있다 너."

"네가 알 바야? 상관하지 마."

"아아, 아쉽네, 네가 정말로 좋아할 만한 걸 보여주려고 했는데."

내 시선이 이미연의 손끝에서 멈춘다. 그리고 이미연은 씩 웃었다. 내 관심을 끄는 것만으로도 그 녀석들은 절반은 성공한 거다.

"이거, 네 친구 거잖아, 아니야?"

그러면서 이미연이 주머니에서 무언가를 슬쩍 꺼내 손가락에 척, 하고 걸치더니 달랑거리며 흔들었다. 위태롭게 그의 손끝에 걸쳐진 것은 안경, 이다. 그러나 결코 혼해빠진 단순한 안경은 아니었다. 분명, 그 안경은.

"서윤······."

정신 빠진 환자라도 되는 듯이 그 안경을 멍청하게 쳐다보며 친구의 이름을 중얼거리던 나는 한순간 제정신을 차린 듯 달려들어 이미연의 멱살을 움키며 윽박질렀다.

"뭐야, 지금 어딨어?"

하도 흥분해서 흔들거리는 통에 안경은 어느새 바닥에 떨어져 둔탁한 소리를 내며 구르고 있었다. 그러나 그와는 별개로, 이미연은 눈 하나 꿈쩍 않고 오히려 실실 웃으며 대답했다.

"글쎄, 어디 있을까?"

그러면서 이미연이 돌아보는 것은 화장실이 튀어나온 복도 쪽이다. 나는 이미연을 한번 노려보고는 그 뒤로 죽 늘어선 복도를 따라 달렸다.

'제발······.'

마음속으로 설마 아니길 비는 간절한 마음이 어느새 입 밖으로 튀어나와 중얼거리는 말이 되었다. 그러나 화장실 문을 열어젖힌 순간, 그나마 걸었던 실낱같은 기대도 산산이 무너져 내리고야 말았다. 입구부터 죽 어질러진 바닥과, 엎질러진 책가방은 벌써부터 이곳에서 불미스러운 일이 있었음을 암시하고 있다.

DreAM waLkeRZ

"서윤아!"

나는 친구의 이름을 부르며 서윤에게 와락 달려들었다. 더럽고 축축한 벽에 기대앉아 고개를 떨구고 있던 서윤은, 내 감촉이 느껴지자 안경 없는 그 허전한 얼굴에 애써 희미한 미소를 지었다.

"……왔어?"

"뭐야, 누가 이랬어……. 꼴이 이게 뭔데."

가슴 쪽으로부터 목이 메는 것을 느끼며 나는 서윤의 어깨 위에 고개를 떨구었다. 긁힌 얼굴에서는 방울방울 맺힌 피가 한 방울, 얼굴 위로 마치 눈물처럼 조용히 흘러내린다.

지금쯤 그들은 이 일을 저지른 것이 마치 영웅적인 행위라도 되는 양 자랑스럽게 늘어놓고 있을 것이다. 비단 오늘뿐이 아니다. 그동안 얼마나 이런 일을 당해왔을지, 나로서는 도저히 상상도 가지 않고 또 하기도 싫다. 예전에 속으로 다짐했다. 서윤의 과거에 대해 듣고 난 뒤, 이제부터라도 내가 지켜주겠다고. 그러나 소용없었다. 정말 작정하고 이루어지는 폭력 앞에서는, 개인이 뭘 어찌할 수 없다는 것을 깨달아 버린 것이다. 그리고 이제는, '저 사람들의 행동을 막을 수 없을지언정 차라리 전부 까발려버리겠다고, 그렇게 하면 조금이나마 상황도 나아지고 고통 받는 아이들도 줄겠지.'라는 바보 같은 상상을 하며 나는 그날, 서윤의 어깨 위에서 또다시 새로운 결심을 했다.


선생님께 편지를 쓴다.

이것이, 내가 홀로 고민하다 내놓은 나름의 최상의 해결책이었다. 서윤이 화장실에서 홀로 고독하게 버텼던 그날 밤, 엄마의 표정을 떠올리게 하던, 나를 걱정하던 선생님의 모습이 어렴풋이 뇌에 스친 것이다. 경찰에 신고하는 것이 최선책일지도 몰랐지만, 평소에 그리도 명예를 부르짖던 학교였기에 나는 학교 선에서 마무리하는 것이 최선이라고 생각했다. 밤새 쓴 편지를 다음 날 종례 후 몰래 선생님의 책상에 놓고 나올 때 느껴졌던 두근거림은 단순히 연애편지를 몰래 놓고 도망가는 소설 속 비련의 여주인공이 된 듯한 느낌 때문은 아니요, 부디 이 일이 이 선에서 평화롭게 해결되기를 바라는 간절함과 긴장감 때문이었다. 예전부터 지금까지 쭉 좋은 선생님이었으니, 이번에도 그럴 거라 생각했다. 아니, 그 선생님에 의해 해결되는 것이 당연하다고 여겼다.

"어제, 이런 편지를 봤다."

선생님의 목소리는 싸늘하다. 그리고 선생님이 고개를 숙여 교탁 밑에서 '그것'을 끄집어냈을 때, 내 심장은 그야말로 철렁 내려앉았다. 어제 내가 썼던, 그 편지가 아닌가.

"선생님은 실망했다. 솔직히 우리 반에서 이런 일이 일어나고 있을 거라고는 상상도 못 했어. 다들 눈 감아."

싸늘한 분위기가 이어지는 가운데, 말 잘 듣는 순진한 아이들은 순순히 눈을 감았지만, 이미연과 김혜연을 비롯한 패거리들은 저들끼리 구시렁거리는 것이 상당히 싫은 눈치다. 이어 선생님의 긴긴 연설이 시작되었다. 학교폭력은 반드시 뿌리 뽑아야 한다는 것과, 피해 학생이 받게 될 정신적 고통 등등……. 그리고 연설이 길어질수록 초긴장 상태에 들어간 내 심장은 갈수록 빠르게 뛰기 시작했다. 벌써부터 몇몇은 선생님에게 들리지 않을 뿐이지 가까이 앉은 나에게도 똑똑히 들릴 정도로 대놓고 불만을 터뜨리고 있다. 혹시나 이 일로 서윤이가 더 불이익을 받게 되면 어떡하지, 앙심을 품고 해코지라도 하면 어떡하나 하는 생각을 하기까지 이르렀을 때, 선생님의 길었던 훈계가 끝이 났다. 선생님에게는 섭섭한 이야기일지도 모르지만, 솔직히 그 내용은 전혀 기억나지 않는다. 그저 아직도 기억 속에 박혀 빠지지 않는 것은, 김혜빈 패거리에게 또다시 둘러싸인 서윤의 모습과, 뒤이어 소리 없이 끌려나가는……. 여기까지, 그 뒤의 장면은 보지 못하고 얼굴을 파묻어버렸기에 어떻게 되었는지도 알지 못하고, 또 구태여 상상해내어 적고 싶지도 않다. 확실한 건, 그 날 종례 후에도, 다음 날도 서윤은 더러워진 교복을 툭툭 털고 나에게 다가와 또다시 하굣길을 나란히 걸어주었던 것. 서윤에게 사실은 저거 내가 쓴 거라고, 다 나 때문이라며 무릎 꿇고 싹싹 빌어도 한참 모자랐겠지만 나는 솔직하지 못했다. 그러나, 그런 내 한심함에 서윤은,

"편지 쓴 사람? 원망 안 해. 결국 나 도와주려다 그렇게 된 건데, 나쁜 의도는 아니었잖아."

라는 아량 넓은 대답으로 나를 또다시 부끄럽게 만들었다.

이제 더 이상 남은 방법은 없다. 최후의 보루로 선택할 수 있는 건 경찰. 신고자가 누구인지 알려지면 학교의 명예를 실추시켰다며 어마어마한 비난이 쏟아지겠지만, 그런 건 아무래도 좋았다. 친구가, 재학생이 지금 저런 꼴을 당하고 있는데, 학교의 명예 따위 뭐가 중요하단 말인가. 서윤은 어느 순간부터 안경을 벗고 렌즈를 착용하고 다녔다. 본인 말로는 안경 벗은 게 더 예쁘다는 말을 들었기 때문이라나. 내가 보기에도 그랬다. 확실히, 그 무식하게 알만 큰 동그란 안경으로 얼굴을 가리는 것보다는, 당당하게 드러내는 편이 더 나았다. 장점은 또 하나 있었다. 맞을 때 안경이 깨지면 어쩌나 하는 걱정 따위 필요 없다는 것. 편지 사건이라 이름 붙일 만한 그 사건 이후 구타는 점점 더 잦아지고 심해져, 어쩌면 서윤이 안경을 벗은 이유가 전자가 아니라 후자가 아닐까라는 생각이 들기도 했다.

경찰이 본격적으로 수사를 시작한 것은 신고하고 이틀이 지난 뒤였

다. 당연히 학교는 학년 가릴 것 없이 발칵 뒤집어졌다. 당연한 결과였고, 나는 그들이 학교를 지키겠다는 불타는 정의감으로 속전속결로 가해자들을 잡아 처넣고 학교의 명예를 다시 회복시키는 풍경을 기대했다. 확실히, 학교를 지키고자 하는 그들의 열정은 감탄스러웠다. 그러나, 한 가지 치명적인 단점이라면, 그 열정이 전혀 다른 방향으로 불타올랐다는 것이었다.

"글쎄요, 전 그런 일 모르는데요."

"제가 아는 한 그런 일은 없었던 걸로 압니다."

수사를 시도했던 경찰들은 하나같이 고개를 갸웃하며 돌아갔고, 1학년부터 3학년까지 모든 학생들은 일제히 약속이라도 한 것처럼 '그런 일은 없었다.'라며 고개를 저을 뿐. 선생님들조차도 아무 일도 없었다며 고개를 저었다. 상황이 이렇게 되자, 불안감이 더 커진 나는 차라리 교장에게 직접 도움을 청하기로 했다. 점점 안색이 나빠지는 서윤을 데리고 교장실 앞에 다다랐을 때였다.

"알겠나? 절대로, 절대로 알려져서는 안 된다고!"

문 뒤에서 누군가의 고함이 들려온다. "그렇지만……."이라는 또 다른 사람의 말은 무시당한 채 목소리가 다시 호통을 쳤다.

"김 선생, 이런 일이 외부에 알려지면 우리 학교의 명예가 얼마나 실추될지 생각해 봤나? 겨우 급우들 사이의 사소한 갈등 따위로, 학교 전체가 피해를 보는 일은 없어야 한단 말일세."

"우, 우리야……?"

나는 그 자리에서 우두커니 선 채 움직일 수 없었다. 서윤은 살살 눈치를 보며 내 쪽을 흘금거리고, 떨리는 눈동자와 함께 아무 말 없이 서 있던 나는 배신감에 어금니를 꽉 깨물었다.

"저기, 이제 더 이상, 도와주려고 안 애써도 돼."

얼떨떨함에 서윤을 돌아보니, 서윤은 오히려 싱긋 웃고 있었다. 그러나 그 웃음은, 마치 모든 것을 포기한 듯한 씁쓸한 미소로 보여서, 나는 또 대답하지 못하고 가만히 섰다 문득, 눈앞의 친구를 와락 끌어안았다.

"어⋯⋯?"

"미안⋯⋯. 정말, 미안해⋯⋯."

그리고 어느새 안긴 친구의 얼굴에서 한 방울, 차가운 것이 떨어지는 것을 서윤도 눈치챘다. 서윤이 가만히 안아주는 것을 느끼면서, 나는 다시 한 번 친구의 어깨 위에 고개를 떨굴 수밖에 없었다. 왜인지 이상한 기분이 들었다. 기껏 친구를 도와주려고 여기까지 왔는데, 도리어 도와주려던 친구에게 안겨서 울고 있다니, 우스운 광경이었다. 정말로 그때의 나는, 나서려고 해봤자 아무것도 못할 정도로, 그렇게 무능했다.

\*

서윤은 다음 날 학교에 나오지 않았다. 경찰 수사는 계속 진행되고 있었으나 진척 성과는 매우 미미했고, 결국 경찰은 참고인으로서 나를 직접 불러 조사하기로 한 모양이었다.

"그러니까, 3월 28일 오후 1시 30분경, 휘명여자고등학교 4층 여자화장실에서 한 학생이 집단구타당하는 것을 목격했다. 맞지?"

"네."

나는 자꾸만 손가락을 가만두지 못하고 만지작거리고 있었다. 눈앞의 경찰관은 종이뭉치들을 뒤적거리려가며 얼굴을 살짝 찡그리더니, 나에게 다시 묻는다.

"그런데 다른 사람들은 전부 다 그런 일은 없었다고 그러던데?"

"그, 그건……."

말문이 턱 막혀버렸다. 학교 어디에서 누가 폭력을 당하고 있든 간에, 1학년부터 3학년까지, 심지어 교사들도 한 목소리로 관련 일을 부인한 건 엄연한 사실이었다. 설령 진실이 아니라 해도, 다수의 의견은 더 쉽게 받아들여지고, 그것은 어느새 진실인 척 행세를 하며 진실로 받아들여진다. 이것은 부정할 수 없는 사회의 통념. 그러나 나는 도저히 받아들일 수가 없었다.

"고우리 양…… 이라고 했나? 학생, 아무런 증거도 없이 한 사람의 증언만으로는 결론을 딱 짓기가 힘들어. 당장 학생 학교에서도 학교폭력이 있었다고 하는 사람은 학생 하나뿐이야. 화장실이라 CCTV도 없고."

경찰관이 '끄응' 소리를 내며 다시 서류를 뒤적거렸다. 한참을 부스럭거리던 경찰관은 소리 나게 파일을 덮더니 나에게 말했다.

"이 이상은 힘들 것 같다. 더 확실한 증거가 필요해. 혹시 결정적인 증거를 찾거들랑 곧바로 신고해라."

"그, 그렇지만…."

그러나 내 의견은 그대로 묵살되고 말았다. 모든 전교생의 같은 증언과 한 사람의 다른 증언 중 하나를 믿으라고 한다면 누구를 믿을까? 경찰 입장에서도 다수의 의견에 더 귀를 기울일 수밖에 없는 일이었다. 덕분에 나는 거짓말쟁이가 된 채로 경찰서를 나서야 했다. 그리고 내 뒤로, 수군거리는 소리는 또 들려온다.

"지금 신고가 들어왔다는 건, 최소 학기 시작하자마자, 아니 그 전부터 괴롭혔다는 건데……. 아무리 그래도 그렇지, 세상에 어떤 애가 학기 시작하자마자 사고를 쳐?"

"이 사람이 잘 모르네. 요즘 애들이 얼마나 무서운지 알아? 우리 때처럼 순수하던 그런 애들이 아니야."

나는 눈을 질끈 감았다. 두 귀도 막으려 해봤지만 그 사이로 새어 들어오는 말들은 어쩔 수 없다. 결국 도망치듯이 총총 경찰서 밖으로 나오니 보이는 것은 우중충한 하늘이다. 나는 곧장 집으로 가려다 멈칫한 후 방향을 틀어 행선지를 바꾸었다. 목적지는, 서윤의 집이었다.

"어머, 서윤이 친구니? 들어오렴."

서윤의 엄마가 조금은 쓸쓸한 목소리로 나를 맞아주었다. 나는 고개를 숙여 인사하고는 곧바로 서윤의 방으로 향했다. 방은 쓰레기 하나 없이 말끔한데, 정작 방의 주인은 어딜 간 건지 자리에 없다.

"아, 서윤이는 지금 나갔어. 곧 올 테니까, 조금만 기다려."

"네……"

나는 기어들어가는 목소리로 대답하고는 서윤의 방으로 들어가 침대에 살짝 걸터앉았다. 여고생 느낌의 밝은 향기가 물씬 나는 이 방은, 주인이 학교폭력을 당하고 있다고는 믿기 어려울 정도로 화사하고 밝았다.

서윤은 9시가 지나도록 들어오지 않았다. 평소 9시면 들어온다고 했는데, 두리번거리다 시계를 보니 어느새 9시 10분을 가리키고 있다.

"어라, 오늘따라 늦네……. 무슨 일 있나?"

"저, 이만 가볼게요."

"어머, 서윤이 안 만나도 괜찮겠니?"

"네."

사실, 뚜렷한 목적을 가지고 이 집에 온 것은 아니었다. 단지, 만나기만 하면 사과건 무슨 말이건 튀어나올 거라 생각했다. 나도 참 한심하다는 생각을 하며, 조용히 인사를 하고는 현관문을 열었다.

「4층입니다.」

위에서부터 내려오던 엘리베이터가 누르지도 않았는데 자연스럽게 내 앞에 멈춰 섰다. 그리고, 그 안에는, 내가 찾던 인물이 있었다.

"서윤아."

"우……리야? 네가 왜 여기 있어?"

서윤은 나를 보더니 당황한 듯 말을 더듬거린다. 위가 보이는 것도 아닌데 나는 엘리베이터의 위쪽을 흘금 보고는 다시 말을 이었다.

"너야말로. 왜 위쪽에서 내려오는 건데?"

"……."

서윤은 당황한 표정으로 대답이 없다. 내가 계속해서 응시하고 있자 더는 견디지 못하겠다는 듯이, 서윤은 딱 한마디만 하고는 집 안으로 휑하니 사라져버렸다.

"미, 미안해."

"어?"

현관문이 쾅 닫히는 소리와 함께, 엘리베이터의 문도 스르륵 닫혔다. 그리고 그 사이에서, 나는 혼자서 우두커니 서 있을 뿐이었다.

「문이 닫힙니다. 내려갑니다.」

*

서윤을 다시 만난 것은 다음 날의 학교였다. 여느 때처럼 교실에 들어섰을 때, 서윤은 웬일로 창가 쪽이 아닌 교실 쪽을 둘러보며 입가에 살짝 미소를 올리고 있었다.

"서윤아."

내 쪽을 돌아본 서윤이 희미하게 웃었다. 나는 멈칫하다가 간단하게 인사만 해주고는, 자리로 돌아와 쓰러지듯이 펄썩 앉아 버렸다. 그날로 부터 계속 죄책감을 느끼고 있던 터였다. 가끔 다시 힐금힐금 돌아보 아도, 서윤의 표정은 한결같다.

"다들 자리에 앉고, 1교시는 국어였지? 어디 돌아다니지 말고 얌전히 앉아 있어라."

아침 조례 후, 담임은 아무것도 모른다는 표정으로 교실을 둘러보며 한 번 씩 웃어주고는 교실을 나갔다. 가증스럽게도. 같은 교실을 보면 서도 담임과 서윤의 표정은 정반대였다. 아이들은 방관하며, 선생들은 덮고, 경찰들은 무력하다. 이 상황에서 그렇게나 간절히 도움을 바라 는 학생이 자신의 반에 있는지도 모르니, 담임의 눈에는 그저 모든 아 이들이 사랑스럽고 평화로워 보이기만 할 것이다. 그런 사람의 눈에는, 보고 싶은 것만 보인다. 서윤은 쉬는 시간마다 교실을 둘러보고 있었 다. 가끔 떠드는 아이들을 볼 때마다 입 꼬리가 살짝 올라가지만, 김혜 빈, 이미연과 그 패거리 쪽으로 시선이 향할 때면 표정이 급격히 변해 버리는 것을 나는 느낄 수 있었다. 점심시간이 되자 폭력의 시간은 어 김없이 찾아왔다. 그런데, 그날의 서윤은 평소와는 좀 달라서, 양 팔을 붙들려 끌려 나갈 때 조용히 웃고는 한마디를 중얼거렸다.

"……흥, 마지막까지……."

나는 벌떡 일어났다. 이미 내 몸은 망설임 없이 서윤 쪽으로 향하고 있다. 떠들던 아이들도, 김혜빈 패거리도, 그리고 서윤도 모두 놀란 얼 굴로 나를 쳐다보았다. 나는 이미연에게 더 가까이 다가가 서윤의 손 목을 잡고는 홱 뿌리쳤다. 이미연은 잠시 당황한 표정으로 나를 보더 니 이내 어이없다는 듯이 웃었다.

"야, 너 지금……."

"닥쳐."

이미연이 놀라 입을 다물었다. 나는 서윤을 밀어 놓고는 이미연 쪽을 돌아보며 쏘아붙였다.

"아주 하루라도 못 괴롭히면 몸이 근질거리나 보지? 작작 좀 해라, 진짜. 얼마나 한심해 보이는지 알아?"

아이들의 소리가 뚝 끊겼다. 교실은 소름 끼치게 조용한데, 이미연은 한 발짝 나에게 다가오더니 헛웃음을 치며 나를 내려다보았다.

"하……. 이거."

퍽—

"꺄아아아아!"

그러니까 그건, 순식간이었다. 이미연의 뒤에서 갑자기 김혜빈이 튀어나오더니 나를 한 대 걷어찼고, 나는 어떻게 해볼 틈도 없이 밀려나 사물함에 머리를 박고 주저앉았다. 서윤은 절망적인 표정으로 나와 김혜빈을 번갈아 보고, 김혜빈은 내 앞까지 와서는 고개를 숙이고 나를 정면으로 쳐다보았다.

"지랄하지 마, 이 년아. 넌 안전한 줄 알아? 저 년 뒤지기라도 하면 다음은 너야, 씨이바. 찍힌 줄도 모르고 잘도 나댄다, 너."

"뭐……?"

김혜빈이 교복을 툭툭 털고 접힌 무릎을 조심스럽게 펴며 일어났다. 하나같이 경멸하는 눈빛으로 나를 내려다보던 그들은, 반대로 걱정하는 눈빛으로 나를 보던 서윤을 다시 데리고 교실 밖으로 사라졌다. 분위기를 짓누르던 위압감이 사라지자 아이들이 하나 둘씩 입을 열기 시작했다. 그 중에서도 대부분의 아이들은 내 쪽을 보며 수군대고 있었지만, 나는 아랑곳 않고 아무렇지도 않다는 듯 일어나 자리로 돌아왔다.

"괜찮아? 우리야."

몇몇 아이들이 내게 다가와 상태를 물었다. 괜찮다고 얼버무리곤, 자리에 털썩 앉는다. 끝까지 아무렇지도 않은 척 하려 했지만, 패거리들이 사라지고 텅 비어 있는 뒷문을 볼 때마다 죄책감으로 마음 한 구석이 아려오는 것은 어쩔 수 없었다. 나는 그대로 책상에 얼굴을 파묻었다. 지금 이 순간에도, 내가 지켜주지 못한 누군가는 또 혼자서 가해지는 폭력을 견디어 내고 있을 것이다. 그리고 아무것도 하지 못한 나는, 지금 여기서 그 대가를 치르고 있다. 내 잘못인가 하는 수많은 추궁과 죄책감은, 진짜 가해자들이 아닌 또 다른 피해자인 내게로만 쏟아졌다.

"이제 여기서 다시 갈라져야겠네."

서윤이 갈림길 앞에서 나를 흘금 본다. 매번 그래왔던 것처럼, 서윤의 집과 우리 집은 반대 방향이라 늘 여기서 헤어졌다. 오늘도 어김없이 반복될 터. 그러나 나는 바로 돌아가지 못하고 서윤을 한참 동안이나 바라보며 서 있었다.

"응? 왜 그래?"

"어⋯⋯. 아니야."

나는 입안으로 들릴 듯 말 듯 대답하고는 고개를 푹 숙였다.

"왜 또 그래."

서윤이 살짝 웃으며 등을 토닥여주었다. 그러나, 얼굴은 여전히 웃고 있지만 그 표정에는 뭔가를 간신히 참고 있는 듯한 미묘함이 섞여 있어 나는 그 얼굴을 똑바로 쳐다볼 수가 없었다.

"그럼⋯⋯."

서윤은 잠시 말을 멎고 괜히 땅바닥 쪽으로 시선을 준다. 그러다 어느 순간 나를 올려다보고는 최대한 밝게 웃으며,

"잘 가!"

그러고서는 더 이상의 망설임 없이 뒤돌아섰다. 그러나, 마지막까지

망설임도 아무것도 없다는 듯이 웃으며 사라지려던 그 얼굴은 너무 서툴러서, 마지막 순간 그 눈 끝에 아무도 모르게 자그맣게 눈물 하나가 달려 있던 것을 나는 보았다.

미처 받아들일 시간도 없이, 그렇게, 친구는 내게서 점차 사라져 갔다.

*

그날 이후로, 서윤은 더 이상 학교에서 보이지 않았다. 교실에서도, 늘 괴롭힘 당하던 화장실에서도, 자신과 상관없는 아이들이 아무렇지도 않게 삼삼오오 모여 떠들던 운동장에서도, 그 모습은 찾아볼 수 없었다. 그와는 별개로 한 가지 달라진 것이 있다면, 방과 후 내가 찾아가는 곳이 한 군데 늘었다는 것. 경찰서? 아니다. 그곳은,

서윤의 장례식장이었다.

"어라, 우리구나. 어서 오렴."

서윤의 어머니가 위태롭게 매달려 있던 눈물을 손끝으로 살짝 닦아내고는 희미하게 웃으며 나를 맞아주었다. 나는 고개를 살짝 숙이고는 신발을 벗고 올라가 가만히 무릎을 꿇고, 앉은 채로 아직도 환하게 웃고 있는 친구의 사진을 보았다.

"그래도 이렇게 꾸준히 찾아와주는 친구가 있구나. 우리 서윤이가 친구 하나는 잘 사귀었어."

서윤의 아버지가 나를 보고는 희미하게 웃었다. 내가 가볍게 목례를 하고 조용히 신발을 신으려던 찰나, 서윤의 어머니가 나를 붙잡았다.

"이제 곧 점심시간인데, 여기서 같이 밥이라도 먹고 가렴."

애써 웃으며 붙잡는 그 호의를 거절할 수 없어, 나는 역시 살짝 웃으며 간단히 대답했다.

"……네."

그 뒤에도 조문객들의 방문은 간간히 이어졌다. 대부분이 서윤의 가족들이었지만, 같은 학생들의 모습은 거의 보이지 않았다. 간혹 보인다 해도 전부 어른들에게 반 강제로 끌려온 모습들뿐. 찾아오려 해도 차마 양심에 찔려 엄두조차 내지 못했으리라.

서윤이 죽은 것은 나와 헤어지고 난 바로 그날 밤이었다. 뭐가 어찌 된 건지도 모른 채로 학원에 갔다가 비몽사몽 집에 들어오자마자, 나는 다급히 뛰어나온 엄마로부터 그 비보를 들었다.

「우리야! 서윤이가…….」

나는 고개를 세차게 흔들었다. 이틀이나 지났지만, 아직도 진정되지 않은 마음은 그 순간을 생각할 때마다 위아래로 철렁인다. 더 이상 음식을 넘길 수가 없어 아직 음식이 조금 남아 있는 접시를 들고 일어나려던 때, 바깥에서 시끄럽게 떠드는 소리가 들렸다.

불길한 느낌이 든다. 나는 갖다 놓으려던 접시도 내버려두고 신발은 신는 둥 마는 둥, 거의 맨발로 다급하게 입구로 뛰쳐나갔다. 그리고, 예상대로 입구에서 누군가를 발견하고 나는 얼굴을 찌푸렸다.

"어머, 우리 아냐?"

이미연이 한 손을 들며 반갑다는 듯이 인사를 건네 왔다. 뒤를 돌아보니 다행히 서윤의 부모님은 다른 조문객들을 맞이하느라 아직 이쪽을 눈치채지 못했고, 나는 아랫입술을 깨물며 내 바로 앞에 선 이미연 패거리를 노려보았다. 꼴에 장례식장에 온다고 나름 검은 웃옷을 걸쳤으나, 고등학생 주제에 꾸민답시고 화장을 떡칠한 얼굴과 달라붙는 짧은 치마 차림으로 당당하게 다니는 것이 상당히 눈꼴이 시어서 나는 고개를 돌려버렸다.

"여긴 왜 왔어?"

김혜빈이 어이없다는 듯 코웃음을 치며 답했다.

"그럼, 친구가 죽었다는데 한번은 와 봐야지, 그게 사람의 도리 아니냐?"

살인자들. 누가 친구를 죽였는지는 까맣게 있고 뒤늦게 요란스러운 차림으로 기어들어 와서는 사람의 도리 운운하는 뻔뻔함은 가히 박수쳐줄 만하다. 그러나, 나는 그와는 별개로 이 패거리들을 곱게 들여보내줄 생각은 없었다.

"꺼져."

"뭐?"

"사람의 도리 좋아하고 자빠졌네. 왜, 사람 하나 죽여 놓고 뻔뻔하게 기어들어올 양심은 남아 있나 보지?"

"뭐? 이……."

김혜빈이 당장에라도 한 대 칠 듯이 위협적인 자세로 다가왔다. 그러나 그 손은 위로 떠오르기만 할 뿐, 차마 눈앞의 사람을 내려치지는 못했다. 김혜빈이 말없이 씩씩거리자, 이미연이 도리질을 치며 반문했다.

"어머, 우리가 언제 사람을 죽였다고? 뭘 잘못 알고 있나 본데, 쟨 쟤가 스스로 죽은 거야. 어? 자살이라고."

이미연 뒤에 서 있던 몇몇 아이들이 수군대기 시작했다. 알고 있다. 서윤이 떠난 이 시점에서, 다음 타겟은 나라고.

그래도 내가 대답 없이 버티고 서 있자 이미연이 질색한 모양인지 손사래를 치며 말했다.

"가자! 이렇게나 안 된다고 뻐기고 계시니 우리가 뭘 어쩌겠냐? 친구

장례식도 못 가게 하니 원.”

이미연이 뒤돌아서자 수군대던 아이들은 차례로 그 뒤를 따르고, 김혜빈은 끝까지 나를 노려보다가 마지막으로 사라졌다. 나는 그 뒷모습을 가만히 노려보다가, 한숨을 쉬고 금방이라도 주저앉을 것만 같은 다리를 간신히 이끌고 돌아섰다.

“대단하네.”

익숙한 목소리가 들려왔다. 나는 목소리가 들려온 쪽을 돌아본다. 같은 반 친구인 임혜수였다.

“혜수야……”

“서윤이 일은, 안타깝게 됐어.”

그러면서 혜수는 씁쓸한 미소를 지었다. 나는 말없이 고개를 숙였다. 혜수는 주위를 한 번 둘러보며 말을 이었다.

“쟤네도 진짜 나쁜 애들이야, 그치?”

그러면서 혜수는 내 쪽을 돌아본다. 한순간, 내 머릿속엔 과거의 기억이 스쳐 지나갔다.

「글쎄요, 전 그런 일 모르는데요.」

고개를 숙이고 있는 나를 혜수가 의아한 표정으로 쳐다보았다. 나는 간신히 고개를 들고는 혜수를 불러냈다.

“혜수야. 잠깐 이야기 좀 할 수 있을까?”

“어?”

혜수는 어리둥절한 표정으로 나를 따라왔다. 나는 차마 혜수의 얼굴을 쳐다보지 못하고, 고개를 숙인 채로 입을 열었다.

“경찰한테, 왜 얘기 안 했어?”

혜수가 살짝 당황하는 것이 보였다. 그는 여전히 웃으며 띄엄띄엄 대답했다.

"무슨 소리야, 난……."

"한 사람도, 우리 학교에서 학교폭력이 있었다는 이야기를 한 사람은 없었다고 했어."

혜수가 움찔하며 한 발짝 물러섰다. 나는 천천히 고개를 들고 혜수를 응시하며 다시 물었다.

"왜……. 말 안 한 거야?"

"……."

혜수는 어느새 웃음을 거두고 내 시선을 피하고 있었다. 그럼에도 내가 시선을 거두지 않자, 한숨을 쉬고는 조용히 입을 연다.

"애들이 그랬어. 여기서 말하는 애는 진짜 배신자라고, 학교 명예 실추시키려는 년이라고. 다들 그런 말을 하니까, 너무 무서워서, 나설 수가 없어서……."

"넌 알고 있었잖아."

어느새 나는 혜수를 원망스러이 노려보고 있었다. 울음이 터져 나오려는 것을 참으며, 나는 간신히 말을 이었다.

"아까 걔네 보고 나쁜 애들이라며. 나쁜 애들이라는 걸 알고 있는데도 왜, 말을 안 했던 거야? 너만, 너만이라도 이야기 했으면, 서윤이는, 서윤이는 지금, 안 죽었을지도 모르는데……!"

시야가 점점 흐려지고 있었다. 눈앞의 혜수의 얼굴은 눈물에 가로막혀 점차 일그러지고 있다. 그 일그러진 혜수의 얼굴이, 다시 입을 열었다.

"나도 서윤이 일은 안타까워. 걔네가 나쁜 것도 알고 있고. 그렇지만 ……."

일그러진 혜수의 얼굴은 더는 말을 잇지 못했다. 혜수는 잠시 아무 말도 없이 서 있다가, 황급히 몸을 돌려 빠져나갔다.

"……미안해."

분명 친구의 장례식에 참석하러 온 것이었을 테지만, 밀려드는 죄책감에 그는 검은 리본에 싸인 친구의 마지막 얼굴마저 보지 못하고 서둘러 떠났다. 그리고 나는, 그런 혜수의 뒷모습을 쓸쓸하게 보고 있었다.

"맞다, 서윤이가 이거 전해 달라더라."

서윤의 어머니가 밥을 먹다 말고는 주머니에서 무언가를 주섬주섬 꺼내 내게 건넸다.

"아……."

나는 떨리는 손으로 그것을 조심스럽게 받아들었다. 약간 오래된 흰색 머리끈이다. 그러고 보니, 1학년 다 끝나갈 때쯤 빌려주고 돌려받을 생각도 안 하고 있었는데.

"20~30개씩 파는 싼 머리끈도 아니고, 비싼 걸 빌렸다면서 서윤이가 계속 안절부절못하더라. 그래서 꼭 돌려줘야 한다고……. 그런데 알다시피 서윤이가 좀 자주 깜박깜박하잖니. 그래서 계속 돌려준다, 돌려준다 생각만 하다가 이제야 돌려주네."

나는 흰색을 잃고 누렇게 변해가기 시작한 낡은 머리끈을 말없이 만지작거렸다. 또다시 시야가 조금씩 흐려진다. 장례식장에서 유족보다 더 슬퍼하는 것은 예의가 아니라 했던가. 자식을 잃은 부모님마저도 애써 눈물을 참고 계신데, 여기서 내가 울어버리면 안 될 것 같아 눈을 질끈 감고 눈물을 참았다.

"저 잠시, 화장실 좀 갔다 올게요."

핑계를 대고 자리를 비운다. 화장실로 숨어들어와 문을 걸어 잠갔다. 바보같이 또 얼굴 근육이 아파오고, 시야가 흐려지기 시작했다. 화들짝 놀라서는 또 볼에 얼룩이라도 질까 정신없이 세수를 했다. 고개를 드니 거울에 비치는 얼굴은, 눈물을 닦아냈음에도 수돗물이 방울 방울 흘러내려 꼭 우는 것처럼 보였다.

*

서윤이 죽고 난 뒤, 우리 학교의 분위기를 간략하게 요약하자면, '혼란' 그 자체였다. 안 그래도 경찰 조사 등으로 뒤숭숭하던 분위기는 한 학생의 자살이라는 최악의 결말로 끝을 맺은 학교폭력 사건으로 인해 점점 더 안 좋은 쪽으로 치닫고 있었다. 그리고, 서윤이 늘 담당하던 빈자리는, 내게로 넘어왔다.

"……질긴 년."

김혜빈이 숨을 고르며 침을 탁 내뱉고 돌아선다. 나는 화장실 한 구석에 주저앉아서, 낄낄대며 돌아가는 무리를 보았다. 조심스럽게 일어나서 교복을 툭툭 털었다. 그래봤자 이미 구정물 등으로 잔뜩 더럽혀져서 빨지 않는 한 원 상태로 복구시키기는 어렵겠지만. 한 발짝 발을 떼니 온몸이 욱신거리며 아파서 나는 살짝 소리를 내며 주저앉고 말았다. 이런 짓들을, 이런 기분을 서윤은 6개월 넘는 긴 시간 동안 꾸준히 당해왔다고 생각하니 몸보다도 또다시 마음 한구석이 아려왔다. 교실로 들어서자, 나를 향한 약간의 걱정과 불안이 섞인 수군거림은 여전하지만, 그 속에는 간간히 이전에는 들리지 않았던 비웃음이 들려오고 있었다. 혜수를 슬쩍 바라보니 그는 화들짝 놀라며 고개를 돌려버렸다. 이렇게 살 바에야 차라리 죽어버리는 게 낫다고, 마지막 선택을 하기 전에 서윤은 아마도 그런 생각을 했을지도 모른다. 조용히 자리에 앉았다. 이제는 그 심정을 내가 직접 절실히 느끼고 있는 중이지만, 분노라던가 억울하다는 감정은 전혀 들지 않았다. 서윤을 죽음으로 내

몬 것은, 어쩌면 내 탓일지도 모른다고. 그렇게 생각했다. 내가 선생님께 편지를 썼고, 그 편지가 시발점이 되어 서윤을 향한 괴롭힘과 폭력의 강도는 점점 더 심해졌다. 계속 그렇게 생각하니, 나는 결코 죄책감에서 자유로울 수가 없었다.

죽고 싶다.

서윤을 향하던 폭력이 내게로 넘어온 지금, 내가 이런 생각을 하는 것은 결코 괴롭힘이나 따돌림 때문이 아니요, 단지 죄책감 때문이었다. 어째서 저들이 아닌 내가 죄책감을 느끼고 있는지, 하루는 분노에 차서 혼자 감정을 주체 못하고 울어버렸던 날들도 있었다. 그리고 이런 감정은 서윤의 장례식이 끝난 뒤 절정에 달해서, 정말 생각을 실행으로 옮길지도 모른다는 생각을 했다. 부모님은 이미 눈치채신 모양이었다. 아무리 숨기려 해봐도, 교복이 매일 더러워져서 돌아오는 걸 부모님이 그냥 지나치실 리 없었다. 결국 괴롭힘이 대물림된 지 2일 만에, 내가 폭력을 당하고 있다는 사실은 부모님의 귀에까지 들어가게 되었다.

"왜 모르시냐구요, 이건 학교폭력이라고요! 선생님이란 사람들이 어떻게 여태까지 하나도 모를 수가 있어요?"
책상과 손바닥이 부딪히는 소리가 탕, 교무실을 울리고, 선생들은 할 말을 잃고 엄마를 쳐다본다. 바로 옆에서 고개를 숙이고 떨고 있는 나를 흘긋 보고는, 선생님은 어울리지 않게 쩔쩔매며 고개를 숙였다.
"죄송합니다. 저희가 좀 더 신경을 썼어야 하는 부분인데……."
엄마는 아직도 분이 풀리지 않아 붉게 달아오른 얼굴을 간신히 식히고 있다. 선생님들은 연신 고개를 숙이고 다시는 이런 일이 없도록 시정하겠다, 경찰에 맡기겠다, 이런 이야기들까지 듣고 나서야 엄마는 나를 끌고 교무실을 나섰다. 이런 분위기가 익숙하지 않아, 나는 고개를 숙이고 속으로 웅얼웅얼 엄마를 부른다.

"어, 엄마……."

엄마가 그 매섭던 얼굴을 내게로 돌렸다. 그러나, 이제 그 얼굴에서는 더 이상 분노의 감정은 찾아볼 수 없고, 엄마는 안타까운 듯한 목소리로 나를 살살 쓰다듬더니,

"이제 괜찮을 거야. 경찰이 다시 조사한다잖니."

그러나 그 목소리에는 애써 자기 자신을 위로하려는 심정이 더 강하게 묻어난다. 경찰이라, 그래봤자 아무런 성과도 내지 못하고 또다시 묻힐 것을 나는 알고 있었다. 결국 지금 상황에서는, 나아질 방법 따윈 존재하지 않는 것이었다.

밤이 되어 부모님은 잠에 드셨으나, 나는 그러지 못하고 소리 나지 않게 방문을 열고 나와 주방으로 향했다. 과도를 하나 꺼내어 가만히 손목에 대어 본다. 아, 이걸로는 어림없을 것 같다. 과도를 집어넣고는 조금 더 큰 칼을 꺼내 손목에 대어보았다. 학생이 자살할 땐 커터칼을 많이 쓴다고들 하지만, 그것으론 동맥에 다다르지도 못하리라는 것을 나는 알고 있었다. 소심하게 슬슬 긋기보단, 차라리 확 내려찍어버리는 것이다. 손목이야 잘려나가든 어떻든 그 뒤는 내가 신경 쓸 바가 아니다.

죽고 싶다.

요즘 들어 가장 많이 드는 생각이었다. 괴롭힘도 괴롭힘이거니와, 내 잘못 때문에 친구가 죽었는데, 나만 이렇게 멀쩡히 살아있는 것은 잘

못이라는 생각이 들어서였다. 부모님의 눈에 띄어서는 안 된다. 최대한 먼 곳으로 가야 한다. 그리고 교복을 입고 죽자. 마지막까지 명예 운운하며 사람 목숨 따윈 무시한 학교에게 마지막으로 커다란 엿을 먹이고 가자. 칼을 소리 나지 않게 꺼내 휴지 몇 장으로 감싼 뒤 다시 방으로 돌아왔다. 이미 되돌릴 생각은 없었다. '그냥 죽어버리자.' 이 생각만이 머릿속을 채우고 있었으니까.

"어디 가니?"

"아, 도서관에요."

계획한 날이 되었다. 학교에서 돌아온 나는 곧바로 다른 아무 가방이나 들쳐 메고 바삐 움직여 집을 나섰다. 물론, 부엌에 있던 칼 하나를 미리 챙겨오는 것도 잊지 않았다. 정처 없이 아무 곳으로나 향했다. 집에서, 부모님에게서 최대한 멀리. 한참을 걷다 보니 멀리 공원이 보였다. 재빨리 공원 화장실 칸 하나로 들어가 문을 걸어 잠근다. 가방은 아무데나 던져 놓고 조심스럽게 칼을 꺼냈다. 밖에는 아무런 인기척도 없는 듯하다. 숨을 한 번 들이쉬고는 칼을 손목에 갖다 대었다. 역시 아무런 인기척도 없다. 그리고 마침내 칼날이 손목을 파고드는 순간.

"윽……!"

순간적으로 느껴지는 엄청난 고통에 저도 모르게 짧은 비명이 튀어나왔다. 입술을 깨물었다. 여기에 내가 있다는 것을 들켜선 안 된다. 그리고 어차피 오래 버틸 필요도 없었다. 점점 의식이 희미해짐과 동시에 고통도, 아픔도 전부 조금씩 희미해져가고 있었으니까.

"꺄아아아아!"

가까운 곳에서 비명소리가 들렸다. 뒤이어 내가 있는 칸의 문을 어떻게든 열려고 덜컹덜컹하는 소리도 역시 들린다. 아, 들켰구나. 그렇지만 상관없었다. 곧, 죽을 테니까. 사람들이 점점 모이기 시작한 건지 밖은 소란스러워지는데, 내가 걸어 잠근 문을 열려는 시도는 끊임없이 이어진다. 계속해서 들려오는 덜컹덜컹 소리를 들으며, 어느새 나는 정신을 잃었다.

*

"정말로 조금만 늦었어도 큰일날 뻔했어요. 보통 아플까 봐 머뭇거리면서 살짝 긋다 실패하는 다른 아이들과는 달리 이 아이는 정말 죽을 각오로 아예 손목을 찍어버렸거든요. 마지막에 멈칫한 건지 어쩐 건지……. 동맥은 거의 손상되지 않았으니 다행이죠."

"네……. 감사합니다."

머릿속이 울렁거렸다. 귀에서는 희미하게 울먹거리는 목소리가 들려온다. 아직 죽지 않은 건가, 천천히 눈을 뜨자 눈앞이 조금씩 일렁이며 점차 선명해지더니 흰색의 병원 천장이 보였다. 손목은 아직도 욱신거리는데, 힘겹게 내려다보니 왼 손목에는 붕대가 칭칭 감겨 있었다.

"아이고, 우리야……!"

내가 깨어난 걸 보자마자 엄마가 내 손을 잡고 울기 시작했다. 원망스러웠다. 아직까지도 이렇게나 구질구질하게 살아있는 것이. 그래서 부모님이 슬퍼하시는 걸 직접 보게 된 것이. 다가온 간호사가 잔잔한 얼굴로 한마디 했다.

"많이 위로해주셔야 할 거에요. 오히려 자살을 안 하는 게 이상할 정도로 상처를 많이 받았으니까……. 친구도 죽고, 자기도 이렇게 괴롭힘 당하고 있는데 얼마나 괴롭겠어요."

엄마는 말없이 고개를 끄덕이며 내 오른손을 잡고 계속 울고 계셨다. 이제 며칠 뒤면, 다시 학교로 가야 할 것이다. 그리고 또다시 연이은 폭력과 괴롭힘의 시작이다. 그러나, 한 번 죽었다 살아 돌아온 이상, 나는 더 이상 죽을 수 없었다. 이렇게나 슬퍼하는 부모님을 보고 난 후로는, 더 이상 자살할 용기가 나지 않았기 때문이었다.

*

"도대체 무슨 짓을 한 거야!"

시끄럽다. 내 머리 위로 분노한 자의 악 받친 소리가 정신없이 쏟아진다. 교감은 한참이나 씩씩거리더니, 친절하게 설명해주겠다는 듯이 나를 내려다보고 말을 이었다.

"알겠냐? 지금 밖에서 우리 학교에 대해서 뭐라고 하는지 알고 있냐고! 사람 죽이는 학교란다! 안 그래도 홍서윤인가 뭔가 때문에 분위기가 뒤숭숭한데, 너까지 이러면 어쩌자는 거야! 안 죽었으니 그건 다행이지만, 한 번만 더 이런 짓 하면 그땐 그냥 넘어가지 않아."

그러면서 짐짓 나를 걱정하는 듯한 말투로 잔소리를 끝냈다. 나는 더 이상 대꾸하지 않고 몸을 돌려 학교를 빠져나왔다. 이제 이런 학교는 다니기도 싫고 보기도 싫다. 가증스러웠다. 명문이니 어쩌니 떠들어 대던 학교였지만, 실상은 그저 한심하고 더럽기 그지없었다. 그날 이후로 나는 엄마에게 학교를 가지 않겠다는 의사를 밝혔다. 의외로 엄마는 순순히 고개를 끄덕였고, 학교에는 내가 심한 독감에 걸려 나가지 못하는 것으로 해두었다. 그리고 그날부로, 나는 내 방에 틀어박혔다. 밖으로 나올 생각은 전혀 없었다. 3일쯤 되니 굳게 닫힌 문 너머에서 부모님이 나를 걱정하는 소리도 간간히 들려오기 시작했지만, 그런 건 아무래도 상관없었다. 이제 더 이상 내가 할 수 있는 일은 없다. 밖에 나가 사람들을 보는 것도 소름이 끼치도록 싫다. 모든 것이 싫었다.

8일째.

부모님의 간곡한 부탁은 그 8일 동안 계속 이어져, 나는 끝끝내 간신히 작은 결심을 했다. 밖으로 나가보자. 비틀거리며 거울 앞에 서니 비춰지는 내 모습은 초췌했다. 당연하다. 8일 동안 제대로 먹지도 않고 줄곧 방에만 있었으니까. 머리를 빗어도 한 걸음 움직이니 푸석푸석한 머리카락은 어깨를 따라 힘없이 흘러내린다. 보기 싫었다. 머리카락이 흘러내리는 걸 보고 있노라면, 과거의 한심했던 내 모습이, 서윤이 혼자 화장실 구석에서 주저앉아 있던 모습이 떠오르는 것 같아 끔찍했다. 나는 주머니에서 무언가를 꺼냈다. 장례식장에서 서윤의 어머니에게 돌려받은 빛이 바랜 머리끈. 가만히 만지작거리고 섰다가 문득, 축 늘어져 있던 머리를 하나로 질끈 묶어보았다. 머리를 묶는 건 중학교 3학년 때 이후로 처음이었지만, 오랜만에 보는 이 모습이 마냥 싫지는 않았다. 그 상태로 가만히 방문을 나섰다. 엄마가 걱정하며 내게 옷 하나를 걸쳐주었다. 칙칙한 회색의 야구점퍼. 그러나 예전처럼 외모에 신경 쓰느라 툴툴댈 겨를도 없이 나는 그대로 집을 나섰다.

「A」- Alone girl(외톨이 소녀)

# 처음 이야기

"어서 오세요. 아, 네가 우리구나."

제대로 정신을 잡을 생각도 없이 멍하니 들어선 치료실에서 가장 먼저 들린 것은 젊은 남자의 목소리였다. 부모님은 3일 전부터, 주변의 이름 있는 정신과 의사들을 찾아다니며 자문을 요청했더랬다. 그리고 수소문 끝에 찾아낸 치료 방법이, '꿈을 이용한 심리치료'라는 모양이었다.

"드림워킹이요?"

"네, 남의 꿈속에 들어가는 걸 말하는데, 꽤 어려워서 기본으로 일주일은 잡고 가셔야 할 거에요."

치료사는 그렇게 말하며 나를 돌아보고는 빙긋 웃었다. 내가 짐짓 시선을 피하자, 그는 손바닥을 맞부딪히며 엄마에게 다시 물었다.

"아, 혹시 따님이 그전에 자각몽 같은 걸 해봤다거나, 그런 경험이 있나요?"

엄마는 나를 흘긋 바라본다. 나 역시 말없이 엄마를 물끄러미 쳐다보았다. 사실, 어렸을 때부터 자연적으로 자각몽을 몇 번 꿔보긴 했다. 그게 너무 신기해서 엄마에게 달려가 자랑하곤 했는데, 최근에는 그마저 추억이 되어버렸다. 서윤이 죽은 이후, 나는 매일 밤 심한 악몽에 시달렸다. 꿈속에서 미친 듯이 헤매다가 떨리다 못해 터질 것 같은 심장을 부여잡고 깨어나기를 반복했던 밤들, 내 자신이 내 꿈속에서 제대로 버티는 것조차 힘들어진 마당에, 자각몽 같은 호사가 허락될 리 없었다.

"네, 자기가 자연스럽게 됐다고 하더라고요."

치료사가 반색을 하며 대답했다.

"잘됐네요. 그럼 드림워킹도 상당히 빨리 가능할 수도 있어요. 루시드 드림보다 더 어렵다고는 하지만, 사람마다 차이는 있으니까요."

치료사는 나를 다시 한 번 쳐다보곤 말을 이었다.

"원래는 루시드 드림을 이용한 치료가 더 널리 퍼져 있습니다만, 지금 따님의 경우에는 악몽 때문에 자각몽이 사실상 불가능한 상태라고 하셨으니, 드림워킹을 이용해 일주일간 치료를 해 볼게요. 심리 상담과 드림워킹이 병행될 거구요. 오늘은 일단 드림워킹을 시도해보고, 안 되면 심리 상담부터 시작해보겠습니다."

그러면서 치료사는 나를 어떤 작은 방으로 데려갔다. 흰색으로 칠해진, 은은한 느낌이 나는 방 안엔 병원 침대 비슷한 그리 크지 않은 침대 하나가 구석에 자리 잡고 있었다. 의사가 나를 침대 위에 앉히고는, 수면제로 보이는 자그마한 알약을 건네주며 드림워킹에 대해 간단히 설명해 주었다.

"우선, 오늘은 내 꿈에 한 번 들어와 볼 거야. 자각몽을 몇 번 해봤다고 했으니까, 어쩌면 드림워킹도 쉬울지도 몰라."

의사는 내가 누워 있는 방의 불을 끄고는 옆방으로 들어갔다. 치료 중에 의사와 환자가 같이 잠든다니, 어찌 보면 웃기기 그지없었지만 나는 그런 걸 생각할 시간도 없이 얌전히 말에 따랐다. 불이 꺼지고, 병원 느낌이 물씬 나는 하얀 침대 위에서 나는 그대로 까무룩 잠에 들었다.

눈을 살짝 뜨자 사방이 온통 하얀 벽이다. 고개를 들고 천천히 일어났다. 방 안에는 아무것도 없는데, 더듬더듬하다 손에 잡히는 것은 방문의 손잡이였다. 문을 살짝 열었다. 그랬더니, 그 뒤로 펼쳐지는 풍경은, 놀랍게도 도시의 한복판이었다. 꿈일까? 그러나 꿈이라고 하기엔 너무나도 생생해서, 볼을 꼬집어보아도 아픔은 그대로 느껴졌다.

"어서 오렴."

문을 나와 얼마쯤 걸었을까, 등 뒤에서 인자한 목소리가 들린다. 돌아보니 아까의 그 치료사 선생님이 서 있었다.

"놀라는 게 당연하지. 여긴 내 꿈속이야. 드림워킹을 한 번에 성공하다니, 대단하네."

나는 대답 없이 무표정하게 높이 치솟은 건물들을 둘러보았다. 지나다니는 차 소리와 볼 끝에 살짝 와 닿는 바람은 지극히 현실적이어서 도무지 꿈이라는 생각이 들지 않는다.

"일단 남의 꿈에 들어오면, 네가 너의 자각몽 속에서 할 수 있었던 일들을 여기서도 할 수 있어. 우선 일주일간은 심리 상담과 드림워킹을 병행할 건데, 심리 상담을 하면서 네 상태가 나아지면 드림워킹에서 다시 자각몽으로 넘어가기로 하자. 사실, 드림워킹은 위험한 점이 하나 있거든."

"위험한…… 점이요?"

내가 처음으로 입을 열자 치료사가 놀랍다는 표정을 지었다. 그는 싱긋 웃고는 설명을 시작했다.

"운 나쁘게, 드림워킹을 시도해서 다른 사람의 꿈에 들어갔는데 거기에 또 다른 드림워커가 있었을 경우지. 그럴 땐 먼저 들어온 드림워커가 루시드 드리머의 권한을 가지기 때문에, 나중에 들어온 드림워커는 마음대로 꿈에서 깰 수조차 없어. 그러니까, 얼마 동안 깨어나지 못할 수도 있다는 거지. 뭐 그걸로 죽기까지야 하겠냐만은……"

나는 말없이 고개를 살짝 끄덕이고는 다시 물었다.

"제가 원하는 사람의 꿈이라면, 누구라도 들어갈 수 있나요?"

"물론이지. 그 사람이 너를 몰라도, 네가 그 사람을 알기만 한다면."

누구라도 좋으니, 누구의 꿈속이든지 들어가 지금의 내 상황을 이야기하고 하소연하고 싶었다. 부모님? 걱정하실 것이다. 치료사 선생님은? 아직 믿을 수 없다. 나를 알고 있으면서도, 내 이야기 때문에 안타까울 필요가 없는, 그런 사람이 필요하다.

그렇게 한 사람, 머릿속에 떠오른 인물이 있었다. 중학교 3학년 때였던가, 또래 중조반 프로그램을 하며 아이들의 고민을 들어주던 아이가 있었다. 활기차다고는 못하지만 얼굴에 늘 미소를 짓고 있어서 걱정이나 고민 따윈 하나도 없을 것만 같았던 그 아이. 그 아이는 나를 모르지만, 나는 그 아이를 안다.

그렇게 치료를 시작하고 5일째, 나는 문득 내가 직접 남의 꿈에 들어가 보고 싶다는 생각을 했다.

「그러니까, 얼마 동안 깨어나지 못할 수도 있다는 거지.」

치료사는 절대로 혼자서는 섣불리 드림워킹을 시도하지 말라고 말했다. 그러나, 이런 때일수록 더더욱, 거리낌 없이 고민을 털어놓을 인물이 필요했다. 물론 심리 상담이 도움이 되지 않았다는 것은 아니지만, 그것만으로는 내 우울한 심상을 치료하기엔 턱없이 부족했다. 상담이라고 해도 내가 마음 놓고 전부 이야기를 털어놓은 것이 아니었기 때문에. 얼마 동안 깨어나지 못할 수도 있다는 치료사 선생님의 말씀이 떠올랐다. 나는 다시 일어나 부모님께 남길 쪽지를 간단히 쓰고 이불 위에 가만히 누웠다. 그리고 조용히 눈을 감고 그 아이를 떠올렸다. 항상 은은하게 웃고 있어 고민도 걱정도 전혀 없어 보이던 그 아이의 이름부터, 얼굴, 성격까지. 얼마나 지났을까, 마치 자각몽을 시도할 때처럼, 몸이 공중에 서서히 떠오르는 느낌이 들더니 나는 그대로 잠에 들어버렸다.

*

다시 살짝 눈을 뜬다. 또다시 하얀 방의 풍경이 내 눈앞에 비춰진다. 그리고 바로 앞엔, 또다시 하얀 문이 나를 기다리고 있었다. 떨리는 마음으로 가만히 문을 열었다. 그러나, 그 밖의 풍경은 내가 예상한 것과는 전혀 다른 모습이었다.

"아……."

처참하다. 이 한마디 외에 그때 내가 본 풍경을 더 잘 나타낼 수 있는 단어가 있을까. 말 그대로, 처참했다. 폭격이라도 맞은 듯 내려앉은 건물들과 본래의 색을 잃고 칙칙하게 물들어버린 회색의 도시는, 보고 있는 것만으로도 저절로 우울해지고 온몸에 소름이 돋게 했다. 혼란스러웠다. 내가 진짜로 그 아이의 꿈에 들어온 것이 맞나? 혹 잘못된 것은 아닌가? 하는 생각이 꼬리를 물던 순간. 저 멀리에 한 소녀가 멍하니 서 있는 것이 보였다. 그리고 나는 그 소녀의 정체를 바로 알아보았다.

"은채야!"

소녀는 응답이 없다. 그러나 나는 알아차렸다. 저 소녀가, 이 꿈의 주인이라는 것을. 그러나 소녀는 내 쪽은 돌아보지도 않고 고개를 숙이더니, 이내 어딘가로 사라져 버렸다.

"야, 기다려……."

무용지물이다. 나는 망연자실하게 소녀가 사라진 쪽을 바라보았다.

"이렇게 된 이상, 직접 찾아 나서야 하나…."

그 후 3일. 딱 사흘이었다. 사라진 소녀를 찾아다니는 동안, 짧은 시간이었음에도 정말 많은 것을 보았다. 건물 더미에 깔린 가족을 찾아 울부짖는 사람들, 피로 물든 채 죽어가는 사람들도. 마음속의 고민을 좀 덜어놓고 편해지자, 하는 마음으로 들어온 꿈속이었지만, 고민이 없어 보였던 그 아이의 꿈 속 역시 이렇게나 처참하구나, 하는 생각에 기분이 점차 우울해지고 있었다. 이대로라면, 그저 우울한 채로 처참히 망가진 꿈속을 헤매다가 성과 없이 깨버릴 터였다.

"은채는, 왜 이런 꿈을……."

아무 걱정 없을 줄로만 알았던 친구의 꿈은 그야말로 악몽 그 자체였다. 그렇게 시간이 흐를수록, 내 머릿속엔 어느새 다른 생각이 자리 잡아가고 있었다. 그것은, 꿈에서 하루빨리 깨야 한다는 것.

물론 드림워커는 자살하거나 하면 쉽게 꿈에서 깰 수 있었다. 그러나 나는 혼자 이 꿈을 나갈 수 없었다. 아직도 어딘가에서 악몽 속 불안에 떨고 있을 친구를 찾아 같이 나가야 했다. 이런 초조함에 나는 계속해서 꿈속을 헤매고 있었다.

그리고 언제부터였을까, 꿈을 돌아다니다 보니 설상가상으로 간간히 총소리마저 들려오기 시작했다. 그리고 그 총소리는 돌아다닐수록 점점 더 잦아져, 내가 전쟁터의 한복판에 있는 것은 아닌가 하는 의심까지 들게 했다.

"멈춰! 사람이 있다! 쏘지 마!"

뒤이어 들리는 건 누군가의 고함 소리. 설마 나를 말하는 건가, 가볍게 무시하고 다시 뒤돌아서려던 때였다. 어디에서 날아왔는지도 모르는 눈 먼 총알이, 한순간에 나를 고꾸라뜨리고 날아갔다.

"씨이바, 내가 쏘지 말라고 했잖아!"

또다시 누군가가 고함치는 소리, 그리고 몇몇 사람들이 내 쪽으로 달려오는 소리가 들려왔다. 더럽혀진 땅에 얼굴을 처박은 채로, 나는 그대로 정신을 잃었다.

*

처음 꿈에 들어왔을 때처럼, 살며시 눈을 뜬다. 뿌옇게 된 시야를 조금씩 밝히자마자 삐걱거리는 소리를 내며 휘청이는 전등이 가장 먼저 나를 반겼다. 내가 부스럭거리는 소리를 내자마자 마치 그 소리를 듣기라도 한 듯 거의 동시에 40대 초반, 최대한 젊게 쳐줘도 30대 후반으로 보이는 한 남자가 무표정하게 문을 열고 들어왔다.

"괜찮냐?"

나는 대답 없이 고개만 살짝 끄덕였다. 상처는 아직 완전히 낫질 않은 건지, 가끔 움직일라 치면 조금씩 욱신거려 온다.

"너 말이야, 이틀씩이나 기절해 있었어. 총에 제대로 맞은 것도 아니고, 스친 거 가지고 이틀씩이나 앓아누워 있다니. 음, 아직 어린애라 어쩔 수 없는 건가."

남자는 내 얼굴을 찬찬히 살펴보더니, 자신의 뒤를 따라온 여자에게 푸념을 했다.

"그러게 내가 멈추라고 했잖아. 보아하니 애도 꿈에 갇힌 것 같은데, 꿈에서 죽으면 어떻게 되는지 우리도 잘 모르는데, 이런 어린애가 죽어버리면 어떻게 될 줄 알고."

"!"

내가 움찔하자 남자가 다시 시선을 내 쪽으로 돌렸다.

"왜, 물어볼 거라도 있나?"

"여기가 꿈인 걸, 어떻게 아세요?"

"뭐?"

나도 모르게 말해버렸다. 설마, 이곳이 꿈인 걸 아는 사람들이 또 있을 줄은.

"모르는 게 이상한 거지. 이런 이상한 꿈속에 갇힌 지 벌써 얼마나 됐는지 모르겠어. 이봐, 얼마나 됐지?"

"글쎄, 한 한 달쯤 된 것 같아."

옆에 서 있던 여자가 안경을 고쳐 쓰며 대답했다. 나는 그들의 대화를 멍하니 듣고 있다가, 다시 물었다.

"그럼……. 여기 있는 분들은, 뭐 하는 분들이신데요?"

남자가 잠시 머뭇거렸다. 그러는 사이 아까의 안경 쓴 여자가 다가와 대신 대답을 했다.

"꿈에서 깨려는 사람들."

"저런 꼬맹이한테 알려줘도 되나?"

"우리가 뭐 대단한 일 하고 있어? 뭐 어때."

남자가 투덜거리는 걸 여자는 간단히 말로 제압하고는 다시 나에게로 시선을 돌렸다.

"꿈에서 깨는데, 왜 총을……."

물어보는 말끝이 저도 모르게 흐려졌다. 남자는 코웃음을 한 번 치더니 투덜거리는 듯한 말투로 대답했다.

"모든 사람들의 생각이 다 같은 건 아니잖냐. 그래서 꿈에서 깨기 싫다고 난리 치는 놈들 때문에 지금 이 모양이 된 거야. 나 참, 꿈하고 현실도 구분 못하는 뭣 같은 놈들."

"조금 걱정도 돼. 꿈에 너무 오래 갇혀있으면 현실의 몸에도 지장이 생긴다는 기사를 어디선가 본 적이 있거든."

여자가 한숨을 쉬었다. 나는 짐짓 놀란 표정을 짓다가 조심스럽게 물었다.

"그럼, 꿈에서 어떻게 깨시려고요?"

"뭐? 그야 당연히, 꿈의 주인을 찾아서, 죽여야지."

"안 돼요!"

두 사람이 나를 의아한 눈초리로 바라보았다. 또 저도 모르게 흥분해버렸다. 이렇게 된 이상 저들에게 제대로 된 정보를 주고 가야겠다는 생각에 나는 잠시 뜸을 들이다가 입을 열었다.

"정반대예요. 꿈의 주인을 죽이면, 꿈에서 깨는 게 아니라 오히려 갇히게 된다고요. 꿈에서 깨어나려면, 꿈의 주인을 찾아서 스스로 깨게 만들어야 해요."

두 사람이 동시에 다시 이해가 안 간다는 표정을 지었다. 내가 맨 처음으로 봤던 남자가 이해가 되지 않는다는 듯이 다시 반문했다.

"그런 걸 믿으라고?"

"왜 벌써부터 의심하고 그래? 얘가 거짓말을 해서 얻는 게 뭐가 있다고."

여자가 남자에게 면박을 주더니, 친절한 목소리로 물었다.

"대단한데. 그런 걸 어떻게 알았어?"

잠시 멈칫했다. 솔직하게 말해도 될까? 미심쩍은 표정으로 나를 바라보고 있는 사람들을 보았다. 뭐, 상관없겠지, 라고 생각하며 나는 조심스럽게 대답했다.

"예전에, 드림워킹을 배우면서 같이 알게 됐어요."

"드림워킹?"

여자가 깜짝 놀랐다. 남자는 이해가 되지 않는다는 듯 고개를 갸우뚱한다.

"그게 뭔데?"

여자가 남자를 돌아보고는 한심하다는 듯 설명을 시작했다.

"남의 꿈에 들어가는 거지. 그런데 지금 꿈에 갇힌 우리랑 다른 점은, '스스로의 의지로' 들어왔다는 거? 그래서 그런지 드림워킹을 하면 꿈의 주인의 능력을 그대로 쓸 수 있다고 하더라. 우리랑은 차원이 다르지."

"넌 또 그런 걸 어떻게 알아?"

"그런데 설마, 너 지금도……?"

남자의 말을 깔끔하게 무시하고 여자가 눈을 동그랗게 뜬 채 내게 물었다. 나는 남자를 힐끗 보고는, 작은 목소리로 대답했다.

"네…. 드림워커예요."

"드림워커?"

남자가 고개를 갸웃했다. 반면에 여자는 다시 표정이 바뀌더니 내 어깨를 잡고 다급히 묻는다.

"정말이니? 그, 그럼, 이 꿈의 주인이 누구인지도 알겠네?"

"네."

"오오, 잘됐다! 그럼 우리를 빨리 꿈의 주인이 있는 곳으로……."

"그건 몰라요."

"응?"

또다시 머리 위에 물음표를 띄우는 남자를 뒤로 하고 나는 말을 이었다.

"저도 찾아다니고 있던 중이었어요. 어딘가, 불안해 보이는 것 같던데……."

"그러냐."

남자가 턱을 긁적이며 아쉬운 듯 입맛을 다셨다. 여자는 안경을 고쳐 쓰더니, 다시 나에게 말했다.

"일단, 당분간은 좀 쉬고 있어. 더 귀찮게 하지는 않을 테니까. 응?"

여자는 웃으며 내 머리를 쓰다듬고는 곧 방을 나갔다. 남자는 나를 흘긋 보고는, 여자를 따라 뒤돌아 나가려다 한마디 한다.

"저 친구한테 감사해야 할 거다. 너를 제일 많이 챙긴 사람이었으니까."

마지막으로 남자도 문을 닫고 사라졌다. 홀로 남은 나는 남자의 마지막 말을 곱씹다가, 조용히 자리에 다시 누웠다.

그날 이후로, 나는 상처가 조금이나마 나을 때까지 그곳에서 잠시 신세를 졌지만 그리 오랜 시간은 아니었다. 기껏해야 이틀에서 사흘. 그 짧은 시간 동안 여자는 벌써 정이 든 건지 더 챙겨주고 싶은 눈치였으나 내게는 그럴 여유가 그리 많지 않았다.

"그럼, 이제부터 어떻게 할 거니? 우리랑 그…… 꿈의 주인이란 애, 같이 찾아다닐래?"

여자가 마지막으로 살살 웃으며 물었다. 그러나 나는 조용히 미소를 지으며 자그맣게 대답했다.

"아뇨, 말씀은 고맙지만 전 혼자서 찾아볼게요."

"아니, 왜……."

여자가 남자의 입을 틀어막으며 씩 웃는다. 남자는 여자의 손을 치우며 혀를 끌끌 차더니, 나에게 물었다.

"혼자서 괜찮겠냐? 상처도 있는데."

"네, 이 정도는 괜찮아요."

"아, 드림워커인가 뭔가랬지, 참. 그러면 끄떡 없겠구만."

나는 오른쪽 어깨를 살짝 매만지며 자리에서 일어났다. 여자가 깜짝 놀라며 물어왔다.

"뭐야, 지금 가려고?"

"네……. 시간이 별로 없어서요."

비틀거리며 걸어나가는 걸 여자가 걱정스러운 눈초리로 바라보았다.

"잠깐만!"

출구를 찾아 나가려는 나를 여자가 붙잡더니 머뭇거리다 입을 열었다.

"드림워커라고 그랬지?"

"아, 네."

"조심해."

"네?"

여자는 걱정스러운 표정으로 나를 쳐다보며 말을 이었다.

"최근에 드림워커를 죽이자고 하면서 모여서 돌아다니는 사람들을 몇몇 봤어. 왜 드림워커를 싫어하는지는 모르겠지만…… 아무튼 조심해."

"아……. 네."

"그리고 이거."

어안이 벙벙해진 나에게 여자가 무언가를 내밀었다.

"이건……?"

"단검이야. 플리퍼 종류인데, 여길 이렇게 손가락으로 누르면……."

철컥 소리와 함께 칼날이 위협적으로 튀어나왔다. 깜짝 놀라는 내 반응이 웃긴 듯 여자는 조용히 웃더니 내 손에 단검을 쥐어주었다.

"암만 드림워커래도 여자애가 혼자서 이런 바깥을 돌아다니는 건 많이 위험할 것 같으니까……. 이거 빌려줄게. 대신, 나중에 꿈의 주인 찾으면 꼭 잘 구슬려서 우리 좀 여기서 나가게 해줘야 한다. 안 되면 그냥 여기로 데려와도 되고."

"아, 네. 감사합니다."

여자는 그래도 살짝 부족했는지 머리를 긁적이다가 문득 무언가 떠오른 듯 눈이 커진다.

"아아! 그러고 보니 여태 이름도 서로 말 안 했네. 난 권지영이야. 그리고 저쪽에서 투덜대고 있는 분은 최재환. 이외에도 다른 사람들도 있긴 한데, 그분들은 나중에 만나면 제대로 소개시켜 줄게. 네 이름은?"

"아, 전……."

잠시 뜸을 들인다. 그동안 차마 말을 걸어보지는 못했지만, 주위를 둘러보니 그리 넓다고 할 수는 없는 공간 안에서 여러 사람들이 바삐 움직이고 있다. 살짝 쓸쓸한 미소를 지으면서, 여전히 말똥말똥한 눈으로 나를 응시하고 있는 여자에게 대답했다.

"……고우리에요."

"예쁜 이름이네."

여자가 빙긋 웃었다. 나 역시 입가에 살짝 미소를 지은 채 고개를 숙이고 그 길로 다시 바깥으로 나왔다. 서서히 시야에 다시 처참한 도시의 풍경이 들어온다. 나는 숨을 한 번 들이쉬고는 곧 그 폐허 속으로 걸어 들어갔다.

*

시간이 꽤 흐르고, 도저히 되살아날 것 같지 않았던 도시는 어느새 원래의 색깔을 되찾았고, 사람들은 마치 현실처럼 활기찬 소음을 내며 도심을 활보하고 있었다. 분주히 갈 길을 재촉하던 내 발걸음이 문득 제자리에 멈추었다. 그리고 그 옆으로 한 소녀가 이어폰을 낀 채로 나를 총총 앞질러 가고 있었다.

"꺄아아아아!"

비명 소리와 함께 음침하던 골목에서 한 남자가 손에 칼을 쥔 채로 튀어나왔다. 남자의 손에 쥐어진 칼은 빠른 속도로 누군가를 향하는데, 그 목표는 다름 아닌 아까의 그 소녀였다. 더 망설일 것도 없었다. 나는 재빨리 왼손으로 단검을 끄집어내, 소녀의 앞에 뛰어들며 냅다 휘둘렀다.

챙—

칼과 칼이 맞부딪히는 소리가 귀를 울리고, 이어 남자의 칼이 부르르 몸을 떨더니 날카로운 소리를 내며 땅바닥에 떨어졌다. 남자는 후드를 눌러쓴 눈으로 나를 노려보다가 말없이 도망치는데, 나는 그 얼굴의 주인을 바로 알아볼 수 있었다.

강현성이었다.

소녀는 아까부터 길에 자빠져 벌벌 떨고 있다. 덕분에 살짝 드러난 교복 조끼의 이름표에는 '정은채'라는 이름이 선명했다.

시간이 얼마나 흘렀는지 기억도 잘 나지 않는다. 오직, 이 아이 하나만을 찾기 위해 그토록 애썼다. 나는 피식 웃고는, 최대한 밝은 목소리로 은채에게 손을 내밀었다.


"괜찮아?"


*


어두컴컴한 밤바다 속에서 검은 파도가 쏟아지는 비와 함께 당장이라도 누군가를 부술 듯 난리를 친다. 부두에 설치된 천막과 컨테이너에서는 몇몇 사람들이 심각한 표정을 하며 왔다갔다 하고 있었다.

"현재 진행상황을 보고하겠습니다."

이어 파도소리와 남자의 목소리가 뒤섞여 공허한 컨테이너 박스 안에 울린다. 말이 이어질수록, 모인 사람들의 표정은 점점 어두워지기만

DreAM waLkeRZ

하고 있었다.

"총 탑승객은 523명이었으나, 최초 구조자는 196명, 추가 구조자가 9명, 사망자는 37명, 그리고 나머지 281명은 전부 실종 상태입니다."

"추가 생존 가능성은?"

"현재 시각이 오후 8시 46분, 사고 시각인 오전 11시 58분으로부터 약 9시간가량 지났습니다. 현재 객실에 갇혀 있던 승객들은 거의 다 사망한 것으로 추정되나, 우측 객실 일부에는 에어 포켓이 형성되어 아직 생존자가 있을 수도 있다고 추정하고 있습니다."

보고를 듣던 한 남자가 얼굴을 찡그렸다.

"현재는 파도와 조류가 너무 강해 구조 작업에 난항을 겪고 있는 상황입니다. 자칫 잘못하다간 구조요원들까지 물살에 휩쓸려 피해를 입을 수도 있습니다."

얼굴을 찡그리고 있던 남자가 물었다.

"창문을 깨고 구조하는 것은 불가능한가?"

"그게, 수압 차 때문에……. 혹시 안에 생존자가 남아 있다면 오히려 구조가 더 어려워질 수도 있다고 추측되어서……."

보고를 듣던 남자가 다시 얼굴을 찡그리더니 손가락을 펴며 지시했다.

"가서 승무원 목록 좀 가져와."

"네."

승무원들의 목록을 넘겨받은 남자는 다시 얼굴을 돌리며 묻는다.

"승무원들의 구조 현황은?"

"전체 승무원 수는 40명. 이 중 비선박직 승무원들은 1명을 제외하면 전부 실종 상태이며, 선박직 승무원들은 반대로 현재 1명을 제외하고 전원 구조되었습니다. 사망한 1명은 선장인데, 아마 스스로 목숨을 끊은 것으로 보입니다."

남자는 설명을 듣고 난 뒤 찬찬히 목록을 살피기 시작했다.

"뭐야, 이 사람은 왜 이렇게 늦게 구조됐나?"

"그건 저도 모르겠습니다. 동료 2명과 함께 구조됐는데, 아마도 동료들을 구하느라 그런 것 같습니다."

남자는 다시 고개를 돌리고는 목록을 손으로 짚어가며 중얼거렸다.

"마지막으로 구조된 2명의 이름은 박민식과 김주영. 그리고 그 둘을 데리고 나온 사람은……김광진."


「꿈이라는 건, 결국 주변의 선한 환경이 사라져 버린 곳이야. 그리고 자신의 잘못이 결과로 나타나지 않게 되면, 사람의 본성은 쉽게 드러나기 마련이지. 우리라고 다를 건 없어. 언제, 어디서 본성이 이끄는 대로 움직이게 될지, 아무도 몰라. 그러나 그 사람들과 우리의 차이점은, 어떻게든 저항하려 노력한다는 것. 그래서 그 본성에 잠식되지 않기 위해. 그게 우리가 꿈에서 깨야 할 이유지.」

# part 03

The resistance

(계획·생각 등에 대한) 저항, 저항군.

「'어차피, 꿈이니까.'라는 이 말. 틀림없이 꿈속에서 아무런 죄책감도 느끼지 못하는 사람들에게만 해당되는 말인 줄로만 알았다. 정말로 그랬다. 그러나 되돌아보니, 나 역시도 변명을 위해 저 말을, 계속 속으로 되뇌고 있었다.」

"현 상황입니다."

달아놓은 전등이 살짝살짝 흔들리는 넓은 방에서, 사람들이 책상을 이어붙인 뒤 모여 있었다. 저마다 손에 무기를 든 사람들의 표정은 진지하다. 그들의 시선은 하나같이 맨 앞에 서서 이야기하고 있는 사람에게로 쏠렸다. 그리고 모두를 집중케 하고 있는 목소리의 주인공은, 한 소녀였다. 하나로 질끈 묶은 머리카락은 소녀가 고개를 돌릴 때마다 같이 흔들리고, 소녀는 자신을 바라보는 많은 눈동자들 앞에서 끊지 않고 계속해서 말을 이어나갔다.

"결국, 우리의 최우선 목표는 정은채를 지키는 것. 그리고 더 급한 것도 이쪽입니다. 저쪽이 노리는 사람은 정은채뿐이기 때문에, 최대한 모습을 드러내지 않으려 하면서 동시에 정은채를 제거하려 할 겁니다."

지켜보던 사람들 중 일부가 마른침을 살짝 삼켰다. 사람들의 얼굴에 긴장감이 감도는 것을 눈치챈 소녀는, 이런 분위기를 풀어주려는 듯 싱긋 웃으며 덧붙였다.

"그래도, 벌써부터 겁먹을 건 없어요. 어차피, 저쪽에서 본격적으로 행동하려면 최소한 일주일은 걸릴 테니까."

사람들이 고개를 갸웃한다. 한 사람이 손을 들더니, 반문하듯이 소녀에게 물었다.

"그걸 어떻게 확신하는 겁니까?"

사람들이 동조하듯 웅성거린다. 소녀는 한 번 주변을 둘러보더니, 다시 살짝 웃으며 대답했다.

"두고 보시라니까요."

저마다 볼멘소리가 터져 나왔다. 그러나 소녀는 아무래도 상관없다는 듯이 생글생글 웃으며 사람들을 해산시켰다.


사람들이 흩어진 뒤 안도의 한숨을 쉬는 소녀에게 한 소년이 다가왔다. 소년은 소녀를 놀란 눈으로 보더니, 이내 눈을 동그랗게 뜨며 히죽댄다.

"이야, 고우리, 다시 봤어? 저렇게 연설도 할 줄 알고 말이야."

고우리가 눈을 부라렸다. 소년이 움츠러들자, 고우리는 피식하고는 간단하게 대답했다.

"그렇지? 누구하곤 다르게 말이야. 이찬 씨."

이찬이 삐진 듯 '끄응' 소리를 내는 것을 또 고우리는 흘겨보며 재미있다는 듯 웃는다.

"그런데, 네가 아까 일주일은 걸린다 했지? 그걸 어떻게 확신하는 거야?"

뒤에서 누군가의 목소리가 불쑥 튀어나왔다. 뒤를 돌아보자 보이는 얼굴은 송우혁이다.

"대충 둘러댄 거 아니냐? 아니면 자기가 드림워커라고 자신만만한 거야?"

어느새 이찬까지 합세해 양쪽에서 목소리를 내는 통에 고우리는 두 귀를 막고는 고개를 흔들며 쏘아붙였다.

"아우, 한 명씩 물어봐! 정신없게스리."

두 소년이 동시에 입을 합 다물자, 고우리는 헛기침을 한 번 하고는 곧 대답을 꺼냈다.

DreAM waLkeRZ

"일단 저 사람들의 목표는 꿈에 남는 것, 맞지? 근데 만약 정은채를 죽이러 온다고 해보자. 당연히 이쪽에서 반발하겠지? 그리고 머릿수도 우리 쪽이 다수. 그럼 어떻게 되겠어? 곧바로 사망! 그렇게 되면 정은채를 죽이고 꿈에 남는다는 집단의 목표는 달성할지 모르지만, 죽은 그 사람 본인한테는 무슨 소용이겠냐. 이미 죽어버려서 꿈에 남는다는 이점을 얻을 수가 없는데. 그게 두려워서라도 조금은 시간이 걸릴 거야."

이찬과 송우혁은 여전히 입을 다문 채로 대답이 없다. 고우리는 이 상황이 웃기다는 듯 킥킥 웃으며 한쪽 눈을 살짝 감고는 덧붙였다.

"뭐야, 왜들 그래? 머리가 나빠서 이해를 못 하셨나?"

두 사람이 동시에 고개를 돌리고 헛기침을 한다. 이찬이 다시 표정을 싹 바꾸고는 실실 웃으며 화제를 돌렸다.

"야, 그러고 보니, 대단하더라. 어떻게 우리처럼 꿈에서 깨려는 사람들이 또 있는 줄 알고 이렇게 찾아낸 거야? 그전까진 막막하고 답이 없었는데 말이지."

송우혁이 질세라 가세해서는 맞장구를 친다.

"그러게. 어떻게 안 거야?"

고우리가 대답 없이 미묘하게 웃었다. 이곳 사람들과 만난 지는, 정확하게 4일이 되었다. 그리고 이것은, 정은채가 뛰쳐나간 그날, 2학년 2반 교실에서부터 시작된 이야기였다.

# 재회

정은채는 달리고 있었다. 가끔 숨이 차올라 멈춰 서서 헉헉대기도 했지만, 목적지는 확고했다. 뒤따라올 것 같았던 나머지 아이들은 보이질 않고, 정은채는 쉴 틈도 없이 계단을 뛰어올라 한 교실의 문을 열었다. 오래되어 더러워진 녹색의 칠판과 자신의 기분을 정확히 반영하는 듯 우중충해진 날씨가 만들어내는 불협화음이 퍼져나가고 있는 교실. 조금 전의 지진으로 한껏 놀라 숨어들었던 학생들이 정은채를 보고 하나둘씩 고개를 들었다.

"어? 정은채!"

가장 먼저 모습을 보인 것은 한 남학생. 그리고 그의 가슴에서는 '송지후'라 적힌 명찰이 선명하게 흔들리고 있었다. 정은채의 얼굴에 희미한 미소가 번진다. 그러나 그 미소는 곧바로 우울한 얼굴로 바뀌어, 정은채는 고개를 푹 숙였다.

"우리나라에서 갑자기 지진이라니, 깜짝 놀랐네. 은채야, 너는 괜찮아?"

여학생 하나가 정은채에게 다가왔다. 정은채는 우물쭈물하다가, 고개를 살짝 들고는 괜찮다는 의미로 웃음을 지어보였다.

"야, 정은채!"

복도에서 누군가의 목소리가 울린다. 뒤이어 정은채가 서 있는 뒤쪽의 교실 앞문으로 두 사람이 뛰어 들어왔다. 이찬과 송우혁이다. 이찬은 우중충한 교실을 한 번 둘러보더니, 간단한 인사치레도 없이 한마디를 툭 내뱉었다.

"뭐야, 왜 얘네 밖에 없어?"

그 사이 송우혁은 교탁을 뒤적거려 출석부를 꺼내들었다. 그리고 출석부를 펼친 그의 얼굴엔, 적잖이 놀란 빛이 떠오른다.

"왜 그래?"

이찬이 송우혁의 표정을 보고 호기심에 찬 눈으로 다가와 출석부를 들여다보았다. 그리고 그 역시도, 휘둥그레진 눈으로 입을 다물 수밖에 없었다.

"어라?"

송우혁이 아는 바로는, 2학년 2반의 총 인원은 35명. 그러나 출석부 위에 새겨진 이름은, 단 7명뿐이었다.

"이게 어떻게 된……."

이찬은 본능적으로 고우리를 찾았다. 그러나 고우리는 따라오지 않았는지, 아직도 이연희와 대치 중인지 보이지를 않는다.

"일단, 남아 있는 애들부터 파악하자. 그래봤자 5명이지만……."

송우혁이 출석부를 들고 자신을 멍하니 쳐다보는 아이들과 한 명 한 명 얼굴을 대조해간다. 현재 이 교실에 남아 있는 2학년 2반 학생은 총 7명, 그마저도 정은채와 송우혁을 제외하면 단 5명뿐이었다.

20201 강지우
20211 윤시은
20213 이도언
20228 송지후
20237 최서언

'이게 도대체 어떻게 된 거지? 다른 애들은?'

송우혁은 머릿속이 새하얘지는 기분이었다. 어리둥절하기는 아이들도 마찬가지여서, 현재 자신들에게 일어난 이 상황이 도무지 믿기지 않는다는 듯 서로의 얼굴만 말없이 쳐다보고 있었다.

"그래서, 지금 상황 좀 설명해 줄래?"

이도연이 송우혁을 재촉한다. 송우혁은 마른침을 한번 삼키고는, 교탁 앞에 서서 아이들을 바라보며 이야기를 시작했다.

"어, 일단. 오랜만에 보자마자 이런 이야기 하며 믿을지는 모르겠는데, 너넨 지금…… 꿈에 갇혀 있어."

아이들이 웅성거린다. 역시 바로 받아들이기는 힘든 모양이었다.

"지랄한다. 그걸 믿으라는 거야?"

20201번, 강지우가 코웃음을 쳤다. 동시에 다른 아이들도 도무지 믿지 못하겠다는 듯 웅성거리고 있다. 송우혁은 난감한 표정을 짓다가, 문득 윤시은에게 시선을 집중시키곤 살짝 미소를 지었다.

"그래, 잘됐다. 시은아, 그 팽이 좀 잠깐만 빌려줘."

어리둥절한 표정을 짓는 윤시은을 뒤로 하고, 송우혁이 집어든 것은 윤시은이 만지작거리고 있던 플라스틱 팽이다. 송우혁은 교탁 위에 팽이를 놓고는 탁 돌렸다. 불규칙한 소리를 내며 돌아가는 조그만 팽이에 모두의 관심이 집중되었다.

"그래서 이게 뭐 어쨌다는 건데?"

송우혁이 조용히 웃으며 대답했다.

"……영화 〈인셉션〉이라고, 혹시 봤어? 거기에 꿈인지를 확인하기 위해 팽이를 돌려보는 장면이 나와. 그리고 꿈에서는, 팽이가 멈추지 않지. 그리고 이걸 봐. 아마 안 멈추고 계속 돌 걸?"

강지우가 얼굴을 찌푸리며 팽이에 시선을 고정시켰다. 그러나 빙글빙글 돌아가는 팽이는 도무지 멈출 기색 없이 끊임없이 돌아간다. 한 1분쯤 되었을까. 처음에는 절대 믿으려 들지 않던 강지우 역시 점점 얼굴이 새하얘지고 있는 것을, 송우혁은 눈치챘다.

"꿈이라고 하면, 누구 꿈인데?"

새하얗게 질려버린 강지우 대신 송지후가 물어왔다. 송우혁은 옆쪽을 힐끔 보곤 간단히 답했다.

"너희도 잘 아는 애야."

그러면서 송우혁의 손가락은 어느 한 쪽을 향한다. 아이들이 그 손가락의 끝을 따라가다 멈춰 섰을 때, 그들은 하나같이 놀란 듯한 얼굴을 하고 있었다. 송우혁은 아이들의 얼굴을 둘러보곤 나지막히 한마디를 덧붙였다.

"……정은채."

정은채는 아무 말 없이 고개를 숙였다. 어느새 밖에선 비가 추적추적 내리고 있었다.

\*

차가운 빗방울 하나가 손등 위에 톡, 떨어지며 자신의 존재를 알렸다. 이어 떨어지는 빗방울들은 조금씩 조금씩 비를 맞는 이를 적셔간다. 고우리는 단검을 거두고는 왼팔로 얼굴을 살짝 가린 채 하늘을 올려다보았다. 추적추적 내리는 비는 현재 꿈의 주인의 심정이 어떠한지를 알려주고 있다.

"비……."

고우리는 아무에게도 들리지 않게 작게 중얼거려 본다. 비를 그대로 맞고 있는 얼굴에는 안타까움과 불안함이 서려 있었다.

"서윤아!"

"!"

갑자기 들려오는 익숙한 이름에 고우리는 화들짝 놀라 도심 쪽을 보았다. 이미 폭격이라도 맞은 것처럼 초토화된 도심에서는 사람들이 울부짖으며 순식간에 사라진 자신의 가족, 친구를 미친 듯이 찾아다니고 있다. 이곳이 꿈이라는 걸 모르는 저들에게는, 여기가 곧 현실. 고우리는 저도 모르게 학교로 향하려던 발걸음을 돌렸다. 어느새 그는 사람들 쪽을 향해 발걸음을 내딛고 있었다.

"어?"

별안간, 고우리의 눈에 익숙한 얼굴이 보였다. 한 남자아이가 곁에 부모님도 없이 홀로 폐허에 서서 울고 있었다. 익숙한 얼굴인데, 라고 중얼거리며 머리를 싸매던 고우리는 마침내 그 아이의 정체를 떠올리고는 눈을 크게 떴다. 강현성과 대치했었던 그 날, 아파트 철문 뒤에 숨어 자신을 불안한 듯 쳐다보던 그 아이였다.

"어떻게 이런 우연이……."

고우리는 홀로 중얼거리며 그 아이에게 다가갔다. 남자아이는 문득 울음을 멈추고는 자신에게 다가오는 고우리를 보았다. 복장은 달라졌지만, 신기하게도 그 얼굴만큼은 여전히 기억하고 있는 듯했다. 고우리는 그 아이의 앞에 쭈그리고 앉아 부드러운 목소리로 말을 건넸다.

"왜 혼자 여기 있어? 엄마는?"

"……."

아이는 대답 없이 훌쩍거리며 고우리를 쳐다보고만 있었다. 그렇게 한참을 훌쩍거리다 아이는 천천히 입을 열어 대답했다.

"엄마랑…. 여기 왔는데, 갑자기, 지오 놔두고 어디 갔어요……."

이름이 지오구나, 고우리는 말없이 아이를 토닥여주었다. 전에 봤던 익숙한 얼굴이 계속 눈앞에서 웃고 있으니 아이도 조금은 안심이 된 모양인지 그 울음은 조금씩 잦아들고 있었다.

"그래? 그럼, 누나랑 같이 엄마 찾아볼까?"

고우리는 이런 말을 입 밖으로 낼 수 있는 것에 스스로에게 놀라고 있었다. 그러나 그 얼굴은 여전히 얕은 미소를 유지하고 있어서, 아이는 울음을 조금씩 거두고는 엷게 따라 웃고 있었다.

"네."

그와는 별개로, 주위는 여전히 혼란스러웠다. 사람들은 여전히 울부 짖으며 그들의 가족, 친구를 찾아다니고 있었다. 울음은 거두었지만, 아이는 여전히 주위를 둘러보며 불안에 떨고 있었다. 고우리는 망설이다 아이의 귀를 감싸듯이 살짝 안아주었다. 품 안에서 아이의 온기가 마치 현실처럼 선명하게 느껴지는 듯했다. 그러다 아이가 답답해하는 듯해 얼른 다시 풀어주었다. 아이는 배시시 웃고 있었다.

"누나."

한순간, 심장이 철렁하는 기분이었다. 아이는 붕대가 감긴 부분을 손가락으로 가리키며 빤히 쳐다보고 있었다.

"여긴 왜 아야 했어요? 누나 엄청 많이 다쳤어요! 누가 이랬어요? 많이 아파요?"

순수하게 묻는 아이의 질문 하나하나가 비수가 되어 꽂히는 듯했다. 고우리는 떨리는 심장을 진정시키고 아이를 다시 쳐다보았다. 아이는 여전히 자신을 빤히 쳐다보고 있다. 고우리는 잠시 고개를 돌려 시선을 피했다가, 희미하게 웃으며 조심스럽게 입을 열었다.

"아무것도 아냐, 이런 건 금방 나아."

아무것도 모르는 아이의 표정이 살짝 밝아졌다. 고우리는 다시 애써 미소를 지었다. 어딘가, 마음 한 구석에서는 계속해서 알 수 없는 무언가가 마음을 불편하게 만들고 있었지만, 고우리는 우선 그런 것들은 눌러두기로 했다.

"여러분, 진정하세요!"

갑자기, 한 남자가 건물 더미 위에 올라서 사람들을 소리쳐 부른다. 처음에는 들은 척도 않고 자신의 사정만 챙기던 사람들이, 남자의 소리가 반복되자 하나둘씩 고개를 들고 남자를 바라보았다.

"그렇게 애타게 찾으실 필요 없습니다. 어차피 여긴 꿈이니까요."

고우리는 깜짝 놀라 고개를 들고 남자를 자세히 바라보았다. 그러나 거리는 너무 멀어 얼굴을 확인할 수 없고, 목소리도 워낙 소리를 질러대는 통에 구분이 어려웠다.

"지랄하고 자빠졌네! 우리가 당신 말을 어떻게 믿어!"

모인 사람들 중 하나가 악을 쓰듯 남자에게 따졌다. 남자는 빙그레 웃더니, 여유로운 말투로 대답했다.

"글쎄요, 믿든 말든 여러분의 자유입니다. 그러나 믿으신다면, 제가 이 악몽에서 깨어날 수 있게 도와드릴 수는 있습니다."

점점 더 많은 사람들이 모여들고 있었다. 그들의 입장에서는, 어떻게든 현실이 아니기를 간곡히 바라던 마당에 누군가가 뜬금없이 튀어나와 다 꿈일 뿐이라고 해주니 그 마지막 지푸라기라도 잡는 심정으로 가만히 듣고 서 있는 것이리라. 남자는 계속해서 말을 이어나갔다.

"여러분은 지금, 어떤 사람의 꿈에 갇혀 있습니다. 그럼 이 꿈에서 깨려면 어떻게 해야 할까요? 당연히 꿈의 주인을 없애 꿈에서 깨게 만들어야 합니다. 이미 꿈에서 깨고자 하는 사람들이 여럿 모여 움직이고 있습니다. 도와주신다면, 이 악몽에서 깰 수 있도록 도움을 드리지요. 저도 여러분과 같은 입장…… 윽?"

어디선가 날아온 돌이 남자를 맞추고 튀어나갔다. 남자는 인상을 찌푸리며 돌이 날아온 방향을 돌아보았다.

"거짓말하지 마. 그렇게 사람들을 속여서 어쩌자는 거야?"

고우리는 불안해하는 아이를 자신의 뒤에 숨긴 채, 단검을 빼어 들고 남자에게 천천히 다가갔다. 남자는 돌을 던진 사람의 정체를 알아차리자마자, 짐짓 놀란 듯 웃으며 고개를 돌렸다.

"이거, 오랜만이군요, 고우리 양. 그렇게 중상을 입고도 아직 살아계시다니, 역시 드림워커라 이건가요?"

고우리는 그의 말을 무시하기라도 하려는 듯이 시선을 피했다. 여전히 자신을 쏘아보는 시선을 느끼며, 고우리는 다시 물었다.

"왜 사람들을 속이는 건데?"

"속이다니요? 거짓말이라고는 전혀 하지 않았습니다만."

고우리는 입술을 살짝 깨문다. 바로 옆에 모인 사람들은 자신과 이 남자의 대치를 혼란스러운 표정으로 바라보고 있다. 서진우는 어깨를 한번 으쓱하더니 말을 꺼냈다.

"애초에, 제 이야기의 어디가 이상하다고 하시는 건지 잘 모르겠습니다만. 꿈에서 깨기 위해, 꿈의 주인을 죽여야 한다고 하는 말이 뭐가 잘못됐나요?"

"웃기지 마. 꿈의 주인을 죽여 버리면 오히려 우리가 갇히게 된다는 건, 너도 아는 사실 아냐?"

고우리의 목소리가 점점 커지고 있었음에도 서진우는 전혀 놀라는 기색 없이 실실 웃고 있었다. 별안간 서진우의 시선이 고우리의 뒤에 숨은 남자아이에게로 향했다. 서진우는 놀라운 듯한 표정을 짓더니, 고우리를 향해 물었다.

"그 아이는 어떻게 만나신 거죠?"

고우리는 입술을 깨물며 더 힘주어 아이를 끌어안았다. 고우리가 대답 없이 입을 다물고 있자, 서진우는 피식 웃으며 말을 이었다.

"기억나는군요. 현실에서 만난 적이 있는데 말이죠."

"뭐? 현실이라니?"

서진우는 대답 없이 고개를 돌렸다. 주변 사람들이 다시 웅성거리며 시끄러워지려는 찰나, 서진우는 고우리를 쳐다보며 말을 꺼냈다.

"이걸로, 꿈에서 깨야 할 이유가 더 확실해졌군요."

경계하는 고우리를 뒤로 하고, 서진우는 자신을 둘러싸고 선 사람들을 향해 다시 입을 열었다.

"여러분! 이 아이는, 방금 전의 지진으로 인해 부모님을 잃었습니다! 이 아이를 이대로 이 악몽 속에 놔두실 겁니까? 빨리 꿈에서 깨어나, 이 아이가 부모를 다시 만나게 해야 하지 않겠습니까?"

군중 사이에서 "옳소!"라며 화답하는 목소리가 들려왔다. 사람들의 반응이 격해지자, 서진우는 군중을 향해 목소리를 높였다.

"그러니 하루빨리 꿈의 주인을 찾읍시다! 꿈의 주인을 없애고, 이 악몽에서 깨어나자는 겁니다!"

"웃기지 말라고!"

고우리는 아이의 양쪽 귀를 틀어막고 있었다. 서진우의 저 말을 아이가 듣기라도 하면 큰일이었다. 그러나, 그 노력도 소용없이 갑자기 사람들 사이에서 고우리를 향해 손바닥이 날아왔다.

"윽."

"누나!"

날아온 손바닥은 그대로 고우리의 얼굴을 후려치더니 땅바닥으로 넘어뜨렸다. 고우리는 그대로 바닥에 나동그라지고, 아이는 울먹거리며 넘어진 소녀에게 달려갔지만, 그걸로는 만족을 못 하겠는지 손바닥의 주인은 기어이 그 위에 올라타서는 고우리의 멱살을 잡고 얼굴을 들이밀었다.

"제발 좀 닥쳐! 이건 악몽이라고. 저 사람이 현실로 돌아갈 수 있는 방법을 알려주겠다는데 뭐가 맘에 안 들어서 끼어들어서 훼방을 놓는 건데?"

"그게 아니, 저, 사람은……."

"여기서 내 아들이 죽었어! 더 이상은, 이런 악몽 따윈 꾸기 싫다고 ……."

멱살을 쥔 손이 떨리기 시작했다. 그와 동시에 옥죄는 힘은 점점 더 숨을 막아와, 고우리는 어떻게든 숨을 쉬려 안간힘을 쓰며 켁켁거렸다.

"이기적인 년 같으니라고. 도대체 뭐가 불만이어서 자꾸 옆에서 방해질이야?"

"순진한 어린아이 꼬드겨서 이용해 먹으려고나 하고……. 쯧쯧, 요즘 학생들은 너무 영악해서 탈이야."

희미해지는 의식 속에 느껴지는 것은 자신을 향한 사람들의 멸시의 시선이었다. 아무것도 모르는 그들은, 그저 방금 전의 말에 속아 넘어가 선동이 만들어낸 피해자를 욕하고 있었던 것이다.

"기다려요!"

정신이 점점 더 희미해지고 있을 때, 멀리서 누군가의 목소리가 들려왔다. 동시에 멱살을 쥔 손은 거짓말처럼 턱, 풀리며 물러나고, 고우리는 콜록거리며 벌떡 일어나 소리가 난 쪽을 돌아보았다.

"아, 죄송합니다. 제 사촌 동생인데, 제가 간수를 잘 못했네요. 요즘 사춘기라 그런가……. 하하."

어색하게 둘러대면서 고우리에게 다가온 남자는 재빨리 고우리를 데리고 빠져나왔다. 물론 옆에서 울먹거리던 아이도 함께였다. 고우리는 아직도 얼얼한 목을 매만지며, 갑자기 숨이 막히는 통에 눈물이 살짝 괸 눈으로 남자의 얼굴을 쳐다보았다.

"……간호사 오빠?"

"신수민이야. 그런데 이게 도대체 어떻게 된 일인 건지……."

"퇴원하자마자 이런 일 생기게 해서 죄송하지만, 좀 상황이 암울하네요."

고우리는 어두운 표정으로 더듬더듬 상황을 설명해주었다. 대충 상황을 파악하게 된 신수민은 눈이 동그래져 고우리에게 다그치듯 물었다.

"뭐야, 그게 진짜라고?"

"네."

고우리가 고개를 푹 숙였다. 신수민은 빗속에서 점점 흥분하고 있는 사람들을 멍하니 쳐다보다가, 퍼뜩 정신을 차린 듯 다시 고우리에게 물었다.

"그런데, 이 애는 누구야?"

어느새 아이는 처음 보는 신수민을 호기심 가득한 얼굴로 올려다보고 있었다. 고우리는 아이를 쳐다보며 옅게 미소를 짓다가, 조용히 대답했다.

"설명하자면 길어요. 그보다도……."

고우리는 고개를 돌려 학교 쪽을 힐끔 쳐다보았다. 신수민이 다시 물어왔다.

"아, 난 너희가 갑자기 뛰쳐나가는 바람에 걱정돼서 너희들을 찾아다닌 건데…… 다른 애들은 어디 있어?"

고우리는 대답 없이 옷을 털고 자리에서 일어났다. 그는 아이의 손을 살짝 잡아주더니, 아직도 어안이 벙벙한 듯한 신수민을 내려다보고 한마디 했다.

"일단, 가요."

비 내리는 학교의 복도는, 소름 끼치도록 어둡고 또 조용하다. 한 발짝 내딛을 때마다 삐걱거리며 소리가 울리는 복도를 조심스레 따라, 고우리는 아이의 손을 꼭 잡고 조심스럽게 걷고 있었다. 신수민이 주위를 두리번거리며 조심스럽게 2학년 2반의 문을 열었다.

"아, 우리야……"

"어, 고우리! 왜 이제야 왔냐?"

정은채와 이찬, 송우혁이 각자의 방식으로 고우리를 맞이했다. 그리고, 고우리를 알아보고 맞는 이가 하나 더 있었다.

"우리야?"

이도연이 자리에서 벌떡 일어났다. 그는 곧 고우리의 손을 턱 잡더니, 위아래로 흔들어대며 적극적으로 반가움을 표현하기 시작했다.

"와, 오랜만이다! 벌써 몇 달 됐나? 거의 반년 됐네! 아, 머리 묶었네? 예쁘다."

"아, 하하…… 고마워."

이도연이 갑자기 고우리에게 친분을 과시하는 것을, 이찬과 송우혁은 멍하니 바라보고만 있었다.

"뭐야, 아는 사이야?"

"어, 같은 중학교였거든. 은채랑 같이."

"진짜?"

가만히 있던 정은채가 깜짝 놀라며 벌떡 일어나더니 고우리를 쳐다보았다. 이도연은 의아하다는 표정으로 고우리의 손을 놓더니 고개를 갸우뚱한다.

"이상하다, 너 우리 몰랐어? 나랑 친했는데."

"모, 몰랐어……."

정은채는 놀란 표정으로 이도연과 고우리의 얼굴을 번갈아 보고만 있다. 세 사람을 어리둥절하게 쳐다보던 이찬의 시선이 고우리의 뒤에 몸을 숨긴 어린아이에게로 옮겨졌다.

"세상에, 세상에나!"

이찬이 입을 벌리고 어린아이에게로 다가간다. 아이와 고우리는 동시에 놀라 움찔하며 저도 모르게 물러서고 있었다.

"이 귀여운 아이는 누구시니?"

"아, 그게……."

처음 보는 커다란 형이 자신을 향해 갑자기 달려드는 통에 아이가 놀란 건지 고우리의 옷자락을 더욱 세게 붙들었다. 고우리는 아이를 다독이며 안심시키고는 멋쩍게 웃으며 대답했다.

"우연히 만난 애야. 부모님을 여기서 잃어버린 것 같아."

"저런."

이찬이 조심스럽게 아이 앞에 쪼그리고 앉았다. 그래도 그 키는 여전히 아이를 위협할 정도로 컸지만, 이찬은 자신이 지을 수 있는 최대한의 친절한 웃음을 띠고 아이를 바라보고 있었다.

"그래서 부모님 찾아주려고 데리고 온 거야?"

"어……."

이찬의 물음에 대답하면서도 고우리는 어딘가 개운하지 못한 표정을 짓고 있었다. 이를 눈치챈 이찬이 곧바로 물어왔다.

"왜 그래?"

고우리는 불안한 눈으로 주위를 흘긋 본다. 궁금증을 느낀 송우혁까지 어느새 곁으로 와 있었다. 고우리는 숨을 한 번 들이쉬고는 입을 열었다.

"서진우가, 이 애를 현실에서 본 적이 있다고 했거든."

"서진우가?"

"현실에서……?"

그리고 셋은 잠시 입을 다물었다. 서진우가 현실에서 이 아이를 보았다는 사실을 캐묻기 이전에 그들은 아직 서진우의 정체조차 모르고 있었다. 매우 찜찜한 일이었지만, 그들은 우선 이 문제는 묻어두기로 했다.

"그래서, 이제 어떻게 할 거야?"

"어떻게 하냐니?"

송우혁이 허리를 펴며 질문을 툭 던졌다. 고우리는 어리둥절한 표정으로 아이를 잠시 이찬에게 맡기고는 송우혁 쪽으로 다가갔다.

"쟤네, 다 알거든? 여기가 꿈속인 거. 이제 이연희를 빨리 찾아야 하는데, 쟤네들까지 휘말리게 하기는 곤란하지 않아?"

송우혁은 심각하건만, 고우리는 장난치듯이 살짝 토라진 표정으로 도끼눈을 뜨며 중얼거린다.

"그럼 왜 알려줬어?"

"그, 그야 어차피 이 정도면 쟤네도 금방 알 거 아냐!"

순간 송우혁의 눈에 강지우가 들어왔다. 아까까지 그가 꿈인 걸 어떻게 믿냐며 바락바락 대들던 것이 아직까지 기억에 선명했다. 그는 헛기침을 하며, 재빨리 둘러댄다.

"숨겨봤자 뭐 나아질 것도 없잖아."

고우리가 한숨을 쉬었다. 그는 신수민을 한번 힐긋 쳐다보고는, 다시 입을 열었다.

"솔직히, 쟤네까지 휘말리게 하고 싶지는 않아. 혹시 저 중에 또 깨기 싫다고 하는 애가 나오기라도 하면 곤란해지거든. 그리고……."

"그리고?"

고우리가 잠시 뜸을 들였다. 말을 이을 듯하던 그는, 또다시 가벼운 한숨과 함께 살짝 미소를 지으며 대답했다.

"아냐, 됐어. 그보다도……."

고우리의 눈이 누군가에게로 쏠린다. 그리고 덩달아 그 시선을 따라간 송우혁의 표정은 급격히 어두워지기 시작했다.

"저 애가, '이미 죽었다'고 했지."

송지후. 이미 죽었다는 학생치고는, 그는 너무도 평범한 모습으로 또래 아이들 사이에 끼여 있었다. 송우혁이 고우리에게 다가와 조용히 귓속말을 건넸다.

"근데 말이야, 이연희는 지후가 죽었다는 걸 어떻게 안 걸까?"

"가능성이 하나 있긴 해."

"웅?"

어리둥절해하는 송우혁을 뒤로 한 채로, 고우리는 교탁 앞에 서더니 아이들을 향해 갑작스러운 한마디를 던졌다.

"너희들, 혹시 '평택호'라고 들어봤어?"

"평택…… 뭐?"

놀랍게도 아이들은 하나같이 모르겠다는 표정을 짓고 있었다. 5명이 일제히 고개를 젓는 상황에, 송우혁은 당황한 듯 보이고, 고우리는 다시 얼굴을 살짝 찡그렸다.

"우혁아."

"어?"

"너네 학교 컴퓨터실, 쓸 수 있지?"

"그건 그런데, 왜?"

여전히 혼란스러운 듯 보이는 송우혁을 향해 고우리는 엉뚱하게 들리는 대답을 내뱉었다.

"따라오라고."

"어어……?"

고우리는 더 말하지 않고 송우혁을 교실 앞문 쪽으로 끌고 가더니, 기어이 교실 밖으로 밀어냈다. 고우리는 문 앞에서 잠시 교실 쪽을 돌아보더니, 빙긋 웃으며 말했다.

"금방 올게!"

그러고는 송우혁과 함께 사라진다. 남아 있는 아이들은 그저 멍하니 입을 벌리고 있을 뿐이었다.

\*

"무슨 생각으로 그런 걸 물어본 거야? 애들이 모른다고 할 줄은 나도 몰랐지만, 그래도 도대체……."

말없이 마우스만을 움직이던 고우리가 송우혁을 돌아보았다. 그는 투덜대는 친구의 얼굴을 보며 살짝 웃더니, 대답은 않고 되물었다.

"말 잘했네. 그 평택호란 거에 대해서 네가 좀 더 자세히 말해봐."

"어?"

역으로 물어오는 질문에 송우혁은 잠시 놀란 듯 했다. 그러나 그는 곧 호흡을 가다듬고는, 긴 대답을 시작했다.

"대형 여객선 평택호가, 500명 정도 되는 사람들을 태우고 가다가 통영 근처에서 침몰한 사고. 거기엔 우리 학교, 그러니까 창명고등학교 2학년 학생들이 거의 다 타고 있었고, 승객들 중 구조된 사람은 150명 정도 되나 봐. 그런데 우리 학교 애들은…… 거의 다 구조되지 못했어."

"왜?"

"사람들 말로는 마지막까지 배에 남아서 다른 사람들이 탈출하는 걸 도와주고 있었다나 봐. 그러다 죽어서 발견된 애들도 있고……"

송우혁은 어두워진 표정으로 계속해서 말을 이었다.

"아무튼, 그래서 먼저 구조된 애들은 인터넷에서 악플러들한테 욕을 엄청 얻어먹었지. 심지어는 같이 구조된 사람들 중에서도 우리 학교 애들을 욕하는 사람들이 있었어."

"왜?"

"친구들은 다른 사람들 살리다 죽었는데, 지들만 구질구질하게 살아남으려고 했다고……"

송우혁의 얼굴은 아까와는 다르게 어두워져 있었다. 고우리는 그런 송우혁의 얼굴을 지그시 바라보다가, 시선을 모니터로 옮기고는 송우혁을 불렀다.

"이걸 봐봐."

그러면서 고우리가 보여주는 화면의 검색창에는 '평택호 사고'가 떠올라 있고, 그 밑에는 전혀 엉뚱한 기사들이 빈 공간을 채우고 있었다.

"갑자기 말 돌려서 미안하지만, 아까 악플러들 얘기를 했지? 그럼 당연히 인터넷에 검색하면 뭐라도 나와야 정상이야. 그런데 생각해 봐. 지금 이 꿈에서의 시간은 계속 5월 16일에 멈춰 있어. 우혁아, 네가 이 꿈에 들어온 게 언제인지 혹시 기억나?"

송우혁이 기억을 더듬어 간신히 대답했다.

"5월 17일 밤, 이었을 거야."

고우리가 고개를 끄덕이곤 계속 말을 이었다.

"그럼 사고가 일어난 것도 5월 17일이겠네. 아까 내가 그 애들한테 평택호에 대해 물어본 건, 은채가 무의식적으로 만들어낸 가짜와 진짜로 꿈에 갇힌 애들을 구분해보려던 거였어."

"그런 걸로 어떻게?"

"은채가 무의식적으로 사람들을 만들어냈다면, 이곳의 시간은 5월 16일에서 더 흘러가지 않기 때문에 설령 현실에서는 5월 16일이 지났다 해도 무의식적으로 만들어진 사람들은 5월 16일까지의 기억만 가질 수 있어. 지금 이 화면처럼. 그럼 당연히 17일에 일어난 평택호 사고에 대해서도 모르겠지. 그렇지만, 만약에 저 애들이 진짜로 꿈에 갇힌 거라면, 아마 현실에서 있었던 일, 평택호도 기억해냈을 거야."

"그런데, 아까 애들은 다들 모른다고 했잖아. 그럼 다 은채가 무의식적으로 만들어낸 애들인가?"

고우리가 얼굴을 다시 찡그렸다.

"그게, 애매해. 꿈에 갇혀있다고 해도 현실의 일을 기억 못할 수도 있거든. 안다고 하는 애가 있었으면, 확실하게 그 애는 꿈에 갇힌 애라는 걸 알 수 있었을 텐데."

"그럼, 아직은 확신을 못한다?"

고우리가 말없이 고개를 끄덕였다. 그러나 송우혁은 아직도 의구심이 풀리지 않은 듯, 고우리에게 재차 묻는다.

"아, 그리고 네가 아까 말하던 거. 이연희가 어떻게 지후가 죽었는지를 알고 있는지, 너 혹시 알아?"

"그건 당연히…… 이연희도, 평택호 사고에 관련되어 있다는 거겠지."

"이연희가?"

송우혁이 적잖이 놀란 표정을 지었다. 그러나 고우리는 아랑곳 않고 계속 말을 이어갔다.

"사실, 아리송한 건 한 두 가지가 아니잖아. 일단 우리가 할 일은……"

갑자기 울리기 시작한 전화벨 소리가 고우리의 목소리를 끊어버렸다. 화면에 떠오른 이름을 보니 이찬으로부터 온 전화 같았다.

"어, 뭐야. 왜?"

「야, 미친, 너네 빨리 교실로 와야 되겠다!」

"왜, 무슨 일 생겼어?"

수화기 너머에서 들리는 것은 이찬의 다급한 목소리였다. 고우리는 물론이거니와, 송우혁 역시도 휴대폰에서 들리는 목소리에 귀를 기울였다.

「사람들이, 지금 학교로 몰려오고 있다니까? 주변 다 때려 부수면서!」

그 다음 말을 들을 틈도 없이 고우리는 전화를 끊고 벌떡 일어나 달려 나갔다. 뒤따라오는 송우혁이 당황한 목소리로 물었다.

"뭐야, 도대체 무슨 상황이야?"

"나도 몰라!"

고우리와 송우혁이 숨 돌릴 틈도 없이 교실 문을 열어젖히자마자, 지오가 울먹거리며 고우리에게 달려온다.

"누나!"

아이는 사람들의 성난 듯한 목소리에 놀란 듯했다. 고우리는 지오를 달래주고는 재빨리 창가로 향했다.

"야, 이거 어떻게 된 거야! 왜 사람들이 저렇게 화나서 학교로 몰려오는 건데?"

이찬은 옆에서 계속 난리법석을 떨고 있었다. 창가를 내다보니, 저 멀리서 사람들이 소란스럽게 주변을 헤집어놓고 있다. 속도는 느리지만, 분명 학교 쪽에 가까워지고 있었다.

고우리는 입술을 지그시 깨물고 송우혁을 불렀다.

"우혁아."

"어?"

"여기서, 애들이랑 같이 문 최대한 막아놓고 숨어 있어."

"엥? 그럼 넌 어떡하게?"

고우리는 창가에서 손을 떼고는 교탁으로 가서 종이 한 장을 꺼내며 대답했다.

"확실하지는 않지만, 저 사람들이 노리는 건, 꿈의 주인일 거야. 이미 서진우가 동네방네 퍼뜨리고 다녔을 테니까."

"그래서?"

고우리가 잠시 뜸을 들였다가 대답했다.

"내가 나가서 시간을 끌 거야. 그동안, 너희는 숨어 있다가 눈치를 봐서 여기로 가."

고우리가 종이에 무언가를 끄적거리는 듯싶더니 작은 조각으로 찢어 송우혁에게 건네주었다.

"주소?"

송우혁이 당황하여 고우리에게 따지려는데, 고우리는 아랑곳 않고 신수민에게 묻는다.

"간호사 오빠, 차 있어요?"

"어? 어…… 병원 쪽에 부모님 차가 한 대 있긴 한데."

"제 이름을 말하면서 일행이라고 하면 들여보내 줄 거예요. 우리 같은 사람들이 많이 있으니까요."

고우리가 살짝 미소를 지었다. 송우혁은 당황해서는, 고우리의 어깨를 잡고 윽박질렀다.

"야, 미쳤어? 어딜 혼자 간다고 그래? 죽고 싶어서 환장했냐?"

그러나 고우리는 전혀 동요하는 기색 없이, 오히려 소리 없이 웃으며 대답했다.

"괜찮아. 총 맞고 고문당해도 안 죽었는데, 겨우 요 정도로 죽을 것 같냐?"

사람들의 소리가 조금씩 가까워지고 있었다. 고우리는 단검을 꺼내더니, 송우혁에게 말했다.

"서둘러. 더 꾸물대다간 다 같이 맞아 죽을 걸?"

송우혁은 입술을 깨물며 고우리의 어깨에서 손을 뗀다. 고우리는 더 말하지 않고 가만히 몸을 돌렸다.

"기다려."

누군가가 나즈막히 웅얼거리는 소리. 그러나 모두에게 들리기에는 충분했는지, 교실에 있던 모두가 소리가 난 쪽을 돌아보았다.

"진짜로…… 넌 내 생각은 조금도 안 하는 거야?"

고우리가 놀란 표정을 지었다. 목소리의 주인공은 어느새 눈물이 고인 채 울먹거리며 말을 잇고 있었다.

"……은채야."

"그 전부터, 맨날 다치기나 하고…… 저 사람들이 노리는 건 나라며? 근데 왜 맨날 너만 고생하는 건데?"

"……"

고우리가 대답하지 못하고 고개를 숙였다. 정은채는 계속해서 올라오는 울음을 삼키며, 띄엄띄엄 말을 이었다.

"그동안, 얼마나 죄책감에 찌들어 살았는지…… 당연히 모르겠지. 지금껏 네가 다칠 때마다, 눈앞이 새하얘지는 기분이었어. 다 나 때문에 그런 것 같아서……. 너라면, 자기 때문에 다른 사람이 이렇게나 아프다는데 기분 좋겠어?"

분명히, 그 목소리는 크지 않았다. 그러나 말 한마디 한마디마다 울분을 실어 던지는 말의 무게는 결코 가볍지 않았다.

"그러게나 말이야."

이찬이 혀를 끌끌 차며 고우리 쪽으로 걸어오더니, 정은채의 말에 동조라도 하는 듯이 말을 이어받았다.

"나는 지금껏 네 녀석이 멀쩡한 꼴을 못 본 것 같다. 도대체 왜 그러는 거야?"

그러면서 손가락은 고우리의 어깨를 툭 친다.

"윽."

아직 상처가 완전히 낫지는 않은 듯, 고우리가 얼굴을 찡그렸다. 정은채는 아직도 눈물이 고인 눈으로 고우리를 쳐다보는데, 고우리는 가만히 어깨를 잡으며 고개를 떨어뜨렸다.

"나는,"

마침내 고우리가 입을 열었다. 교실은 쥐 죽은 듯 조용해져 사람들의 소리만 바깥에서 간간히 들려오고, 고우리는 마른침을 한번 삼킨 뒤 말을 이었다.

"지금까지 나를 제대로 생각해 본 적이 없었어. 나는 뭐 어떻게 되든, 상관없다, 항상 이런 태도로 일관했으니까……. 그래서, 그게 너무 익숙해진 걸지도 몰라."

고우리가 미묘하게 웃었다.

"미안, 이번엔 너무 나만 생각했나 봐."

사람들의 소리가 점점 가까워지고 있었다. 그래도 아무도 말이 없자 이찬이 다급한 듯 말을 꺼낸다.

"야, 어떡하냐? 점점 더 가까이 오는 것 같은데……."

고우리가 입술을 잘근잘근 씹고 있다가 조용히 대답했다.

"안 되겠는데. 역시, 내가……."

"뭐? 아까 정은채 얘기는 뭐로 들은 거야?"

고우리가 고개를 홱 돌렸다. 점점 언성이 높아지던 송우혁도, 그 얼굴을 보더니 입을 다물고야 말았다.

"그래서, 어쩌게?"

고우리가 살짝 한숨을 쉬고는 정은채 쪽으로 몸을 돌리더니 말을 꺼냈다.

"은채 심정은, 충분히 이해할 수 있어. 나도 비슷한 경험이…… 있었으니까. 그렇지만."

고우리가 잠시 말을 멈추었다. 쉽사리 목소리가 나오지 않는 듯, 그는 마른침을 몇 번 삼킨 뒤에야 다시 말을 이었다.

"지금은 상황이 팍팍하다는 걸 감안해줬으면 좋겠어. 네가 사고라도 나서 죽어버리면, 여기 있는 사람들은 그대로 여기에 갇혀."

정은채는 말없이 눈물을 닦으며 고개를 숙였다.

"그리고……."

어느새 고우리가 한 발짝 다가와 있었다. 그는 정은채를 애써 달래주려는 듯 희미하게 웃으며 입을 열었다.

"누가 네 잘못이래? 나는 네 탓 한 적 한 번도 없어. 내가 다친다고 해도, 그게 왜 네 잘못인지 잘 모르겠어."

"그렇지만……."

"다 자업자득이야. 나는 저 사람들처럼 갇히게 된 게 아니야. 내가 원해서 들어온 거니까. 지금은 내 행동에 대해 책임을 지고 있는 것뿐이고."

사람들은 이제 학교의 바로 앞까지 왔다. 고우리는 아직도 고개를 숙인 정은채를 올려다보고는 살짝 웃으며 덧붙였다.

"남의 잘못을 네 잘못인 것처럼 덮어씌울 필요 없어."

고우리는 살짝 웃고는 곧 뒤돌아섰다. 정은채는 더 말을 잇지 못하고 고우리의 뒷모습만 보고 섰는데, 송우혁이 고우리의 어깨를 다시 잡더니 멈춰 세웠다.

"기다려. 나도 같이 갈게."

고우리가 의아하다는 표정으로 뒤돌아본다.

"아무리 그래도, 혼자서는 좀 아닌 것 같고, 네가 죽어버리면 우리한 테도 손실이 크거든? 그러니까……."

"알았어."

고우리가 중간에 송우혁의 말을 자르고는 입을 열었다.

"찬, 너희는 이 교실에 있다가 눈치를 봐서 뒷문으로 나가. 도연아, 학교 구조는 네가 잘 알지? 사람들이랑 마주치지 않게 조심하고."

이도연이 말없이 고개를 끄덕였다. 고우리는 마지막으로 신수민을 돌아보며 살짝 웃었다.

"지오, 잘 좀 부탁해요."

신수민은 얼떨결에 고개를 끄덕이고는 지오를 내려다보았다. 고우리는 고개를 돌리고는, 옆에서 멍하니 서 있던 송우혁의 어깨를 툭 치며 손짓했다. 송우혁이 먼저 주위를 살피며 문 밖으로 나가고, 뒤이어 따라 나가던 고우리가 문득, 제자리에 멈춰 서서 송지후를 쳐다보았다. 고우리와 시선이 마주치자, 송지후는 살짝 당황해서는 조심스레 물어왔다.

"어? 왜?"

잠시 멈춰 서서 생각하는 듯 했던 고우리는 이내 고개를 저으며 대답했다.

"아냐, 그냥…… 네 이름이 왠지 낯설지가 않아서."

벙쪄 있는 송지후를 뒤로 하고, 고우리는 싱긋 웃고는 마지막으로 한 마디를 던졌다.

"갈게."

　1층에서부터 사람들의 소란스러운 소리가 들려왔다. 그 소리를 걱정스럽게 듣고 있던 신수민은 잠자코 교실 문을 열고 주위를 살핀 뒤 아이들을 불러 모았다.

　"지금 나가자. 복도에 아무도 없는 것 같아."

　이도연이 앞장서 아이들을 이끌고, 남아 있던 학생들은 불안한 표정으로 그 뒤를 따랐다. 소리가 들려오는 쪽은 동쪽 계단, 소리를 피해 서쪽 계단으로 조심스럽게 1층으로 내려가니 사람들은 동쪽에서부터 학교를 헤집어놓고 있었다.

　"빨리 나가야겠다."

　신수민이 다급한 목소리로 말했다. 이도연은 그 뒤를 말없이 따르다가, 조금씩 무너져 내리고 있는 병원 주차장에 도착하자 문득 신수민에게 물었다.

　"근데, 차에 이 사람들이 전부 들어가요?"

　"글쎄, 모르겠는데. 일단은 중형차야."

　"으음……."

　이도연이 멈춰서더니 잠시 생각에 잠겼다. 차에 오르려던 학생들은 어리둥절한 표정으로 이도연을 바라보고, 마침내 그가 입을 열었다.

　"그럼, 전 나중에 뒤따라갈게요."

　"어?"

　"안에 아직 우리랑 우혁이도 있고…… 거기에 어차피 다는 못 타잖아요?"

　"그럼 나도 남을게."

　이찬이 걸쳤던 발을 내리더니 이도연 쪽으로 걸어왔다. 그는 뒤를 돌아보더니, 손가락으로 무언가를 계산하는 듯하다가 입을 열었다.

"중형차면, 껴서 타도 5~6명인데, 지금 우리는 7명. 뭐 불가능하진 않겠지만 조금 무리일 것 같다. 얘랑 나는 여기 남았다가 나중에 우혁이랑 고우리 나오면 같이 따라갈게."

여학생들은 차에 탄 채로 불안한 눈으로 두 사람을 바라보고, 마지막으로 차에 타려던 최서언은 한숨을 쉬며 고개를 젓더니 한마디 했다.

"조심해."

이도연이 씩 웃으며 바로 대답했다.

"네가 웬일이냐? 오글거리게스리."

운전석의 신수민이 창문을 내리고는 다시 한 번 불안한 듯 물었다.

"정말 괜찮겠어?"

"예에. 걱정도 많으시네. 책임은 우리가 질 테니 먼저 가세요."

이찬의 대답을 마지막으로, 신수민의 자동차는 불안한 듯 자꾸만 뒤를 돌아보다가 이내 이찬과 이도연을 남겨놓고 떠났다. 이도연이 자신의 옆에 남겨진 이찬을 보고 한마디 했다.

"너는 오늘 나 처음 보지 않아?"

"그게 뭐 어때서?"

이찬은 마치 이도연이 오래 알고 지낸 친구였던 것처럼 생글거리고 있다. 이도연은 어이없다는 듯 헛웃음을 짓다가, 이내 얼굴에서 떠돌던 웃음기를 지워버리고 다시 학교로 향했다.


시간이 얼마나 걸릴지, 거기에 무사히 빠져나올 수 있을지조차 알수 없었다. 그저 대책 없이 기다릴 뿐이었다. 얼마나 지났을까, 숨죽이며 학교 쪽을 응시하고 있던 이찬이 벌떡 일어나며 소리를 질렀다.

"야, 저기 나온다!"

이도연은 고개를 홱 들었다. 멀리에서, 송우혁이 고우리를 부축한 채로 비틀거리며 걸어오고 있었다.

"뭐야, 너 여기는 또 왜 그래?"

이찬이 고우리의 오른팔을 가리켰다. 제대로 된 치료도 없이 대충 상처부위를 묶어버린 팔에서는, 어느새 피가 새어 나와 흰색이었던 헝겊을 붉게 물들이고 있다.

"아, 별 거 아냐. 그냥 칼에 살짝 찔려서……"

고우리는 아무렇지도 않다는 듯 대답하며 슬쩍 웃는다. 뒤늦게야 달려온 이도연이 경악하며 재차 물었다.

"하이고, 또 다쳐가지고 왔네. 발목도 삐었잖아! 우혁, 너는 괜찮아? 다친 데 없어?"

"다행히도."

둥진 학교에서는 여전히 사람들의 시끄러운 소리가 들려오고 있었다. 이찬과 이도연이 멍한 표정으로 학교 쪽을 바라보는데, 고우리가 조심스럽게 물어왔다.

"그나저나, 너네는 왜 여기 있어? 다른 애들은?"

"아. 그건……"

이도연이 머뭇대는 사이 이찬이 재빨리 치고 들어와서는 당당하게 대답했다.

"차에 자리가 없어서, 너희도 기다릴 겸 우리가 쿨 하게 양보해주고 왔지! 계속 생각하던 거지만, 나 진짜 의리 있는 것 같아."

여지없이 허세를 떠는 이찬을 보며 희미하게 웃던 고우리는, 다시 고개를 돌리고는 말을 꺼냈다.

"그럼, 우리도 빨리 가자."

"뭐? 괜찮겠어? 너 아직도 피 나잖아!"

이도연의 물음에 고우리는 자신의 오른팔을 내려다보더니, 씩 웃고는 대답했다.

"괜찮아, 칼날이 박힌 것도 아니고 스친 건데."

고우리가 송우혁의 어깨에서 팔을 빼더니 얼굴을 찡그리며 바닥에 조심스럽게 삐었던 왼발을 디디고 빙글 돌렸다. 걱정스럽게 바라보는 다른 이들을 뒤로 하고, 고우리는 먼저 앞장서다 뒤를 돌아보며 재촉한다.

"뭐해? 가자."

*

녹슨 소리를 내며 휘청이는 전등 아래에서, 여러 사람들이 모여 이야기하고 있었다.

"그 애랑 안다고는 했지만, 그렇다고 그걸 홀랑 믿어버릴 거야? 거기에 겨우 사흘 같이 지냈던 녀석인데, 우리가 걔랑 무슨 상관이 있다고?"

툴툴대는 남자의 목소리가 들린다. 최재환이다.

"그래도, 사람이 너무 냉정한 거 아니야? 우리랑 똑같이 꿈에 갇혔다는데."

반박하는 권지영의 목소리가 들려왔다. 최재환은 '끄응' 소리를 내며 자신의 턱을 어루만진다.

"아무튼, 그 사람들이 진짜로 그 애랑 연관이 있는지부터……."

"그럴 필요 없어요."

"뭐?"

입구 쪽에서 들려온 한 소녀의 목소리가 최재환의 말을 끊어버렸다. 권지영은 어리둥절한 표정으로 입구 쪽을 돌아보더니, 눈이 커지며 재빠르게 달려들었다.

"어머, 세상에, 이게 얼마만이야? 아, 현실에서는 하루도 안 되려나. 아무튼 오랜만이다!"

권지영이 잽싸게 소녀의 손을 잡다니 반갑다는 듯이 흔들었다. 맞잡힌 고우리의 손이 위아래로 마구 덜렁거린다.

"아, 하하……. 네. 그런데 저 팔이 좀 아픈데……."

"세상에나, 이건 또 어디서 다친 거야? 피 계속 나잖아!"

"그게, 하하, 별 건 아니고 칼에 찔려서……."

"별 거 아니긴 무슨! 기다리고 있어봐."

권지영이 재빨리 뛰어 들어가더니 어디선가 구급상자 하나를 들고 와서는 피로 흥건해진 헝겊을 풀어 던져버리고 고우리를 한 쪽으로 정성스럽게 지혈을 하기 시작했다.

뒤에서 무안해진 듯한 최재환이 헛기침 소리를 내고는, 고우리에게 물었다.

"마침 잘 됐네. 어이, 꼬마. 저 사람들 알아?"

그러면서 최재환은 턱으로 어느 한 쪽을 가리키는데, 그 곳에는 신수민을 비롯한 정은채 무리가 모여 저들끼리 조용히 눈치를 살피고 있다. 고우리는 최재환을 다시 보더니, 이내 싱긋 웃으며 대답했다.

"네, 물론이죠. 제가 먼저 가 있으라고 했었는데요."

"나 참, 귀찮은 놈들이 늘었네."

"무슨 말버릇이야? 어떻게든 살겠다고 온 애들한테!"

권지영이 고개를 돌리며 한 마디 쏘아붙인다. 최재환은 겸연쩍은 듯 헛기침을 두어 번 하다가, 말을 돌렸다.

"아, 그리고 보니, 꿈의 주인이란 애는 찾았냐? 다시 여기로 온 걸 보니."

고우리가 당연하다는 듯이 웃으며 간단히 대답했다.

"물론."

최재환은 물론, 수건을 대고 있던 권지영까지 깜짝 놀라 고우리를 쳐다본다.

"정말로? 어디에? 저쪽에서 웅크리고 있는 그 놈들 중 하나냐?"

최재환이 가리킨 곳에서는 이도연이 몸을 잔뜩 웅크리고 있고, 송우혁은 어색한 듯 먼 산만 쳐다보고 섰으며, 이찬은 어느새 고우리보다도 한참 먼저 계단을 내려와서는 신기하다는 듯 주변의 풍경을 살피고 있었다. 고우리는 그런 이찬의 뒷모습을 보며 말없이 웃다가, 최재환을 다시 응시하고는 대답했다.

"아뇨, 저기 있는 애들 중 하나."

그러면서 고우리는 왼손으로 정은채를 가리켰다. 최재환은 그 손가락을 따라 시선을 옮기더니, 어이없다는 표정을 지었다.

"됐다!"

"으아! 아야야야……."

고우리의 오른팔을 내내 붙잡고 이것저것 응급처치를 하던 권지영이 붕대를 둘둘 감더니 갑자기 확 당겨 묶어버리고, 더불어 고우리도 얼굴을 찡그리며 살짝 소리를 냈다. 그건 상관없다는 듯이 붕대를 단단히 묶은 권지영은 만족스러운 표정으로 허리를 펴고 일어나더니, 다시 고우리에게 확인하듯이 물었다.

"그럼, 꿈의 주인은 이제 찾은 거지?"

아직도 아픈 듯 붕대가 감긴 오른팔을 어루만지던 고우리는 이내 다시 살짝 웃으며 대답했다.

"……네."

최재환이 멀리서 이 말을 듣고선 재빨리 달려와 고우리에게 물었다.

"그럼, 이제 꿈에서 깰 수 있는 건가?"

고우리는 미묘한 웃음을 지을 뿐 대답하지 않았다. 최재환이 어리둥절한 표정으로 다시 캐물으려는 찰나, 고우리가 먼저 입을 열었다.

"죄송하지만, 아직은 안 돼요."

"뭐라고?"

최재환의 표정에서 실망이 느껴졌다. 고우리는 최재환의 시선을 짐짓 피하며 말을 이었다.

"이 꿈에, 드림워커들이 들어와 있는 건 아실 거예요. 그 드림워커들이 전부 꿈에서 깰 때까지는, 꿈의 주인도 못 깨어나요."

"드림워커라는 건……"

최재환과 권지영이 잠시 서로를 쳐다보았다. 그리고 바로 다음 순간, 둘은 동시에 고우리를 쳐다보며 소리 질렀다.

"너도 드림워커잖아!"

"아, 하하…… 뭐, 그렇죠."

깜짝 놀란 모양인지 고우리가 머쓱하게 웃으며 대답했다. 권지영은 잠시 멍하니 있다가 다시 조심스럽게 물었다.

"그럼, 드림워커가 꿈에서 깨려면 어떻게 해야 하는데?"

권지영은 드림워커의 죽음 따위를 생각하고 있는 듯했다. 아마도 과거에 본인들이 꿈에서 깨기 위해 꿈의 주인을 죽이려 했던 기억 때문이리라. 권지영을 안심시키려는 듯 고우리는 살짝 웃으며 대답했다.

"드림워커는 스스로 꿈에서 깰 수 있어요. 문제는……"

고우리는 잠시 뜸을 들이다 말을 잇는다.

"저쪽의 드림워커죠. 세 번째 드림워커는 이미 죽었지만, 첫 번째 드림워커가 아직 저쪽에 있으니까요."

"그게 뭐가 문제인데?"

최재환이 다시 고개를 갸웃했다.

"모든 드림워커가 깨어나야, 꿈의 주인이 깨어날 수 있거든요. 우리가 깨어난다 해도, 저쪽의 첫 번째 드림워커가 버티면……."

"못 깬다는 거구나."

권지영이 가볍게 한숨을 쉬었다. 최재환이 권지영과 고우리를 돌아보며 입을 열었다.

"결국, 또 싸워야 한다는 이야기잖아?"

"그런 셈이네."

최재환의 말에 대답하며 다시 한숨을 짓던 권지영은 곧 고우리에게로 고개를 돌렸다.

"일단, 좀 쉬어. 그동안 무슨 일들이 있었는지 물어보고 싶은 것들도 많으니까……."

그러면서 권지영은 살짝 웃어 보였다. 고우리 역시 따라 웃으며 작게 대답했다.

"네."

# 갈등

고우리는 적어도 일주일 동안은 아무 일도 일어나지 않을 거라 예상했다. 그리고, 실제로 그 중 절반 동안은 확실히 아무 일도 없었다. 그러나 예상이란 것은 언제든지 빗나가기 마련이어서, 상황을 전혀 예상하지 못했던 곳으로 이끌고 가고 있었다.

"그리고 보니, 은채는 요즘 어때요? 괜찮아요?"

고우리가 걱정스러운 듯 신수민에게 묻는다. 신수민은 고개를 살짝 젓더니, 가라앉은 목소리로 대답했다.

"그게, 네가 또 오른팔을 다쳐서 온 걸 본 이후로 기가 팍 죽은 건 너도 잘 알 거야. 그리고 그 이후로 방에 틀어박혀서 잘 나오지를 않아. 그래도 식사는 꾸준히 챙기는 것 같은데…… 네가 직접 가서 만나봐."

고우리는 어두운 표정으로 자신의 오른팔을 가만히 어루만졌다. 틀림없이, 또 자기 혼자서 죄책감에 시달리고 있을 것이 분명했다.

"저기, 은채야. 들어가도 되지?"

"……아, 우리구나."

고우리가 살며시 방문을 열었다. 침대에 엎드려 얼굴을 파묻고 있던 정은채는, 고우리의 얼굴을 보자마자 희미하게 웃어주었다.

"요즘 괜찮아? 또 죄책감이라던가, 느끼고 있는 거라면 별로 신경 쓸

거 없다고 말하려고 하는데."

그러면서 고우리는 또다시 오른팔을 감싼다. 정은채는 살짝 웃으며 고개를 가로젓더니, 조그마한 목소리로 대답했다.

"그냥, 좀 복잡해서."

고우리는 대답 없이 침대에 살짝 걸터앉아 애꿎은 이불만 만지작거리고 있었다.

"난 괜찮아. 그러니까……."

"아직도, 신경 쓰여?"

고우리는 씁쓸하게 웃더니, 다시 말을 이었다.

"숨기려고 해도, 여기가 네 꿈인 이상 아마 힘들 거야. 지금 밖을 봐 봐, 완전 비가 쏟아지고 있는데."

정은채는 대답 없이 얼굴에 희미하게 떠돌던 웃음을 지우고 고개를 돌렸다. 고우리는 시선을 바닥에 고정시킨 채로, 계속 말을 잇는다.

"그날 이후로 말수도 적어지고, 안 그래도 조용하던 애가 더 조용해져 버려서, 다들 걱정하고 있어서 말야."

정은채는 여전히 대답이 없다. 고우리는 말을 끝내고도 한동안 걸터앉아 있다가, 정은채가 아무 말도 없자 살짝 웃음을 지으며 자리에서 일어났다.

"미안, 내가 너무 참견했나? 아무튼, 너무 우울하게 있다가 몸 상하지 말고."

"우리, 너는……."

뒤돌아 나가려던 고우리가 정은채를 돌아본다. 정은채는 자신이 운을 띄워놓고도 망설이다가, 조용히 한마디만을 내뱉었다.

"부러워, 정말로."

"……어?"

고우리가 살짝 당황한 듯한 표정을 지었다. 그러나 정은채는 그 뒤로 무슨 말을 더 하려다 이내 다시 입을 닫아 버렸고, 고우리는 방 한가운데서 어리둥절하게 서 있다가 조용히 방을 나올 수밖에 없었다.

"빨리 구급상자, 아니 지혈할 수 있는 건 다 챙겨와!"

"씨이바, 쪼잔한 새끼들 같으니."

방을 나서자마자 다급하게 고함을 치는 소리가 들린다. 분위기는 순식간에 긴박해지고, 주위에서는 여러 사람들이 바삐 움직이고 있었다.

"뭐야, 이게……."

고우리의 뒤를 따라 나온 이찬이 깜짝 놀란 표정을 지었다. 이미 상황을 지켜보고 있던 신수민은, 고우리와 이찬이 나오는 것을 보자마자 난감한 표정을 짓고, 최재환이 굳은 표정으로 손톱을 물어뜯으며 걸어오더니 신수민을 보고는 냅다 불렀다.

"형씨, 병원 쪽 사람이지? 이리 와서 상황 좀 봐줄 수 있어?"

"아, 전 의사가 아니라 간호사……."

"간호사고 나발이고 그게 중요한 게 아니야!"

최재환의 목소리가 한 순간 높아졌다. 옆에서 잠자코 있던 이찬은, 당황해서 굳어버린 신수민을 대신해 최재환에게 물었다.

"지금, 무슨 일 생겼어요?"

최재환이 고우리를 내려다보고는 또다시 얼굴을 일그러뜨리며 대답했다.

"네 친구였나? 하여간 꼬마 하나가 잠깐 나갔다가 그 사이에 총에 맞았어. 씨이바, 숨어 있다가 나오는 걸 보고 기습한 거겠지."

"네?"

이찬이 당장 말뜻을 이해하지 못해 멍하니 서 있다가 고우리에게

물었다.

"꼬마라니?"

"은채네 반 애들…… 아마 걔들 중 한 명인 것 같은데."

고우리가 당황한 표정으로 대답하더니 재빨리 신수민의 옷자락을 잡아당겼다.

"뭐해요? 빨리 가봐야죠!"

"아, 응."

신수민은 얼떨떨한 표정으로 고우리의 뒤를 따른다. 최재환이 안내할 틈도 없이 고우리가 가장 먼저 달려 나가고, 이윽고 다다른 그 곳에는, 한 학생이 침대에 눕혀진 채로 얼굴을 일그러뜨리고 있었다. 복부쪽에서 흘러나오는 듯한 피는 미처 지혈할 새도 없이 침대를 붉게 물들인다. 그리고 재빨리 얼굴을 확인한 고우리와 이찬의 입에서는, 동시에 누군가의 이름이 터져 나왔다.

"송지후!"

고우리가 당황한 표정으로 신수민을 돌아보았다. 신수민은 송지후에게 다가가 상태를 살피고는, 그다지 좋은 상태는 아닌 듯 작게 소리를 냈다.

"간호사 오빠, 상태는요?"

"글쎄, 나도 정확히는 모르겠지만 다행히 대동맥은 비껴간 것 같아. 그보다도 지혈이 우선인데……."

그 말을 듣고 이미 권지영이 지혈중임에도 또 거들겠다는 듯이 이찬이 주위를 두리번거렸다.

그런데, 그곳에 고우리 일행보다 먼저 도착해 있는 학생 하나가 있었다.

"송우혁?"

"아, 찬이……랑 고우리도 있네."

송우혁이 떨떠름한 듯 말끝을 얼버무렸다. 이찬은 송지후와 송우혁을 번갈아 보다가, 다시 물었다.

"뭐야, 네가 왜 여기 있어?"

송우혁은 힐금 눈치를 보더니, 우물우물 대답했다.

"원래, 쟤랑 나랑 상황을 보려고 잠깐 나가봤는데, 이렇게……."

그 말을 들은 고우리가 눈을 동그랗게 뜨더니 송우혁에게 바싹 다가와 추궁하듯 윽박질렀다.

"쟤는 왜 데리고 나갔어?"

"내, 내가 데리고 간 거 아니야! 쟤가 따라오겠다고 한 거야."

송우혁이 움츠러들며 겨우 대답했다. 그 뒤로 나머지 사람들은 다 입을 다물어버리고, 계속해서 지혈에 열을 올리고 있던 권지영이 불안한 눈으로 돌아보며 입을 열었다.

"만약에, 이대로 꿈에서 죽으면 어떻게 되는 거야?"

고우리는 대답 대신 불안한 눈으로 침대에 누워 있는 송지후를 본다. 이미 주변엔 피가 낭자해 금방 죽는다고 해도 이상하지 않을 것 같다. 고우리는 잠시 망설이다가, 이내 입을 열었다.

"영화 〈인셉션〉이라고, 보셨을지는 모르겠는데…… 그 영화에는 '림보'라는 공간이 있다고 나와요. 꿈의 수준을 벗어난, 무의식의 공간. 여기서도 비슷해요. 꿈에 갇힌 채로 죽으면, 그 꿈의 주인이 만들어낸 무의식의 공간에 갇히게 되는데……."

고우리는 여기까지 말을 잇다가 이찬을 힐긋 돌아보았다. 어리둥절한 표정으로 서 있는 이찬의 옆구리를 툭 치며, 고우리는 자연스럽게 이야기의 바통을 이찬에게로 넘긴다.

"여기서부턴 네가 설명해. 실제로 경험해봤으니 더 잘 알 거 아냐?"

고우리의 이야기를 듣고 있던 최재환의 눈이 커졌다. 그는 이찬 쪽으로 고개를 돌리며, 조금씩 떨리기 시작한 목소리로 물었다.

"실제로 경험해봤다면, 꿈에서 한 번 죽었었다는 거야?"

이찬은 '뭘 그리 놀라시나?'라는 표정으로 간단히 대답했다.

"네, 예전에 한 번."

고우리가 다시 눈치를 주었다. 이찬은 대수롭지 않다는 말투로 간단히 입을 열었다.

"그냥 주변에는 아무도 없고 아무것도 안 만져집니다. 그 상태로 할 수 있는 것도 없고요. 저는 다행히도 아주 일찍 빠져나온 편이지만, 고우리 말로는 원래는 꿈의 주인이 깨어날 때까지는 못 나온다네요."

이찬의 말을 들은 권지영은 물론 최재환 역시 얼굴에 당황한 기색이 역력해졌다.

"아."

고우리가 잊어버린 것이 생각난 듯이 짧게 소리를 냈다. 그는 목소리를 낮추더니, 가까이에 있는 사람들에게만 들릴 정도로 조용히 이야기를 꺼냈다.

"일단, 이번 건은 은채한테는 당분간은 숨겨야 할 것 같아요. 은채한테는 미안하지만, 지후가 이렇게 된 걸 알면, 얼마나 더 우울해할지 몰라서……."

그러나 말을 마치자마자, 뒤에서 익숙한 인기척이 느껴졌다. 고우리는 순간적으로 불안함을 느끼고 고개를 들었다. 한 소녀가, 뛰어오기라도 한 듯 숨을 헉헉거리며 금방이라도 무너져 내릴 듯한 얼굴로 서 있었다. 소녀의 얼굴을 확인한 이찬과 송우혁은 경악하고, 고우리는 떨리는 눈동자로 소녀를 바라보다가 나즈막히 소녀의 이름을 불렀다.

"은채야……."

그러나, 정은채의 귀에는 아무것도 들어오지 않았다. 그는 곧바로 주저앉을 듯이 휘청이며 침대 쪽으로 걸어가더니, 얼굴을 확인하고는 고개를 푹 숙였다. 모두가 당황한 듯 말을 꺼낼 엄두도 못 내는데, 숙인 정은채의 입에서만 탄식에 가까운 한마디가 흘러나왔다.

"지, 지후가……."

*

송지후가 잠든 방 안은 무섭도록 조용하다. 정은채가 전부 나가달라며 손짓을 해 사람들을 전부 내보낸 탓이었다. 송지후를 제대로 치료할 수도 없었다. 신수민도 그저 간호사일 뿐이었고, 제대로 된 치료를 해줄 수 있는 전문 의료인이 단 한 명도 없어 그저 지혈하고 상처를 봉한 뒤 나아지길 빌며 기다릴 뿐이었다. 문이 굳게 닫히고 무의미한 시간이 길어지자, 초조해진 송우혁이 고우리를 불러냈다.

"멋대로 나갔다가 이런 일 생기게 한 건 미안해. 그렇지만, 지금 우리 상황 급한 거 아니었어? 언제까지 저 상태로 놔둘 거야? 물론, 정은채 심정도 이해가 되긴 하지만……. 그래도, 이대로 마냥 있을 수는 없잖아."

고우리는 벽에 등을 기댄 채 생각에 잠긴 건지 대답이 없다. 송우혁이 한 번 더 말하려는 찰나, 고우리가 송우혁의 말을 끊고 입을 열었다.

"둘이서 나갔다가, 쟤만 총에 맞은 거야?"

"어? 어."

"누가 쏜 거지?"

송우혁이 잠시 생각하다가 대답했다.

"그야 당연히, 꿈에서 깨기 싫어한다는, 서진우나 이연희 쪽 사람들 아닐까."

"그게 이상해."

"응?"

또 무슨 소리를 하려는 거야? 송우혁은 당최 감을 잡을 수가 없었다. 그와는 별개로, 고우리는 혼자 고민하다가 다시 송우혁을 돌아보며 입을 열었다.

"그 사람들이, 네가 드림워커라는 걸 몰랐을까?"

"당연히 알고 있었겠지, 그 사람들이 바보가 아닌 이상."

"그렇다면 왜 네가 아니라 지후란 애를 쏜 건데?"

송우혁이 멈칫했다. 그는 얼굴을 진지하게 바꾸더니, 조용히 대답했다.

"사실, 처음부터 지후를 노린 것 같아."

"……뭐?"

대답을 들은 고우리는 놀란 기색이 역력했다.

"그 사람들, 꿈에 남으려는 게 목적이었지?"

"어? 아마도, 그렇겠지."

"그런데 왜……."

고우리가 얼굴을 살짝 찡그렸다. 이번엔 눈치챈 듯, 송우혁이 먼저 말을 꺼냈다.

"왜 더 위협이 될 수 있는 드림워커가 아니라, 그냥 일반인을 쐈냐 이거지?"

고우리는 대답 없이 고개를 끄덕인다. 송우혁이 혼자 생각을 정리하다 이내 푸념을 늘어놓기 시작했다.

"야, 진짜 모르겠네. 혹시 목적이 달라지기라도 한 건가?"

"아."

고우리가 반응하여 고개를 들었다. 그와는 별개로 송우혁은 계속해서 투덜거리며 자신의 생각을 떠벌리고 있다.

"대체 뭐지? 드림워커 납치해서, 반쯤 죽여놓고 또 그걸로도 모자라서 매번 방해하고 정은채 괴롭히고, 막 그 정도로 중요한 목적?"

"너 말 잘했다."

"응?"

고우리가 마침내 생각을 정리한 듯 입을 열었다. 중간에 말을 제지당한 송우혁은, 또다시 멍하니 고우리의 말을 듣고 있을 수밖에 없었다.

"그래, 계속 이상했어. 꿈에 그렇게 남고 싶어 하는 건 그렇다 쳐. 그렇지만 지금까지 그 방법이 너무 막 나갔다 싶었어. 처음엔 '와, 저 정도로 현실이 시궁창인 건가?' 정도의 생각밖에 못 해봤는데, 네 말을 듣고 보니까 생각이 좀 바뀌었어."

"그럼……."

확신한 듯이, 고우리가 싱긋 웃으며 대답했다.

"네 말처럼, 전혀 다른 목적이 있을 수도 있다는 거지."

"다른 목적이라면 어떤 거?"

"음, 저쪽에 있는 사람들이 서진우, 이연희, 강현성 정도지?"

"뭐, 그렇지. 그런데 서진우랑 강현성은 꿈에 갇힌 사람들이야. 드림워커가 아니라고. 이연희는 그렇다 쳐도, 강현성이나 서진우는 제 스스로 들어온 것도 아니고, 마치 꿈에 갇힐 걸 미리 알고 있었던 것처럼 다른 목적을 가지고 있을 수 있다는 게…… 애매하네."

"잠깐."

고우리가 얼굴을 살짝 찡그렸다. 무언가 깊이 생각할 때 나오는 고우리만의 버릇임을 송우혁은 알고 있었으므로, 그는 잠자코 다음에 나올 말을 기다렸다.

"그러고 보니, 드림워커가 한 명 더 있었지."

"누구?"

"김광진."

고우리는 다시 얼굴을 찡그리며 기억을 떠올린다. 세 번째 드림워커. 그러나 정은채와는 전혀 상관없을 것만 같은 사람이었던 데에다 전혀 이해할 수 없는 행동을 하고 있었다.

"네가 죽였지? 김광진."

"실제로 죽인 것도 아닌데 어감이 너무 이상하잖아……. 근데 그게 왜?"

"왜 죽인 거야?"

"왜, 죽였냐니……."

고우리는 잠시 생각하다 대답했다.

"그때, 김광진이 왜인지는 모르겠지만 학생들을 연거푸 죽이고 있었 거든. 꿈이긴 하지만, 사람들은 꿈인 걸 모르니까 막 뉴스에 나오기도 했고."

"사람들을 죽였다, 라. 왜지?"

"그리고 또 하나. 애초에 정은채의 꿈에 들어온 이유, 그리고 어떻게 들어왔는지도 잘 모르겠어."

둘은 다시 고민에 빠진다. 머리를 싸매던 송우혁이 눈을 뜨고 고우 리에게 물었다.

"그럼, 혹시 그 피해자 명단은 알아? 물론 헛수고일 가능성이 훨씬 크지만, 그래도 뭐라도 얻어낼 수도 있으니까."

"그거? 아마 여기 인터넷에 치면 금방 나올걸. 기다려봐."

「아무리 평범한 사람이라도 이러한 환경에 처하면 누구나 범죄자가 될 위험이 있다는 것이 제 생각입니다.」

'그땐 단순히 그렇게만 생각했지만…….'

인터넷을 뒤지는 고우리의 머릿속이 점점 더 복잡해지고 있었다.

"찾았다."

"자, 잠깐! 이건……"

임소영 (18)

오지애 (18)

서유진 (18)

송지후 (18)

강진욱 (18)

송지현 (16)

박정수 (16)

송우혁이 명단을 보자마자 당황하는 통에 고우리도 덩달아 당황한 기색이 역력했다.

"지후가, 왜 여기에……?"

고우리가 얼굴을 찡그리며 홀로 중얼거렸다.

"그랬구나. 그래서 익숙했던 건가……."

송우혁이 더듬더듬 고우리에게 물어왔다.

"그럼…… 저기 있는 지후는, 뭐야?"

"아마도……."

고우리가 잠시 떨리는 심장을 가라앉힌 뒤 대답했다.

"이건, 이미 예전에 은채한테도 이야기했던 건데……. 은채의 꿈속이 잖아. 그러니까, 은채의 기억에 의지해서 사람들을 만들어내는 게 가능해. 물론 진짜 사람이 꿈에 갇혀 있다 하더라도."

"정리하자면, 진짜로 꿈에 갇힌 송지후와, 정은채가 만들어낸 가짜 송지후까지. 꿈속에 두 명의 송지후가 있었다, 이거냐?"

"여기서 생각할 수 있는 건, 거기까지."

송우혁이 입을 벌리고 있다가, 목소리를 낮추며 다시 물어왔다.

"그럼, 지금 저기 있는 지후는?"

"가짜라고 생각해. 그게……."

고우리가 다시 한 번 명단을 훑어보고는 입을 열었다.

"전에 했던 이연희의 말. 이연희는 지후가 '이미 죽었다'라고 했어. 그건 김광진에게 살해당한 송지후가 진짜라고 알고 있었다는 거야."

"그러니까, 그걸 어떻게 알았냐고?"

"그게 지금 문제인 거지."

"거기다가, 이상한 건 이것뿐만이 아냐."

송우혁이 명단이 띄워져 있는 모니터를 가리키며 말을 이었다.

"잘 봐봐. 거기다 마지막의 두 명을 빼고는 다 우리 학교 애들이라고."

"뭐?"

처음 송우혁이 그랬던 것처럼, 고우리도 덩달아 당황하는 모습이었다. 고우리는 다시 얼굴을 찡그렸다가, 송우혁 쪽을 돌아보며 물었다.

"정말로, 너희 학교 애들이라고?"

"못 믿겠지만, 정말이야."

"너희 학교 애들을 왜……."

송우혁이 난감한 표정을 짓다가 한마디 덧붙였다.

"거기에, 다 우리 반, 그러니까 정은채네 반 애들이고……."

"가짜 송지후에, 그걸 알고 있는 드림워커인 이연희, 그리고 역시 드림워커인 김광진에게 살해된 은채네 반 애들……."

고우리가 하나하나 정리하듯 읊조리다가 따지듯이 송우혁에게 묻는다.

"도대체, 드림워커들이랑 정은채 사이에 무슨 일이 있었던 거야?"

둘은 동시에 입을 다물어버렸다.


일단 여기까지 결론을 끌고 오는 데에는 성공했다. 그러나 그 뒤가 전혀 감이 잡히지 않아서, 둘은 이쯤에서 추리를 그만둘 수밖에 없었다.

"아무튼, 지금 당장 급한 건 이게 아니니까…… 고우리, 네가 정은채한테 가서 이야기 좀 해봐. 같은 여자끼리니까 나보다 이야기가 더 잘 통할 수도 있지 않겠냐?"

송우혁이 부탁한 말이었다.

그런 연유로, 더 진행되지 않는 추리는 그만두고 방 앞에서 줄곧 서성이던 고우리는 문에 귀를 대고 상황을 살피다 방문을 살짝 열고 정은채의 눈치를 본다.

"저…… 은채야, 들어가도 되지?"

갑자기 들리는 사람 목소리에 정은채가 화들짝 놀라 눈물을 쓱 닦고 고개를 들었다. 정은채는 눈앞의 인물을 확인하더니, 살짝 웃으며 짧게 대답했다.

"……응. 이제 괜찮아."

고우리는 슬며시 들어와 침대 위에서 잠든 송지후를 힐긋 보고는,

"옆에 좀 앉을게."

라고 덧붙이며 정은채의 옆에 조용히 앉았다.

"미안, 이렇게 막무가내로 와서……."

"아니야. 아까 선우랑 시은이도 왔다가 갔거든."

"아, 그, 그래?"

무안해진 고우리는 입을 다물었다. 두 사람, 아니 세 사람 외엔 아무도 없는 새하얀 방엔 잠시 무거운 정적만이 가득했다. 고우리는 무슨

말을 더 해줘야 할지 몰라 잠자코 앉아 있는데, 정은채가 먼저 조용히 말을 꺼냈다.

"이연희가 했던 말, 사실이겠지? 그, 지후가 이미 죽……었다고."

"그, 그건……."

고우리는 살짝 당황한다. 정은채는 살짝 송지후를 돌아보았다. 잠시 의식을 잃은 것에 불과하건만, 이런 이야기를 하고 나니 정말로 죽은 사람의 얼굴처럼 보였다.

"그게 사실이라면, 여기서 이렇게 울고 있는 것도…… 다 쓸모없는 짓이겠지."

고우리는 정은채에게서 시선을 떼고 잠시 생각했다. 정은채는 말없이 바닥만 바라보고 앉았다가, 고우리를 돌아보며 한마디 한다.

"너무 위로해주려고 애쓰지 않아도……."

"그건, 아니라고 생각해."

고우리가 고개를 들고 정은채를 정면으로 쳐다보았다. 이번엔 역으로 정은채가 당황한 것이 보였으나, 고우리는 아랑곳 않고 계속 말을 이어갔다.

"그게 왜, 쓸모없는 짓이야? 그건 결국 그 사람을 생각해주고 있단 뜻인데, 나를 생각해주는 사람이 있다고 하면 얼마나 좋아."

정은채가 놀라 고우리를 쳐다보았다. 그러나 보지 못한 건지 고우리는 시선을 자신의 무릎 위로 깔고는 손가락만 만지작거리다 무안한 듯 배시시 웃는다.

"하하, 너무 오글거렸나, 미안."

정은채는 고우리를 가만히 보다가 피식 웃고는 입을 열었다.

"예전에 내가, 너한테 부럽다고 했었지."

"아, 그러네. 그때 네가 그 뒤로 아무 말도 안 해서 나 혼자만 어리둥절해서는……."

정은채는 잠시 말을 멈추고 다시 살짝 웃었다.

"지금도 마찬가지야. 내가 이렇게 민폐 끼쳐도 화도 한 번 안 내고, 항상 활기차고…… 리더십도 있고 그래서, 애들이 다 좋아해주잖아. 나랑은 다르게……."

고우리가 깜짝 놀라 정은채를 바라보았다. 그러나 정은채는 돌아보지 않고 계속 말을 잇는다.

"나는 항상 암울하기만 하고 민폐만 끼치는 것 같은데, 너는 아니잖아. 처음 만났을 때부터 지금까지, 계속 다른 사람들을 위해서 노력하는데…… 나랑은 다르게 모든 게 다 정반대인 것 같아서, 솔직히, 부러웠어."

정은채는 말을 끝내고 고우리를 힐긋 돌아본다. 고우리는 아무런 대답이 없다. 혹시 화난 건가, 싶어 조심스럽게 물었다.

"혹시 화났으면, 미안."

"아, 아냐. 그냥……."

고우리는 다시 생각하다 입을 열었다.

"네가 날 그렇게 봐주고 있었다는 게, 신기해서."

고우리가 희미하게 웃었다. 그는 왼손에 달라붙어 있는 손목 보호대를 가만히 만지작거리고 있더니,

"내가 왜 네 꿈에 들어왔는지, 생각해본 적 있어?"

정은채를 돌아보며 갑작스럽게 물어왔다. 정은채는 잠시 고민하다가, 이내 고개를 저었다.

"사실은, 너한테 도움을 받고 싶어서 그런 거였어."

"나한테?"

정은채는 적잖이 놀란 듯했다. 고우리는 말없이 고개를 끄덕이고는

말을 이었다.

"현실이 많이 시궁창이었거든. 네가 암울하기만 하다고 그랬나? 그건 내가 더 심했을 걸. 내 성격도 원래는 밝고 활기차고, 이런 게 아니라 소심하고, 음울하고…… 이렇거든. 하하, 뭐 상황이 상황이었으니 그런 성격이 되는 것도 당연했던 것 같지만."

이런 이야기를 하면서도 고우리는 아무렇지도 않다는 듯이 싱긋 웃었다. 정은채는 아무 말도 하지 못하고 듣고만 있다가, 떨리는 목소리로 물어왔다.

"대체, 무슨 일이 있었기에……"

반응이 웃겼던 것일까, 고우리는 피식 웃고는 이야기를 시작했다.

"뭐, 그냥. 학교폭력이었지. 친구가 폭력을 당하고 있어서 경찰에 신고했더니만, 학교에서는 다 그런 일 없다고 잡아떼고. 교장이 주도했을 정도니까 말 다 했나? 그래도 끝까지 해보려고 했는데…… 하하, 역시 일대다수는 이기기 힘들어. 졸지에 나만 거짓말쟁이가 됐지. 그리고 결국 친구는 죽었어. 아파트 옥상에서 뛰어내려서."

정은채는 깜짝 놀랐다. 이야기가 너무 충격적이어서 거짓말은 아닌가 의심되는데, 고우리는 눈 하나 깜짝 않고 이야기를 계속했다.

"친구가 죽으니까 이제는 나를 괴롭히더라. 매일 하도 얻어맞으니까 익숙해질 지경이었어. 그렇잖아도 나 때문에 친구가 죽은 것 같아서 미치겠는데, 애들이 괴롭히기까지 하니까 뭐, 말 다했지. 결국 나도 친구 따라 죽으려고 손목을 딱 그었는데…… 사람이 쉽게 안 죽더라."

여기까지 말을 하고 고우리는 다시 웃어 보인다. 뭐가 좋다고 자꾸 그리 웃는 건지, 정은채는 아무것도 알 수 없이 혼란스럽기만 했다.

"그래서 꿈을 이용한 정신치료를 받기로 했는데, 거기서 드림워킹이란 걸 처음 배웠어. 이렇게 되니까 누군가한테 실컷 내 얘기 털어놓고는 싶은데, 주변에 그럴 만한 사람이 없더라. 그때 생각난 게 너였어."

"내가……."

정은채가 넋이 나간 사람처럼 중얼거렸다.

"중학교 때였나? 내가 너랑 같은 중학교라고 했지. 네가 또래 중조반을 하는 걸 보고, '와, 쟤는 걱정 따위 하나도 없어 보이네. 좋겠다.' 이런 생각을 했어. 지금 네 얘기를 들어보니까 전혀 틀린 생각이었던 것 같지만 말이지. 근데 그랬던 네가 오히려 나를 활기차다고 해주고 부럽다고 하니까, 고맙고 당황스러우면서도 한편으로는 아이러니해. 서로가 서로를 부럽다고 생각하고 있었다는 게 웃기지 않아?"

정은채는 쉽사리 대답을 하지 못하고 바닥만 보고 있었다.

"나는,"

고개를 조심스럽게 다시 드니 고우리의 모습이 보였다. 평소와는 다르게, 다 풀어버린 머리가 힘없이 어깨 위로 흘러내리고 있는. 어딘가 쓸쓸해 보이는 모습. 고우리는 풀어버린 머리끈을 한 손에 가만히 쥐고는 말을 이었다.

"네가 생각하는 것처럼 결코 밝지도 않고, 부러워할 만한 사람도 아니야. 왜 자꾸 너를 부정적으로만 보는 거야? 내가 볼 땐 오히려 네 쪽이 부러웠는데. 이것 때문에 계속 의기소침했던 거라면 그럴 필요 없어."

"응……."

고우리가 만족스럽다는 듯 살짝 웃었다.

"그리고."

고우리가 잠시 말을 멈춘다. 그리고, 이어지는 고우리의 말은 다시 한 번 정은채를 혼란스럽게 만들기에 충분했다.

"나를 너무 믿지 마."

"뭐……?"

정은채가 깜짝 놀라 고우리를 바라보았다.

"기대가 커질수록, 나중에 더 많이 실망하게 되니까."

이런 말을 해놓고선, 고우리는 또 살짝 웃었다. 정은채는 할 말을 찾지 못해 멍하니 있다가, 아까처럼 더듬더듬 묻는다.

"왜, 그런 이야기를……"

고우리는 풀어버린 머리끈만 가만히 만지작거리고 있다가, 최대한 밝게 웃으며 정은채를 돌아보고는 대답했다.

"아는 사람한테 들은 말이야."

정은채의 얼굴에 복잡 미묘한 감정이 스쳤다. 그 뒤로, 고우리에게서는 어떠한 대답도 들리지 않았다.

*

깨진 유리 사이로 서늘한 바람이 괴이한 소리를 내며 들어오고 있었다. 1층의 불 꺼진 로비에는 단 한 사람도 없어 등골마저 서늘한데, 그 구석의 의자에 고우리는 홀로 앉아 있었다. 바로 옆에서는 지오가 조용히 잠들어 있다. 고우리는 잠든 아이를 내려다보고는 저도 모르게 웃음을 지었다. 어린아이에게는 기나긴 지하 생활이 답답했던 모양이다. 줄곧 바깥에 나가고 싶다며 조르던 것을, 겨우 어르고 달래다 결국 이기지 못한 고우리가 잠시 데리고 나온 것이다. 그리고 그로서도 볼일이 있었다.

'서진우.'

정말로 다른 목적이 있는 것일까, 저절로 입가에서 한숨이 새어 나왔다. 다시 지오에게로 고개를 돌렸지만, 아까의 미소는 이미 사라져 있었다.

「기억나는군요. 현실에서 만난 적이 있는데 말이죠.」

"현실이라."

서진우가 했던 그 말도 마음에 걸렸다. 복잡한 심경에 속만 까맣게 태우고 있던 고우리는, 지오를 조심스럽게 눕혀두고 자리에서 일어났다. 밖에서는 아직도 서늘한 바람이 불어오고 있었다. 고우리는 지오를 한 번 돌아보고는 밖으로 나섰다.

"역시나, 아무도 없네."

조금이지만 안도의 한숨을 쉬었다. 주변을 둘러보니 너무 멀리까지 나온 듯했다. 문득 혼자 남겨졌던 지오가 떠올라 고우리는 서둘러 돌아가는 발걸음을 옮겼다.

"어디를 그리 급하게 가십니까?"

"!"

고우리는 소스라치게 놀라 뒤를 돌아보았다. 익숙한 목소리에 몸이 저절로 떨리고 있었다. 한 남자가 익숙한 미소를 지으며 고우리를 향해 천천히 걸어오고 있었다.

"서진우……!"

상대해보려 해도 들고 나온 것이라고는 단검 하나뿐이었다. 당황하는 사이, 서진우는 이미 권총의 방아쇠를 당기고 있었다.

탕—

생각보다 총알이 깊숙이 박힌 듯 했다. 고우리는 총성이 울림과 동시에 앞으로 고꾸라졌지만, 서진우는 움직이지 않고 서서 입을 열었다.

"그 정도로는 죽지 않는 건 다 알고 있습니다."

고우리는 불안함에 힐끗 뒤를 돌아보았다. 꽤나 멀리 나온 모양인지 다행히도 나오는 사람은 아무도 없었다.

"여긴 왜 온 거야?"

"……"

서진우는 대답 없이 무언가를 꺼내들었다.

"이것을 보여드리러 왔습니다."

줄곧 경계하는 표정을 짓고 있던 고우리는, 서진우가 꺼내든 것을 보자마자 깜짝 놀라 달려들었다. 서진우의 손에 들린 것은 포스터였다. 그리고 그 포스터에는, 지오의 이름이 선명하다.

"부모님이 이리 애타게 아이를 찾고 계시더군요. 아이는 어떻게 하셨습니까?"

고우리는 말없이 서진우를 노려보았다. 한참이 지나서야 그는 고개를 다른 곳으로 돌리며 작은 목소리로 대답했다.

"데려다…… 줘야지."

그러면서 고우리는 서진우의 손에 들려 있던 종이를 홱 빼앗았다. 종이를 몇 번이나 확인한 뒤, 고우리는 숨을 들이쉬고는 다시 물었다.

"네가 말했지? 현실에서 이 애를 본 적 있다고."

"물론이죠. 확실히 기억하고 있습니다."

"도대체, 어디서 본 거야?"

서진우가 다시 의미심장한 미소를 지었다. 그는 마치 이 질문을 기다렸다는 듯이, 고우리를 정면으로 쳐다보며 입을 열었다.

"……평택호였습니다."

"!"

고우리가 다시 심하게 동요했다. 서진우는 고우리를 내려다보며 말을 이었다.

"분명히, 꿈에서 깨야 한다고 하셨죠? 그런데, 그렇다면 이런 아이들은 어떻게 하실 작정인가요?"

"무슨 소리야."

간신히 묻는 고우리의 목소리는 점점 더 떨리고 있었다. 서진우는 구겨질 듯 고우리의 손에 쥐인 포스터를 흘긋 내려다보고는 대답했다.

"그래요, 현실에서 저 아이를 구해주었던 기억이 납니다. 불행하게도, 부모님은 구하지 못했지만요."

서진우는 다시 조용히 웃는다. 이미 고우리의 눈동자는 평정심을 잃고 심하게 떨리고 있었다.

"꿈에 계속 남아 있는 것이 현실도피라는 것은 저도 압니다. 그렇지만…… 부모님을 잃은 이 불쌍한 아이를, 그렇게나 빨리 잔혹한 현실로 돌려보내야 하겠습니까? 적어도, 꿈속에서 조금이라도 더 부모님과 함께할 마지막 기회를 주어야 하지 않겠습니까?"

"……"

고우리의 머릿속에서 서진우의 말이 다시 울렸다. 잔혹한 현실. 비단 그 아이뿐만 아니라, 다른 사람들도.

"선택은 고우리 양의 몫입니다."

서진우는 조용히 웃고는 돌아섰다. 계속해서 얼굴을 찡그리고 있던 고우리는, 서진우가 뒤돌아서자마자 간신히 서진우를 불러 세운다.

"기다려!"

서진우가 잠시 멈춰 세우고는, 고우리는 가쁜 숨을 몰아쉬었다. 머릿속의 고뇌와 함께 총상의 고통 또한 점점 심해지고 있던 참이었다. 숨을 한 번 들이마시고는 고우리는 다시 물었다.

"너…… 도대체 목적이 뭐야?"

구름에 가려진 달빛이 서진우의 얼굴에 미묘하게 음영을 드리웠다. 서진우는 대답 없이 한 번 웃기만 하고는 다시 걷기 시작했다. 고우리는 서진우의 뒷모습을 보고 있다가, 비틀거리며 원래의 장소로 발걸음을 옮겼다.

송지후의 상태는 나아질 기미가 보이지 않았다. 이미 지혈을 했음에도 자꾸 상처는 벌어져 피가 새어나오는데, 그럴 때마다 환자는 정신 차릴 기미 없이 얼굴만 일그러뜨렸다. 그러나 다른 사람들이 할 수 있는 건 없었다. 매일 밤이면, 정은채가 홀로 송지후의 곁을 지키고 앉아 있는 걸 볼 수 있었다. 그러나 그 정성에 감사할 기회도 없이, 상처는 악화되기만 했다.

"간호사 형, 상태는요?"

송우혁이 걱정스러운 듯 물었다.

"잘은 모르겠어. 그렇지만 별로 좋지 않다는 건……."

그 말을 다시 한 번 증명이라도 하듯, 신수민의 표정 역시 좋지 않았다. 간신히 호흡을 이어가고 있는 친구를 내려다보고 앉았던 정은채가 무언가 떠오른 듯 퍼뜩 물었다.

"그런데, 우리는 어디 있어요?"

그 말에 모두가 서로의 주위를 둘러보았다. 항상 정은채와 함께 자리를 지키고 있던 고우리가, 웬일로 보이지 않았다.

"별일이네. 어디 나가기라도 한 건가?"

"학습 능력 없냐? 나갔다가 이 꼴 된 애가 바로 눈앞에 있는데, 미치지 않고서야 나갈 생각을 하겠어?"

강지우가 툴툴거리며 최서언에게 면박을 주었다. 송우혁은 주위를 둘러보다가, 스스로 자청하고 나섰다.

"그럼, 제가 가서 찾아보고 올게요."

"아, 그럼 나도."

심심했던 모양인지 이찬이 합세했다. 방을 나서자마자, 기다렸다는 듯이 이찬이 이야기를 시작했다.

"진짜로 별일이네. 지 맘대로 행동하는 건 여러 번 봤어도 말없이 갑자기 사라진 건 처음 아니냐?"

"글쎄, 서언이 말마따나 진짜로 밖에 나간 걸 수도?"

이찬이 의욕적으로 앞장서 방마다 문을 벌컥벌컥 열며 고우리를 찾아 다녔다.

"야! 꼬맹아, 빨리 나와라! 어디 있냐!"

"참 나, 그렇게 부른다고 애가 튀어나오겠냐."

샅샅이 뒤져도 고우리는 보이지 않았다. 이찬이 불안한 목소리로 송우혁에게 물었다.

"걔…… 정말로 밖에 나간 거 아니야?"

"설마."

두 소년은 동시에 서로를 쳐다보았다. 불길한 기분은 끊이지 않고, 그들은 잠시 밖으로 나가보기로 했다.

"밤이라 그런가, 좀 어둡네."

"야! 저, 저기……."

로비의 의자에서는 여전히 지오가 곤히 잠들어 있다. 그리고 그들이 찾던 고우리는, 그 옆 바닥에 주저앉아 있었다.

"고, 고우리?"

고우리가 송우혁의 존재를 인식하고는 천천히 고개를 돌렸다.

"너, 너 그게 어떻게 된……."

"혼자야?"

고우리가 송우혁의 말을 끊고는 짧게 물었다.

"아니, 찬이까지."

고우리는 고개를 돌리더니 옆구리 쪽에 줄곧 감추고 있던 오른손을 꺼내 툭툭 터는데, 그 손에는 상처에서 배어 나온 듯한 피가 흥건하다.

"아니, 뭐야!"

뒤늦게 고우리를 발견한 이찬이 깜짝 놀라 달려왔다. 덕분에 지오는 눈을 비비며 깨어났고, 바로 앞에 있던 송우혁은 당황하며 재빨리 지오를 안아 들었다.

"끄응, 엄청 무겁네…… 나 얘 좀 데려다 주고 올게."

"올 때 구급상자도 좀 가져와 줘!"

송우혁은 재빨리 지오를 데리고 내려가고, 이찬은 다시 고우리 쪽으로 고개를 돌리고 물었다.

"총에 맞았잖아. 어떻게 된 거야?"

고통이 느껴지는 듯 고우리가 얼굴을 찡그렸다.

"……서진우를, 만났어."

"서진우?"

이찬이 놀라 반문했다. 고우리는 힘들어 보이는 숨을 짧게 끊어 내쉬더니, 곧 이야기한다.

"우혁이한테 이야기를 듣고 나서, 혼자 고민을 좀, 했거든. 진짜로 다른 목적이 있는 걸까…… 하고."

"설마, 그래서 무턱대고 만나러 간 거라고?"

"……나, 그 정도로 머리 나쁘진 않아."

고우리가 희미하게 웃고는 말을 이었다.

"역시 주변에서 감시하고 있었던 모양이야. 먼저 내 앞에, 나타나더라고. 뭐, 그리 오래는…… 이야기 못 했고, 지금 이 꼴만 됐지만."

고우리가 말을 잇는 사이에 상처의 피는 점점 더 많이 새어나오고 있었고, 고우리는 다시 얼굴을 찡그리며 더듬더듬 말을 이었다.

"……아무튼, 서진우 쪽 목적이 뭔지는, 아직 모르겠지만……."

"모르겠지만?"

"……"

고우리는 고개를 숙인다. 어리둥절한 듯 고개를 갸우뚱하던 이찬은 문득 고우리의 손에 쥐여진 종이를 보았다.

"어? 이게 뭐야?"

이찬이 슬쩍 종이를 빼내는 동안에도 고우리는 움직이지 않았다. 이찬은 종이를 들여다보고는 깜짝 놀라 고우리를 쳐다보았다.

"이거, 어디서 났어?"

"……서진우."

"서진우?"

그때 송우혁이 구급상자를 들고 뛰어올라왔다. 그 역시 구급상자를 내려놓자마자 이찬이 들고 있는 종이를 발견하고는 깜짝 놀랐다.

"이거, 지오잖아!"

송우혁은 포스터에 선명하게 새겨진 지오의 얼굴과 그 위에 쓰인 '아이를 찾습니다'라는 문구를 번갈아 보고 있었다.

"서진우가, 이걸 왜?"

고우리는 대답하지 않고 어딘가 침울한 표정만 짓고 있었다. 한참을 기다려 고우리는 다시 천천히 입을 열었다.

"다시 데려다…… 줘야지."

그러고선 다시 얼굴을 살짝 찡그리며 소리를 낸다. 이찬이 구급상자를 열고 이것저것 꺼내며 호들갑을 떨었다.

"어우, 피 나오는 것 좀 봐! 일단 지혈부터 해야겠는데, 우혁이가 수건 가져왔으니까! 이걸로 지혈 좀 하고 있어봐."

수건을 넘겨받은 송우혁이 망설이다가, 고우리의 눈치를 보고는 상처 부위를 지그시 누른다.

"너는 진짜, 왜 이렇게 험하게 사냐? 이러다 제대로 싸워보지도 못하고 죽겠다."

이찬이 투덜거렸다. 고우리는 희미하게 웃더니, 작게 대답했다.

"꿈인데, 어때."

"에이, 아무리 그래도……."

지혈하고 있던 송우혁이 난감한 듯 입맛을 다셨다. 그는 수건을 고우리에게 넘겨주고 허리를 펴며 일어서며 중얼거린다.

"이거, 수민이 형 불러와야 할 것 같은데?"

"안 돼!"

고우리가 다급한 목소리로 송우혁을 붙잡으려다 결국 서지 못하고 다시 주저앉았다. 송우혁이 당황한 눈으로 고우리를 보는데, 고우리는 피로 물든 수건을 잡고 숨을 몇 번 내쉬더니 겨우 입을 열었다.

"다른 사람들한텐, 말하지 마."

이찬이 의아한 듯 물었다.

"아니, 왜?"

"끄응, 긴 말 하게 하지 말고…… 그냥, 은채를 배려한다고 생각해."

고우리는 벽에 머리를 지그시 기댔다. 이찬은 여전히 이해를 못한 듯 고개를 갸우뚱했지만, 송우혁은 그 말뜻을 이해한 듯 고개를 끄덕였다.

"괜한 걱정 시키지 말라는 건가?"

"지금 지후라는 애도, 총 맞아서…… 상태가, 별로 안 좋잖아……. 거기서, 나까지 이렇다는 걸…… 알면, 어떻게 되겠어? 얼마나 더 애를 괴롭히려고 그래?"

송우혁은 대답이 없다. 고우리는 이찬에게 수건 한 장을 더 넘겨받아 피로 물든 수건 위에 얹고는 손짓을 하며 말했다.

"이제, 은채한테 가. 너무 오래 있으면, 또 의심할지도 몰라. 나는 못 찾은 걸로 하고……."

"야, 너 상처는?"

"안 죽으니까, 빨리……."

송우혁이 못 이기겠다는 듯 먼저 구급상자를 정리해 들고 나왔고, 이찬은 그래도 끝까지 망설이다가 결국 고우리를 마지막으로 돌아보며 조용히 자리를 떴다. 혼자 남겨진 고우리는 다시 벽에 머리를 기대고는, 이찬이 남겨두고 간 붕대와 거즈를 물끄러미 쳐다보았다.

"야아, 우혁아!"

강지우가 다급하게 송우혁을 찾는 소리가 들렸다.

"뭐야, 또 뭔 일 난 거야?"

강지우는 송우혁의 바로 눈앞까지 와서는 무릎을 부여잡고 숨을 고르다가, 어깨를 덥석 잡고 윽박질렀다.

"지금 당장 와! 지후가 죽을 것 같다고!"

강지우가 송우혁의 손을 덥석 잡아끌고 냅다 달렸다. 송지후는 의식이 돌아와 있었다. 아니, 사실은 의식을 찾았다고 하기에도 뭐할 만큼, 똑똑하게 깨어서 그 고통을 그대로 느끼고 있었다.

"야, 송지후!"

송우혁이 다급하게 송지후에게 다가갔다.

"이게 어떻게 된 거예요?"

"의식이 돌아오긴 했는데, 모르겠어. 상처가 훨씬 악화된 것 같아."

송지후가 힘겹게 눈을 떴다. 그는 간신히 고개를 돌려 자신의 주위를 둘러싸고 있는 사람들을 보고는, 신기하다는 듯 웃었다.

"뭐야…… 다들, 왜 다 모여 있는 건데?"

아무도 대답할 생각을 하지 못했다. 2학년 2반 아이들은 물론, 이찬마저도 잠자코 있었고, 정은채는 자꾸만 눈 끝에 매달리는 눈물을 계속 손으로 훔쳐내고 있었다.

"하, 이거 꿈이라고 해도…… 너무, 생생한데."

"어……? 야!"

정은채의 눈이 커졌다. 모두가 입을 다문 사이, 송지후의 몸이, 조금씩 투명해져 가고 있었기 때문이었다.

"자, 잠깐! 이게 어떻게 되는 거야!"

강지우가 당황한 듯 소리를 질렀다. 당황하기는 모두가 마찬가지인데, 송우혁만 그 풍경을 내려다보고 섰다가 쓸쓸하게 중얼거렸다.

"……죽을 때가 온 건가."

송우혁의 머릿속이 복잡해졌다. 분명히 이 아이는 가짜라고 하지 않았나? 혹시 진짜인 건가? 아니, 현실에서는 살아있는 건가?

"……으……."

어디선가 들려온 울먹거리는 소리가, 송우혁을 퍼뜩 정신 차리게 했다. 고개를 드니, 아까까지만 해도 수시로 눈물을 닦아내던 정은채가 결국 자신의 얼굴을 한 줄기 눈물로 적시고 있다.

"저, 정은채……?"

송지후가 놀라 정은채를 내려다본다. 이 모습을 본 윤시은이 조심스럽게 정은채를 달랬다.

"저, 은채야, 괜찮아. 꿈이니까…… 깨어나면 다시 만날 수 있잖아?"

정은채가 훌쩍거리는 소리가 무거운 공기와 함께 방 안을 가득 채웠다. 정은채는 진정이 되지 않는 듯 계속 훌쩍거리며 더듬더듬 입을 열었다.

"……기억났어. 지후는, 이미 현실에서 죽었다고, 그런 이야기를 들었어. 처음엔 안 믿었는데…… 결국, 기억해내 버려서……."

이야기를 하면서도 감정이 북받치는 듯 정은채가 다시 눈물을 쏟았다. 송우혁은 그런 정은채를 보며, 안타까운 마음으로 머릿속에 그날의 사건을 기억해냈다.

'평택호, 기억해낸 건가.'

누군가가 병실의 문을 조용히 열고 들어왔다. 그러나 정은채의 울음소리에 묻혀 아무도 눈치채지 못하고, 정은채는 송지후가 사라져가는 침대에 얼굴을 파묻듯 하더니 눈물을 흘리며 말을 이었다.

"지후가 이미 죽었다는 건, 어렴풋이 알고 있었지만……. 그렇다고 해서, 여기서까지 사라져버리면, 이제 정말로 잊혀져 버리는 거잖아……."

그러는 동안에도 송지후의 몸은 점점 더 희미해져 가고 있었다. 정은채가 채 눈물을 닦을 새도 없이 고개를 들고 송지후의 사라져가는 마지막 모습을 눈에 담으려던 참이었다.

"그건, 아니라고 생각해."

등 뒤에서 들려오는 익숙한 소녀의 목소리에 정은채가 눈물 젖은 얼굴로 뒤를 돌아보았다. 목소리의 주인공은, 조용히 얼굴에 슬픈 미소를 올리고 말을 이었다.

"누가 그랬던 것 같은데? 한 사람뿐이라도, 제대로 기억해준다면 그건 완전히 잊혀지는 게 아니라고 말이야. 그리고, 벌써부터 그런 걱정을 하긴 일러."

소녀는 송지후에게 가까이 가더니 희미해져 가는 손을 가만히 잡았다. 그러고는 희미하게 웃으며, 한마디를 덧붙였다.

"나도…… 기억해 줄 테니까."

그리고 더 이상 아무도 말을 잇지 못했다. 아무것도 모르는 지오만이 송지후를 말똥말똥한 눈으로 쳐다보고 있었다.

"어! 이 형아 몸이 투명해! 신기하다! 마법 쓰나 봐요!"

공허한 방 안에는 어느새 지오의 목소리만이 울리고 있었다. 침대 위에는 이제 더 이상 아무도 보이질 않는다. 반 친구의 마지막 모습을 지켜보고 섰던 2학년 2반 학생들은 저마다 고개를 숙이는데, 정은채는 아무 말 없이 마지막까지 사라져가는 송지후의 손을 붙들고 있는 소녀를 보고 입을 열려다가 끝내 말을 잇지 못하고 고개를 떨구었다.

'우리, 넌 정말……'

*

"그러니까, 기억이 났다는 거지. 어느 정도."

"응."

정은채가 간신히 진정한 듯 손가락을 만지작거린다. 고우리는 천장을 쳐다보며 가만히 생각하는 듯하다가, 살짝 미소를 지으며 정은채에게 물었다.

"그럼 그 내용 좀, 알려줄 수 있어?"

"……"

정은채는 잠시 감정을 진정시키기 위해 심호흡을 몇 번 하고는, 나지막한 목소리로 입을 열었다.

"그때가, 5월 17일 아침이었어. 수학여행이 정상화된 건 알지?"

"정상화된 지가 언젠데. 벌써 1년이 넘었어."

"그래서 우리 학교에서 수련회 장소를 제주도로 정했다나 봐. 그런데 예산 문제였나, 비행기 대신 배를 타고 간다기에 다들 불평했지."

"그게 평택호…… 였던 건가."

고우리가 낮게 중얼거리고선 다시 물었다.

"그럼, 지후도 그때 물에 빠져서……?"

"그건…… 아니야."

정은채가 도리질쳤다. 그는 기억이 제대로 이어지지 않는 모양인지 머리를 쥐어짜내고 있다가, 더듬더듬 말을 이었다.

"이상하게도, 앞 뒤 내용은 기억이 안 나지만…… 마지막으로 본 건, 피였어."

"피?"

"으응, 지후가, 피로……."

"아아, 알았어. 거기까지만 이야기해도 돼."

고우리가 정은채의 말을 끊고는 재빨리 울먹거리기 시작한 정은채를 달랬다. 그러고선 이내 얼굴을 찡그린다.

'피라, 여객선에서 그 정도로 상처를 줄 만한 물건은 없을 것 같은데……'

머리가 아파지기 시작한 고우리는 고개를 가로젓고는 정은채를 향해 입을 열었다.

"일단…… 고마워. 그리고 미안해. 아픈 기억 떠올리게 해서."

"아, 아니야."

정은채는 애써 웃으며 대답하고는, 아직 할 말이 있는지 쭈뼛거렸다. 고우리가 눈치채고 정은채 쪽을 돌아보자마자 그제야 조심스럽게 말을 꺼낸다.

"저기…… 아까 그 말, 진짜야?"

"아까?"

"그, 지후…… 기억해준다고 한 거……."

고우리가 의외라는 표정으로 정은채를 쳐다보았다.

"지후, 현실에서는 기억해줄 사람이 별로 없어. 사실 부모님도 모두 돌아가셔서, 할머니께서 맡아서 기르고 계신대. 친구도 많이 없었고.

그래서, 불안해서……"

정은채가 말을 끝내고는 고개를 숙였다.

"에이, 뭘 그렇게 걱정을 해?"

고우리가 씩 웃었다. 정은채가 고개를 들고 쳐다보자 그는 다시 살짝 웃어주며,

"약속이야. 며칠이 걸려도, 내가 꼭 다시 찾아올 테니까. 절대로 걱정하지 마!"

그 밝은 목소리에, 정은채도 얼굴에 살짝 미소를 지었다. 그 표정을 유지한 채로, 정은채는 다시 시선을 돌리며 짧은 한마디로 대화를 마무리했다.

"……응, 고마워."

# 동화(同化)

"지금 우리를 이용해먹겠다는 거야, 뭐야!"

쾅, 소리. 그리고 성난 남자의 목소리가 방 안에 울린다. 홀로 숨을 죽이고 있던 소년은, 가만히 방문에 귀를 가져다 대었다.

"아아, 일단 진정하시고 제 말을 끝까지……"

"웃기고 자빠졌네! 우리가 죽은 게 당신네들 때문이라며! 그래놓고 당신 말을 들으라고? 우리가 무슨 호구로 보여?"

소년은 방문을 살짝 열었다. 성난 남자가 다른 남자의 멱살을 움켜쥐고 옥박지르고 있는 것이 보였다. 멱살을 잡힌 남자는 짧게 한숨을 내쉬더니, 낮은 목소리로 입을 열었다.

"그래서, 당장이라도 분열하겠다 이겁니까? 어차피 당신들은 이제 현실로 돌아갈 수 없습니다. 정신만 여기에 갇혀버린 거죠. 그렇다면 이왕 이렇게 된 거 여기서 최대한 예전의 삶을 영위하는 것이 낫지 않겠습니까?"

아직 멱살을 잡은 채로, 남자는 씩씩거리며 말을 듣고 있다. 소년은 문 뒤로 몸을 숨긴 후, 귀를 더 가까이 문에 붙였다.

"물론, 그 점에 대해선 여러분께 대신 사과드립니다. 그렇지만, 그 상황에서 제가 할 수 있는 일은 거의 없었어요. 제가 총책임자도 아니었고 말이죠."

누가 들어도 변명처럼 들리는 설명. 그러나 어찌된 일인지 남자를 옥 죄고 있던 멱살은 조금씩 풀리기 시작했다. 멱살을 잡고 있던 남자는 한숨을 크게 내쉬더니 눈앞의 상대를 노려보며 천천히 입을 열었다.

"솔직히, 당신이 하는 말이 맘에 들진 않아. 누가 봐도 변명처럼 들리 거든. 그렇지만 어쩔 수 없겠지. 어이, 형씨는 그 뭐시냐, 입을 막는 게 목적이라 했지?"

대화를 가만히 듣고 있던 소년의 눈이 살짝 커졌다. 입막음? 대체 누 구의? 무얼 위해서?

"예."

"그렇다면 죽어도 상관없겠군. 이제부턴 제일 먼저 앞장서. 우리는 죽으면 끝장이니까."

소년은 귀를 떼고는 알 수 없는 표정으로 자리에서 일어섰다. 소년은 처음 듣는 이야기들이었다. 돌아서는 소년의 뒤로, 남자의 대답이 들 린다.

"예. 거슬리는 몇 명만 모두 없앨 수 있다면, 상관없습니다."

*

"아야야야……."

"가만히 있어, 그러다 얼굴에 흉 질라."

"어차피 꿈인데 뭐 어때요."

아파 죽겠다며 엄살을 떠는 고우리를 신수민이 붙잡고 연고를 바른 뒤 조심스럽게 반창고 하나를 떼어내 얼굴에 붙였다. 그 모습을 가만 히 보고 있던 이찬이, 웬일로 나름 진지한 얼굴로 바로 옆에 있던 송우 혁을 부른다.

"야, 고우리 말이야."

"어?"

"요즘 좀 무리하는 것 같지 않냐?"

송지후가 꿈속에서 죽고 난 뒤, 비단 고우리뿐만 아니라 모든 사람들의 마음이 급해진 건 사실이었다. 그리고 급해진 것은 상대도 마찬가지인지 최근 들어 충돌이 늘어 종종 싸움이 벌어지곤 했는데, 항상 최전방을 자처하던 고우리가 어딘가 한 군데씩 다쳐서 오는 것은 이제 예삿일이 되었다. 고우리가 꿈에서 깨야 하는 목적을 말해주기도 했고, 그가 무리하는 것도 한 두 번은 아니었지만, 요즘 그 빈도가 늘어난 것이 문제였다. 덕분에 정은채는 항상 발을 동동 구르며 고우리가 돌아올 때마다 그를 붙잡고 걱정하곤 했다.

"확실히…… 예전보다 좀 심해진 감은 있는 것 같은데."

"그렇지? 뭔가 더 급한 일이라도 생긴 건가?"

고우리가 두 사람의 대화를 듣기라도 한 듯 이찬 쪽을 힐긋 돌아본다. 송우혁은 깜짝 놀라 고개를 돌려버렸으나, 이찬은 도리어 고우리 쪽으로 다가가더니 화제를 돌리기라도 하는 듯 어김없이 고우리를 툭툭 건드리며 실실 웃고 있었다.

"으아아아악! 어딜 건드리는 거야, 이 멍청아!"

"그러게 누가 칠칠치 못하게 하고 다니래? 먼저 다쳐놓고선!"

"저, 얘들아……."

그러고선 또 옥신각신의 시작. 정은채가 어쩔 줄 몰라 발을 동동 구르며 송우혁에게 살금살금 왔다. 송우혁은 한창 두 사람이 옥신각신하는 것을 물끄러미 보다가, 정은채에게 말을 던졌다.

"쟤도, 요즘 좀 이상해졌어."

"누구?"

"찬이 말이야, 찬이. 뭐라고 해야 할까, 좀 흥분 상태?"

"찬이는 항상 그랬잖아."

정은채가 송우혁을 힐긋 보며 조용히 대답했다. 그러나 송우혁은 무언가 이상한 느낌을 당장 지울 수가 없었다.

"뭐하냐?"

두 사람의 옥신각신을 깬 것은 한 여학생의 목소리였다. 강지우는 투덜대는 듯한 말투로 고우리에게 한마디 더 덧붙인다.

"급하다 하지 않았어? 그런데 왜 여기서 노닥거리고 있는 건데?"

"아, 그건……."

고우리가 커다란 반창고가 달라붙은 얼굴을 한번 매만지곤 대답했다.

"요즘 뭔가 이상해. 저쪽이 아주 죽기 살기로 달려들고 있거든. 벌써 죽을 뻔한 분들도 계시고. 지금 몇 명이 나가서 상황을 보고 있긴 해. 무턱대고 나서면, 오히려 우리가 당할 테니까."

"죽기 살기라."

송우혁이 갑자기 끼어들며 질문을 던진다.

"그 사람들, 꿈에서 죽으면 끝 아니었어? 그런데 어떻게 저렇게……."

"네가 말했잖아."

대답하며 고우리가 싱긋 웃었다.

"이번에 확신이 들었어. 저 사람들은, 꿈에 남는 게 목적이 아냐. 그건……."

"그건?"

고우리가 잠시 뜸을 들이다 멋쩍은 듯 배시시 웃는다.

"헤헤, 그게…… 내가 생각한 가설이 있긴 한데, 내가 생각해도 말이 안 되는 것 같아서……."

"일단 듣고 보자. 헛소리면 그냥 맞으면 되고."

"넌 진짜⋯⋯."

고우리가 원망스럽다는 듯 흘겨보았지만 이찬은 그런 것 상관없다는 듯한 유들유들한 표정을 짓고 있었다. 고우리는 곧 이찬에게서 시선을 거두고, 이야기를 시작했다.

"우리는, 지금까지 저 사람들의 목적이 단순히 꿈에 남는 것으로만 알고 있었어. 그런데 단순히 그렇게만 생각하기엔 상대의 행동이 너무 이상했던 거, 거기까진 다들 알고 있지? 송우혁은 죽일 수 있었는데도 계속 살려줬고, 나도 죽기 살기로 죽이려 들진 않았어. 결국 드림워커들을 제대로 공격하려 들지 않았던 것이, 저 사람들의 목적이 우리가 생각하던 것이 아니라는 증거 아닐까? 애초에 꿈에 남으려 한다면 가장 방해되는 존재가 드림워커일 테니까."

"음, 좋아, 계속해봐."

또다시 까불대려던 이찬은 고우리가 째려보자 말없이 입을 다문다.

"그러면서도 은채, 그리고 2학년 2반 애들은 계속 공격하려 했다는 건⋯⋯ 그 사람들의 목적은 은채가 기억하지 못하는 이 꿈의 시작과 연관되어 있을 수도 있다는 거야."

"어째서 결론이 그렇게 나는 거야?"

송우혁이 이해 못하겠다는 표정을 짓자 고우리가 가볍게 한숨을 쉬고는 대답했다.

"평택호."

"평택호?"

"전에 너한테도 말했고, 또 나 혼자서도 고민해봤는데, 이거 말곤 설명할 방법이 없어. 그 사람들이 목숨을 걸고 우리 쪽을 노리는 거나, 은채가 꿈의 시작을 기억 못하는 것, 그리고 출석부에 단 6명밖에 없었던 것도."

"그럼……?"

고우리가 싱긋 웃으며 말을 끝맺었다.

"우리는 평택호 사건에 대해 조금 더 알 필요가 있어."

정은채가 그 말을 듣고 그날을 다시 떠올리기라도 하려는 듯 머리를 감쌌다. 이찬은 잠시 눈치를 보다가 잽싸게 고우리에게 묻는다.

"그럼, 나부터 말하면 되려나?"

"그래주면 좋지. 아, 잠깐……."

고우리가 대답하며 자리에서 일어나다가 갑자기 짧은 신음을 내뱉으며 왼쪽 옆구리를 감쌌다. 주저앉으며 서둘러 상처부위를 감싸 안는 손의 뒤쪽으로는, 미처 다 붙잡지 못한 붉은 피가 흘러나오고 있었다.

"뭐야! 그 상처는……."

"이, 이거? 아, 별거 아닌데……."

고우리가 당황하며 더듬더듬 말끝을 흐렸다. 물어보던 정은채는 다시 얼굴이 새하얘지는데, 신수민이 재빨리 고우리를 잡아끌고 나섰다.

"뭐하고 있는 거야, 빨리 치료해야 할 것 아니야!"

상처의 정체를 이미 알고 있는 송우혁과 이찬은 정은채를 진정시키려 애쓰고, 고우리는 다시 한 번 도망치듯이 빠져나올 수밖에 없었다.

*

"여긴가?"

"으아아, 함부로 옷 들추지 마요!"

"내가 그랬어? 상처가 여기 있는데 그럼 어떡해."

치료받는 사람도, 치료하는 사람도 얼굴이 살짝 붉어진 채 서로 시선을 돌리고 있다. 이 상황을 무마하려는 듯, 신수민이 먼저 입을 열었다.

"여긴 또 왜 그랬어? 다쳤으면 말을 해야지 이렇게 대충 치료하고 넘어가면 어떡해?"

"아하하, 꿈인데 상관없잖아요."

고우리가 멋쩍게 웃는 것을 신수민은 한숨을 쉬며 바라보곤 대답했다.

"암만 그래도 말이야. 자꾸 이러면 걱정하는 사람이 얼마나 많을지 알기나 해?"

고우리가 가만히 듣고 있다가 쓸쓸한 미소를 지으며 대답했다.

"글쎄요…… 저를 걱정해줄 사람이 있기나 할까요?"

"허?"

신수민이 김빠지는 표정을 지으며 다시 물었다.

"왜 그렇게 생각하는데?"

"그야, 걱정해줄 가치가 없는 사람을, 누가 걱정하겠어요."

그러면서 고우리는 다시 미묘한 웃음을 지었다. 신수민은 적잖이 놀란 듯한 표정이었다. 그가 할 말을 찾지 못해 두리번거리고 있자, 고우리가 상황을 정리해보겠다는 듯 이야기했다.

"아, 죄송해요. 원래 자존감이 많이 낮아서…… 하하. 부모님이 자신을 소중하게 생각하라고 했는데. 그게 생각보다 너무 어렵더라고요. 그래서 지금 이 모양이에요."

고우리가 머쓱하게 웃었다. 그는 잠시 쉬어가는 듯하더니, 다시 말을 잇는다.

"저도 왜 이런지 모르겠어요. 뭐가 불만이라고. 부모님은 하나도 안 싸우시고, 너무 좋으시고, 가족들도 다 착하고, 가난한 것도 아니고……."

"얼굴도 예쁘고?"

"……에이, 전혀요."

고우리가 피식 웃고는 말을 이었다.

"사실, 이런 고민은 중학교 때부터 있었어요. 왜였는지는 모르겠지만……. 아무튼 친구들한테 몇 번 얘기해보기도 했는데, 반응이 다 똑같더라고요."

"무슨 반응?"

고우리가 이마에 팔을 얹고는 대답했다.

"잘난 척하는 걸로 들릴 수도 있겠지만요. '우리 중에 제일 예쁜 네가 그러면 우리가 뭐가 돼?'라던가, '배부른 소리하고 있네.'라던가. 뭐 이런? 자꾸 이런 소리를 들으니까, 정말로 내가 배부른 소리를 하고 있는 건가, 하는 생각도 들고."

고우리가 이마에 얹었던 팔을 내려 얼굴을 가렸다.

"아무튼…… 그래요, 은채도 그랬던 것처럼…… 분명 저한테도 장점이 있을 거고, 부러워할 만한 게 있겠죠. 그런데도, 저는 더 많은 걸 바라는 거죠. 자존감이 낮다는 건 겸손한 게 아니었어요. 오히려 거만했던 거죠."

고우리는 눈을 가린 채로 계속 억지웃음을 지었다. 신수민은 그런 고우리를 걱정스러운 눈으로 내려다보다가, 조용한 목소리로 입을 열었다.

"원래, 자기 자신을 있는 그대로 받아들일 수 있는 사람은 거의 없어. 그러지 말고 곰곰이 생각해봐. 널 좋아해주는 사람들이 얼마나 많은데."

"……."

고우리는 대답이 없다. 신수민이 다시 덧붙이려는 찰나, 고우리가 조용히 대답했다.

"그럴 수도…… 있겠네요. 말만으로도 고마워요, 오빠."

"어…… 어."

신수민이 쓸쓸한 표정을 지었다. 그와는 정반대로 고우리는 자리에서 벌떡 일어나더니 살짝 웃으며 말했다.

"끝났죠? 치료해줘서 고마워요."

그러고는 신수민의 대답을 들을 새도 없이 뛰어나간다.

「수민이라고? 이름도 여자 같네.」

「남자가 무슨 간호사야? 아 그래, 너 남자 아니었지? 푸하하……」

「너 진짜 남자 맞아? 확인해 볼까?」

신수민은 조용히 고개를 숙였다. 자존감이 낮은 아이들의 이야기는 많이 들어왔다. 그러나 실제로 그런 사람들을 또 다시 눈앞에서 마주했을 때, 어떤 식으로 위로를 건네야 할까. 지금 내가 건넨 말이 저 아이에게 아주 조금이라도 도움이 되었을까. 어쩌다 저리 낮은 자존감을 가지게 되었을까. 신수민은 복잡한 심정에 한동안 일어날 수 없었다.

\*

"그러니까 내 말은, 언제까지 눈치만 보고 있을 거냐는 거야. 이렇게 분위기만 살핀 지 일주일이 넘어가잖아."

"그건…… 그렇지만."

"그리고, 저 꼬맹이도 신경 쓰여."

최재환은 턱으로 어딘가를 가리켰다. 그곳에서는 지오가 어느새 친해진 꿈의 주인과 함께 놀고 있었다. 권지영 역시 안타까운 표정을 지으며 입을 열었다.

"그러게, 어디서 데려왔는지는 모르겠지만, 혼자인 걸 보니 꿈속에서 부모님을 잃었나봐. 가여워라, 이제 겨우 초등학교 1~2학년인 것 같은데……."

최재환은 여전히 어딘가 불편한 표정이었다.

"그럼, 저 꼬마를 위해서도 빨리 꿈에서 깨야 한다는 거잖아. 언제까지 여기서 꾸물대고 있을 건데?"

"그럼 지금 당장 가죠."

권지영과 최재환이 소년의 목소리가 난 곳을 일제히 쳐다보았다. 송우혁은 뒤에 이찬을 낀 채로 천천히 걸어오며 말을 이었다.

"솔직히 말해서, 다들 급한 거 아니었어요? 뭐가 무서워서 자꾸 숨어 있는 건지 궁금한데."

"끄응, 네 말대로 잘 풀리면 좋겠지만 말이야."

최재환이 한숨을 쉬고는 대답했다.

"저쪽이 숨어서 꼼짝도 안 하는데 어쩌라는 거냐. 고우리라고 했나? 그 애 말이 맞는 것 같기도 해. 꿈에 남아서 자기네 마음대로 살 작정으로 저러고 있는 놈들이니, 싸우다 죽어버리는 게 무서운 거겠지."

"그런데 난 거기서 의문점이 있어."

권지영이 수업시간에 질문이라도 하는 듯 오른손을 살짝 들더니 말을 꺼냈다.

"꿈에 남는 게 목적이라면, 그냥 잠적해버리면 되잖아? 뭐하러 위험을 무릅쓰면서까지 우리한테 덤비는 건데?"

"은채 때문이죠."

이번엔 소녀의 목소리다. 고우리가 어느새 뒤쪽에서 다가와 송우혁의 어깨를 잡고 슬쩍 끼어들더니 곧 대답했다.

"꿈의 주인을 죽이면, 쉽게 말해 꿈이 리셋 돼요. 아무리 꿈에 남고 싶다 해도 지금같이 도시가 초토화된 상황에서 살고 싶어 하는 사람은 없을 테니, 다시 원상 복구되는 걸 노리는 거겠죠."

"인간의 욕심은 끝이 없고 또 같은 실수를 반복한다는 말도 있으니까."

이찬이 송우혁의 뒤쪽에서 한마디 했다.

"그, 그런 건가. 비슷하긴 하지만."

그사이 송우혁이 다시 치고 나와 이야기했다.

"그리고, 고우리 말에 따르면 저쪽의 목적은 꿈에 남는 것이 아닐 수도 있다네요."

"그건 또 무슨 소리야?"

권지영이 어리둥절한 표정을 지었다. 고우리가 앞으로 나서서 송우혁 대신 대답을 시작했다.

"여러가지 의문점들이 많아요. 특히, 평택호에 관련된 것 같긴 한데."

"평택호?"

권지영이 다시 고개를 갸웃했다. 송우혁이 당황한 표정으로 고우리를 툭툭 치고 있었다. 아마도 그들은 현실에서 있었던 일들에 대해 전혀 기억하지 못하는 모양이었다. 고우리는 송우혁을 향해 괜찮다는 표시로 고개를 끄덕이고는 권지영에게 물었다.

"평택호 사고, 모르세요?"

"그게 뭔데?"

고우리는 숨을 한번 들이쉰다. 권지영의 얼굴을 한 번 힐금 보고는 그는 곧 설명을 시작했다.

"현실에서, 배 사고가 있었어요. 500명이 넘게 타고 있었는데…… 그 중에는 은채네 학교 애들이 대부분이었고요."

"잠깐, 은채네 학교라고?"

권지영이 놀란 표정으로 되물어왔다. 고우리는 대답 없이 고개만을 끄덕이고는 말을 이었다.

"사람들이 이 꿈에 갇힌 이유도, 아마 평택호 때문일 거예요. 그때 배에 갇혀 있던 사람들이, 동시에 의식을 잃어서……."

어느새 최재환도 옆으로 와 얼굴을 한껏 찌푸리며 이야기를 듣고 있었다. 권지영 역시 심각한 표정으로 고민하더니 입을 열었다.

"그럼 더 빨리 꿈에서 깨야 하겠네. 이 꿈에 있는 사람들, 현실에서는 아직 살아있는 거지?"

"……네."

고우리가 잠시 머뭇거리다 대답했다. 듣고 있던 최재환이 끼어들며 말했다.

"그럼, 이쪽에서 습격해야겠군. 최대한 빨리."

송우혁이 동의하며 덧붙였다.

"우리가 먼저 움직이면, 저쪽에서도 움직일 거예요. 아까 말했듯이, 언제까지나 탐색전만 할 수는 없으니까."

"그리고, 지오 부모님도 찾아줘야 하고요."

"지오?"

고우리는 그들에게 한 장의 포스터를 내밀었다. 권지영과 최재환은 깜짝 놀라 포스터를 붙잡고 있다가, 고우리에게 물었다.

"이건, 어디서 찾은 거야?"

"길거리에 붙어 있더라구요."

"으음……."

최재환이 턱을 어루만졌다. 잠시 생각하던 권지영은 자리에서 벌떡 일어나더니 최재환 대신 대답했다.

"그럼, 이 애를 위해서라도 빨리 움직여야 하겠네. 조금 있다가 알리도록 하자. 우리끼리 정하기엔 좀 그런 것 같으니까. 응?"

"아…… 네."

빙긋 웃고는, 권지영은 최재환과 함께 사라졌다.

*

"그래서 말인데, 몇 명만 뽑아서 상황을 살펴보려고 해."

때는 이미 밖으로 나가 상황을 살필 사람들이 모두 정해진 뒤였다. 권지영이 학생들에게 이 말을 전하자, 듣고 있던 학생들의 표정은 저마다 제각각으로 변하고 있었다. 그 광경을 보고 있던 고우리가 송우혁에게 다가와 귓속말을 건넸다.

"너도 가게?"

"그럼, 드림워커가 가야지."

"아냐, 너는 남아 있어."

송우혁이 눈을 끔벅이며 고우리를 쳐다보았다. 그러나 고우리는 일말의 표정 변화도 없이 말을 잇는다.

"은채를 여기에 남겨두고 가야 하는 건 당연할 테고, 사람들이 나간 사이 갑자기 습격이라도 하면 어쩔 거야? 은채가 죽으면 우리도 끝장인 건 알지?"

"그건…… 그렇지만."

"드림워커가 둘이나 있는데, 굳이 같이 움직여야 할 필요는 없지?"

고우리는 한걸음 물러서며 살짝 웃는다. 송우혁이 대답을 찾지 못하고 있을 때, 이찬이 불쑥 끼어들어서는 고우리에게 말을 던졌다.

"뭐야, 또 너 혼자 가려고?"

그러면서 이찬은 저도 모르게 고우리의 앞을 막아서고 있다. 고우리는 피식 웃으며 간단히 대답했다.

"가면 어때서?"

"글쎄, 가면 또 다쳐서 올 게 뻔하잖아."

마치 걱정이라도 하는 듯한 말투에 고우리가 살짝 놀랐다는 듯한 표정을 지었다. 그러나 그 얼굴은 이내 옅은 미소로 바뀌어서, 고우리는 자신을 내려다보고 선 이찬의 시선을 피하며 조용히 대답했다.

"……괜찮아. 아무도 신경 안 쓸 걸?"

"에이씨. 내가 신경 쓰잖아!"

모두가 깜짝 놀라 이찬을 쳐다보았다. 그러나 정작 본인은 말을 내뱉어놓고도 어찌 해야 할지 몰라 입을 다물고 있었다.

"나, 나도……."

정은채가 이찬의 말에 동조하며 입을 열었다.

"예전에도 말했잖아. 계속 걱정했다고……. 친구가 저렇게나 아픈데, 맘 편할 사람은 없어."

계속해서 옅은 미소를 짓고 있던 고우리의 표정이, 이내 씁쓸한 표정으로 바뀌어갔다. 그는 그 표정을 그대로 유지한 채 모두에게서 시선을 돌리더니, 들릴 듯 말 듯한 목소리로 작게 중얼거린다.

"너희는, 왜 나를 자꾸 걱정해주려 하는 건데……?"

"……."

정은채는 대답 없이 고우리의 얼굴만 보고 있었다.

"나……."

이찬이 말하려다가 멈칫하고는 난감한 표정을 지었다. 고우리가 그를 계속 쳐다보자, 그는 잠시 주위를 둘러보더니 짧은 한숨을 쉬고는 될 대로 되라는 듯이 내질렀다.

"아, 내가 너 좋아하니까!"

"뭐, 뭐라고?"

주변에 있던 모두가 소스라치게 놀랐다. 한순간에 정적이 흐르고, 고백한 당사자는 "아이씨······."라고 중얼거리며 방금 자신의 행동을 후회하기라도 하는 듯 머리를 긁적였다. 고우리보다 오히려 주변의 학생들이 더 얼굴이 빨개진 채 두 사람을 쳐다보고 있었다. 그러나 잠시 얼굴을 붉히는 듯했던 고우리는, 어찌 된 일인지 고개를 푹 숙이고 중얼거리듯 묻는다.

"······농담이지?"

"어, 어? 아니, 내가 평소에 좀 그러긴 했어도······."

"아니, 차라리 농담인 게 나을 것 같아."

어두운 표정으로 고개를 떨군 채, 고우리는 중얼거렸다. 두 사람을 지켜보던 송우혁이 당황해서는 고우리에게 다가왔다. 그러나 고우리는 신경 쓰지 않고 말을 이었다.

"더 실망하기 전에, 미리 말해두려는 거야. 넌 아직 나를 다 알지 못하잖아? 모르던 걸 점점 더 알게 될수록, 더 실망하게 될 테니까······."

"고, 고우리 너······."

송우혁이 더듬거리며 고우리의 얼굴을 쳐다본다. 고우리는 가만히 선 채 눈을 질끈 감고 있다가, 끝내 이찬의 얼굴을 다시 쳐다보지 않고 뒤돌아섰다.

"나 먼저 갈게."

"어딜 가려고······ 야, 잠깐 기다려!"

송우혁이 대신 불러보았지만 고우리는 어느새 시야에서 사라진 뒤였다. 이찬은 잠시 멍하니 서 있다가, 실실 웃으며 혼자 중얼거렸다.

"하하, 차인 거구만."

며칠 새 잠잠하던 사람들이 갑작스레 소란스러워졌다. 권지영, 최재환 등은 상황을 다시 한 번 살펴볼 준비를 하느라 정신이 없고, 학생들은 그저 잠자코 남아 있으라는 최재환의 말을 듣고 각자 조용히 있던 참이었다. 이찬의 갑작스런 고백이 있었던 그날 이후로, 고우리는 좀처럼 모습이 보이지 않았고, 이찬은 이찬대로 혼자 속으로 앓고 있었다.

"정말, 상상도 못했어. 그런 낌새도 없었잖아. 도대체 언제부터 좋아했던 거야?"

신수민이 물었다. 이찬은 다시 푸념하며 머리를 헝클어뜨리다가, 궁금증 가득한 눈으로 자신을 쳐다보고 있는 신수민을 힐금 보고는 입을 열었다.

"이 꿈속 시간으로, 한 서너 달 전이었으려나요. 형이나 우혁이가 고우리를 만나기 훨씬 전에, 제가 먼저 걔를 만났어요. 그리고 그때부터 한 달 정도를 같이 다녔는데……. 아마 그때부터였던 것 같네요."

이찬이 한숨을 쉬었다. 그는 다시 "아이씨……."라며 불평을 내뱉다가 신수민 쪽을 돌아보고는 말을 이었다.

"아아, 그래요, 지금 저 한심하게 보이는 거 아주 잘 알아요. 남들은 꿈에서 깨느니 마느니, 아주 죽기 살기로 싸우는데, 저는 여기서 편하게 이런 짓이나 하고 앉아 있으니 얼마나 한심하겠어요? 그래서 아주 철저하게 숨겼죠. 아무도 눈치 못 채게!"

"무슨 소리야, 그런 걸로 누가 한심하게 본다고 그래?"

신수민이 어이없다는 듯 대답했다. 계속 생각에 잠겨 있던 신수민은, 문득 자그맣게 미소를 지으며 이찬에게 말했다.

"아냐. 오히려, 그 애한테 도움이 될 수도 있겠어."

"그 애라니, 고우리요?"

신수민은 말없이 생각에 잠겨 있었다. 이찬은 어리둥절한 표정으로 신수민을 쳐다본다.

"야, 이찬!"

송우혁이 뛰어 들어왔다. 그는 고개를 홱 돌려 이찬을 보더니, 숨을 고를 틈도 없이 윽박질렀다.

"지금 사람들 다 떠나려 하는데 그냥 있을 거야? 너 고우리 좋아한다며! 그럼 가서 붙잡기라도 해야 할 거 아니야?"

"지, 지금?"

이찬이 벌떡 일어나 뛰쳐나갔다. 바깥을 보니 과연 사람들은 정찰 준비로 분주하다.

"기다려요!"

"어, 쟨……?"

권지영이 달려오는 이찬을 보더니 놀란 표정을 지었다. 이찬은 권지영의 코앞까지 달려와서는, 밑도 끝도 없이 대뜸 한마디를 내뱉었다.

"저도 가겠습니다!"

"어?"

고우리가 깜짝 놀라 이찬에게 달려오더니 얼굴을 정면으로 올려다보고는 윽박질렀다.

"뭐 하는 거야? 이러다가 또 죽으면 어쩌려고 이래!"

"죽는 게 내 알 바야!?"

"뭐……."

고우리가 놀란 채로 가만히 서 있다가, 갑자기 고개를 푹 수그리고는 어두운 표정을 지었다. 이찬으로서는 고우리가 왜 그러는지 전혀 알 길이 없는데, 지켜보던 권지영이 나서서 조심스럽게 중재를 시도해왔다.

"저, 이건 많이 위험할 수 있어. 우리는 너를 걱정해서 이러는 걸 거야. 그러니까……."

"그럼, 고우리는요?"

이찬은 고우리를 힐긋 쳐다보고 있다가, 하고 싶은 말은 다 해야겠다는 듯 그 자리에 선 채로 말을 쏟아냈다.

"고우리도, 암만 드림워커라지만 결국 우리랑 동갑인 여자애인데요? 그리고, 드림워커라고 해봤자 첫 번째를 제외하고는 꿈에 갇힌 사람들하고 다른 게 체력적인 조건이 더 좋다거나, 맷집이 세다는 것밖에는 없는 걸로 알고 있는데. 그렇게 치면 고우리 애도 갔다가 죽기라도 할지 누가 알아요?"

"그, 그건……."

"그러니까, 저도 따라갈 겁니다."

이찬의 말을 듣던 권지영이 한숨을 쉬었다. 그는 최재환에게 가서 몇 마디를 주고받는 듯하더니, 다시 이찬에게 와서 근심스러운 표정으로 대답했다.

"대신, 정말로 조심해야 해."

"예에, 저도 그 정도는 압니다."

이찬을 걱정스럽게 바라보던 권지영이 앞쪽으로 나가고, 사람들이 그 뒤를 이어 하나둘씩 사라졌다. 마지막으로 계단을 오르던 고우리는, 자신을 뒤따르는 이찬을 보고는 가라앉은 목소리로 한마디 했다.

"……조심해."

아까까지만 해도 표정이 굳어있던 이찬은, 언제 그랬냐는 듯 굳은 표정을 풀고는 장난스럽게 대답했다.

"물론이지."

"지오야!"

"엄마!"

포스터의 연락처로 연락을 취한 뒤, 부모님을 찾기까지는 그리 오랜 시간이 걸리지 않았다. 부모님과 어린 자식의 상봉을 바라보는 모두가 짐짓 흐뭇한 표정을 짓고 있었지만, 그 사이에 낀 고우리만은 마냥 웃지 못한 채로 그들을 바라보고 있었다.

"이거, 너무 고마워서 어떡해요?"

지오의 엄마인, 지난번에 아파트에서 만났던 그 여성이었다. 여성은 고우리의 손을 꼭 붙잡고는 아무 말도 잇지 못하고 눈물만 흘렸다. 겉으로는 웃고 있으면서도, 고우리의 심정은 점점 더 복잡해지고 있었지만, 이번엔 남편까지 가세해 같이 감사 인사를 전해오는 것이었다.

"지난번에도 우리 와이프랑 아들을 지켜줬다면서? 이번에도 우리 아들을 이렇게 보호해주고, 정말 너무 고마운 아가씨구만. 어떻게, 보상을 해야……"

"아, 전 괜찮아요."

고우리가 깜짝 놀라 손을 내저었다. 옆에서는 이찬이 미묘한 표정으로 실실 웃으며 고우리를 툭툭 치고 있었다.

"그런데 학생, 지난번에 나한테 뭐라고 했던 것 같은데."

"네?"

"뭔가, 이상하고 놀랄 만한 이야기였는데, 지금은 기억이 잘 안 나서 …… 혹시 그때 뭐라고 했어요?"

고우리는 섣불리 대답할 수가 없었다. 머릿속에서는 서진우가 했던 말만이 반복 재생되고 있었다. 가끔 아무 것도 모른 채 해맑게 웃는 지오를 볼 때마다, 마음 한켠이 심각하게 아려 오는 것을 그는 확실히 느끼고 있었다. 고우리는 잠시 머뭇거리다, 이내 조용히 웃으며 대답했다.

"아무 것도 아니에요."

아무 것도 모르는 지오의 부모는 다시 감사 인사를 전했다. 계속되는 복잡한 심경에 속이 울렁거리는 듯해 고우리는 고개만 겨우 숙이고 뒤돌아섰다. 옆에서 계속 이찬이 이상하다는 눈빛으로 쳐다보고 있었지만 그런 건 신경 쓸 겨를이 없었다.

"가자."

그리고 고우리는 곧 그곳을 빠져나왔다. 마지막에 그 아이의 얼굴은 차마 보지 못한 채였다.

*

"아……."

"뭐야, 왜 그래. 괜찮냐?"

한참을 걷던 고우리는 가끔가다 짧게 소리를 내며 옆구리를 감쌌다. 완전히 다 낫지 않은 다른 상처들 때문에 얼굴을 찡그리기도 부지기수. 그리고 그런 고우리를 보는 이찬은 도저히 답답한 심정을 버릴 수가 없었다.

"그러게 내가 몸 좀 사리랬잖아. 몇 번을 말해? 드림워커라고 해봤자 특별한 능력이 있는 것도 아닌데, 뭘 그렇게……."

길을 걷던 고우리가 갑자기 멈춰 섰다. 혹시 잘못 말했나 싶어 이찬이 움찔하던 찰나, 고우리가 작은 미소를 지으며 대답했다.

"뭐, 그래. 첫 번째가 아닌 이상은 드림워커라고 해봤자, 다른 사람들과 다른 점은 체력이 훨씬 강하다거나, 신체 능력이 더 좋다거나, 이 정도뿐이야. 그렇지만……."

"자, 잠깐!"

말 한 마디를 제대로 내뱉기도 전에, 어느새 이찬의 목에는 고우리의 단검이 겨누어져 있었다. 이찬은 소스라치게 놀라서는 덜덜 떨며 고우리를 본다.

"그 신체 능력이란 게, 만만히 볼 수준이 아니거든. 괜히 드림워커를 경계하는 게 아냐."

고우리가 피식 웃으며 단검을 거두었다. 이찬은 아직까지도 벌벌 떨고 있다가, 목소리도 내지 못하고 고개만 위아래로 끄덕인다. 고우리는 긴장을 풀어주려는 듯 싱긋 웃고는 말을 이었다.

"그리고 너무 걱정할 필요도 없어. 다행히 은채가 칼이나 총을 맞아본 적이 없어서, 이곳에서 칼이나 총을 맞았을 때의 고통은 현실보단 덜하거든."

"엄청 아프던데."

이찬이 말대꾸하고는 고개를 돌렸다. 뒤에선 뭐가 웃긴지 고우리가 킥킥대는 소리가 들려온다.

"야, 너 뭐가 그렇게……."

"누구야!"

이찬이 뒤를 돌아보며 대꾸하려는 찰나, 앞쪽에서 들려오는 최재환의 고함 소리에 두 사람이 놀라 일제히 앞을 쳐다보았다.

탕—

"초, 총소리?"

"뭐하고 있는 거야! 빨리 뒤쪽으로 가라고!"

다시 한 번 최재환이 소리를 지르고, 앞쪽에서는 어느새 총성이 오가는 상황에 이찬은 저절로 뒷걸음쳤다.

"……!"

갑자기, 뭘 봤는지 이찬의 뒤에 있던 고우리가 튀어나왔다. 그는 주머니에서 권총을 꺼내더니, 앞쪽으로 달려가기 시작했다. 이찬은 허둥지둥하다 미리 받았던 권총을 꺼내 들고 아무것도 모른 채 고우리의 뒤를 따라간다.

"뭐야, 뭘 봤기에 그래?"

"이연희!"

"뭣……?"

이찬이 눈을 꿈벅 거리다가 그제야 말뜻을 이해하고 멀어지는 고우리의 뒤통수에 대고 소리를 질렀다.

"내가 몸 좀 사리랬지!"

그러나 고우리는 이미 앞장서 뛰어가고 있었다. 벌써 눈앞에선 사람이 총에 맞아 스러져가고, 이찬이 다시 주춤하며 물러서려는 찰나였다.

툭—

"어……?"

이찬이 하늘을 올려다보니 어두워진 하늘엔 이미 먹구름이 끼었고, 이내 축축한 비를 뿌려대기 시작했다. 날씨의 상태는 곧 꿈의 주인의 상태. 이찬이 불안감을 느끼기 시작하자마자 주머니에서 전화가 울렸다.

"뭐야, 하필 이 타이밍에……."

이찬은 멀어져가는 고우리를 걱정스러운 눈으로 바라보았다. 그냥 무시하고 따라갈까, 하는 생각을 하며 전화기 화면을 본 순간,

'정은채?'

무언가, 불길한 느낌이 들었다. 그는 혹시라도 총탄이 자기에게 날아들지 않을까 노심초사하며 재빨리 허리를 숙이고 전화기를 귀에 대었다.

"여보세요?"

「으윽, 흑…… 찬아…….」

정확하게 들리지는 않지만, 틀림없는 정은채의 목소리였다. 익숙한 목소리가 수화기 너머에서 울먹이고 있자 이찬은 당황하며 상대를 재촉한다.

"왜, 왜 그래?"

「우, 우혁이가…….」

안 그래도 크지 않은 목소리는 울먹거리는 소리와 섞여 분간하기 어려웠다. 그러나 들려오는 다음 소리에, 이찬은 한순간 모든 것이 멈춘 듯한 느낌과 함께 제자리에 멈추어 섰다.

「죽었어.」

"뭐……?"

사람이 너무 심한 충격을 받으면 오히려 아무 말도 못한다고 했던가. 당최 이게 무슨 소리란 말인가? 이찬은 아무 대답도 하지 못한 채 입만 벌리고 있다가, 믿지 못하겠다는 듯 헛웃음 소리를 내며 물었다.

"하, 하하…… 농담하고 앉았네. 갑자기 걔가 왜 죽어?"

「서진우, 강현성…….」

"!"

익숙한 이름들. 이찬은 수화기를 바짝 가져다 댄 채 냅다 소리를 질렀다.

"뭐, 강현성이 왜!"

「……그게, 나도 총을 맞았는데…….」

"뭐? 야, 자, 잠깐! 괜찮은 거야?"

「아직은.」

갑작스레 소름이 끼쳤다. 만일 정은채가 죽었다면, 그래서 지금까지의 모든 일들이 다 허사가 됐다면, 어땠을까.

「그런데…… 우리는? 우리는 같이 있는 거야?」

"아, 고우리!"

머릿속에 잊고 있었던 인물이 떠올랐다. 그렇지만 지금은 정은채가 위험한 것이 아니었나? 그렇다고 정은채 쪽으로 갔다가 고우리도 홀로 죽기라도 하면? 드림워커가 한 명도 없어 더 불리해지는 것 아닌가?

「난, 일단은 안전하니까…… 우리한테 가 봐.」

"야, 잠깐만!"

이찬이 당황하는 사이, 이미 정은채의 전화는 끊기고 이찬만 덩그러니 남아 있었다.

'하하, 진짜, 어느 쪽으로 가도 도움이 안 되는구나.'

그는 그렇게 잠시 가만히 서 있었다. 추적추적 내리던 비는 어느새 폭우가 되어 쏟아지고 있다. 자신이 지금까지 왔던 길의 뒤쪽과 앞쪽을 번갈아 바라보던 이찬은 결국, 될 대로 되라, 정은채의 말을 따라 앞만 보고 달리기 시작했다.

무언가 이상하다는 걸 느끼기까지는 그리 오랜 시간이 걸리지 않았다. 고우리를 찾아 뛰기 시작한지 얼마나 지났을까, 이찬은 어느새 바닥에 고꾸라져 있는 자신을 보았다. 그리고 말로는 차마 형용 못할 어마어마한 고통은 덤이었다.

"으아아아아아악!"

그는 바닥에 엎어진 채로 고통에 찬 비명을 뱉어냈다. 허우적거리며 바닥에서 구르니 아까부터 내리던 비에 젖은 바닥의 물기가 온몸을 불쾌하게 적셔왔다. 이찬이 간신히 숨을 몰아쉬며 몸을 일으키려는 찰나, 멀리서부터 익숙한 소녀의 목소리가 들려왔다.

"찬아!"

이찬은 화들짝 놀라 고개를 들었다. 바로 앞에서 고우리가 다급한 얼굴로 자신을 부르고 있었다.

"고우리……?"

"여기서 뭐하고 있는 거야? 진짜로 죽고 싶어서 그래?"

"너……."

갑자기 고우리가 자리에서 벌떡 일어났다. 이찬이 얼굴을 잔뜩 찡그리며 엉거주춤 따라 일어서자, 고우리는 뒤쪽을 힐긋 보고는 이야기한다.

"너는, 여기 있지 말고 곧장 지영 언니 있는 곳으로 찾아서 가. 그쪽을 거드는 편이 더 나을 거야."

"그럼, 너는?"

"여기에 네가 있으면 죽을지도 몰라."

그런 말을 하며 고우리는 덤덤하게 탄창을 갈아 끼운다. 이찬은 불안한 표정으로 주위를 두리번거리다, 고우리에게 되물었다.

"어떻게 그렇게 확신할 수……"

"빨리!"

탕―

"뭐, 뭐야!"

이찬의 말이 끝나기 무섭게, 고우리가 한 발짝 앞으로 나가며 곧 손에 든 권총을 쏘기 시작했다. 이찬이 앞쪽을 힐긋 보니, 자신과 동갑, 아니면 한두 살쯤 어려 보이는 학생들이 자신에게 총구를 겨누고 있다.

"너넨 대체 왜 이러는 거야! 현실로 돌아가기 싫어서, 겨우 그것 때문인 거야?"

"그런 게 아냐!"

총을 쥔 채로 덜덜 떨던 한 소년이 소리를 질렀다.

"우리는, 현실에선 이미 죽었다고. 못 돌아가."

고우리가 살짝 놀란 듯 했다. 소년은, 계속해서 손을 떨면서도 더듬더듬 말을 이어나갔다.

"너, 몰랐구나? 그래서 지금까지 그렇게 여러 사람을 아무런 죄책감 없이 죽인 거고. 너넨 빨리 꿈에서 깨야 하겠지만, 우린 여기서 죽으면 끝이야! 그런데도, 너 하나 꿈에서 깨겠다고 막 우리 같은 사람들을 죽이는 걸 보면…… 너도 똑같구나."

"똑같다니……?"

"*어차피 꿈이니까. 이거 아냐? 너도 다를 건 없어!*"

"……."

고우리가 동요하는 걸 눈치챘기 때문일까, 이찬이 눈앞의 소년과 고우리를 번갈아가며 눈치를 살폈다. 고우리는 입술을 깨물고 섰다가, 별안간 고개를 돌리고는 다급하게 말했다.

"여기서 너까지 지켜줄 여유 따위 없어. 진짜로 죽는다니까?"

이찬이 아랫입술을 깨문다. 무언가 불만 가득한 표정으로 고개를 돌려 자신을 바라보는 고우리의 얼굴만 응시하던 그는, 눈앞의 친구를 향해 불만 섞인 말을 툭 뱉어냈다.

"진짜, 너는…… 왜 이렇게 이기적이냐?"

고우리의 표정이 확 바뀌었다. 그러나 이찬은 이를 눈치채지 못하고 고우리의 뒤통수에 대고 계속 말을 뱉어내고 있었다.

"암만 드림워커래도 그렇지, 너 걱정돼서 따라온 친구한테 또 지 내버려두고 가라니, 네가 무슨 영웅인 줄 알아?"

고우리가 별안간 고개를 홱 돌렸다. 그리고 그 표정을 본 순간, 이찬은 자신이 무언가 잘못 말했음을 눈치챘지만, 이미 때는 늦어, 더 말해봤자 소용없다는 걸 깨닫고 굳어버렸다. 그리고 그 굳어있는 이찬을 향해, 고우리는 건조한 목소리로 대답했다.

"잘 짚었네. 예전부터 그랬잖아? 맨날 은채 생각은 조금도 안 하고 멋대로 무리하다가 다치기나 하고. 안 그래?"

이찬은 대답 없이 고우리의 얼굴만 보고 있다. 고우리는 한숨을 한 번 쉬고는 체념한 듯 살짝 웃으며 말을 이었다.

"난 그때랑 조금도 달라진 게 없어. 그래서 지금 또 이런 행동을 반복하고 있는 거고. 그러니까……."

고우리가 다시 희미하게 웃는다. 그는 다시 고개를 돌려 이찬을 바라보고는 이야기했다.

"한번만 더, 이기적으로 굴게. 여기서 둘 다 죽을 수는 없잖아?"

그러고선 다시 총을 겨누고 이찬을 등으로 밀어냈다. 이찬은 망설이다가 두 발짝 정도를 물러섰다. 한참을 망설이던 그는, 주춤거리다 이내 반대쪽으로 달리기 시작했다. 그러면서도 고우리를 걱정스러운 눈으로 힐끗힐끗 보는 걸, 고우리는 알아차리고는 다시 살짝 웃으며 고개를 돌렸다.

"'어차피, 꿈이니까.'라는 말. 변명이라고는 하지만…… 사실 나도 남들에게 뭐라 할 자격이 없을지도 몰라.'

고우리가 홀로 씁쓸한 미소를 지었다. 그러더니 그는 표정을 바꾸고 총을 오른손으로 잡고 왼손으로 단검을 꺼내더니, 앞에 선 소년을 향해 이야기한다.

"그래……. 네 말대로. 나도 이미 여기에 물들어버렸는지도 모르지. 자기 변호할 생각은 없어. 똑같이 죄를 지은 셈이니까. 그럼 이왕 이렇게 된 거, 무슨 짓을 하더라도 별로 달라질 건 없겠네. 안 그래?"

"뭐라고……?"

고우리의 태도가 아까와는 달라지자 앞에 있던 소년이 당황하며 주춤하는 것이 보였다. 고우리는 재빨리 소년을 향해 오른손을 든 총을 겨눈다.

'쟤도, 현실에선 이미 죽은 건가.'

고우리는 살짝 입술을 깨물고는 소년을 향해 말했다.

"솔직히, 난 여기서 너랑 싸우고 싶진 않아. 그러니까⋯⋯!"

그러나, 소년은 고우리의 말은 무시한 채 어느새 권총을 다시 집어들어 방아쇠에 손가락을 걸고 있었다.

"멈춰!"

"으, 으아아악!"

고우리는 재빨리 덤벼들어서는 소년의 팔을 잡고 넘어뜨린 뒤 코앞에 단검을 겨누었다. 당장이라도 그 소년을 죽일 듯 단검 자루를 쥔 고우리는 다시 입술을 깨물었다.

'그래, 죽이지만 말자. 죽이지만⋯⋯'


「결국, 너도 똑같구나.」


"⋯⋯!"

단검을 쥔 손이 심하게 떨리기 시작했다. 사람을 집어삼킬 듯 집요하게 쏟아지는 비는 대치하고 있는 이의 온몸을 적셔가며 그 위에서 산산이 부서지고 있었다. 그리고 그 사이 고우리가 동요하는 것을 알아챘기 때문일까, 눈치를 보던 소년은 재빨리 권총을 꺼내들어 눈을 질끈 감고 방아쇠를 당겼다.

탕—

가까이에서 들린 총소리와 동시에 옆구리 쪽에 심한 통증이 느껴진다. 분명히, 꿈속에서 총을 맞는 것이 처음이 아닌데도, 갑작스레 느껴지는 엄청난 고통에 고우리는 절로 주저앉고야 말았다.

"으아아아악!"

그 비명소리에, 소년이 주춤하며 물러섰다. 어느새 바닥에 엎어진 드림워커는 눈가에 눈물이 맺힐 정도로 비명을 뱉어내며 옆구리를 붙들고 있었다.

'뭐야…… 이거. 왜 갑자기 이렇게 아픈 건데……?'

고우리는 그 자리에 쓰러진 채로 잠시 생각한다. 꿈의 주인인 정은채는 총에 맞아본 경험이 없다. 그렇다면, 꿈속에서 총의 고통은 결국 꿈의 주인에 의해 결정될 것이다. 그렇다면,

"……."

고우리는 얼굴을 찡그리며 힘겹게 다시 일어났다. 앞뒤로 총을 겨눈채 쏟아지는 빗속에 허우적대고 있는 학생들을 보며, 고우리는 씁쓸한 미소를 짓고는 단검을 들어 앞쪽의 학생을 밀쳐내고는 가쁜 숨을 몰아쉬며 쓰러질 듯 서 있었다.

'미안, 은채야. 난 아무래도…… 또다시 너한테 죄책감만 줄 것 같네. 너한텐 자꾸 안 좋은 감정만 주고, 시간만 질질 끌고 괜히 꿈속이랍시고 사람들만 죽이고, 결국 나도 똑같은 놈이었어. 미워해도 돼. 이런 내가 참…… 한심하지?'

\*

몇 분 정도를 헤맸을까, 이마의 땀을 닦아내던 권지영이 멀리서부터 비틀거리며 걸어오는 이찬을 보고는 깜짝 놀라 소리쳤다.

"어, 뭐야! 너 왜 그래!"

"그게……."

권지영이 깜짝 놀라 이찬에게 달려와서는 서둘러 피를 닦아냈다. 최재환이 자신을 쳐다보고 있다는 것을 눈치챈 이찬은 무언가 잘못한 기분이 들어 서둘러 고개를 숙였다.

"죄송합니다."

"아니, 됐다, 됐어. 그런데 너랑 같이 있던 그 꼬마는 어디 있냐?"

최재환이 퉁명스러운 말투로 물었다. 이찬은 잠시 망설이다가 최재환의 눈치를 보며 대답한다.

"그게, 지금 혼자……."

"혼자 뭐?"

권지영이 깜짝 놀라 되묻자 이찬도 덩달아 놀란 듯했다.

"찾으러 갔는데, 여기 있으면 네가 죽는다고, 빨리 이쪽으로 가라고 해서."

"뭐야! 미쳤냐!"

최재환이 버럭 소리를 지르며 이찬의 앞으로 성큼 다가와서는 다시 이찬을 몰아붙였다.

"네가 네 입으로 말하지 않았냐? 근데, 그 녀석을 혼자 두고 와? 너 말마따나 죽으면 어쩌려고!"

권지영이 끼어들어 최재환을 진정시킨다.

"아아, 그만하자. 이쪽은 어느 정도 진정됐으니까 이제부터라도 빨리 찾으러 가면 될 거야! 혹시 어디로 갔는지, 알 수 있을까?"

"그게, 이연희한테 간다고……."

"이연희? 아, 설마……."

권지영이 다시 놀라서는 이찬과 최재환을 재촉했다.

"그럼 더더욱 빨리 가야지! 첫 번째 드림워커라며!"

"아, 네!"

이찬은 가장 먼저 앞장서 마지막으로 고우리와 있었던 장소로 달려갔다. 그리고, 그곳에서 고우리를 찾는 데에는 그리 오래 걸리지 않았다.

"이, 이게……!"

앞서가던 이찬이 가장 먼저 고우리를 발견했다. 건물 파편들 사이에 쓰러져 있는 모습. 온몸은, 그야말로 피투성이가 된 채였다.

"야, 고우리!"

이찬이 다급하게 달려가 고우리의 상태를 살핀다. 보이는 상태로는 도무지 살아있는지를 확신할 도리가 없고, 아직 사라지지 않았다는 것. 그리고 가끔씩 들려오는, 숨이 붙어 있는 소리를 통해 살아 있다고 유추할 뿐이었다.

"이, 미친 새끼들……."

최재환 역시 당황스러움을 감추지 못하는 듯했다. 주변에서는 피 냄새가 코를 찌른다. 이찬은 처음으로, 어쩌면 고우리가 죽을지도 모른다는 불길한 생각이 끼쳐 그답지 않게 입술을 깨물고 고우리의 양 어깨를 흔들고 있었다.

"우욱……!"

이 모습을 지켜보던 권지영은 비틀거리며 헛구역질을 하기 시작했다. 누가 되었든 이런 광경은 쉽사리 받아들이기 힘들었을 것이다. 이찬은 자신의 옷이 피로 다 물드는 것도 무시하고 고우리를 업어들고는 빗소리에 자신의 목소리가 묻히자 냅다 소리를 지른다.

"뭐해요, 빨리 돌아가야죠! 얘 이대로 놔두면 정말로 죽는다고요!"

"아, 응!"

들릴 듯 말 듯 어슴푸레하게 들리는 사람들의 목소리. 그리고 느껴지는 누군가의 감촉. 고우리는 살짝 눈을 떴다. 이찬이 달려들어 막 자신을 옮기려 하던 참이었다.

"우리야! 정신이 들어?"

"이봐, 꼬마, 괜찮냐!"

고우리는 얼굴을 찡그리며 주위를 둘러보았다. 자신을 쳐다보는 사람들 모두는 하나같이 걱정스러운 눈빛을 하고 있었다.

"으으윽……."

"왜? 잠시 내려놓을까?"

고우리가 깨어난 듯 낮게 신음을 흘리자, 이찬이 깜짝 놀라 고우리를 조심스럽게 내려놓았다. 권지영은 어느새 마음을 겨우 진정시킨 듯 고우리의 옆으로 다가와 있었다.

"우리야, 힘들겠지만 조금만 가보자. 여기서 비 맞고 있으면 더 안 좋아져."

"……."

"왜 그래?"

고우리가 아무런 대답도 하지 않고 있자 이찬이 걱정스러운 듯 물어왔다.

"……찬아."

"응?"

고우리가 그 상처 입은 얼굴로 이찬을 올려다보았다.

"우리는, 왜 꿈에서 깨야 하는 걸까?"

"뭐?"

이찬은 물론 권지영마저 동시에 놀랐다. 당연한 것을 묻는다는 듯 이찬이 당황한 목소리로 물어왔다.

"너 갑자기 왜 그래? 지금까지 꿈에서 깨려고 이렇게 싸운 거였잖아?"

당황한 것은 권지영도 마찬가지였다. 그는 고우리가 괜히 마음이 약해졌다 생각했는지 최대한 부드러운 말투로 입을 열었다.

"우리야, 갑자기 왜 이러는지는 모르겠지만, 우선······."

"그 애들, 현실에선 이미 죽은 애들이었어요."

드림워커의 눈에 얕게 눈물이 고였지만 그것은 금세 흐르는 피와 함께 섞여 버려 아무도 눈치채지 못한 채 사라져 가고 있었다. 고우리는 고개를 숙인 채로 말을 이었다.

"그리고, 지오 부모님····· 현실에서는 이미, 돌아가셨다고······."

"누, 누가 그런 말을 해?"

처음 듣는 이야기에 모두가 깜짝 놀랐다. 아마도 그들의 머릿속에는 동시에 다시 만난 부모님과 함께 환하게 웃는 지오의 모습이 새겨졌으리라.

"그 애들은 현실로 돌아가면 죽고, 지오는 부모님을 모두 잃는데······ 그런데, 그런데도······!"

"우, 우리야!"

고우리는 어느새 앞으로 고꾸라져 이찬의 소매를 붙들었다. 이찬은 당황하며 말려보려 하지만, 고우리는 이미 감정이 북받친 듯 속에 있는 것들을 토해내듯이 말을 이어가고 있었다.

"그런데도 그 모든 것들을 제쳐두고 꿈에서 깨야 할 정당한 이유가 우리한테 있어······? 그런 애들한테 피해를 주면서까지 꿈에서 깨야 하냐고!"

"정신 차려!"

고우리가 깜짝 놀라 눈물 맺힌 얼굴로 고개를 들었다. 이찬은 상기된 얼굴로 고우리의 손목을 붙들고 있었다. 이찬은 숨을 한 번 들이쉬고는 윽박지르듯 고우리를 향해 말들을 토해내었다.

"네가 말했잖아! 꿈에서 죽으면 어떻게 된다고? 꿈속에 계속 갇혀 있어야 한다며! 그럼, 그 사람들은 그냥 못 본 채 무시할 셈이야? 너 정말 왜 그래? 언제까지고 꿈에 갇혀 있을 수는 없잖아!"

"……우리도 결국 그 사람들과 똑같아."

"뭐가 똑같다는 거야? 언제까지고 현실도피를 할 수는 없잖아! 꿈에서 깨든, 꿈에 남든 결국 피해자는 나오게 되어 있어. 정신 차려. 네가 지금까지 별 하찮은 이유 때문에 이렇게까지 고생한 게 아니잖아!"

어느새 점점 더 거세게 쏟아지는 비는 두 사람의 시야마저 좁혀가고 있었다. 아무 말도 하지 못하고 있던 고우리는, 다시금 상처가 아려 오는 듯 얼굴을 찡그리고 앞으로 쓰러졌다.

"우리야!"

이찬이 재빨리 고우리를 업어들었다. 최재환이 서둘러 먼저 달려가고, 옆에서 줄곧 걱정스러운 표정으로 따라오고 있는 권지영을 힐금 보고는 이찬은 고우리를 향해 중얼거렸다.

"일단 네가 사는 게 우선이야. 네가 죽으면 아무 소용도 없잖냐."

"……"

고우리는 살짝 입술을 뗐다가 곧 다물어버렸다. 무언가 말을 하고 싶지만, 이젠 눈앞조차 제대로 보이지 않을 정도로 쏟아지는 비는 곧 이찬의 얼굴조차 안 그래도 흐릿하던 시야에서 완전히 지워가고 있었다.

'왜, 나를 이렇게까지……'

다시 흐려지는 의식. 그리고 더 생각해볼 겨를도 없이, 고우리는 그대로 정신을 잃었다.

# 진상을 향해

눈을 뜨니 가장 먼저 보이는 것은 하얀 천장이다. 송우혁은 지끈거리는 머리를 짚으며 천천히 자리에서 일어났다.

"……깬 건가."

언제나 그랬지만 주위는 언제나 생생하다. 그러나 이번엔 눈앞에서 지극히 정상적으로 돌아가고 있는 시침이 조금 전까지와는 이곳이 현실이란 사실을 상기시키고 있었다.

「멍청아! 네가 죽어버리면 끝이라고!」

「그래도…… 야, 잠깐만 기다려!」

「왜, 자꾸 이런 일만 일어나는 건데……?」

"거, 참."

꿈속에서의 마지막 기억들이 떠올라 송우혁은 불쾌한 표정으로 뒷머리를 긁적였다. 혹시 안 그래도 소심하고 우울하던 녀석한테 더 죄책감이라던가, 이런 걸 준 건 아닐까. 고우리가 다치는 것만으로도 그리 울고불고 하던 녀석인데. 송우혁은 다시 한숨을 내쉬었다. 이제는 당연한 사실이지만 주위는 더 이상 꿈 따위가 아닌 엄연한 현실.

"어어, 여기 학생 하나 깨어났어요!"

언제 본 건지, 주변을 서성거리던 간호사가 깨어난 송우혁을 보고는 부리나케 달려왔다.

"괜찮으세요? 3일째 의식이 없어서……. 가까운 병원으로 옮겼어요."

"3일이요?"

송우혁은 주위를 두리번거리며 달력을 찾았다. 송우혁이 찾는 물건을 눈치챈 모양인지, 간호사가 조용히 귀띔해준다.

"오늘은 5월 20일이에요."

"네?"

송우혁은 또다시 지끈거리기 시작한 머리를 지그시 눌렀다. 정은채의 꿈속이 5월 16일이었다. 그리고 사고가 난 게 5월 17일 아침. 그럼 정은채의 꿈속에 갇힌 사람들도 사흘 넘게 의식을 잃고 있었다는 말인가.

"조금 있다가 의사 선생님 오실 테니, 안정 취하고 계세요."

"네."

간호사가 나가고 나서도, 송우혁은 무언가를 잊어버린 듯한 느낌에 머리만 긁적이고 있었다.

"환자분."

"의사 선생님!"

송우혁이 갑자기 이름을 부르자 의사가 몸을 움찔하며 안경을 고쳐 쓰고는 다가왔다.

"어디, 불편한 곳이라도?"

"혹시, 송지후란 학생, 어떻게 됐는지 아세요?"

"송지후……?"

의사가 놀란 표정을 짓더니 간호사들과 이야기를 나눈다. 간호사 한 명이 서둘러 뛰어나가는 듯 하더니, 얼마 지나지 않아 어두운 표정으로 송우혁에게 돌아와 이야기했다.

"송지후…… 란 학생은, 바로 5분 전에…… 사망했답니다."

"네……?"

송우혁이 깜짝 놀라며 다그쳐 물었다.

"5분, 전이라구요?"

"네. 친구 분이신가 보죠? 안타깝게 됐네요."

간호사가 안타깝다는 듯한 표정을 지어보였다. 그러나 그와는 별개로 송우혁은 머리를 감싸고 꿈속에서 있었던 일들을 정리하기 시작했다.

「사실은, 너도 이미 알고 있었던 거지? 알고 있으면서도 모른 척한 거야. 그 애가 이미 죽었다는 걸.」

'아무리 꿈 속 시간이 현실 시간보다 훨씬 빠르게 흐른다 해도……. 꿈속에서 이연희가 그 말을 한 건, 꽤 오래 전이었어. 즉 이연희가 그 말을 했을 시점에는, 송지후는 아직 살아있었을 가능성이 크다는 건가.'

그럼 또 새로운 의문점이 꼬리를 물고 생겨났다. 그럼 이연희는 어디서 그런 정보를 얻고 우리에게 그런 말을 한 건가? 그러고 보니, 아직 이연희의 정체조차 제대로 파악할 수도 없었다.

"저. 학생?"

"아, 네."

"그래요. 어디 불편한 곳은 없고?"

"네."

"다행이군. 학생도 알고 있는지는 모르겠지만, 구조되고 나서 몇 시간 정도 뒤, 그러니까 5월 17일 밤. 구조된 사람들이 갑작스럽게 의식을 잃었어요."

"네?"

송우혁은 의사를 올려다보며 눈을 끔벅였다. 의사는 다시 안경을 고쳐 쓰며 말을 이었다.

"처음엔 두 눈을 의심했지요. 갑자기 많은 사람들이 일제히 의식을 잃는다는 게, 상식적으로 믿기 힘든 이야기니까요."

'전부 다 정은채의 꿈에 갇힌 건가.'

상식적으로도, 일어날 수 없는 일이었다. 하룻밤 사이에 수많은 사람들이 갑작스레 한 소녀의 꿈에 갇힌다니, 믿을 사람이 과연 몇 명이나 될까?

"그런데 이틀째에 조사를 해보니, 이상하게도 전부 REM 수면 상태였어요. 그런데도 깨워도 깨지 않고, 의식도 돌아오지 않아서 다들 불안해하고 있었는데, 마침 학생이라도 깨어나서 다행이네요."

"아, 네."

송우혁이 얼떨떨하게 대답했다.

"그래요. 그럼 당분간 안정을 좀 취하고 있어요."

의사가 봉사인의 웃음을 짓고는 뒤돌아섰다. 송우혁은 멍하니 일어나 앉아 있다가, 문득 무언가 생각난 듯 다급하게 의사를 다시 부른다.

"의사선생님!"

의사가 의아한 표정으로 뒤돌아보자, 송우혁은 자세를 고쳐 앉고는 물었다.

"정은채, 라는 학생 아세요? 지금, 그 애가 있는 곳에 좀 데려다 주실 수 없나요?"

옆에 서 있던 간호사가 흠칫한다. 그는 잠시 난감하다는 표정을 짓더니, 곧 물어왔다.

"친구분이세요?"

"네."

"걸을 수 있겠어요?"

"네."

간호사가 잠시만 기다리라고 말한 뒤 분주하게 움직였다. 링거가 떼이고 송우혁이 자리에서 일어나자, 간호사가 조용한 목소리로 이야기한다.

"따라오세요."

아직 꿈을 꾸고 있었으니, 틀림없이 정은채도 의식불명일 터. 그러나 단순한 의식불명이라면 저렇게 심각한 표정을 지을 이유가 없을 텐데, 라는 생각에 송우혁은 괜히 불안해졌다. 그리고 그 불안함의 끝에서 송우혁은 드디어 현실의 정은채를 마주하게 되었다. 그러나 생각했던 것과는 전혀 다른 모습으로.

송우혁의 놀란 듯한 두 눈이 떨리고 있었다. 그는 믿기지 않는다는 듯 정은채가 누워있는 침대로 가까이 다가가 입만 벌리고 있는데, 옆에서 그걸 지켜보고 있던 간호사가 어두운 목소리로 조용히 덧붙였다.

"이 학생은, 구조되기 전 칼에 찔려서……."

*

분위기는 너나 할 것 없이 침울했다. 송지후 때도 그랬던 것처럼, 전문 의료인이 없어 상처가 심각함에도 손을 쓸 도리가 없었다. 신수민이 안절부절 하며 상처부위마다 지혈을 한 뒤 어찌어찌 응급처치를 끝냈지만, 고우리는 그날로부터 의식을 잃은 채로 깨어날 기미가 보이지 않았다.

"……."

침대 옆에 조용히 앉은 이찬은 말없이 그 앞에 누운 친구를 보았다.

「모르던 걸 점점 더 알게 될수록, 더 실망하게 될 테니까. 」

"……그게 이걸 말한 거였나."

이찬은 다 들리도록 크게 한숨을 쉬며 머리를 헝클어뜨렸다.

"어휴, 땅 꺼지겠다. 왜 그렇게 한숨을 쉬고 그래."

이찬이 깜짝 놀라 고개를 든다. 신수민이 잔뜩 가라앉은 분위기를 어떻게든 무마시키려 먼저 말을 걸며 들어오고, 그 뒤로 정은채가 어깨가 축 처진 채 들어왔다.

"간호사 형……."

"괜찮아."

정은채는 조금 진정된 듯 보였다. 피투성이가 된 채로 이찬에게 업혀 들어온 고우리를 보았을 때 정은채가 보였던 반응은. 이찬은 저도 모르게 고개를 살살 흔들었다. 저 역시도 덩달아 정신이 무너지는 기분이었다. 머리를 감싸 쥐고 한없이 쥐어짜듯 울더니, 지금은 다행히도 어느 정도 진정된 모양이었다. 그리고 세 사람은 더 이상 아무 말이 없었다. 저마다 각자의 고민거리로 심경이 복잡해진 듯, 하나같이 어딘가 불편한 표정만을 짓고 있었다. 그 와중에 이찬은 잠시 고개를 들었다가, 맞은편에 앉은 정은채가 울먹거리기 시작한 것을 보고 깜짝 놀라 재빨리 휴지를 건넸다.

"어어, 왜 또 울고 그래! 자, 여기 휴지."

"……고마워."

정은채가 훌쩍거리는 소리가 나지 않게 조심스럽게 눈물을 닦았다. 그러고는 아무도 시키지 않았는데, 눈물 젖은 휴지를 양손으로 조심스레 감싸 쥐고 먼저 입을 열었다.

"왜 자꾸 이런 일만 일어나는 건지, 모르겠어요."

정은채의 조심스러운 목소리에 신수민과 이찬이 일제히 정은채의 얼굴을 쳐다보았다. 그는 또다시 눈물이 차오르는 듯, 눈가를 몇 번 닦더니 울먹이는 소리를 섞어가며 말을 잇는다.

"우리는, 제 잘못이 아니라고 했지만…… 자꾸 이런 일이 일어날수록, 아무리 생각해도 제 잘못인 것만 같다구요. 내 꿈속에서, 나 하나

지키려다 이리 된 건데. 내가 얼마나 죄책감에 시달리고 있는지도 모르고……."

정은채가 다소 원망하는 듯한 말투로 말끝을 흐린다. 이찬은 다시 고우리의 얼굴을 힐끔 보았다. 고우리가 했던 말이 머릿속에 떠오른다.

「어차피, 꿈이니까.」

'다른 사람들이 그것 때문에 죄책감 따위 안 느낀다고 했지만, 결국 너도 그것 때문에 함부로 행동한 거 아니야?'

"제길……."

이찬 역시 속으로 고우리에게 푸념하듯 주절거린 뒤 머리가 복잡해진 듯 다시 머리를 감쌌다.

"아."

"왜 그래? 뭐 떠오르는 거라도 있어?"

"아뇨, 그. 정은채."

웬일로 이찬의 표정은 진지하다. 그는 어리둥절한 얼굴로 자신을 쳐다보는 정은채의 얼굴을 똑바로 응시하며 입을 열었다.

"그…… 우혁이, 죽었다고 했지. 미안한데 혹시 그때 상황이 어땠는지, 좀 알려줄 수 있어?"

정은채는 머뭇거리는 듯 보였다. 이찬이 깜짝 놀라 말실수하기라도 한 것처럼 손을 내젓는다.

"아이고, 미안. 무리해서 말 하려고 안 해도 되는데."

"아니야. 말할게."

정은채는 심호흡을 몇 번 한 뒤 어느 정도 자신이 진정되었다고 생각한 뒤에야 입을 열었다.

"서진우가 계속 나를 노리고 있다는 건 들었어. 그런데, 우리가 나랑 떨어지니까, 다시 한 번 죽이려고 온 거야. 그때 우혁이가 나를 보호하려고 싸우려고 한 거고……."

"그래서, 그 뒤엔? 우혁이가 죽고 나서는 그냥 간 거야?"

"그……."

정은채는 잠시 뜸을 들이다 말을 이었다.

"일단은. 근데 누군가를 찾고 있는 눈치긴 했는데……."

"누군가를 찾는다고?"

가만히 듣고 있던 신수민이 반문했다. 정은채는 말없이 고개만 살짝 끄덕였다. 이찬은 또다시 그답지 않게 생각에 잠긴 모양이었다.

"잠깐, 그러고 보니."

이찬이 무언가 떠올린 듯 정은채를 쳐다보았다.

"혹시, 걔 아닐까?"

"누구."

"지오 말이야. 서진우가 찾았다던 사람."

정은채가 아무것도 모르는 표정으로 이찬을 쳐다보았다. 아마 그때 정은채는 고우리의 말을 듣지 못한 모양이었다.

"지오, 서진우가 현실에서 본 적이 있다고 했다더라."

"진짜로?"

정은채가 깜짝 놀라며 되물어왔다. 이찬은 고개만을 살짝 끄덕였다.

"서진우…… 현실에선 대체 뭐 하던 사람이었을까."

"그러게요."

셋은 동시에 한숨을 쉬었다. 역시나 아무것도 모르는 지오만이 천진 난만하게 여기저기를 기웃거리고 있을 뿐이었다.

"저기요, 들어가도 돼요?"

"응? 아아, 들어와."

문이 열리더니, 학생 5명이 쭈뼛거리며 들어왔다. 그들은 침대에 누운 친구를 보고는, 하나같이 놀란 기미를 감추지 못하며 저마다 벌어진 입을 다물지 못하고 있었다.

"세상에……."

이도연이 놀라움을 표시하며 손으로 살짝 입을 가렸다. 같이 들어왔던 최서언은 누가 봐도 그가 당황했다는 것을 알아차릴 수 있을 정도로 심하게 떨리는 목소리로 신수민에게 물었다.

"얘, 도대체 어떻게 된 거예요?"

"아, 못 들었어?"

"아뇨, 듣긴 했지만, 이렇게 심각한 상태일 줄은……."

윤시은, 원래 조용했던 그는 침울한 표정으로 잠자코 오고 가는 대화를 듣고 있었고, 강지우는 마치 제 친구가 당한 것 마냥 씩씩대고 있다. 말없이 고우리를 바라보던 신수민이, 먼저 입을 열었다.

"우리는, 자존감이 낮은 애였던 것 같아."

"말도 안 돼. 얼굴도 나보다 훨씬 예쁜 애가……."

이도연은 홀로 중얼거리다 강지우가 노려보자 얼른 입을 다문다. 신수민은 피식, 미소 아닌 미소를 보이고는 말을 이었다.

"그래. 그런 말도 했어. 솔직히, 다른 사람들 입장에선 이해가 잘 안 갈 수도 있겠네. 일단 얼굴만 잘생기고 예쁘면, 그 사람은 고민 같은 건 별로 없을 것만 같고 자존감도 높을 것 같지. 그러나 깊이 파고 들어가면, 그런 사람들도 다 각자의 고민이 있고, 자존감이 낮을 수도 있다는 거야. 어찌 보면 이기적으로 보일 수도 있겠지. '쟨 저리 이쁜데, 뭐가 부족해서 만족을 못하는 거지?' 이런 식으로. 그렇지만……."

정은채가 조용히 고개를 들었다. 그리고 약속이라도 한 듯, 모두가 일제히 신수민의 목소리에 귀를 기울였다.

"그래. 그래서 자기 몸 사릴 생각은 않았던 거겠지."

신수민이 끝을 얼버무리고는 한숨을 쉬었다.

"그래도, 이건 너무하잖아요……."

정은채가 고개를 떨군다. 신수민은 정은채를 돌아보곤 한번 한숨을 쉬며 대답했다.

"아무튼, 우린 빨리 깨어나기를 바랄 수밖에."

모두가 입을 다물었다. 머리가 아파지는 듯 애꿎은 머리카락만 쥐어뜯고 있던 이찬은, 침묵이 길어지자 못 참겠다는 듯 벌떡 일어났다.

"저, 잠깐 바람 좀 쐬고 오겠습니다."

"아, 나도."

정은채가 눈치를 보며 조용히 따라 나온다. 이찬은 한숨을 쉬고, 단 한 번도 뒤를 돌아보지 않고 곧장 방을 걸어나왔다.

"잠깐, 조금 소란스러운 것 같지 않아?"

"어, 바깥쪽 같은데? 한번 올라가볼까."

방 밖으로 나오자 바깥에서 사람들의 소리가 들리는 듯했다. 송지후, 그때가 떠올라 순간적으로 등골이 오싹해졌다. 이찬은 마른침을 삼키고는, 정은채를 등 뒤에 숨기고 조심스럽게 계단을 오른다.

"뭐야? 이 새끼, 어떻게 혼자 여기까지 온 거야?"

최재환의 격앙된 목소리가 들렸다. 이어서 옅지만 사람의 피 냄새도 조금 나는 듯했다. 발에 밟히는 낙엽 하나까지 닿지 못하게 할 기세로 쥐 죽은 듯 걸음을 옮기던 이찬은, 어딘가 불편한 표정으로 자신의 눈앞을 내려다보고 있는 최재환을 보았다. 그리고 그 어깨 너머에서는, 얼굴은 잘 보이지 않지만 한 남자가 피를 흘리며 주저앉아 있다. 이찬은 더 가까이 다가가, 최재환의 어깨 사이로 얼굴을 살짝 내밀었다. 그리고, 뒤이어 그의 눈에 비친 사람은,

"뭐야, 이찬 아니냐?"

더 말할 것이 있을까? 이찬은 소스라치게 놀라 저도 모르게 최재환을 밀쳐내고 허리춤에 꽂았던 권총을 뽑아들어 눈앞의 인물에게 겨눴다.

"이거, 오랜만의 인사치고는 너무 과격한데?"

"닥쳐, 강현성. 네가 그런 소리 할 자격이나 있냐?"

이찬이 비아냥대듯이 대답했다. 눈앞에서 피 냄새를 흘리며 자신을 올려다보고 있는 인물은, 다름 아닌 강현성이었다.

"하, 배신 때리고 저쪽 빌붙어서 잘 살다가 저쪽에서 역으로 뒤통수 맞은 모양이구만? 어차피 꿈이니까 상관없지? 차라리 빨리 뒤지는 게 낫겠다."

이찬이 방아쇠에 손가락을 걸었다. 그러나 강현성은 일말의 동요도 없이, 오히려 조용히 웃으며 여유롭게 대답했다.

"말은 똑바로 해줬으면 좋겠어. 배신당한 게 아니야. 그냥, 내가 들으면 안 되는 걸 들어버린 거지."

최재환의 뒤쪽에서 정은채가 불안한 표정으로 두 사람의 대치를 바라보고 있다. 이찬이 역으로 동요하는 걸 알아차린 모양인지, 강현성은 한층 더 유들유들한, 그러나 상처의 통증 때문인지 약간 찡그린 얼굴로 말을 이었다.

"그래, 너네는 모르겠네. 저쪽, 그러니까…… 이연희, 그리고 서진우 무리. 저 사람들이 원하는 게, 꿈에 남는 것이라고 생각했지?"

"당연한 것 아냐? 그렇지 않으면 저 사람들이 왜 저 짓거리를 하고 있겠어?"

"그래, 그렇게 생각할 줄 알았어. 이연희는 잘은 모르겠어. 워낙에 생각을 알 수 없는 여자니까. 그렇지만 그 인간, 분명 첫 번째로 이 꿈에 들어와서 얼굴까지 싹 바꾼 걸 보면 꿈에 남고 싶어 하는 거겠지. 그렇지만, 서진우는 절대 아냐. 그 인간은 꿈에 남는 것, 그런 것 따위가 목적이 아니었어."

이찬은 순간적으로 고우리의 말을 떠올렸다. 저 사람들의 목적은 꿈에 남는 것이 아닐 수도 있다 했던가. 또 다른 저쪽의 인물로부터 비슷한 이야기를 듣게 되니 기분이 묘했다.

"자, 잠깐만요……!"

정은채가 깜짝 놀라 끼어들었다. 강현성은 겁에 질린 듯한 표정의 정은채를 보고는 돼도 않는 농담을 던졌다.

"뭐야, 그 사이 새 여자친구라도 사귄 건가."

"지금 상황에 그런 소리가……."

이찬이 따지려다 정은채를 보고 멈칫했다. 정은채는 떨리는 목소리로, 강현성을 정면으로 쳐다보며 물었다.

"정말로 꿈에 남는 게 목적이 아니라면, 그 사람은, 도대체 뭐 때문에 꿈 속에서 이런 짓을 하고 있는 거예요……?"

강현성이 피식 웃고는 정은채에게서 시선을 거뒀다. 여전히 자신을 바라보고 있는 정은채의 시선을 느끼며, 그는 조용히 대답했다.

"말해줘도 말이야, 안 믿을지도 모르겠어. 뭐 그래도 잘 들어두도록 해. 서진우의 진짜 목적은, '입막음'이야."

"이, 입막음?"

이찬이 멍한 표정으로 강현성을 바라보다가 반문한다.

"입막음? 뭘 위해서? 누구를?"

"글쎄. 내가 아는 건 여기까지."

말을 마치고 강현성은 호흡이 힘들어진 듯 숨을 짧게 끊어 내쉬었다.

"결국, 내가 알려줄 수 있는 건…… 하나. 서진우는 누군가의 입을 막으려고 한다는 거야. 이 꿈속에서."

이찬은 대답 없이 거눴던 총구를 내렸다. 강현성의 몸이, 아주 조금씩 투명해지는 것을 보았기 때문에.

"개죽음이구만. 정말 별 짓을 다 했는데 말이야. 정은채라고 했나? 저 친구를 죽이려고 했던 것도 여러 번이었어. 등굣길에서 대놓고 칼로 찌르려고 하기도 하고, 철골 같은 걸 떨어뜨려서 죽이려 하기도 하고. 그랬는데, 결국 이용만 당하다가 이렇게 될 거였으면……."

정은채는 깜짝 놀라 과거의 기억을 더듬다 커진 눈으로 허탈한 듯이 웃고 있는 강현성을 쳐다보았다. 이찬은 말없이 사라져가는 그를 응시하고 있다가, 문득 무언가 생각난 듯 제 혼자 놀라서는 다시 강현성에게 윽박질렀다.

"맞아, 너 이연희가 어디 있는지 알고 있지? 그 정도는 알려주고 가!"

"하, 매정한 녀석이구만."

강현성은 혼자 중얼거리곤 짧게 대답했다.

"학교."

이찬이 어리둥절한 표정을 지었다. 강현성은 더 알려줄 생각이 없는 듯, 벽에 머리를 기대고는 전혀 다른 이야기를 꺼냈다.

"뭐, 아무튼 미안했다. 고우리한테도 사과 전해줘. 나는 현실로 돌아가기 싫어서 꿈속에서 온갖 더러운 짓 하다가, 이렇게 허망하게 깨버렸다고 말이야."

이찬이 살짝 고개를 끄덕인다. 강현성은 이 말을 마지막으로 곧 조용히 눈을 감았다.

"학교……."

유일하게 전해 받은 단서를 홀로 중얼거리며, 이찬은 사라져가는 강현성을 등지고 곧 뒤돌아섰다.

*

송우혁의 머릿속이 점점 복잡해지고 있었다. 칼에 찔렸다니, 현실에서는 무사히 구조되어 그저 얌전히 잠들어 있는 줄로만 알았던 정은채가 예상을 벗어나 이런 상태에 놓여 있는 데에는 당황하지 않고선 배길 도리가 없었다.

"저, 간호사 선생님."

"네?"

"그, 지후란 애 있잖아요. 왜 죽은 거죠?"

"혹시 사인을 말씀하시는 거라면, 과다출혈이에요."

"네?"

송우혁이 눈을 동그랗게 떴다.

"과다출혈이라고요?"

"네. 칼에 찔려서……."

또 칼이다. 송우혁은 머리를 숙이고 생각에 빠졌다. 우선, 이들이 있었던 곳은 배 안이다. 일반 여객선 안에 칼을 갖고 있는 사람이 있다는 건, 일단 불가능하지는 않은 일이다. 그러나 그걸로 여객선 안에서 사람을 찌른다니, 상식적으로 전혀 이해할 수가 없었다.

"두 사람이나 칼에 찔렸다면, 일부러 찌른 범인이 있다는 거잖아요."

간호사가 고개를 살짝 끄덕이고는 말을 이어받았다.

"다른 분들도 그렇게 생각하는 분들이 많았어요. 두 사람이나 칼에 찔렸다고 하니까 발칵 뒤집어져서, 경찰까지 와서 수사를 하고는 있는데 쉽지 않죠."

"그렇겠죠."

송우혁은 한숨을 쉬었다. 경찰이 수사를 하고 있다고 했다. 수사 기록을 들여다보면 혹시 감이 잡힐 수도 있겠지만, 민간인 신분으로 덜컥 수사 기록을 보여 달라고 할 수는 없는 일이었다.

"제기랄."

송우혁이 머리를 긁적였다. 꿈에서 깨어나면 어느 정도 퍼즐이 맞춰질 수도 있을 것 같다고 생각했지만, 막상 현실에서는 더 복잡한 일이 기다리고 있었다.

'그리고 보니, 송지후가 두 명이랬지. 고우리는 우리랑 같이 다니던 쪽이 가짜일 거라고 했고.'

송우혁은 정은채의 침대 옆에 자리를 잡고 앉아 머리를 굴리기 시작했다.

'진짜 송지후가 꿈속에선 그보다 훨씬 전에 죽었다 해도, 송지후가 현실에서 죽은 건 겨우 5분 전이잖아. 이연희가 꿈속에 들어온 건 적어도 3일 전일 텐데, 그럼 송지후가 죽었다는 사실을 알 리가 없어.'

송우혁은 지그시 이마를 손가락으로 눌렀다. 송지후의 죽음, 그걸 알 리가 없었음에도 어째선지 알고 있던 이연희. 그리고 송지후를 칼로 찌른 의문의 인물.

"저…… 간호사 선생님."

"네?"

"혹시, 은채, 지후랑 같이 구조됐던 학생들이 있나요?"

"아, 그건 잘 모르겠지만……."

"그런가요."

송우혁이 머리가 아픈 듯 끙끙대는 걸 보고 간호사가 조용히 한마디 했다.

"그래도 혹시 필요하다면, 알아볼 수는 있어요."

"저, 정말요?"

"네, 어때요? 필요해요?"

"네. 그래주시면 저는 감사하죠!"

간호사가 조용히 웃고는 뒤돌아 병실을 나갔다. 혼자 남은 송우혁은 다시 머리를 굴리기 시작했다. 송지후와 정은채를 칼로 찌른 인물.

'잠깐, 칼?'

송우혁의 머릿속에 별안간 한 가지 가능성이 스쳤다.

'설마…… 이연희는, 송지후가 찔릴 때 같이 있었던 게 아닐까?'

갑작스레 떠오른 생각이었지만 이 추리를 필두로 퍼즐 조각이 조금씩 맞춰지는 느낌이었다.

'그래, 송지후가 찔리는 걸 직접 봤다면 그 자리에서 송지후가 죽은 거라고 오해를 했을 수도 있어. 충분히 가능성이 있는 것 같아. 그럼, 정은채와 같이 구조됐던 사람들 중 이연희가 있으면…….'

송우혁이 크게 한숨을 내쉰다. 막혔던 것이 뚫린 듯한, 안도와 후련함의 한숨이었다.

문이 열리는 소리가 들리고 간호사가 들어왔다.

"아, 간호사 선생님."

"자, 여기 있어요."

간호사는 송우혁에게 작은 종잇조각을 건넨다. 그리고 거기에는, 사람의 손 글씨로 몇 사람의 이름이 적혀 있었다.

"가서 이야기 듣고, 직접 써서 정리해왔어요."

"아, 감사합니다."

송우혁은 떨떠름한 기분으로 받아든 종잇조각을 찬찬히 살폈다.

임소영

오지애

송지후

서유진

강진욱

최서언

'이연희가 없잖아?'

헛다리를 짚은 건가, 라는 생각에 송우혁은 허탈한 웃음을 지었다. 그러나 잠깐, 뒤이어 머릿속에 떠오르는 것이 있었다.

'맞다, 첫 번째 드림워커는 자기 마음대로 외형을 바꿀 수 있다고 했어. 그렇다면……'

송우혁은 다시 종이를 살폈다. 혹시 이 학생들 중 하나가 꿈속에 들어와 이연희로 위장하고 있는 건 아닐까? 생각이 여기까지 미치자, 송우혁은 암만 들여다봐도 변할 리 없는 애꿎은 종이를 붙들고 생각에 잠겼다.

그런데, 종이를 살필수록, 왠지 낯설지가 않았다. 그 종이에 적힌, 학생들의 이름이.

"잠깐, 그리고 보니……!"

송우혁은 다시 한 번 꿈속에서의 기억을 끄집어냈다. 틀림없었다. 꿈속에서, 김광진에게 살해당한 피해자들의 명단과 일치했다. 송우혁이 멍하니 입만 벌리고 있을 때, 간호사가 다가와 귀띔해주었다.

"사실 시간 차가 조금 나긴 해요. 지후 학생은 다른 분에게 업혀 구조돼서……"

"다른 사람이요?"

"네, 30대 정도로 보이는 남성분이셨어요."

30대의 남성. 어쩐지 낯설지가 않았다. 송우혁은 목소리를 낮춰 다시 물었다.

"혹시 걔네, 찌른 사람 얼굴은 봤대요?"

"네. 그렇지만, 구조된 직후라 간단한 것만 물어보고 다음 날 자세히 조사하려 했는데……."

"간단한 거라뇨?"

"말 그대로 간단한 거죠. 성인 남자. 나이는 20대 후반에서 30대 초반쯤으로 보이고."

머릿속에 떠오르는 사람이 있었다. 꿈속에서 왜 그런 짓을 했는지, 이해가 되지 않았던 사람. 더불어, 꿈에 들어온 목적이 가장 애매모호했던 사람. 꿈속에서 죽었으니, 지금은 분명히 현실에서 깨어 있을 터. 그 사람이 이 사건과 관련이 있는지는 모르겠지만, 그래도 꼬인 생각을 풀기 위해 만나볼 필요성이 있다는 걸, 송우혁은 느꼈다.

'김광진.'

송우혁은 벌떡 일어섰다. 당장 김광진이 어디에 있을지, 그것도 알 수 없었지만 가만히 있는 것보다는 뭐라도 해야 할 것 같았다. 송우혁은 방을 나가려다 뒤를 돌아본다. 간호사가 여전히 손을 모으고 서 있었다. 뭔가 감사함에 인사라도 전해볼까, 하는 마음으로 송우혁은 말을 걸었다.

"저, 감사합니다. 이렇게까지……."

"아니에요. 도움이 되었다면 좋겠네요."

송우혁은 잠시 간호사 쪽을 쳐다보다가 다시 물었다.

"그런데 혹시, 성함이 어떻게 되세요?"

간호사가 무의식적으로 자신의 명찰을 내려다보고는 실수했다는 듯한 웃음을 지었다. 명찰이 늘어진 머리카락에 완전히 가려져 있던 것이었다. 간호사는 피식 웃으며 머리카락을 뒤로 넘기고는 대답했다.

"제 이름은, 이연희라고 해요."

"!"

송우혁이 깜짝 놀라는 것을 보고 간호사가 되물었다.

"왜 그러세요?"

"아무것도 아니에요. 아는 사람 이름이랑 헷갈렸나 봐요."

송우혁은 그 길로 간호사에게 고개를 숙이고 도망치듯 병실을 빠져나왔다. 재빨리 문을 닫고 문밖에 기대어 선 그는, 다시 복잡해지기 시작한 머리를 잡고 생각을 정리한다.

'저 사람 이름이, 이연희라고? 설마, 우연의 일치겠지.'

아무리 머리를 굴러보아도 저 이연희라는 사람과 정은채의 연관점을 찾을 수가 없었다. 거기에, 저 사람이 꿈속의 그 이연희라면, 아까 세운 그 가설도 무너지는 것이었다.

'뭐야, 이연희는 같이 있던 게 아니었나?'

애초에, 이 간호사 이연희는 평택호에 탑승하지 않았다. 그렇다면 결론은 꿈속의 이연희와 지금 눈앞의 이 이연희는 서로 다른 사람이라는 것이었다.

"제길, 처음부터 다시 추리해야겠네."

벌써부터 머리가 어질어질해지는 듯 했다. 송우혁은 벽에서 등을 떼고, 곧 발걸음을 돌려 어딘가로 향했다.

'일단, 김광진부터 만나고 보자.'

# 꿈속의 꿈

머리가 지끈거렸다. 주위에선 자꾸 무언가 일렁거리는 듯한 느낌이 들고, 귀에선 웅웅 거리는 소리만이 반복되고 있었다. 살짝 눈을 뜨니 붉은 빛이 눈앞을 감싸며 시야를 잠식해가는 듯 점점 더 조여 온다.

고우리는 세차게 머리를 흔들어 눈앞의 붉은 빛을 조금씩 몰아냈다. 붉은 빛이 걷히고 나자, 이번에 보이는 것은 아무것도 보이지 않는 어둠이었다.

"꿈에서 죽은 건가……. 아니."

꿈에 갇힌 다른 학생들이었다면 이 상황을 쉽게 납득했을지도 모른다. 그러나 고우리는 드림워커. 꿈에서 죽는다 해서 꿈에 갇힌다거나 하는 일은 일어날 수 없었다. 그렇다고 해서 현실? 아니, 깨어났다면 일반적으로 병원 천장이 보여야 정상이다.

그렇다면 이곳은 도대체 어디일까? 주위를 두리번거리던 고우리의 눈에, 홀로 덩그러니 서 있는 문 하나가 보였다. 고우리는 다시 주위를 둘러보았다. 변하는 것 없이 주변엔 아무것도 보이지 않고, 고우리는 잠시 망설이다 곧장 문으로 다가가 손잡이를 잡고 돌렸다.

"아……."

문을 열자마자 저녁 석양이 고우리의 눈을 찔러왔다. 부신 눈을 비벼가며 어느 정도 눈이 빛에 익숙해지자, 고우리는 시야에 들어오는 익숙한 풍경에 다시 놀랐다. 어찌도 이리 익숙한 것일까. 그곳은, 휘명여자고등학교. 즉, 고우리가 다니던 학교의 옥상이었다.

고우리는 멍하니 한걸음을 내디뎠다. 학교에서의 안 좋은 기억들 때문일까, 자꾸만 머리가 아파지는 것 같아 고우리는 눈을 질끈 감았다. 그리고 다시 떠오르는 기억들. 학교폭력, 그것이 자신의 반에 있다는 것을 처음 깨닫게 된 순간부터, 그걸 어떻게든 막아보려 아등바등했던 노력들, 아무 잘못이 없음에도 자신에게로 날아온 화살들과 그 모든 노력에도 불구하고 끝끝내 먼저 떠나버린 친구.

"!"

친구, 이미 죽고 없는 친구. 고우리가 다시 눈을 떴을 때, 두리번거리다 문득, 옥상의 한 구석에서 뒷모습만을 보인 채로 어딘가를 응시하고 있는 한 소녀를 보고 고우리가 무의식적으로 떠올린 존재였다.

"서윤아!"

줄곧 뒷모습만을 보이던 소녀가 뒤돌아선다. 고우리는 저도 모르게 누군가의 이름을 내뱉으며 한 발짝 발을 뗐다가, 그 소녀의 얼굴을 보고는 멈춰 섰다. 어깨에 닿을 듯한 머리를 풀어헤친 소녀는, 웃고 있는지 무표정인지 알 수 없는 미묘한 얼굴로 입을 열었다.

"나를 알아?"

소녀의 얼굴은, 기괴하다고 할 수 있을까. 분명히 익숙한 얼굴이었다. 너무나도 익숙해서, 뒷모습을 보는 것만으로도 자신의 기억 속의 누군가를 떠올리게 하는 그런 얼굴이었다. 그러나 동시에, 마냥 익숙하다고도 할 수 없이 낯섦이 느껴져서, 쉽사리 다가가는 것을 주저하게 만들었다. 그것은 마치, 지금까지 봐왔던 여러 사람들의 얼굴 표정을 하나로 모아 합쳐 놓은 것만 같았다.

"아, 미안…… 친구랑 뒷모습이 너무 닮아서, 헷갈렸나 봐."

그러면서 고우리는 멋쩍은 듯 옅은 웃음을 지었다. 소녀는 무표정으로 고우리를 응시하다가, 시선을 돌려 하늘을 바라보면서 말했다.

"어떻게 그게 가능하지?"

"어……?"

"그야, 네 친구는 이제 존재할 수가 없잖아."

고우리가 깜짝 놀라며 한 걸음 물러섰다. 소녀는 고우리를 보고는 어딘가 쓸쓸해 보이는 옅은 미소를, 제대로 보이지도 않을 정도로 미묘하게 올라간 입 꼬리 위에 살짝 얹고 있었다.

"너, 그걸 어떻게……."

소녀는 대답 없이 계속 고우리의 얼굴을 바라보고 있다가, 엉뚱하게 들릴 만한 대답을 내뱉었다.

"너는, 친구 때문에 죄책감을 느끼고 있구나."

고우리가 다시 반응했다. 마치 자신의 속마음을 전부 꿰뚫린 듯한 거북함에, 고우리는 떨리는 목소리로 소녀에게 물었다.

"너…… 누구야?"

"글쎄, 누굴까?"

소녀는 자기 자신도 잘 모르겠다는 표정으로 조용하게 웃고 있었다.

"너…… 윽."

고우리가 입을 열려던 순간 옆구리 쪽을 부여잡고 주저앉았다. 얼마나 상처 입었던 걸까, 얼굴을 찡그리던 고우리는 이내 온몸이 욱신거리며 아파오기 시작하는 걸 느꼈다.

더 말할 새도 없이, 고우리는 소녀가 보는 앞에서 주저앉아 버렸다. 그러나 소녀는 표정의 변화 하나 없이 고우리를 무뚝뚝하게 내려다보더니, 역시 무뚝뚝한 목소리로 입을 열었다.

"그 상처들, 누구 때문일까?"

고우리는 여전히 얼굴을 찡그린 채로 소녀를 힘겹게 올려다본다. 소녀가 여전히 자신을 무표정하게 쳐다보는 걸 느끼고는, 고우리는 피식 웃으며 작게 대답했다.

"누구 때문이긴, 그냥 싸우다 보니 이렇게 된 거지."

"정말로?"

고우리는 흠칫하며 고개를 들었다. 눈동자가 미묘하게 흔들리는 것을 눈치챘기 때문일까, 소녀는 고개를 살짝 돌려 시선을 피하는 고우리를 보며 말을 이었다.

"난 네 태도를 묻는 거야. 그동안 계속 싸우면서, 너는 조금이라도 너를 생각한 적이 있었어?"

"……무슨 소리를 하는 거야."

"사실, 너는 '나 따윈 어떻게 되든 상관없다.' 계속 이런 태도로 지내온 것 아냐?"

고우리는 아까부터 소녀에게 자신의 속마음을 전부 읽히고 있다는 기분을 지울 수가 없었다. 그와는 별개로, 소녀는 얼굴 표정 하나 바꾸지 않고 말을 이어나가고 있었다.

"그래…… 방관. 그렇지? 그리고 이게 뭘 의미하는지, 너도 잘 알 거야."

"방관, 이라니?"

"그렇잖아? 너는 사실상, '자해'한 것이나 다름이 없어."

고우리가 멍하니 소녀를 올려다보다가, 입술을 살짝 깨물며 고개를 떨구었다. 떨구어진 머리 위에 소녀의 말은 계속 이어졌다.

"그리고 말이야, 그걸로 인해 주변에 얼마나 피해를 줬는지도."

"……"

"네 주변의 사람들이 했던 말들을 생각해봐. 아마 지금쯤 다들 너처럼 죄책감에 시달리고 있을 걸?"

고우리가 아랫입술을 깨문다. 그 표정은 점차 무의식적으로 죄책감을 더해가고 있었지만 소녀는 이를 눈치채지 못한 듯 계속 말을 잇는다.

"결국 너는, 자신의 죄책감으로 인해서 다른 사람들한테까지 죄책감을……."

"나도 알아, 안다고!"

소녀가 말을 멈추고는 의아하다는 표정으로 고우리를 내려다보았다. 고우리는 두 손으로 머리를 감싸며, 입 밖으로 애써 변명하는 듯한 말들을 내뱉었다.

"나도 알아, 그 정도쯤은…… 그렇지만, 이렇게라도 하지 않으면, 정말 참을 수가 없어서……."

고우리가 비틀비틀 일어났다. 그는 고개를 들고 정면으로 소녀를 바라보며 말을 이었다.

"친구를 죽여 놓고도, 난 죽지도 못하고 멀쩡하게 살아 있는데. 그 와중에 남의 꿈에 들어와서는 민폐만 끼치고 있는데…… 나를 희생해서라도 남을 돕겠다는 게 뭐가 그리 잘못 됐어……?"

더듬더듬 끊기는 말을 뱉어내는 고우리의 눈에는 눈물이 고이기 시작했다. 소녀는, 아무 대꾸도 하지 않은 채 무표정으로 고우리의 말을 듣고만 있다.

"그래, 나는, 정말 어떻게 되든 상관없는데도, 왜 자꾸 나를 걱정해 주는 거야. 나는 차라리 미움 받는 게, 더 편하다고……."

고우리는 애써 눈물을 흘리지 않으려 터져 나오려는 감정을 꾹꾹 눌러 참았다. 소녀는 다시 하늘을 올려다보았다가, 조용한 목소리로 대답했다.

"그래서 네가 이기적이고 거만하다는 거야."

고우리가 질끈 감았던 눈을 떴다.

"'자기는 어떻게 되든 상관이 없다'? 너는 오히려, '남의 감정 따윈 어떻게 되든 상관이 없다'라는 이기적인 태도로 살고 있는 것 같아. 물론 사람들에게 네 도움이 필요할 수도 있겠어. 그러나 네 주변 사람들에게 있어서 더 필요한 건 네 도움 따위가 아니라 너 자신. 그 자체일 수도 있다는 건, 한 번도 생각 안 해 봤어?"

소녀는 숨도 쉬지 않고 말을 끝마쳤다. 그 정도면 감정이 격앙될 만도 하건만, 소녀는 역시 일말의 표정 변화도 없이 한숨을 살짝 쉬고는 조용히 숨을 골랐다.

"그리고, 거만하지. 네 말마따나 뭐가 부족해서? 솔직히 말해봐. 네 생각이 아니라 주변 사람들이 평가하는 대로에 맞춰서 생각해보라고. 부모님이 막장이야? 아니지. 얼굴이 못생겼어? 전혀 아니고. 공부는? 잘하잖아. 뭘 더 바래? 뭐가 부족해서, 자신을 자꾸 깎아내리는 건데?

네가 바라는 네 자신은, 대체 뭐야?"

"……."

고우리는 고개를 숙인다. 소녀는 다시 숨을 고르고는, 고우리의 숙인 머리 위로 말을 이어나갔다.

"잠시 멈춰서, 주변을 봐. 주변 사람들은 널 어떻게 보고 있을 것 같아? 정말 네 말대로, 한심하고, 민폐 끼치는 그런 애로 보고 있을 것 같아? 절대 아닐 거야. 정말 그랬다면, 구태여 그런 한심한 애를 좋아한다고 사람들 다 보는 앞에서 고백하지는 않았을 테지."

소녀가 지그시 눈을 감는다. 그리고 그 표정 그대로, 소녀는 나지막이 한마디를 내뱉으며 말을 맺었다.

"그런데도, 너는 또다시 그 애한테 상처만 줬구나."

자신의 표정을 감추기라도 하려는 듯, 검게 드리워진 앞머리가 고우리의 얼굴을 미묘하게 가리고 있다. 고우리가 대답이 없자 소녀는 고개를 돌려 하늘을 바라보았다. 한참의 침묵이 흐른 후에, 고우리가 입을 열었다.

"나는, 이기적이라는 말이 싫었어."

소녀가 다른 곳에 가 있던 시선을 거두고 다시 고우리를 쳐다본다. 고우리는 고개를 푹 숙이고, 띄엄띄엄 말을 이었다.

"그런 사람들이 내가 가장 싫어하는 사람들이었으니까. 이기적인 사람들. 그런데, 정작 내가 그런 이야기를 들으니까, 어떻게 해야 하는지…… 하나도 모르겠고, 혼란스러웠어."

감정이 북받치는 듯 말하는 이의 눈에는 다시 눈물이 고이기 시작했다. 그러나 그 눈물을 닦아낼 새도 없이, 고우리는 울먹이며 말을 잇는다.

"계속 아니라고 부정하고 싶었지만, 결국 내 자신이 내가 가장 싫어하는 사람들하고 똑같이 행동하고 있었다는 걸 알게 되니까, 내가, 너무 싫어져서…… 그래서 희생하려 한 거야! 걔네는 잘못 없잖아. 안 그래도 내가 이기적인 것 때문에 그렇게나 고생 많이 한 애들인데……."

더 이상 참을 수 없이, 흔들리며 떨어진 눈물이 콘트리트 바닥을 적셨다. 그 상태로 소리 나지 않게 울면서, 고우리는 말을 이었다.

"이젠 모르겠어……. 내가 정말로, 맞는 일을 하고 있는 걸까? 아니, 사실은 저쪽이 옳은 쪽이 아닐까? 지금도 혼자서 계속 고민해. 말로는 꿈에 갇혀 있는 사람들을 구해주려 꿈에서 깨려고 했으면서도, 현실에선 이미 죽어버린 사람들은 배려 따위 하지 않는 이기적인 행동은 아니었을까, 하고……."

이젠, 확신이 서지 않는다. 지금까지 알고 있었던 신념을 바탕으로 행동해온 모든 것들이, 한꺼번에 거짓이라고 단정되어 사라져 버리는 기분. 참다못해 정신이 무너져 내릴 정도로 머리를 쥐어뜯지 않고서는 도저히 배기지 못할 것만 같았다. 고우리는 어느새 고개만 떨구고 있었다. 소녀는 고개를 돌려 다시 하늘을 쳐다보고는 중얼거린다.

"저녁이네."

고우리가 깜짝 놀라 고개를 들었다. 그러나 소녀는 고우리의 반응 따위에는 전혀 관심조차 주지 않은 채로, 석양이 지고 있는 서쪽 하늘에 시선을 고정시키고는 말을 이었다.

"이제, 좀 있으면 밤이 돼. 밤이 되는 것도 별로 기분 좋은 일은 아니겠지만, 아침이 되어버리면 정말로 아무것도 할 수 없지."

"너, 무슨 소리를 하는 거야?"

당황한 채로, 더듬거리며 말을 잇는 고우리를 소녀는 고개를 돌리고는 미묘하게 웃으며 바라보았다. 그러고서는, 전혀 엉뚱하게 들리는 이야기를 계속해서 이어나간다.

"그러니까, 넌 아직 깰 수 없어. 네가 남의 꿈에 들어온 이상, 남의 꿈을 악몽으로 만들고 홀로 도망칠 수는 없어."

"……"

고우리가 아랫입술을 살짝 깨물었다. 솔직히 말해서, 지금 저 소녀가 말하는 것들이 완전히 이해되지는 않았다. 그러나, 자신에게 꼭 필요한 말들. 그리고, 자신이 언젠가, 누군가에게 꼭 듣고 싶었던 말들이었다. 어쩌면 자신은 누군가가 이런 말을 해주기를 기다리고 있었을지도 모른다. 고우리는 마른침을 한번 삼키고는, 눈물로 얼룩진 얼굴을 닦고 소녀에게 물었다.

"넌, 누구야?"

소녀가 무덤덤하게 묻는 자를 바라보았다.

"글쎄."

그러고서는 돌아서며 피식 웃는다. 그리고 다시 고우리를 돌아보는 얼굴은, 기괴하게도 여러 사람의 얼굴이 얽혀 있는 형상이었다.

"네가 가장 잘 아는, 그러나 너무나도 많은 것을 모르는, 그런 사람."

그러면서 소녀는 마지막으로 살짝 웃었다. 뒤이어 시야가 흐려지며 소녀의 모습이 점차 사라지기 시작했다. 희미해지는 소녀의 얼굴엔 여러 사람의 얼굴이 스쳐 지나가는데, 마지막으로 보인 모습은,

"자, 잠깐……!"

자기 자신의 모습이었다.

"헉……!"

눈을 번쩍 떴다. 그리고 보이는 것은 어두운 천장. 모두가 잠든 걸까, 주변은 쥐 죽은 듯이 조용했다. 고우리는 온몸에서 욱신거리는 통증을 느끼며 조심스럽게 몸을 일으켰다. 눈을 비비려 손가락을 눈에 가져다 대니, 어째서일까, 눈가엔 당장에라도 흘러넘칠 듯한 눈물이 고여 있었다.

"아……."

고우리는 저도 모르게 얼굴을 찡그렸다. 조금 움직이려 하니 온몸이 아프다. 고우리는 지혈붕대가 덕지덕지 감긴 왼팔을 가만히 어루만지며, 꿈속의 꿈에서 봤던 그 소녀의 말을 떠올렸다.

「그러니까, 넌 아직 깰 수 없어. 네가 남의 꿈에 들어온 이상, 남의 꿈을 악몽으로 만들고 홀로 도망칠 수는 없어.」

"……악몽, 이라."

은채에겐, 악몽이라면 악몽이겠지. 고우리는 혼자 생각한다. 정은채가 매일 죄책감에 시달린다며 자신을 붙잡고 울던 것이 생각났다. 이찬이 너는 멀쩡한 꼴을 본 적이 없다며 상처를 툭툭 치던 것도 생각났다. 송우혁이 대신 가겠다던 자신의 말에 화들짝 놀라던 것이 생각났다. 그리고,

「원래, 자기 자신을 있는 그대로 받아들일 수 있는 사람은 거의 없어. 그러지 말고 곰곰이 생각해봐. 널 좋아해주는 사람들이 얼마나 많은데.」

신수민의 말이, 생각났다.

"좋아해주는, 사람……."

고우리는 홀로 중얼거려 본다. 좋아해주는 사람. 걱정해줄 가치가 없는 사람은 아무도 그를 걱정해주지 않고 관심도 주지 않는다고 생각했다. 그리고 그 사람은 혼자 살아남기 위해 아등바등하다가 그 위에 쓰러질 뿐. 그리고 그 전의 '나'는 줄곧 그 부류였다. 아무리 맴돌아도 들어갈 수 없고, 아무리 헌신해도 절대 아무도 알아주지 않는다. 항상 그랬다.

「아, 내가 너 좋아하니까!」

"……."

얼굴 근육이 조금씩 아파온다. 이상하다고 생각했다. 분명히 그냥 생각 없이 내뱉은 말, 그 이상도 이하도 아닌 오글거리는 말일 뿐인데. 고우리는 눈을 질끈 감으며, 어떻게든 북받치는 감정을 이겨보려 애를 썼다. 그러고선, 고개를 숙인 채로 조용히 생각한다.

'그 말이, 이런 의미였던 거예요……?'

남 생각 따윈 조금도 안 하고, 자기 자신을 아낄 줄도 몰랐는데, 그럼에도 불구하고, 이렇게.

"고우리?"

익숙한 목소리가 옆쪽에서 들려온다. 아직 보지는 않았지만, 고우리는 이미 자신의 옆에서 천천히 다가오는 존재의 정체를 확신하고 천천히 고개를 돌렸다. 과연 그곳에는, 이찬이 격앙된 표정으로 서 있었다.

"너, 너……."

"……흑, 오랜만이네."

고우리가 이찬을 돌아보며 머쓱하게 웃었다. 원망스러웠던 걸까, 이
찬은 대답 없이 고우리의 얼굴을 바라보고만 있었다.

"뭐야. 왜 그러…… 찬아?"

무심코 이찬의 얼굴을 올려다본 고우리는 깜짝 놀랐다. 지금, 그 앞에
선 이찬의 얼굴은 그동안 단 한 번도 찾아볼 수 없었던 표정이었다.

"너 설마, 울어?"

"큽, 크흑……."

처음엔 눈물만 고이는가 싶더니, 그는 나중에는 아예 선 채로 괴상
한 울음소리를 내며 눈물만 닦아내고 있었다. 고우리는 당황해서 어쩔
줄 몰라 하다, 어떻게든 이찬을 달래보려 애쓴다.

"뭐, 뭐야. 왜 울어?"

"으윽, 죽은 줄 알았는데… 흑, 살아… 있……."

고우리가 당황해 몸을 일으키려다 얼굴을 찡그리며 다시 앉았다. 그
러는 와중에도 고우리는 이찬이 더 울기만 할까 봐 어떻게든 진정시키
려 애쓰고 있었다.

"야, 야, 안 죽었으니까 그만 울고. 난 네가 울기까지 할 줄은 몰랐다."

"나도 사람이라고……."

이찬은 고우리의 바로 앞까지 와서는 고개를 숙이고 훌쩍거린다. 고
우리는 울고 있는 이찬을 내려다보고는 조용히 웃으며 말했다.

"……미안."

고우리는 조금이나마 마음이 편해진 듯 여전히 미소를 띄운 채로 이
찬을 응시한다. 그렇게, 고우리는 그가 더 이상 울지 않을 때까지 잠시
동안 기다리고 있었다.

얼마나 울었을까, 어느 정도 진정되자 이찬은 숨을 고르며 심호흡을

하고는 입을 열었다.

"그래, 괜찮은 거야?"

"으음, 사실은 몸 여기저기가 계속 욱신거리긴 하는데. 아파 죽겠네."

"쯧쯧, 그 난리를 치고도 몸이 멀쩡하면 그게 더 이상하겠다."

어느새 평소의 모습대로 돌아온 이찬이 혀를 찼다. 고우리가 토라진 표정으로 이찬을 노려보자, 그는 재빨리 표정을 싹 바꾸고는 주제를 돌렸다.

"그러고 보니, 맞다. 너한테 해야 할 아주 중요한 얘기가 있었지."

"중요한?"

"사실, 네가 기절해 있는 동안에 강현성이 왔었어."

"뭐?"

예상대로, 고우리가 깜짝 놀라는 것을 보며 이찬은 말을 이었다.

"아아, 너무 놀라지 않아도 돼. 죽었거든."

"잠깐, 죽었다고?"

"어, 보아하니 들으면 안 될 걸 들었다는 모양이야."

"들으면 안 될 거라니?"

고우리는 계속해서 앵무새처럼 이찬의 말을 따라하며 당혹스러운 표정을 짓고 있었다.

"네가 말했던 그 사람들의 목적. 평택호였나? 아무튼 그거에 관련되어 있을 거라고 네가 그랬잖아. 반은 맞은 것 같아. 강현성이, 서진우의 목적은 '입막음'이라고 했거든."

고우리가 얼굴을 살짝 찡그렸다. 그는 잠시 생각을 정리하다가 입을 열었다.

"그럼, 평택호에 관련된 무언가를 숨기기 위해, 입막음을 했다는 거잖아."

"흠, 두 개를 합쳐 보면 결론이 그리 나네."

고우리가 다시 얼굴을 살짝 찡그렸다 말을 이었다.

"결국 현실의 일을 애들이 기억해내 줘야 하는데."

둘은 동시에 입을 다물었다. 괜히 머리가 더 아파지는 느낌이었다. 이찬은 곧 자리에서 일어나며 고우리에게 한마디 한다.

"일단 너는 좀 쉬어라. 다 죽어가던 애가 깨자마자 한다는 게 머리 굴리기냐?"

고우리가 고개를 살짝 끄덕였다. 이찬은 고우리가 돌아눕는 걸 보고, 소리 나지 않게 뒷걸음질 쳐서는 방을 나왔다.

"찬아."

방을 나오자마자 누군가가 부르는 소리가 들렸다. 이찬은 어리둥절한 표정으로 돌아본 그곳에는, 한 여학생이 서 있었다.

"어? 정은채."

"우리는…… 어때?"

정은채는 고개를 숙이고 조심스럽게 묻는다. 어떻게 말할까, 잠시 고민하던 이찬은 곧 조용하게 대답했다.

"방금 깨어났어."

"……다행, 이네."

이찬은 정은채를 힐긋 보았다. 그러나, 정은채는 그 한마디를 끝으로 별다른 반응을 보이지 않았다. '이상하다. 보통 때였다면 또 울고불고 난리 쳤을 텐데?'라고 이찬은 혼자 속으로 생각했지만 정은채는 아무런 반응도 보이지 않았다. 그는 마른침을 삼키고는, 마른 입술을 다시 열었다.

"그럼, 우리도 불러와줄 수 있을까."

"어?"

갑작스런 부탁에 이찬은 어리둥절한 표정을 지었다.

"어디로?"

정은채는 이찬의 뒤쪽으로 살짝 열려 있는 방문을 물끄러미 쳐다본다. 이찬의 시선이 계속 자신에게 향하고 있는 것을 느끼고는, 정은채는 더 망설이지 않고 이찬의 얼굴을 똑바로 바라보며 입을 열었다.

"다, 기억났어. 현실에서 있었던 일들……."

# 현실의 기억

"그러니까 그건, 5월 17일 아침이었지."

정은채가 조심스럽게 운을 뗐다. 모두가 숨죽인 채 정은채의 말에 귀를 기울이고 있는 가운데, 정은채는 숨을 한번 들이쉬고는 말을 이었다.

"그때, 서언이, 지후도 같이 있었고…… 원래는 그냥 탈출하려 했는데, 그 와중에 우리랑 다른 층에도 사람들이 많이 남아있다는 걸 알게 돼서…… 다른 사람들까지 같이 살아서 나가자, 라고 지후가 그랬어. 그래서 다 같이 사람들을 구하러 배 안쪽으로 갔고."

같이 있었던 유이한 학생인 최서언만이 고개를 끄덕였고, 나머지 사람들은 다들 처음 듣는 듯 신기한 눈으로 정은채의 이야기를 듣고 있었다.

"그리고 거기서, 도연이를 봤어."

"어, 잠깐, 나를?"

이도연이 깜짝 놀랐다. 놀란 것은 정은채도 마찬가지여서, 당황한 목소리로 이도연에게 묻는다.

"너, 그때 나랑 애들이랑 만났잖아. 기억 안 나?"

"어? 미안, 기억 안 나는데."

이도연이 머리를 긁적인다. 정은채는 여전히 놀라 멍하니 있는데, 옆에 앉아 있던 강지우가 정은채를 재촉했다.

"지금 그게 중요해? 빨리 다음 얘기부터 들어보자고."

"아, 응."

정은채가 다시 한숨을 쉬고 말을 이었다.

"거기서 도연이가 안쪽에 사람이 더 있는 것 같다고 했지. 그래서 다 같이 안쪽으로 들어가 봤어. 그런데 거기엔……."

정은채가 말을 멈췄다. 그때의 기억을 떠올리자 다시 두려움이 엄습하는 듯 정은채는 떨리는 목소리로 말을 이었다.

"바로 지후가 찔렸어. 아마, 거기서 누군가를 죽였던 것 같아. 그러고 나서, 바로 내가 그 사람한테 덤벼들었어."

"자, 잠깐."

이찬이 끼어들어 잠시 말을 끊었다.

"그럼 그 찌른 사람이 누군지 알겠네?"

"아, 그건……."

정은채는 잠시 우물쭈물하다가 고개를 숙이며 대답한다.

"미안, 잘은 기억이 안 나."

"그러지 말고! 정말 간단한 거라도 괜찮으니까 아는 것 다 말해봐!"

이찬이 재촉하자 정은채는 주변의 눈치를 보다가 조용히 입을 열었다.

"정말로 기억나는 게 많이 없어. 기억나는 거라곤, 그 사람이 30대로 보이는 남자였다는 것. 그거 빼고는……."

"그래서, 어떻게 됐어?"

다시 강지우가 재촉한다. 그리고 그 다음 정은채의 입에서는, 모두를 깜짝 놀라게 할 말이 튀어나왔다.

"사실, 나도 그 사람한테 찔렸어."

"뭐라고!"

깜짝 놀란 이도연과 이찬이 동시에 책상을 쾅 치며 되물어왔다. 정은채는 흠칫 놀라 수그러들더니, 아까보다 작아진 목소리로 말을 이었다.

"내가 기억하는 건 여기까지야. 그 뒤론 기억이 없어서……."

정은채가 긴 이야기를 끝마친 후 조용히 한숨을 지었다. 같이 이야기를 듣고 있던 다른 학생들도 함께 저마다의 기억을 더듬으며 고개를 끄덕였다.

고우리는 휠체어 손잡이를 툭툭 두들기며 생각에 잠겼다. 정은채 일행이 평택호에 갇히게 된 경위, 현실에서 정은채의 상태, 거기에 깨어난 직후 이찬에게 전해 들었던, 강현성이 흘렸다던 정보도 있었다. 그렇지만, 그렇다고 해도 추리가 쉽게 진행되는 것은 아니었다.

'현실에서 무슨 일이 있었는지 대충은 알게 됐지만, 이것만으로는 지금 이연희와 서진우가 노리는 게 뭔지 전혀 알 수가 없잖아.'

고우리는 지끈거리는 머리에 가만히 손을 짚었다. 뭔가 여러 이야기를 들은 것 같지만 추리는 머릿속에서 제자리, 도무지 진전될 기미가 보이지 않아 골치가 아팠다. 이 모습을 조용히 지켜보던 정은채가, 조심스레 물었다.

"뭐, 감 잡히는 거 있어?"

"아니, 전혀 모르겠는데."

고우리는 점점 초조해지기 시작했다. 서진우 쪽이 무슨 생각을 하고 있는지 알 길이 없건만, 지난번 자신이 크게 다쳤던 일 이후 또다시 상황은 진전 없이 무의미한 대치가 계속되고 있는 중이었다.

"그렇다고 이대로 시간을 낭비하면……."

"안 돼, 그 몸으로 어딜 가려고 그래?"

신수민의 말에 고우리는 더 하려던 말을 접고 입을 다물었다. 그리고, 조용히 현재 자신의 상태를 내려다보았다.

「그렇잖아? 너는 사실, '자해'한 것이나 다름이 없어.」

스스로가 쌓아온 수많은 상처들 때문에 이제는 혼자 걷지도 못할 지경에까지 이르러 결국 휠체어에 지탱하고 있는 몸과, 보기 싫어 눈살 찌푸려지도록 치덕치덕 감겨 상처들을 가리고 있는 흰 붕대들을 보며 고우리는 심정이 복잡미묘해지는 것을 느낄 수 있었다. 그리고 몽중몽 속에서 보았던 그 소녀의 말을 다시 떠올리니, 이제 앞으로 자신이 어 떻게 해야 할지도, 알 수 없었다.

'전에 은채도 궁금해 했어. 왜 나는 이렇게 꿈에서 깨는 데에 열중일 까, 하고. 그렇지만, 그건 꿈에서 깨려는 노력이 아니었어. 어쩌면 정말 그 말처럼…… 무의식적으로 자기 자신을 상처 입히고 있었던 걸지도.'

생각이 여기까지 미치니 저도 모르게 헛웃음이 나왔다. 사람은 극단 적인 상황에 마주했을 때, 비로소 그 본성을 깨닫게 된다.

'나는 정말로, 왜 꿈에서 깨려는 걸까?'

간단하지만 실로 어려운 질문이었다. 그동안 많은 사람들이 물어왔 다. 그때마다 다양한 이유를 들었지만, 돌아보니 갑자기 그것들은 실 로 전부 잘 포장된 구차한 변명거리에 불과한 것처럼 보였다. 아무런 이유도 없이, 허황된 목적을 위해 지금껏 싸워 왔던 걸까.

「정신 차려!」

다음 순간, 이찬의 눈앞에서 목적을 잃고 울부짖던 자신의 모습과 그런 자신을 향해 소리치던 이찬의 모습이 눈앞에서 겹쳐졌다. 고우리 는 이찬 쪽을 흘깃 본다. 이찬은 평소의 그 표정을 유지한 채 다른 학 생들과 이야기하고 있었다.

'그래, 난 정말, 심각하게 이기적이었구나.'

혼란스러운 것은 여전했다. 자꾸 부모님에게 안기던 그 아이의 얼굴 을 떠올릴 때마다, 자신에게 총을 겨누던 그 학생들의 얼굴을 떠올릴 때마다 자신이 지금까지 내세워 온 이유들이 모두 무너져 내리는 기분이었다. 고우리는 아랫입술을 살짝 깨물었다가, 고개를 돌리고는 이찬을 향해 물었다.

"찬아."

"어, 어?"

"서진우의 목적이, 입막음이라고 그랬지."

"어, 그런데."

고우리는 마른침을 한번 삼키고는 말을 이었다.

"전제 자체가, 조금 이상해. 꿈속에서 입을 막는다? 꿈속에서 아무리 사람을 죽여 봤자, 현실에서 그걸 다시 기억해내면 끝이잖아. 그런데 무슨 수로, 어떻게 입막음을 한다는 거지?"

언제나 그랬듯이 추리였다. 그러나, 지금 이찬에게 묻는 고우리의 목소리에는 어딘가 초조함이 묻어나고 있었다.

"그, 글쎄. 그걸 알았으면 우리가 여기서 시간 버리고 있었을 리가 없지."

고우리는 다시 얼굴을 찡그린다. 그럼 어떻게 해야 할까? 이런 상황에서 가장 확실한 방법은, 역시 당사자를 직접 만나는 것이었다.

"젠장, 서진우가 어딨는지를 알기만 하면……"

이찬이 움찔하며 고우리를 쳐다보았다.

"왜, 아는 거라도 있어?"

"그런 것 같아."

이찬은 머리를 한번 긁적이고는 입을 열었다.

"전에 그랬잖아, 강현성이 죽었다고. 그때 이연희가 어디 있는지를 살짝 말해줬거든, 나한테."

"강현성이, 왜?"

"글쎄, 속죄의 의미라고나 할까. 이렇게 이용만 당하다 배신당할 거였으면, 처음부터 너랑 나를 배신하는 게 아니었다면서."

고우리가 다시 얼굴을 찡그렸다 물었다.

"그래서, 어디 있다고?"

"학교."

"학교?"

고우리가 고개를 갸우뚱한다. 이찬 역시 머리만 긁적이다가, 푸념하듯 덧붙였다.

"사실은 더 알려달라고 하려 했는데, 더 물어볼 틈도 없이 그냥 죽어버려서 말이지."

"학교, 라니……."

고우리가 골치 아프다는 표정으로 머리를 긁적인다. 추리에 또 다른 실마리를 던져준 인물은, 구석에서 잠자코 이야기를 듣고 있던 정은채였다.

"그거, 혹시 우리 학교 아닐까?"

고우리가 흠칫하며 정은채를 본다. 옆에 서 있던 이찬이 작게 중얼거렸다.

"너네 학교라면, 창명고등학교."

"그래!"

최서언이 별안간 책상을 쾅 내리치며 벌떡 일어났다. 모두가 깜짝 놀라서 자신을 바라보는 통에 머쓱해져 웃음을 짓던 그는, 이내 표정을 바꾸고 이야기를 시작했다.

"서진우의 목적은 입막음이라고 했어. 그게 평택호랑 관련이 있을 수 있다는 건 다들 알 테고. 그리고 또 다들 알다시피, 평택호 사고를 당한 것도 우리 학교야."

"그럼……."

"서진우가 정말로 평택호 관련해 입을 막으려는 게 목적이라면, 우리 학교에 있을 가능성이 크다는 거지! 그리고 이연희는 서진우랑 같이 있고. 그럼 강현성이 말한 '학교'라는 게 우리 학교를 말하는 것일 가능성이 가장 높다, 이거야."

"오오, 그럴 듯한데?"

이찬이 감탄하며 동조했다. 최서언이 자신의 추리에 나름 만족하고 있는 동안, 옆에서 듣고 있던 강지우가 잠긴 목소리로 학생들을 돌아보며 입을 열었다.

"그럼, 이제 빨리 움직여야 하는 거 아냐?"

"응?"

아이들이 이해가 안 된다는 표정으로 강지우를 바라보자, 그는 한숨을 쉬며 고우리에게로 시선을 돌렸다.

"너 말이야, 너. 그전에는 그렇게 꿈에서 깨야 한다 난리를 치더니, 갑자기 여유로워지기라도 한 거야?"

"아냐, 이건……!"

대답하며 목소리를 높이던 고우리가 다시 옆구리를 잡고 얼굴을 찡그린다. 어느새 얼굴 위로 땀이 맺히는 것을 느끼며, 그는 다시 입을 열었다.

"되도록이면 빨리 움직여야 한다는 건, 지금도 똑같아. 일단은, 빨리 은채네 학교로 가는 게……."

"잠깐, 그 몸으로 어딜 가려고?"

애써 일어나려던 고우리는 결국 일어서지 못하고 다시 주저앉았다. 그 모습을 지켜보던 이찬이, 답답하다는 듯 이야기했다.

"몸 좀 사려! 지금 이 꼴로 총이나 제대로 쏠 수 있을 것 같아?"

"그래도, 장소를 알아낸 이상 더 꾸물거리면……."

"넌 여기 있어라, 꼬맹아."

모두가 목소리가 들린 쪽을 돌아본다. 최재환이었다. 그는 권지영과 함께 걸어오며, 고우리를 향해 말을 이었다.

"우리끼리도 충분히 갈 수 있어. 네가 없으면 절대 안 된다, 뭐 그런 거냐?"

"그, 그건 아니지만……."

고우리가 우물쭈물하다가 고개를 돌렸다. 최재환은 한숨을 쉬고는, 다시 이야기한다.

"가만 보면, 드림워커가 무슨 영화에 나오는 히어로인줄 아는 것 같단 말이지. 우리는 영웅이 아니야. 네가 아무리 드림워커라 해도, 뭐든지 다 해결할 수 있는 건 아니라고."

"……."

고우리는 입을 다물어 버린다. 최재환은 더 말하지 않고 뒤돌아섰다. 서로의 눈치를 보던 아이들은, 최재환을 따라 하나 둘 일어나기 시작했다.

"저, 우리야, 괜찮아. 별일 없을 거야."

어느새 정은채가 옆으로 다가와서는 조용히 위로를 건넸다. 고우리는 침울한 표정으로 고개를 숙이곤 가만히 위아래로 고개만 끄덕인다. 이 모습이 또 답답해 보였는지, 멀리서 지켜보던 이찬이 다가와 짐짓 거들먹거리며 허세를 부렸다.

"야, 내가 당할 것 같냐? 이 오빠를 못 믿어? 참나, 너나 잘하세요."

"그런 게 아냐!"

고우리가 이찬을 올려다보곤 우물우물 대답했다.

"그냥, 걱정돼서……."

그러고는 고우리는 다시 입을 다물어버린다. 멍하니 고우리를 쳐다보던 이찬은 피식 웃더니 장난스러운 어투로 다시 대답했다.

"별 걱정을 다 하네. 그냥 조용히 누워서 자고 있어라. 내가 눈 깜짝할 사이에 끝내고 올 테니까."

고우리를 안심시키려는 것이었을까, 이찬은 평소와 같이 까불거리며 대답하고는 다시 장난스럽게 웃었다. 침울하던 표정의 고우리도, 이찬을 올려다보곤 애써 따라 웃었다.

\*

"원하는 대로 끝내고 오셨나?"

"아뇨, 놓쳤습니다."

서진우가 권총을 던지듯 내려놓으며 아쉬운 듯한 표정을 지었다. 그 모습을 가만히 보고 있던 이연희가 한마디 한다.

"그런데, 대체 뭐 때문에 걔를 그렇게 노리는 거야? 그전까지는 티도 많이 안 냈으면서."

서진우가 조용히 웃었다. 의아한 표정을 짓는 이연희를 향해, 그는 역시 조용한 목소리로 대답한다.

"개인의 복잡한 사정이라고나 할까요."

이연희가 얼굴을 찡그렸다. 어딘가 불쾌한 표정이다.

"난 아직 이해가 안 되는데. 꿈속에서 사람을 죽여 봤자 현실에서 다시 깨어나면 끝이잖아? 그런데 왜……."

서진우가 미묘하게 웃었다.

"글쎄요."

서진우는 이후 말을 이으려는 듯 입술을 움직이다가, 결국 애매하게 말을 끝내고는 조용히 입을 닫았다.

"아아, 그래. 그건 그렇다 치자. 그런데, 아직 궁금한 게 하나 더 있어."

서진우가 다시 이연희를 바라본다.

"드림워커는, 같은 드림워커나 꿈의 주인만이 죽일 수 있다고 알고 있어. 그런데, 송우혁은 어떻게 죽은 거지? 그때 나는 없었잖아."

"그건 말이죠."

서진우가 다시 살짝 웃으며 고개를 돌리고는 다소 당황스러운 답을 내놓았다.

"저 역시 제 스스로의 의지로 꿈에 들어온 사람이라고 할 수 있으니까 말이죠."

"뭐?"

이연희가 깜짝 놀랐다. 잠시 멍하니 서진우를 응시하던 그는, 무언가에 화가 난 듯 책상을 내리치며 소리를 질렀다.

"그런 말은 없었잖아! 난 낌새도 못 챘다고! 아니, 그렇다면 애초에 왜 이 꿈에 들어온 건데?"

흥분한 듯 보이는 이연희를 보며 서진우는 바로 대답하지 않고 조용히 웃었다. 여전히 자신을 노려보고 있는 이연희를 향해, 서진우는 한마디만을 툭, 던져놓고 곧바로 자리를 떠나버렸다.

"죄책감, 때문일까요."

\*

"출발하는 건 오늘 밤 9시. 최소한의 인원을 빼고는 다 나설 예정이야. 총 3팀으로 나눌 텐데, 1팀은 신제원, 2팀은 최재환, 그리고 3팀은 내가 이끈다. 어른이랑 학생이 섞여 있으니 그건 나중에 공정하게 나눌 거고."

사람들은 다시 넓은 방에 모여 잠자코 이야기를 듣고 있다. 권지영이 이야기하며 시계를 흘긋 보고는 말을 끝맺었다.

"최소한의 인원이라는 건?"

이찬이 조심스럽게 손을 들고는 물어왔다.

"음, 일단 다친 우리랑, 옆에서 간호해줄 수민 씨, 그리고 은채 정도려나. 걘 죽으면 안 된다고 했으니까."

그러나 권지영의 말이 끝나기 무섭게 정은채가 끼어들었다.

"아뇨, 저도 갈게요!"

옆에 서 있던 최재환이 깜짝 놀라 뭐라 한마디 하려는 것을, 어디선가 들려온 또 다른 목소리가 간단하게 막아버렸다.

"저도 그렇게 생각해요."

조심스레 손을 들고 동의해오는 인물은, 고우리다. 그는 주변을 한번 둘러보고는, 낮은 목소리로 천천히 입을 열었다.

"은채를 여기 남겨두나, 같이 가나 결과는 마찬가지예요. 지난번에 다들 보셨죠? 우리가 자리를 비운 사이에 여길 습격해서 우혁이를 죽인 거. 이번에 또 그러지 않으리란 보장은 없어요. 그리고 저희만으로는 은채를 지켜낼 방법이 없고요."

"그, 그럼……?"

고우리는 잠시 씁쓸한 웃음을 짓고 있다 대답했다.

"이젠 둘 중 하나밖에 없네요. 싸우던가, 죽던가."

잠시 침묵. 그리고 모두들 아무 말도 없었다. 고우리가 가만히 왼쪽 팔을 감싸더니 다시금 씁쓸한 미소를 지으며 침묵을 깼다.

"죄송해요. 제가 이렇게 돼버려서, 이제 와서 아무런 도움도 못 돼서 ……."

어느새 정은채가 걱정스러운 눈으로 고우리를 쳐다보고 있었다. 그러나 최재환은 내색하지 않는다는 듯 일어나 기지개를 켜며 대답했다.

"어차피 한 번 대판 붙어보긴 했어야 했어."

고우리가 다시 고개를 숙인다. 권지영은 고우리를 힐끗 보더니, 가라앉은 분위기를 살리려는 듯 손뼉을 치며 사람들을 일으켜 세웠다.

"자, 그럼 슬슬 준비합시다! 마지막이 될 수도 있으니, 모두 힘내자구요!"

사람들이 하나 둘씩 일어난다. 그러나 그 와중에 미동도 하지 않고 앉아 있는 사람이 있었다.

"뭐해? 왜 멍 때리고 앉아 있냐?"

고우리가 깜짝 놀라 고개를 든다. 이찬이 씩 웃고 있었다. 고우리 역시 희미하게 웃어주더니, 고개를 돌리며 작은 목소리로 대답했다.

"아, 아무것도 아니야."

이찬이 고우리를 가만히 바라보다 피식 웃는다.

"빨리 들어가서 좀 누워 있어. 다른 것보다도 건강이 제일이라고."

그러면서 고우리의 머리를 장난으로 쓰다듬고 뒤돌아섰다. 아무 말 없이 이찬의 뒷모습을 쳐다보던 고우리는 갑자기 무언가 생각난 듯 뒤통수에 대고 이찬을 부른다.

"찬아!"

"어?"

"저……."

이찬이 자신을 빤히 바라보자, 고우리는 차마 시선을 맞추지 못하고 죄 지은 사람처럼 시선을 피했다.

"왜? 할 말 없으면 나 간다."

"자, 잠깐! 윽……."

다시 이찬을 붙잡으며 자신도 모르게 벌떡 일어서는 통에 고우리는 얼굴을 찡그리며 주저앉았다. 이찬이 깜짝 놀라 다가오고, 고우리는 꿈속에서의 그때처럼, 힘겹게 이찬의 얼굴을 올려다보았다.

「그런데도, 너는 또다시 그 애한테 상처만 줬구나.」

고우리는 아랫입술을 살짝 깨문다. 이찬이 자신을 일으켜 세워 다시 조심스럽게 휠체어에 앉혔다. 더 망설일 여유가 없었다.

"미안해."

"응?"

이찬이 놀란 눈빛으로 고우리를 쳐다보았다. 다시금 고개를 돌리는 고우리의 얼굴은 살짝 붉어지고, 이찬은 당장에 이해를 하지 못하겠다는 듯 머리를 긁적이며 다시 물어왔다.

"뭐가? 아아, 방금 넘어진 거?"

고우리가 대답이 없자 이찬은 저 혼자 웃으며 한마디를 덧붙였다.

"에이, 뭐 이런 거 가지고! 앞으로 조심이나 하셔."

그러고선 정말로 뒤돌아서서는 곧 시야에서 사라졌다. 고우리는 이찬의 뒷모습이 완전히 보이지 않을 때까지 가만히 그 모습을 보고 앉았다가 신수민이 자신을 데리러 나왔을 때에야 속에 머금고 있던 말을 혼자 조용히 내뱉는다.

"은채한테도, 미안하다고 해줘야 하는데……"

*

여기저기 무너져 내린 도시는, 평소 길거리를 비추던 가로등 불빛도 하나 없이 어두컴컴하기만 하다. 그 속에서 각자 손전등을 하나씩 켠 채로, 권지영 일행은 조용히 학교로 향하고 있었다.

"그런데, 정말로 그 사람을 믿을 수 있는 거 맞아?"

"그 사람이라니, 누구요?"

최재환이 퉁명스러운 말투로 대답했다.

"강현성이었던가? 지금 그 사람 말 하나만 믿고 이렇게 다 학교로 몰려가는 거잖아? 그런데 강현성이란 인간, 애초에 저쪽에서 넘어온 인간인데 믿을 수 있겠냐고. 이게 함정인지 어떻게 알아?"

"아, 그건……."

"어휴, 여기까지 와서도 의심이야? 어차피 모 아니면 도잖아."

권지영이 최재환을 돌아보며 면박을 주었다.

"조심해서 나쁠 건 없잖…… 아, 도착인가."

손전등을 비추자 마침내 학교가 슬며시 모습을 드러냈다. 그러니까 그건 마치, 공포영화, 공포게임에나 나올 법한 폐교의 모습이 되어 있었다고 해도 과언이 아닐 것이다. 여기저기 창문은 깨져 있고, 바람이 불어올 때마다 기분 나쁜 소리가 덜컹거리는데, 정은채는 그런 학교를 보며 다시 복잡미묘한 기분이 되었다.

"아까 말한 것, 다들 기억하고 있지? 3팀으로 나눠서 각각 동쪽 계단, 서쪽 계단, 중앙 계단으로 올라간다. 무전기도 얼마 없지만 나눠주긴 했으니까 뭔가 있으면 즉시즉시 알리고."

"네."

어른들이 먼저 진중한 목소리로 대답하고는 곧 사라져 갔다. 최서언, 강지우 등의 학생들도 눈빛으로 인사를 건네고는 곧 그 뒤를 따라 사라졌다.

"우리도 가자."

이찬이 멍하니 서 있는 정은채를 툭 쳤다.

"응? 아, 응."

이찬이 다시 의아한 눈빛으로 정은채를 쳐다보았다. 정은채는 잡념을 떨쳐내려는 듯 고개를 두어 번 흔들고는 짧게 대답했다.

"가자."

먼저 주위를 살펴본 권지영이 손짓으로 일행을 부른다. 어른들이 먼저 앞서가고, 정은채와 이찬은 저마다 무기를 하나씩 꼬옥 쥐어 들고 뒤를 따랐다. 그리고, 역시 땀에 젖은 손으로 무기를 쥐고 조용히 뒤를 따르는 학생이 있었다.

이도연이었다.

"저, 도연아."

"어?"

정은채가 먼저 조심스럽게 운을 떼었다. 이도연은 어리둥절한 표정으로 정은채를 바라보고, 정은채는 잠시 뜸을 들이다 물었다.

"정말로, 기억 안 나? 그, 평택호 말이야."

"……"

이도연은 바로 대답하지 않았다. 그리고, 역시 잠시 뜸을 들인 뒤 나온 대답은, 또다시 예상 밖의 대답이었다.

"사실, 평택호란 것 자체가, 기억 안나."

정은채가 다시 깜짝 놀랐지만, 이도연은 무덤덤하게 말을 이었다.

"어쩌겠어? 사실 나도 당황스러웠어. 나한테만 없는 기억이 너희한테만 있다는 게 뭔가, 나만 다른 세계 사람이 된 것 같은 기분도 들고."

정은채가 놀란 표정을 숨기지 못하고 이찬을 바라보았다. 이찬 역시 당황한 것은 마찬가지여서, 입을 쩍 벌리고 말하는 이를 멍하니 쳐다보고 있었다.

"그, 그러지 말고…… 정말로 아무것도 생각나는 거 없어? 그, 그래, 너희 수학여행 갔다며! 배 타고 가지 않았어?"

"배. 라니?"

"꿈 말고 현실에서 말이야!"

이도연은 다시 고개를 갸웃했다. 그리고, 그의 다음 말에 이찬은 다시 놀라고야 말았다.

"수학여행이라 해도…… 아직 출발하지도 않았는걸."

"뭐?"

이찬과 정은채가 다시 한 번 서로를 쳐다보았다. 이도연만이 지금 이 상황이 이해가 가지 않는다는 듯 어리둥절한 표정으로 서 있었다.

지금 눈앞에 서 있는 인물. 이도연의 기억은, 5월 16일에 멈춰 있던 것이다.

*

"후우…… 일단 머릿속부터 정리해보자."

송우혁은 침대 위에 털썩 주저앉으며 한숨을 쉰다. 경찰 조사 때문에 일반인과 만나는 것은 불가하다니, 그야말로 미치고 팔짝 뛸 노릇이었다.

'이쯤 되면 모르는 게 더 이상할 노릇이잖아? 지후를 업고 나온 사람이 김광진과 나이가 비슷한 30대 초반, 그리고 정은채와 함께 구조됐던 아이들이 전부 꿈속에서 김광진에게 살해됐다. 그럼 지후를 찌른 범인은 김광진이 가장 유력한 것 아닌가?'

당장에라도 경찰에게 달려가 그동안 추리한 것들을 쏟아놓고 싶었다. 그러나 꿈속에서 사람들을 죽였으니 이 사람이 범인이다! 라고 다짜고짜 말해 봐야 믿어줄 리 만무했다.

"아오, 다시 꿈속으로 들어갈 수 있으면 좋을 텐데."

그러나 드림워킹의 특성상, 루시드 드림과는 달리 한번 꿈에서 깨면 다시 같은 꿈으로 들어가는 것은 불가능했다.

'잠깐, 그러고 보니……'

예전에, 드림워킹에 흥미가 생겨 파고든 적이 있었다. 그때의 지식 덕분에 지금 드림워킹에 한 번에 성공할 수 있었다고 해도 과언이 아니다. 그런데 그때 봤던 말들 중 하나가, 갑자기 송우혁의 뇌리를 스치고 지나갔다.

「드림워커는, 같은 드림워커나 꿈의 주인만이 죽일 수 있다.」

"!"

송우혁은 자리에서 벌떡 일어났다. 물론 일어났다고 해서 어딘가에 갈 생각으로 일어난 것은 아니지만, 한 가지, 이상한 점을 발견한 그는 불안한 듯 방안을 맴돌며 생각에 잠겼다.

'그래, 그때 나를 죽였던 게, 서진우였지. 그런데, 서진우는 드림워커가 아니었어. 그런데 어떻게?'

착각한 게 아닐까 하고 스스로 반문해 봐도, 그럴 일은 없었다. 드림워커끼리는 서로 알아볼 수 있다고 했다. 자신이 고우리를 처음 봤을 때 그랬고, 고우리 역시 자신이 드림워커라는 걸 바로 알아차렸다. 설령 첫 번째 드림워커가 자신이 쓸 수 있는 능력을 가지고 자신을 드림워커가 아닌 것처럼 위장할 수 있다고 쳐도, 첫 번째 드림워커는 서진우가 아닌 이연희였다.

"아 씨, 머리 아파 죽겠네."

아무리 파고들어도 풀리지 않는 의문투성이였다. 혹시나 정은채의 꿈이 끝나고 서진우나 고우리가 현실로 돌아오면 이 얽히고설킨 상황을 속 시원하게 풀어줄 수 있을까, 하고 내심 가능성 없는 기대를 걸어 봐도, 지금 상황에서 자신이 할 수 있는 일은 한계가 있었다.

"경찰 조사 끝날 때까지만이라도 기다려볼까."

송우혁은 다시 침대에 벌렁 드러눕는다. 그리고 다시 눈을 감았다. 돌아갈 수 없다는 것을 내심 알면서도.

# 양심

"어떻게 된 걸까? 사람이 한 명도 보이질 않는데."

손전등을 휘휘 휘두르며 권지영이 중얼거린다. 이찬은 초조한 눈빛으로 어두컴컴한 학교 내부를 이리저리 둘러보고 있었다. 설마 강현성이 거짓말을 한 것이란 말인가? 마지막이라 생각하고 정은채까지 데려왔는데, 행여나 헛수고라면 그야말로 낭패가 아닐 수 없었다.

"찬아…… 맞는 거겠지?"

"당연하지! 설마 마지막까지 거짓말을 하려고."

라며 자신만만하게 대답했지만, 이찬 역시 속에 은근히 불안함이 도사리고 있지 않다고 한다면 거짓말이었다.

"우리 쪽은 대충 이 정도면 된 것 같네. 슬슬 다른 팀 상황도 봐야할 것 같은데."

"아."

이도연이 깜짝 놀라 무전기를 꺼내 들었다.

"여보세요! 그쪽 상황은 어떤가요?"

「…….」

"저기요?"

아무리 불러도 대답이 없다. 이도연이 불안한 얼굴로 권지영을 쳐다보았다.

"어쩌죠? 대답이 없는데."

콰광—

한순간 시야가 밝아지고, 뒤이어 귀를 찢는 듯한 굉음이 귀를 울렸다. 맨 앞에 있던 이찬을 비롯해, 권지영을 위시한 일행 모두가 소스라치게 놀라 폭발음이 난 곳을 일제히 쳐다보았다.

"동쪽 계단……!"

"빨리 가보죠!"

사람들이 저마다 한마디씩 하며 동쪽 계단을 향해 달리기 시작했다. 권지영의 3팀은 중앙 계단 쪽에 있었으므로, 폭발이 난 곳까지 도달하는 데에는 그리 오랜 시간이 걸리지 않았다.

"다른 사람들은요?"

"이, 이게……."

권지영이 할 말을 잃고 망연자실한 듯, 무의식적으로 한 걸음을 툭, 내디뎠다. 아무리 꿈속이라 해도, 이리 쉽게 사람들을 죽음으로 내몰 수 있는 것일까? 망연자실한 것은 정은채도 마찬가지여서, 문자 그대로 산산조각이 나버린 학교, 그리고 흔적도 없이 사라진 사람들을 보고 상당히 충격을 받은 듯했다.

"엇, 저기 사람 하나가 있어요!"

권지영의 동료 중 한 명이 먼지가 피어 오르는 구석을 가리켰다. 이찬이 먼저 튀어가 먼지를 헤치고 보니, 그곳에는 피투성이가 된 소녀 하나가 몸을 웅크리고는 덜덜 떨고 있었다.

"시은아!"

"으, 은채야……?"

피투성이의 소녀는 울먹거리며 정은채를 올려다보았다. 이찬이 부축하여 일으키려 하자 비틀거리며 곧바로 주저앉는 것이 가벼운 부상은 아닌 것 같았다.

"너만 살아남은 거야? 다른 사람들은?'"

윤시은은 대답 없이 고개만 살짝 끄덕였다. 이찬을 따라 거의 반사적으로 내딛는 발에는 생기가 없다.

"일단 그 애 이리 줘! 많이 다친 것 같은데……"

권지영이 이찬으로부터 윤시은을 받아들어 건물 한 구석에 조용히 앉힌다.

"젠장, 의사가 한 명도 없어서……"

권지영이 아쉬운 듯 중얼거렸다. 이곳에 윤시은을 혼자 두는 것은 위험하다. 언제 또 습격을 받을지 알 수 없었다.

"여기서 그 애 좀 돌봐주고 계세요. 일단 저 혼자 돌아보고 올게요!"

"뭐야? 야! 잠깐만!"

무슨 생각이었던 걸까, 윤시은을 빤히 내려다보던 이찬이 별안간 벌떡 일어났다. 당연히 권지영은 소스라치게 놀라며 말리고, 옆에 있던 사람들도 당황한 기색이 역력한 채로 두 사람을 번갈아 쳐다본다.

"미쳤어? 방금 폭발도 봐놓고선!"

"에이, 멀리 안 가요. 잠깐 순찰 정도만."

권지영이 영 불안한 모양인지 걱정스러운 눈빛으로 이찬을 쳐다보았다.

"그런데, 2팀은 안 왔나요? 이 정도 폭발이면 눈치채지 못했을 리 없는데."

이도연이 끼어들었다. 그리고, 그 말 한마디에 다들 잊고 있었던 것을 다시 떠올린 것 마냥 놀라 서로를 쳐다본다.

"그러게, 왜 아무런 연락이 없지?"

"제가 한번 해볼까요?"

기다렸다는 듯이 이도연이 무전기를 꺼내들었다. 그리고 그가 무전기에 대고 말하려는 순간이었다.

투다다다—

건너편에서 동시다발적으로 시끄러운 소리가 들려오고 있었다. 그리고 그들은 곧 그 소리의 정체를 바로 알아차렸다. 총소리였다. 무전기 반대편에서 들려오는 소리에는 왜인지 모르게 잡음이 심하게 섞여 있었다. 그리고 연결이 닿자 총소리는 더 선명하게 들려오기 시작했다. 권지영이 달려와서는 이도연의 무전기를 뺏어들고 윽박질렀다.

"이봐, 대답해봐. 최재환! 괜찮은 거야?"

「젠장, 괜찮을 리가 있나!」

"뭐라고? 잘 안 들려!"

치지직거리는 잡음이 더 커진다. 그 와중에 들리는 것은 총소리뿐, 점점 잡음이 심해짐에 따라 결국 이마저도 들리지 않게 되었다.

"이런, 발견했나 본데."

"발견이요?"

이찬이 깜짝 놀라 되묻는다. 아까는 들리지 않던 총소리가 점점 더 크게 들리는 듯했다.

"제가 한 번 가볼게요!"

"뭐라고? 자, 잠깐! 야!"

모두가 넋을 놓은 사이, 이찬이 슬그머니 빠져나와 재빨리 사라졌다. 그 뒤를 정은채와 이도연도 슬그머니 따르고, 권지영은 잠시 망설이다 윤시은을 동료들에게 맡기고 서둘러 그 뒤를 따랐다.

탕—

총알이 위협적으로 날아들기 시작했다. 맨 앞에서 달리던 이찬은 깜짝 놀라 본능적으로 몸을 낮춘다. 뒤따라오던 정은채도 속도를 낮춘

채 이찬의 옆에 바싹 따라붙었다.

"야, 어쩌려고 그래?"

"일단, 찾아봐야죠, 서진우를."

"서진, 뭐?"

권지영이 얼떨떨한 목소리로 되묻는다.

"아, 말씀 안 해드렸나?"

"아냐, 얘기는 들었어, 우리한테."

권지영이 궁금한 것은, 역시 그것이었다. 목적 등은 이미 들었다. 꿈에서 입막음을 하려 하고 있다고. 그렇지만, 깨버리면 소용없는 꿈속에서 어찌 입막음을 한다는 건지, 그리고 또 누구를 입막음을 한다는 건지는 여전히 알 수 없었다.

"위를 보세요!"

탕—

폭탄 때문인지 무너져 내려 층의 구분이 모호해진 천장. 그 천장 위에서, 누군가가 이찬 일행을 겨누고 있었다.

"제길, 저건 또 뭐야!"

"도연아!"

정은채의 다급한 목소리에 이찬이 깜짝 놀라 뒤를 돌아본다. 그리고 이찬의 시선이 가 닿은 그곳에는, 피를 흘리며 쓰러진 이도연을 당황하며 안아 들고 있는 정은채가 있었다.

탕—

위에서 날아온 총알이 이찬의 바로 옆을 스치고 지나갔다. 이도연의 바로 근처 바닥에 가 박히는 총알을 보며, 이찬은 벌떡 일어나 총알이 날아온 천장에 대고 냅다 소리를 지른다.

"당신 누구야!"

"흠."

천장의 남자는 총을 거두고 천천히 몸을 일으켰다. 그리고 뒤이어 그는, 곧 고개를 들고 익숙한 얼굴을 드러냈다.

"목표는 이미 끝냈으니, 이제 감출 필요도 없겠군요."

"!"

이찬은 물론이거니와, 뒤에 있던 정은채도 이도연을 끌어안은 채로 말없이 천장의 남자를 노려보고 있었다. 당황한 듯한 얼굴로 천장의 남자와 정은채를 번갈아 보던 권지영은, 목소리를 낮추고 조용히 정은채에게 물어온다.

"저 사람은……."

정은채가 권지영을 흘끗 쳐다보았다. 그는 살짝 한숨을 쉬고는, 역시 낮은 목소리로 짧게 대답했다.

"네……. 서진우."

＊

밤이 되어 해는 차츰 모습을 감추고, 부둣가는 여전히 조용했다. 파도가 철썩이는 소리, 그리고 저 멀리서 아직도 혹여 있을지 모르는 실종자들을 찾아 헤매는 소리들을 제하고 나면 감히 떠드는 사람이 한 명도 없을 정도로 그렇게, 아니, 조용하다기보단 오히려 침울한 분위기만이 살아남은 사람들을 짓누르고 있었다.

송우혁은 정은채의 침대 옆에 걸터앉아 고개를 떨구듯 숙이고 잠시 쪽잠을 청한다. 결코 편한 자세는 아니었지만, 낮 내내 머리를 싸매고 돌아다니다 되지도 않는 추리에 끙끙대느라 에너지를 다 써버린 탓에 머리만 살짝 기대도 금방 잠이 올 것만 같았다.

한 남자가 소리를 밟아 죽이며 조심스럽게 접근해 왔다. 커튼을 살짝 젖히니 침대 위에 쓰러진 정은채의 모습이 보인다.

'이렇게까지 하고 싶지는 않았지만 말이지.'

남자는 조심스럽게 주위를 둘러보았다. 변한 것 없이 주변은 여전히 조용했다. 남자는 다시 시선을 소녀에게로 고정시켰다. 그리고,

"멈춰!"

의자를 박차며 벌떡 일어서는 소리가 들린다. 뒤이어 강한 불빛이 순식간에 남자의 눈을 찔러왔다. 남자가 깜짝 놀라 뒷걸음치려는 찰나, 뒤에서 사람들이 튀어나와 남자를 바닥에 고꾸라뜨렸다.

"혹시나 했는데 역시나였군요."

어둠 속에서 한 소년의 형체가 천천히 모습을 드러냈다. 남자가 얼굴을 찌푸리며 올려다보니, 아까의 무방비 상태로 졸고 있던 모습은 온데간데없이, 소년은 어느새 멀쩡한 모습으로 자신을 내려다보고 있었다.


"뭐라고?"

"아, 그러니까 일단 한번만 믿어 보시라구요!"

소년은 답답한 듯 소리를 질렀다. 경찰들은 당최 이해가 되지 않는다는 표정으로 서로를 쳐다보기만 하고 있었다.

"그러니까, 일단 그 아이들을 찌른 게 우리가 방금 조사했던 그 사람이랑 같은 30대 초반이라는 건 알겠지만 말이지. 정은채였나? 아무튼 그 애랑 함께 구조됐던 아이들이 전부 꿈속에서 우리가 방금 조사했던 사람한테 살해당했다고? 그러니 그 사람이 유력한 용의자다?"

"네."

"하아…… 장난하냐?"

"네?"

수사관이 골치 아프다는 듯 머리를 헝클었다.

"겨우 그런 꿈 얘기만 가지고 사람을 용의자로 볼 수 있을 거라 생각해? 이건 추리소설 같은 게 아냐. 진짜 살인 사건이라고."

"아니, 그게……."

"왜 그래? 어차피 밑져야 본전이잖아? 실제로 드림워킹이 성공했단 이야기도 들어봤고."

뒤에서 가만히 듣고 있던 또 다른 수사관이 흥미롭다는 듯 실실 웃으며 모습을 드러냈다. 먼저의 그 수사관은 송우혁과 자신의 동료를 번갈아 보더니 한숨을 쉰다.

"……그래. 그래서 계획은 있는 거야?"

"그렇게 번거로운 일도 아니니까요. 들어주실 수 있죠?"


주위는 역시나 어둡다. 수사관은 벽 뒤에 숨어 숨을 죽이며 자신의 팔자를 내려다보고 조용히 한숨을 쉰다.

'애초에 그 사람의 목적은 정은채였어요. 뭔가 안 될 걸 보기라도 한 모양이겠죠. 그래서 찔렀고, 죽었다고 생각하고 있었겠지만 이제 정은채가 살아있다는 걸 알게 되면, 그 사람 입장에서는 어떻게든 다시 정은채를 없애려 할 수밖에 없어요. 어차피 의식이 없으니 반항도 안 할 테고.'

그러면서 한 가지 부탁을 더 했다. 그 남자 앞에서, 정은채라는 아이가 아직 살아있다는 사실을 은근슬쩍 흘리라는 것. 아마도 그 소년은 함정 비슷한 것을 파려는 모양이었다.

이후 동료의 부추김에 어쩔 수 없다는 듯이 끌려 나오긴 했지만, 이삼일 동안 암만 기다려도 나오는 것이 없어 수사관은 벽에 기댄 채 꾸벅꾸벅 졸기 시작했다.

'방법은 간단해요. 그렇게 말한 다음에 우리가 정은채 주변에서 감시만 하고 있으면 되죠. 범인은 당연하겠지만 아마 한밤중에 오겠죠? 반드시 올 거예요. 그 사람 입장에선 그러지 않으면 안 될 테니까요.'

"멈춰!"

수사관은 깜짝 놀라 냅다 튀어나갔다. 그러나 이미 동료들이 남자를 제압하고는 바닥에 눕힌 후였다.

"혹시나 했는데 역시나였군요."

한 소년이 씩 웃으며 걸어 나왔다. 송우혁이다. 그는 곧 쭈그리고 앉아 남자의 얼굴을 정면으로 쳐다보더니 의기양양한 웃음을 지으며 입을 열었다.

"이제 끝났어요, 김광진 씨."

*

"으아아아아!"

흥분하니 잠시 이성을 잃어버린 걸까, 이찬이 냅다 눈앞의 인물에게 달려들었다.

"자, 잠깐! 찬아!"

챙—

정은채는 눈을 크게 떴다. 익숙한 소리다. 언제였더라, 그래, 고우리와 처음 만났을 때. 그때도 비슷한 소리가 났다. 그리고, 역시 그때와 비슷하게, 그러나 이번엔 이찬이 내지른 칼이 땅에 떨어지는 소리가 들렸다.

"칼을 무턱대고 먼저 아무렇게나 내지르는 건 별로 좋지 않습니다. 저도 그렇게 당했거든요."

서진우가 이찬을 정면으로 바라보며 정확히 복부를 타격했다. 피할 새도 없이, 이찬은 주먹을 정확하게 얻어맞고 나가떨어진다.

　"찬아! 괜찮아?"

　"아오 씨, 명치는 너무하잖냐……."

　비틀거리며 일어나면서도 이찬의 입은 아직 자신이 괜찮다는 것을 보여주기라도 하려는 듯 쉴 새 없이 떠들고 있었다. 그러나 그것도 잠시, 이찬은 옷을 툭툭 털더니 이번엔 맨주먹으로 다시 서진우에게 달려들었다.

　"이런 건, 쓸데없는 거라고 말씀드리고 싶은데 말이죠."

　또다시 가볍게 피하며, 서진우가 중얼거렸다.

　퍽—

　이번엔 등이다. 이찬은 맞은 자세 그대로 바닥에 고꾸라졌고, 서진우는 그 위에서 이찬의 머리에 대고 그대로 총을 겨눴다.

　"악감정은 없었습니다. 꿈이니 상관없으려나요."

　더 피할 도리도 없어, 이찬은 눈을 질끈 감았다. 서진우는 뒤를 한 번 돌아보고는 곧바로 방아쇠를 당긴다.

　"으아아아악!"

　무너진 학교에 소년의 비명소리가 울렸다. 꿈의 주인이 총에 맞았던 것 때문에 고통은 여전히 2배인 듯했다. 이찬은 고개를 흔들어 고인 눈물을 떨구어 내며 간신히 정신을 붙들었다. 자신의 머리에 겨누어졌던 총구가 어깨 쪽으로 내려가 있다는 것을 알게 되기까지는, 그리 오래 걸리지 않았다.

　탕—

　"어? 이게 무슨……."

　"멈춰."

익숙한 목소리가 들렸다. 권지영이다. 이찬은 고개를 살짝 들어 위를 본다. 서진우가, 자신과 같이 어깨에서 피를 흘리고 있었다. 그림자를 얼굴에 드리우고 옅은 미소를 지으며, 서진우가 입을 열었다.

"알고 계실 텐데요. 드림워커는, 같은 드림워커만이 죽일 수 있다고요."

"드림워커?"

"드림워커라고?"

모두가 깜짝 놀라 서진우를 쳐다보았다. 권지영은 잠시 입술을 깨물고 있다가, 방아쇠에 손가락을 걸며 천천히 입을 열었다.

"못 죽인다면……."

"어, 언니!"

정은채가 깜짝 놀라 달려들었지만, 권지영은 이미 서진우를 향해 방아쇠를 당기고 있었다. 첫 총알이 서진우에게 맞자마자, 권지영은 마치 이성을 잃은 사람처럼 연거푸 방아쇠를 당기기 시작했다.

"죽을 때까지 쏘면 돼!"

한동안 총성이 계속 이어지고, 정은채는 망연자실한 눈으로 권지영을 쳐다보고 있었다. 총성이 멎자, 이찬은 얼굴을 찡그리며 조심스럽게 몸을 빼냈다. 그리고 바로 그 위로 피투성이가 된 서진우가 쓰러지고 있었다.

"언니!"

권지영은 권총을 내리고 숨을 몰아쉬었다. 그러나 그것도 잠시, 서서히 느껴지는 비릿한 피 냄새에 정신을 차렸는지 권지영은 주위를 둘러보고는 놀라 눈을 크게 떴다.

"내, 내가 무슨 짓을……."

쓰러져 있던 서진우는, 짧은 신음 소리를 내며 비틀비틀 몸을 일으켰다. 그러나 2배의 고통은 그에게도 그대로 전해져 그는 차마 일어나지 못하고 무릎만을 땅에 대고 있었다.

"이것이 역시 인간의 본성인 것이로군요. 드림워커들은 모두, 비참한 최후를 맞게 되죠."

"!"

"그렇지 않습니까? 김광진 씨도, 송우혁 군도 그렇게 최후를 맞았지요. 고우리 양 역시도…… 죽지는 않았지만 끔찍한 고문을 당하고 죽기 직전까지 갔었습니다. 차라리 그때는, 죽여주는 것이 낫다고 생각했을 정도였죠."

이야기를 듣던 정은채는 입술을 깨물며 고개를 숙였다. 바로 옆에서 어깨를 감싸고 있던 이찬은 얼굴을 찌뿌리며 서진우에게 물었다.

"너, 도대체 고우리한테 무슨 짓을 했기에……."

"……."

서진우가 피식 웃었다.

"듣지 않았습니까? 현실이었다면 이미 죽었을 겁니다. 모두가 드림워커에 대한 강한 증오를 품고 있었으니까요. 물론 그 증오도, 제가 조장한 것이었지만요."

"우리야……."

정은채가 가만히 중얼거렸다. 서진우는 자세를 고쳐 앉으며 다시 입을 열었다.

"이것이 인간의 본성입니다. 꿈에서는, 그 악한 면모가 더 적나라하게 드러나죠. 드림워커는 누구보다도 그 본성에 충실히 따르기 위해 이 꿈에 들어온 존재, 비참한 최후는 그 대가인 것입니다."

사람들은 대답이 없었다. 그는 정은채를 올려다보며 조용히 말을 이었다.

"자, 이제 저를 죽여주십시오. 여기서 저를 죽일 수 있는 건 이제 당신뿐입니다."

정은채가 더듬거리며 저도 모르게 물러섰다. 손을 떨며 권지영에게서 권총을 건네받고도, 정은채는 여전히 망설이며 자신의 손에 쥐어진 권총과 눈앞의 서진우를 보고 있었다.

"뭘 망설이십니까?"

정은채는 권총을 꼭 쥐었다. 그는 서진우의 앞으로 몇 발짝 걸어가서는 다시 멈추어 섰다. 모두가 숨을 죽인 그때, 마침내 정은채가 입을 열었다.

"인간의 본성은 악하다는 것, 사실 저도 부정 못하겠어요. 너무 많이 봐왔으니까요. 그것 때문에, 친구가 다치고, 아파하는 것도 너무 많이 봤고……."

잠시 말을 멈추고 정은채는 침울한 얼굴로 고개를 숙였다. 이찬 역시 정은채와 같은 표정을 짓고 있었다.

"그렇지만."

작지만, 또렷한 소녀의 목소리가 울리고 있었다. 정은채는 다시 고개를 고개를 들고 말을 이었다.

"인간에게는, 양심이란 게 남아 있어요. 사람을 사람답게 해주는 최소한의 장치……. 그 양심마저 잃어버린다면, 우린 본성대로만 행동하는 동물과 다를 게 없다구요."

서진우의 표정은 의미심장했다. 모두가 소녀의 말을 귀 기울여 듣고 있는 그때, 서진우는 미묘한 웃음을 지으며 고개를 떨구고 있었다.

"아무리 인간의 악한 본성이 드러난다 해도, 마지막 양심까지 잃어버려서는 안 돼요. 부디 현실에서는……."

서서히 총구를 올리는 정은채의 팔은 떨리고 있었다. 한참의 침묵 뒤, 그가 방아쇠에 손가락을 걸었다.

"마지막 양심을…… 지키시기를."

탕—

고요하던 학교에 총성만이 말없이 울렸다. 쓰러져 있던 이찬도, 바로 옆에서 지켜보던 권지영도 깜짝 놀라 정은채와 서진우를 번갈아 보는데, 붉은 피가 흘러내리던 드림워커의 몸은 차츰 투명해지다 마침내, 모두가 지켜보는 앞에서 소리 없이 스러져갔다.

"은채야?"

정은채는 고개를 푹 숙였다. 그리고 옆에 서 있던 권지영은, 늘어뜨린 머리카락에 가려진 소녀의 눈에 자그맣게 눈물이 맺히는 것을 보았다. 권지영이 다가가 말없이 안아주니, 정은채는 감정을 추스르려는 듯 아랫입술을 살짝 깨문다. 이찬은 멀리서 주저앉은 채 이 광경을 지켜보다가, 정은채가 어느 정도 안정을 되찾은 듯 보이자 조심스럽게 무릎을 펴고 일어났다.

"이도연은?"

이찬이 옷을 툭툭 털고는 정은채에게 물어왔다. 정은채는 대답 없이 가만히 고개를 저어 보인다. 이찬이 뒤늦게 놀라 주위를 둘러보았지만, 이제 보이는 것은 바닥의 핏자국뿐이고 이도연은 간 데가 없다.

"결국."

이찬이 씁쓸하게 중얼거렸다. 정은채의 얼굴은 침울한 기색이 역력했다. 권지영은 어찌해야 할지 몰라 가만히 정은채를 다독이다가, 문득 들려오는 시끄러운 소리에 얼굴을 들고 소리가 나는 쪽으로 고개를 돌렸다.

"뭐야, 어떻게 된 거야!"

최재환이 애써 당황한 기색을 감추려 소리를 지른다. 이찬은 최재환을 흘긋 보다 바닥에 풀썩 주저앉을 뿐, 대답이 없다.

"피해자가 한 명 더 나왔어. 그래도 다행인 건……."

"서진우가 죽었다는 거죠."

정은채가 권지영의 말을 이어받아 대신 대답했다. 그의 시선은 바닥을 향해 있는데, 그 얼굴은 이전과는 어딘가 달라 보여 보는 사람으로 하여금 굳게 다문 입술 너머에서 느껴지는 어떠한 결심을 같은 가슴에 와 닿게 해주었다.

"뭐, 더 이상 이렇게 앉아 있어봤자 달라질 것도 없고, 이제 남은 건 하나네요."

이찬이 옷을 툭툭 털고 일어섰다. 이번엔 정은채의 시선이 이찬을 따라 위쪽으로 향하더니, 다시금 진지한 얼굴로 입을 열었다.

"이연희, 말이지?"

이찬은 정은채를 쳐다보곤 말없이 고개를 끄덕인다. 그제야 대충 사태 파악이 된 듯한 최재환이 물어왔다.

"그럼, 이제 그 사람만 없애면 끝난다, 이거지?"

"네. 그 뒤엔 고우리한테 연락하면 되고요."

그러나 작아 보이면서도 꽤나 큰 문제가 있었다.

"그런데, 이연희는 지금 어디 있는 거야?"

"아마 이 학교 안에 있겠죠? 서진우도, 다른 사람들도 다 이 학교에 있었으니."

"젠장, 또 찾아다녀야 하는 거냐?"

최재환이 머리를 헝클어뜨리며 툴툴거렸다. 그러면서도 그는 총알이 다 떨어진 탄창을 집어던지고 새 탄창을 갈아끼우며, 주위를 독려하듯 큰 소리로 말을 꺼냈다.

"그럼 빨리 움직이자고! 여럿이 몰려다니다 보면 언젠간 찾지 않겠어?"

「그런 일은 없을 거예요.」

바닥에 떨어진 무전기에서 누군가의 목소리가 흘러나왔다. 정은채는 잽싸게 무전기를 집어들어 가까이 가져다 대었다. 무전기 너머에서 예의 그 여유로운 목소리를 내고 있는 인물.

이연희였다.

"뭐야, 너 이 새끼! 지금 어디 있어?"

최재환이 무전기를 빼앗더니 격앙된 목소리로 소리를 질렀다. 얼마나 험하게 다루었는지 무전기에서 삐— 소리가 나더니 뒤이어 이연희의 낮은 목소리가 흘러나왔다.

「성질 내서봤자 소용없어요. 어차피 그쪽은 절대 저를 만나지 못할 테니까요. 제가 만나려고 하는 건 딱 한 명입니다. 꿈의 주인이요.」

"꿈의 주인이라면……."

"정은채?"

모두가 숨죽인 채 정은채를 본다. 최재환은 여전히 화가 가라앉지 않은 건지, 아니면 아까의 그 말에 더 열이 오른 건지 다시 무전기에 대고 고함을 친다.

"이거 완전 미친 놈 아냐! 우리가 네놈 속을 모를 것 같아? 우리가 미쳤다고 꿈의 주인을 얌전히 넘겨주겠어? 그냥 학교를 뒤져서 찾아내서 죽여 버리면 끝날 일이잖아!"

「글쎄요?」

이연희의 목소리는 여유로웠다. 변하지 않는 태도에, 당황하는 쪽은 오히려 최재환 쪽이었다.

「아까 폭발 보셨죠? 몇 명이 오시든 상관없습니다. 그냥 다 날려버리면 되니까요.」

다시금 피식 웃는 소리가 들려왔다. 다들 어쩔 도리를 몰라 망설이고 있을 때, 무전기 너머의 이연희가 다시 침묵을 깨고 입을 열었다.

「정은채.」

"어…… 어?"

「교실로 와. 알고 있지?」

"교실, 이라니?"

「기다리고 있을게.」

이연희는 더 말하지 않았다. '교실'. 이 한마디만이, 정은채의 머릿속에 남아 살며시 울린다.

"교실이라니, 대체 어디를 말하는 거야?"

정은채는 아랫입술을 살짝 깨물었다. 이미 되돌릴 수 없는 것이었다. 눈앞에는 이미 자신이 쏘아 죽인 이의 피가 선명했다. 아무리 꿈이라 할지라도, 자신의 감춰졌던 본성이 점점 보일 정도로 조금씩 드러나는 걸 지켜보는 건 썩 기분이 좋지 않았다.

"사실 저, 어디인지 알 것 같은데요."

"진짜야?"

갑자기 이찬이 벌떡 일어나며 입을 열었다. 갑작스러운 이찬의 말에 사람들은 놀란 듯이 서로를 쳐다보는데, 이찬은 곧바로 정은채에게 가더니 다시 고개를 사람들에게로 돌리고 말을 이었다.

"제가 같이 갈게요. 가장 좋은 건 역시 다 같이 움직이는 거겠지만…… 아까 그 말이 진짜인지 가짜인지 아직 아무도 모르잖아요?"

지켜보던 권지영이 깜짝 놀라 이찬을 붙들었다.

"어딜 가려고! 일단 상처부터 치료하고 가."

"아, 네. 그럼 붕대만 감고 바로……."

권지영은 여전히 걱정스러운 눈으로 이찬을 바라보며 물었다.

"둘이서 괜찮겠어?"

"예이, 그리고 제가 죽으면 다른 사람들이 또 오면 되니까요."

"아니, 왜 벌써부터 죽을 거란 생각을 하는 거야?"

곁에서 지켜보던 최재환이 한마디 했다. 이찬은 어디를 쳐다보는 건지, 잠시 생각하는 듯하더니 이내 머쓱하게 웃으며 대답했다.

"어차피 꿈인데, 어때요?"

"그래도……."

정은채는 아무 말 없이 쭈뼛쭈뼛 서 있다. 긴장을 풀어주려는 것일까, 이찬은 정은채의 어깨를 살짝 치더니 장난스럽게 웃었다.

"슬슬, 가야지."

*

고우리는 침대 위에 쭈그린 채 앉아 있었다. 너덜너덜해진 청자켓은 얌전히 벽에 걸어두었고, 상처를 가리던 손목보호대며 머리끈 등은 전부 풀어버린 채였다.

그 상태로, 고우리는 가만히 머리를 파묻고 생각에 잠겨 있었다.

꿈에서 깨려는 이유.

이미 많은 이들이 물어왔고, 또 혼자서도 여러 차례 생각해왔던 터였다. 그 끝에 나름의 이유를 찾았다. 꿈에 갇힌 사람들을 구하기 위해, 현실로 돌아가기 위해서라고.

그러나, 저 혼자 조잡하게 만들어냈던 같잖은 이유들은 지극히 사소하게 보였던 것들에 의해 무너져 내렸다.

「우리는, 현실에선 이미 죽었다고. 못 돌아가.」

그래. 아주 간단한 것을 간과하고 있었다. 이미 죽음을 맞은 자들. 그러나 꿈속에서나마 짧게라도 다시 살아갈 기회를 얻은 자들. 그 기회를 마음대로 앗아갈 정당한 명분이 나에게 있는 것일까. 아니,

「그렇잖아? 너는 사실상, '자해'한 것이나 다름이 없어.」

지금까지 무엇을 위해 싸워온 것일까? 숱하게 반복했던 변명처럼 정말로 꿈에 갇힌 다른 사람들을 위해서였을까, 아니면 정말로 단순히 자신에 대한 미움 탓이었을까.

"얼굴이 어둡네. 무슨 일 있어?"

고우리가 고개를 든다. 신수민이 싱긋 웃으며 자신을 내려다보고 있었다.

"……별 일 아니에요."

"그래?"

신수민은 고우리의 침대 옆에 살짝 걸터앉았다. 그리고 잠시 침묵이 흘렀다. 고우리는 손 위에 놓인 머리끈을 한 손으로 만지작거리다, 시선을 자신의 무릎 위로 떨구고는 먼저 말을 꺼냈다.

"오빠."

"응?"

"우리는, 왜 꿈에서 깨야 하는 걸까요?"

신수민이 가만히 고우리를 돌아본다. 고우리는 여전히 얼굴을 파묻은 채였다. 내내 현실로 돌아가기 위해 싸워 온 드림워커에게 이런 소리를 듣는다는 것은 참으로 아이러니한 일이었다.

"왜 갑자기 그런 소리를 하는 거야?"

"그게……."

「너넨 빨리 꿈에서 깨야 하겠지만, 우린 여기서 죽으면 끝이야!」

다시 과거의 그 말이 떠오른다. 고우리는 홀로 아랫입술을 잘근잘근 깨물다가, 어느 정도 진정되기를 기다려 무거운 입술을 열었다.

"전에는, 너무 단순하게만 생각했던 것 같아요. 우리 입장에서야 빨리 꿈에서 깨야 하겠지만, 저쪽은 그렇지가 않잖아요. 오히려 저쪽은 꿈이 끝나버리면 정말로 끝일 텐데……. 꿈에서나마 조금이라도 더 살수 있는 기회를 우리가 날려버리는 건 아닌가 하는 생각도 들고."

신수민은 아무런 말없이 잠자코 고우리의 이야기를 듣고 있었다. 고우리는 씁쓸한 미소를 얼굴에 희미하게 짓고는 계속해서 말을 이어간다.

"글쎄, 오히려 저쪽이 옳은 걸지도 모르겠어요. 단순히 욕심 때문에 꿈에 남는 게 아니라, 이미 현실에서 죽은 사람들을 위해 꿈에 남는다. 그에 비해 저는……."

고우리는 잠시 말을 멈추고는 자신의 무수한 상처들을 내려다보았다. 이제는 무엇을 위해 감수했던 상처들이었는지도 잊어버릴 만큼, 고우리의 머릿속은 혼란스럽기만 했다.

"그때 꿈을 꾸고 나서, 깨달았어요. 아무리 그럴 듯한 이유들을 둘러대도, 지금까지 이렇게 싸워 온 건, 꿈에서 깨겠다는 그럴듯한 의지 때문이 아니라 단순히 자기 자신을 상처주기 위한 '자해'였다는 걸……."

말끝을 흐리던 고우리는, 어느새 고개를 돌려 신수민을 똑바로 쳐다보았다.

"이제부터라도, 제대로 된 이유를 찾고 싶어요. 몸이 성한 걸 바라는 것까진 무리일지 몰라도, 적어도 정당한 명분을 위해 싸우는 거니까, 더 이상 아무 이유 없이 다른 애들까지 상처받게 하는 건, 하고 싶지 않아요."

그러면서 아직 초점을 잃지 않은 그 두 눈은 신수민을 똑바로 쳐다본다. 신수민 역시 고우리를 조용히 응시하다가, 긴 침묵 끝에 천천히 입을 열었다.

"굳이 새로운 이유를 찾을 필요는 없어."

고우리가 가만히 고개를 들었다.

DreAM waLkeRZ

"그 전에 다시 확인해야 할 게 있어. 그 전엔, 왜 꿈에서 깨려고 했던 거야?"

고우리가 다시 얼굴을 찡그렸다. 잘 기억이 나지 않는 듯, 그는 고개를 갸웃거리며 뒷머리를 긁적이더니, 이내 얼굴을 배시시 일그러뜨리며 작게 대답했다.

"그냥, 꿈에 갇힌 사람들을 구하려고…… 또 우리도 빨리 깨야 했으니까요."

"왜?"

고우리는 잠시 망설인다. 그는 옆에 아무렇게나 떨어져 있던 머리끈을 주워들어 가만히 만지작거리며 보고 있더니, 신수민을 올려보며 작은 목소리로, 그러나 분명하게 대답했다.

"제가 처음 꿈에 들어왔을 때, 은채의 꿈속은 악몽 그 자체였어요. 저는 사실 꽤나 충격 받았었죠. 아무 걱정 없어 보이던 친구였는데, 이런 악몽에 시달리고 있을 줄은…… 그리고 저는 그날부터 은채를 이 악몽에서 벗어나게 해주고 싶어서, 계속 찾아다녔어요."

신수민은 말없이 미소를 지으며 이야기를 듣고 있었다. 고우리는 잠시 말을 멈추고 머뭇거리다, 다시 입을 열었다.

"그리고…… 현실에, 친구를 두고 왔어요."

"친구?"

고우리는 고개를 살짝 끄덕이고는 곧 말을 이었다.

"……친구가 억울하게 죽었어요. 가해자들은 아무런 처벌도 받지 않고 아직까지도 잘 살고 있고요. 그런데도 전 친구한테 아무것도 못 해주고 혼자 이렇게 현실도피나 하고 있고…… 생각해보니 이것도 하나의 이유네요. 꿈에 들어올 때는 단순히 내가 위로 받고 싶어서 들어온 건데……."

마치 미리 연습이라도 해온 것처럼 줄줄이 말을 쏟아내다가, 정작 말이 끊기자 민망해진 건지 고우리는 얼굴을 긁적이며 민망한 웃음을 지었다. 가만히 고우리의 이야기를 듣고 있던 신수민은, 문득 빙긋 웃으며 한마디 했다.

"좋아, 그거면 되잖아."

아직 말의 의미를 파악하지 못해 멍하니 자신의 얼굴만 쳐다보고 있는 고우리를 향해, 신수민은 몸을 돌리고는 말을 잇는다.

"아까 말했잖아? 굳이 새로운 이유를 찾을 필요는 없어. 그거면 충분해."

고우리는 대답 없이 신수민을 힐끗 쳐다보았다. 무언가 말하려는 것처럼 입술을 보이지 않게 옴짝달싹하다가, 고개를 숙이고 중얼거렸다.

"그런 건⋯⋯."

고우리는 고개를 들고 마른침을 한 번 삼키더니 다시 입을 열었다.

"그렇다면 다행이겠지만, 역시 쉽지는 않겠죠."

"⋯⋯낮은 자존감 때문에?"

고우리는 대답 없이 고개만을 살짝 끄덕였다. 다시 싸우러 나선다고 해도, 자신의 뇌가, 자신의 본성이 과연 정말로 순수하게 꿈에서 깨겠다는 목표만을 위해 움직여줄 지는 장담할 수 없는 일이었다. 도리어 또다시 자신을 해치기라도 하게 된다면 어찌할 것인가.

"너는 우선, 너 자신을 소중히 할 필요가 있어."

"네?"

갑작스러운 신수민의 말에 고우리가 놀라 쳐다본다.

"그렇잖아? 자기 자신도 소중히 여기지 못하는 사람이, 어떻게 남을 위할 수 있겠어?"

"⋯⋯."

고우리는 다시 대답이 없다. 그러나 신수민은 아랑곳하지 않고 자신의 이야기를 계속 이어갔다.

"지금까지 네가 목표를 위해 제대로 싸우지 못하고, 헛걸음만 했던 건 이것 때문이라고 생각해. 먼저 자기를 소중히 여기게 되면, 그때가 되어서야 주위를 둘러보고 목표를 볼 수 있는 여유가 생기지 않을까."

신수민은 잠시 고우리에게서 눈을 뜬 채 허공을 바라보며 생각에 잠긴다. 자존감이 낮은 사람이 그것을 회복하기란 상당히 어렵다는 것을, 그도 잘 알고 있었다. 거기에 사춘기를 막 지나고 있을 나이의 소녀야 오죽할까.

"노력…… 해야겠죠."

마침내 고우리가 수그리며 작은 목소리로 대답했다. 쉽지 않을 것이라는 건, 고우리도 신수민도 알고 있었다. 그러나 모든 일은 결심부터. 만족스러운 듯 신수민은 살짝 미소를 지었다.

"한 가지만 더, 물어봐도 돼요?"

"어?"

"꿈에 갇힌 사람들…… 아니, 현실에서 이미 죽은 사람들은, 어떡해야 하죠?"

이번에도 대답하기 난감한 질문이 날아왔다. 신수민은 다시 고민하기 시작한다. 물론 그들이 꿈속에서 아직 의식의 형태로 살아있는 것은 사실이나, 어디까지나 죽은 사람들이었다. 계속 고민하던 신수민은 이내 결심을 하고 천천히 입을 열었다.

"……어쩔 수 없어."

"네……?"

고우리의 목소리가 떨리는 것이 느껴졌다. 신수민은 작은 한숨을 쉬고는 말을 쏟아낸다.

"그 사람들은 결국 죽은 사람들이야. 우리는 빨리 꿈에서 깨어나서 꿈에 갇혀 있는 사람들을 구해야만 해. 그래, 아직 살아 있는 사람들. 그거 알아? 꿈속에 너무 오래 갇혀 있으면, 처음엔 의식 불명 상태에 그치다가, 나중엔 깨어나지 못하게 돼. 현실에서 얼마나 지났을 것 같아? 죽은 사람들 때문에 산 사람들을 포기할 수는 없어. 우리가 둘 다 선택할 수는…… 없는 거라고."

미리 연습한 듯이 줄줄 뱉어내던 그의 말도 마지막에 가서는 흐려졌다. 고우리는 아무 말도 하지 못하고 신수민의 말을 가만히 듣고 있다가, 누가 봐도 당황했다는 것을 알 수 있을 것만 같은 작은 목소리로 물어왔다.

"결국, 그 사람들은 이대로 죽는 거예요……?"

"우리가 할 수 있는 일은 없어."

고우리는 아랫입술을 깨물었다. 말없이 시선을 내리는 그 표정은 마치 자신에 대한 분노와 원망이 같이 섞여 있는 듯했다.

"이래서는, 그 사람들과 다를 게 없잖아요."

"그 사람들이라면……."

정말 그 말대로, 어쩌면 다를 것 하나 없는지도 모른다. 말을 꺼낸 당사자인 신수민도, 마음 한구석이 불편해지는 것은 어쩔 수 없었다. 생각하던 그가, 마침내 입을 열었다.

"우리는 결국 모두 같아. 어쩔 수 없는 인간의 본성인 걸. 그렇지만, 그 사람들과 우리의 차이는, 잘못을 뉘우치고 돌이키느냐, 아니냐의 차이야. 죄를 한 번도 안 짓고 살 수 있는 사람은 없거든. 물론 꿈속에서 완전히 잘못을 저지르지 않도록 노력하는 것도 중요하지만, 우리가 해야 할 일은 잘못을 했을 때 그것을 뉘우칠 수 있는 태도를 갖추는 거야. 그걸로 마지막 양심은 지켰다 할 수 있을 테니까."

말을 끝낸 신수민이 고우리의 눈치를 살핀다. 잠시 생각하던 고우리는, 이내 결심을 굳힌 듯 자리에서 벌떡 일어났다.

"오빠."

"어?"

"지금, 학교에 데려다 줄 수 있어요?"

"뭐? 야!"

당연한 반응이겠지만 신수민이 펄쩍 뛰었다. 그러나 고우리는 신수민의 반응에는 신경 쓰지 않고 이미 다 너덜너덜해진 청자켓을 어깨 위에 살짝 걸쳤다.

"지금까지 이런 얘기 해놓고 또 가려고?"

"……이번엔, 그런 거 아니에요."

"엥?"

그러면서 고우리는 혼자 빙긋 웃었다.

「이제, 좀 있으면 밤이 돼. 밤이 되는 것도 별로 기분 좋은 일은 아니겠지만, 아침이 되어버리면 정말로 아무것도 할 수 없지.」

'예전에 꿈속에서 들었던 그 말, 그때는 무슨 뜻인지 전혀 몰랐어. 사실 지금도 정확히는 모르겠지만…… 이제 대충은 알 것 같아.'

사실 자신의 이 해석이 맞는지 확인할 도리는 없었다. 그러나 고우리는 믿기로 했다. 이 말을 했던 것도, 또 다른 자신이었기에.

'그래, 내가 저지른 일이야. 아침이 되기 전에, 내가 끝낼 거야. 내 책임은 내가 져야만 해. 그리고 사과해야지. 지금까지의 모든 일에 대해……'

고우리는 가볍게 숨을 들이마셨다 내쉬었다. 지금까지 자존감에 대해 이야기를 했지만, 어쩌다 한 번의 대화로 낮아진 자존감이 회복될 리는 만무, 언제 또 무의식중 자해로 이어질지 알 수 없었다.

'결국은 그게 인간의 본성이니까. 나라고 예외가 될 수는 없어. 그렇지만, 나는 그 사람들처럼 가만히 있으면 안 돼. 어떻게든 마지막 남은 양심을 지키려 노력해야지. 속죄하려면, 그렇게 하지 않으면 안 될 테니까……'

고우리는 다시 숨을 내쉬고는 신수민을 쳐다보았다. 신수민은 아직 망설이며 가만히 서 있다. 고우리는 다시 빙긋 웃고는, 신수민을 향해 자신의 빛이 바랜 머리끈을 내밀었다.

"머리, 묶어 줄래요?"


「아침이 되기 전에.」

# 정체

"다 왔다."

이찬이 숨을 돌리며 교실 문 위쪽의 명패를 힐긋 보았다.

"2학년…… 2반."

"정말로 이연희가 여기 있을까?"

"있기를 바라야지."

그렇게 대답하면서 이찬은 조심스럽게 교실 문을 열었다. 그리고, 다음 순간 눈앞에 보인 것은,

"이연희!"

"어머, 정말로 혼자 왔구나. 아니, 둘인가?"

창가 쪽으로 몸을 향하고 있다가 고개를 돌리며 빙긋 웃는 한 여자. 이연희였다.

"……혼자야?"

"정은채 혼자 오라 했으니, 나도 혼자 있는 게 당연하지. 난 비열한 사람이 되기는 싫거든."

이찬이 말없이 이연희를 노려보며 정은채를 등 뒤로 숨긴다. 그러나 정은채는 이찬의 팔을 가만히 잡고 옆으로 치우더니, 이번만큼은 숨을 수 없다는 듯이 이찬과 함께 나란히 이연희를 정면으로 바라보고 섰다.

"용감해졌네. 그러다 내가 너를 쏴버리기라도 하면 어쩌려고 그래?"

"아, 됐고. 용건이나 말하시지."

이찬이 이연희의 말을 딱 잘라 끊으며 대꾸했다. 이연희는 여전히 빙긋 웃고 있다가, 한번 고개를 저어 주곤 여전히 여유로운 목소리로 말을 이었다.

"너무 단호한 것 아냐? 글쎄, 뭐일 것 같아?"

역으로 이찬이 당황하는 모습이었다. 이연희는 여전히 그 예의 얼굴 표정을 유지하고 있었다. 잠시 생각하는 듯하던 이찬은, 별안간 무언가 떠오른 듯 총을 꺼냈다.

"아, 그래. 너 드림워커였지? 그럼 지금 쏴죽이면 되겠네!"

총구를 겨눠진 쪽은 이연희였지만, 오히려 초조해 보이는 쪽은 이찬이었다. 이연희는 별 관심도 없다는 듯이 시선마저 다른 곳으로 돌린 채 이야기한다.

"그래, 어디 한 번 쏴 봐. 이런 싸움도 지긋지긋하니까."

이런 말을 하며 이연희는 다시 의미심장한 미소를 지었다. 그 모습에 이찬은 도리어 자극받은 듯, 다시 한 번 방아쇠에 손가락을 얹었다.

"해보자는 거냐? 난 정말로 쏜다!"

"좋을 대로."

"자…… 잠깐만! 찬아!"

탕—

더 많은 설명은 필요 없었다. 총알 한 발. 그 한 발이 발사되고 난 뒤, 이찬은 질끈 눈을 감았다. 맞았나? 맞았다면 이 꿈도 끝나는 건가? 그래도, 나도 결국 꿈속에서 살인을 저지른 게 되는 것이 아닌가?

돌고 도는 생각을 끊어준 것은, 여전히 여유로운 드림워커의 목소리였다.

"어디에 쏘는 거야?"

이찬이 살살 눈을 뜨자, 분명 드림워커에게 겨눴던 총알은 엉뚱하게도 그 뒤의 벽에 가서 박혀 있고, 본인이 노렸던 드림워커는 상처 하나 없이 멀쩡히 자신의 눈앞에 서 있었다.

"드림워커는 같은 드림워커나 꿈의 주인만이 죽일 수 있다…… 알고 있을 텐데?"

"……."

이찬이 원망스러운 눈으로 손에 든 권총을 바라보았다. 정은채는 말이 없어진 이찬을 바라보다가, 무언가 결심을 한 듯 마른침을 한번 삼키고 이찬을 옆으로 밀어낸 뒤 이연희에게 물었다.

"너, 누구야?"

이연희는 대답 없이 빙긋 웃었다. 그 미소의 의미를 정은채가 미처 알아차리기도 전에, 이연희가 다시 입을 열었다.

"너도 알고 있을 거야."

정은채가 흠칫하며 한 걸음 물러섰다. 이 모습을 가만히 보고 있던 이찬은, 권총을 다시 집어들더니 짜증이 슬슬 올라오는 듯 중얼거렸다.

"하, 질질 끌지 말고 그냥 빨리 말해……"

쨍그랑—

"뭐, 뭐야!"

시끄럽게 유리가 깨지는 소리가 예고도 없이 주위를 감싸고, 모두가 깜짝 놀라 뒷문을 바라보았다. 이연희는 주춤하며 창문이 깨진 것을 보더니, 당황한 채로 총을 꺼내 들고 깨진 뒷문을 향해 난사하며 고함을 친다.

"누구야! 빨리 나와!"

"……왜 소리를 치고 그래."

문 뒤에서 익숙한 목소리가 들려왔다. 이연희는 물론이거니와, 뒤에

서 지켜보고 있던 이찬과 정은채 역시 깜짝 놀라 목소리의 주인공을
바라보았다.

"드디어 오셨군. 그런데, 그 몸으로 뭘 어쩌려고?"

잠깐의 침묵이 흐른 뒤, 깨진 문 뒤에서 모습을 드러낸 것은 한 소녀
였다. 말없이 이연희를 쳐다보고만 있는 소녀의 몸 여기저기에는 붕대
가 감겨 있었고, 왼팔은 깁스를 한 채였다. 그러나 아무래도 상관없다
는 듯이, 목소리의 주인공은 대답 없이 권총을 꺼내 들고 교실 안으로
천천히 걸어 들어왔다. 이연희는 주춤거리며 여전히 눈앞의 인물을 바
라보고 있고, 이찬은 손에 쥔 권총이 힘이 빠져 흘러내리는 것도 모를
정도로 멍하니 그 광경을 보고 섰다가 작은 목소리로 중얼거린다.

"고우리……?"

이연희가 입술을 깨물었다. 뭐가 원망스러웠던 걸까, 이연희는 곧 표
정이 바뀌어 고우리를 노려보더니, 문득 권총을 더욱 단단히 쥐고 그
대로 고우리에게 달려들었다.

"기다려!"

지켜보던 정은채는 당황해서 소리를 쳤지만, 정작 당사자는 말 한마
디도 없이 입만 굳게 다문 채 이연희를 노려보았다. 그리고, 칼이 날아
들기가 무섭게 자신이 다친 걸 잊기라도 한 건지 아래쪽으로 빠르게
몸을 숙인다.

"피했어?"

"너……!"

이연희가 당황에 찬 숨을 내뱉었다. 이 광경을 지켜보던 정은채는,
재빨리 권총을 다시 꺼내들어 이연희를 겨누었다. 여전히 팔다리는 떨
리고, 정은채의 얼굴은 땀으로 젖었지만, 그래도 그는 입술을 앙다물
고 물러서지 않겠다는 의지로 아등바등 버티고 있었다. 그러나, 그 다

음에 눈앞에 펼쳐진 장면을 보고, 정은채는 당황한 채 총구를 내릴 수밖에 없었다.

속임수였을까, 아니면 고통도 불사하겠다는 강력한 의지였을까.

잠시 물러섰던 고우리는, 이내 붕대로 감싸진 채 목에 걸치고 있던 왼팔을 꺼내 있는 힘껏 휘둘렀다.

"꺄아아아아악!"

그렇게 한 방. 먼저 칼을 들고 덤벼들었던 이연희는 왼팔의 딱딱한 부목에 제대로 맞아 쓰러지고, 고우리는 얼굴을 찡그린 채로 그나마 성한 반대 손으로 총을 꺼내 들어 쓰러진 이연희에게 겨누었다.

"찾았다…… 이연희!"

이연희가 쓰러진 채로 다시 고우리를 힐긋 노려본다. 그러나 그 표정도 잠시, 이연희는 다시 표정을 싹 바꾸더니 옷을 툭툭 털며 천천히 일어났다.

"드림워커는 드림워커라 해야 하나, 그 상태로 이렇게까지 세게 나올 줄은 몰랐어."

고우리는 대답 없이 입술만 깨문다. 바로 눈앞의 상대를 향해 겨눈 총은 내려지지 않은 채 그대로였다.

"뭐, 아무튼 이렇게 만났으니 말이지. 슬슬 결판을 지어야 하지 않겠어?"

"글쎄."

예상하지 못한 반응에 이연희는 살짝 놀란 듯한 반응이었다. 그러나 고우리는 표정의 변화 하나 없이, 여전히 총을 겨눈 채로 말을 잇는다.

"그 전부터, 너는 우리를 죽이려면 얼마든지 죽일 수 있었어. 병원에서 만났을 때도 그랬고, 은채를 만나기 전, 강현성이 같이 있었을 때도. 그때도 넌 총만 쏘면서 시간을 끌다가 결국 나를 죽이지 못했고.

지금도 그래. 정말로 꿈에 남는 게 목적이었다면 내가 오기 전 바로 은채를 쏴버렸다면 됐을 일일 텐데, 왜 시간을 자꾸 끄는 거야? 그래……그걸 알기 위해, 나는 네 정체를 알아야겠어."

"야…… 고우리!"

말리려는 듯 뒤에서 소리치는 이찬의 말은 마치 들리지 않는 듯이, 고우리는 이연희에게서 시선을 떼지 않은 채로 다시 묻는다.

"너, 누구야? 아니, 당연히 대답 안 해주겠구나. 그럼 이것만 물을게. 너는 왜 이 꿈에 들어온 거지?"

"……."

고우리는 마른침을 한번 삼켰다. 이연희는 잠시 주위를 두리번거리다 피식 웃고는, 간단하게 대답했다.

"별 거 아니야. 그냥, 현실이 뭣 같았던 거지."

"……역시."

고우리의 얼굴에 옅은 미소가 스쳤다. 이제 더 이상 망설일 필요가 없었다.

"내가 괜한 걱정을 했구나. 그래, 이제 더 이상 묻지 않을게. 그냥 빨리 끝내자!"

이연희는 헛웃음을 지으며 고우리를 바라본다. 이어 그는 저쪽에 나가떨어져 있던 단검을 다시 주워들더니, 고우리를 향해 막혔던 숨을 내뱉듯 말을 내뱉었다.

"뭐, 그래. 그렇게나 원한다면, 지금 죽이면 되잖아!"

눈 깜짝할 사이에 단검이 날아들었다. 고우리는 깜짝 놀라며 어떻게든 칼을 피하려 재빨리 뒤로 물러섰지만, 끝내 완전히 피하지 못하고 칼날이 팔을 스친 채 그의 팔은 다시 붉은 피로 물들고 있었다.

"제길, 어떡해야 하지?"

정은채를 다시 뒤에 감춘 이찬은 이 모든 상황을 지켜보고 있었다. 드림워커를 죽일 수 없다는 건 안다. 그렇더라도 하다못해 정은채에게 쏘게 하거나 차라리 자신이 쏘아 부상이라도 입혀 조금이라도 도움을 주고 싶지만, 섣불리 쐈다간 도리어 고우리가 맞을 것 같아 이러지도 저러지도 못하고 안절부절못하고 있던 형편이었다.

그때 고우리가 힐긋 뒤를 돌아보았다. 걱정하는 눈으로 자신을 쳐다보는 이찬의 눈과 시선이 마주치자, 고우리의 표정이 미묘하게 변했다.

「아, 내가 너 좋아하……」

떠올리는 것을 멈추고 입술을 깨물었다. 이러지도 저러지도 못하는 상황, 답답함으로 총을 쥔 손에는 점점 힘이 들어가고 있었다.

'더 이상은, 이 이상은…… 상처를 줘서는……'

"무슨 생각을 하는 거야?"

다시 단검이 날아들었다. 고우리는 얼굴을 찡그리며 단검을 겨우 피한 뒤, 중심을 잃은 듯 한쪽 팔을 감싸고 비틀거린다.

"너무 시간을 질질 끌어! 이대로 있으면……."


"우리야, 숙여!"


탕—

피하려 생각했던 것은 아니었다. 단지 목소리를 듣자마자 몸이 저절로 움직였을 뿐. 그리고 고우리가 다시 눈을 떴을 때는, 눈앞에서 그때 봤던 것처럼 붉은 피가 흘러내리고 있었다. 이연희였다.

"정은채!"

고우리는 깜짝 놀라 뒤를 돌아보았다. 그리고 총을 쥐고 있는 인물을 확인하고는 다시 깜짝 놀랐다. 그 인물은, 놀랍게도 정은채였다. 그는 흔들리지 않도록 두 다리를 단단히 박고 서서, 이연희를 향해 두 손으로 감싼 권총을 겨누고 있었다.

"은채야……."

"제길, 방해를!"

이연희가 한 손으로 흐르는 피를 감싼 채 총을 집어들었다. 그리고 이연희가 소리를 지르기가 무섭게 뒤를 돌아본 고우리는, 손에 들고 있던 권총을 이연희의 손을 겨누어 있는 힘껏 던졌다.

"앗!"

둔탁한 소리와 함께 집어 던진 권총이 바닥에 떨어지는 소리가 들렸다. 영화에서 보던 것처럼 이연희가 권총을 놓쳐버렸다면 더 좋았으리라. 그러나 권총은 여전히 이연희의 손에 쥐어진 채 그대로이고, 이연희는 단지 얼굴을 찡그리며 겨누던 손을 내렸을 뿐이었다. 권총이 여전히 이연희의 손에 그대로 있는 것을 확인한 고우리의 표정이 굳어졌다. 상대의 무기는 그대로 둔 채 자신만 주무기를 던져 버린 지금, 고우리는 권총에 상대가 되지 않는다는 것을 알면서도 단검을 꺼내 손에 단단히 쥐었다. 그런데, 이연희의 반응이 뜻밖이었다.

"후우, 그래. 이렇게 된 이상……."

이연희가 휘청휘청 몸을 일으켜 고우리를 바라보았다. 그러고는 너무나도 태연한 목소리로 한마디를 덧붙였다.

"원래 모습으로, 돌아갈 수밖에 없겠네."

"!"

"왜 그렇게 놀라? 이 상태에서 원래 모습으로 돌아가면, 상처들도 사라진다는 건 기본 상식이잖아?"

고우리가 뭐라 되물을 틈도 없이, 이연희의 모습이 점차 흐려지기 시작했다. 그리고 그 틈새에서, 어떤 사람의 모습이 희미하게 나타나고 있었다.

지켜보던 사람들 모두가 경악했다. 특히 뒤쪽에서 이 모습을 지켜보던 정은채와 이찬은, 믿겨지지 않는 듯 서로를 멍한 표정으로 쳐다본다.

"말도 안 돼……."

희미하던 사람의 모습은, 점차 선명해져 한 소녀의 모습으로 바뀌어 갔다. 어느새 완전히 모습을 드러낸 소녀는, 자신을 바라보며 할 말을 잃은 모두를 바라보더니 살짝 웃으며 여유로운 말투로 말을 건넨다.

"오랜만이야, 우리야. 그리고…… 은채야."

# That day

05월 17일, 오전 9시

"으아아, 제주도에 배라니, 미치겠다고!"

한 여학생의 절규가 정은채의 귀에 와 박혔다. 객실 한 구석에서 꾸벅꾸벅 졸던 정은채는, 친구들이 떠들어대는 통에 깜짝 놀라 방금 잠에서 깬 터였다.

"큭큭, 넌 이 상황에서도 잘 자는구나."

어느새 송지후가 다가와 키득거렸다. 정은채는 아직 완전히 잠에서 깨지 않아 반쯤 감긴 눈으로 송지후를 흘겨주고는 기둥에 몸을 기댔다.

"그런데, 왜 우리 학교는 제주도를 가는데 배를 타고 가는 거냐?"

"교장이 돈 아낀다고 그러는 거겠지. 으아, 졸려 죽겠네. 아침부터 이게 웬 개고생이야?"

강지우가 툴툴댄다. 정은채는 고개를 돌려 창밖을 바라보았다. 배 창문으로 보는 아침 바다는 참으로 아름다운 것이었다. 같이 탑승한 친구들의 불평불만과 뱃멀미가 이를 방해할 뿐.

정은채가 속한 2반의 객실은 배의 왼쪽, 그 중에서도 가장 안쪽에 위치하고 있었다. 그리고 이 객실에는 원래대로라면 배의 오른쪽, 그 중에서도 가장 멀리 떨어진 객실에 있어야 할 11반의 아이들도 섞여 있었다. 배에 탑승하기 전 담임들이 그렇게나 다른 반 객실로 넘어가지 말라 신신당부했음에도 혈기 넘치는 10대 후반의 학생들은 배가 출발한 지 한 시간도 되지 않아 뒤틀리려는 몸을 이리저리 배배 꼬다가 담임의 눈을 피해 몰래 친구들이 있는 반의 객실로 기어 들어와서는 또 저들끼리 낄낄대고 있던 참이었다.

"아!"

갑자기 이도연이 소리를 냈다. 정은채가 놀라 돌아보는데, 이도연은 엉거주춤 앉아 뒷머리를 잡고 있고, 그 밑에선 캔 하나가 불규칙한 소리를 내며 살짝살짝 흔들리고 있었다.

"괘, 괜찮아?"

이도연의 상태를 물으면서, 정은채는 아이들이 사라진 문 쪽을 힐끔 노려보았다. 보나마나, 장난 깨나 한다는 아이들이 몰래 뒤통수에 캔을 던지고 도망간 것이 분명했다.

"에휴, 진짜 초등학생도 아니고."

이도연이 뒷머리를 긁적이며 푸념했다. 그러다 정은채가 아직도 자신의 상태를 살피며 안절부절 하고 있는 걸 보고는, 안심시키려는 듯 입을 연다.

"괜찮아, 이런 일 한 두 번이야?"

이도연이 뒷머리를 쓰다듬으며 바로 옆에 떨어져 있던 캔을 주워들어 냅다 쓰레기통으로 던졌다. 그 일련의 과정을 여전히 걱정스러운 표정으로 보고 있던 정은채는, 조심스럽게 입을 열었다.

"애들이 많이 괴롭혀?"

"음…… 그렇게 자주는 아니고."

이도연은 아무렇지도 않게 살짝 웃어 보이고는, 곧 입을 굳게 다물었다. 아이들이 유난히 장난이 많다고는 하지만, 그 괴롭힘이 이도연에게 쏟아지는 이유는 아주 단순했다. 외모, 키, 기타 등등. 별 시답잖은 이유로 사람을 차별한다는 이야기는 주변에서 수없이 들려오던 참이었다. 본인은 평상시엔 그리 내색하지 않았었지만, 이 괴롭힘이 끊길 듯 약한 듯 끊이지 않고 지속되는 데에는 본인도 더 이상 어쩔 도리가 없었다.

"괘, 괜찮아."

"하, 그냥 빨리 죽어버릴까."

"동감이요."

이도연이 푸념하며 내뱉는 말에 강지우가 맞장구치듯 한마디하곤 다시 드러누웠다. 이도연은 그 와중에 또다시 걱정스러운 눈으로 자신을 쳐다보는 친구를 보고는 고개를 돌리며 피식 웃었다.

"에이, 농담이지. 설마 진짜 죽겠어? 나중에 성형으로 얼굴을 뜯어고치던가 해야지."

"……."

정은채는 더 이상 대답을 하지 않고 가만히 앉아 손가락만 꼼지락거린다. 그 모습을 지켜보던 이도연, 분위기를 풀어 주려는 듯 너스레를 떨며 말했다.

"일단, 좀 자자! 안 피곤해?"

"으, 응."

이도연이 먼저 깍지를 끼고 벌렁 드러누웠다. 정은채는 잠시 친구를 말없이 바라보다가, 조용히 뒤로 당겨 앉아서는 벽에 살짝 머리를 기댄다. 한바탕 시끄러웠던 객실이 잠잠해지자, 학생들은 오랜 항해와 수다에 슬슬 지친 듯 하나둘씩 저마다 자리를 잡고 누워 잠을 청하기 시작했다.

시간이 얼마나 지났을까, 시계를 뚫어져라 들여다보던 학생 하나가 아이들에게 물었다.

"그런데, 도대체 언제 도착하는 거냐?"

한 학생의 말에 다른 학생들도 일제히 시계를 쳐다보았다. 시계를 보니 11시 57분. 분명 예정 도착 시간은 11시 반이라고 미리 공지 받은 터였다.

"몰라, 언젠간 도착하겠지!"

강지우가 무책임하게 말하며 드러눕는다. 그러나 강지우와는 대비되는 표정으로 한쪽 눈을 감고 어딘가를 응시하고 있던 송지후는, 어리둥절한 표정으로 자신을 쳐다보고 있던 몇몇 학생들을 향해 입을 열었다.

"그런데 말이야, 배가 좀 기운 것 같지 않냐?"

"어?"

드러누웠던 강지우가 코웃음을 친다. 아이들의 반응도 대체로 강지우와 같았지만, 홀로 고민하던 송지후는 객실 구석에 있던 콜라 캔을 집어와 바닥에 누여 보았다. 이어 불규칙한 떽떼구르하는 소리와 함께, 콜라 캔이 한 방향으로 굴러가는 것이 보인다.

"뭐야, 이게 뭐하는 거야?"

"음? 아, 그냥…… 배가 좀 기운 것 같다고 했잖아."

송지후의 말에 다가온 강지우가 송지후를 한 대 쥐어박으며 핀잔을 준다.

"정신 차려, 너무 졸려서 헛소리냐?"

"아니, 진짜로……"


콰―


"!"

늘어져 있던 학생들이 일제히 고개를 들었다.

"뭐야, 무슨 일이야?"

"지진이라도 났나, 이게 도대체……."

최서언이 말을 끝내기도 전에, 누군가의 다급한 목소리가 들렸다.

"배, 배가!"

뒤이어 학생들은, 배가 점점 더 기울고 있음을 알 수 있었다. 처음엔 대수롭게 여기지 않던 학생들도 점점 표정이 굳어가고, 모두가 점점 혼란 속에 우왕좌왕하고 있을 때 객실 문이 벌컥 열리더니 선생 한 사람이 뛰어 들어왔다.

"배가 기울고 있단다! 빨리 나와!"

그리고는 더 말로 할 것도 없었다. 학생들은 서둘러 너나 할 것 없이 눈에 보이는 주황색 구명조끼를 집어 들고 물밀듯이 객실을 빠져나왔고, 잠잠하던 복도는 어느새 학생들로 가득 채워져 혼잡해졌다.

"잠깐, 다 나온 거지? 하나, 둘……."

아이들 사이에서 떠밀려가며 힘겹게 수를 세어가던 담임은 어느 순간 당황하기 시작했다.

"잠깐, 숫자가 안 맞는데?"

담임은 당황하며 다시 숫자를 세기 시작했다. 그러나, 세기 시작한지 얼마 되지 않아 전부 쓸모없는 일이었다는 걸 증명이라도 하듯 한 아이의 목소리가 들려왔다.

"애들 몇 명이 안 보여요!"

*

"선장님!"

애타게 누군가를 부르는 남자의 목소리가 들려왔다. 평택호, 그러니까 지금 가라앉고 있는 배의 이 선장은, 선장실이 아니라 갑판에서 슬픈 눈으로 요동치는 바다를 보며 서 있었다.

"선장님, 지금 여기서 이러실 때가 아닙니다. 빨리 승객들을 대피시켜야 합니다!"

선장 옆에 서 있던 남자가 다급하게 재촉했다. 선장은 느리게 고개를 돌려 잠시 남자를 힐끗 보는 듯하더니, 다시 바다로 시선을 돌려버렸다.

"……서진우 군."

선장이 갑판 위의 난간에 가만히 손을 얹었다. 그는 한숨을 쉬더니, 시선을 유지한 채로 말을 잇는다.

"됐네. 이런 무능한 선장이 살아있어 봤자 뭘 더 하겠나."

"선장님, 개인적인 감정에 휩쓸리시면 안 됩니다!"

"서진우 군."

선장이 다시 서진우의 이름을 불렀다. 그는 흥분한 채로 서 있는 서진우를 보고는 느리게 입을 열었다.

"승객들의 안전은 서진우 군에게 맡기겠네. 나 같은 무능한 선장은 살아있어 봤자 방해만 될 거라네. 그동안 비선박직임에도 참 열심히 해주었어. 더 잘해주지 못한 게 아쉬우이."

"선장님!"

서진우가 깜짝 놀라 달려들었다. 그러나 이미 늦은 걸까, 선장의 몸이 난간 위로 올라가더니 이내, 갑판 아래로, 그리고 검은 바다의 아래로 사라져갔다.

"젠장!"

서진우가 주먹으로 난간을 내리쳤다. 상황을 이 꼴로 만들어놓고 비

겁하게 책임을 회피하는 꼴이라니, 본인의 말대로 그는 정말로 무능한 사람임에 틀림없었다.

"일단, 대피를……."

이미 시간이 꽤 지났다. 서진우는 재빨리 벌써 물이 고이기 시작한 갑판 안으로 뛰어 들어갔다.

"!"

철벅, 하고 신발이 축축해지는 느낌에 내려다보니 바닥은 벌써 흥건하다. 누가 시키지도 않았는데, 아무런 안내 방송도 들리지 않자 학생들은 스스로 객실을 빠져나와 점점 축축해지는 복도에서 탈출구를 찾아 헤매고 있던 참이었다.

"이쪽입니다! 이 복도를 따라 나가세요!"

우왕좌왕하던 학생들이 서진우의 말 한마디에 일제히 배를 빠져나가기 시작했다. 복도 벽에 바짝 붙어서 학생들이 전부 빠져나가는지를 확인하던 서진우는, 이내 복도가 다시 텅 비자 학생들을 따라 갑판으로 올라갔다.

학생들이 구명보트에 나눠 타는 것이 보인다. 이 모습을 가만히 지켜보던 서진우는 일단 한숨 돌렸다는 듯 한숨을 쉬었다.

"잠깐만요!"

서진우가 깜짝 놀라 고개를 돌렸다. 아까보다 더 기울어진 복도의 안쪽에서, 한 여자가 거의 기어오다시피 하며 간신히 갑판으로 올라온다. 놀란 서진우가 가까이 다가가자, 여자는 마치 울부짖기라도 하는 듯이, 학생들이 가득한 구명보트를 가리키며 소리를 지른다.

"아직, 아직이에요! 안에 학생들이 아직 많이 있다구요!"

"뭐라고요?"

"거기에. 일반 승객들도……."

서진우가 벌떡 일어나 구명보트 쪽을 돌아보았다. 대충 100명 정도 되는 듯하나, 확실히 한 학교의 한 학년의 전 학생 수로는 부족하다.

"젠장!"

갑판을 보니 배는 점점 더 기울고 있다. 서진우는 한숨을 쉬며 고민하다가, 다시 가라앉고 있는 배 속으로 뛰어 들어갔다.


"다들 괜찮아?"

"으음, 괜찮은 것 같아."

최서언이 한숨을 쉬고는 같이 있는 학생들의 수를 세었다.

"나까지 해서, 총 7명."

"잠깐, 누구누구 있는 거야?"

"소영이랑 지애, 진욱이 너. 지후랑…… 그리고 나, 서언이까지."

정은채가 조용히 대답한다. 학생들은 현재 자신들이 처한 상황을 바라보며 한숨을 쉬었다. 이미 배는 꽤 기울었다. 사람들이 우루루 몰려나간 탓에 뒤쪽으로 밀려난 그들은, 기울어진 복도로 계속 물이 차오르자 젖는 것을 피해 두 층을 더 뛰어올라온 참이었다. 그러나 왠일인지, 혼란 그 자체인 2, 3층과는 달리, 4층은 잠잠했다. 설마 이 난리통에 배에 문제가 생겼다는 걸 모를 리는 없을 텐데, 송지후가 침을 꿀꺽 삼켰다.

"혹시 모르니, 한번 보고 올까?"

학생들은 대답 없이 고개만을 살짝 끄덕인다. 최서언이 다가가 객실 문 하나를 두들기며 소리를 질렀다.

"빨리 나오세요! 배가 가라앉고 있다고요!"

최서언의 말이 끝나자마자, 안쪽에서 소란스러운 소리가 일어나나 싶더니 곧 한 남자가 문을 열고 나왔다. 그리고 그 뒤에서는, 30대 초반 정도로 보이는 여자가 어린아이를 안고 불안한 눈으로 이쪽을 응시하고 있었다.

"배가…… 가라앉고 있다고?"

"네! 2층에 있던 사람들은 벌써 거의 다 탈출했다고요!"

"뭐라고?"

남자가 깜짝 놀라 뒤를 본다. 아까부터 불안한 표정을 짓고 있던 여자는, 떨리는 목소리로 입을 열었다.

"그런데 여보, 아까 가만히 있으라고 안내방송 나오지 않았어요?"

"잠깐, 진짜로요?"

송지후가 깜짝 놀라 틈을 비집고 들어와 물어온다. 송지후를 약간 놀란 눈으로 바라보던 여자는 곧 시선을 거두고 말을 이었다.

"한…… 두 번 정도. 처음엔 쾅 소리가 나서 무슨 일 났나 했는데, 안내방송으로 안심하라고 나오니까 별 일 아닌 줄 알고……."

여자가 말끝을 흐렸다. 옆에 서 있던 강지우가 서둘러 재촉한다.

"아무튼, 빨리 나오세요! 이러다간 다 죽어요!"

처음 문을 열었던 남자를 따라, 4층 객실의 승객들이 우루루 몰려나왔다. 먼저 앞서가던 정은채 일행은, 문득 승객들 중 한 명이 멈춰선 것을 보고 깜짝 놀라 뒤돌아보았다.

"어디 가세요?"

"안에 아직 학생들이 많이 남아 있어!"

소리를 지르는 사람은 40대 중반의 남성. 그는 나머지 사람들에게 먼저 가라고 재촉하고는 같이 뒤돌아선 몇 사람과 함께 배 안쪽으로 사라졌다. 사람들은 눈치를 보다 다시 하나둘 출구 쪽으로 움직이기 시작하는데, 그 와중에 심각하게 고민에 빠져 있는 학생 하나가 있었다.

"야, 지후, 가자. 뭐해?"

송지후는 기울어진 복도 쪽을 한번 흘기고는 대답했다.

"안에 아직, 애들이 많이 남아 있다고 했지."

"그건 그렇지만…… 야!"

최서언이 송지후의 어깨를 잡고 뜯어말렸다. 그러나 송지후는 어깨를 붙잡혀 흔들리는 와중에도 복도 쪽을 돌아보고는 말을 잇는다.

"이렇게 된 거, 다른 애들까지 같이 데리고 나가자."

최서언이 말없이 어깨를 놓았다. 송지후는 먼저 가라며 손짓하고는, 곧 뒤돌아 뛰어간다.

"아, 나도!"

두 사람을 바라보며 우물쭈물하던 정은채가 곧바로 그 뒤를 따랐다. 두 사람의 뒷모습을 지켜보던 최서언은, 긴 한숨과 함께 뒷머리를 긁적인다.

"젠장, 저러면 나도 가야 할 것 같잖아."

서로를 쳐다보던 학생들은 이내 발걸음을 돌린다. 그리고 그들은 곧 기울어진 복도를 따라 뛰어가기 시작했다.


"빨리 나와! 배가 가라앉고 있다고!"

앞서가는 송지후가 객실 문들을 두드리며 소리를 질렀다. 사람들이 복도 곳곳에 섞여 혼잡한 가운데, 역시 혼란에 빠진 학생들이 가슴에 주황색 구명조끼를 안고 하나 둘씩 객실 밖으로 나오기 시작했다.

"잠깐만."

정은채가 갑자기 멈춰 서서 송지후의 앞쪽을 응시한다. 그리고 그 앞에는, 송지후 일행보다 앞서 학생들을 객실 밖으로 꺼내고 있는 낯익은 얼굴이 있었다.

"도연아!"

"어…… 은채? 왜 여기 있어?"

이도연이 깜짝 놀라 정은채를 쳐다보았다. 그러거나 말거나, 정은채는 이도연에게 곧바로 다가가서는 팔목을 붙잡고 윽박지르듯이 묻는다.

"여기서 뭐 하고 있는 거야? 먼저 나간 거 아니었어?"

"아니, 나는……."

이도연이 제대로 대답하지 못하고 우물쭈물하자 옆에서 지켜보던 송지후가 답답한 듯 끼어들어 말을 끊어버렸다.

"지금 그게 중요한 게 아니잖아! 쓸데없는 걸로 싸울 시간에 사람들이나 더 구하라고."

"아, 잠깐."

이도연이 갑자기 멈춰 섰다. 친구들이 자신을 어리둥절한 눈으로 쳐다보는 것도 무시하고 생각날 듯 안 날 듯 구석에 박혀 있던 기억을 끄집어내려 애쓰던 그는, 퍼뜩 무언가 생각난 듯 송지후를 부른다.

"그러고 보니, 복도 끝에 누군가 아직 있었던 것 같기도 한데……."

"복도 끝이라고?"

송지후가 놀라 되물었다. 이도연은 조심스럽게 고개를 끄덕이고, 뒤에서 듣고 있던 최서언이 송지후에게 다가와 속삭였다.

"그럼 우리, 거기도 한 번 가봐야 하는 거 아니냐?"

"그렇지만, 복도 끝이라…… 너무 위험한데."

잠자코 듣고 있던 오지애가 난감한 듯 얼굴을 찡그린다.

"아직 시간은 조금 있어. 잠깐 갔다가 없으면 바로 나오면 되지."

최서언의 말에 오지애가 고개를 끄덕였다. 송지후는 곧 최서언을 따라 몸을 돌리려다, 아직 우물쭈물하고 있는 나머지 아이들을 향해 입을 열었다.

"어떡할 거야, 너희들은 먼저 나갈래?"

아이들은 동시에 고민에 빠졌다. 그러나 더 지체할 시간도 없이, 배가 다시 확 기울자 남은 아이들은 약속이나 한 듯 서둘러 고개를 젓는다.

"그럼 다 같이 남은 사람들을 구하러 간다는 거지."

"대신 서둘러야 해. 더 머뭇거렸다간……."

정은채가 걱정되는 듯 말했다. 송지후는 고개를 끄덕이고는, 물이 가득 들어찬 복도를 따라 다시 나아가기 시작했다.

*

"으아아악!"

남자의 비명 소리. 그리고 뒤이어 바닥에 쿵 하는 소리가 들렸다. 지금 엉거주춤한 자세로 벌벌 떠는 남자는, 눈앞에서 피 묻은 칼을 들고 자신을 노려보는 또 다른 남자를 올려다보며 싹싹 빌고 있었다.

"이, 이보게, 지난 일은 내가 다 잘못한 일로 할 테니……!"

푹―

더 이상의 말은 필요 없었던 걸까, 말이 채 끝나기도 전에 남자는 손에 든 칼을 다시 휘둘러 기어이 상대를 눈앞에서 쓰러뜨렸다.

"1등 항해사? 웃기지 말라 그래. 돈만 쥐어주면 다 된다고 생각하는 모양이지."

쓰러진 시신을 향해 남자가 중얼거렸다. 제복에 매달린 명찰에는 김광진이라는 세 글자가 선명하다.

"이쪽이야, 이쪽!"

김광진이 깜짝 놀라 고개를 들었다. 곧 상황을 인지한 그는 황급히 눈앞의 시체를 치우려 손을 뻗었으나, 미처 시체를 처리하지 못한 채 복도 끝으로 달려오던 정은채 일행과 마주치고 말았다.

"으, 으아아아악!"

가장 먼저 달려오던 송지후가 김광진의 손에 쥐어진 피 묻은 칼을 보고 놀라 나가떨어졌다. 놀란 것은 김광진도 마찬가지여서, 저도 모르게 서둘러 칼을 등 뒤에 감추고 송지후를 노려보고 있었다.

"아, 아저씨는……."

뒤이어 따라온 최서언이 자빠진 송지후와 김광진을 보고는 경악했다. 김광진은 서둘러 칼을 뒤로 숨겼지만, 아무런 소용도 없이 발 뒤에는 이미 시체가 엎어져 있었다.

"젠장…… 젠장!"

"꺄아아아!"

그것은, 차마 말릴 틈도 없이 순식간에 벌어진 일이었다. 갑자기 김광진이 달려드는 바람에 깜짝 놀라 아이들은 눈을 질끈 감았다. 그리고 눈을 천천히 뜨자, 눈앞에 비춰진 것은 피를 흘리며 바닥에 쓰러진, 송지후의 모습이었다.

"지후야!"

"이게, 이게 뭐하는 짓이에요!"

최서언이 당장이라도 덤벼들 듯 주먹을 쥐었다. 그러나, 뒤이어 김광진에게 달려든 것은 최서언이 아니었다.

"뭐, 뭐야, 이 꼬마는!"

"얘들아! 빨리 여기서 나가!"

"저, 정은채!"

칼까지 떨어뜨린 김광진이 어떻게든 정은채를 떼어내려 되는 대로 주먹을 휘두르기 시작했다. 그러나 정은채는 끊임없이 얻어맞으면서도 흔들리는 목소리로 계속해서 친구들에게 외치고 있었다.

"빠, 빨리…… 여기서 다 같이 죽기 전에!"

아이들은 저도 모르게 뒷걸음질 치면서도 도망치지 못하고 망설인다.

"꺄아아악!"

몸을 비틀던 김광진이 자신에게 악착같이 매달려 있던 정은채를 냅다 걷어찼다. 이번에는 어쩔 수 없었는지 정은채는 바닥에 쓰러지고, 지켜보던 아이들은 그저 공포에 질린 눈으로 떨기만 할 뿐이었다.

"이 망할……."

씩씩대며 정은채를 노려보던 김광진이 바닥에 떨어진 칼을 주워들었다. 아이들은 깜짝 놀라 다시 주춤하는데, 쓰러진 정은채는 다시 일어날 생각은 하지 못하고 맞은 부위를 부여잡은 채 안간힘을 다해 소리를 지른다.

"빨리…… 도망가!"

이제 더 망설일 시간은 없어, 아이들은 마른침을 삼키고는 반대편 복도를 따라 달리기 시작했다.

"저, 저……."

김광진은 다시 칼을 들고 아이들을 쫓으려 벌떡 일어나려 했다. 그러나 다음 순간, 그는 곧바로 무언가에 걸리기라도 한 듯 앞으로 넘어졌다. 깜짝 놀라 다리 쪽을 보니, 정은채가 김광진의 발목을 끌어안은 채로 엎어져 있었다.

"이, 망할 새끼가!"

다리에 느껴지던 힘이 스르르 풀렸다. 그리고 다음 순간, 김광진은 또다시 자신의 눈앞에서 피를 흘리며 쓰러진 학생을 보았다.

"이런 제길, 이 꼬마들을 어쩐다."

한참을 고민하던 김광진은, 문득 무언가 생각난 듯 쓰러진 정은채를 제쳐두고 송지후에게로 향한다. 그리고는, 송지후를 업어 든 채 아까의 그 시체와 정은채를 발끝으로 밀어 사람들의 시선이 닿지 않는 곳으로 치웠다.

"이렇게 하면, 그나마 낫겠지."

잠시 쓰러진 두 사람을 노려보던 그는, 이내 송지후를 짊어지고 자리를 떠났다.


서진우는 불안한 눈으로 주위를 둘러보았다.

배는 꽤 기울어 이제는 조심해서 걷지 않으면 순식간에 바닥으로 곤두박질칠 것만 같고, 사람들은 기울어진 배 위로 떠오른 구조대에게 손을 뻗느라 정신이 없다.

"나도 슬슬 나가야겠는데……."

서진우는 초조한 마음으로 복도를 기어 갑판으로 나와서는 간신히 난간을 붙잡았다. 이제는 정말로 놓치면 아래로 떨어질 것만 같다.

"사람 살려요! 거기 누구 없습니까!"

소리치는 걸 들은 걸까, 멀게만 느껴졌던 구조대가 점점 가까워지고 있었다. 이제 곧 구조되겠구나 하는 생각에 서진우는 안도의 한숨을 내쉬었다.

"자, 잠시만요!"

아래쪽에서 누군가 자신의 다리를 잡는 것이 느껴졌다. 서진우가 깜짝 놀라 내려다보니 한 소녀가 울먹이는 얼굴로 자신의 다리를 잡고 있다.

"안쪽에서…… 사, 사람이 찔렸다구요! 안 돼, 죽고 싶지 않아요!"

두 사람의 무게 때문인지, 난간을 붙잡은 손에 점점 힘이 빠져가고, 더불어 서진우는 점점 더 초조해졌다. 이러다가 둘 다 아래로, 아래로 떨어져버리는 건 아닐까. 둘 다 죽는 건 아닐까. 서진우의 손에 점점 땀이 차오르기 시작했다. 구조대가 가까워질수록 불안함은 더 커져가고, 어느 순간, 한계를 느낀 서진우는 본능적으로 소리를 지르며 몸을 뒤틀었다.

"저리 가!"

눈을 질끈 감았다 뜬다. 그리고 다음 순간, 누군가 매달리던 무게가 사라지고 가벼워진 자신의 다리를 보자마자 서진우는 자신의 잘못을 깨달았다.

소녀는 떨어져 내리고 있었다. 바로 발밑에선 여전히 검은 바닷물이 당장이라도 위태위태한 생명을 집어삼킬 듯 출렁이고, 그 위로, 소녀는 마지막까지 간절한 눈빛을 자신에게 고정시킨 채로 멀어져 갔다.

"빨리 나오세요! 더 지체되면 아저씨까지 다칩니다!"

어느새 위쪽에서는 구조대가 자신을 부르고 있었다. 서진우는 망연 자실한 얼굴로 소녀가 떨어져 내린 입구 쪽을 보았다. 구조대에 의해 구명보트에 태워질 때까지도, 서진우의 눈은 그곳을 향해 고정되어 있 었다.


"김광진!"

멀리서 불려지는 자신의 이름과 함께 들려오는 달려오는 소리. 김광 진이 소리가 난 쪽을 돌아보니 두 남자가 걱정에 찬 눈빛으로 달려오 고 있었다.

"아, 뭐야. 살아 있었군."

"너 어떻게 된 거야! 업고 있는 그 애는 뭐고?"

다급하게 묻는 남자의 가슴에선 '박민식'이라 쓰인 명찰이 흔들린다. 박민식, 그러니까 눈앞의 이 남자는 쉽게 말하자면 김광진의 동료라 할 수 있겠다. 그 옆에 서 있는 김주영이란 사람도 마찬가지.

김광진은 난감한 표정을 감추고 이 두 사람을 잠시 쳐다보았다. 아무

리 동료라 해도 솔직하게 말하기엔 너무 큰 사안, 거기에 이 두 사람은
잘 속기로 정평이 나 있던 순박한 사람들이었다.

"어딘가에 찔린 채로 쓰러져 있던 걸, 내가 데려왔어."

"그런……!"

"도대체 어떤 놈이?"

예상대로, 아무런 의심도 없이 치를 떠는 그들을 보며 김광진은 속
으로 조용히 미소를 지었다.

"아무튼, 빨리 구조되는 게 우선이야. 마침 구조대가 가까이 오는 것
같으니 나가보자고."

서둘러 대화를 마무리한 뒤, 김광진은 그 두 사람을 이끌고 갑판으
로 나갔다. 송지후 역시 등에 그대로 업힌 채였다.

"여기요! 사람이 칼에 찔렸어요!"

갑판으로 나와 소리를 지르자 바다 위를 떠돌던 구조대가 천천히 다
가왔다. 그들은 김광진에게 업힌 피투성이의 송지후를 보고 깜짝 놀란
듯한 눈치였다.

"이리 주십시오. 어쩌다 이렇게……?"

"모르겠습니다. 배 안을 헤매다 여기까지 와보니 누군가가 이 아이를
칼로 찔러놨더군요."

"이런, 썩을 놈들……."

김광진은 뻔뻔하게 대답한다. 물론, 역시 아무것도 모르는 구조대원
은 누군지 모를 범인을 향해 이만 갈 뿐이었다.

"일단 옷부터 갈아입으시는 게 좋겠습니다. 옷이 온통 피투성이에요."

"예, 그러죠."

김광진은 자연스럽게 대답하며 다시 배 쪽을 바라보았다. 여유롭던
그의 얼굴이 어느새, 다시금 근심이 가득한 얼굴로 바뀌어 있었다.

DreAM waLkeRZ

"끄응……."

소녀는 어질거리는 머리를 짚으며 눈을 떴다. 지끈거리는 머리 하며, 아직도 축축한 옷가지와 부드러운 침대의 느낌은 틀림없이 자신이 살아있다는 사실을 상기시켜 주고 있었다.

"아, 일어났네. 몸은 좀 괜찮아?"

"네."

어느새 간호사가 다가와 싱긋 웃었다. 소녀는 침대에서 일어나 앉은 채 생각에 잠겼다. 분명히 마지막 기억은, 기울어지는 갑판의 난간에 매달려 있다가 누군가에게 치여 다시 물이 가득 차오른 통로로 떨어지던 그 순간이었다. 그때 분명히 이젠 죽겠구나, 하는 생각을 했는데.

"정말 극적으로 구조된 거야. 다들 이제 더 이상의 생존자는 없겠거니, 하던 상황에서 네가 구조된 거거든. 조금만 더 늦었어도 죽을 뻔했어."

어쩌면 가장 운 좋은 사람이라고 할 수도 있을 것이다. 그러나, 그 말을 듣는 소녀의 기분은 오히려 복잡해지고 있었다.

"구조대원들 말로는 다른 학생들은 꽤 빨리 구조된 편이라던데…… 넌 왜 이렇게 배 안쪽에 있었니?"

"……."

소녀는 마른침을 삼켰다. 여전히 생글생글 웃으며 물어오는 간호사를 보며, 소녀는 기어들어가는 목소리로 작게 대답했다.

"……사실, 사람들 구하다 그냥 죽으려 했거든요."

대답을 하면서, 소녀는 자신을 바라보는 간호사의 눈빛이 달라지는 것을 느낄 수 있었다. 간호사는 웃음을 거두고 의자를 가져와 침대 앞에 살짝 앉더니, 아까와는 달리 진지해진 목소리로 다시 물어왔다.

"왜, 그런 생각을 한 거니?"

소녀는 입을 다문다. 이런 말을 쉽게 해도 되는 걸까, 하는 생각에 잠시 망설였지만, 자신을 뚫어져라 쳐다보는 간호사의 얼굴을 보고 그는 결국 입을 열었다.

"사실…… 외모 때문에요."

"외모?"

소녀는 조용히 고개를 끄덕이고는 말을 잇는다.

"음, 고작 이런 이유 때문에 죽으려는 게 이해가 되지 않을 수도 있겠지만요, 예전부터 콤플렉스가 심했어요. 어린애 중에 그런 애들이 좀 있잖아요? 외모 가지고 사람 차별하고, 그래서 초등학교 5학년 때인가는 학교폭력도 당해보고."

"세상에, 신고는 안 했니?"

"당연히 했죠. 나중에 절 괴롭히던 아이들이랑 그 부모님들까지 와서 엎드려 싹싹 빌긴 했지만, 전혀 위로가 안 됐어요. 그냥, 어떻게 하면 이 외모를 뜯어고칠까, 이 생각만 하고."

"그렇지 않아."

이야기를 듣던 간호사가 다시금 진지한 얼굴로 소녀의 손을 덥썩 잡았다. 갑작스레 손을 잡힌 소녀는 깜짝 놀라고, 간호사는 소녀의 얼굴을 정면으로 응시한 채 입을 열었다.

"아까 네가 그랬지? 그래, 솔직히 나로서는 이해가 안 돼. 외모 콤플렉스가 이해가 안 된다는 게 아니라, 겨우 그런 이유 때문에 죽으려고 했다는 것."

"……."

"솔직하게 말해서, 나도 심했어. 외모 콤플렉스가."

"네?"

소녀가 의외라는 듯 깜짝 놀란 반응을 보였다. 간호사는 잠시 말을 멈추고 소녀를 바라보며 빙긋 웃는다. 소녀는 말도 안 된다는 표정으로 간호사를 바라보다 다시 더듬더듬 말을 이었다.

"그럼, 지금도……?"

"음, 지금은 받아들였어, 그냥."

간호사가 다시 살짝 웃으며 대답했다.

"누가 예쁘네, 누가 잘생겼네 하는 것도 결국 남들이 정한 기준이니까. 남들이 정한 기준 때문에 내 기분이 상하면 억울하잖아?"

간호사는 말을 끝맺으며 빙긋이 웃었다. 그래도 소녀는 여전히 자신 없다는 듯이 고개를 숙인다. 그 모습을 보던 간호사는, 잠시 주위를 두리번거리다 살짝 목소리를 낮추고 속삭였다.

"아니면, 내가 쓰던 방법 알려줄까?"

"방법, 이요?"

"응. 혹시, 루시드 드림, 이라고 들어봤어?"

"아, 혹시 자각몽……."

"그래, 바로 그거!"

간호사가 만족한 듯 웃었다. 하지만 소녀는 아직 이해가 안 된다는 듯이 머리만 긁적이다가 다시 간호사에게 물었다.

"그게 왜요?"

"음, 나도 아무래도 현실에 불만이 많았으니까. 그러다 자각몽이라는 게 있다는 걸 알게 돼서, 매일 꿈 일기도 쓰고 연습도 한 끝에 성공했지. 그 이후로는 자주 자각몽에 들어가서 혼자 스트레스를 풀곤 했어. 자각몽 안에서는 뭐든지 가능하잖아? 그래서, 가끔가다 얼굴도 예쁘게 바꿔보고. 그걸로 남자들도 여럿 만나보고. 뭐, 어디까지나 꿈에 불과했지만 말이야."

간호사가 혼자 웃다가 고개를 돌리고 말을 이었다.

"그런데…… 이 방법을 말해주긴 했지만, 나는 개인적으로 자각몽을 추천하진 않아."

"왜요?"

소녀가 의아하다는 듯이 물었다. 간호사는 알 수 없는 미소를 살짝 짓고 있다가, 소녀를 정면으로 쳐다보고는 말을 이었다.

"아무리 좋은 꿈이라도…… 잠에서 깨서 현실로 돌아오면 그 비참함은 두 배가 돼. 꿈이 현실보다 행복하면 현실은 오히려 더 불행해지는 거야. 그렇다고 해서 언제까지나 꿈에 갇혀 살 수는 없잖아? 그래서 난 지금은 자각몽을 그만뒀어. 현실을 더 불행해지게 하는 꿈 따위, 결코 좋은 꿈일 리가 없으니까. 가끔 자기만족용으로 하는 거라면 괜찮겠지만."

간호사는 다시 웃으며 소녀의 손을 가만히 잡았다. 소녀도 조용히 맞잡힌 손을 내려다보았다.

"아 참, 시간이 벌써 이렇게 됐네."

간호사가 벌떡 일어났다. 그는 시계를 한 번 보고는, 소녀를 향해 마지막 인사를 한다.

"난 이만 가볼게. 몸 간수 잘하고! 아 참, 너무 외모 때문에 스트레스 받지 마. 지금도 충분히 예쁜걸!"

"아…… 감사합니다."

소녀는 멍하니 간호사를 본다. 가슴에 매달린 '이연희'라 새겨진 명찰이 흔들린다. 마음만큼이나 이름도 예쁘구나, 하는 생각을 했다.

*

　"이런 젠장⋯⋯."

　서진우는 부두 위에 분노 섞인 한숨만 토해내고 있었다. 아직까지도 그 소녀가 자신의 발밑으로 아득하게 떨어져가던 모습이 눈에 선명했다. 서진우는 눈을 질끈 감고 머리를 감싼다. 사고가 났을 때에도, 죄책감에 빠지지 않으려고, 단 한 사람이라고 더 살리려고 부단히도 애썼는데, 단 한 사람 때문에 지금 이런 감정을 느끼는 데에는 당장이라도 바다 속으로 뛰어들기라도 하고 싶은 기분이었다.

　"뭐 때문에 그리 머리를 뜯고 계시나."

　서진우가 깜짝 놀라 고개를 들었다. 뒤를 돌아보니 한 남자가 조용히 미소를 지으며 천천히 걸어오고 있었다.

　"김광진 씨."

　"응? 나도 같이 얘기 좀 듣자고."

　그러면서 김광진은 자연스럽게 다가와 서진우의 옆에 걸터앉았다. 서진우는 김광진을 물끄러미 쳐다보더니, 다시 한숨을 쉬고는 말을 꺼낸다.

　"그냥, 안 좋은 일이 좀 있었습니다."

　김광진은 더 묻지 않았다. 철썩철썩, 하는 파도 소리가 점점 커져 부두 가까이를 때리고, 김광진은 잠시 그 광경을 바라보고 있다가 입을 열었다.

　"하긴, 그래. 나도 지금 누군가의 기억을 지워버릴 수만 있다면 참 좋겠는데, 하고 골머리를 앓고 있었거든."

　"무슨, 잘못이라도 하셨습니까?"

　서진우가 자신을 돌아보며 물어오는 말에 김광진은 피식 웃으며 고개를 젓고는 대답했다.

"아니. 그냥 그렇다고."

그러고는 다시 아무 말도 없었다. 다시 철썩철썩, 파도 소리가 이번엔 귓가를 때린다. 서진우가 다시 말을 꺼냈다.

"기억이라, 혹시 꿈의 5단계라고 들어 보셨습니까?"

"꿈의 5단계?"

김광진이 처음 듣는다는 표정을 지었다. 서진우는 김광진 쪽으로 향해 있던 시선을 바다 쪽으로 돌리고는 말을 이었다.

"꿈을 꾸는 단계에는 총 5단계가 있다고 알려져 있습니다. 이 중 1, 2단계는 너무나 간단한 단계이니 넘어가고, 3단계는 그 유명한 루시드 드림, 그리고 4단계가 드림워킹, 즉 남의 꿈에 들어가는 것이라 하더군요."

"그래서, 지금 갑자기 꿈 이야기를 하는 이유가 뭔데?"

"그리고 5단계는, '드림 라이팅'이라 합니다."

"드림 라이팅?"

역시 처음 들어보는 말인 듯 김광진이 고개를 갸웃했다.

"네. 말 그대로 꿈을 써내려가는 자. 즉, '꿈 조종'이라는군요. 물론 4단계까지와는 달리 아직은 미지의 영역입니다만. 남의 꿈에 들어가는 드림워킹에서 한 걸음 더 나아가, 남의 꿈을 조작하는 능력이라더군요. 더 놀라운 것은, 이 꿈 조작을 통해 기억까지도 조작할 수 있다는 점입니다."

"뭐?"

김광진이 깜짝 놀라 서진우를 쳐다본다. 서진우는 조용히 웃더니, 끝에 한마디를 덧붙였다.

"뭐, 아직은 성공했다는 보고가 없는 미지의 영역입니다. 그냥, 김광진 씨가 누군가의 기억을 지우고 싶다 하시기에 알려드린 겁니다."

"……"

김광진은 의심스러운 눈빛으로 서진우를 쳐다본다. 서진우는 자리에서 벌떡 일어서더니, 먼저 자리를 떠났다.

"아, 그럼 저는 먼저 가보겠습니다."

그러고선 도망치듯이 늘어지는 뒷모습만 남기고 사라진다.

"드림 라이팅…… 기억 조작이라."

김광진은 속으로 혼자 되뇌어 본다. 한 소년이 멍하니 그의 뒷모습을 쳐다보고 있었지만 그는 눈치채지 못했다. 그리고 그 소년마저 떠난 뒤에도, 김광진은 한참이나 출렁이는 바다를 바라보며 자리를 지키고 있었다.

\*

병원은 시끌시끌하기만 하다. 병원이라고 해도 임시 진료소 정도에 지나지 않지만, 구조 과정에서 부상을 입거나 탈진한 사람들이 저마다 침대를 차지하고 안정을 취하고 있었다.

주변을 둘러보던 서진우는 조용히 머리를 감쌌다. 시계를 보니 2시 40분, 어느새 3시가 다 되어가고 있었다.

눈을 감고 잊으려 해봐도, 자꾸만 뇌 속에 강렬히 새겨지는 잔상은 갈수록 자꾸만 더 깊은 죄책감에 빠져들게 만든다.

"아마, 죽었겠지."

끝까지 자신의 잘못이 아니라 부정하고 싶었다. 그 아이는 원래 그렇게 될 운명이었어, 그 누가 그 자리에 있었든지 똑같은 결과가 나왔을 거야.

계속해서 마음속으로 자기위안을 일삼으니 그나마 나아지는 듯했다. 내가 지금까지 사람들을 살리려 얼마나 노력했는데. 그 때문에 목숨을 건진 사람들이 몇 명인데. 한 명쯤은, 딱 한 명쯤은 어쩔 수 없는 거라고 생각했다. 거기에 아무도 본 사람도 없다. 이제 자기 자신만 끝까지 입을 다물고 있으면 되는 것이었다.

"난 이만 가볼게. 몸 간수 잘하고! 아 참, 너무 외모 때문에 스트레스 받지 마. 지금도 충분히 예쁜걸!"

뒤에서 간호사의 밝은 목소리가 들려온다. 멍하니 멈춰 서 있던 서진우는 무의식적으로 시선을 돌린다.

"……!"

서진우는 순간 눈을 크게 떴다. 간호사가 일어나며 그 뒤로 가려져 있던 소녀의 얼굴이 드러나고 있었다. 그리고 그와 동시에 서진우는 자신의 눈을 의심했다.

"설마."

애써 현실을 부정하고 싶은 마음에 서진우는 다시 눈을 비볐다. 그러나, 다른 사람이라 억지로 주장하기엔 너무나도 똑같은 얼굴이었다.

"저, 잠시만요!"

"네?"

돌아서 가려던 간호사가 깜짝 놀라며 서진우를 돌아보았다. 이미 엎질러진 물, 서진우는 마른침을 한번 삼키고 입을 열었다.

"혹시 저 여자아이, 이름이 뭔지 아십니까?"

"네? 그건 갑자기 왜……."

간호사가 의아하다는 눈빛으로 되물어왔다. 어떻게 대답해야 할까, 고민하던 서진우는 결국 얼토당토않은 대답을 해버리고 말았다.

"아, 아는 사람과 얼굴이 많이 닮아서 말입니다. 혹시 본인은 아닐까 하고……."

간호사는 의심의 눈초리를 거두지 않고 있었다. 소녀와 서진우를 번갈아 보던 그는, 서진우를 가까이 오게 하더니 귓속말로 무어라 속삭여주었다.

"어때요, 맞아요?"

"······아뇨, 제가 착각한 것 같군요. 죄송합니다."

그래도 아직 남아 있는 봉사정신 때문인지, 간호사는 서진우를 향해 살짝 웃어주고는 곧 자리를 떴다. 그리고 그 자리에 홀로 남은 서진우는, 아직도 머리가 아픈 듯 한동안 제자리에 서 있었다.

시간이 어느 정도 흘렀다. 어느새 저녁이 되어 어둑어둑해지고 있는 체육관에선, 아직 사라진 가족을 품에 안지 못한 실종자 가족들과, 그들을 위로하기 위해 남아 있는 유가족, 그리고 일부 구조자들이 뒤섞여 저마다 하루를 끝낼 준비에 한창이었다. 시계가 가리키고 있는 시간은 오후 8시. 평소라면 당연히 깨어 있는 것이 자연스러운 시간이었지만 큰 사건이 있었던 만큼, 더러 일부 심신이 지친 사람들은 일찍 잠에 들기도 했다.

그러나, 그 와중에 취침을 준비하는 것도 아니요, 깨어 있는 것도 아닌 어중간한 자세로 침대에 걸터앉아 고민하고 있는 한 소녀가 있었다. 낮에 기적적으로 구조됐던 소녀는, 임시진료소의 침대에서 간호사에게 들었던 이야기들을 계속해서 곱씹고 있었다.

「너무 외모 때문에 스트레스 받지 마. 지금도 충분히 예쁜걸!」

"······."

소녀는 머리를 헝클어뜨리며 긴 한숨을 쉬었다. 솔직히 말해, 소녀의 외모가 본인 말마따나 다른 사람들이 보자마자 저절로 얼굴이 찌푸려질 정도로 끔찍한 것은 아니었다. 물론 5학년 때는 철없는 아이들 때문에 그걸로 왕따를 당했다. 그리고 그것이 트라우마가 되었는지, 소녀는 유난히 자신의 외모에 대해선 관대하지 못했다. 남들 다 하는 대로 화장을 진하게 하면 그나마 나았다. 그러나 그마저도 집에 돌아가 화장을 다 지우고 나면 원래의 얼굴이 보여, 자괴감이 들고 속이 뒤틀리는 건 어쩔 수 없었다.

「자각몽 안에서는 뭐든지 가능하잖아? 그래서, 가끔가다 얼굴도 예쁘게 바꿔보고…… 그걸로 남자들도 여럿 만나보고.」

"자각몽, 이라."

주변 사람들에게선 수없이 들어왔던 것이었다. 자신이 하고 싶은 대로 다 할 수 있고, 잠시나마 현실에서 도망칠 수 있는 곳.

망설이던 소녀는 아까 돌려받은 스마트폰을 꺼내 들었다. 그러고는 검색창에 '루시드 드림'을 두드려 검색했다. 소녀의 눈동자가 빠르게 움직이기 시작했다. 가장 눈에 띄는 것은 '꿈의 단계'라는 어느 블로그 글. 소녀의 손가락이 다시 그 게시글을 터치했다. 뒤이어 꿈의 단계를 정리해 놓은 화면이 줄지어 나타났다.

3단계: 루시드 드림(Lucid dream)
　　— 꿈속에서 꿈이라는 것을 인지하는 것.
4단계: 드림 워킹(Dream walking)
　　— 남의 꿈에 들어가는 것.
5단계: 드림 라이팅(Dream Writing)
　　— 남의 꿈에 침입, 기억을 조작하는 것.

자각몽이라, 예전에도 여러 번 시도해 보았지만 성공한 적은 단 한 번도 없었다. 아니, 애초에 소녀는 꿈이란 것을 별로 꾸어본 적이 없는, 그런 독특한 부류에 속해 있었다.

"남의 꿈에 들어간다…… 라."

DreAM waLkeRZ

자기 자신이 꿈을 꾸는 것은 아니니 어쩌면 성공할지도 모른다고 생각했다. 드림워킹을 하려면 그 상대가 필요하다. 눈을 감고 여러 사람들의 얼굴을 떠올려보았다. 그러던 중, 유난히 눈에 채이는 상대가 있었다.

'구조…… 됐겠지? 분명히 살아있을 거야.'

어떻게든 루시드 드림, 아니 드림워킹을 통해 이 시궁창 같은 현실에서 잠시나마 벗어나고 싶은 마음도 있었지만, 사실 친구가 무사하게 구조됐는지를, 살아있는지를 알아보고 싶은 마음이 컸다. 죽은 사람이라면 드림워킹이 되지 않을 터. 소녀는 침대에 가만히 누워 친구의 얼굴을 떠올렸다. 성공했다 싶으면 다시 깨고, 뒤척이다 다시 똑바로 누워 청하길 여러 번, 마침내 서서히 몸이 떠오르는 느낌이 들기 시작했다. 성공했다는 느낌을 지닌 채로, 그는 곧 의식을 잃었다.


오른쪽으로 돌아누워 본다. 영 편치 않아 이번엔 똑바로 누웠다. 그러나 이마저도 불편하다. 한참이나 잠들지 못하고 뒤척거리던 서진우는, 결국 다시 성질을 내며 벌떡 일어나 앉았다.

"젠장……."

땀으로 젖어있는 손이 푸석푸석한 머리를 감쌌다. 분명히 틀림없었다. 아직도 그 장면은 머릿속에서 떠나가지 않을 듯 생생했다. 그런데도, 왜 안 되는 거지?

'이름은 확실히 들었어. 혹 얼굴이 정확하지 않은 건가?'

아무리 생각해봐도 그럴 일은 없었다. 그 장면을, 그 얼굴을 어찌 잊을 수 있겠는가.

"확실히 살아 있었어."

이렇게 중얼거리며 서진우는 다시 자리에 누웠다. 속이 뒤틀리는 것 같은 메스꺼움을 참으며 서진우는 다시 눈을 감고 가만히 집중하기 시작했다.

시간이 얼마나 지났을까, 땀이 조금씩 말라가며 훅 끼쳐오는 이 느낌은 좋은 느낌이다. 마치 자각몽을 꿀 때처럼, 이상한 느낌이 온몸을 감싸더니 곧 몸이 떠오르는 기분이 들기 시작했다. 그리고 그 상태 그대로, 서진우는 눈을 감고 다시 한 번 꿈속으로 들어갔다.

*  *  *

제일 먼저 보인 것은 낯익은 어느 도심의 풍경이었다. 좁은 건물 벽위에 서로 경쟁하듯 아등바등 매달려 있는 학원 간판들이며, 그 밑에서 불을 밝히고서 손님들을 불러 모으는 여러 가게들. 소녀는 눈을 비비고는 다시 주위를 둘러보았다. 틀림없는, 너무나도 익숙한 거리였다.

"아이씨……."

지나가던 소년이 짜증이 가득 찬 눈으로 소녀를 흘겨보았다. 소녀는 부딪힌 어깨를 가만히 어루만지며 살짝 고개를 숙였다. 그러나 소년은 영 마뜩찮은지 짜증나는 듯한 시선을 거두지 않은 채로 바삐 사라져갔다.

소녀는 물끄러미 사라져가는 소년의 뒷모습을 쳐다본다. 머릿속을 다시 온갖 생각들이 채우기 시작했다. 물론 단순히 저 소년의 성격이 나쁜 것일 수도 있다. 그렇게 생각하는 게 편하겠지, 소녀는 작은 한숨을 내쉬고는 머릿속의 잡념들을 떨쳐버리고 반대 방향으로 걷기 시작했다.

누가 쳐다보는 것도 아닌데 조급히 고개를 숙이고 걸었다. 왜일까, 지나가는 사람들이 다들 자신만 쳐다보는 것 같다.

한참을 걷던 소녀가 멈추어 섰다.

"!"

소녀는 놀라 고개를 든다. 어느새 붉게 물들어가는 하늘이 비정상적인 움직임으로 일렁이고 있었다. 그때 소녀는 문득 깨달았다.


그래, 이건 꿈이야.


소녀는 아랫입술을 살짝 깨문다. 그리고 눈을 살며시 감았다. 그래, 이곳은 꿈이다. 현실이 아니다.

「자각몽 안에서는 뭐든지 가능하잖아?」

그때 들었던 그대로, 정말로 뭐든지 가능하다면. 그래서 내가 하고 싶은 대로 다 이룰 수 있다면.


*
*
*


"……!"


바람이 한 번 살랑, 하고 불었다. 그리고, 지금껏 느껴본 적 없는 낯선 촉감이 손등을 기분 좋게 간지럽히고 지나갔다. 그리고 어딘가 달라진 듯한 몸의 무게와 더불어, 내 것인지 남의 것인지 모를 부드러운 머리카락이 어깨를 따라 흘러내리고 있었다.

소녀는 깜짝 놀라 고개를 든다. 재빨리 달려가 어느 가게 앞에 서서 거울에 비춰보니, 비춰지는 것은 더 이상 자신의 모습이 아니었다. 거울에 반사되는 눈부시게 아름답지만 너무나도 낯선 모습 뒤로, 사람들이 자신을 한두 번씩 흘기며 지나가는 것이 보였다. 그러나, 사람들의 시선에는 더 이상 이전과 같은 한심함, 경멸이 담겨 있지 않았다. 부러움, 놀라움. 그 모든 감정을 온몸으로 느끼며 소녀는 천천히 몸을 일으켰다.

"저, 저기요!"

"네?"

소녀는 낯선 남자의 목소리에 고개를 돌렸다. 대충 20대 중반으로 보이는 남자 하나가 자신을 향해 멋쩍게 휴대전화를 내밀며 웃고 있다.

"이건?"

"저기, 초면에 실례지만, 제, 제 이상형이셔서……! 번호 좀, 주실 수 없을까요?"

소녀는 잠시 당황한 눈으로 남자를 쳐다본다. 그리고는 이내 피식, 의미심장한 웃음을 지었다. 소녀는 남자의 휴대 전화를 받아들어 잠시 살피고는, 곧 전화번호를 찍어 다시 건네주었다.

"가, 감사합니다!"

황홀한 듯 번호가 찍힌 화면을 바라보던 남자는, 눈치를 살피다 다시 물어왔다.

"저, 혹시 실례지만, 성함이……."

"아."

소녀는 잠시 고민한다. 남자의 휴대 전화에 찍혀 있는 것도 가짜 번호. 이름을 어떻게 알려주면 좋을까, 고민하던 소녀의 머릿속에 문득, 누군가가 떠올랐다.

「아 참, 너무 외모 때문에 스트레스 받지 마. 지금도 충분히 예쁜걸!」

'글쎄요, 외모 하나가 달라지니 사람들의 시선이 통째로 바뀌는데요.'

소녀는 다시 자신에게 시선을 고정시키고 있는 남자의 얼굴을 본다. 다시 흘러내리려는 머리카락을 귀 뒤로 쓸어 넘기며, 소녀는 한 번 살짝 웃음을 지어주고는 대답했다.

"이연희, 라고 해요."

\*

"여긴."

처음 보는 풍경이었다. 맑게 갠 밤하늘, 저마다의 이야기를 떠들며 오고가는 사람들과 그들을 비추는 가로등. 아마 그 아이도 창명고등학교 학생이겠지. 그리고 이 낯선 풍경은 창명고등학교 근처의 풍경일 터였다. 생각보다 긍정적인 것들로 채워져 있는 꿈이구나, 하는 생각을 하며 서진우는 조금씩 걷기 시작했다.

그렇게 한참을 돌아다녔다. 꿈의 주인이든, 또 다른 드림워커든. 누구라도 만날 줄 알았건만 마주친 것은 아무도 없었다.

"엇."

얼마나 걸었을까, 갑자기 어깨에 느껴지는 낯선 느낌에 서진우가 뒤를 돌아보았다. 돌아본 반대편에선 한 여자가 빠른 발걸음으로 사람들 속에 파묻혀 멀어지고 있다. 얼굴은 보지 못했으나, 서진우는 본능적으로 그 사람의 정체를 알아차렸다.

"드림워커로군."

그러고는 누가 시키지도 않았는데, 서진우는 마치 무언가에 홀린 듯이 그 여자의 뒤를 따라 천천히 걷기 시작했다.

"어디로 가는 거지?"

여자는 한참을 빠르게 걷더니 모퉁이를 돌아 어두운 공원길로 접어들었다. 서진우가 여자의 뒤를 따라 공원길로 들어서자, 주위를 두리번거리며 경계하는 듯한 여자의 모습이 보였다.

"이봐요, 거기."

여자가 깜짝 놀라 서진우를 쳐다보았다. 처음 보는 얼굴이었으나, 당장 얼굴을 보았을 때 '상당한 미인이다'라는 생각이 든 것은 어찌 보면 당연했다.

"보아하니, 드림워커시군요."

여자가 경계하며 한 발짝 물러섰다. 안심시키려는 듯 서진우가 두 손을 앞으로 내밀어 여자를 진정시킨다.

"그렇게 경계하실 필요는 없습니다. 저도 드림워커거든요."

"드림워커?"

여자는 여전히 수상한 시선을 풀지 않고 서진우를 노려보며 말을 이었다.

"보통 드림워커는, 기척이 있어 바로 눈치챌 수 있다고 했어. 하지만 당신한테서는 아무 것도 안 느껴지는데. 정말로 드림워커야?"

"믿지 못하시겠다면 그건 자유지만요."

서진우가 여유롭게 빙긋 웃었다. 여자는 잠시 망설이다, 한숨을 쉬며 입을 연다.

"믿어 손해 볼 것도 없으니…… 그래. 무슨 볼일이야?"

"음, 우선 이 꿈의 주인에 대한 것을 묻고 싶습니다만."

"꿈의 주인?"

예상외로 여자가 깜짝 놀라는 반응을 보였다. 서진우는 여전히 여유로운 웃음을 띠며 말을 잇는다.

"개인적으로 볼 일이 있어서 말이죠. 그쪽도 꿈의 주인에게 볼 일이 있는 것이 아닙니까?"

여자가 다시 한숨을 쉬었다.

"나는, 단지 이 꿈에 계속 남고 싶을 뿐이야. 꿈의 주인이 어떻게 되든 관심 없다고."

"그러려면, 꿈의 주인을…… 죽여야 하겠군요?"

"!"

여자가 다시 흠칫 놀라며 서진우를 보았다. 서진우는 빙긋 웃으며, 여자에게 다시 이야기한다.

"제안을 하나 하죠. 저와 동맹을 맺지 않으시렵니까? 꿈의 주인을 없애는 데 저도 협력하죠. 제 목적도 그것이니까요."

"……."

여자는 잠시 고민하다, 서진우 쪽을 몇 번 쳐다보는 듯하더니 곧 고개를 들고 짧게 대답했다.

"좋아."

서진우가 조용히 웃었다. 여자는 서진우의 쪽을 정면으로 쳐다보더니 역시 살짝 웃으며 말했다.

"이연희라고 해."


그날 이후, 서진우와 이연희는 행동을 함께하게 되었다. 그러기를 2주, 이연희는 주위를 살피며 꿈의 주인을 찾으러 나가고 서진우 혼자 남아 있던 상황이었다.

"남아 있겠다고?"

"예. 굳이 두 사람이 돌아다닐 필요는 없으니까요."

"흠."

어줍잖은 변명이라는 것은 서진우 본인도 알고 있었다. 그러나 이연희는 별다른 의심 없이 혼자 조용히 길을 나섰다. 서진우에게는 다행인 일이었다.

아무리 그렇게 먼저 제안을 했다 해도, 그리고 꿈이라 해도 아직 사람을 죽이는 데에는 역시 어딘가 거부감이 있었다. 난생 처음 시도해본 드림워킹이라는 어딘가 판타지 소설에나 나올 법한 행위, 그리고 그것을 실제로 성공시켜 어느 누군가의 꿈속에 있는 자신. 꿈속에서 사투를 벌인 이들의 이야기는 족히 들어왔다. 그러나 그것들은 모두 책장 속의 이야기. 사람들의 상상과는 달리 눈앞의 실제로 펼쳐진 현실에서는 무슨 일이 벌어질지 알 수 없었다. 설령 소설에 적힌 것처럼 꿈의 주인을 죽였다가 정말로 현실에서 죽기라도 하면 어찌할 것인가? 말도 안 되는 소리처럼 보일 수도 있겠지만, 그 0.1%의 가능성이 서진우를 망설이게 만들고 있었다.

사실, 이연희를 끌어들인 것도 본인이 직접 죽이는 것이 껄끄러워서였을지도 모르는 일이었다.

"뭐지?"

서진우는 갑자기 자리에서 벌떡 일어났다. 발끝에서 느껴지는 땅의 감각, 틀림없었다. 땅이 조금씩 흔들리고 있었던 것이다. 그 진동은, 처음에는 집중하지 않으면 느끼지 못할 정도로 약했으나 갈수록 점점 더심해져 혼자 서 있기도 힘들 정도가 되었다.

"이게, 무슨 일……."

흔들림은 갈수록 더 심해졌다. 건물 안에 계속 있어봤자 별로 득이될 것은 없을 것 같아, 서진우는 서둘러 건물 밖으로 나왔다. 서진우는 본능적으로 이연희를 찾아 발걸음을 떼었다. 그러나 멀리 갈 것도 없이, 서진우는 어렵지 않게 이연희를 찾을 수 있었다. 그것은, 한 손에 피가 흘러내리는 칼을 들고 뒷모습을 보이며 서 있는 모습이었다.

"이, 이게……."

당황한 서진우가 말을 더듬었다. 이연희의 앞에는 한 소녀가 피를 흘리며 쓰러져 있다. 머리카락에 가려져 있어 잘 안 보이나, 아마도 이 소녀는,

"꿈의 주인이야. 곧 죽겠지."

서진우의 마음을 읽은 듯 이연희가 대신 대답했다. 서진우는 믿기지 않는다는 듯 소녀를 말없이 쳐다보다가, 조용히 물었다.

"정말로 꿈의 주인입니까?"

"그렇다니까. 문제 있어?"

서진우는 몇 발짝 다가선다. 머리카락으로 가려진 얼굴을 들춰볼까, 도 생각했지만 그는 이내 고개를 흔들었다. 기다리기 답답했던 건지 이연희가 다가와 물었다.

"무슨 문제 있어?"

"아무래도 제가 찾던 사람은, 꿈의 주인이 아니었던 모양이군요."

"뭐?"

이연희가 다소 뜬금없는 이야기에 당황한 듯 한 발짝 물러섰다. 서진우는 조용히 고개를 들고 이연희 쪽을 보더니 말을 이었다.

"제게서 아무것도 안 느껴졌던 이유……. 이제야 알겠습니다. 저는 분명히 드림워킹을 시도했지만, 이곳에서는 드림워커가 아니었던 겁니다."

"그게 대체 무슨 소리야!"

그러나, 그 다음에 곧바로 덮쳐온 어둠이 이연희의 말을 막았다.

"이건?"

"꿈의 주인의 사망. 즉, 꿈의 리셋이겠지."

주변은 그야말로 어둠, 한걸음 내딛는 코앞조차도 아무것도 보이지 않았다. 정작 어디에서 비추는 건지 자기 자신은 선명하기만 하다.

"……"

이연희는 말없이 어딘가로 향했다. 아무리 지나도 어둠이 걷히지 않자, 이연희는 서진우 쪽으로 몸을 돌리고는 물었다.

"그래서, 아까 그 말, 다시 설명해봐."

"아까 그 말이라니요."

"뭘 시치미 떼? 드림워커니 뭐니 하는 이야기 말이야!"

이연희의 목소리가 높아지자 그제야 서진우는 빙긋 웃고는 입을 연다.

"아아, 그것 말이군요. 말 그대로입니다."

"말 그대로?"

"예. 원래 제가 드림워킹을 시도했던 상대는, 조금 전에 당신이 죽인, 그 소녀가 아니라는 말이지요."

잠시 말을 잃고 서 있던 이연희는 다시 목소리를 높이며 덤빈다.

"그럼 뭐야! 어떻게 된 건데?"

"생각할 수 있는 건 단 한가지입니다. 제가 이 꿈에 같이 끌려 들어왔다, 는 것."

차분히 생각을 정리하던 서진우는 다시 말을 잇는다.

"제가 드림워킹을 시도한 바로 그 시간에, 그 대상은 이 꿈에 갇혀버린 것이죠. 아니면…… 동시에 드림워킹을 시도했거나."

이연희는 본인의 몸이 묘하게 떨리고 있음을 알아챘다. 그는 그것을 일부러 숨기려, 더 과장된 말투로 서진우에게 물었다.

"그 '대상'이 누군데?"

"아실지는 모르겠습니다만……"

그리고 서진우가 그 이름을 내뱉는 순간, 이연희의 동요는 아까보다 더 심해지고 있었다. 그것을 아는 건지 모르는 건지, 서진우가 다시 물어왔다.

"아시는 이름입니까?"

"아니. 처음 듣는데."

의외로 순순히 서진우가 뒤돌아서자, 이연희는 겨우 가슴을 쓸어내리고는 표정을 지웠다. 조금도 방심할 수 없었다.

어둠이 다시 걷히기까지는 거의 하루 가까이가 걸린 것 같았다. 그렇게 꿈이 리셋된 뒤, 이연희는 전보다 만족스러워 보이면서도 어딘가 불안해 보였다. 꼭, 해야 할 일을 미처 하지 못하고 남겨두고 온 사람처럼.

"어디 불편하십니까?"

"아, 아니야. 그냥."

그러면서도 이연희는 주위를 불안한 듯 둘러보았다.

"꿈의 주인이 다시 들어온 건 아닌가 싶어서."

"그런 것이 가능합니까?"

이연희가 서진우를 흘금 쳐다보았다. 뒤이어 시선을 허공으로 옮기며, 이연희는 대답했다.

"가능하지. 꿈을 이어서 꾼다면 말이야. 꿈의 주인이 죽어서 꿈에서 깬 뒤 다시 꿈에 들어오지 못해도 꿈은 리셋 되지만 말이지."

서진우 쪽을 한번 슬쩍 보았지만 별다른 반응이 없는 것 같아 이연희는 말을 이었다.

"지금 같은 경우에는, 꿈의 리셋이 너무 빨리 이루어졌단 말이지. 마치 깨어났다 바로 잠든 것처럼 말이야."

"대충 어림잡아도 12시간은 넘게 걸리지 않았습니까? 그 정도면……."

"짧은 거지. 일단 잠에서 깨어났다 다시 잠들려면 최소한 3~4분은 걸리기 때문에 이곳에서도 2~3일이 걸려야 정상이라고 했어."

"그럼……."

뒤늦게 깨달은 듯 서진우가 입을 열자 이연희는 피식 웃으며 결론을 내렸다.

"그래, 혹시 모르니 꿈의 주인을 다시 찾아볼 필요가 있어."

\*

꿈의 주인을 다시 찾는 데에는 그리 오래 걸리지 않았다. 어떻게 한 건지는 몰라도, 이연희는 소름 돋을 정도로 쉽게 정은채가 있을 만한 곳을 유추해냈고, 거기에는 거짓말처럼 정은채가 있었다.

"정말 있군요. 이제 어쩌실 겁니까?"

"죽여야지."

꿈의 주인, 정은채는 조금 떨어진 거리에서 친구와 함께 걷고 있었다. 다시금 이연희의 표정이 굳어지는 것을 본 서진우가 물어온다.

"무슨 문제라도?"

"아무것도 아니야."

그는 숨을 들이쉬고는 권총을 더욱 단단히 쥐었다. 방아쇠에 걸린 손가락이 천천히 당겨지고 있었다. 그리고,

"아차!"

총알이 발사되는 순간 이미 잘못된 것을 직감한 걸까, 이연희가 짧은 탄식을 내뱉었다.

꿈의 주인이 화들짝 놀라 옆을 보았다. 그는 공포에 질린 채로 이리저리 고개를 돌리다 도망치고, 그 옆에 있던 친구만이 바닥에 엎어져 피를 흘리고 있었다. 다급해진 이연희가 다시 방아쇠를 당겼지만 모두 꿈의 주인을 맞추지 못하고 빗나갔다. 그사이 땅은 다시 흔들리기 시작했고, 여러 색으로 빛나던 도시는 점점 회색으로 물들어가고 있었다.

"이제 어떻게 하실 겁니까?"

"쫓아가야지, 별 수 있나."

꿈의 주인이 이미 사라져버린 방향을 바라보던 이연희는 조용히 한 마디를 더 덧붙였다.

"그전보다야 시간은 걸리겠지만, 찾을 수는 있어."

서진우는 조용히 웃었다. 고개를 돌리던 이연희가 문득 무언가를 발견한 듯 쓰러진 시체 옆으로 다가섰다.

"이건?"

그것은 휴대 전화였다. 어째서인지 잠금은 걸려 있지 않고, 사진첩을 뒤지던 이연희가 작은 한숨을 쉬었다.

"꿈의 주인의 것이로군."

"그렇습니까?"

서진우가 관심을 보이자 이연희가 서진우를 돌아보았다.

"네가 갖고 있어. 난 관심 없으니까."

이연희가 퉁명스럽게 휴대 전화를 넘기고는 휙 돌아섰다. 그 뒷모습을 보는 서진우의 얼굴에 다시금 의미심장한 미소가 어리고 있었다.

*

"그래서, 안 되면 대신 없애주시겠다?"

남자가 소리 없이 웃으며 대답했다.

"……네, 어차피, 꿈이니까요."

이연희는 잠시 망설이며 남자를 바라보았다. 코끝에 걸친 안경이 더 예리하게 빛나고 있었다. 나이는 대충 고2에서 고3, 아니면 갓 고등학교를 졸업한 것처럼 보였다.

"아, 서로 이름도 말 안 했군요. 저는 강현성이라고 합니다."

소년이 씩 웃으며 안경을 고쳐 썼다. 이연희는 얼떨떨한 표정으로 소년, 아니 강현성을 쳐다보다가 피식 웃으며 대답했다.

"이연희라고 한다."

강현성, 이 소년이 이연희를 찾아온 이유는 간단했다. 그도 이연희처럼 '꿈에서 깨기 싫어하는 부류', 그리고 얼마 전, 그들에게 있어 가장 위험한 존재라고도 할 수 있는 세 번째 드림워커가 나타났던 것이다.

"고우리…… 그 녀석."

이연희는 한숨을 푹 내쉬었다. 강현성이 말했던 것처럼, 이연희는 어째서인지 고우리를 죽이는 것을 껄끄러워하는 것 같았다. 그리고, 어떻게 알았는지 고우리를 알고 있던 강현성이, 이연희를 만난 후 얼마간 눈치를 살피다가 직접 없애주겠다고 나선 것이었다.

"그런데, 왜 그렇게 고우리를 죽이는 걸 꺼려하시죠? 설마 꿈속에서 양심의 가책을 느끼신다던가 이런 것 때문은 아니겠지요?"

"그런 건 아냐. 정은채도 직접 죽였으니까."

"그럼……?"

이연희는 잠시 망설인다. 대답할 듯 말 듯 입술을 옴짝달싹 거리던 그는 끝내 입을 다물고 말았다.

"말하기 싫으시다면 됐습니다."

강현성이 먼저 자리에서 일어났다. 그러나 이연희는 꽤 오랜 시간 자리를 지키고 앉아 있었다.

정은채는 되고, 고우리는 안 된다?

자신이 스스로 만들어낸 모순에, 이연희는 한동안 움직이지 못하고 고민하고 있었다.

"꿈의 주인을 다시 찾기까지는 조금 걸렸습니다. 처음과는 달리 당황한 기색이 역력하더군요. 그래도 결국 찾아내긴 찾아냈죠. 그리고 결과는, 보시는 대로. 물론 쏘기 직전에 또다시 망설이긴 했습니다만, 끝끝내 쏴버린 후엔 표정관리라도 하는지 다시 무표정이더군요. 아무튼 이렇게, 두 번째 꿈 리셋이 됐습니다. 즉, 지금은 3번째 꿈이고요."

"그렇게 된 거였나."

한 남자가 공원 벤치에 앉은 채로 서진우를 올려다본다. 서진우는 그 주위에 서서 서성이며 빙긋 웃다가, 남자에게 물었다.

"그래서, 이 아이의 꿈에는 어쩐 일이십니까? 김광진 씨."

대답하기에 앞서 김광진은 먼저 서진우를 노려보았다.

"수틀리면, 너부터 죽여 버릴 거다."

"예."

그는 푹 한숨을 쉬고는, 곧 입을 열었다.

"그 녀석들이, 봤어."

"무얼 말입니까?"

"내가 사람을 찌르는 걸, 말이지."

「안쪽에서…… 사, 사람이 찔렸다구요! 안 돼, 죽고 싶지 않아요!」

동일한 기억. 서진우는 알 수 없는 미소를 짓고는 다시 물었다.

"본 게, 그 아이 하나뿐입니까?"

"아니, 엄청 많았어. 원래는 현실에서 없애버리려 했지만, 갑자기 몇 명이 의식을 잃었네 어쩌네 이 난리가 나버려서 말이지. 귀찮지만, 예전에 어디선가 주워들었던 걸 떠올려 그놈들 전부 여기에 갇혔을 것이란 가정 하에 꿈 전체를 뒤지고 있지. 그놈들이 혹여나 현실에서의 기억을 떠올려서 여기서 떠벌리고 다니면 큰일이니까 말이야. 물론 그놈들만 죽이면 꿈속의 다른 인간들에게 의심을 살 수 있으니, 아무 상관없는 놈들도 한 둘쯤 죽여야겠지."

김광진이 조용히 한숨을 쉰다. 서진우는 다시 빙그레 웃고만 있다가, 김광진을 돌아보며 입을 열었다.

"그럼, 번거로우시겠지만 한 가지만 부탁드려도 되겠습니까?"

"뭔데?"

대답하는 김광진의 목소리는 퉁명스럽다. 그러나 그런 건 아무래도 상관없다는 듯 서진우는 그 표정을 계속 유지한 채로 말을 이었다.

"혹시, 이 학생을 아십니까?"

그러면서 서진우는 김광진의 눈앞에 무언가를 내밀었다. 휴대폰이다. 정확히는 휴대폰 액정 안의 사진이었다. 사진 안에서 웃고 있는 것은 한 소녀, 그리고 그 옆에서는 꿈의 주인이 웃고 있었다.

"본 것도 같아. 그 빌어먹을 배 안에서, 벽 뒤에 숨어 힐끔대던 걸 말이지."

"그러십니까."

이해가 안 간다는 듯한 김광진의 표정을 똑바로 쳐다보며, 서진우는 다시 말을 이었다.

"그럼, 이 아이도 그 광경을 봤을 가능성이 있겠군요."

"그럴 수도 있겠지."

"그럼, 이 아이도 없애야 하지 않을까요?"

김광진이 어안이 벙벙한 표정으로 서진우를 올려다보았다. 서진우의 웃는 표정을 본 그는, 이내 무언가 알아차린 듯 허탈하게 웃으며 말을 던졌다.

"노리는 것이 이 아이로군?"

"예. 조금 번거롭게 되어버렸습니다만."

김광진은 다시 사진을 뚫어져라 쳐다보다가, 간단히 대답했다.

"그래, 도와주지."

＊

"모두 조용하시고 모여주세요! 곧 명단을 발표하겠습니다!"

체육관은 사람들로 시끌시끌하다. 이틀째, 자신의 가족, 친구, 혹은 동료의 이름을 찾으려는 사람들이 모여들어 체육관은 그야말로 아수라장이나 다름없었다.

"진정하세요!"

사람들을 모으는 경찰의 목소리가 다시 체육관에 울렸다. 송우혁은 사람들 사이에 이리저리 끼어 밀려다니다가, 다시금 사람들이 시끄러워지기 시작하자 서둘러 무대 쪽으로 고개를 돌렸다.

'드디어……'

이어 사람들 앞에 공개된 것은 다름 아닌 1차 구조자 명단, 그리고, 사망자 명단이었다.

수많은 사람들의 감정 섞인 반응이 체육관 안에서 교차했다. 몇몇 사람들은 한구석에 서서 안도의 눈물을 흘리며 가슴을 쓸어내리고 있었고, 사망자 명단에 지인의 이름이 올라 있는 것을 본 이들은 차마 서 있지조차 못하고 바닥에 주저앉아 오열하기 시작했다. 송우혁의 귀에, 가슴에 이들의 오열이 날아와 꽂힌다. 그리고 그 소리가 머릿속을 울릴 때마다 점점 더 빠르게 뛰기 시작하는 심장을 간신히 부여잡고,

송우혁은 직접 써 들고 온 같은 반 학생들의 이름과 명단의 이름을 번갈아 훑으며 무대 쪽을 올려다보았다.

"이 정도인가."

겨우 사람들 틈을 빠져나온 송우혁은 본인이 써 놓은 명단을 보고 얼굴을 찌푸렸다.

2학년 2반의 전체 인원은 총 35명. 구조자는 15명이었으나, 사망자 역시 무려 11명이나 되었다.

"그리고, 실종자가 9명."

송우혁은 힐금 종이를 보았다. 휘갈긴 글씨로 적혀 있는 이름이 9개, 언뜻 보였다.

문선우
이오한
송유민
김은진
강지우
정은채
한청아
백준섭
윤시은

'살았는지 죽었는지, 그것만이라도 알 수 있다면 좋을 텐데.'

체육관을 빠져나온 송우혁은 어두운 얼굴로 고개를 숙였다. 언뜻언뜻 눈에 잡히는 사라진 아이들의 이름은 볼 때마다 추를 매단 듯 마음을 더 무겁게 만든다.

문득 파도 소리가 여전한 부둣가 쪽으로 시선을 돌렸다. 철썩철썩, 오늘따라 거슬리는 파도 소리는 부두와 함께 귓가마저 기분 나쁘게 때리고 있었다. 그때 문득, 떠오르는 것이 있었다.

'그러고 보니.'

「남의 꿈에 들어가는 드림워킹에서 한 걸음 더 나아가, 남의 꿈을 조작하는 능력이라더군요. 더 놀라운 것은, 이 꿈 조작을 통해 기억까지도 조작할 수 있다는 점입니다.」

'그 사람이 어제 그런 이야기를 했지.'

송우혁은 잠시 생각했다. 이것으로 혹시 아이들이 살아있는지를 확인할 수 있는 방법은 없을까?

'아, 어쩌면…….'

송우혁의 머리와 함께 손가락도 빠르게 움직였다. 이내 휴대폰의 화면 위에는 위키백과의 첫 화면이 나타나고, 송우혁은 재빨리 '꿈'을 검색한 뒤 그 밑의 설명을 읽었다.

「잠을 자는 중에 뇌의 일부가 깨어 있는 상태에서 기억이나 정보를 무작위로 자동 재생하는 것.」

'뇌의 일부분이 '깨어 있는 상태'. 즉.'

「남의 꿈에 들어가는' 드림워킹에서…….」

생각을 정리하던 송우혁의 머릿속에 한 가지 결론이 떠올랐다.

'만약 내가 누군가의 꿈에 드림워킹을 시도해 성공한다면, 그 애는 살아있다고 확신할 수 있겠지. 죽으면 꿈도 꿀 수 없으니까.'

반대로 실패할 경우에는 단순히 실패만 한 것인지 정말로 사망한 것인지 확인이 불가능하다. 그러나 송우혁은 우선 생존을 확인하는 것에 의의를 두기로 했다.

'순서대로 해볼까.'

하늘을 보니, 어느새 해는 저물었지만 아직 그 빛은 붉게 남아 있는 저녁이었다. 그러나 그런 건 아무래도 좋았다. 송우혁은 최대한 어두운 곳을 찾아간 뒤 조심스럽게 자리에 누웠다. 자각몽이나 드림워킹은 예전에 몇 번 해본 경험이 있던 터였다. 거기에 문선우, 정은채, 이요한, 강지우, 윤시은은 다행히도 일면식이 있어 드림워킹을 시도할 조건은 모두 충족하는 아이들이었다. 진짜 친한 아이들은 아직 없었지만.

조용히 눈을 감았다. 그리고는 머릿속으로 천천히 집중하기 시작했다. 잠들 듯 말 듯, 한참을 뒤척이던 송우혁은 끝내 잠들지 못하고 자리에서 벌떡 일어났다.

'실패인가.'

옆에 놓인 종이를 흘금 본다. 문선우. 이름 옆에 물음표 하나를 그려 넣고 다시 자리에 누웠다.

지금 내가 무슨 짓을 하고 있는 것인가, 하는 생각에 헛웃음이 나오기도 했다. 그러나 이내 절레절레 고개를 젓고는 다시 자리에 누웠다.

그렇게 몇 시간을, 깨었다 누웠다 하며 시간을 보냈다. 이번이 벌써 6번째, 또 실패인가, 하는 생각이 드려는 찰나, 몸이 떠오르는 느낌이 살며시 느껴지기 시작했다.

'살아있는 거구나.'

약간의 안도를 느끼며, 그는 곧 꿈속으로 들어갔다.


익숙한 바람이 옷깃을 스친다. 뒤이어 길거리의 여러 소리들이 양쪽 귀를 타고 흘러 들어왔다. 송우혁은 천천히 눈을 뜨며 살짝 웃는다. 더 확인할 필요도 없이, 이것이 바로 그 아이가 살아있다는 증거였다.

몸을 빙글 돌려 주위를 둘러보던 송우혁은, 이내 해야 할 일을 끝낸 듯 곧바로 꿈을 나갈 채비를 했다. 그런데,

"어?"

무언가, 이상한 느낌이 들었다. 다시 한 번, 눈을 감고 집중했다. 이

전 같았으면 벌써 몸에 힘이 풀리며 꿈의 풍경 따위는 온데간데없이 사라지고도 남았을 시간. 길거리에 멍하니 서 있던 송우혁이 짧은 탄식을 내뱉었다.

"젠장, 왜 안 되지?"

머리만 벅벅 긁던 송우혁은 눈앞에 우뚝 선 높은 빌딩을 올려다보았다.

'좀 아프긴 하겠지만, 어쩔 수 없겠군.'

그러나 건물 가까이로 다가간 송우혁은 다시 한 번 당황할 수밖에 없었다.

"뭐야, 잠겨 있잖아?"

골치가 아픈 듯 다시 뒷머리를 벅벅 긁었다. 주변을 이리저리 둘러봐도 이렇다 할 고층 건물은 없다. 할 수 없이 발길을 돌리려던 송우혁의 귀에, 별안간 이상한 소리가 들려왔다.

"웃기지 마. 애초에 그런 요구 따위, 들어줄 생각 없었어."

"잘 생각해보라고. 왜 본인에게 손해가 되는 짓을 하는 거야? 어차피 시간이 지나면 저절로 깨어나게 되어 있잖아?"

타박하는 듯이 울리는 소녀의 미성이 들려온다. 사람이 잘 지나다니지 않는, 한적한 공원길이었다. 송우혁은 숨을 죽인 채로 조용히 숨어 멀찍이 서 있는 목소리의 주인공을 쳐다보았다.

빛이 바랜 흰 머리끈으로 머리카락을 하나로 질끈 묶은 소녀는, 살짝 커 보이는 청자켓을 걸치고 눈앞의 상대를 노려보고 있었다. 어디서 다치기라도 한 건지, 왼손목에는 검은 손목 보호대가 감겨 있다. 그리고 소녀의 반대편에 서서 대치하고 있는 사람은 한 여자. 송우혁이 처음 보자마자 자신도 모르게 놀라며 시선을 고정시켰을 정도로, 엄청난 미인이라 하기에 충분한 얼굴이었다.

"아무튼 이걸로 끝내자. 난 앞으로도 내 생각을 바꿀 일 없을 테니까. 아마 계속해서 싸우게 될 걸?"

소녀는 빈정대듯 웃으며 여자를 올려다본다. 너무 먼 탓인지 이야기가 잘 들리지 않아, 송우혁은 그저 숨을 죽이며 눈앞에 일어나고 있는 상황을 예의주시하고 있을 뿐이었다.

"뭐, 난 상관없어. 어차피 김광진도 우리 쪽인 걸. 너희 쪽에 드림워커라고는 너 하나뿐인데, 감당할 자신이 있겠어?"

"김광진이라고?"

"으음, 모르려나? 요즘 이 꿈속에서 떠들썩한 연쇄살인범이 계시지. 누군가를 찾으려고 한다는 것 같다는데 말이야."

"연쇄살인범……?"

소녀와 송우혁이 동시에 깜짝 놀랐다. 특히 송우혁은 미처 준비를 할 새도 없이 쏟아져 들어오는 정보들로 인해 매우 혼란스러운 상태였다.

"누군가를 찾는다고?"

다시 소녀의 목소리가 들려왔다. 송우혁과 마찬가지로 그도 다소 놀란 듯한 눈치였다.

"나야 모르지. 별로 알고 싶은 마음도 없어. 어차피 궁극적인 목표는 같으니."

소녀는 불쾌한 듯 얼굴을 찡그린다. 동시에 송우혁도 혼란스러워진 머릿속을 정리하기 시작했다.

'꿈속에서 사람들을 죽인다고? 그럼 그 사람들은 어떻게 되는 거지? 사람을 찾는데 왜 사람들을 죽이는지도 모르겠지만……'

홀로 머리를 싸맨 채 고민하던 송우혁은 곧 고개를 돌려 우선 자리를 뜨려 했다. 생각하는 것은 일단 이곳을 벗어난 뒤 천천히 하자, 라는 생각이었다. 그러나 바로 그 순간,

탕—

한 발의 총성이 울렸다. 이어 사람이 털썩, 쓰러지는 소리가 들린다. 송우혁은 화들짝 놀라 다시 소녀 쪽을 보았다.

"!"

송우혁의 눈동자가 심하게 흔들리기 시작했다. 눈앞에 아까의 그 여자가 쓰러져 있었다. 지금 당장 머릿속에 강력하게 새겨지는 것은 눈앞의 피, 그리고 "드림워커"라는 네 글자.

'설마 꿈에서 깨어나는 게 안 됐던 건…… 저 드림워커들 때문인가?'

소녀는 고개를 떨구고는 한숨을 쉬며 권총을 거두었다. 이 광경을 지켜보고 있던 송우혁은, 서둘러 자리를 빠져나와 되는대로 최대한 멀리 달리기 시작했다.

'그런 거였나.'

달리는 동안, 그의 머릿속은 온통 한가지 생각으로 가득 채워지고 있었다.

꿈속에서 모종의 이유로 연쇄살인을 저지르고 있던 김광진이라는 사람, 눈앞에서 순식간에 사람을 쏴 죽인 그 소녀. 그리고 자신이 빨리 이 꿈에서 깨어나 다른 아이들의 생사를 확인하기 위해서는.

"드림워커를 전부, 죽여야 해."

꿈에서 어떠한 사람들을 전부 죽여야 한다는 결론에 도달했다는 사실은, 결국 그 역시 그가 죽이고자 하는 드림워커들과 다를 것이 없는 것이었다. 그러나 송우혁은 속으로 이건 어쩔 수 없다는 것이라며, 저도 모르게 자기합리화를 하고 있었다. 생각이 더 깊어질수록, 그의 뜀박질도 점점 더 빨라지고 있었다.

"어디서부터 다시 이야기해야 할까……. 그래, 그 이후로 송우혁이 나를 찾아왔어. 고우리를 찾지 못해 궁여지책으로 나에게 먼저 온 모양이야. 아마 그때의 일이랑 김광진 건을 보고 드림워커는 전부 죽여야 한다나 뭐라나, 그런 소리를 했지. 그리고 그 결과는, 너희도 아는 대로야. 시원하게 두들겨 맞았지."

소녀가 긴 이야기를 끝내고 고우리를 물끄러미 쳐다보았다. 이연희가 마침내 자신의 정체를 밝힌 후, 그가 그동안 남의 꿈속에서 겪어온 일들을 듣는 고우리 일행의 눈빛은 점점 더 심하게 흔들리고 있었다. 애초에 그들은, 눈앞에 있는 이 소녀의 존재조차 믿기 힘든 모양이었다.

"네가 어떻게 살아왔는가, 그런 건 지금으로썬 별로 궁금하지 않아. 정말로 당황스러운 건 이거야. 넌 그때 분명히 죽었어. 우리 모두가 보는 앞에서 말이야. 그런데, 어떻게 지금 우리 눈앞에 있는 거지?"

이야기를 듣고 있던 이찬이 가장 먼저 겨우 입을 열었다. 소녀는 여유롭게 웃음을 치며, 어깨를 한 번 으쓱하고는 대답했다.

"흥, 벌써 잊은 거야? 송지후를 말야."

소녀가 빈정대듯이 웃으며 말을 이었다.

"그 날, 지후가 찔리는 걸 내 눈으로 보았을 때. 난 거기서 그 아이가 죽은 줄로만 알았어. 물론 나중에 꿈속에서 아직 살아있다는 걸 확인했지만, 김광진이 다시 죽였으니 더 이상 의심할 여지는 없었지. 그래서 그때 너희에게도 '지후가 이미 죽었다'라고 말해준 거고. 그러나 그게 틀렸다는 건 너도 알고 있겠지? 또 다른 송지후가 멀쩡하게 너희랑 같이 움직이고 있었으니 말야. 그래, 송지후가 그랬던 것처럼, 나도 똑같은 현상이야."

"서, 설마……"

고우리가 주춤하며 한 걸음 물러섰다. 소녀는 잠시 숨을 고르고는, 한마디로 마지막 대답을 끝마쳤다.

"그래, 그때 죽은 건 가짜야."

이찬이 비로소 깨달은 듯 눈을 휘둥그렇게 떴다. 고우리는 손바닥에 손톱자국이 남을 정도로 강하게 단검을 쥐고 있다가, 다시 물었다.

"마지막으로 물을게. 정말로…… 현실로 돌아갈 생각은 없어?"

"없어. 너는 물론 이해 못하겠지. 직접 겪어보지 못한 사람이 어떻게 우리를 이해하겠어?"

고우리는 아랫입술을 꾹 깨물었다. '이해 못 한다', '직접 겪어보지 못한'. 소녀의 말 한마디 한마디가, 양심 어딘가를 찌르는 듯이 가슴에 박혀왔다.

"그래."

고우리가 비틀비틀 일어났다. 그는 한 손으로 단검을 들어 왼팔의 가짜 깁스에 쑤셔 박더니, 반으로 갈라 쪼개버렸다. 깁스 조각들이 바닥에 떨어지는 소리가 울리고, 고우리는 조용히 눈앞의 인물을 바라보았다. 이제 더 이상 피할 방법은 존재하지 않았다.

"정말로 싸울 수밖에 없겠네, 이연희. 아니…… 이도연."

# 이해

"······으."

정신을 차리자마자 느껴지는 오한과 고통에 소녀가 몸을 떨었다. 천천히 눈을 뜨니, 부서진 천장과 엉망이 된 교실의 모습이 가장 먼저 눈에 띄었다.

"일어났나?"

한 남자가 퉁명스러운 목소리로 물어온다. 최재환이다. 소녀는 소심하게 고개를 끄덕이며 조심스레 주위를 둘러보았다.

"아, 더 누워 있어야 해! 아직 상처도 심한데······."

어디서 갑자기 등장한 것인지, 깜짝 놀란 듯한 권지영의 손이 소녀를 조심스레 눕혔다. 얼떨결에 다시 자리에 눕혀진 소녀가 멍한 눈으로 눈앞의 사람들을 쳐다보자 남자가 물었다.

"윤시은, 이라고 했나? 물어볼 게 좀 있는데."

소녀는 대답없이 고개만 힘없이 끄덕인다. 최재환은 윤시은을 물끄러미 쳐다보더니 천천히 입을 열었다.

"별 건 아니야. 현실에서 무슨 일이 있었는지만 알려주면 돼."

"현실이요?"

윤시은이 자그마한 목소리로 되묻자 옆에 있던 권지영이 조심스러운 목소리로 덧붙였다.

"평택호에 대한 이야기는…… 얼추 들었어. 그렇지만 자세한 건 아직 몰라서……."

윤시은은 마른 입술을 옴짝달싹 하며 잠시 생각한다. 푸석푸석한 갈색 머리카락이 힘없이 바닥으로 흘러내리고 있었다. 윤시은은 다시 초점 잃은 눈으로 허공을 올려다보다, 자그마한 목소리로 대답했다.

"죄송해요……. 기억이 잘 안나요."

"그래."

소녀는 다시 자리에 누웠다. 너무 많이 흘린 피 때문인지 머리가 어질어질하고 눈앞이 핑 도는 듯하다. 빨리 꿈에서 깨어나 이 고통에서 벗어나기를, 하고 빌던 때, 별안간 소녀는 머릿속에 누군가를 떠올리고는 깜짝 놀라 저도 모르게 자리에서 벌떡 일어났다.

"괘, 괜찮아? 더 누워 있어야 해!"

"아으윽…… 으, 은채는 어떻게 됐어요……?"

"아, 은채라면……."

권지영이 얼굴을 찡그리는 윤시은을 걱정스러운 눈으로 쳐다보다 최재환의 눈치를 힐끗 보았다. 최재환은 한숨을 쉬며 고개를 돌리고는 대신 대답했다.

"이연희였나, 하여튼 그 여자랑 같이 있어. 우리가 가면 학교를 날려버리겠다고 협박을 해대는데 뭘 어쩌겠어. 혼자 보낸 게 위험해보이긴 하지만, 제법 큰 놈 하나에 드림워커까지 같이 있으니 좀 기다려봐야지."

"그, 그래도!"

"마냥 기다리겠다는 건 아냐. 지금 몰래 교실 쪽으로 접근할 계획을 짜고 있거든. 문제는 폭탄이 어디서 터질지 모른다는 거지."

최재환이 다시 한숨을 쉬며 뒷머리를 벅벅 긁었다. 아직도 걱정스러운 눈으로 최재환을 보는 윤시은을, 권지영이 어찌어찌 달래 다시 자리에 눕혔다.

'현실……'

자리에 눕자 온갖 생각이 되살아났다. 첫 번째로 친구에 대한 걱정이 조금 가시고 나자, 그 다음으로 드는 것은 닿지 못했던 현실에 대한 기억. 평택호, 그리고 자기 자신은 어떻게 되었더라. 그리고 생각이 어딘가에 미칠 듯하던 그 순간, 소녀는 갑작스레 발작을 일으키며 몸을 떨기 시작했다.

"시, 시은아!"

소녀는 갑작스레 밀려오는 고통에 짧은 신음을 내뱉으며 몸을 뒤틀었다. 권지영이 소스라치게 놀라 달려오고, 부여잡은 손 위를 타고 흐르는 피의 감촉을 그대로 느끼며 윤시은은 문득 머릿속에 묵혀두었던 그 기억을 끄집어냈다.

'이대로라면 정말 죽을지도 몰라.'

「살려야 해.」

"!"

그리고 바로 그 순간. 거짓말 같게도 온몸을 짓누르던 통증이 멈췄다. 숨을 고르던 윤시은은 눈을 동그랗게 뜨고 허공만을 응시하며 똑바로 누워 있는데, 권지영은 땀을 훔치며 쿵쿵대는 가슴을 진정시키고는 물었다.

"괜찮니?"

"기억…… 났어요."

권지영이 멈칫한다. 누워 있는 윤시은의 눈동자에 조금씩 초점이 맞춰지기 시작했다. 아랫입술을 살짝 깨물고, 조금은 슬퍼 보이는 표정을 지으며 그는 말라붙은 입술을 움직였다.

"현실에서, 저는……"

윤시은은 가만히 눈을 감는다. 그와 동시에 이야기를 듣는 권지영의 표정도, 티가 나게 변해가고 있었다.

추적추적 내리는 비는 여전히 내리나, 더 이상 거세지지 않고 소리 없이 땅을 적셔가고 있었다. 가끔 깨진 창문으로 바람이 불어와 옷깃을 흔들거나 몸을 훑고 가기도 했다. 그리고 그로 인해 지금 눈앞의 상황과 맞물려 오한이 들고 몸이 떨릴 때면, 드림워커들은 손에 더 힘을 주어 자신의 무기를 움켜쥐었다. 고우리는 다시금 단검을 꽉 쥔다. 잡다한 생각은 하지 않는 쪽이 좋다. 오히려 방해만 될 뿐이니까.

"흥."

이도연이 짧은 비웃음을 흘렸다. 맨 앞에 선 고우리도, 정은채를 감싸고 선 이찬도, 그 뒤의 정은채도 서로 아무 말도 하지 못하고 얼어붙은 듯이 서 있는데, 이도연은 다시 비웃기라도 하듯 입꼬리를 비틀어 올리며 말을 이었다.

"현실로 돌아갈 생각이 없냐, 라. 난 오히려 네가 이해가 안 가. 왜 꿈에서 깨려고 안달이 난 거지? 꿈은 어차피 시간이 흐르면 저절로 깨어나게 되어 있어. 그런데도 왜 굳이 이런 고생을 사서 하려 하는 거야?"

"……."

고우리는 대답이 없었다. 이도연의 시선이 정은채에게로 향한다. 이찬이 정은채를 감싸는 것을 보고는, 이도연은 입꼬리를 미묘하게 비틀며 말을 이었다.

"은채, 너도 똑같은 생각이야?"

정은채는 이도연의 시선을 애써 피했다. 다그치듯 묻는 그 눈은, 마치 '너마저?'라며 혼자 호소하는 듯했다. 정은채가 대답하지 못하고 시선을 바닥으로 내리자 이도연은 이 상황을 답답한 듯 쳐다보다가, 정은채를 힐금 보고는 다시 고우리를 재촉했다.

"아까 내 질문에나 대답해봐. 정말로 아주 중요한 이유가 있기라도 한 거야?"

「직접 겪어보지 못한 사람이 어떻게 우리를 이해하겠어?」

고우리는 마른침을 삼킨다. 마음속으로 계속 간직해 왔던 이유는 있었다. 그러나 갑자기 이 순간 머릿속에 아까의 그 말이 떠오르는 것은 왜일까. 눈앞에서는 친구가 당장의 대답을 기다리는 표정으로 자신을 응시하고 있었으나, 고우리는 섣불리 입을 열지 못했다.

"아니, 멍청아!"

뒤쪽에서 소리치는 목소리에 고우리는 깜짝 놀라 고개를 돌렸다. 정은채를 감싸고 있던 이찬이 어느새 홀로 앞쪽으로 나와 서서 씩씩거리고 있었다.

"찬아……."

"너 꿈속에서 사람 죽였지? 꿈속에서 죽은 사람들이 지금 어디서 뭐 하고 있는지 알기나 해?"

"모, 모르지. 내 알 바야?"

이도연이 당황한 듯 말을 더듬는 것이 보였다. 이찬이 고우리 쪽을 보며 눈치를 준다. 고우리는 차오른 숨을 가볍게 내쉬고는, 이찬의 말을 이어받아 입을 열었다.

"꿈에 갇힌 사람들, 즉 드림워커도 꿈의 주인도 아닌 사람들. 이 사람들은 죽으면, 꿈의 주인의 '무의식의 공간'에 갇혀. 어이없는 현상이지. 주변에는 아무것도 없고, 아무것도 만져지지 않고, 아무도 없이 홀로 갇혀 있어야 해."

이도연이 이찬과 고우리를 번갈아 보다가 어이없는 듯이 피식 웃었다. 그러나 그 이마에는 침착함을 잃었음을 보여주는 땀방울이 하나, 둘 흘러내리고, 약간의 더듬거림을 섞어가며 이도연은 반박했다.

"그래서, 어쩌라고? 설마 그 사람들을 구하려고 지금 이런다는 건 아니겠지?"

"맞아."

고우리가 너무도 간단히 대답해버리자 이도연이 역으로 당황하는 것이 보였다.

"하, 하하……"

이도연이 다시 비웃음에 가까운 웃음소리를 흘렸다. 겨누고 있던 총구는 어느새 아래로 떨어지고, 이도연은 여러 감정이 복잡하게 섞인 얼굴로 친구를 바라보며 말을 이었다.

"어이가 없네. 그래서, 너는 거기 갇혀 보기라도 한 거야?"

"……아니."

"내가 갇혀봤어!"

"넌 입 다물어!"

이도연이 이찬을 향해 쏘아붙이고는 다시 고우리를 향해 고개를 돌렸다.

"결국 너도 그 느낌이 어떤지는 모른다는 거잖아? 그런데도 다 이해하는 척 하는 게 얼마나 기분 나쁜지 알아? 서투르게 이해하는 척만 하는 건 오히려 더 상처만 될 뿐이라고."

고우리는 대답을 하지 못하고 이도연의 얼굴을 바라본다. 억눌린 감정, 쌓인 원망을 간신히 참아내며 그는 서 있었다.

「너는 좋겠다.」

「어? 갑자기 왜?」

「예쁘잖아.」

「아, 그, 그건…… 아냐! 누가 그래!」

「또 부정하는 것 봐라, 누구는 예쁘고 싶어도 이 모양 이 꼴인데.」

「아냐! 도연이 너도 충분히 예쁜데…….」

「에휴, 말만이라도 고맙다. 그래도……. 이런 얼굴로 살아가는 게 얼마나 힘든지 넌 모를 걸?」

「아, 아냐, 그래도 나는 조금은 이해할 수 있는데…….」

「또, 또 헛소리한다. 직접 겪어보고 나서나 그런 말 하서!」

그 시절, 장난스레 웃던 친구의 얼굴이 지금 눈앞의 원망 어린 친구의 얼굴 위에 덧씌워졌다. 단검을 쥐었던 손의 힘이 조금씩 풀리고 있었다. 동시에 고우리는 고개를 숙인다. 지금 이러면 안 된다고 속으로 외치면서도, 너무나도 약한 마음이 발목을 붙잡고 있는 것일지도 몰랐다.

"웃기고 있네!"

소년의 목소리가 다시 가라앉은 공기를 갈랐다. 이도연은 다시 얼굴을 찌푸리며 소년을 바라보고, 놀란 표정의 고우리도 천천히 얼굴을 들었다.

"그래도 고우리는, 적어도 그 사람들을 이해하려는 노력은 했어! 그런데 너는 그 노력조차도 전혀 안 했잖아! 자기만 생각한 주제에, 그래 놓고 우리한테 그런 말을 할 자격이 있어?"

"……!"

한순간, 고우리의 표정이 변했다. 고개를 숙인 채 주눅 들어 있던 표정은 사라지고, 그는 마치 무언가를 깨달은 사람처럼 눈동자가 흔들리는 것을 느끼며 서 있었다.

「우리가 해야 하는 일은, 꿈속에서 완전히 잘못을 저지르지 않도록 노력하는 것이 아니라, 잘못을 했을 때 그것을 뉘우칠 수 있는 태도를 갖추는 거야.」

"노력하는 태도……."

굳어 있던 고우리의 얼굴에 미묘한 감정이 스쳤다. 고개를 들자, 자신과는 달리 여전히 표정이 굳어 있는 친구가 보였다.

"그래, 그런 거구나."

이도연이 흠칫하며 고우리를 보았다. 아까와는 달라진 분위기에 긴장하기라도 한 건지 이도연은 오히려 과장된 목소리로 쏘아붙였다.

"무슨 생각을 하고 있는 거야! 또 헛소리라도 하려고 그래?"

"중학교 때 도덕 수업, 기억나?"

"그건 또 갑자기 무슨……."

이도연은 곧 입을 다물었다. 그는 한숨을 쉬고는 경계를 유지하며 짧게 대답했다.

"……그래. 그게 뭐?"

"그때 꿈에 대해 배웠는데 말이야. 토론도 했고."

갑작스레 튀어나온 중학교 시절의 이야기에 모두가 의아해하고 있었지만, 고우리는 흔들리지 않고 자신의 이야기를 이어나가고 있었다.

"그 토론의 주제도, 꿈에 관해서였지."

고우리는 이도연을 올려다보며 희미하게 웃었다.

"오늘의 토론 주제는, 이것입니다."

도덕 선생이 이렇게 말하고는 칠판에 커다랗게 한 글자를 정성 들여

썼다.

꿈

"꿈?"

학생들이 웅성거리기 시작했다. 도덕 시간에 꿈이라니, 갑자기 진로 찾기라도 하려나. 웅성거리는 학생들의 시선이 일제히 도덕 선생에게 집중되었다.

"오늘 토론하고자 하는 것은 여러분의 진로, 장래를 뜻하는 그 꿈이 아닙니다. 말 그대로의 꿈이죠. 여러분이 매일 밤 꾸는 꿈. 그럼, 시작하기 전에 일단 예전에 배웠던 성선설과 성악설에 대해 떠올려봅시다. 혹시 성선설이 무엇이었는지 기억나는 학생 있나요?"

한 학생이 당당하게 손을 들었다.

"그, 뭐였냐…… 인간은 원래 선한 본성을 갖고 있지만, 주변 환경에 의해 악한 영향을 받는다. 그렇기 때문에……."

"그만, 좋아요."

학생들이 궁금하다는 시선을 도덕 선생에게 보냈다. 도덕 선생은 잠시 학생들을 돌아보더니, 본론을 꺼냈다.

"성선설은 아까 저 학생이 이야기한 대로 저런 개념입니다. 그럼, 반대로 성악설에 대해서는 '인간은 원래 악한 본성을 갖고 있지만 주변의 선한 환경에 의해 그 본성을 억제한다.'라는 정의를 내릴 수 있지 않을까요? 여기서 '주변의 선한 환경'이란 뭘까요? 틀려도 좋으니 아무나 이야기해 보세요."

학생들이 저마다의 의견을 이야기했다. 주변 사람들의 선행, 법, 규범, 교육, 어른들의 말씀까지. 고개를 끄덕이던 도덕 선생은 학생들의 말이 잦아들자 계속해서 말을 이었다.

"다 정답이 될 수 있겠군요. 특히 법과 도덕, 이것들이 대표적이라 할 수 있습니다. 그렇다면, 이 '주변의 선한 환경'이 사라진다면? 어떻게 되겠습니까? 아마, 인간의 악한 본성이 튀어나올지도 모릅니다. 그 환경이 바로 오늘 말한 「꿈」 속입니다."

몇몇 학생들이 아직도 이해가 되지 않는다는 표정을 지었고, 대부분의 학생들은 그 다음에 무슨 말이 나오려나 하는 표정으로 도덕 선생을 응시하고 있었다.

"하지만 말이죠, 아무리 꿈이라도 맞으면 아프죠. 상처 입으면 아프죠. 특히 루시드 드림과 같은 현실보다 더 현실 같은 꿈들이라면. 그렇다면, 이 꿈 속에서 자신의 이익을 위해 다른 사람에게 피해를 주는 것, 어차피 꿈속이고 깨어나면 아무 피해도 없으니 상관없을까요? 아니면 아무리 꿈속이라도 다른 사람이 고통을 느끼니 지양해야 할까요? 이것이 오늘의 토론 주제입니다. 자, 그럼 반대하는 사람들 먼저 손을 들어보세요."

반대한다는 의견이 과반수를 넘었다. 손을 든 학생들은 당연한 걸 묻는다는 듯한 표정을 짓고 있었고, 손을 들지 않은 일부는

"그래도 어차피 꿈이니 상관없지 않을까……?"

라고 중얼거리며 조용히 자신의 의견을 피력하고 있었다.

"우리야."

"응?"

이도연이 앞에 앉아있는 고우리를 툭툭 건드렸다. 고우리가 뒤를 돌아보자, 이도연은 의미심장한 미소를 지으며 말을 꺼낸다.

"넌 어때? 찬성이야, 반대야?"

"음, 글쎄. 난……."

고우리는 잠시 얼굴을 찡그리더니 조심스레 대답했다.

"안 되지 않을까, 싶은데."

대답하는 이는 얼굴을 긁적이며 배시시 웃었다. 이도연은 어이없다는 듯이 멍하니 친구의 얼굴을 보다가 입을 열었다.

"왜?"

"음, 정확한 이유는 나도 모르겠어. 그냥, 그러면 안 되는 느낌이라고 해야 하나?"

"그게 뭐야."

이도연은 장난스레 웃는다. 고우리는 무안한 듯 볼에 바람을 넣고 있다가 물었다.

"그럼 넌 뭔데?"

"나? 난 찬성!"

"찬성이면, 죽여도 된다는 거야?"

"어, 그건……."

"쉿, 선생님 말씀하신다!"

옆 짝의 눈치에 두 소녀는 동시에 입을 다물었다. 그리고 그 위로 도덕 선생의 설명이 이어진다.

"이런 개념이 있습니다. 지극히 평범한 사람이라도 매우 강압적이고 설득력 있는, 그러나 반인륜적인 명령이 내려지면 누구나 잔혹한 연쇄살인마로 변할 수도 있다는 것. 이것이 '악의 평범성'입니다. 그럼 이 개념에 '명령' 대신 '상황'을 넣어봅시다. 무엇을 해도 아무도 책임을 묻지 않고 죄책감이 돌아오지 않는 환경. 여기 있는 여러분 중 다행히도 많은 수가 반대에 손을 들었지만, 실제로 여러분들이 저러한 상황에 처한다면 그때도 도덕성을 지킬 수 있겠습니까? 아무리 평범한 사람이라도 이러한 환경에 처하면 누구나 범죄자가 될 위험이 있다는 것이 제 생각입니다. 그렇다고 해서 여러분들을 모두 잠재적 범죄자로 보는 건 아닙니다. 다만, 도덕성을 더 기르라는 겁니다. 여러분들만큼은, 이 '악의 평범성'에 휘둘리지 않도록요."

아이들이 하나둘씩 머리를 감싸기 시작했다. 더러는 머리가 아파오기 시작한 듯 책상 위에 엎어지는 학생도 있었다.

"하하, 어렵죠. 어려운 게 당연해요. 그렇지만 언젠가는 꼭 알아야 할 개념이라고 생각해서 한 번 말해봤습니다."

"으, 저게 뭔 소리야."

이도연이 머리를 감싸며 푸념했다. 고우리는 친구를 돌아보며 빙긋 웃다가 한마디 한다.

"조심하라는 거겠지. 너무 어렵게 생각 안 해도 될 것 같아."

"악의 평범성이라……."

이도연은 생각한다. 그러나 곧 뒤에 이어지는 안일한 생각이 고민을 그만두게 만들었다.

"설마 저런 상황이 생기려고? 그리고 난 안 휘둘릴 자신 있어."

"근거 없는 자신감이네. 그걸 네가 어떻게 알아?"

이도연은 대답 없이 빙긋 웃는다. 어이없다는 듯이 친구를 쳐다보던 고우리도, 피식, 하며 따라 웃을 수밖에 없었다.


"뭘 웃고만 있는 거야? 말을 하라고!"

과거의 환상은 쏟아지는 비가 깨진 유리창을 두들기듯 부서지고, 고우리는 현실로 돌아와 가만히 고개를 들었다. 지난날과 달라진 것 없는 친구가 자신을 노려보며 씩씩대고 있었다. 그러나 왜일까, 사라지지 않는 미묘한 감정을 숨기듯 희미하게 웃으며, 고우리는 천천히 입을 열었다.

"너도, 물론 기억하겠지?"

이도연은 대답 없이 고우리를 노려보았다. 그의 머릿속에서도 역시 그날의 수업의 풍경이 그려지고 있었다. 그 때문일까, 섣불리 대답을 하지 못하고 이도연은 아랫입술만 잘근잘근 씹고 있다.

"그때 네가 했던 말, 아직 기억해. 그때 너는 분명히 자신이 있다고 했지만…… 지금을 봐. 결국 어떻게 되어버렸는지를 말야."

고우리는 잠시 숨을 골랐다. 문득, 자신이 이런 말을 할 수 있는 자격이 있을까, 라는 생각이 들었다. 그동안 자기자신만은 그 사람들과는 다르다고 속으로 자신을 위로하고 정당화시키며, 전혀 다른 사람인 듯 살아왔지만 결국 그 본질이 모두 같다는 걸 깨달아버렸기에.

"꿈이라는 건, 결국 주변의 선한 환경이 사라져 버린 곳이야. 그리고, 자신의 잘못이 결과로 나타나지 않게 되면, 사람의 본성은 쉽게 드러나기 마련이지. 우리라고 다를 건 없어. 언제, 어디서 본성이 이끄는 대로 움직이게 될지, 아무도 몰라. 그러나 그 사람들과 우리의 차이점은, 어떻게든 저항하려 노력한다는 것. 그래서 그 본성에 잠식되지 않기 위해. 그게 우리가 꿈에서 깨야 할 이유지."

"……"

이도연은 침묵한다. 한참의 시간이 흐른 뒤에야, 그가 겨우 입을 열었다.

"그렇단 말이지."

잠시 숨을 멈추고 자신과 대치하고 있는 친구를 바라보았다. 무엇을 생각한 걸까, 갑자기 이도연이 피식 웃으며 고개를 들었다.

"그래, 생각해 보니 여기서 이런 걸로 입 아프게 싸울 필요가 없었네."

그리고 그것은, 순식간이었다. 이도연은 재빨리 권총을 들고는 정은채를 향해 겨눈다.

"애초부터 이러면 끝나는 거였잖아."

그러면서 이도연은 감정을 감추기라도 하듯 억지로 비틀어 웃는다. 그러나 방아쇠에 걸린 손가락은 점점 떨리고 있었다.

"그만해! 정말 어디까지 가려는 셈이야?"

당황하여 소리치는 고우리의 목소리는 귀에 들어오지 않았다. 숨죽인 채 떨고 있는 정은채의 표정만을 응시할 뿐.

"뭐하는 거야! 고우리로도 모자라 이젠 정은채까지 쏘겠다는 거야? 친구라며!"

다시 이찬이 소리를 질렀다. 그러나 더 이상 그 말은 귀에 들어오지 않고, 이도연은 아랫입술을 질끈 깨물며 소리 질렀다.

"못할 것 같아!?"

"도연아!"

탕—

그리고 바로 눈앞에서, 설마 했던 총알이 정은채의 옆구리를 꿰뚫고 지나갔다. 소녀의 몸이 뒤로 고꾸라짐과 동시에, 불안을 애써 감추며 상황을 응시하고 있던 고우리와 이찬은 경악하며 달려든다.

"야! 정은채! 정신 차려!"

이찬이 쓰러진 정은채를 안아 들고 고함을 질렀다. 소녀의 몸을 받쳐 든 손이 축축하게 물들어가는 것을 느끼며, 이찬은 고개를 홱 돌려 이도연을 노려보았다. 그러나,

그 역시 떨고 있었다. 손끝에 위태롭게 매달린 총은 당장이라도 바닥으로 곤두박질칠 것만 같은데, 끊어지려는 정신을 간신히 붙잡으며 억지로 서 있는 듯한 느낌이었다.

"찬! 지금 당장 은채 데리고 지영이 언니한테 가! 빨리!"

고우리가 뒤를 돌아보며 다급하게 소리쳤다. 이찬은 허겁지겁 정은 채를 안아 들고 교실 뒷문으로 달렸다. 그러나 이도연이 이를 순순히 보내줄 리 없었다.

"어딜!"

이도연은 떨어지려던 총을 다시 꽉 움켜쥐었다. 그러나, 몸을 던져 그 앞을 막아서는 이가 있었다.

"우리 아직, 이야기 안 끝났잖아."

그러면서 고우리는 희미하게 웃는다. 그러는 사이 이찬은 비틀거리며 교실을 빠져나가고, 2학년 2반의 교실엔 어느새 두 드림워커만이 남았다. 당장이라도 눈에 거슬리는 것들을 모두 없애버릴 듯한 기세로 평정심을 잃고 날뛰던 이도연은, 이찬이 사라지자 잠시 행동을 멈추고 숨을 골랐다.

"그래, 결국은 이렇게 됐네."

고우리는 대답 없이 붉게 물든 칼날을 겨눴다. 옅게 한숨 쉬는 소리가 들리는 듯하더니, 갑자기 단검을 쥔 이도연의 손이 빠르게 움직이며 고우리를 겨누어 치고 들어왔다.

"웃······!"

몸을 돌려 간신히 피했으나, 스친 얼굴에는 자그마한 핏방울이 위태롭게 맺혔다. 고우리는 나머지 한 손으로 피를 닦아내며 이도연을 다시 부른다.

"도연아."

"······이제 와서 뭘 부르는 거야."

대답하는 이도연의 목소리는 건조했다. 고개를 돌리며, 그는 말을 이었다.

"결국 우린, 싸울 수밖에 없어. '본성에 잠식되지 않기 위해'라고? 말은 그럴싸하네. 그런데 말야, 인간의 본성은 원래 악해. 너나 나나 다를 게 없다는 거라고. 그런데도 차이점 운운하면서 착한 척이나 하고, 내가 왜 꿈에 이렇게나 남고 싶어 하는지는 궁금해 하지도 않지. 현실이 얼마나 거지같은데 말야. 기가 막힌다."

"……."

「너는 물론 이해 못하겠지. 직접 겪어보지 못한 사람이 어떻게 우리를 이해하겠어?」

어째서 자꾸 그 말이 떠오르는 걸까. 고우리는 가만히 고개를 흔들어 보았다. 머릿속이 점점 복잡해지고, 마음은 자꾸만 깊이 가라앉는 듯 했다.

"뭘 멍 때리고 있는 거야?"

다시 오른쪽. 감정을 담아 날아드는 칼날은 미처 피할 새도 없이 바닥 위에 또다시 피를 흩뿌리고 지나갔다. 고우리는 피로 물들어가는 팔을 감싸 쥔 채 입술을 깨물었다. 무언가가 입에서 나올 것만 같은데, 입을 열 시간도 주지 않고 이도연은 계속해서 공격해왔다.

"윽."

고우리가 다시 비틀거린다. 이도연이 잠시 공격을 멈추고 의아한 눈으로 고우리를 쳐다보았다. 충분히 피할 수 있을 텐데도, 전혀 피하지 않고 도리어 피 위에 덧칠되는 피만 무수히 흘리며 고개만 떨구고 서 있는 친구의 모습을 이해하지 못하겠다는 눈빛이었다.

"뭐야, 이제와 포기라도 하신 건가?"

이도연이 피식 웃었다. 고우리는 대답이 없다. 상처 부위를 부여잡은 손에만 점점 힘이 들어가는데, 머릿속은 꼬인 실처럼 복잡하게 얽혀 나오려는 말을 가로막고 있었다.

"도연아."

고우리가 천천히 고개를 들었다. 그리고, 친구의 얼굴에 맺혀 있는 자그마한 조각을 보고 이도연은 흠칫한다. 고우리는 부여잡은 왼손에 더 힘을 주며 천천히 말을 이었다.

"나도…… 네 심정, 이해할 수 있어. 현실로 돌아가기 싫다는 거……."

이도연의 표정이 굳어졌다. 갑작스레 이런 말을 하는 의도는 모르겠으나, 어째서였을까, 이도연은 속에서부터 올라오는 뒤틀림을 느꼈다.

"웃기지 마! 네가 어떻게 나를 이해한다는 거야?"

"사실은, 사실은 나도 꿈에서 깨기 싫었어!"

이도연이 흠칫 놀라 뒤로 물러선다. 축 늘어뜨린 팔에서 피가 계속 흘러나와 메마른 바닥을 적셔가고 있었다. 고우리는 자신의 팔을 가만히 감싼 채로, 건조한 목소리로 말을 잇는다.

"그래. 그 전부터 지금까지 줄곧 꿈에서 깨려고 했지만…… 마음 한 구석으로는 '꿈에서 깨기 싫다'라는 마음도 어렴풋이, 계속 품고 있었어. 네 말대로, 현실은 나한테도 꽤나 거지 같았으니까."

「그은 거지? 이거. 딱해라, 얼마나 인생이 거지 같았으면.」

이도연의 머릿속에 그 날, 자신이 직접 벗긴 고우리의 손목 보호대를 집어 들고 했던 말이 다시금 기억 속에 떠올랐다. 더불어, 아직도 친구의 왼 손목을 감싸고 붉게 물들어가고 있는 손목 보호대가 눈에 들어왔다. 이도연이 얼굴을 찡그리며 알 수 없는 표정을 짓고 있을 때, 고우리의 말이 다시 들려온다.

"그래도, 내가 끝까지 꿈에서 깨려고 했던 이유는……."

고우리는 잠시 말을 멈추었다. 이도연이 여러 감정이 섞인 복잡한 표정으로 자신을 쳐다보고 있었다. 상처마다 흘러나오는 피가 많아질수록 고통은 더 심해져, 고우리는 얼굴을 찡그리고는 말을 이었다.

"……꿈에 갇혀 있는 동안, 내 자신이 한심해 보일 때가 너무 많았어. '우리는 저 사람들과는 다르다'면서 계속 싸워왔는데도, 정작 나도 저 사람들과 다를 게 없다는 걸 알았을 때, 비참했지. 그리고 추악해 보였어. 내 자신이……. 그리고 이대로 가다간, 꿈속에 있는 한 지금보다도 훨씬 더 추악해질 수 있겠구나, 하는 생각을 했어."

숨이 가빴던 건지 고우리가 숨을 들이쉬며 이도연을 조심스레 올려다보았다.

"내가 네 심정을 완벽하게 이해할 수는 없어. 그렇지만 이것만은 확실해. 나는 적어도, 왜 네가 꿈에서 깨고 싶지 않아하는지는 확실히 이해하고 있다고 자부할 수 있어. 그리고…… 남은 부분까지도 모두 이해하기 위해 노력하고 있다는 것도."

이도연은 대답 없이 단검만 꽉 쥐었다. 속으로는 줄곧, 무엇인가가 한 구석을 아프게 찔러와 이 싸움을 계속하는 것을 머뭇거리게도 했지만, 이도연은 다시 현실을 떠올리고는 홀로 가만히 고개를 저었다.

"그렇지만, 우리는 현실로 돌아가야만 해. 현실에서 도망치기만 하면 달라지는 건 아무것도 없다고. 나도 몇 번이고 죽고 싶다 생각하고 손목을 그을 정도로, 힘들고 괴로웠지만…… 그래도 난 현실로 돌아갈 거야. 그래서 마무리 짓지 못한 일을 마저 끝내야 하니까."

현실, 아직도 그 날을 떠올리면 저절로 몸서리가 쳐진다. 고우리는 이도연을 힐긋 보았다. 굳어 있는 저 표정 속에는 어떤 심정이 들어 있을까. 굳게 입을 닫고 있던 이도연이 천천히 입을 열었다.

"물론 나도 이해가 가지 않는 건 아냐. 하지만, 저런 말로 돌아가기엔 현실이 너무……."

말끝이 점점 흐려지는가 싶더니 이도연은 끝내 말을 다 끝내지 못하고 입을 다물어 버렸다. 등 뒤에서 서늘한 바람이 불어와 조용히 등을 할퀴고 지나갔다. 폭발로 인해 벽 따윈 무용지물이 되어버린 지 오래인 교실, 그 위에서 두 드림워커는 두 어 발짝만 뒷걸음질치면 금방이라도 추락할 것 같은 위태위태함을 느끼며 서로를 견주어 노려보고 있었다.

"그러니까 제발……."

이도연이 중얼거리며 한 발짝, 걸음을 옮긴다. 고우리가 흠칫하며 바닥에 떨어진 권총을 주우려는 찰나, 이도연의 칼날이 마지막으로 감정을 실어 날아들었다.

"딱 한 번만이라도, 눈감아 주란 말야!"

자신의 양심, 친구를 다치게 한다는 죄책감. 그 모든 것을 묻어두고 오직 더러운 현실을 생각하며 눈을 질끈 감고 온 힘을 다해 휘둘렀다. 칼에는 베이는 감촉이 없다. 피한 걸까, 라고 속으로 중얼거리며 이도연은 눈을 떴다. 그러나, 떨리는 눈을 뜨니 그 앞에는 아무도 없었다.

"어……?"

이도연, 저도 모르게 놀라 아래를 내려다본다. 그리고 그 시야 안에서, 고우리는 바닥을 향해 기울어지고 있었다. 떨어져 내린 드림워커가 땅에 닿으려는 찰나 이도연은 눈을 질끈 감아버렸다. 그리고 들리는 것은 듣는 것만으로도 소름 끼치고 불쾌한 퍽, 소리. 뒤이어 부서진 바닥을 타고 끈적이는 무언가가 흘러내리는 소리를 들을 때쯤에야, 이도연은 간신히 눈을 뜨고 아래를 내려다보았다.

이미 산 자의 것이 아닌 듯한 축 쳐진 얼굴, 차마 제대로 볼 수도 없을 정도로 처참하게 망가진 몸과 더불어 비릿한 피 냄새가 마비될 정도로 서서히 코를 강하게 찌르고 들어왔다.

부서진 학교, 그 교실에서 아래를 내려다보는 소녀는 무슨 생각을 하고 있을까. 한동안 굳은 채로 움직이지 못하던 이도연은, 조용히 중얼거리며 총을 손에 다시 쥐고 자리에서 천천히 일어섰다.

"미안, 이제 금방이야."

## 「R」

"아저씨!"

무너진 교실에 이찬의 목소리가 울렸다. 깜짝 놀라 문 쪽으로 고개를 돌리던 권지영은, 이찬의 등 뒤에 업힌 정은채를 보고 다시 놀라서는 재빨리 달려들었다.

"은채야! 이게 어떻게 된 거야?"

"으, 은채가……?"

놀란 것은 쓰러져 있던 윤시은 역시 마찬가지여서, 당황해서는 비틀거리며 일어났다 정은채의 상태를 확인하고는 울먹이기 시작했다.

"다행히 상처는 그리 심하지 않은 것 같아. 우선 지혈을 해야겠는데."

권지영의 말에 최재환이 조심스레 정은채를 눕히고는 수건을 가져와 조심스레 눌렀다. 상처 부위의 피가 스며나와 손가락을 끈끈히 적실 때마다 그는 얼굴을 찡그리면서도 가끔가다 소녀의 일그러진 얼굴을 측은한 듯 바라보고 있었다.

"괜찮은…… 거겠죠?"

어느새 윤시은이 바로 옆까지 다가와 걱정하고 있었다.

"가벼운 상처야. 그것보다, 네가 남 걱정할 처지는 아닐 텐데?"

윤시은이 옆구리를 가만히 붙잡고 있는 것을 보고, 최재환이 윤시은 쪽을 흘겼다. 윤시은은 흠칫하며 정은채 쪽을 보다가, 슬금슬금 뒤로 물러났다.

"그런데, 다른 사람들은요?"

교실 문에 손을 올리고 바깥을 줄곧 두리번거리던 이찬이 물어왔다.

"다른 사람들이라니?"

권지영이 어리둥절해하며 반문하자, 이찬은 다시 한 번 두리번거리고는 천천히 입을 열었다.

"그, 저희랑 싸우던……."

"글쎄."

"네?"

권지영이 최재환 쪽을 흘금 보았다. 최재환이 말없이 고개를 끄덕이자 권지영은 한번 한숨을 쉬고는 대답했다.

"몇 명이 죽는 건 봤어. 그렇지만 그 뒤로 전혀 모습이 보이질 않아. 다들 어디로 간 건지, 원."

"몇 가지 추측하고 있는 건 있지. 그냥 이대로 만족한답시고 돌아가 버린 머저리들이 있을 수도 있다던가, 아니면 이연희라는 그 드림워커가 미리 움직이지 말라고 명령을 내려놨을지도 모른다고 말이야."

최재환이 권지영의 말을 이어받아 대답을 끝냈다.

"으음."

이찬은 대답을 듣고 나서도 움직이지 않고 교실 밖을 바라보고 있었다. 이찬의 시선이 향하는 곳을 따라 시선을 움직이던 권지영이 속삭이듯 묻는다.

"걱정 돼?"

"……."

잠시 한숨소리가 들려온다. 그러나, 그것도 잠시 이찬은 곧 고개를 돌리고 일부러 활기차게 보이려는 듯 목소리를 한 톤 올려 대답했다.

"글쎄요, 드림워커잖아요! 별 일 없겠죠. 오기만 하면 가만 안 둘 테지만."

권지영은 대답 없이 빙긋 웃어 보였다. 애써 밝게 보이려는 어린 학생 앞에서, 본인만 우울하게 있으면 안 될 것 같아서 그런 것이었을지도 모른다.

"아, 은채 깨어났어요!"

윤시은의 가느다란 목소리가 울렸다. 정은채는 얼굴을 찡그리며 천천히 몸을 일으켜 주변을 둘러본다.

"여긴⋯⋯."

"총에 맞은 걸, 저 녀석이 데려왔어. 도대체 뭔 짓을 했기에 총에 맞은 거냐? 네가 죽으면 우리 모두 끝이라는 건 잘 알고 있을 텐데."

최재환이 퉁명스레 핀잔을 주었다. 정은채는 주눅이 들어 시선을 돌리다가, 문득 혼자 앉아 있기도 힘든 듯 벽에 기댄 윤시은을 보았다. 시선이 마주치자마자 그는 표정이 변하여 친구에게 다가갔다.

"시은아."

"괜찮아?"

정은채가 자신을 걱정스러운 눈으로 바라보는 것을 눈치챘는지, 윤시은은 일부러 희미한 미소를 지으며 역으로 물어왔다. 정은채는 대답을 하지 못하고 고개를 숙인다. 친구의 심정을 눈치챈 걸까, 윤시은이 먼저 자그마한 목소리로 말을 걸어왔다.

"괜찮아, 나는 신경 안 써도 돼."

"어⋯⋯?"

윤시은이 멋쩍게 웃었다. 그러나 정은채는 웃지 못하고 친구의 얼굴만을 바라보고 있었다. 윤시은은 그럴수록 정은채의 손을 더 세게 잡으며 불안감을 해소해주려 애쓴다.

"대장님!"

한 남자가 다급하게 뛰어들어왔다. 권지영은 가만히 몸을 일으키더니 남자 쪽으로 몸을 돌리고 물었다.

"뭐야, 무슨 일이야?"

"그게…… 드림워커가, 사라졌습니다."

"뭐?"

"제길, 그건 또 무슨 소리야!"

최재환이 벌떡 일어나며 소리를 질렀다. 당황한 것은 권지영뿐이 아니어서, 교실 문을 잡고 서 있던 이찬도, 나란히 앉아 있던 정은채와 윤시은도 깜짝 놀라 쳐다보았다.

"어떻게 된 거야? 자세히 말해봐!"

"그게…… 몰래 교실 주위를 살피던 중에, 교실 안에서 아무런 소리도 안 나는 것이 수상해서 슬쩍 안을 봤더니……."

"아무도 없더라, 이 소리야?"

권지영이 허탈한 웃음을 지었다. 그와는 반대로, 최재환은 더 표정이 굳어져 성큼성큼 다가와서는 남자에게 윽박을 지른다.

"그 외에는? 단서 같은 건?"

"별 건 없고, 핏자국이 상당히 많이 남아 있더군요."

"그렇겠지."

"창가 쪽으로 말입니다."

"뭐라고?"

점점 심각해지는 분위기를 살피던 이찬이 갑자기 끼어들었다.

"지금 바로 가봐야 하는 거 아니에요?"

"그래야겠지."

최재환이 심각한 목소리로 대답하고는 곧바로 사람들을 불러 모으기 시작했다.

"저도 갈게요!"

정은채가 벌떡 일어났다. 옆구리를 잠시 감싸며 얼굴을 찡그리기는 했지만, 곧 숨을 몇 번 들이쉬고는 다시 얼굴을 돌려 최재환을 쳐다보았다.

"안 돼. 갔다가 네놈한테 무슨 일이라도 생기면 다 허사인 것 몰라?"

"그래도……"

"거기에 저 다친 꼬마, 네 친구 아니냐? 아깐 그리 걱정하는 듯하더니, 이젠 버리고 혼자 가겠다고?"

일부러 최재환은 더 퉁명스레 대답했다. 정은채의 시선이 조용히 윤시은에게로 옮겨간다. 그러나 윤시은은 도리어 고개를 저었다. 그러고는 희미하게 웃는 것이었다.

"그런 걱정은 필요 없어요. 저, 이제 좀 힘들 것 같아서……"

"뭐?"

말을 끝낸 윤시은의 몸이 점점 앞으로 기울어진다. 소녀가 바닥에 쓰러지자, 지켜보던 사람들 모두가 소스라치게 놀라 달려들었다.

"시은아!"

정은채는 총에 맞은 상처가 욱신거리는 것도 잊고 재빨리 친구를 안아 들었다. 정은채에게 살며시 안긴 윤시은은, 힘겹게 그 얼굴을 올려다보고는 옅은 웃음을 지었다.

"괜찮아? 내가 빨리 꿈에서 깨서……"

"……미안, 은채야."

정은채가 깜짝 놀라 윤시은을 보았다. 이미 그 결말을 알고 있는 사람들은 차마 두 소녀의 마지막 모습을 보지 못하고 고개를 돌리고 있었다.

"우리 이제, 이게 마지막일 거야."

정은채가 잠시 손짓을 멈추었다. 그리고, 그 말의 의미를 깨닫기까지는 그리 오랜 시간이 걸리지 않았다. 그것은 너무 찰나의 순간이어서, 정은채는 눈물도 채 흘리지 못한 채 간신히 중얼거렸다.

"거짓말, 이지?"

"……."

윤시은은 그래도 웃고 있었다. 정은채는 순간 친구의 얼굴에서 익숙한 기시감을 느꼈다. 그리고 문득 원망하듯, 정은해는 다시 묻는다.

"왜, 그랬어?"

윤시은이 희미하게 미소를 지었다. 다시 떨리기 시작한 친구의 손을 놓지 않은 채로 그는 입을 열었다.

"도연이를 봤어."

"도연이를?"

정은채가 깜짝 놀랐다. 뒤쪽에 서 있던 이찬 역시 아는 이름이 튀어나오자 놀라는 모습이었다. 윤시은은 가만히 고개를 끄덕이며 말을 이었다.

"그땐 이미 물에 빠져서 의식을 잃은 상태였어. 그런데 도연이는 수영을 못하잖아? 그래서, 도연이를 살려야 한다고 생각해서…… 그게, 나까지 탈출하기엔 시간이 조금 모자랐나 봐."

정은채는 원망하는 듯한 얼굴로 윤시은을 바라보고 있었다. 윤시은은 그러고도 다시 희미한 미소를 유지하고 있었지만, 정은채는 감정을 숨기지 못하고 머릿속에 떠오르는 말들을 읊어내기 시작했다.

"왜, 왜 다들 그렇게 웃는 거야? 뭐가 그렇게 좋은 건데……? 너도, 우리도……."

소녀는 대답하지 않았다. 그 대신, 친구의 손을 가만히 잡아주며 말해주었다.

"……은채야. 아까 말한 거, 기억하지? 나, 신경 쓰지 말라고."

어느새 정은채의 눈 끝에 다시 작은 조각들이 새겨지고 있었다. 다시금 울먹이기 시작한 친구를 보고, 윤시은은 그 창백한 얼굴로 더듬더듬 말을 이었다.

"언제까지나 꿈속에 남아 있을 수는 없잖아. 이제 더 이상 나는 신경 쓰지 말고…… 현실로 돌아가."

행동을 서두르던 사람들도, 잠시 멈춰 서서 소녀의 마지막 순간을 바라보고 있었다. 애써 눈물을 참기라도 하듯 입술을 깨물고 있던 정은채는, 윤시은을 가만히 내려놓고는 천천히 자리에서 일어났다.

"그래도, 안 잊을 테니까……."

억지로 입꼬리를 희미하게 올려 웃었다. 떠나보낼 때에는 마지막까지 웃는 얼굴로 보내야 하는 것임을, 어렴풋이 깨달았던 것일지도 몰랐다.

흘러내리는 머리카락이 소녀의 얼굴을 조금씩 가리고 있었다. 윤시은은 눈을 굴려 이제 싸움을 끝내기 위해 일어선 친구의 얼굴을 본다. 소녀의 마지막 얼굴은, 그렇게 조용히 미소 짓고 있었다.

「R」- Remember(기억하다)

# 「M」

툭, 툭. 뿌옇게 구름이 낀 하늘에서 한 방울씩 떨구는 작은 물방울들이 머리와 옷을 조금씩 적셔갔다. 이도연은 붉은 피가 묻어나는 단검을 가만히 매만지며 무거워진 발걸음을 옮기고 있었다. 조금씩, 비릿한 냄새가 가까워지며 코를 역겹게 한다. 저절로 얼굴이 찌푸려지는 것을 느끼며, 이도연은 모퉁이를 돌아 마침내 친구의 처참한 모습을 다시 마주했다.

"이제 끝이네."

이도연은 혼잣말하듯 읊조린다. 입술을 움직이는 그 얼굴이 미묘하게 떨리고 있었다. 손가락 하나 까딱할 힘도 없이, 고우리가 얼굴만을 힘겹게 들어 이도연을 올려다보았다. 이도연은 말없이 권총을 꺼내 고우리를 향해 겨누었다. 긴 말은 필요 없었다.

"그러면……."

끊길 듯 말 듯 가늘게 이어지는 목소리에 방아쇠에 걸린 이도연의 손가락이 멈칫했다. 고우리는 안간힘을 쓰며 천천히 몸을 일으키더니 들릴 듯 말 듯한 목소리로 말을 이어나간다.

"그러면, 정말로 행복할 것 같아? 아마, 아닐 걸. 꿈에 오래 있을수록 …… 더, 비참해진다는 걸…… 잘, 알잖아."

말하는 도중에도 고우리는 몇 번이나 말하기를 멈추고 고개를 떨구었다. 겨눈 손을 내리지 못하고 입술만 깨물던 이도연은, 고우리의 말이 끝나기 무섭게 고개를 흔들고는 방아쇠를 잡아당겼다.

탕—

"윽."

총알은 고우리를 맞추지 못하고 바로 옆의 땅바닥에 박혔음에도, 고우리는 마치 자신이 맞기라도 한 것처럼 짧은 신음 소리를 내며 앞으로 고꾸라진다. 바닥에 쓰러진 채로 움직일 엄두도 내지 못하고 가쁜 숨만 몰아쉬는 친구를 보고, 이도연은 한참을 망설이다 총구를 내리고 입술을 깨물었다.

"쳇."

한층 가벼워진 권총에서는 더 이상 총알은 나오지 않고, 이제는 단지 방아쇠를 당길 때마다 그에 맞춰 끼릭끼릭, 하는 금속 소리만을 토해낼 뿐이었다.

머릿속에서 고우리가 한 마디, 한 마디 힘겹게 토해내던 말들이 끊임없이 맴돈다. 이도연은 천천히 총구를 내리고는 뒤돌아섰다. 뒤쪽에서 친구가 힘겹게 숨을 이어가는 소리를 들을 때마다 이도연은 고개를 세차게 흔들었다. 겨우 이런 것에 흔들려서는 안 된다.

탕—

갑자기, 뒤에서 날아온 총알이 이도연의 등 쪽을 꿰뚫었다. 옷은 순식간에 피로 물들고, 이도연은 고통에 상처부위를 움켜쥐며 몸부림을 친다.

"아악……!"

이도연은 손에 더 힘을 준 채 그 자리에 주저앉았다. 권총은 이미 무용이 된 지 오래, 더듬거리며 겨우 단검을 손에 쥔 이도연의 눈에 불빛이 스치는 듯하더니 그는 벌떡 일어나며 뒤를 돌아보았다.

그리고 그 시선의 끝에서는, 고우리가 총을 들어 이도연을 겨누고 있었다. 제대로 앉아 있기도 힘에 부치는 듯, 학교 벽까지 어떻게든 기어가 힘겹게 몸을 기대고 총을 들어 방아쇠를 당겼던 소녀, 이제는 다시 온몸을 벌벌 떨며 권총을 들었던 팔을 천천히 내리고 있었다.

"으아아아아!"

이도연은 단검을 다시 빼어 들고 덤빈다. 그는 당장이라도 찌를 듯이 친구를 겨누고선, 아까의 고통 때문인지 단검을 두 손으로 쥔 채 그대로 앞으로 고꾸라졌다.

푹, 무언가를 칼로 꿰뚫는 듯한 느낌이 손에 곧바로 전해지고, 고우리의 손에 쥐고 있던 권총이 바닥에 떨어지는 소리가 들렸다. 더불어 손에 묻어 나오는 이 끈적한 액체의 정체를, 이도연은 바로 알아차렸다.

'피구나.'

이도연은 이 긴 싸움이 드디어 끝났음을 느꼈다. 그 상태로, 이도연은 얼굴을 파묻었다. 정신을 차리자 아까의 고통은 점점 더 심해져 오고, 이도연은 차마 눈을 뜰 생각은 하지 못하고 입술만 깨물었다.

그리고, 무언가 이상한 것을 느낀 것은 쥐고 있던 칼이 조금씩 떨리기 시작하면서였다. 분명히 드림워커의 몸에 박혀 그가 사라지자마자 진작에 둔탁한 소리를 내며 바닥으로 곤두박질쳤어야 할 단검이, 아직도 같은 자리에서 움직이지 않고 미묘한 진동만을 반복하고 있는 것에 도무지 무슨 일인지 생각이 닿지 않았다. 그리고, 마침내 천천히 고개를 들고 눈을 떴을 때, 이도연은 크게 놀랄 수밖에 없었다.

단검의 끝에 박혀 있는 것은, 드림워커의 몸 따위가 아니었다. 안간힘을 다해 칼날을 붙잡은 두 손에서는 쉴 새 없이 검붉은 피가 흘러내리고 있다. 고우리는 얼굴을 잔뜩 일그러뜨리며, 자신의 목숨을 위협하고 있는 이 단검을 천천히 떼어내려 하던 참이었다.

"너……!"

알 수 없는 분노가 치밀었다. 이도연은 단검을 더욱 꽉 쥐고서는 안간힘을 다해 겨눈 칼날을 밀어붙인다. 그럴수록 칼날은 고우리의 손을 더 깊게 파고들어가, 끊임없이 스며드는 검붉은 색의 피가 은빛 칼날을 적셔가고 있었다.

그렇게 얼굴을 일그러뜨리던 이도연은 문득, 바로 코앞에서 얼굴을 맞댄 고우리를 보았다. 그의 눈에서는 어느새 한 방울, 눈물이 위태롭게 매달려 있다 피와 섞인 채로 아래로 흘러내리고 있었다. 이도연은 잠시 힘을 빼고는 비아냥거리듯이 천천히 입을 열었다.

"뭐야, 너무 아파서 눈물까지 나올 지경이냐?"

눈물은 한 방울로 멈추지 않았다. 아니, 그것은 눈물은 아니었다. 그러나 머리의 상처에서 흘러나온 피가 뺨 위의 눈물 자국을 타고 흐르며 마치 눈물과도 같은 모습을 만들어내고 있었다. 고우리가 대답을 위해 입을 연 것은 조금 나중의 일이었다. 그는 그때까지 아무 말 없이 피눈물만 흘리며 친구를 바라보고 있다가, 잔뜩 쉰 목소리로 입을 열었다.

"왜, 이렇게 되어버린 거야……?"

이도연은 얼굴을 찡그린 채로 눈을 끔벅인다. 자기 자신을 가리키는 말임에 틀림없었다. 현실에서의 모습과는 너무 다른, 부서진 꿈속에서 본성에 잠식되어 버린 자신. 그로 인해 어쩔 수 없이 싸워야 하는 이 환경과, 자기 자신을 원망하고 있는 말이었다.

"이미 되돌리기엔 너무 늦었어. 난 이미……."

"정신 차려!"

이도연이 깜짝 놀라 눈을 떴다. 고우리는 쉰 목소리로 소리를 지르고는 다시 어지러운 듯 고개를 흔들며 비틀거렸다. 그러나 그 상태에서도 말을 이어가는 목소리만은 또렷해서, 이도연의 눈동자는 점점 그 떨림의 강도를 더해가며 고우리를 응시하고 있었다.

"아직, 아직이야."

고우리가 안간힘을 쓰며 칼날을 조금씩 밀어냈다. 그럴수록, 이도연 역시 어떻게든 이 싸움에 종지부를 찍으려 악착같이 손잡이를 쥐고 덤빈다.

팅—

둔탁한 소리와 함께 느껴지는 것은 저릿한 진동이었다. 그와 동시에 중심을 잃은 고우리가 옆으로 쓰러졌다. 휘청거리며 넘어지지 않으려 애쓰던 이도연은, 문득 손에 남겨진 단검의 손잡이를 보고 단검이 부러져 버렸다는 것을 깨달았다.

고우리는 쓰러진 채로 가물가물한 눈을 들어 앞을 본다. 손을 뻗으면 닿을 거리에 부러진 단검의 날이 있었다. 그는 사정없이 떨리는 팔을 겨우 뻗어 칼날을 쥐고는 눈앞의 드림워커를 바라보았다. 마지막이었다.

"으아아아아!"

고우리는 이를 악물고 축 쳐진 몸을 일으킨다. 부러진 손잡이를 내다던지고 이도연이 다시 정면을 바라보는 순간, 고우리는 앞으로 고꾸라지듯이 칼날을 강하게 내려찍었다.


푹.


미처 비명을 내지를 틈도 없이, 이도연은 자신의 몸에 박힌 칼날을 보았다. 그리고 그와 동시에, 고우리는 들릴 듯 말 듯한 작은 목소리로 무언가를 중얼거리고 있었다. 이도연은 점점 옅어지는 의식 속에서 천천히 하늘을 올려다본다. 어느새 비는 그치고, 달을 가리던 구름마저 조금씩 옆으로 물러나고 있었다. 몸에 느껴지는 축축한 느낌, 더불어 의식이 점점 더 흐려지는 것을 느끼며, 드림워커는 조용히 눈을 감았다. 그리고 살아남은 것은 이제 하나, 그러나 그 마지막 드림워커마저도 당장이라도 끊어질 듯한 가쁜 숨을 몰아쉬고 있었다.

챙그랑, 칼날이 땅에 떨어지는 소리가 들리고, 그와 동시에 칼날에 겨우 자신의 몸을 지탱하고 있던 드림워커도 끝끝내 앞으로 쓰러져 버린다. 두 드림워커가 스러진 학교 앞에서는, 구름에 가려졌던 보름달만이 조금씩 모습을 드러내고 있었다.

「도덕 시간에 배웠잖아. 사람의 악한 본성을 억제시키는 것은, '주변의 선한 환경'과 '도덕성'. 꿈이라는 특수한 환경이 주변의 선한 것들을 모두 없애버렸을지라도, 넌 아직 도덕성을 잃지 않았어. 나와 마주쳤을 때마다, 죽일 수 있는 기회가 돌아왔을 때마다, 끝내 내게 손을 대지 못하고 망설이는 걸 보면서 알았어. 그러니, 이제 빨리 깨어나야 해. 더 늦기 전에, 마지막 도덕성마저도 잃어버리기 전에. 현실로, 그리고 원래의 너로. 돌아가자.」

\*

"역시나."

최재환이 절망스럽게 중얼거렸다. 바로 뒤를 따라온 이찬 역시 교실을 한 번 둘러보고는 어딘가 불편한 듯 얼굴을 찌푸렸다.

들은 그대로였다. 두 드림워커는 온데간데없고, 부서진 교실에 남아 있는 것은 싸움 중 고우리가 떨어뜨린 권총, 굴러다니고 있는 탄피와 바닥에 무수히 흩뿌려진 핏자국뿐이었다.

일행 모두가 이 처참한 광경에 저마다 벌어진 입을 다물지 못했고, 정은채와 이찬 역시 착잡한 기분을 숨기지 못하겠다는 듯이 굳은 표정을 하고 있었다.

"설마, 아니었으면 좋겠지만⋯⋯."

권지영이 혼잣말하듯 중얼거리며 천천히 창가 쪽으로 다가섰다. 더 이상 제 역할을 하지 못하고 무너져 내린 벽, 그 바로 앞에서 권지영은 아래쪽을 바라보고는 소스라치게 놀라 소리를 지른다.

"저기 있어!"

그 말에 역시 놀란 사람들이 몰려들었다. 그리고 그들 역시 권지영이 발견한 것을 직접 두 눈으로 확인하고는 경악한 듯이 놀란 표정을 감추지 못하고 있었다. 그들의 눈에 들어온 것은, 피투성이가 된 채로 학교의 붉은 벽에 기대어 쓰러져 있는 한 소녀였다. 그러나, 구태여 누군가 말하지 않아도, 그 소녀의 정체가 마지막 드림워커임을 모두가 알아차렸다.

"빨리 가야죠."

제일 먼저 이찬이 벌떡 일어나 뒷문으로 달려나갔다. 정은채가 재빨리 그 뒤를 따른다. 권지영을 비롯한 다른 인원들도 저마다 앞으로의 혹시 모를 상황에 대비해 무기를 하나씩 빼어들고 소년과 소녀를 따라 달리기 시작했다.


"우리야!"

쓰러진 드림워커를 가장 먼저 발견한 것은 꿈의 주인. 눈물이 그렁그렁해진 채로 달려드는 그의 뒤를 따라 이찬이 깜짝 놀란 얼굴을 하고 고우리의 상태를 살핀다.

"저게 대체⋯⋯!"

최재환이 흥분하여 당장에라도 달려들 듯이 고우리 쪽으로 발을 내딛었다. 그러나, 그의 앞을 조용히 가로막는 이가 있었다.

"뭐야."

"지금은, 잠시 시간을 주자."

그러면서 권지영은 미묘한 표정으로 앞쪽을 응시한다. 최재환 역시도 흥분을 가라앉히고 뒤에서 말없이 지켜볼 수밖에 없었다.

"우리야, 정신 차려…… 우리야……."

눈 끝에 눈물을 매단 채로 고우리를 흔들던 정은채의 중얼거림은 곧 울먹임으로 번져갔다. 마치 죽은 사람처럼 미동도 없이 정은채의 울먹임에 따라 흔들리던 고우리는, 낮은 신음 소리를 내더니 무겁게 가라앉은 속눈썹을 덜덜 떨며 천천히 눈을 뜨고 정은채를 쳐다보았다.

"우리야!"

"……왔어?"

애써 웃어보려 해도, 이미 얼굴 근육은 말을 듣지 않아 지어지는 것은 보일 듯 말 듯한 희미한 미소뿐이다.

"이제, 다 끝난 거지?"

여전히 밝게 보이려는 노력이었을까, 이찬이 고우리를 내려다보며 억지웃음을 지었다.

"그래."

고우리는 비틀거리며 몸을 일으켜 붉은 학교 벽에 몸을 기댄다. 얼굴을 찡그리며 낮은 신음 소리를 낼 때마다 지켜보던 정은채와 이찬은 깜짝깜짝 놀라며 걱정스러운 표정을 하고 있고, 멀리서 지켜보던 권지영은 어느새 가까이 다가와서는 상태를 살피며 조심스레 물었다.

"이제, 빨리 상처 치료해야 하지 않아?"

"그럴 필요, 없어요."

고우리가 다시 힘겹게 입을 열었다.

"아마, 전 여기서 죽게 될 것 같으니까……."

그 말을 들은 모든 이가 깜짝 놀라 고우리를 쳐다보았다. 마지막 드림워커의 몸이, 조금씩 투명해지고 있었다. 아무리 꿈속이라고는 하지만, 고우리는 죽음을 목전에 둔 사람의 얼굴이라고는 믿을 수 없을 정도로 담담하면서도 조용한 미소를 짓고 있었고, 오히려 역으로 더 흔들리는 것은 정은채 쪽이어서 그는 자신의 눈동자가 심하게 떨리고 있는 것을 느끼며 더듬더듬 물었다.

"그, 그러면, 어떻게 되는 거야……?"

"전에 말했잖아. 그냥, 꿈에서 깨어날 뿐이야."

당연하겠지만 주위는 여전히 정은채의 꿈속. 드림워커인 고우리는 죽는다 해도 어둠 속에서 고전한다던가 하는 일은 일어나지 않을 터였다. 그럼에도, 정은채는 울먹거리며 마치 영영 사별하는 것처럼 어느새 그 핼쑥해진 얼굴 위에 몇 방울 눈물을 떨구고 있었다.

"왜 울어, 진짜 죽는 것도 아닌데."

단순히 슬퍼서만이 아니다. 눈앞의 상처 입은 소녀는 인간의 드러난 본성에 의한 자학의 결과. 그 잔혹함에 놀란 것은 물론이거니와, 이런 일이 자신의 꿈속에서 일어났음에도 아무것도 하지 못하고 그저 뒤에서 숨어 있기만 했다는 죄책감. 얼굴 위에서 뒤섞인 감정은 눈물과 함께 시멘트 바닥을 적시며 조금씩 씻겨 내려가고 있었다.

"어어……?"

그리고 이것은 너무 순식간에 일어난 일이었다. 정은채의 몸은 어느새 조금씩 앞으로 기울어져, 끝내 점점 희미해지고 있는 드림워커의 위로 스러져 버리고, 붉게 물든 몸에 닿는 낯선 느낌에 고우리가 살짝 소리를 냈다.

"……."

놀란 표정으로 안긴 정은채를 보던 고우리는 이내 희미한 미소를 지으며 가만히 눈을 감는다. 정은채는 자신의 옷이 친구의 피로 잔뜩 물들고 있는 것도 모른 채로 그렇게 한참을, 어쩌면 마지막이 될 수도 있는 드림워커의 모습을 붙들고 있었다.

"미안해."

드림워커가 작게 속삭였다. 그 말에, 정은채가 놀라 고우리를 쳐다보았다. 고우리는 아무런 말도 없이 그저 조용히 웃고 있을 뿐. 이전부터 줄곧, 해주고 싶었지만 입 밖으로 꺼내지 못하고 마음속에서만 맴돌던 말을 마침내 꺼낸 뒤, 고우리는 만족한 듯이 벽에 머리를 기댄다.

이찬은 뒤에 가만히 선 채 이 광경을 조용히 지켜보고 있었다. 어딘가 기분이 영 언짢은 것인지 입술만 잘근잘근 깨물며 얼굴을 찌푸리고 있는 그를, 권지영이 불렀다.

"왜 그래, 어디 아파?"

"아, 아뇨. 그냥……."

이찬은 머리가 아픈 듯이 가만히 미간을 찌푸렸다. 잠시 고민하던 이찬은, 어느덧 자신도 모르게 눈 끝에 매달려 있던 눈물을 슬쩍 닦더니 이내 희미하게 웃음을 지으며 중얼거렸다.

"뭐, 울고 있어도 아무 소용없겠죠."

그렇게 한 번 말하고는, 그는 다시 고개를 들었다.

"고생했다. 현실에서는 몸 좀 사리고."

어느새 이찬은 고우리의 바로 앞에서 그를 내려다보고 있었다. 눈물을 보여주고 싶지 않아서일까, 마지막까지 그렇게 장난스럽게 말하며 이찬은 조용히 웃었다.

"잘 가라."

이찬을 올려다보던 고우리도 이찬을 따라 소리 없이 미소를 지으며, 천천히 눈을 감았다.

챙그랑—

드림워커가 손에 쥐고 있던 단검의 날이 땅바닥과 맞부딪히며 둔탁한 소리를 냈다. 그와 동시에, 정은채의 몸은 어느새 드림워커의 체온이 사라진 자리에서 서늘한 바람만이 옷깃을 흔들고 있음을 깨닫고 천천히, 앞으로 기울어지고 있었다.

모두가 잠시 숨을 죽인다. 어느새 이찬이 바로 옆으로 다가와 정은채를 가만히 토닥이고 있었다. 멀리서 지켜보던 권지영과 최재환도, 조심스럽게 다가와 고개를 숙였다.

달을 가리던 구름은 어느새 소리 없이 걷히고, 마침내 모습을 드러낸 달은 자신의 존재를 과시라도 하듯 휘영청 밝기만 하다. 마침내 끝나가는 꿈속의 그들을, 모두를 높게 떠오른 달빛이 천천히 비추고, 그렇게.

마지막 드림워커가, 사라졌다.

「M」 - Miserere(불쌍히 여기소서.)

# 「Z」

"······이제 끝, 인 건가?"

최재환이 낮은 목소리로 달라붙은 입술을 열었다. 이찬은 조용히 몸을 일으키며 가라앉은 분위기를 살리기라도 하려는 듯 슬쩍 웃었다.

"네, 끝났어요."

정은채는 무릎을 꿇은 채 고개를 숙이고 있었다. 지켜보던 권지영이 걱정스러운 듯 가만히 옆에 몸을 숙이고 앉아 다정한 목소리로 입을 열었다.

"괜찮아?"

"······."

정은채가 대답을 위해 입을 열기까지는 조금 시간이 걸렸다. 그는 비틀거리며 천천히 몸을 일으키더니, 뚝뚝 끊기는 목소리로 물었다.

"이제, 끝난 거죠?"

"그래."

"정말로, 끝난 거죠······?"

다시 울먹거리기 시작한 소녀의 목소리에 격앙된 감정이 묻어나오고 있었다. 권지영은 더는 대답하지 않고 다가가 말없이 소녀를 안아주었다.

"흐, 흐흑······."

작은 흐느낌 정도로 시작했던 소녀의 울음소리는 점점 커지며 하나의 격정이 되어갔다. 그 소리를 듣고 있던 사람들은 저도 모르게 고개를 숙이고, 더러는 함께 눈물을 훔치는 이도 있었다. 어느새 다가온 살아남은 창명고 학생들도, 울고 있는 친구를 보며 안타까운 표정을 짓고 있었다. 그렇게 소녀는 선 채로 한참을 울었다. 모든 것이 끝난 후의, 그동안 억눌려 있던 감정들이 모두 들끓듯 터져 나온 그 꿈속의 마지막 순간이었다.

"이제 좀 진정됐어?"

정은채는 말없이 남은 눈물을 닦다가 자신이 아직도 권지영의 옷자락을 붙들고 있다는 사실을 알아차리고는 천천히 손을 내리며 대답했다.

"……네."

정은채는 다시 눈물을 완전히 닦아내고 주위를 둘러보았다. 조금 떨어진 곳, 꿈의 구석에서 여러 사람들이 저마다 만감이 교차하는 표정으로 꿈의 주인을 바라보며 서 있다. 정은채는 우물쭈물하며 사람들을 한 번 둘러보더니, 얼굴을 살짝 붉히며 조용히 입을 열었다.

"그동안, 감사했어요, 모든 분들 다요."

사람들의 반응은 한결같지 않았다. 드디어 현실로 돌아가겠구나, 하며 감격스러워하는 이도 있었고, 어떤 이는 고개를 숙이는 어린 주인을 향해 미소로 화답하고 있었으며, 몇몇은 경건한 표정으로 눈을 감고 있었다.

"이제 돌아가는 거지?"

어느새 이찬이 옆에 다가와 있었다. 정은채는 고개를 살짝 끄덕이며 눈을 감는다. 마치 꿈을 처음 꾸었을 때처럼, 의식이 조금씩 일렁이기 시작하며 정은채는 의식을 잃었다.

　　　　　　　　　　　　* * *

　하늘에서 조금씩 떨어지던 비는 어느새 조용해지며 자취를 감추고
있었다. 그와 동시에 막 떠오르는 해가 구름 속으로 다시 숨어들던 아
침, 정은채는 천천히 눈을 떴다.

　"여긴."

　조심스레 몸을 일으킨다. 살짝 볼을 꼬집고, 팔을 천천히 돌릴 때마
다 느껴지는 약간의 아픔과 서늘한 바람은 이곳이 더 이상 꿈 따위가
아닌 현실임을 잠긴 머릿속에 똑똑히 상기시켜주고 있었다.

　"아……!"

　갑작스레, 정은채는 몸을 구부리며 옆구리를 감싼다. 그 날 현실에서
얻었던 상처의 고통, 더불어 다시 떠올리고 싶지 않은 기억을 다시 떠
올려버린 것만 같아 소녀는 몸을 떨었다.

　그리고 그와 더불어 떠오르는 것은 어느 꿈의 기억. 흐릿하게 머릿
속에서 이어지는 기억의 파편들을 더듬으며, 정은채는 잠시 생각했다.

　'분명히…… 무언가, 엄청 길었던 꿈을 꾼 것 같은데, 기억이 나질 않아.'

　머릿속에 스쳐 지나가는 것은 꿈의 파편. 현실과 다름없이 바쁘게
돌아다니던 사람들과, 자신에게 총구를 겨누던 친구. 그리고 그 앞을
막아서던, 한 소녀였다.

　흩어져 있다가 저마다의 형태로 모여든 기억들은 머릿속에서 누군가
의 형태를 만들어내고 있다. 정은채는 벌떡 일어나 앉아 다시 머리를
감쌌지만, 도무지 그 소녀의 정체를 알 길이 없어 앓는 소리만 낼 뿐이
었다.

　잊고 싶은 것이 자꾸 떠오르는 것보다 더 괴로운 것은 기억해내고
싶은 것이 떠오르지 않는 것이라 했던가. 정은채는 날 듯 말 듯 생각이

나지 않는 괴로움에 머리를 감싸고 침대를 뒤척이고 있었다.

조용하기만 한 병실에서 들려오는 것은 시계 소리와 TV 소리뿐이다.

「평택호 사고가 일어난 지 5일째, 추가 구조자 소식은 아직 들려오지 않고 있습니다. 최초 탑승객 중 현재 구조자는 196명, 추가 구조자가 9명, 사망자는 224명, 그리고 나머지 94명은 아직 실종 상태입니다. 경찰은 구조 계획에 대해……」

정은채는 멍한 눈으로 화면을 응시한다. 224명, 아마 그 중에는 분명 그들도 포함되어 있으리라. 푸석푸석한 소녀의 머리카락이 한숨과 함께 앞으로 기울어졌다. 부스럭거림마저 사라진 병실을 채우고 있는 것은, 언제나 그랬듯 TV 소리뿐이었다.

\*

그 날로부터 일주일이 지났다.

평택호에서는 끝내 추가 생존자가 나오는 일은 없었다. 최종적인 수색 결과는, 생존자 205명, 사망자 312명. 그리고 실종자 6명이었다.

평택호가 가라앉은 통영에는 합동분향소가 설치되었다.

그리고, 창명고등학교의 교실에는

'기억의 교실'이 설치되었다.

"휴우……."

주위의 분위기와는 도무지 어울리지 않는 청명한 하늘의 햇빛이 커튼 사이로 부서져 들어오고 있었다. 유난히도 밝아 보이는 교실을 물끄러미 바라보고 있던 정은채는, 바로 앞에 있던 책상을 한 손으로 쓸며 가벼운 한숨을 쉬었다.

학생들의 책상은 사람들이 놔두고 간 물건들로 채워져 있었다. 꽃다발, 편지, 아니면 생전의 추억이 깃든 그 무언가. 죽어간 학생들을 각자의 형태로 기억하고 있는 사람들이 마지막 가는 길을 배웅이라도 하듯 눈물로 놔두고 간 것들이었다.

그리고, 그 가운데 선 정은채는 유난히 허전해 보이는 한 책상만을 슬픈 눈으로 응시하고 있었다.

송지후의 책상이었다.

"여어."

뒤에서 누군가가 가볍게 정은채의 어깨를 쳤다.

"아, 우혁아. 왔어?"

정은채가 뒤돌아보며 희미하게 웃었다. 송우혁은 가져온 꽃을 윤시은의 책상에 가만히 내려놓고는, 손가락으로 한번 책상을 쓸며 정은채의 시선이 가 닿고 있는 송지후의 책상을 물끄러미 바라보았다.

"도연이는 어디 있어?"

"그게, 아까 와서 꽃만 놓고 바로 가던데. 내가 너 잠깐 보고 가라고 해도 고개만 저으면서. 꿈속에서 무슨 일 있었어?"

"……아니. 아무것도 아니야."

정은채는 쓸쓸한 미소를 지었다. 꿈에서 깨어나 혼자 죄책감에 시달리고 있을 친구의 얼굴이 선했다. 조만간 기회가 되면, 친구에게도 찾아가봐야겠다고, 돌아서며 정은채는 속으로 다짐하고 있었다.

"어? 저분들, 지후네 할아버지 할머니 아니셔?"

정은채와 송우혁은 현관 앞에 그대로 멈추어 섰다. 모래 알갱이들이 저마다 빛나고 있는 운동장의 한 구석, 어느 노부부가 가만히 앉아 어딘가를 하염없이 응시하고 있었다.

"아, 안녕하세요."

노부부는 동시에 고개를 들더니 우물쭈물 하며 시선을 내리깔고 선 정은채를 보고 빙그레 웃었다.

"아아, 네가 지후 친구 은채니?"

"네."

정은채는 대답하며 싱긋 웃었다. 옆에 어색하게 서 있던 송우혁도 정은채를 따라 고개를 숙이고는 멋쩍게 웃는다.

"저……."

정은채가 눈치를 보며 입을 열었다가 이내 다시 다물었다. 그러면서 마치 도움이라도 청하듯 송우혁을 빤히 쳐다보는데, 아마도 그는 송지후의 텅 빈 책상을 보면서 자신이 느꼈던 감정을 노부부가 다시 느끼게 되지 않기를 바라고 있는 모양이었다.

"여기는 매일 오니?"

"네."

"평소에 친구가 많이 없다고 하기에 걱정했는데, 그래도 우리 지후가 이렇게 좋은 친구를 뒀구나."

흐뭇하게 웃는 노인의 이마에 굵은 주름이 잡혔다. 그 주름이 어딘가 쓸쓸해 보여서, 정은채는 입술을 다물고 가만히 고개를 돌린다.

"많이…… 슬프시겠어요."

송우혁이 조심스럽게 입을 열었다. 송지후의 할아버지는 모자챙을 천천히 끄덕이며 하늘만 물끄러미 바라보고 있다가, 천천히 대답했다.

DreAM waLkeRZ

"방을 치우다가 그 녀석 물건이 나오기라도 하면…… 아직도 이게 꿈인 것 같아. 아직도 실감이 나질 않아."

노인은 다시 모자챙을 끄덕이며 하늘을 바라보았다. 송우혁 역시 절로 숙연해져 고개만 숙였다.

"저……."

모두의 시선이 정은채에게로 향했다. 정은채는 다시 입술을 다물고 고민하는 듯하더니, 혼자 고개를 살살 흔들고는 결심한 듯 노인을 정면으로 바라보며 입을 열었다.

"그 물건들, 저도 볼 수 있을까요?"


송지후의 집은 학교에서 꽤나 먼 곳에 있었다. 노부부를 따라 버스를 갈아타고, 굽이진 골목길을 따라 20분을 걷다 보니 동네에서 흔히 보일 법한 붉은 벽돌의 빌라가 나타났다.

"죄송해요. 갑자기 찾아오겠다고 해서……."

"아니다. 오랜만에 손님이 찾아오니 좋구나."

송지후의 방은 은은하게 햇빛이 비치고 있었다. 방은 송지후가 살아 있을 때처럼 그 모습 그대로여서, 마치 당장 지금이라도 눈앞에서 소년이 살아 돌아와 책상에 앉아 졸고 있거나 침대에 드러누워 스마트폰을 들여다보고 있어도 전혀 이상하지 않을 것만 같았다. 주인이 이미 떠났다고는 믿겨지지 않을 정도로 너무나도 밝은 방, 그 한구석에 상자 하나가 다소곳이 놓여 있었다.

"이건……."

"그게 지후 물건이란다. 보고 싶은 것이 있으면 보고 가거라."

정은채는 가볍게 고개를 숙이고는 조심스레 무릎을 꿇고 상자 앞에 앉았다. 자그마한 액자에 끼워진 어린 시절의 사진, 얼마나 끄적였는지

너덜너덜해진 공책과 녹슨 샤프, 자그마한 종이들이 이제는 물건만을 놓고 떠나간 주인을 기억하듯 조용히 담겨 있었다.

"아……."

때는 잔뜩 묻었지만 그다지 구겨지지 않고 고이 접혀 있는 작은 종잇조각. 정은채는 망설이다 조심스레 그 종이를 펼쳐 들었다.

정은채의 머릿속에 그날의 기억이 선명히 지나가고 있었다. 그것은, 고등학교 생활이 막 시작되던 때, 자신이 송지후에게 썼던 자그마한 편지였다.

"언제적 거를."

정은채는 저도 모르게 피식 웃어버린다. 1년 전 자신이 가지고 있었던 새 학기의 긴장과 설렘을 반영하기라도 하듯 조그맣게 꾹꾹 눌러 쓴 자신의 글씨를 바라보며, 1년 후의 정은채는 붉은 햇빛이 모래 알갱이처럼 흘러내리고 있는 방에서 무릎을 꿇고 눈물겨운 회상에 잠겨 있었다.

"지후가 그때 저 조그만 걸 고이 들고 와서는 얼마나 좋아하던지……. 마치 여자친구라도 생긴 것처럼 말이다."

편지를 들여다보던 정은채의 얼굴이 살짝 붉어졌다. 어느새 창밖으로는 저녁노을이 서서히 번지고 있어, 마치 그 붉은 빛에 자신의 얼굴빛을 감추기라도 하려는 듯 정은채는 조용히 고개를 돌렸다.

"이건?"

책상 위에 너덜너덜한 공책이 놓여 있었다. 정은채는 순간적으로 공책을 집으려다 손짓을 멈추고 묻는다.

"봐도…… 될까요?"

"그럼. 지후였다면 아마 허락했을 게다."

정은채는 공책을 펼쳐 들었다. 눈이 아플 정도로 빼곡한 글씨가 공책을 가득 채우고 있었다. 자세히 살펴보니, 이 글은.

"소설, 이네요."

송지후의 할머니는 말없이 고개만을 끄덕인다. 정은채는 천천히 종 잇장을 넘겨가며 글을 읽기 시작했다. 등장인물들의 성격이 하나같이 어딘가 익숙한 것으로 보아 자신의 친구들을 모델로 쓴 것 같았다. 중 간중간에 등장하는 자신의 이름을 보고 깜짝 놀라는 것은 덤이었다.

'지후한테 나는…… 이런 느낌이었던 건가.'

정은채는 조용한 미소를 지었다. 넘기다 보니 페이지는 어느새 마지 막, 내용이 끊긴 글을 보고 있노라니 어딘가 안타까운 심정이 들었다.

"지후, 글 잘 쓰네요."

"어렸을 때부터 좋아했어. 그래서 우리 생일 때는 정성스럽게 편지도 써주고 그랬지. 소설을 쓴다고 하니 영감은 학업에 방해된다면서 별로 안 좋아하는 눈치였지만, 나는 우리 지후가 재능을 하나 찾은 것 같아 서 자랑스러웠단다."

웃는 노인의 얼굴에 주름이 잡혔다. 그 얼굴을 보며, 정은채는 안에 서 일어나는 복잡한 감정을 느끼며, 미묘한 표정을 지었다.

'그래도 아직…… 이렇게 지후를 기억해주시는 분이 계시구나.'

미묘하던 얼굴은 이내 씁쓸한 미소로 바뀌어 갔다.

정은채는 말없이 공책을 덮었다.


시간은 어느새 흘러, 하늘을 물들이고 있는 것은 붉은 노을이었다. 정은채는 숨을 한번 크게 들이쉬고는 다시 학교로 종종걸음을 쳤다. 기억의 교실이 설치되고 난 후, 수많은 유족들이 자신의 가족을 찾아 와 그 책상과, 사물함과, 흔적이 남아 있는 모든 것들을 한 번씩 어루 만지며 눈물 한 두 방울을 떨구고 갔지만, 유난히 송지후의 책상만은 유난히 찾는 이 없이 침묵을 고수하고 있었던 것이다. 가끔 마음씨 고운 사람들이 자신의 지인이 아닐지라도 같은 피해자를 추모하는 마음으로서 간간히 꽃을 놔두고 가기는 했지만, 정은채는 어딘가 안타까운 느낌을 지울 수가 없었다. 그런 친구를 위해, 자신이 그를 기억하는 몇 안 되는 사람으로서 계속 남고 싶은 것이 정은채의 심정이었다. 바쁘게 계단을 뛰어올라오느라 차오른 숨을 내쉬며, 정은채는 교실 문을 열었다.

"어……?"

정은채의 입에서 무의식적인 탄성이 튀어나왔다. 이어 그는 무언가에 이끌리듯이 비틀비틀 걸어가, 송지후의 책상 위에 놓여 있는 낯선 물건을 집어 들었다.

그것은, 빛이 바랜 흰색 머리끈이었다.

그리고 그 밑에는, 마치 자신이 1년 전에 송지후에게 썼던 자그마한 편지처럼, 작은 종잇조각이 하나 놓여 있었다. 정은채는 떨리는 손으로 그 조각을 집어 들어, 조심스레 펼쳐들었다.

"!"

미처 주머니에 쑤셔 넣을 틈도 없이, 정은채의 손에서 미끄러져 떨어진 종잇조각은 다시 나풀나풀 송지후의 책상 위로 떨어져 내린다. 그리고 방금 전까지만 해도 그 책상 앞에 서 있던 소녀, 다급하게 몸을 돌려 교실을 빠져나가고 있었다.

「미안. 와서 직접 만나고 싶었는데, 와보니 네가 없어서……. 그냥 이렇게 물건만 두고 가네. 그 머리끈, 빌려 줄게. 가끔 올 테니까, 그때 돌려줘!」

"하아…… 하아……."

가쁜 숨을 몰아쉬며 다급하게 운동장을 둘러보았지만, 머리끈의 주인은 어디를 둘러봐도 보이지 않았다.

"……."

정은채는 다시 손바닥을 펴 보았다. 머릿속에서 다시 꿈의 기억들이 이어지고 있었다. 손가락으로 가려지게끔 머리끈을 살짝 쥐며, 정은채는 작게 중얼거렸다.

"우리, 구나."

왜 잊고 있었을까, 뒤늦게 되살아난 기억에 대해서는 정은채는 푸념할 곳도 없건만 그저 원망스럽다는 듯 눈부신 운동장만 물끄러미 쳐다보고 있었다.

"조금만 더 일찍 왔으면……."

그의 입에서는 새삼스레 토라진 말들이 튀어나오고 있었다. 그러나 불평한다고 해서 엇갈린 만남이 되돌아오지는 않는 법. 정은채는 살짝 한숨을 쉬었다.

"정은채!"

뒤쪽에서 한 소년의 목소리가 울린다. 정은채는 머리끈을 조심스럽게 주머니에 넣고는 뒤를 돌아보았다.

"아, 우혁아. 아직 안 갔네?"

"음, 뭐. 아무튼 그게 중요한 게 아냐. 이거 봐봐."

그러면서 송우혁은 자신의 스마트폰을 내밀었다. 화면에 떠올라 있는 것은, 한 인터넷 기사였다.

평택호 생존 선원 양심고백. '나는 한 학생을 죽일 뻔했다.'

양심고백을 한 당사자의 이름은 나와 있지 않았다. 그러나, 정은채와 송우혁은 이미 그 당사자의 이름을 알고 있었다.

"서진우⋯⋯."

"잘 됐네, 그렇지? 김광진은 잘 모르겠어. 범행을 강력하게 부인하고 있어서⋯⋯. 그래도 서언이 같은 애들이 증인으로 나선다니까, 아마 잘 될 거야!"

정은채는 빙그레 웃음을 지었다. 불미스러운 사고로 모든 것이 뒤엉켰지만, 꿈속에서 한참을 헤매다 깨어난 후 서서히 각자의 제자리를 되찾아가고 있는 것만 같았다. 그리고 그 가운데에서 자신에게 건네진 낡은 머리끈. 친구의 의도는 무엇이었을까.

"어? 이거 고우리가 묶고 다니던 머리끈 아냐?"

정은채가 무의식적으로 머리끈을 다시 꺼내 들여다보고 있자 송우혁이 깜짝 놀라며 물어왔다. 정은채는 대답 대신 조용한 미소만 지을 뿐이었다.

"그러고 보니, 고우리도 현실에서 무슨 일이 있었다고 했던 것 같은데⋯⋯."

옆에서 중얼거리는 송우혁의 목소리가 들려온다. 그때, 무의식적으로 정은채의 머릿속을 스쳐지나가는 것이 있었다.

"그래! 친구가 죽었다고 했어. 걔도 안타깝게 됐네."

송우혁이 다시 혼잣말을 하며 운동장을 바라보았다. 그러나 그와는 별개로, 정은채는 머리끈을 내려다보며 미묘한 표정을 짓고 있었다.

'⋯⋯그런 의미였구나.'

확신할 수는 없었다. 그러나, 적어도 그렇게 믿고 싶었다. 그렇게 하면 조금이나마 상처받은 마음에 위안을 받을 수 있을 것만 같았다.

"이제 슬슬, 돌아가자."

"응."

송우혁을 따라 걸어 나오다 말고, 정은채는 문득 고개를 돌려 운동장을 바라보았다.

이제는 아무도 없지만, 여전히 노을의 색을 입어 옅은 붉은빛으로 빛나고 있는 운동장. 무엇을 떠올렸는지 정은채는 가만히 웃음을 지었다.


두 사람의 그림자가 운동장 밖으로 사라졌다.



「Z」- Zero(제로)



                              *



합동분향소 앞은 추모객들로 넘쳐나고 있었다.

비단 유족들뿐이 아닌, 사고를 당한 이들의 친구들, 그리고 동급생들이 사고를 당한 것을 안타까워하는 고등학생들까지. 일부는 구석에서 조용히 눈물을 훔치고, 더러는 애써 속마음을 감추려는 듯 일부러 평소보다 더 과장된 웃음소리만을 흘리고 있었지만, 그들의 시선이 죽은 이들의 사진 쪽으로 향할 때면 사진 한 장만을 남기고 떠나가 버린 사람들을 추모하며 안타까워하는 마음은 모두 같음을 알 수 있었다.

이찬은 잠시 밖으로 나와 숨을 크게 들이쉬었다. 숨을 한번 들이마실 때마다 들어오는 공기는 그리 유쾌하지는 않다. 이 분위기, 더군다나 본인과 전혀 상관없는 일이라고 생각했음에도 마음 속 어딘가에서 웅어리져 있는 듯 걸려 올라오지 않는 답답한 무언가의 느낌 앞에서는 아무리 그리고 해도 조용히 입을 다물 수밖에 없었던 것이다.

"이제는 완전히 상관없는 일은 아닌가."

혼잣말로 중얼거리던 이찬은 아직 켜져 있어 빛을 발하고 있는 휴대전화 화면을 물끄러미 바라보았다.

"어이."

익숙한 목소리가 등 뒤에서 그를 불렀다. 이찬은 깜짝 놀라 뒤를 돌아보았다.

"어? 아저씨!"

이찬은 언제 굳은 표정을 짓고 있었냐는 듯 생글생글 웃으며 손을 흔들었으나, 정작 당사자는 먼저 이찬을 불러놓고도 이 상황이 어색했는지 애꿎은 머리만 벅벅 긁고 있었다. 최재환이었다.

"여기는 웬일이세요?"

최재환은 대답 없이 주머니에서 무언가를 꺼내 내밀었다. 그리고 그것을 본 이찬은, 눈이 휘둥그레지며 최재환의 손에 들린 네모난 수첩과 최재환의 얼굴을 번갈아 보고 있었다.

"뭐야, 경찰이었어요?"

"그래."

최재환은 간단히 대답하고는 고개를 돌렸다. 입술 끝에서 뿜어져 나오는 담배연기가 둥근 모양을 만들며 아침의 푸른 하늘 위로 흩어져 간다. 손에 든 종이뭉치가 펄럭거리며 누군가의 이름이 흘깃 보였다. 이찬은 왜 최재환이 여기에 왔는지를 곧바로 알아차렸다.

'보아하니, 드림워커 잡으러 오셨구만.'

"혼자 온 거냐?"

"아뇨! 어디 있더라."

잠시 주위를 두리번거리던 이찬이 이내 누군가에게 손을 흔들며 다시 생긋 웃는다. 최재환이 이찬을 따라 고개를 돌리자, 한 소녀가 천천히 이쪽을 응시하며 걸어오고 있는 것이 보였다. 보라색의 교복 조끼에서는, '고우리'라 새겨진 명찰이 흔들리고 있다.

"어? 너 머리끈은?"

이찬이 의외라는 듯이 목소리를 높여 물었다. 언제나 하나로 질끈 묶여 있던 머리카락은, 교복 조끼 위에 곡선을 그리며 천천히 흘러내리고 있다. 고우리는 머리카락을 살짝 집어 올려 손가락으로 배배 꼬더니, 천천히 입을 열었다.

"아, 이거……. 머리끈은 빌려주기로 했어."

"빌려주다니? 누구한테?"

고우리는 아무런 대답 없이 빙긋 웃었다. 그 모습을 보고 있던 최재환이 다시 물어온다.

"그래서, 이제 머리는 풀고 다니기로 한 거냐?"

"아뇨."

고우리는 다시 머리를 하나로 모아 질끈 묶더니, 머리 뒤쪽으로 묶인 머리카락을 넘기고는 살짝 웃으며 덧붙였다.

"앞으로도 그냥 이러고 다니려고요."

이찬은 어느 순간 멍하니 두 사람을 쳐다보고 있었다. 그걸 눈치챈 건지, 고우리는 이찬을 툭 치며 입을 연다.

"뭐해? 이제 슬슬 가야지."

"아, 응."

고우리는 최재환에게 고개를 숙이고는 이찬의 손목을 잡고 걷기 시작했다. 미처 정신을 차릴 틈도 없이 고우리에게 이끌려 질질 끌려가던 이찬은 당황한 듯 연거푸 고우리를 다급히 부른다.

"야, 야…… 잠깐! 천천히 좀 가!"

"어? 미안."

고우리가 손을 놓는 그 순간까지도 이찬은 고우리를 빤히 쳐다보고 있었다. 입술을 자꾸만 가만히 내버려두지 못하는 것이 어딘가 불안해 보이기도 했으나, 고우리는 눈치채지 못한 건지 묵묵히 이찬의 손을 놓고 걷기만 하고 있었다. 분향소가 가까워지자, 마침내 이찬이 입을 열고 말을 꺼냈다.

"야. 지난번에 그건, 어떻게 된 거냐?"

"지난번이라니, 무슨?"

"그…… 꿈속에서 말이야."

고우리는 아무것도 기억하지 못하는 듯했다. 이찬은 답답한 듯 고우리의 얼굴만 쳐다보고 있다가 재빠르게 말을 쏟아낸다.

"진짜, 그냥 단호박 수준이었다 넌."

"단호박이라니……."

고우리는 얼굴을 찡그리며 꿈속의 일을 생각해내려 애쓴다.

"……설마."

고우리가 당황하며 이찬을 쳐다보았다. 이찬은 표정의 변화 없이 여전히 고우리를 빤히 쳐다보고 있다. 이찬의 표정을 본 고우리는 속으로 확신했다. 무언가를 깨달은 듯한 소녀의 얼굴이 점차 붉게 물들어간다.

"에휴, 네가 그렇지 뭐."

어느새 이찬은 평소의 말투로 빈정거리고 있다. 고우리는 고개를 숙인 채로, 들릴 듯 말 듯 조용하게 대답했다.

"그때 그거, 진심이 아니었어."

"뭐?"

이찬이 주춤하는 듯했다. 잠시 주위를 둘러보던 그는, 이 민망함을 무마하려는 듯 일부러 과장된 목소리로 물었다.

"뭐야, 그럼 어떻게 되는 거야?"

고우리가 고개를 들었다. 여전히 상기된 얼굴의 그는, 이찬을 올려다보며 입을 열었다.

"이렇게 하자."

그리고는 느닷없이 이찬의 손을 덥석 잡는다. 이찬이 깜짝 놀라며 손을 빼자, 고우리는 흥분을 가라앉히고는 다소 가라앉은 목소리로 말을 이었다.

"나 좀 도와줄 수 있어?"

"뭐, 무슨 일인데?"

고우리는 대답 대신 다시 빙긋 웃었다. 어리둥절해하는 이찬을 향해, 그는 살짝 웃으며 대답했다.

"음, 지금은 그냥 아주 중요한 일이라고만 해둘게."

다시 멍하니 있던 이찬이 재빨리 다시 물으려 했지만, 이미 분향소에 들어선 고우리의 얼굴이 진지해졌기에 그는 질문을 다음으로 미룰 수밖에 없었다.


분향객들은 여전히 분향소를 가득 채우고 있었다. 고우리와 이찬은 말없이 줄을 따라가 한쪽 면을 가득 메운 희생자들의 영정을 올려다보았다.

'정말 이렇게 꿈에서 깨어난 게, 잘한 일일까.'

고우리는 마지막까지 이 의문을 머릿속에서 지울 수가 없었다. 그러나, 바로 뒤를 이어 떠오르는 신수민의 말을 떠올리고는 고우리는 한번 도리질을 치고 마음을 다잡았다.

「꿈속에서 완전히 잘못을 저지르지 않도록 노력하는 것도 중요하지만, 우리가 해야 하는 일은 잘못을 했을 때 그것을 뉘우치는 태도를 갖추는 거야.」

그리고, 지금의 고우리는 잘못을 뉘우치는 태도를 갖기 위해 이곳에 와 있는 것이었다. 잘못을 뉘우치고,

　용서를 빌기 위해서.

　두 사람의 차례가 왔다. 고우리는 천천히 희생자들의 영정을 쭉 훑어보았다. 현실에서 목숨을 잃고 꿈에서 마지막 실낱같은 희망을 붙잡았던 이들. 그들은 이제 정말로 마지막 길을 떠나려 한다.

　소녀는 천천히 눈을 감고, 마지막 기도를 올렸다.

　'이제, 편히 잠드시길.'

Zero의 의미는 「새로운 시작」.

DreAM waLkeRZ